Frank Rehfeld

Der Weg des Inquisitors

Frank Rehfeld

# DER WEG DES INQUISITORS

Roman

blanvalet

MIX
Papier aus verantwortungsvollen Quellen
FSC® C083411
FSC
www.fsc.org

Verlagsgruppe Random House FSC® N001967

1. Auflage
Deutsche Erstausgabe November 2016

Umschlaggestaltung und -illustration: Melanie Korte, Inkcraft
Redaktion: Peter Thannisch
HK · Herstellung: kw
Satz: Uhl + Massopust, Aalen
Druck und Einband: CPI books GmbH, Leck
Printed in Germany
ISBN: 978-3-7341-6056-1

www.blanvalet.de

*Eine Religion ist kein Halm im Wind, sie lässt sich nicht wie irdische Gesetzgebung dem jeweiligen Zeitgeist anpassen. Das Wort des Göttlichen Vaters steht über jedem Gesetz. Wenn er uns in den Heiligen Schriften befiehlt, mit Feuer und Schwert gegen die Ungläubigen und Ketzer zu Felde zu ziehen und sie dem Flammentod zu überantworten, dann steht es uns nicht zu, davon abzuweichen und Milde walten zu lassen. Oder ist einer unter Euch, der glaubt, seine Weisheit wäre tiefgründiger, sein Wissen größer und seine Weitsicht umfassender als die eines Gottes?*

(Clavon, Großmeister der Inquisition, auf dem neunzehnten Konzil der Kirche der Göttlichen Familie)

# ERSTES BUCH

## Der Junge

*Am Anfang wanderte der Vater allein über eine leere, trostlose Welt und wurde sich seiner Einsamkeit bewusst. So schuf Er sich ein Weib und liebte sie sehr. Es dauerte nicht lange, bis sie ihm einen Sohn und wenig später eine Tochter gebar.*

*Aber die Kinder sollten in einer lichten Umgebung aufwachsen, und so entschied der Vater, die Welt in einen schöneren Ort zu verwandeln. Er ließ Wasser in alle tiefen Täler rinnen und trennte die Welt so in Meer und Land. Dann schuf Er ein helles Licht am Himmel und nannte es Sonne, damit das Licht für alles, was noch kommen werde, Seine Allmacht sichtbar mache. Aber die Sonne drohte das Land zu verbrennen und die Meere auszutrocknen, deshalb ließ Er sie am Morgen auf- und am Abend untergehen. So schied Er zwischen Tag und Nacht, und damit die Nacht nicht allzu finster war, setzte Er ein schwächeres Licht und viele kleine Lichter an den nächtlichen Himmel.*

*Anschließend bedeckte Er das Antlitz der Welt mit vielerlei Pflanzen und ließ Tiere zwischen ihnen umherstreifen. Wohlgefällig betrachtete Er Sein Werk und befand, dass es gut war.*

*Zuletzt setzte Er Wesen nach Seinem und der Mutter Ebenbild in den Garten, nannte sie Menschen und wies sie an, Seine Schöpfung zu hegen und zu pflegen. Dafür belohnte Er sie mit der Gabe, sich zu vermehren, damit sie gleich Ihm Familien gründen konnten. Denn eine glückliche Familie, so wusste Er nun, ist der Ursprung allen Schaffens und die Keimzelle jedweder zu Größe heranwachsenden Gesellschaft.*

Aus den Heiligen Büchern der Kirche der Göttlichen Familie

# 1

*Herzogtum Talarien, Kloster des heiligen Bernardeus bei Assani*

*Unschuldig*, dachte Naron Balosta, seines Zeichens Inquisitor achten Ranges, als er allein war. Der Speisesaal des Klosters war zum Gerichtssaal umfunktioniert worden und hatte sich nach der Verhandlung in Windeseile geleert. Das war nicht anders zu erwarten gewesen, nicht nur wegen der Sonnenglut, die erbarmungslos durch große Buntglasfenster hereinbrannte, die sich nicht einmal öffnen ließen. Die Sommer hier im äußersten Osten des Kontinents, fast schon am Rande der Endlosen Wüste, waren immer heiß, aber in den letzten Tagen ächzte das Land unter einer ungewöhnlichen Hitzewelle. Der Saal schien sich in einen Backofen verwandelt zu haben.

Lärmend und erleichtert, dass sie endlich vom schweigenden Stillsitzen in der Gluthitze befreit waren, waren zuerst die Waisenkinder hinausgelaufen, die hier im Kloster des heiligen Bernardeus in der Nähe des Ortes Assani als Mündel großgezogen wurden. Ihnen waren stumm und in etwas gemächlicherem Schritt die unter ihren Kutten schwitzenden Mönche gefolgt, begleitet von den drei zur Verhandlung herzitierten Zeugen aus Assani, auf deren Aussagen die Anklage gründete. Als Letzter schließlich hatte Pater Berlinus den Raum verlassen, der Abt des Klosters, nachdem er zuvor fast widerwillig noch einmal an den Richtertisch getreten war und sich bei Naron erkundigt hatte, ob er ihm noch irgendetwas bringen oder sonst etwas für ihn tun könne.

Der Inquisitor zog ein Tuch aus der Tasche seiner schwarzen Robe und wischte sich den Schweiß vom Gesicht. Die Hitze war wirklich nahezu unerträglich, dazu kam die verbrauchte, stickige Luft im Raum. Dennoch blieb er vorläufig noch sitzen, denn die Alternative wäre noch unangenehmer gewesen. Er verspürte ein leichtes Stechen hinter seiner Stirn, hob seine Hände und massierte sich geistesabwesend mit Zeige- und Mittelfinger seine Schläfen. Anschließend stützte er die Ellbogen auf den schweren Tisch vor sich, schloss die Augen und vergrub sein Gesicht in den Händen.

*Unschuldig*, dachte Naron Balosta noch einmal.

Natürlich. Wie sollte es auch anders sein?

Natürlich war die Hexe unschuldig. Zumindest behauptete sie es. Sie alle behaupteten stets, unschuldig zu sein, selbst wenn man sie auf frischer Tat ertappt hatte oder die Beweise noch so eindeutig waren. Es schien sie nicht zu kümmern, dass sie damit nicht nur sich selbst, sondern auch ihm das Leben nur unnötig schwer machten. Den kurzen Rest Leben, der ihnen noch verblieb, während er hoffte, dass ihm selbst noch viele Jahre vergönnt sein würden. Aber mochten sie auch noch so geschickt lügen und ihre Unschuld beteuern, mochten sie heulen und wehklagen und an seine Barmherzigkeit appellieren. Spätestens unter der Folter kam die Wahrheit ans Licht, und sie gestanden all ihre ketzerischen Verfehlungen.

Auch diesmal würde es nicht anders sein. Burk war ein Meister seines Faches, wenn es darum ging, einem Angeklagten ein Geständnis zu entlocken. Deshalb nahm Naron ihn häufig mit auf seine Reisen, wenn zu erwarten war, dass er die Hilfe eines Folterknechts benötigte. Es war ihm lieber, wenn Burk diese Aufgabe übernahm, als irgendjemand, den er nicht so gut kannte. Wahrscheinlich hatte Burk inzwischen alles vorbereitet und wartete bereits auf ihn in dem kleinen, fensterlosen Kellerraum, den man ihnen für diesen Zweck zur Verfügung gestellt hatte. Einen abgelegenen Raum mit dicken Mauern, durch die kein Schrei dringen und das geregelte, friedliche Klosterleben noch mehr stören konnte, als es durch diesen Prozess ohnehin schon gelitten hatte.

Die Anwesenheit des Inquisitors war bei dem Verhör unerlässlich. Nur er war befugt, die Fragen zu stellen und der Angeklagten das Geständnis zu entreißen. Doch noch konnte Naron sich nicht dazu aufraffen. So unangenehm die heiße, stickige Luft hier im Saal war, sie war nichts im Vergleich zu der Hitze, die die glühenden Kohlebecken ausstrahlten, und dem Gestank verbrannten Fleisches.

Naron hasste den Osten wie wohl jeder vernünftige Mensch, außer vielleicht denen, die hier geboren und aufgewachsen waren. Und selbst von denen hätten viele wahrscheinlich anderswo gelebt. Talarien war reich an Bodenschätzen, aber arm an Einwohnern. Nur im Westen der Provinz, wo sie an die Königsmark grenzte, gab es fruchtbare Landstriche. Mehr als zwei Drittel des Landes hingegen bestanden aus karger Steppe, die hier, im äußersten Osten, schließlich in die Endlose Wüste überging.

Bevor er hergekommen war, hatte Naron noch nicht einmal gewusst, dass es einen Ort namens Assani gab, und es war beileibe keine Bildungslücke, dieses Nest nicht zu kennen. Es existierte überhaupt nur wegen einiger Quellen, die gerade genug Wasser spendeten, um ein bisschen Viehzucht zu betreiben und etwas Getreide, Kartoffeln und ein paar Früchte anzubauen, die die Einwohner am Leben erhielten.

Und dennoch gab es Gründe, warum man gerade hier ein Kloster errichtet hatte.

Der Osten Talariens war nicht nur der Hitze und Kargheit des Landes wegen berüchtigt. Da war noch die Wüste, die sich daran anschloss und sich noch weiter nach Osten erstreckte, endlos, wie es ihr Name verhieß. Niemand, der sich zu tief hineingewagt hatte, war jemals zurückgekehrt. Es war nicht einmal gelungen, dem Küstenverlauf mit Schiffen zu folgen. Riffe, Strudel und tückische Strömungen hatten jedes derartige Unterfangen zum Scheitern verurteilt.

Kein Wunder also, dass sich zahlreiche Legenden um die Wüste und die angeblich dahinter verborgen liegenden Länder rankten. Jede Familie, die etwas auf sich hielt, behauptete, ihre Vorfahren wären die ersten Siedler in Antasia gewesen, doch die Scyllas wollten im Gegensatz zu den anderen nicht aus dem Süden, sondern aus eben diesen fremden Ländern im Osten gekommen sein.

Aber es gab auch wesentlich weniger harmlose und fantastische Legenden. Seit der Besiedelung des Kontinents hielten sich Gerüchte über seltsame Vorfälle im Grenzbereich der Wüste. Die meisten davon waren wohl nichts weiter als Schauermärchen. Allerdings waren dort auch mehr Hinterlassenschaften der alten Rasse, die lange vor den Menschen diesen Kontinent bevölkert hatte, gefunden und unschädlich gemacht worden als irgendwo sonst in Antasia. Zudem hatte der alte Feind schon dreimal in der bekannten Geschichte Antasias hier im Osten seine verderblichen Netze zu spinnen begonnen, das letzte Mal erst vor knapp einem Dutzend Jahren.

Schon deshalb war es wichtig, dass die Kirche auch in diesem abgeschiedenen Winkel der Welt Präsenz zeigte.

Ein Klopfen an der Tür riss Naron aus seinen Gedanken. Ein schwarzhaariger Junge von elf, vielleicht zwölf Jahren trat mit einem Krug in der Hand ein. Mit der rechten Hand zeichnete er den Heiligen Dreistern, indem er symbolisch für den Göttlichen Vater, die Mutter und den Sohn mit den Kuppen des Zeige- und Mittelfingers nacheinander seine beiden Augenlider und anschließend die Nase berührte.

»Pater Berlinus schickt mich, Euer Gnaden«, sagte er, während er sich mit ruhigen, sicheren Schritten näherte. Nichts von der Scheu, mit der die Gegenwart eines Inquisitors die meisten Menschen erfüllte, war bei ihm zu spüren. »Ich bringe das Wasser, um das Ihr gebeten habt.«

Naron nickte und deutete auf den Becher vor sich. Bei flüchtiger Betrachtung schien sich der Junge in nichts von den anderen Waisenkindern zu unterscheiden. Er war wie die anderen ärmlich gekleidet, dennoch war er Balosta zuvor schon aufgefallen. Obwohl er dem Abt gegenüber kein Wort darüber verloren hatte, fragte er sich, ob es bloßer Zufall war, dass dieser gerade ihn geschickt hatte. Während des gesamten Verhörs hatte er den Blick dieses Jungen auf sich ruhen gespürt, einen stechenden Blick, der …

Nein, verbesserte sich Naron gleich darauf. Der Blick des Jungen war nicht stechend, sondern eher durchdringend, interessiert, als misstraue er allem äußeren Schein und versuchte zu ergründen, was sich dahinter befand, indem er etwas lange und intensiv genug anstarrte. Diesen Blick auf sich ruhen zu fühlen war dem Inquisitor unangenehm, weckte aber auch seine Neugier.

Nachdem ihm der Junge eingeschenkt hatte, griff Naron Balosta nach seinem Becher, leerte ihn ohne abzusetzen und ließ sich gleich noch einmal nachschenken.

»Warte!«, befahl er, als der Junge sich zurückziehen wollte. »Wie heißt du?«

»Torin, Euer Gnaden.«

»Torin, soso. Benannt nach dem heiligen Torin?«

»Der Priester in Assani gab mir den Namen, nachdem er mich als Baby vor dem Tor der Kirche fand.«

»Ein seltener Name. Der Name eines zwiespältigen, durchaus nicht unumstrittenen Heiligen. Manche betrachten ihn eher als Narren denn als Märtyrer, aber zugleich war er eine Art Vorläufer der Inquisition.« Mahnend hob er den Zeigefinger. »Hüte dich, jemals einen Heiligen in der Öffentlichkeit als Narren zu bezeichnen. Eine solche unbedachte Bemerkung könnte genügen, dich der Ketzerei anzuklagen. Kennst du Torins Geschichte?«

Der Junge schüttelte den Kopf.

»Aber du weißt von den finsteren heidnischen Kultstätten und Artefakten, die wir vorfanden, als die ersten Menschen Antasia besiedelten?«

»Aber ja, Euer Gnaden, das war eine der ersten Lektionen, die wir im Unterricht durchgenommen haben. Es handelt sich um das Erbe eines Volkes, das lange vor uns hier gelebt hat. Ein böses Volk, dessen Hinterlassenschaften noch immer das Verderben in sich tragen, weshalb es strengstens verboten ist, sich ihnen auch nur zu nähern und ...«

Naron hob die Hand und schnitt damit den Redeschwall des Jungen ab. »Genug. Ein einfaches Ja hätte gereicht«, sagte er barsch. »Es ist nicht nötig, mir einen Vortrag über etwas zu halten, von dem ich mit Sicherheit wesentlich mehr verstehe als du.«

Er räusperte sich und trank einen weiteren Schluck Wasser. Seit er Inquisitor geworden war, hatte er sich so an den ängstlichen, zumindest scheuen Blick der meisten Menschen ihm gegenüber gewöhnt, dass ihn die Unbefangenheit des Jungen irritierte. Sie amüsierte ihn, ärgerte ihn zugleich aber auch, und dieser Widerspruch machte ihn unwirsch.

»Nun denn, kommen wir zur Geschichte des heiligen Torin«, sagte er in etwas versöhnlicherem Tonfall. »Er lebte vor vielen Jahrhunderten, als dieser Kontinent gerade erst besiedelt wurde. Er war ein etwas einfältiger, aber sehr gläubiger Mann und hatte sein Leben in den Dienst der Göttlichen Familie gestellt, obwohl die Kirche damals noch bei Weitem nicht die Bedeutung und Macht wie heute hatte. Damals existierten noch heidnische Kulte, doch für Torin gab es nur die Göttliche Familie. Eines Tages kehrte er früher als erwartet von der Jagd zurück, und seine Frau und sein Sohn waren nicht zu Hause. Er machte sich auf die Suche nach ihnen. Im nahe gelegenen Wald vernahm er schließlich schrille Schreie. Es gab ein verfallenes Heiligtum der Alten Rasse dort, weshalb dieser Teil des Waldes gemieden wurde. Er sah seine Frau mit dem leblosen, blutüberströmten Körper seines Sohnes auf den Armen zwischen den Felsen hervortaumeln. Mit irrem Blick und kreischend wie eine Furie kam sie auf ihn zu. Torin begriff sofort, was geschehen war. Seine Frau musste sich der Ruine verbotenerweise genähert haben, war unter den Bann des dort noch immer herrschenden Bösen geraten und hatte das Kind getötet. Obwohl er sie sehr liebte, wusste Torin, dass sie nicht mehr zu retten war. Voller Abscheu und Entsetzen über ihre Tat erschlug er sie.«

Naron machte eine Pause, trank wieder ein paar Schlucke und wischte sich den Schweiß von der Stirn. Die Abwechslung war ihm willkommen gewesen, doch konnte er das Unvermeidliche nicht immer weiter hinausschieben. Es wurde Zeit, dass er sich auf den Weg zu Burk machte, statt seine Zeit mit dem Jungen zu vertrödeln, der ihn mit großen Augen anstarrte und gespannt auf das Ende der Geschichte wartete.

»Wie sich herausstellte, war Torins Sohn nicht tot, sondern nur schwer verletzt«, fuhr er fort. »Er überlebte und gestand, dass er heimlich in den Ruinen gespielt hatte. Dabei hatte er den Halt verloren und war von einem Felsen gestürzt, wo seine Mutter ihn fand, von seinen Schreien angelockt. Was Torin für das Kreischen und den irren Blick einer Wahnsinnigen gehalten hatte, waren nur Schrecken und mütterliche Angst gewesen. Um es kurz zu machen: Obwohl man ihm zugestand, nach bestem Glauben gehandelt zu haben, wurde er von einem Gericht wegen seines unbedachten und überstürzten Handelns zum Tode verurteilt. Um derartige Vorfälle zu verhindern, wurde daraufhin von der Kirche ein Orden speziell geschulter Priester gegründet, die künftig über Menschen Recht sprechen sollten, die in den Bann des Bösen geraten sind oder sich in anderer Form der Ketzerei schuldig gemacht haben. Das war die Geburtsstunde der Heiligen Inquisition, und manche bezeichnen Torin noch heute trotz seines verhängnisvollen Irrtums als deren Vorläufer. In einer knappen und sehr umstrittenen Entscheidung der Kardinalskurie wurde er deshalb vor mehr als hundert Jahren heiliggesprochen. So, nun weißt du, woher dein Name stammt und warum er nur selten vergeben wird. Hast du noch Fragen? Dann beeil dich. Ich bin des Redens müde und habe noch eine Menge Arbeit vor mir.«

Torin nickte und schüttelte gleich darauf den Kopf, dann starrte er auf seine bloßen Füße. Zum ersten Mal entdeckte Naron nun tatsächlich Scheu und Verlegenheit bei ihm.

»Also was nun? Hast du mit einem Mal deine Stimme verloren? Frag, wenn du etwas fragen willst, ansonsten …«

»Wie … wie wird man Inquisitor?«, platzte der Junge heraus. »Das ist alles, was ich wissen will. Der Abt hat stets nur gelacht, wenn ich ihn danach gefragt habe. Aber Ihr, Euer Gnaden, Ihr könnt mir bestimmt sagen, wie es mir gelingen kann, es bis in den Orden zu schaffen.«

Verblüfft, geradezu fassungslos, starrte Naron Balosta das hagere, scheinbar nur aus Haut und Knochen bestehende und nun vor Aufregung zitternde Bündel Mensch vor sich an. Das Gesicht des Jungen hatte sich vor Verlegenheit rot gefärbt, soweit Naron Balosta es beurteilen konnte, denn Torin hielt den Kopf weiterhin gesenkt und wagte es offenbar vor Scham nicht mehr, ihn anzusehen.

»Du? Ein Inquisitor?« Naron konnte sich gut vorstellen, dass der Abt bei dieser Vorstellung einen Lachanfall bekommen hatte, und plötzlich konnte auch er sich nicht mehr beherrschen und begann zu lachen. »Du, ein Nichts, ein Waisenjunge ungewisser Herkunft, ohne den Namen eines Hauses, ohne jegliche

Verbindungen oder Protektion … Du willst dem edelsten Orden der Heiligen Kirche beitreten? Dem Orden, in den nur die Besten der Besten aufgenommen werden?« *Oder die, deren Familien bereit sind, entsprechend dafür zu zahlen*, fügte er in Gedanken hinzu. »Ein Findelkind aus dem wohl abgelegensten Winkel der Welt als Inquisitor? Das ist wirklich ein Witz. Warum fragst du nicht gleich, wie du König oder gar Prios werden kannst?«

Er lachte noch lauter, krümmte sich und hielt sich den wackelnden Bauch. Doch sein Lachen verstummte abrupt, als Torin den Kopf hob und sich ihre Blicke begegneten. Enttäuschung, Verbitterung und ein stummer Vorwurf standen in den Augen des Jungen, aber dahinter war noch etwas anderes. Etwas, das mit der Kraft von tausend Sonnen loderte und heller als das Licht der göttlichen Erkenntnis strahlte.

Trotz der Hitze rann Naron plötzlich ein kalter Schauer über den Rücken und ließ ihn frösteln.

Was in den Augen des Jungen brannte, war die unbedingte Überzeugung, ein Ziel zu haben, und die geradezu fanatische Besessenheit, absolut alles dafür zu tun, um es zu erreichen, selbst wenn es sein Leben kosten sollte. Und nicht unbedingt nur seins.

»Du … meinst das wirklich so«, presste er hervor, mühsam gegen den Frosch ankämpfend, der es sich anscheinend in seiner Kehle bequem gemacht hatte.

Torin nickte.

»Es ist alles, was ich mir im Leben wünsche. Ich kann mir nichts Schöneres vorstellen, als in diesem geheiligten Orden zu dienen und im Namen der Göttlichen Familie überall in Antasia gegen das Böse zu kämpfen«, erklärte Torin mit neu erwachter Selbstsicherheit. »Alles, was ich bin, verdanke ich der Kirche, und ihr möchte ich mein Leben widmen. Bitte, Euer Gnaden, sagt mir, ob es überhaupt einen Weg gibt, wie steinig er auch sein mag.«

Das waren eher die Worte eines Erwachsenen als eines Kindes. Mehr als alles andere verrieten sie, dass Torin geistig bereits deutlich weiter fortgeschritten war als die meisten anderen in seinem Alter. Es war genau das Alter, in dem neue Adepten ihre Ausbildung begannen.

Balosta musterte ihn scharf, und diesmal gelang es dem Jungen, seinem Blick standzuhalten. Naron Balosta dachte an seine eigene Jugend zurück. Als Angehörigem des angesehenen und wohlhabenden Hauses Balosta hatte er keinerlei Schwierigkeiten gehabt, schon in jungen Jahren eine Ausbildung zum Inquisitor zu beginnen und im Schwarzen Orden zu dienen. Seine Familie war für alle Kosten aufgekommen.

»Es gibt Möglichkeiten«, sagte er zögernd. »Du könntest versuchen, von einem bedeutenden Haus aufgenommen zu werden, um fortan dessen Namen zu tragen. Es würde dann auch für deine Ausbildung bezahlen. Allerdings ist mir kein Haus bekannt, dass so einfach einen dahergelaufenen Waisenjungen aufnehmen würde. Eines zu finden dürfte schwieriger sein, als einen Berg aus Gold zu entdecken. Was geschieht mit euch Waisenjungen, wenn ihr alt genug seid, um auf eigenen Beinen zu stehen?«

»Einige wenige, die bei den Studien besonders gelehrsam waren, dürfen als Mönche im Kloster bleiben. Die anderen werden als billige Arbeitskräfte an die Bauern und Handwerker in Assani verkauft.«

»Was unweigerlich das Ende für deinen Traum bedeuten würde. Dazu darf es also nicht kommen. Du musst Mönch werden. Das würde dir immerhin erlauben, den Namen dieses Klosters zu tragen, und du wärst kein namenloser Niemand mehr. Nach einiger Zeit, wenn du dich als Mönch bewährt hast, könnte dich Pater Berlinus für eine Ausbildung als Priester vorschlagen. Mit viel Glück und energischer Fürsprache seinerseits würdest du angenommen, und einmal im Kirchendienst, wäre theoretisch auch der Wechsel in den Orden möglich. Wie gut bist du bei den Studien?«

»Ich bin der Beste, aber Pater Berlinus hat noch niemals einen seiner Mönche für eine höhere Position im Kirchendienst vorgeschlagen. Ich glaube nicht einmal, dass er mich als Mönch behalten will. Er mag mich nicht besonders, das zeigt er mir bei jeder Gelegenheit.« Ein hoffnungsvoller Schimmer trat in Torins Augen. »Ihr aber, Euer Gnaden, Ihr seid ein bedeutender und einflussreicher Mann. Wenn Ihr für mich gutsagen würdet …«

»Schweig!«, brauste Balosta auf und schlug mit der Faust auf den Tisch. »Was erdreistest du dich, Bengel, eine solche Bitte an mich zu richten? Ich habe wahrlich wichtigere Aufgaben, als mich um ein dahergelaufenes Findelkind mit allzu hochtrabenden Träumen zu kümmern! Du bist frech und respektlos, bist dir anscheinend deiner Stellung nicht bewusst. Ich kann es angesichts deiner unverschämten Dreistigkeit gut verstehen, warum dich der Abt nicht mag. Zwar übernimmt die Kirche in ganz seltenen Fällen die Kosten für eine Ausbildung, aber dann müssen wirklich äußerst gewichtige Gründe dafür vorliegen und nicht nur die albernen Träumereien eines Bengels, wie man ihn an jeder Straßenecke dutzendfach finden kann. Hast du überhaupt die geringste Vorstellung, wie teuer eine solche Ausbildung ist?« Noch einmal schlug er mit der Faust auf den Tisch. »Füge dich gefälligst in das Los, das der Göttliche Vater dir zugedacht hat, und vergiss deine Fantastereien! Und jetzt verschwinde, bevor ich die Beherrschung verliere!«

Stumm, aber mit einem Ausdruck tiefer Niedergeschlagenheit im Gesicht, verbeugte sich der Junge und hastete dann zur Tür. Kopfschüttelnd blickte der Inquisitor ihm nach. Was zu weit ging, ging zu weit! Ein Kind mit dem Kopf in den Wolken, das nach Unerreichbarem greifen wollte und es wagte, ihn, Naron Balosta, Inquisitor achten Ranges, dafür noch um

Protektion und Empfehlung zu bitten! Er würde sich in ganz Aurelia lächerlich machen, wenn er mit so einem dahergelaufenen Waisenjungen zurückkehren und ihn für eine kostenlose Ausbildung zum Inquisitor vorschlagen würde. Schon die Bitte darum war einfach unerhört! Es war dringend nötig, dass jemand dem Bengel seine Grenzen aufzeigte.

Aber warum sollte nicht *er* derjenige sein? Naron verzog den Mund zu einem feinen Lächeln, das nicht ganz frei von Boshaftigkeit war. Inquisitor wollte Torin werden? Ha, der Junge hatte ja nicht die geringste Ahnung von dem, was ein Angehöriger des Schwarzen Ordens zu tun bereit sein musste. Sollte er es doch einmal hautnah erleben, dann würden sich seine Traumschlösser schon verflüchtigen und er glücklich mit dem Platz sein, an den das Leben ihn spülen würde!

»Warte!«, rief er, als Torin gerade die Tür öffnete. Der Junge verharrte. Naron Balosta stemmte sich ächzend aus seinem Stuhl hoch, ohne das protestierende Knacken seiner Kniegelenke zu beachten. In Aurelia spottete man bereits gelegentlich, er habe reichlich schwere Knochen bekommen, doch die Wahrheit war, dass er dick geworden war. Nicht gerade fett, aber zu dick und zu träge für seine Aufgabe. Wohin auch immer er kam, man bewirtete ihn einfach zu gut, und es gelang ihm einfach nicht, kulinarischen Genüssen zu entsagen. Schon seit geraumer Zeit war er nicht mehr in der Lage, seine Kampfübungen in gewohnter Form auszuüben. Entsprechend schwerfällig waren seine Bewegungen geworden, und wenn man bereits in Aurelia, der Heiligen Stadt, darüber redete, neigten sich seine Tage, in denen er im Auftrag der Kirche durch die Weltgeschichte reiste, ihrem Ende zu.

Vielleicht würde sich schon dies als seine letzte entsprechende Reise erweisen …

Unwillkürlich tastete er nach den acht winzigen roten Sternen, die über seiner Brust an die Kutte genäht waren.

Hätte er den zehnten Rang des Ordens erreicht, hätte er sich vielleicht Hoffnung auf ein Amt als Bischof machen können. So jedoch würde man ihn vermutlich nur als Priester in irgendeine unbedeutende Gemeinde versetzen. Allerhöchstens durfte er darauf hoffen, dass man ihm eingedenk seiner treuen Dienste ein Lehr- oder Studienamt in Aurelia anbot, wo er dann in kurzer Zeit erst recht kugelrund werden würde.

Naron Balosta verdrängte diese Gedanken und ging auf den Jungen zu, der ihm von der Tür her bangend entgegensah, unsicher, ob er für seine Anmaßung bestraft werden würde oder ob es sich der Inquisitor vielleicht doch noch überlegt hatte.

»Wie ich gerade gesagt habe, du bist respektlos. Aber das ist etwas, das man einem jungen Kerl wie dir rasch austreiben kann«, richtete Naron Balosta wieder das Wort an ihn. »Doch du bist auch mutig und von dir überzeugt, und das sind Eigenschaften, die man als Inquisitor haben muss. Es ist also wirklich dein tief empfundener, innigster Wunsch, dem Orden beizutreten?«

Torin nickte.

»Nun, viele, denen ich begegne, sehen nur die Ehre, das Ansehen und die Macht meines Amtes. Wenn es wirklich dein Wunsch ist, selbst eines Tages Inquisitor zu werden, dann will ich dir Gelegenheit geben, auch die weniger angenehmen Seiten meiner Aufgaben kennenzulernen. Du kannst mich zum Verhör der Hexe begleiten, wenn du möchtest.«

Die Augen des Jungen weiteten sich vor Überraschung.

»Darf ich … darf ich wirklich?«

»Folge mir!«, befahl Naron und fügte in Gedanken hinzu: *Und wenn du erst einmal erlebt hast, was es wirklich heißt, ein Inquisitor zu sein, wird sich dein großer Traum wohl in einen Albtraum verwandeln. Aber gib mir nicht die Schuld, wenn du kotzen musst oder dir in die Hose scheißt und wahrscheinlich für lange Zeit keine Nacht mehr ruhig schlafen kannst.*

Sie stiegen eine steinerne Treppe hinab und gelangten in einen nur von blakenden Fackeln erleuchteten Gewölbegang. In diesem Moment kamen Naron Balosta erste Zweifel, ob es wirklich richtig war, den Jungen mitzunehmen. Nicht Torins wegen, nein, sondern wegen der möglichen Folgen für ihn selbst.

Nicht immer und überall bot sich die Möglichkeit, ein Verhör so abgeschirmt zu führen wie hier. Manchmal ließ es sich nicht vermeiden, dass Außenstehende Zeuge wurden. In früheren Zeiten hatten die Verhöre unter der Folter zur Abschreckung von Ketzern häufig sogar öffentlich stattgefunden, doch dies geschah schon lange nicht mehr.

Die allermeisten Menschen waren nicht edel und gut, darüber gab sich der Inquisitor schon lange keinen Illusionen mehr hin. Sie mochten es, andere leiden zu sehen, grölten und lachten dabei, allerdings nur bis zu einem gewissen Punkt. Der menschliche Geist war ein kompliziertes Gebilde, und niemand hatte ihn so gründlich erforscht wie die Kirche. Es hatte sich herausgestellt, dass das Lachen und die sadistische Freude während einer öffentlichen Folter meist nur eine gewisse Zeit anhielten und dann in Abscheu umschlugen. Es hatte Anfeindungen gegen die Kirche gegeben und Vorwürfe, sie wäre zu grausam, und sie hatte rasch darauf reagiert.

Seither wurden die Verhöre, bei denen den Angeklagten ein Geständnis abgerungen wurde, wenn möglich ohne Zeugen abgehalten. Nur die Hinrichtungen fanden noch öffentlich statt. Sie dauerten nur kurze Zeit, und dabei mochten die Zuschauer grölen und sich amüsieren, so viel sie wollten. Sie genossen ein solches Schauspiel, erleichtert darüber, dass es einen anderen traf und nicht sie selbst. Vor allem aber: Bevor die Stimmung umschlagen konnte, war bereits alles vorbei.

Nun jedoch nahm er einen Zeugen ohne jede Notwendigkeit zu einem Verhör mit. Und nicht nur irgendeinen Zeugen, sondern ein Kind, das bei dem Anblick wahrscheinlich zusammenbrechen und möglicherweise für den Rest seines Lebens unter dem Erlebten leiden würde.

Konnte er das wirklich verantworten?

Wenn Pater Berlinus davon erfuhr – und das würde er zweifelsohne –, könnte er eine Beschwerde vorbringen. Normalerweise wäre Naron dies gleichgültig, da er als Inquisitor in der Hierarchie der Kirche weit, weit über dem Abt eines unbedeutenden Klosters stand. Aber wenn er recht hatte und die Obersten des Ordens sich bald nach einer neuen Aufgabe für ihn umsehen würden, könnte ein solcher, gerade zu dieser Zeit vorgebrachter Vorwurf für ihn dennoch unangenehme Folgen haben. Es war ein riskantes Spiel, das er hier betrieb, und warum? Nur um die Träume eines Jungen zu zerstören, der seine Stellung verkannte und mit allzu großer, geradezu ungehöriger Entschlossenheit nach etwas für ihn eigentlich Unerreichbarem strebte?

Einige Sekunden lang wurde Naron in seinem Entschluss schwankend und war nahe dran, den so stolz neben ihm dahinschreitenden Jungen einfach zurückzuschicken. Aber er war stets ein Mann gewesen, der zu seinem Wort stand, und davon würde er auch jetzt nicht abweichen.

»Willst du wirklich mit mir kommen?«, fragte er den Jungen trotzdem noch einmal. »Überleg es dir gut, noch kannst du zurück. So ein Verhör unter der Folter ist ziemlich grausam und nichts für empfindsame Kinderseelen.«

»Ich will Euch begleiten«, versicherte Torin mit fester Stimme. Seine Augen schienen zu leuchten, doch vielleicht war das nur eine vom Fackelschein hervorgerufene Illusion. Dennoch schauderte Naron. Hatte er es hier mit einem Monstrum zu tun, oder unterschätzte der Junge einfach nur maßlos, was ihn erwartete?

Nun, er hatte ihn jedenfalls gewarnt.

»Aber eine Frage habe ich noch, wenn Ihr erlaubt«, fuhr der Junge fort.

»Dann sprich.«

»Der Prozess hat die Schuld der Ketzerin doch bereits zweifelsfrei erwiesen, auch wenn sie die leugnet. Warum dann überhaupt noch das Verhör unter der Folter? Warum wird sie nicht einfach hingerichtet, wie sie es für ihre Taten verdient?«

Balosta seufzte. »Es ist Vorschrift so«, antwortete er nach kurzem Zögern. »Und selbst wenn es so scheinen mag, ist es keineswegs nur unnötige Grausamkeit, sondern dient ihrem eigenen Seelenheil. Sie ist offenkundig vom Bösen besessen. Nur wenn sie gesteht und vor ihrem Tod um Vergebung fleht, mag sie diese auch irgendwann erlangen und ihre unsterbliche Seele gerettet werden. Anderenfalls würde sie für alle Ewigkeiten der Verdammnis anheimfallen. Verstehst du das?«

»Ich glaube schon«, murmelte Torin. »Also eine Art Gnadenakt. Eine letzte Gelegenheit für sie, für ihre Ketzerei Buße zu leisten.«

»So ist es. Selbst wenn es manchmal nicht so scheint, ist die Kirche durchaus gnädig.«

Vor einer Tür blieben sie stehen, und Balosta stieß sie auf. In den unterirdischen Gewölben herrschte eine angenehme Temperatur, doch aus dem fensterlosen Raum schlug ihnen Hitze entgegen, denn dort glühten bereits Kohlen in einem großen Becken. Burk stand neben dem Becken und schürte die Glut noch weiter. Er war ein kahlköpfiger Mann mit wulstigen Lippen und einem Nacken wie ein Stier. Nur seine Hände waren für seine plumpe Erscheinung erstaunlich feingliedrig. Ein wenig verwundert betrachtete er den Jungen, sagte aber nichts. Er war ein Mann von schlichtem Verstand, der alles, was man ihm auftrug, erledigte, ohne irgendwelche Gefühle zu zeigen oder Fragen zu stellen.

Die Ketzerin war an einem hölzernen, X-förmigen Gestell

festgebunden. Wie alle Angeklagten bei einem Verhör der Inquisition war sie nackt. Das hatte sich als wirkungsvoll erwiesen. Die Nacktheit verstärkte das Gefühl der Hilflosigkeit, aber es gab noch einen zweiten, ganz pragmatischen Grund. Burk würde ihren Körper peinigen, ihr Gesicht jedoch unversehrt lassen. Bei ihrer Hinrichtung würde dann die Kleidung alle Spuren der Folter verbergen. Eine allzu offensichtlich geschundene Ketzerin könnte bei den Zuschauern unerwünschtes Mitleid hervorrufen und erneut Vorwürfe der Grausamkeit gegenüber der Kirche laut werden lassen.

Für Naron war der Anblick nackten Fleisches nach zahllosen solchen Verhören nichts Ungewöhnliches. Nur kurz ließ er seinen Blick über den Körper der Ketzerin gleiten. Schon vor langer Zeit hatte er gelernt, allen entsprechenden Gelüsten zu entsagen.

Doch Torin neben ihm stieß ein leises Keuchen aus. Vermutlich war es die erste nackte Frau, die er in seinem Leben zu sehen bekam. Wie gebannt starrte er sie an und versuchte unbeholfen vor Scham, die sich in seiner Hose bildende Schwellung mit den Händen zu verbergen.

Balosta konnte es ihm nicht einmal verdenken. Auch ihm war schon während der öffentlichen Befragung zuvor nicht entgangen, dass die Frau durchaus hübsch war: mehr als schulterlanges blondes Haar, schlanke Hüften, kleine, feste Brüste und ein liebreizendes Gesicht. Torins Reaktion auf ihren Anblick war völlig natürlich.

Er unterdrückte ein Lächeln und tat, als hätte er nichts von der Peinlichkeit bemerkt. Ächzend ließ er sich auf einem für ihn bereitgestellten Stuhl nieder.

»Stell dich hier neben mich, und was immer geschieht, ich will kein Wort von dir hören«, befahl er dem Jungen. Dann wandte er sich der Ketzerin zu. »Tarla aus dem Dorf Assani, du bist im Namen der Kirche der Göttlichen Familie der

Ketzerei angeklagt. Die Beweise gegen dich sind erdrückend und in der vorausgegangenen Befragung vorgetragen worden. Man hat dich wider die Heilige Kirche fluchen gehört, und du hast in fremden Stimmen gesprochen. Vor allem aber hast du versucht, das Gotteshaus in Assani in Brand zu stecken, was nur durch das beherzte Eingreifen des Priesters und einiger anderer Männer verhindert werden konnte. Dabei hast du Widerstand geleistet und den Priester mit einem Messer angegriffen und verletzt. Und nicht zuletzt bist du mit einem Mal gezeichnet, über dessen Herkunft und Bedeutung du keinerlei Auskunft geben kannst oder willst, sodass die Annahme auf der Hand liegt, dass es sich um ein Mal des Bösen handelt.« Er deutete auf ein etwa handtellergroßes, fremdartiges Symbol aus ineinander verschlungenen Linien dicht unterhalb ihrer linken Schulter. »Gestehst du, oder leugnest du deine Schuld weiterhin, sodass wir dir das Geständnis unter der Folter entreißen müssen?«

Die Angeklagte antwortete nicht, reagierte nicht einmal auf seine Worte, was seltsam war, da sie bei der öffentlichen Befragung zuvor vehement ihre Unschuld beteuert hatte. Lediglich die Linien des Mals schienen etwas intensiver geworden zu sein.

Ein Zeichen wie dieses hatte Naron noch niemals gesehen. Man hatte versucht, es der Hexe abzuwaschen, doch war es nicht einmal gelungen, die Linien zu verwischen. Sie waren nicht aufgemalt, sondern schienen ein Teil der Haut zu sein. Ein sicheres Zeichen, dass es sich um Hexerei handelte.

»Gestehst du deine Ketzerei, oder leugnest du deine Schuld weiterhin?«, wiederholte Naron seine Frage, lauter und schärfer diesmal.

Auch diesmal reagierte die Frau nicht, starrte nur teilnahmslos ins Leere, als hätte sie ihn gar nicht gehört.

Der Inquisitor runzelte die Stirn. Vielleicht hatte sie sich in eine Art geistige Entrückung versetzt, um die Schmerzen besser ertragen zu können. Derartiges hatte er schon erlebt. Geholfen hatte es niemandem, schon nach kurzer Zeit hatte der Schmerz jeden aus diesem Zustand gerissen.

»Fang an!«, befahl er.

Burk nickte und zog ein rot glühendes Brandeisen aus der Kohlenpfanne. Einen Moment lang betrachtete er es, als wolle er prüfen, ob es bereits die richtige Temperatur hatte.

Naron warf einen raschen Blick zu Torin. Dessen Gesicht war so ausdruckslos wie das der Angeklagten, was schon mehr war, als der Inquisitor erwartet hatte. Allein der Anblick des glühenden Eisens und das Wissen, was damit nun geschehen würde, hätten viele mit Entsetzen und Ekel erfüllt.

Mit dem Brandeisen in der Hand wandte sich Burk zu der Hexe um, dann presste er es ihr dicht unterhalb ihrer Brüste auf den Leib.

Ein widerwärtiges Zischen war zu hören, als es sich in die Haut brannte, und der Naron wohlvertraute, nicht minder widerwärtige Gestank von verbranntem Fleisch breitete sich im Raum aus.

Tarla schrie nicht, sie zuckte nicht einmal zusammen. Gleichgültig starrte sie weiter ins Leere, als wäre sie nur von einem Windhauch gestreift und nicht von einem glühenden Stück Metall berührt worden. Obwohl sie zweifelsfrei noch lebte und sich ihr nackter Busen in gleichmäßigen Atemzügen hob und senkte, schien sie nicht mehr als ein unbeseeltes Stück Fleisch zu sein, das keinerlei Schmerz verspürte.

Burk ließ seinen Blick zwischen dem Eisen und der schrecklichen Brandwunde hin und her wandern und kratzte sich ratlos am Kopf. Er war noch nie einer der Hellsten gewesen, und was er hier erlebte, ging offenbar über seinen Verstand. Kein Wunder, nicht einmal Naron verstand es. Unbewusst verkrampfte er die Hände auf den Stuhllehnen zu Fäusten.

»Noch einmal!«, befahl er und fügte, einer plötzlichen Eingebung folgend, hinzu: »Diesmal brenne sie direkt auf das Mal.«

Wie ihm befohlen presste Burk das noch immer glühende Eisen direkt auf das Symbol unter ihrer Schulter. Wieder das grässliche Zischen und der Gestank, und wiederum reagierte die Frau nicht im Geringsten darauf.

Naron begriff das einfach nicht. Er hatte Menschen erlebt, die vor Angst und Schmerz wahnsinnig geworden waren. Die meisten hatten mit irrem Blick getobt und gekreischt. Es hatte durchaus schon solche gegeben, die nur leer und teilnahmslos vor sich hingestarrt hatten, wie es Tarla tat. Aber selbst diese hatten bei jedem neuen Schmerz, der ihnen zugefügt wurde, geschrien und sich gewunden, ihr gefoltertes Fleisch hatte gezuckt, ihre geschundenen nackten Leiber gebebt, wenngleich ihnen kein vernünftiges Wort oder gar ein Geständnis mehr zu entlocken gewesen war.

»Die Daumenschrauben!«

Burk legte das Brandeisen beiseite, löste den linken Arm der Angeklagten aus der Ledermanschette, mit der sie an das Holzgestell gefesselt war, und legte ihr die Schraube an. Fester und fester drehte er die beiden Eisenbacken zusammen, die den Daumen mehr und mehr quetschten. Schließlich hörte man ein Knacken, es wiederholte sich, der Daumennagel löste sich mit einem grässlichen Geräusch, und Blut sickerte zwischen den Eisenbacken hervor. Doch die Angeklagte schrie während der gesamten grausigen Prozedur kein einziges Mal.

»Das … das kann doch nicht sein!«, platzte Torin heraus.

Angesichts des Unmöglichen, was er hier erlebte, dachte Naron nicht mehr daran, dass er dem Jungen zu sprechen verboten hatte. Ja, er hatte seine Anwesenheit in den letzten Minuten völlig vergessen. Erst jetzt erinnerte er sich wieder an ihn und wandte sich zu ihm um.

Torin hatte die Augen weit aufgerissen, und ungläubiges Staunen zeigte sich auf seinem Gesicht. Aber noch immer war nichts von dem Ekel und Entsetzen zu entdecken, das der Inquisitor erwartet hatte. Das Brandmarken und das Zerquetschen des Daumens hätten manchen gestandenen Mann dazu gebracht, kopflos davonzurennen, selbst wenn die Angeklagte keinerlei Zeichen von Leid zeigte.

»Hexerei«, murmelte Naron mit bebenden Lippen. »Es muss irgendein böser Zauber sein, eine andere Möglichkeit gibt es nicht.«

Er befahl, der Frau spitze Holzstäbe unter die Fingernägel zu schieben, und als auch das keinen Erfolg brachte, ließ er ihren Fuß in einen hölzernen Stiefel stecken, der aus zwei hohen Backen bestand, die sich zusammenschoben, wenn man an einer Kurbel drehte. Dieses Folterinstrument ähnelte der Daumenschraube, nur war es größer. Es quetsche auf äußerst schmerzhafte Weise Wade und Schienbein aneinander und schob den Fuß in eine unnatürliche Haltung, bis das Gelenk brach, während sich gleichzeitig Metalldornen in das Fleisch gruben.

Burk drehte an einer Kurbel des Stiefels, bis das Splittern von Knochen zu hören war.

Kein Schrei, nicht einmal ein Zucken im Gesicht.

»Genug!«, stieß Naron Balosta hervor. Er könnte noch Dutzende weitere Foltermethoden anordnen, doch er war sicher, dass auch diese zu keinerlei Erfolg führen würden. Er begriff, dass er die Hexe – denn dass er es mit einer zu tun hatte, stand für ihn nun zweifelsfrei fest – in Stücke hacken lassen konnte, ohne ihr auch nur das geringste Anzeichen von Schmerz zu entlocken, geschweige denn ein Geständnis. Hier war Zauberei am Werk, eine finstere Macht, die stärker war als alles, was er aufbieten konnte. Angesichts dieses eindeutigen Beweises war ein Geständnis unnötig, und auch das Seelenheil der Frau war nicht mehr zu retten.

Abrupt erhob er sich.

»Tarla von Assani, kraft meines Amtes als Inquisitor achten Grades verurteile ich, Naron Balosta, dich im Namen der Kirche der Göttlichen Familie hiermit wegen erwiesener Schuld als Hexe und somit zum Tode auf dem Scheiterhaufen. Das Urteil wird heute bei Sonnenuntergang vollstreckt.«

Es kam selten vor, dass im Bericht über einen Ketzereiprozess *erwiesene* statt *eingestandene* Schuld als Urteilsbegründung angegeben stand. Er hatte schon viele Ketzerinnen verurteilt und ihrer gerechten Strafe zugeführt. Manchmal wurden sie als Hexe bezeichnet, doch war dies nur eine leere Floskel. Hier jedoch wurde er Zeuge von etwas, das er während seiner vielen Jahre im Dienste der Kirche noch niemals erlebt hatte. Hier hatte er es mit *echter* Hexerei zu tun.

Trotz der Hitze im Raum fror er plötzlich.

Doch so unheimlich ihm dies alles war, erkannte er dennoch die Gelegenheit, die sich ihm bot. Sein Bericht würde in Aurelia für großes Aufsehen sorgen und das Interesse mächtiger Männer erregen. Vielleicht war seine Zeit im aktiven Dienst des Ordens doch noch nicht abgelaufen.

Er legte Torin die Hand auf die Schulter. »Du hast dich gut gehalten, mein Junge. Und das, obwohl du nicht nur Zeuge einer hochnotpeinlichen Befragung geworden bist, sondern auch das Wirken einer finsteren Macht miterleben musstest. Vergiss niemals, was du heute gesehen hast. Das Böse existiert, und es kann sich überall verstecken, selbst in einem so hübsch und unschuldig aussehenden …«

»Naronbalosta«, ertönte eine Stimme. Sie war verzerrt und dumpf und grollend, erfüllte den ganzen Raum und hallte von den Wänden wider.

Der Inquisitor zuckte zusammen und fuhr herum. Die Stimme hatte keinerlei Ähnlichkeit mit der der Hexe, und doch kam sie aus ihrem Mund. Das Leben war in ihren Leib zurückgekehrt. Sie sprach nicht nur, sondern hatte auch den Kopf bewegt und sah ihn an. In ihrem Blick waren jedoch auch jetzt keinerlei Schmerz oder Angst zu entdecken. Er war verächtlich und ebenso wie ihre Stimme voller Hohn.

Obwohl das glühende Eisen ihre Haut verbrannt und die verschlungenen Linien ihres Mals fast ausgelöscht hatte, waren sie wieder deutlich zu sehen. Einen Moment lang schien es sogar, als würden sie sich bewegen und sich umeinanderwinden.

»Naronbalosta«, wiederholte die Hexe in ihrer dumpfen, schrecklich gedehnten Sprechweise, die seinen Namen wie ein einzelnes Wort klingen ließ. »Du bist verflucht. Ihr alle seid verflucht, auch wenn ihr es noch nicht wisst. Nicht dieses Werkzeug, sondern eure Städte und eure Leiber werden brennen. Eure Rasse wird untergehen und vom Antlitz dieser Welt verschwinden. Und es gibt nichts, was du oder deine Kirche und euer lächerlicher Glaube tun könnt, um das zu verhindern.«

Burk versetzte ihr einen krachenden Fausthieb ins Gesicht, der ihr den Kopf zurückschleuderte und ihr den Kiefer und fast sogar das Genick brach.

Sie begann gellend zu lachen, wobei ihr ein ausgeschlagener Vorderzahn aus dem Maul fiel und Blut von ihren Lippen auf ihre nackten Mädchenbrüste spritzte. Das Lachen wurde lauter und kreischender, dröhnte in den Ohren.

Zum ersten Mal in seinem Leben versagten Naron Balosta die Nerven. Er zeichnete hastig den Heiligen Dreistern, dann versetzte er Torin von einer jähen, übermenschlichen Panik erfüllt einen Stoß, der ihn vor sich her taumeln ließ, und floh aus der Folterkammer.

# 2

Nachdem Balosta zusammen mit dem Jungen den Keller verlassen hatte, war die Hexe wieder zu ihrer apathischen Haltung zurückgekehrt, hatte kein Wort mehr gesprochen und auf nichts mehr reagiert. Der Inquisitor hatte es nicht fertiggebracht, sich ihr noch einmal zu nähern, aber Burk hatte sie den ganzen Nachmittag hindurch bewacht und ihm davon berichtet.

Anders als bei den ohnehin geistig und körperlich gebrochenen Verurteilten sonst üblich, waren ihre Arme mit Ketten auf den Rücken gefesselt, und auch um die Fußknöchel trug sie Ketten, als sie bei Einbruch der Abenddämmerung auf den freien Platz vor dem Tor des Klosters gebracht wurde. Wäre sie ein normaler Mensch gewesen, hätte sie mit dem zerquetschten Fuß keinen einzigen Schritt machen können. Bei einer Hexe, die in fremden Stimmen sprach und die Folter überstand, ohne mit der Wimper zu zucken, hielt der Inquisitor jedoch fast nichts für unmöglich; deshalb hatte er diese Sicherheitsmaßnahme angeordnet.

Am liebsten wäre ihm gewesen, er hätte die Hexe völlig ohne öffentliche Beteiligung verbrennen können. Doch das hätte erst recht Fragen aufgeworfen. So hatte er stattdessen lediglich darauf verzichtet, den Zeitpunkt der Hinrichtung in Assani bekannt zu geben, sodass keine Schaulustigen von dort angereist waren, sondern nur die Bewohner des Klosters daran teilnahmen, hauptsächlich die Mönche und die Mündel, die bereits älter als zehn Jahre waren. Die jüngeren Kinder sollten davon ausgeschlossen bleiben, wie es mit dem Abt abgesprochen war.

Während des Nachmittags war ein Scheiterhaufen errichtet worden, ein Holzstoß mit einem daraus aufragenden Pfahl. Allerdings war der Stoß nicht besonders hoch geworden. Holz war knapp und deshalb wertvoll in dieser kargen Gegend, deswegen hatten sie hauptsächlich auf dürres Buschwerk zurückgreifen müssen. Die nun erneut völlig apathisch vor sich hin starrende Hexe wurde rasch an den Pfahl gefesselt. Sie war wieder angekleidet, und Verbände um ihre Hand und ihren Fuß verbargen die Spuren der Folter.

Naron atmete erleichtert auf, als die Hexe mit extradicken Schnüren und einer zusätzlich von Kopf bis Fuß um ihren Leib geschlungenen Eisenkette an dem Pfahl festgebunden war. Offenbar drohten keine weiteren Überraschungen und Zwischenfälle mehr. Dennoch wollte er alles so schnell wie möglich hinter sich bringen. Er würde erst wieder innere Ruhe finden, wenn die Hexe tot war, denn dann hatte sich die Heilige Inquisition als stärker erwiesen als das Böse.

Außerdem wollte er diese trostlose Gegend endlich wieder verlassen. Selbst um diese Tageszeit war die Hitze kaum erträglich.

Ein weiteres Mal verkündete er in aller Eile das Urteil. Er las es so hastig vor, dass er sich fast verhaspelte. Dann befahl er Burk, den Scheiterhaufen in Brand zu stecken. Gierig züngelten die Flammen an dem trockenen Holz empor.

Im gleichen Moment kam Wind auf.

Hatte die Hitze bislang wie eine unbewegte, bleierne Decke über dem Land gelegen, so wurde die Luft nun durch eine plötzliche, heiß aus der Wüste heranwehende Bö durcheinandergewirbelt. Gleichzeitig erklangen erschrockene Rufe.

Naron Balosta wandte den Kopf. In der kurzen Zeit, seit er zuletzt nach Osten gesehen hatte, hatte sich das Bild grundlegend verändert. Das Blau und Orange des Abendhimmels waren einem düsteren Grau gewichen, durchsetzt mit schwefeligen gelben Schlieren. Es wetterleuchtete innerhalb der rasend schnell heranjagenden Wolken. Doch das eigentlich Entsetzliche war die Wand aus brodelnder Schwärze darunter, die die Welt zu verschlingen schien.

»Sandsturm!«, gellten Schreie auf.

Vergessen schien die Hinrichtung der Hexe. Die gerade noch geordnet dastehenden Mönche rannten wild durcheinander, hasteten auf das Tor des Klosters zu.

Binnen weniger Sekunden verwandelte sich der heiße Wüstenwind in einen heulenden, tobenden Orkan, der Sand in die Höhe riss und damit nach ihnen warf. Auch Naron begann zu laufen, wandte sich in die Richtung, in der das Kloster lag. Sehen konnte er kaum noch etwas. Obwohl der eigentliche Sturm noch nicht einmal richtig losgebrochen war, prasselte der Sand mit schrecklicher Kraft auf ihn herab. Er schlug die Kapuze seiner schwarzen Kutte hoch, doch auch sie bot keinerlei Schutz. Der Sand war überall, schmirgelte über seine Haut, kroch unter seine Kleidung und drang in seinen Mund ein, seine Nase, seine Ohren und sogar seine Augen. Er bekam kaum noch Luft. Bei jedem Atemzug schien sich sein Mund nur noch mit Sand zu füllen. Wieder und wieder spie er aus. Seine Kehle brannte, als hätte er gemahlenes Glas geschluckt.

Er hatte noch nie zuvor einen Sandsturm miterlebt und hatte sich seine ungeheuren Gewalten nicht einmal annähernd vorstellen können. Vor allem aber hätte er nie geglaubt, dass ein Unwetter wie aus dem Nichts so plötzlich heraufziehen könnte.

Wenn es denn ein normales Unwetter war …

Er glaubte kaum, dass die Hexe in der Lage war, einen solchen Sandsturm heraufzubeschwören. Doch sicher sein konnte er sich nicht. Sie hatte die schlimmsten Torturen ohne das geringste Zeichen von Schmerz erduldet, aber über welche Kräfte sie sonst noch verfügte, darüber wusste er nichts. Doch selbst wenn sie etwas damit zu tun hätte, würde es sie nicht retten. Der Sand mochte die Flammen ersticken, doch an den Pfahl gekettet war sie den tobenden Naturgewalten schutzlos ausgeliefert, und das konnte niemand überleben. Die Sandkörner würden ihr das Fleisch von den Knochen schälen, aber bevor sie daran starb, würde sich ihre Lunge mit Sand füllen, und sie würde elendig ersticken, während der Sandsturm sie lebendig häutete.

Innerhalb kürzester Zeit war es stockfinster geworden; die schwarzen Wolken schienen den Himmel verschlungen zu haben. Manchmal zuckten Blitze auf, doch nicht einmal ihr grelles Licht reichte aus, dass Narons vom Sand verklebte Augen irgendetwas erkennen konnten. Donner war keiner zu hören. Der Sturm heulte wie das Wehklagen gemarterter Seelen Tausender Sünder und übertönte jeden anderen Laut.

Die Kapuze so tief es ging ins Gesicht gezogen, taumelte der Inquisitor blindlings voran, in jene Richtung, in der er das Kloster vermutete. Es gab nichts, woran er sich orientieren konnte, nicht einmal die Richtung des Sturms, da diese sich ständig zu verändern schien. Von allen Seiten peitschte der Sand auf ihn ein.

Bei seiner Ankunft im Kloster hatte er sich über dessen festungsartige, gedrungene Bauweise gewundert, mit dicken Mauern, nur kleinen Innenhöfen und einem massiven Tor, das in dieser friedlichen Gegend am Rande der bekannten Welt völlig deplatziert wirkte. Er war nicht dazu gekommen, den Abt danach zu fragen, aber jetzt wusste er, was diese Bauweise erforderlich machte.

Eine besonders heftige Bö riss Balosta von den Füßen. Eine Walze aus Sand und glühend heißer Luft rollte über ihn hinweg, und er barg instinktiv das Gesicht in den Armen. Der

Sand, der bei jedem Luftholen in seinen Mund drang und das Atmen fast unmöglich machte, schien zu brennen.

Ihm fehlte die Kraft, sich wieder auf die Beine zu stemmen. War es nicht besser, einfach hier liegen zu bleiben? Sein Ende würde schnell kommen, der Sturm würde ihn unter dem Sand begraben. Was für einen Sinn hatte es, gegen das scheinbar Unvermeidliche anzukämpfen, nur um ein paar Minuten der Qual herauszuschinden? Was erwartete ihn schon noch? Schon jetzt hatte er das Gefühl, dass ihm der wie mit Fäusten auf ihn einprügelnde Sand die Haut an den Händen und im Gesicht bis auf das nackte Fleisch weggeschmirgelt hätte. Noch ein paar Minuten länger in dieser Hölle, dann würde er ihm wahrscheinlich auch das Fleisch selbst von den Knochen reißen. Er wusste ja nicht einmal, ob er sich überhaupt in die richtige Richtung bewegte oder ob ihn jeder Schritt weiter weg von dem Kloster brachte, geradewegs hinein in die Hölle.

Gleich darauf jedoch mobilisierte Balosta noch einmal alle Kraftreserven und quälte sich in die Höhe. Aufgeben kam nicht infrage. Er war Inquisitor der Kirche der Göttlichen Familie, und während seiner Ausbildung hatte er gelernt, dass ein Inquisitor niemals aufgab, wie aussichtslos eine Situation auch erscheinen mochte. Es würde bedeuten, dass er das Vertrauen in die Göttliche Familie verloren hätte, und das wäre Verrat an den Prinzipien seines Ordens und der Kirche allgemein.

Naron schickte ein Stoßgebet mit der Bitte um Hilfe an den Vater, zog die Kapuze erneut so tief wie möglich und taumelte mühsam weiter. Bei jedem Schritt versanken seine Füße bis zu den Knöcheln im weichen Sand.

Wieder zuckte ein Blitz, und in seinem Schein entdeckte Naron nicht weit von sich einen geduckten Umriss. Zumindest kam es ihm so vor; er war sich nicht sicher, ob er ihn wirklich gesehen hatte oder ob die peitschenden Sandschwaden ihm nur einen Streich gespielt hatten.

Nur Sekunden später jedoch spürte er eine Hand, die nach ihm griff und ihn mit sich zerrte. Er fragte nicht erst, wie das möglich war, sondern ließ sich von der Gestalt führen. Vielleicht wurde sein Kampf ums Überleben belohnt, und dies war das Wunder, für das er zum Göttlichen Vater gebetet hatte.

Obwohl es für ihn kaum vorstellbar gewesen war, wurde der Sturm immer noch stärker, schleuderte sie wieder und wieder zu Boden. Mit aller Kraft umklammerte Naron die Hand seines Begleiters, um nicht wieder von ihm getrennt zu werden, was wohl unweigerlich sein Ende bedeutet hätte.

Zwischenzeitlich flaute der Sturm immer wieder für einen Moment ab, als müsste er Atem holen, nur um danach noch heftiger als zuvor zuzuschlagen. Während einer dieser kurzen Atempausen sah Naron Balosta plötzlich etwas Großes, Dunkles dicht vor sich aufragen.

Das Kloster!

Eine Bö schleuderte Naron nach vorn, direkt gegen die Mauer. Im letzten Moment gelang es ihm, die Arme zum Schutz seines Gesichts hochzureißen, auch wenn er dafür seinen Begleiter loslassen musste. Ein heftiger Schmerz durchzuckte seinen Körper beim Aufprall. Trotzdem klammerte er sich instinktiv an einem etwas hervorragenden Stein fest. Die Mauer bot wenig Schutz vor dem Sturm, da dieser von der Seite heranbrauste, doch inmitten der tobenden Naturgewalten bot sie ihm ein winziges bisschen Halt und Hoffnung.

Hustend und würgend tastete er sich an die Wand gepresst weiter voran. Seine Hände waren wund und bluteten. Im ersten Moment merkte er deshalb nicht einmal, als sich nach einer scheinbaren Ewigkeit plötzlich Holz statt Stein unter seinen Fingern befand.

Er hatte das Tor des Klosters erreicht. Es war geschlossen, aber …

Jähes Entsetzen überfiel ihn, als er sich von seiner Ankunft her erinnerte, dass es keine Möglichkeit gab, es von außen zu öffnen. Tagsüber stand es gewöhnlich offen, und für verspätet eintreffende Reisende gab es einen wuchtigen Türklopfer aus Bronze. Naron betätigte ihn ein paar Mal mit aller Kraft, doch der Sturm verschluckte auch jetzt jedes Geräusch. Nicht einmal er selbst konnte die normalerweise laut hallenden Schläge hören, und das bedeutete, dass sie auch im Inneren des Klosters niemand vernehmen würde.

Damit war auch seine letzte Chance dahin, Schutz und somit Rettung zu finden. Nachdem er in den letzten Minuten neue Hoffnung geschöpft hatte, traf ihn die Verzweiflung nun umso härter.

Entmutigt ließ er sich an dem Tor entlang zu Boden sinken. Augenblicklich begann der Sand, seinen Körper zu bedecken, doch es machte ihm nichts mehr aus. Er hatte ein gutes Leben geführt, aber nun würde es ein Ende finden. Der Göttliche Vater hatte beschlossen, ihn nicht zu retten, vielleicht als späte Strafe für die Verfehlungen, die er in der Vergangenheit begangen hatte. Als er noch jünger gewesen war, waren sein Geist nicht immer rein und sein Fleisch manchmal schwach gewesen. Wie es die Regeln des Schwarzen Ordens vorschrieben, war er verheiratet, doch seine Reisen hatten ihn oft lange Zeit fort von Aurelia und damit von seiner Frau geführt. Wenn der Druck allzu groß gewesen war, hatte er sich manchmal heimlich in Freudenhäuser geschlichen, um sich dort Erleichterung zu verschaffen. Das lag lange zurück, und er war dem allgemeinen Vernehmen nach beileibe nicht der einzige Diener der Kirche, der jemals gegen das Gebot der ehelichen Treue verstoßen hatte. Aber der Göttliche Vater, dem es oblag, über die Sünder zu richten, vergaß niemals etwas.

Nach all den Ketzern, die er im Laufe der Jahre überführt und verurteilt hatte, hatte Naron Balosta nun als krönenden Höhepunkt seiner Laufbahn eine echte Hexe entlarvt und ihrer verdienten Strafe zugeführt. Es war eine bittere Ironie, dass ihre Hinrichtung nun auch seinen eigenen Tod bedeuten würde. Vielleicht jedoch hatte sein ganzes Leben im Dienste der Kirche nur zu diesem Punkt führen sollen. Vielleicht war dies die für ihn bestimmte Aufgabe gewesen, die er nunmehr erfüllt hatte.

Vielleicht aber war es auch der Fluch der Hexe, der ihn ereilt hatte.

Es spielte keine Rolle mehr. Er war bereit zu sterben.

Unwillig registrierte er, dass etwas an ihm zerrte. Als er aufblickte, nahm er erneut undeutlich die Gestalt wahr, die ihn zuletzt geführt hatte. Erst jetzt, im Sitzen, wurde ihm richtig bewusst, wie klein sie war. Es konnte sich um keinen der Mönche handeln. Eher um ein Kind und…

Schlagartig begriff er, um wen es sich handelte. Nur eines der im Kloster lebenden Waisenkinder konnte ein Interesse daran haben, ihn zu retten, und war zudem fanatisch genug, dafür das eigene Leben zu riskieren.

Matt versuchte er, Torins Hand abzustreifen, doch der Junge griff sofort wieder nach ihm. Naron hatte seinen Frieden mit sich gemacht und es akzeptiert, dass sein Leben hier und jetzt enden würde. Doch ein winziger Teil von ihm, der sich damit immer noch nicht abfinden wollte, reagierte schließlich auf die Bemühungen des Jungen.

Mühsam kämpfte er sich ein weiteres Mal auf die Füße und ließ sich von Torin mitzerren. Der Sturm traf ihn nun von hinten und peitschte ihm den Sand nur gegen den Rücken, was immerhin das Atmen etwas erleichterte.

Wieder schien eine Ewigkeit zu vergehen, bis sie endlich eine Ecke des Klosters erreichten, doch kaum hatten sie diese umrundet, ließ das Wüten der Naturgewalten abrupt nach, denn das Gebäude bot ihnen Windschutz. Die Luft war auch hier von wirbelnden Sandschwaden erfüllt, doch wenigstens prügelte der Sturm nicht länger mit unsichtbaren Fäusten auf sie ein.

Naron Balosta hatte gedacht, der Junge hätte ihn genau deshalb hierhergeführt, doch zu seiner Überraschung zerrte Torin ihn immer noch weiter, bis sie schließlich eine kleine Pforte erreichten. Sie war unverschlossen. Mit letzter Kraft taumelte Naron hindurch. Torin schloss die Tür hinter ihnen sofort. Völlige Dunkelheit und eine Stille, die nach dem ohrenbetäubenden Heulen des Sturms fast unnatürlich anmutete, umgab sie.

Und frische, sandfreie Luft!

Ein paar Mal atmete der Inquisitor tief ein, krümmte sich sofort unter weiteren Hustenanfällen zusammen und spie aus. Erst da merkte er richtig, wie sehr sein Hals und seine Lunge schmerzten.

Torin entzündete eine Lampe. Er hatte sich ein Tuch um den Kopf geschlungen, das nur einen Spalt für die Augen freiließ. Sie waren fast hinter einer Kruste aus Sand und Tränen verschwunden. Naron hob die Hand, um sich selbst den Sand aus den Augen zu wischen, doch kaum berührte er sie, begannen sie zu brennen, als hätte er sich einen Nagel hineingerammt.

Es tat schon weh, wenn er nur sein Gesicht mit den Fingerspitzen betastete, und wenn es ähnlich aussah wie seine Hände, wunderte ihn das nicht. Die Handrücken hatten sich in nässende Wunden verwandelt, stellenweise lag das Fleisch fast blank.

»Die Mönche werden sich um Eure Verletzungen kümmern, Euer Gnaden, sobald der Sandsturm aufgehört hat«, sagte Torin. Er hatte das vor sein Gesicht geschlungene Tuch abgenommen. Es hatte seine Haut geschützt, aber seine Stimme klang kratzig, und auch er musste husten, während er sprach. »Aber so lange müssen wir hier warten.«

Naron blickte sich um. Sie befanden sich in einem fensterlosen Raum, in dem Schaufeln, Hacken, ein Pflug und allerlei weitere Werkzeuge für die Arbeit auf den kargen Feldern hinter dem Kloster aufbewahrt wurden. Eine weitere Tür, die tiefer in das Gebäude hineinführte, gab es nicht.

Zum Dank für seine Rettung zeichnete er den Heiligen Dreistern. Der Junge tat es ihm gleich.

Naron versuchte etwas zu sagen, bekam aber nur ein Krächzen zustande, das zudem sofort einen weiteren Hustenanfall auslöste.

»Danke«, brachte er schließlich hervor. »Du … du hast mir … das Leben gerettet.«

Natürlich wusste er, dass Torin dies nicht selbstlos getan hatte, sondern weil er wusste, dass nur der Inquisitor ihm helfen konnte, seinem großen Traum ein Stück näher zu kommen. Aber was machte das schon? Die Mönche, sogar der Abt … sie alle waren beim Heraufziehen des Sturms blindlings geflohen, hatten nur danach getrachtet, sich selbst in Sicherheit zu bringen, und ihn, einen Inquisitor achten Grades, seinem Schicksal überlassen.

Nur ein unbedeutender Waisenjunge, dem sein Traum mehr als alles andere bedeutete, sogar mehr als sein Leben, der hatte nach ihm gesucht und ihn gerettet.

»Dieser Sandsturm … Kommt so etwas … öfters vor?«

»Drei-, viermal im Jahr«, berichtete Torin. »Aber ich habe noch nie erlebt, dass ein Sturm so rasch aufzieht und so heftig wütet.«

Balosta nickte nachdenklich. Dies war noch kein Beweis für das Wirken finsterer Kräfte, untermauerte jedoch seine Befürchtung. Er würde in Aurelia darüber Bericht erstatten müssen. Obwohl die Aussage eines Kindes nicht viel zählen würde, wäre es gut, einen Augenzeugen dabeizuhaben.

Aber das war nicht der einzige Grund für den Entschluss,

den er in diesem Moment fasste, auch nicht, dass Torin ihm das Leben gerettet hatte. Die Beharrlichkeit des Jungen, sein Verhalten während des Verhörs und sein Wagemut imponierten ihm. Auch wenn er von niederer Herkunft war, es wäre Verschwendung, jemanden mit solchem Potential hier am Ende der Welt zurückzulassen. Hier konnte er es nur bis zum Knecht irgendeines Bauern oder Handwerkers schaffen oder es höchstens bis zum Mönch in einem unbedeutenden Kloster bringen.

»Sobald ich mich erholt habe, werde ich mich auf den Rückweg nach Aurelia machen«, verkündete er. »Und du wirst mich begleiten.«

# 3

»Kannst du reiten?«

Die Frage überraschte Torin, und er blickte den Inquisitor einen Moment verwirrt an, ehe er den Kopf schüttelte. Wie hätte er reiten lernen können? Es gab nicht einmal ein Pferd im Kloster. Die einzigen Tiere hier waren ein wenig Geflügel, einige Ziegen und ein abgemagerter alter Ochse, der zum Pflügen und zum Ziehen des Karrens benötigt wurde, wenn sie in Assani Sachen einkaufen mussten, die sie nicht selbst anbauen oder herstellen konnten.

»Du wirst es lernen, ehe wir aufbrechen. Hast du wenigstens überhaupt schon einmal auf einem Pferd gesessen?«

»Auch nicht, Herr.«

Torin war aufgefordert worden, Naron Balosta und Pater Berlinus nach dem Frühstück in die Kammer des Abtes zu begleiten, doch er fragte sich, was er hier sollte. Bislang hatten sich ausschließlich die beiden Erwachsenen unterhalten, hauptsächlich über Dinge, von denen er nichts verstand. Er hatte ihren Worten kaum gelauscht. Die Fragen jedoch hatten ihn jäh aus den hochfliegenden Träumen gerissen, die seinen Kopf erfüllten, seit der Inquisitor ihm als Dank für seine Rettung versprochen hatte, ihn mit sich in die Heilige Stadt zu nehmen.

Mittlerweile waren seit dem Sandsturm drei Tage vergangen, und in denen hatte Torin begonnen, das Leben mit ganz anderen Augen zu betrachten. Seine Zukunft sah dank Balosta nicht mehr trist und trostlos aus. Stattdessen war die Erfüllung all seiner Träume in versprochene Nähe gerückt. Er würde das Kloster und sogar ganz Talarien verlassen, würde nach Aurelia reisen, würde das Ewige Feuer sehen, eine Ausbildung innerhalb der Kirche machen und Inquisitor werden, würde vielleicht sogar dem Prios begegnen …

Jetzt jedoch fühlte er sich plötzlich wieder unbedeutend und kläglich. Der Gedanke an ein Leben in der Heiligen Stadt war eine Sache, doch wie er überhaupt dorthin gelangen sollte, darüber hatte er bisher noch nicht nachgedacht.

Der Inquisitor hatte das Kloster zusammen mit seinem Begleiter hoch zu Ross erreicht. Keine Kutsche, kein Wagen. Und Balosta würde die lange Rückreise bis in die Königsmark im Herzen des Kontinents sicherlich nicht seinetwegen zu Fuß unternehmen.

Torin hatte das Kloster bislang nur wenige Male verlassen und niemals länger als für ein paar Stunden. Insofern hatte er keinerlei Vorstellung, *wie* weit der Weg tatsächlich war. Allerdings hatte er einmal aufgeschnappt, dass eine Pilgerreise zu Fuß von Assani in die Heilige Stadt mehrere Monate dauerte.

»Du wirst es lernen«, wiederholte der Inquisitor. Er sah noch immer schrecklich aus. Der Sandsturm hatte ihm überall, wo sein Körper ungeschützt gewesen war, die Haut bis teilweise aufs nässende Fleisch heruntergeschmirgelt, und in den letzten Tagen hatte er ständig Umschläge und Verbände mit Heilerde und Pflanzentinkturen getragen. Inzwischen jedoch hatte sich Schorf gebildet, und er ließ seine Wunden an der Luft heilen. Aber sein Gesicht und seine Arme sahen noch immer wie eine Kraterlandschaft aus.

Torin senkte den Blick. Balostas Worte führten ihm nicht nur seine eigene Unzulänglichkeit vor Augen, sondern erfüllten ihn auch mit einem Gefühl vager, dumpfer Angst, denn es gab nur ein Pferd, das für ihn infrage kam.

Burk war tot.

Jedenfalls war er seit dem Sandsturm verschollen, und mittlerweile gab es keinerlei Hoffnung mehr, dass er lebend zurückkehren könnte. Mit Sicherheit lag er irgendwo unter einer Sandwehe begraben. Abgesehen von der ohnehin zum Tode verurteilten Hexe war er wie durch ein Wunder das einzige Opfer des Unwetters gewesen. Die Mönche und Waisenkinder wussten, wie man sich im Falle eines solchen Sandsturms verhielt, auch wenn dieser schneller heraufgezogen und heftiger gewesen war als alle, die Torin zuvor erlebt hatte. Sie hatten alles stehen und liegen lassen und sich in den Schutz des Klosters geflüchtet, während der genau wie Balosta mit den hiesigen Verhältnissen nicht vertraute Burk ein paar entscheidende Sekunden zu spät reagiert hatte. Nicht einmal seine Leiche hatte man gefunden, so wenig wie die der Hexe.

Auch Torin hatte seinem Instinkt gehorchen und flüchten wollen, ehe ihm bewusst geworden war, dass dies für die Fremden ohne Zweifel das Todesurteil bedeutet hätte.

Balosta war ein ranghoher Vertreter der Kirche, der er alles zu verdanken hatte, höchstwahrscheinlich sogar sein Leben. Hätte man ihn als Kleinkind nicht als Mündel im Kloster aufgenommen, wäre er zweifellos in einem der öffentlichen Waisenhäuser gelandet, wo sechs von zehn Kindern starben, ehe sie das zehnte Lebensjahr erreichten. Und die, die überlebten, mussten als Erwachsene ihre Schuld für ein undichtes Dach über dem Kopf, ein winziges Lager aus fauligem Stroh und Jahre allerkärgster Kost im soldfreien Dienst in der talarischen Armee begleichen. Daran hatte Pater Berlinus die im Kloster aufgewachsenen Kinder oft genug erinnert. Einmal im Jahr besuchte er mit ihnen sogar das öffentliche Waisenhaus bei Assani, um ihnen vor Augen zu führen, wie gut es ihnen dank der Gnade der Kirche ging.

Mehr noch als der Abt verkörperten Balosta und sein Begleiter diese Kirche. Torin hatte sie nicht einfach ihrem Schicksal überlassen können.

Zudem stellte der Inquisitor seine vermutlich einzige Chance dar, dem Kloster zu entrinnen und ein Leben zu führen, wie er es sich erträumte. Dafür hatte er bereitwillig sein Leben riskiert, obwohl er ebenfalls die Wucht und Schnelligkeit des Sturms unterschätzt hatte.

Für Burk hingegen hatte er nichts tun können.

Da der Folterknecht nicht mehr nach Aurelia zurückkehren würde, brauchte er auch sein Pferd nicht mehr, einen riesigen braunen Hengst. Schon die bloße Vorstellung, auf den Rücken dieses Ungetüms klettern zu müssen, erfüllte Torin mit Schrecken.

Dennoch wagte er es nicht, den Mund aufzumachen, aber zumindest ein Teil seines unverhofft in so greifbare Nähe gerückten Traumes hatte sich plötzlich in einen Albtraum verwandelt.

Noch immer war sich Naron Balosta nicht sicher, ob er wirklich das Richtige tat, oder ob ihn bei seinem Versprechen, Torin mit nach Aurelia zu nehmen, ein Dämon geritten hatte. Sicher, es war eine extreme Situation gewesen, in der er es abgegeben hatte. Es handelte sich zweifellos immer um eine Extremsituation, wenn man vor dem bereits sicher geglaubten Tod gerettet wurde, und insbesondere, wenn man einer so unvorstellbaren Hölle wie dem Sandsturm um Haaresbreite entkommen war.

Aber es ging nicht nur darum.

Jedes Jahr bewarben sich zahlreiche Jungen – und mittlerweile sogar Mädchen – darum, zum Inquisitor ausgebildet zu werden. Praktisch alle stammten aus wohlhabenden Familien, wurden oftmals von diesen dazu gedrängt. Es bedeutete Ehre und somit auch Macht und Einfluss, wenn Familienmitglieder dem Schwarzen Orden angehörten, und auch für die Bewerber bedeutete es Macht, die schwarze Kutte anlegen zu dürfen. Kaum einem von ihnen ging es wirklich um das Amt und die damit einhergehende Verantwortung. Auch bei ihm war das einst so gewesen.

Bei Torin hingegen war dies anders. Bestimmt stellte für einen Niemand wie ihn auch die Aussicht auf das Ansehen, das er als Inquisitor genießen würde, eine Verlockung dar. Doch darum ging es dem Jungen höchstens am Rande, das wusste Naron Balosta. Torin war ein Eiferer. Er war besessen von der Vorstellung, der Kirche etwas von dem, was sie für ihn getan hatte, zurückzugeben. Er *glaubte* an ihre Werte und die Wichtigkeit der Aufgaben, die ein Inquisitor zu verrichten hatte. Mochten sie auch manchmal noch so schmutzig sein, er würde sie aus Überzeugung erfüllen.

Vielleicht war es gerade das, was Naron Balosta ängstigte und an dem Jungen zweifeln ließ.

Er selbst hatte einst als zweitältester Sohn die Wahl gehabt, in den kirchlichen Dienst zu treten oder auf dem Familiensitz ein Leben im Schatten seines älteren Bruders zu fristen. Diese Wahl hatte er aus rein pragmatischen Überlegungen heraus getroffen. Natürlich glaubte er an die Göttliche Familie, aber ob er auch an Hexen glaubte …

Noch vor wenigen Tagen hätte er die Frage verneint, wenn auch nur sich selbst gegenüber. Ketzer – natürlich. Er hatte im Laufe der Jahre über viele zu Gericht gesessen, die üble Frevel begangen hatten und Ansichten vertraten, die gegen die Lehren der Kirche verstießen. Insbesondere galt dies für die Visha mit ihrer widerlichen blasphemischen Verehrung des gefallenen Engels, der Herrin der Verdammnis.

Aber es kam selten vor, dass eine Visha entlarvt und bestraft wurde. Balosta machte sich nichts vor. Die allermeisten, über die er zu Gericht saß, waren unschuldig, ihre Geständnisse unter der Folter erpresst. Ihre Bestrafung war nichts, was ihm

Vergnügen bereitete, aber es war nun einmal seine Aufgabe. Für Gerechtigkeit war allein die Göttliche Familie zuständig. Der Kirche hingegen fiel die Aufgabe zu, deren Lehren zu verbreiten und durch regelmäßige Exempel genügend Furcht zu verbreiten, sodass sich das Volk nicht davon abwandte oder sich ketzerisches Gedankengut verbreitete. Wenn dafür gelegentlich ein paar Unschuldige sterben mussten – nun, das Leben Einzelner zählte nichts, gemessen am Gesamtwohl der Kirche. Er tröstete sich damit, dass sie in ihrem jenseitigen Leben den Lohn für ihr Martyrium erhalten würden.

Jedenfalls war es das, was er sich sagte, um sein Tun vor sich selbst zu rechtfertigen und sein Gewissen zu beruhigen.

Die Wahrheit hingegen war viel simpler und brutaler: Er tat einfach das, was ihm aufgetragen wurde, ein winziges Rädchen in einem Getriebe, und im Laufe der Jahre war er abgestumpft genug, um nicht mehr groß darüber nachzudenken oder gar schlaflose Nächte deswegen zu haben.

Torin hingegen …

Noch immer schauderte Balosta, wenn er an die Folterung der Hexe zurückdachte. Er begriff nicht wirklich, was dort geschehen war, nur dass er auf eine fremde, dunkle Macht gestoßen war, wie er sie noch nie zuvor erlebt hatte. Selbst ihn hatte das Geschehen zutiefst entsetzt, doch Torin, für den es als abschreckendes Beispiel gedacht war, hatte alles fast ohne sichtbare Regung hingenommen.

Was für ein Kind war das bloß?

Es erschien Balosta als durchaus möglich, dass sich der Junge zu einem Fanatiker entwickelte, zu jemandem, der jeden Tropfen Blut, der im Namen der Kirche vergossen wurde, für gerechtfertigt hielt, und gar nicht genug davon bekommen konnte. Jemandem, der im Namen des Glaubens mit Feuer und Schwert auszog und notfalls die ganze Welt in Brand stecken würde.

Und er, Naron Balosta, würde schuld sein an der Entstehung dieses Monstrums!

Aber war das nicht furchtbar übertrieben? Es war längst nicht sicher, dass sich Torin in diese Richtung entwickeln würde. Noch war er ein Kind, das sich biegen und formen ließ. Ein im Moment ziemlich furchtsames Kind sogar.

Natürlich hatte Balosta sofort erkannt, welche Ängste Torin im Hinblick auf die Reise nach Aurelia plagten, und ihm war auch bewusst, dass er den Jungen nicht auf Burks Hengst reiten lassen konnte. Das Tier steckte voller wilder Energie, und nur dem Folterknecht mit seiner Erfahrung im Umgang mit widerspenstigen Gäulen und seinen enormen Kräften war es gelungen, das Pferd zu bändigen. Ein Anfänger, noch dazu ein Kind, würde sich niemals auf seinem Rücken halten können. Balosta würde in Assani ein anderes Tier erstehen müssen, ein kleineres und sanftmütigeres. Dann dürften hoffentlich ein paar Tage der Übung genügen, damit Torin nicht alle paar Sekunden aus dem Sattel rutschte. Der Rest würde sich während der weiten Reise ergeben. Lange bevor sie Aurelia erreichten, würde er gelernt haben, richtig zu reiten.

Naron Balosta verkniff es sich jedoch, das dem Jungen zu sagen, ehe er kurz nach dem Gespräch mit beiden Pferden aufbrach, ohne Torin davon zu unterrichten. Als er das Kloster verließ, bemerkte er den Jungen in dem Augenwinkel und sein Erschrecken, als er den Inquisitor davonreiten sah. Das war Balosta nur recht. Sollte der Junge ruhig ein bisschen Blut und Wasser schwitzen. Es würde ihm nicht schaden, wenn sein bereits wieder erwachender Übermut einen Dämpfer erhielt und er sich ein paar Sorgen machte.

Balostas Weg führte ihn durch unbewohntes, fast wüstenartiges Gebiet, in dem lediglich ein paar gelbliche Flechten und Gräser, vereinzelte Kakteen und hin und wieder ein paar dürre, dornige Büsche wuchsen. Eine Straße gab es nicht, und wenn doch, dann war sie vollständig mit Sand zugeweht. Dafür ragten in weiten, aber halbwegs regelmäßigen Abständen Steinpfeiler aus dem Boden, die den Weg markierten.

Je weiter er nach Norden kam, desto weniger Spuren hatte der Sandsturm hinterlassen. Auf den ersten ein, zwei Meilen waren noch zahlreiche Verwehungen zu erkennen. Sandhügel hatten sich an den Pfeilern und Büschen gebildet und sie teilweise unter sich begraben. Mittlerweile aber war er fast drei Meilen weit geritten, und nichts deutete hier noch auf das Unwetter hin.

Auch an diesem Tag brannte die Sonne wieder unbarmherzig von einem wolkenlosen, tiefblauen Himmel herab. Die Umgebung flimmerte unter der sengenden Glut, und alles, was weiter als ein paar Dutzend Schritte entfernt lag, sah so verschwommen aus, als betrachte man es durch ein Fenster, über das Wasserschlieren herabliefen.

Wasser …

Obwohl er vor seinem Aufbruch noch ausgiebig getrunken hatte, verspürte Balosta schon wieder Durst. Das Land hier war so ausgedörrt, dass schon der bloße Anblick durstig machte. Er löste seinen Wasserschlauch vom Sattel und nahm ein paar große Schlucke. Wahrscheinlich handelte es sich um das einzige Nass in weitem Umkreis. Sorgsam verschloss er den Schlauch wieder und hängte ihn zurück.

Bei seiner Ankunft hatte er sich gewundert, warum das Kloster so relativ weit von Assani entfernt lag. Pater Berlinus hatte ihm erklärt, dass man sich nach den vorhandenen Wasserstellen hatte richten müssen. Wo jetzt das Kloster stand, hatte sich eine kleine Oase mit einem Tümpel befunden, der durch eine unterirdische Quelle gespeist wurde. Es war der einzige infrage kommende Ort außerhalb des Dorfes gewesen.

Als er eine weitere Meile geritten war, schälten sich in der Ferne endlich die Umrisse einer Ortschaft aus den flirrenden

Schemen, die in alle Richtungen den Horizont bildeten. Dreimal so hoch wie alle anderen Gebäude ragte in ihrem Zentrum ein gedrungener Kirchturm auf.

Assani.

Bei seiner Ankunft in dieser Gegend vor einigen Tagen war Balosta schon einmal dort gewesen, um die in einer Zelle des Rathauses eingesperrte Angeklagte zum Verhör ins Kloster zu bringen. Schon da hatte er sich die gleiche Frage gestellt, die sich ihm erneut aufdrängte: Was, bei allen Heiligen, brachte jemanden dazu, in diesem abgelegenen, unfruchtbaren Winkel der Welt zu leben, wenn es doch so viele wesentlich weniger lebensfeindliche Landstriche gab? Vermutlich waren sämtliche Einwohner Assanis hier geboren, doch Heimatverbundenheit allein war für Balosta noch keine Erklärung dafür, warum sie hierblieben, statt irgendwo hinzuziehen, wo das Leben erheblich einfacher und angenehmer war. Was auch immer sie dazu brachte, hierzubleiben, Naron Balosta konnte es weder erkennen, geschweige denn verstehen. Aber es war ja nicht sein Problem.

Assani war keine Stadt, nicht einmal eine kleine, aber es war auch kein winziges Nest, sondern beherbergte immerhin um die vierhundert Menschen.

Vierhundert Wahnsinnige in seinen Augen.

Es dauerte nicht mehr lange, bis er die ersten Häuser erreichte. Nur wenige Menschen hielten sich auf den Straßen auf. Auch das war etwas, was diese Gegend hier von anderen unterschied. Wegen der immerwährenden Hitze nahm das Leben hier einen weitaus gemächlicheren Gang als anderswo. Nichts war hier von der Hektik zu spüren, die in vergleichbaren Ortschaften mit gemäßigterem Klima für gewöhnlich herrschte.

Ein paar Kinder spielten Fangen, hielten jedoch inne, als sie ihn erblickten, und starrten ihn mit großen Augen an, in denen Ehrfurcht und auch ein wenig Angst geschrieben standen. Bei den wenigen Erwachsenen, denen er begegnete, kam noch Neugier hinzu, zumal sie wussten, dass er nicht ihretwegen gekommen war.

Naron Balosta ritt bis zur Kirche. Dort stieg er ab, band beide Pferde an und trat durch das Portal. Schattiges Halbdunkel umfing ihn, weshalb er nach dem grellen Sonnenlicht im ersten Moment fast blind war, und es war deutlich kühler, sodass er sogar kurz fröstelte.

Eine Gestalt kam ihm durch den Mittelgang entgegen. Nachdem er ein paar Mal geblinzelt und seine Augen sich an die veränderten Lichtverhältnisse gewöhnt hatten, erkannte er Pater Auron. Der Priester war ein kleiner Mann mit einem runden, rosigen Gesicht, das von einem nur noch dünnen Haarkranz gekrönt wurde. Auch die weit geschnittene helle Kutte konnte sein Übergewicht nicht verbergen.

Er zeichnete den Heiligen Dreistern. Balosta erwiderte das Zeichen.

»Euer Gnaden, Ihr seid zurück. Willkommen in meinem unbedeutenden, schäbigen Gotteshaus«, grüßte der Priester salbungsvoll. »Ich hatte gehofft, Euch vor Eurer Abreise noch einmal zu treffen, denn so hohen Besuch sehen wir hier selten. Ich …« Er stockte. »Was ist mit Eurem Gesicht passiert?«

»Der Sandsturm.« Naron Balosta winkte ab. »Es verheilt bereits. Es ist alles gut.«

»Ich hörte davon«, fuhr der Priester fort. »Ich bin untröstlich, dass ich nicht bei der Hinrichtung der Hexe zugegen sein konnte, doch ich erfuhr erst zu spät, dass dieser Akt der Gerechtigkeit bereits so schnell vollzogen werden sollte. Wie ich jedoch inzwischen gehört habe, haben widrige Umstände der Natur verhindert, dass …«

»Die Hexe ist tot«, unterbrach Balosta den Redeschwall des Paters. Dessen Geschwätzigkeit hatte er schon bei seinem letzten Besuch ausgiebig kennenlernen dürfen. »Das ist alles, worauf es ankommt.«

»Schon, aber ist es nicht seltsam, dass das Kloster genau während ihrer Hinrichtung von diesem so verheerenden Sandsturm heimgesucht wurde, während wir hier völlig davon verschont blieben? Ich war geschockt, als ich davon erfuhr, gerade weil wir hier gar nichts davon …«

»Die Wege der Göttlichen Familie sind für uns Menschen unergründlich«, fiel Balosta ihm abermals ins Wort. »Ebenso wie die der finsteren Mächte.« Seine Wunden schmerzten noch immer, und er hatte keinerlei Geduld, sich das ausschweifende Geschwätz des Mannes anzuhören. »Aber ich habe den Weg hierher nicht auf mich genommen, um nutzlose Spekulationen über das anzustellen, was gewesen ist. Meine Zeit ist kostbar.«

»Sicher, Euer Gnaden, sicher.« Der Priester verbeugte sich. »Was verschafft mir die Ehre Eures Besuchs?«

»Ich benötige ein Pferd. Am besten ein Pony, zumindest aber ein sehr sanftmütiges Tier, auf dem ein Kind ohne jede Erfahrung reiten kann.«

»Ein Kind? Was …« Pater Auron verstummte, als er den verärgerten Ausdruck auf dem noch immer lädierten Gesicht des Inquisitors erkannte. »Bitte verzeiht, Euer Gnaden, es geht mich nichts an. Ein Pferd, hm. Es wird nicht leicht werden, hier in Assani eins zu bekommen. Die wenigen Pferde, die es hier gibt, sind keine Reittiere, sondern werden für die Landwirtschaft benötigt. Ihr werdet niemanden finden, der Euch eins ver…«

Balosta runzelte die Stirn. »Ihr vergesst, wen Ihr vor Euch habt. Ich bin wegen eines Pferdes gekommen, und ich werde nicht ohne eines gehen. Schlimmstenfalls werde ich es kraft meines Amtes requirieren, doch ich hoffe, dass dies nicht nötig sein wird. Und nun sagt mir, wo ich eins finden kann!«

Der Priester zögerte einen Moment und kratzte sich am

Kopf. »Am ehesten werdet Ihr auf dem Mühlenhof Erfolg haben. Der Müller mahlt das Korn für alle in Assani, und da die meisten die vollen Säcke nur zu Fuß zu ihm bringen könnten, holt er sie bei den Bauern ab, transportiert sie zu seiner Windmühle und bringt das Mehl anschließend wieder bei ihnen vorbei. Daher besitzt er mehrere Fuhrwerke. Aber seine Pferde sind Karren- und Lasttiere, keine Reitpferde.«

»Ich werde sie mir mal ansehen. Mühlenhof, sagtet Ihr?«

»Ihr könnt ihn nicht verfehlen, wenn Ihr der Straße folgt, die vom Kirchplatz nach Westen führt. Wie gesagt, dort steht eine Windmühle.«

»Ich danke Euch«, brummte Balosta wenig dankbar und wandte sich dem Ausgang zu, blieb nach zwei Schritten jedoch stehen und drehte sich noch einmal um. »Vielleicht gibt es da noch etwas, wobei Ihr mir helfen könnt. Kennt Ihr einen Jungen namens Torin?«

»Eine der Waisen im Kloster, aber ja. Ein merkwürdiger Junge. Ziemlich still und in sich gekehrt. Aber wenn er einen ansieht … Er hat einen fast unheimlichen Blick.«

»Man sagte mir, er wurde vor dem Portal der Kirche gefunden.«

»So ist es. Die Frau, die die Kirche säubert, hat ihn früh am Morgen entdeckt. Er war nur in eine Decke gehüllt. Ich brachte ihn dann ins Kloster, wo man ihn aufnahm. Anderenfalls hätte ich ihn im Waisenhaus von Lokath abgeliefert. Aber dort …«

Unwirsch winkte Naron Balosta ab und brachte den Mann damit zum Verstummen. »Mich interessiert nur, ob es irgendwelche Hinweise bezüglich seiner Herkunft gibt, und seien es nur vage Vermutungen. Ihr kennt die Bewohner Assanis wohl besser als jeder andere. Es muss doch auffallen, wenn eine Frau schwanger ist, ohne anschließend ein Kind zu haben.«

»Ganz so einfach ist das nicht«, erklärte Pater Auron. »Eine

Frau, die aus welchen Gründen auch immer nicht vorhat, ihr Neugeborenes zu behalten, hat verschiedene Möglichkeiten. Sie kann ihren Zustand so lange es geht durch weite Kleider verbergen und in den letzten Monaten ihr Haus nicht verlassen. Oder sie geht fort in einen anderen Ort. Eine angebliche Reise zu Verwandten, und erst wenn alles vorbei ist, kehrt sie wieder zurück. Überhaupt wird sie, wenn sie halbwegs klug ist, das Kind nicht im gleichen Ort aussetzen, in dem sie lebt. Insofern glaube ich nicht einmal, dass Torins Mutter aus Assani stammte.«

»Also gibt es nicht den geringsten Hinweis?« Balosta hatte nicht wirklich damit gerechnet, nach so vielen Jahren noch etwas über die Herkunft des Jungen herauszufinden, dennoch war er enttäuscht. »In was für eine Decke war er gehüllt? Eine schlichte, oder war sie hochwertiger gearbeitet? Gab es vielleicht ein Monogramm oder dergleichen?«

Pater Auron senkte den Kopf und knetete die Hände. »Ich fürchte, ich habe mich falsch ausgedrückt. Niemand benötigt Decken bei den Temperaturen hier im Osten. Wenn wir von Decken sprechen, dann meinen wir Tücher, und um ein Tuch handelte es sich auch. Ein ganz einfaches Leinentuch ohne jeden Hinweis. So wenig wie das Amulett.«

»Amulett?« Scharf blickte Balosta den Priester an.

»Vielleicht ist Amulett zu viel gesagt. Ein völlig schmuckloses Metallplättchen, das an einem Lederband um den Hals des Jungen hing. Er hatte es noch um, als ich ihn zum Kloster brachte. Wenn er es jetzt nicht mehr trägt, muss es der Abt haben.«

Nachdenklich verabschiedete sich Balosta. Er war sicher, dass Torin kein Band um den Hals trug. Wenn es sich nur um ein schmuckloses Plättchen gehandelt hatte, hatte man es vielleicht weggeworfen, doch Naron Balosta erschien das unwahrscheinlich. Wenn Findelkinder etwas besaßen, das noch von ihren Eltern stammte, dann hüteten sie es gewöhnlich wie einen Schatz, mochte es auch noch so schäbig und unbedeutend sein. Er würde den Abt später danach fragen.

Mit gemischten Gefühlen machte er sich auf den Weg zum Mühlenhof. Das Gespräch mit dem Priester hatte ihm die ohnehin geringe Hoffnung genommen, dass ihm jemand ein geeignetes Tier verkaufen würde. Zwar hatte er kraft seines Amts das Recht, etwas zu beschlagnahmen, was er dringend benötigte, doch er wollte nur im äußersten Fall darauf zurückgreifen. Eher würde er Burks Hengst zum Tausch anbieten, weshalb er ihn auch mit nach Assani genommen hatte. Das Tier gehörte der Kirche, und ein solches Rassetier stellte einen erheblichen Wert dar. Aber die Kirche war reich und würde einen solchen Verlust verkraften, mochte der Schatzmeister in seiner unersättlichen Gier auch nicht müde werden, das Gegenteil zu behaupten.

Der Mühlenbauer betrieb nicht nur die Windmühle ein Stück außerhalb des Dorfes, sondern bewirtschaftete auch ein Stück Land, das ebenso wie die Felder beim Kloster nur durch ein System von Bewässerungsgräben fruchtbar gemacht werden konnte. Er zeigte sich wenig erfreut über den Besuch des Inquisitors, das war ihm anzusehen, vor allem nachdem er den Grund dafür erfahren hatte, empfing ihn aber mit aller gebotenen Höflichkeit und führte ihn bereitwillig in den Stall.

Auf den ersten Blick erkannte Naron, dass keines der Pferde für seine Zwecke geeignet war. Es waren klapprige Ackergäule, daran gewöhnt, einen Pflug oder einen Karren mit schwerer Last zu ziehen, aber nicht, über einen längeren Zeitraum hinweg weite Distanzen mit einem Reiter auf dem Rücken zurückzulegen. Dennoch begutachtete er jedes Tier genau, doch sein erster Eindruck bestätigte sich.

Der Müller, ein vierschrötiger dunkelhaariger Mann mit einem breiten Kreuz, atmete sichtlich erleichtert auf. Balosta erkundigte sich nach anderen Möglichkeiten, doch der Mann konnte nur bestätigen, was Pater Auron bereits gesagt hatte. In Assani gab es keine Reitpferde, da einfach kein Bedarf an ihnen bestand.

Der Sandsturm hatte so schlimme Verwüstungen angerichtet, dass es vermutlich Wochen dauern würde, sie alle zu beseitigen. Fenster waren zerborsten und die dahinterliegenden Zimmer verwüstet worden, der Kräutergarten im Innenhof des Klosters war unter Massen von Sand begraben. Wo sich hinter dem Kloster die kargen Gemüse- und Getreidefelder befunden hatten, welche die Lebensgrundlage der Klostergemeinschaft darstellten, erstreckten sich nun Sanddünen, denen auch die mühsam angelegten Bewässerungsanlagen zum Opfer gefallen waren. Überhaupt war Sand durch die kleinsten Ritzen bis in jeden noch so abgelegenen Winkel der Gebäude gedrungen, und selbst dutzendfaches Fegen hatte ihn noch nicht völlig entfernen können.

Auch Torin hatte in dem Sturm Verletzungen erlitten, trotz der Tücher vor allem im Gesicht und an den Händen. Aus diesem Grund war er die ersten drei Tage lang von der Arbeit befreit gewesen. Mittlerweile jedoch waren die Wunden auch bei ihm verschorft und begannen zu heilen. Aus diesem Grund hatte Pater Berlinus nun auch ihn nach dem Gespräch mit dem Inquisitor auf die Felder hinter dem Kloster geschickt, um neue Bewässerungsgräben auszuheben.

Er hatte kaum mit der Arbeit begonnen, als er sah, wie Naron Balosta zu Pferd das Kloster verließ und Burks Hengst am Zügel mit sich führte. Torin erschrak, als er ihn davonreiten sah; er fürchtete für einen Moment, der Inquisitor könnte es sich anders überlegt haben und würde sich ohne ihn auf den Rückweg nach Aurelia machen. Aber Balostas Zustand erlaubte noch keine so lange Reise, und gleich darauf registrierte Torin, dass er keinerlei Gepäck bei sich führte. Beruhigt wandte er sich wieder seiner Arbeit zu.

Er hielt sich etwas abseits von den übrigen Waisen und schuftete so hart, wie er es nur vermochte. Noch mehr als sonst hielten sich die anderen in den letzten Tagen von ihm fern. Die Nachricht, dass er mit dem Inquisitor nach Aurelia reisen würde, hatte sich in Windeseile verbreitet und blanken Neid hervorgerufen. Wenn sie überhaupt mit ihm sprachen, dann äußerten sie meist gehässige Bemerkungen, dass er sich wohl für etwas Besseres halten würde. Seit er an diesem Tag wieder zur Arbeit erschienen war, hatten sie ihn mehrfach gehänselt und ihm vorgeworfen, dass er es wohl nicht mehr nötig hätte, sich wirklich anzustrengen und nur wie ein Mädchen arbeiten würde.

Wie er sie hasste! Und das nicht erst, seit er wusste, dass er sie verlassen würde!

Sie würden ihr ganzes Leben in ihrer kleinen, beschränkten Welt verbringen und konnten sich nicht einmal *vorstellen*, dass es anders sein könnte. Sie hatten sich mit ihrem Dasein abgefunden, dachten erst gar nicht mehr darüber nach. Im Grunde dachten sie über gar nichts nach, hatten wahrscheinlich sogar die Fähigkeit dazu schon verloren. Wenn sie die überhaupt je gehabt hatten. Sie interessierten sich für nichts, außer für sich selbst und ihr unmittelbares Umfeld. Was hinter dem nächsten Hügel oder der nächsten Sanddüne lag, war ihnen gleichgültig; es reizte sie kein bisschen, es herauszufinden.

Das hatte es für Torin schon seit seiner frühesten Kindheit so schwer gemacht, mit ihnen auszukommen. Meistens hatte er nicht einmal gewusst, worüber er mit ihnen reden sollte. Ihre Ignoranz und ihre gleichgültige Ergebenheit in ihr Schicksal waren ihm völlig fremd. Er war schon immer neugierig gewesen, hatte sich nie damit abgefunden, dass etwas einfach so war, wie es war, sondern hatte den Grund dafür herauszufinden versucht und wie man es möglicherweise ändern konnte.

Für die anderen Waisen hatte ihn das zu einem Spinner gemacht, von dem sie sich tunlichst fernhielten, es sei denn, um sich über ihn lustig zu machen, ihn zu verhöhnen oder oft genug auch zu verprügeln. Und jetzt, da ausgerechnet er Flügel bekommen und sich weit über sie alle und ihre kleine Welt erheben würde, wurde es noch schlimmer.

Torin wusste, dass ihr Hohn ihn eigentlich hätte kaltlassen sollen. Er würde sie höchstens noch ein paar wenige Tage ertragen müssen, danach würde er sie vermutlich niemals mehr wiedersehen. Dann konnte es ihm egal sein, was sie dachten. Sollten sie sich doch von Missgunst und Neid zerfressen lassen, wenn sie nicht in der Lage waren, einem anderen etwas zu gönnen oder sich gar für ihn zu freuen!

Dennoch wollte er ihnen nicht noch einen Grund für ihre Gehässigkeiten liefern, und obwohl er von der Statur her längst nicht so kräftig war wie die meisten anderen, strengte er sich ganz besonders an, um ihrem Spott den Boden zu entziehen. Schon bald begann sein Rücken zu schmerzen, dann auch seine Arme und Schultern, schließlich sein ganzer Körper, aber er machte unermüdlich weiter.

Ein paar Mal kam Ila zu ihm, um ihm eine Erfrischung zu bringen. Ihre Aufgabe war es, immer wieder frisches Wasser aus dem Brunnen zu holen, damit die Kinder und Mönche bei der Arbeit in der höllischen Sonnenglut etwas trinken konnten. Sie war eine der wenigen, mit der sich Torin einigermaßen verstand, ein schmächtiges Mädchen mit blauen Augen und einer Stupsnase in einem rundlichen Gesicht, das von langen blonden Haaren eingerahmt wurde. Torin mochte sie, weil sie nachdenklicher und nicht so albern und dumm wie die anderen war. Außerdem bildeten sich auf ihren Wangen stets zwei süße Grübchen, wenn sie lächelte, sodass sich bei ihrem Anblick meist auch seine Stimmung hob.

Jetzt aber lächelte sie nicht, ganz im Gegenteil. Schon beim letzten Mal, als sie ihm Wasser gebracht hatte, hatte sie ihn gedrängt, sich ein wenig zu schonen. Diesmal jedoch starrte sie ihn geradezu erschrocken an.

»Du blutest ja!«, rief sie.

Erst da bemerkte Torin, dass der Stiel seiner Schaufel rötlich verschmiert war. Er stieß sie in die Erde und betrachtete seine Hände. Die gerade erst verschorften Wunden waren wieder aufgebrochen, an anderen Stellen hatten sich große Blasen gebildet, die zum Teil bereits aufgeplatzt waren. Nachdem er darauf aufmerksam geworden war, spürte er plötzlich auch den brennenden Schmerz, während er vorher so in Gedanken versunken gewesen war, dass er ihn nicht einmal wahrgenommen hatte.

»Das ist nichts«, presste er hervor. »Ich streiche heute Abend ein bisschen Salbe darauf und …«

»O nein, nicht heute Abend, sondern sofort!«, unterbrach ihn Ila mit einer Entschlossenheit, die er an dem sonst eher schüchternen Mädchen gar nicht kannte. »So kannst du nicht weiterarbeiten.«

»Das sind doch nur ein paar Blasen.«

»Schon eine einzige wäre mehr als bei allen anderen. Du brauchst die Kanäle nicht allein zu graben, diese Faulpelze können sich ruhig auch mal ein bisschen anstrengen!« Sie hatte so laut gesprochen, dass jeder der anderen ihre Worte hören musste, doch keiner blickte zu ihnen herüber; stattdessen waren sie mit einem Mal alle intensiv mit Graben beschäftigt. »Und du kommst jetzt mit und lässt dir deine Hände verbinden.«

Seufzend gab Torin nach und folgte ihr ins Kloster, wo sich einer der Mönche um seine Verletzungen kümmerte.

»Wolltest du dich umbringen?«, fragte der Mann kopfschüttelnd, während er die Wunden untersuchte. Er ging dabei nicht gerade übermäßig vorsichtig vor, doch Torin unterdrückte jeden Schmerzenslaut.

»Ich … war in Gedanken und hab es gar nicht bemerkt«, erwiderte er.

»Nicht bemerkt? So ein Unsinn, das muss doch höllisch wehtun. Ich frage mich wirklich, warum der Inquisitor ausgerechnet einen Dummkopf wie dich mit nach Aurelia nehmen will!«

Torin schwieg.

»In einer Hinsicht bist du allerdings ganz und gar nicht dumm gewesen, nämlich als du dich bei ihm angebiedert hast«, fuhr der Mönch fort. Als Torin auch darauf nicht antwortete, war er wohl verärgert, dem Jungen keine Reaktion entlocken zu können, denn während er eine Salbe in dessen Handflächen massierte, war er dabei erneut keineswegs zimperlich. »Es war wahrscheinlich das Klügste, was du je in deinem Leben getan hast oder tun wirst«, fuhr er fort, »als du Balosta aus dem Sandsturm gerettet hast.«

Torin biss die Zähne zusammen, um jeden Laut des Schmerzes zurückzuhalten. Beinahe noch schwerer jedoch fiel es ihm, nichts auf die Wortes des Mönchs zu entgegnen, die er in den letzten Tagen in ähnlicher Weise immer wieder von verschiedenen Seiten zu hören bekommen hatte. Jeder schien der Meinung zu sein, dass er Balosta aus purer Berechnung gerettet hatte. In Wahrheit war er fast ohne zu überlegen losgestürmt, denn es war immerhin um ein Menschenleben gegangen, zudem noch um das eines hohen Repräsentanten der Kirche, und die bedeutete Torin mehr als allen anderen hier im Kloster, selbst denen, die ebenfalls in ihrem Dienst standen. Der Gedanke, dass sich für ihn daraus Vorteile ergeben könnten, war ihm erst später gekommen.

»Ich verstehe«, sagte der Mönch verärgert. »Du fühlst dich wohl schon als zu vornehm, um noch mit normalen Sterblichen zu sprechen.« Er verknotete die Verbände, die er um Torins Hände geschlungen hatte.

Torin wusste, dass es besser gewesen wäre, weiterhin den Mund zu halten, aber es gelang ihm nicht. Auch der Mönch war nur neidisch, weil er selbst mit größter Wahrscheinlichkeit den Rest seines Lebens hier in diesem Kloster am Ende der Welt verbringen und Aurelia oder andere Städte und Länder niemals auch nur zu sehen bekommen würde. Was immer Torin sagte, würde an diesem Neid nichts ändern, dennoch konnte er nicht an sich halten.

»Das stimmt doch überhaupt nicht!«, platzte er ohne nachzudenken heraus. »Ich habe mich kein bisschen verändert. Aber jeder andere behandelt mich plötzlich so, als wäre ich ein Aussätziger. Die einen hänseln mich, dass ich es nicht mehr nötig hätte, bei der Arbeit ordentlich zuzupacken, und wenn ich mich besonders anstrenge, bin ich ein Dummkopf, weil ich mir die Hände blutig geschuftet habe. Wenn ich etwas sage, klingt es angeblich herablassend, und wenn ich nichts sage, bin ich zu hochmütig, um mich mit anderen abzugeben. Recht machen kann ich es offenbar niemandem, warum soll ich es dann überhaupt versuchen? Denkt doch alle, was ihr wollt. Inzwischen kann ich es wirklich schon nicht mehr erwarten, von hier wegzukommen!«

Ohne eine Antwort abzuwarten, stürmte er davon, hinauf in die Schlafkammer, die er sich mit neun anderen Waisen teilte. Er warf sich auf sein Lager und verbarg den Kopf in den Armen. Bald würde es Essen geben, aber trotz der harten Arbeit verspürte er keinen Hunger. Vor allem wollte er nicht mit den anderen zusammentreffen.

Es stimmte nicht, was man ihm vorwarf. Er hatte sich nie für etwas Besseres als die übrigen Waisen und auch die Mönche gehalten. Anders, ja, aber das traf ja auch zu, und er hatte sich nie etwas darauf eingebildet.

*Wer bin ich?*, fragte er sich zum ungezählten Mal. Wer waren seine Eltern, und warum hatten sie ihn ausgesetzt? Waren sie gestorben, oder hatten sie ihn nicht haben wollen oder ernähren können? Lebten sie womöglich gar noch? War er ein eheliches Kind oder nur ein Bastard?

Er wusste es nicht, und solange er keine Antworten auf diese Fragen fand, war er wirklich nur ein Nichts. Ein Niemand, wie Balosta ihn bei ihrem ersten Zusammentreffen genannt hatte.

Vorhin noch hatte er geglaubt, die anderen Waisenkinder ebenso zu hassen wie sie anscheinend ihn, aber dieses Gefühl war einem seelischen Schmerz gewichen, der ungleich schlimmer war als der in seinen Händen. Oftmals schon hatte er das Gefühl der Einsamkeit erlebt, doch noch niemals hatte es so geschmerzt wie diesmal.

Gegen seinen Willen schossen ihm Tränen in die Augen, und er begann, leise zu schluchzen.

Niedergeschlagen machte sich Balosta auf den Rückweg. Er war schweißgebadet. Die dicke, schwarze Kutte war für diese Temperaturen ein denkbar ungeeignetes Kleidungsstück. Vor allem aber ärgerte ihn, dass er den Ausflug nach Assani völlig umsonst unternommen hatte.

Wie es aussah, würde ihm wohl nichts anderes übrig bleiben, als Torin während des ersten Teils der Reise zu sich auf sein Pferd zu nehmen, bis sie dichter besiedelte Gegenden erreichten, wo sie hoffentlich ein geeignetes Reittier erstehen konnten. Zum Glück war der Junge schmächtig und leicht, dennoch würden sie langsamer und wesentlich unbequemer vorankommen.

Als er Assani wieder erreichte, hatte sich das Bild gewandelt. Kaum noch jemand hielt sich auf den Straßen auf. Nur wenige Menschen saßen im Schatten vor ihren Häusern und dösten vor sich hin, die mit breiten Strohhüten bedeckten Köpfe auf die angezogenen Knie gesunken. Im Osten musste man während der größten Mittagsglut zwei, drei Stunden Ruhepause einlegen und konnte erst anschließend weiterarbeiten, das wusste Naron Balosta.

Er überlegte, ob er direkt zum Kloster zurückreiten sollte, entschied sich aber dagegen. Auch er konnte die Hitze nicht mehr länger ertragen. Außerdem hatte er Hunger und war den Brei, den es im Kloster ständig gab, leid. Um für ihn etwas Abwechslung auf den Tisch zu bringen, hatte Pater Berlinus in den Tagen seit seiner Ankunft immerhin bereits zwei Hühner schlachten lassen. Da Naron jedoch wusste, wie kostbar die wenigen Tiere waren, vor allem, nachdem der Sandsturm die Felder verwüstet hatte, wollte er die Gastfreundschaft des Abts nicht übermäßig strapazieren. Also suchte er den einzigen Gasthof des Ortes auf, in der Hoffnung, hier etwas Anständiges zu bekommen.

Es gab nur zwei kleine Fenster, durch die kaum Licht hereinfiel, doch obwohl eine Reihe Lampen und Kerzen brannten und sich zahlreiche Menschen im Inneren aufhielten, war es angenehm kühl. Es dauerte ein wenig, bis der Wirt ihn bemerkte, ein spindeldürres Männchen, das hinter der Theke Humpen, Becher und Holzteller spülte. Dann jedoch kam er wie ein Blitz auf ihn zugeschossen und verneigte sich so tief, dass Balosta schon fürchtete, er würde im nächsten Moment vornüberkippen.

»Was für eine Ehre, dass Euer Gnaden bei mir einkehren«, sagte er mit einer hohen, schrillen Stimme, als hätte er niemals den Stimmbruch erreicht. »Einen kurzen Moment bitte.« Suchend blickte er sich um, dann eilte er an einen Tisch, an dem nur ein einzelner Mann saß. Der Wirt stieß ihn an. »He, setz dich zu Pelon rüber, ich brauch den Tisch!«, befahl er.

Ohne Murren erhob sich der Mann, ergriff den vor ihm stehenden Becher und wechselte seinen Platz.

Rasch wischte der Wirt mit einem Lappen über die Tischplatte. »Hierher bitte, Euer Gnaden, nehmt Platz.« Ächzend ließ sich Naron auf einen Stuhl nieder. »Was darf ich Euer Gnaden bringen?«

Der Inquisitor warf einen raschen Blick in die Runde. Wenn die Gäste überhaupt etwas zu essen vor sich stehen hatten, dann handelte es sich auch hier um die ihm schon wohlvertrauten Schüsseln mit Brei oder Grütze. In einem so kargen Landstrich, wo jedes fruchtbare Stück Boden für den Ackerbau genutzt wurde, gab es keine klassische Viehwirtschaft. Bis ein Rind oder Schwein ausgewachsen war und geschlachtet werden konnte, benötigte es ein Vielfaches seines Körpergewichts an Futter, deshalb ging die Rechnung nicht auf.

Er konnte es kaum erwarten, Talarien endlich wieder zu verlassen und in zivilisiertere Gegenden zu gelangen.

»Ein geschmorter Braten mit Kraut und Kartoffeln und dazu ein herzhaftes Bier kämen mir jetzt gerade recht«, sagte er und bemerkte zufrieden den erschrockenen Ausdruck, der bei seinen Worten über das Gesicht des Männleins glitt. »Aber mir ist schon klar, dass ich dergleichen hier nicht erwarten darf. Bring mir einfach, was deine Küche zu bieten hat, nur bitte keine Grütze.«

»Kartoffeln gedeihen bei der Hitze hier nicht besonders, aber ich habe noch einen kleinen Vorrat und könnte einige für Euer Gnaden braten. Auch genießt mein Bier einen guten Ruf. Des Weiteren könnte ich Euch Brot anbieten, das meine Frau erst heute Morgen gebacken hat, dazu etwas Ziegenkäse und …«

»Das klingt doch recht ordentlich«, unterbrach ihn Naron Balosta. »Geh und bring mir davon.«

Der Wirt verneigte sich erneut und verschwand, kehrte aber gleich darauf mit einem großen Krug Bier zurück. Gierig trank Balosta ein paar Schlucke. Das Gesöff konnte sich nicht annähernd mit dem messen, was er aus der Königsmark gewohnt war, aber es löschte wenigstens den Durst.

Die anderen Anwesenden hatten sich mittlerweile an seinen Anblick gewöhnt und nahmen ihre Gespräche wieder auf, doch trafen ihn auch weiterhin immer wieder neugierige und furchtsame Blicke. Auch war unschwer zu erraten, dass die Menschen hauptsächlich über ihn sprachen. Es störte ihn nicht, er war daran gewöhnt.

Hin und wieder trank er einen Schluck Bier und wartete, bis er endlich sein Essen bekam. Die Kartoffeln waren winzig, kleiner als Pflaumen, und die verbrannte Schale ließ sich kaum abziehen, dennoch aß er mit großem Appetit. Auch das frisch gebackene Brot und den Käse ließ er sich schmecken.

Er hatte seine Mahlzeit fast beendet, als außerhalb des Wirtshauses Tumult erklang. Pferdegetrappel und mehrere laute Stimmen waren zu hören. Gleich darauf wurde die Tür so wuchtig aufgestoßen, dass sie gegen die Wand schepperte. Die Gespräche waren verstummt, mehrere Soldaten in der Uniform der talarischen Armee traten ein.

»Alle mal herhören!«, rief einer von ihnen, obwohl sich längst alle Gesichter ihm zugewandt hatten. Mit in die Seiten gestemmten Fäusten trat er ein paar Schritte vor. Er hatte ein kantiges Gesicht mit einem vorspringenden Kinn. Unter einer Nase, die einmal gebrochen gewesen sein musste und schief wieder zusammengewachsen war, prangte ein dichter Schnauzbart, dessen Enden bis zu seinem Kinn herabreichten. Den goldenen Knöpfen und Verzierungen an seinem Rock zufolge handelte es sich um einen Offizier. »Ich bin gekommen, um wichtige Nachrichten zu verkünden. Talarien wurde vor vier Tagen vom Herzogtum Scylla der Krieg erklärt!«

Erschrockenes Geraune klang auf. Auch für Balosta war dies neu. Es gab keine Falknerinnen in den kleinen Orten hier, weshalb sich Neuigkeiten nur langsam verbreiteten. Obwohl er nicht direkt davon betroffen war, beunruhigte ihn die Nachricht. Er verspürte keinerlei Lust, während der Rückreise nach Aurelia in etwaige Kriegswirren verwickelt zu werden.

»Ruhe!«, brüllte der Offizier. »Schweigt, ich bin noch nicht fertig!« Er räusperte sich. »Der verfluchte Bastard von Malé hat seinen Hafen für die Kriegsschiffe der Scyllas geöffnet. Unbemerkt konnten sie so große Truppenverbände an Land setzen und dringen von dort aus in unser Land vor. Um die Invasion abzuwehren, hat unser geliebter Herzog Ortan Verrell angeordnet, unsere eigenen Streitkräfte zu vergrößern. Jeder gesunde Mann, der das sechzehnte Lebensjahr vollendet hat, ist deshalb aufgerufen, zum Schutz unseres Vaterlandes der Armee beizutreten!« Er griff in seine Tasche, zog ein Geldstück heraus und hielt es hoch. »Der Herzog bietet jedem ein Handgeld von einer Golddublone. Bedenkt, wie ihr eure Familien damit unterstützen könnt. Darüber hinaus erhaltet ihr in der Armee freie Verpflegung und einen Sold von zehn Silberhellern jeden Monat. Ihr werdet nie mehr Hunger leiden oder dünnen Brei essen müssen, sondern bekommt gute, anständige Kost, denn nur ein kräftiger Soldat kann gut kämpfen. Nun, wie ist es? Ihr braucht nur die Golddublone zu nehmen, und schon beginnt für euch ein neues Leben!«

Erneut erhob sich Getuschel, doch diesmal unterbrach der Offizier es nicht. Nach kurzer Zeit standen zwei junge Burschen auf und traten auf ihn zu. Nachdem er sie kurz gemustert hatte, zahlte er ihnen das versprochene Handgeld aus und forderte sie auf, draußen zu warten.

»Kommt schon, Leute! Ist das etwa alles? Wenn die Scyllas erst raubend, mordend und vergewaltigend in euren Ort einfallen, ist es zu spät, dann werdet ihr bedauern, sie nicht aufgehalten zu haben! Ihr wisst, dass die verdammten Rotschöpfe keine Gnade kennen. Treten wir ihnen entschlossen entgegen, und schicken wir ihre Leichen dorthin zurück, woher sie gekommen sind. Ruhm und Ehre und der Dank des Vaterlandes erwarten euch. Was seid ihr schon? Einfache Bauern, die kaum genug zum Leben haben. Als Soldaten hingegen genießt ihr überall Ansehen, wo ihr hinkommt, und auch die Weibsbilder sind verrückt nach schneidigen Kerlen in Uniform!«

Ein weiterer junger Mann stand auf und ließ sich sein Handgeld auszahlen, doch in allen anderen Gesichtern las Balosta Ablehnung.

»Räudiges Lumpenpack!«, schimpfte der Offizier. »Ist dies euer Dank, wenn das Vaterland euch in der Stunde der Not braucht? Nur drei Freiwillige? Aufknüpfen sollte man euch allesamt! Aber das werden die Scyllas schon erledigen, sobald …«

»Lasst es gut sein!«, sagte Balosta laut. »Die Menschen hier sind arme Bauern und Handwerker. Sie benötigen selbst jede helfende Hand.«

»Wer hat das gesagt? Wer hat es gewagt, seine Stimme gegen mich zu erheben?«

»Ich.« Balosta erhob sich und trat einen Schritt vor. Er hatte im hinteren Teil der Gaststube gesessen und war von den Soldaten bislang nicht bemerkt worden.

Der Offizier wurde eine Spur blasser. Hastig zeichnete er den Heiligen Dreistern. »Euer … Euer Gnaden, verzeiht«, murmelte er und verbeugte sich. »Hauptmann Sagon zu Euren Diensten. Ich … ich habe Euch nicht gesehen und nicht erwartet, ausgerechnet hier einen Inquisitor …«

»Schon gut.« Balosta winkte ab. »Mein Name ist Naron Balosta, Inquisitor achten Ranges, unterwegs im Auftrag der Kirche der Göttlichen Familie. Wenn es Eure Zeit zulässt, dann setzt Euch zu mir an den Tisch und berichtet mir, was geschehen ist.«

»Gern, Euer Gnaden.« Hauptmann Sagon befahl seinen Begleitern zu versuchen, außerhalb des Gasthauses weitere Freiwillige zu finden, und nahm Platz.

»Wie ich schon sagte, Ihr werdet mit dem Anwerben hier wenig Erfolg haben«, behauptete Balosta. »Ich habe die Menschen hier und ihre Art zu denken in den letzten Tagen ein wenig kennengelernt. Sie kennen die Welt außerhalb ihres Dorfes nicht und kümmern sich auch nicht darum, was dort vorgeht. Dafür sind sie viel zu sehr damit beschäftigt, um ihr Überleben zu kämpfen. Ein paar junge Burschen nehmen die Gelegenheit vielleicht wahr, von hier zu entkommen, aber die anderen werden ihre Familien niemals im Stich lassen, denn die sind auf sie angewiesen. Daran ändert auch Euer Handgeld nichts.«

»Diese Erfahrung musste ich schon in einer Reihe von Dörfern wie diesem machen. Wisst Ihr, ich bin nicht so bärbeißig, wie ich mich meist gebe. Doch man wird schnell verbittert, wenn man einen Feind bekämpfen soll, aber keine Soldaten für den Krieg findet. Darf ich mir erlauben zu fragen, was Euch in diese Gegend verschlagen hat? Euer Gesicht …«

»Die Folgen eines Sandsturms. Ich kam her, um einen Prozess zu führen, aber das spielt jetzt keine Rolle mehr. Erzählt mir, was geschehen ist. Wie konnte ein solcher Truppenaufmarsch der Scyllas unbemerkt stattfinden?«

»Es war dieser verfluchte Sangorin. Der Bastard hat uns verraten. Ich wusste immer, dass man ihm nicht trauen kann. Sein Plan muss von langer Hand vorbereitet gewesen sein, denn es ist ihm offenbar gelungen, alle unsere Spione in der Stadt auszuschalten. So konnten über Tage oder gar Wochen hinweg unbemerkt Schiffe der Scyllas dort landen und immer mehr Truppenverbände absetzen.«

Der Inquisitor nickte bedächtig. Er kannte die Problematik um Malé, eine recht große Küstenstadt mehrere Dutzend Meilen im Nordosten, direkt an der Grenze zum Herzogtum Borain. Offiziell gehörte sie zu Talarien, doch genoss sie einen recht unabhängigen Status, vor allem seit vor gut zehn Jahren

Sangorin, ein unehelicher Sohn des alten Grafen, die Regentschaft übernommen hatte.

Als Küstenstadt war Malé in besonderem Maße auf den Handel mit den nicht weit vor der Küste liegenden scyllischen Inseln angewiesen. Seine engen, nicht zuletzt durch eine Heirat besiegelten Beziehungen zu den Scyllas wurden seit langem vielerorts mit Misstrauen beäugt, doch Balosta hatte sich nicht vorstellen können, dass Sangorin einen solch offenen Verrat begehen würde.

»Wir vermuten, dass die Scyllas ihren seit langer Zeit gehegten Wunsch, einen direkten Zugang zur Königsmark zu erhalten, nun mit Gewalt durchsetzen wollen«, fuhr der Hauptmann fort, nachdem er einen großen Schluck Bier genommen hatte; der Wirt hatte den Humpen ungefragt vor ihm abgestellt, um sich bei dem Soldaten einzuschmeicheln und so jeden Ärger im Voraus im Keim zu ersticken. »Zu diesem Zweck werden sie versuchen, einen Korridor entlang der borainischen Grenze von Malé bis zur Mark unter ihre Kontrolle zu bringen. Und wie es aussieht, könnte ihnen das gelingen. Sie stoßen mit ungeheurer Geschwindigkeit vor und haben uns damit völlig überrumpelt. Denn wir müssen unsere Truppen erst aus weit entlegenen Kasernen heranschaffen und neue aufbauen.«

Wieder nickte Balosta. In gewisser Hinsicht beruhigte ihn die Nachricht. Die vier großen Provinzen des Reichs umgaben kreisförmig die im Herzen des Kontinents gelegene Königsmark. Lediglich das Herzogtum der Scyllas hatte keinen direkten Zugang dorthin und musste hohe Zölle für jeden Handel mit der Mark entrichten. Verständlich, dass die Scyllas mit dieser Situation äußerst unzufrieden waren.

Wenn es ihnen aber nicht um eine Invasion ganz Talariens, sondern nur um die Schaffung eines Korridors ging, dann fanden die Kämpfe im Norden statt, weitab von seiner geplanten Reiseroute.

»Und wie verhält sich der König?«, erkundigte er sich.

»Wie schon?« Sagon schnaubte verächtlich. »Er sieht tatenlos zu und wartet ab, wahrscheinlich so lange, bis die Fischfresser Fakten geschaffen haben. Bislang jedenfalls hat er sich zu dem Angriff nicht geäußert. Vergesst nicht, dass er mit einer Scylla verheiratet ist.«

»Und die Kirche hält sich aus den weltlichen Angelegenheiten heraus«, murmelte Naron Balosta. »Wie es aussieht, seid Ihr auf Euch allein gestellt.«

»Ja, auf ein paar Hundert richtige Soldaten und das bisschen Abschaum, das ich in den Dörfern anwerben kann.« Angewidert blickte sich der Hauptmann um. »Bauernpack, das noch nie eine Waffe in der Hand hatte. Uns bleibt gerade genug Zeit, ihnen zu erklären, wie herum sie ein Schwert halten müssen, dann schicken wir sie in den Kampf gegen die ausgebildeten Truppen der Scyllas. Wir können allerhöchstens hoffen, deren Vormarsch ein wenig zu verlangsamen, bis Verstärkung eintrifft. Fast alle unsere Truppen sind im fruchtbareren Westen stationiert. Ich bin schon froh, wenn wir ein paar Ortschaften vor Überfällen schützen können.«

»Wie meint Ihr das?«, hakte Balosta nach und runzelte die Stirn.

»Das ist das Verteufelte an der Strategie der Scyllas. Der größte Teil ihrer Armee zieht entlang der Grenze ins Landesinnere, aber zahlreiche kleinere Verbände sind weiter nach Süden vorgedrungen. Sie überfallen Dörfer und verbreiten Angst und Schrecken. Dadurch zwingen sie uns, unsere ohnehin weit unterlegenen Streitkräfte aufzusplitten. Auch Assani ist nicht sicher. Zwar werden es nicht einmal die Scyllas wagen, Hand an einen Mann der Kirche zu legen, trotzdem würde ich Euch empfehlen, möglichst bald abzureisen.«

Balosta schnitt eine Grimasse. *So viel zu der Hoffnung, unbehelligt reisen zu können*, dachte er. Es war eine grauenvolle Art der Kriegsführung, die Zivilbevölkerung durch marodierende Banden zu terrorisieren. Wer zu solchen Mitteln griff, der schreckte womöglich auch nicht davor zurück, einen unliebsamen Zeugen zu beseitigen, selbst wenn dieser die schwarze Kutte trug.

»Ich hatte ohnehin vor, morgen oder spätestens übermorgen aufzubrechen«, erklärte er.

»Ihr wollt zurück in die Heilige Stadt?«

»So ist es.« Balosta nickte. »Nach Aurelia.«

»Dann erlaubt mir, Euch einen Vorschlag zu unterbreiten. Die meisten meiner Männer warten in Lokath, wo auch ich heute Nacht Quartier beziehen werde. Morgen reite ich mit einem starken Trupp nach Westen. Unsere Wege sind über eine weite Strecke gleich, denn ich wurde aufgefordert, in der Hauptstadt Bericht zu erstatten. Ihr könntet Euch uns bis Salina anschließen, wenn Ihr es wünscht.«

»Ich werde darüber nachdenken«, versprach Balosta. »Aber Ihr sagtet gerade, Ihr würdet nach Salina *reiten*. Das bedeutet, Ihr besitzt Pferde.«

»Sogar mehr, als ich benötige. Einige meiner Männer wurden bereits getötet, und das Bauernpack, das ich anwerbe, kann ohnehin nicht reiten. Es sind nicht gerade Schlachtrösser, aber immerhin.«

Ein Lächeln glitt über das Gesicht des Inquisitors. »Das ist gut, das ist sehr gut. Ich würde sogar sagen, das ist die beste Nachricht, die ich heute bekommen habe. Ich habe einen prächtigen Hengst abzugeben, wenn Ihr mir im Gegenzug ein möglichst sanftmütiges Tier für einen Reitanfänger anbieten könnt. Wenn Ihr erlaubt, würde ich mir Eure Tiere gern einmal ansehen.«

# 4

*Kaltenbach, Herzogtum Falkenau*

»Frevel!«, donnerte Pater Alorius von der Kanzel der Jotanskirche in Kaltenbach herab, ein hagerer Mann in den Dreißigern mit braunem Haar, eingefallenen Wangen und Augen, die beinahe zu brennen schienen. »Es ist Frevel! Blasphemie! Und der Zorn des Heiligen Vaters wird uns alle treffen, wenn wir es dazu kommen lassen!«

Er machte eine kurze Pause. Auf die kunstvoll gedrechselte Umrandung gestützt, ließ er den Blick über seine Schäfchen wandern. Es war totenstill im Kirchenschiff. Niemand regte sich. Ehrfurchtsvoll starrten alle zu ihm hoch, Angst in ihren Gesichtern. Er hatte sie in seinen Bann geschlagen. Sie hingen förmlich an seinen Lippen und würden jedem seiner Worte zustimmen.

Pater Alorius hätte mit sich zufrieden sein können, aber er wusste auch, dass all seine Anstrengungen nicht reichen würden, etwas zu ändern. Sicherlich nicht die mit Zustimmung des Prios gefällten Beschlüsse der Kardinalskurie in ihren prunkvollen Palästen in Aurelia. Wohl auch nicht die Haltung des Erzbischofs des Landes Falkenau. Der aufgedunsene Fettwanst würde es niemals wagen, Beschlüsse, die direkt aus der Heiligen Stadt kamen, zu kritisieren oder gar infrage zu stellen.

Und was Herzog Falkenstein betraf, den weltlichen Herrscher Falkenaus, machte er sich ebenfalls wenig Hoffnungen.

Doch so aussichtslos sein Kampf auch sein mochte, der

Pater empfand es als seine heilige Pflicht, für seine Überzeugungen zu streiten. Selbst wenn es ihm nur Schwierigkeiten einbringen sollte.

»Erinnern wir uns, was im Buch der Heiligen Schriften geschrieben steht«, setzte er seine Predigt fort. »Schon im Anbeginn der Zeiten wanderte der Göttliche Vater über die Welt. Er erschuf jedes andere Leben, und er war es auch, der das erste Weib erschuf, die Göttliche Mutter.« Beschwörend hob er die Arme mit zum Himmel gewandten Handflächen. »Wir alle kennen diese existenzielle Grundlage unseres Glaubens, aber lasst es mich dennoch noch einmal ausdrücklich sagen: Das Weib ist eine Schöpfung des Vaters und ihm deshalb untertan! Dies ist einer der tragenden Grundpfeiler unserer kirchlichen Lehren, sogar unserer ganzen Gesellschaft! Denken wir nur an das Schicksal der Göttlichen Tochter, die in anmaßender Verblendung ihrem Vater und ihrem Bruder gleichgestellt sein wollte und dafür schrecklich bestraft wurde. Das Weib steht unter dem Mann und hat zu gehorchen, so ist es innerhalb der Göttlichen Familie, und so sollte es auch immer und überall innerhalb der Kirche sein, die sich ihr zu Ehren gegründet hat!«

Seine Stimme war zuletzt immer lauter und eindringlicher geworden. Nun legte er erneut eine kurze Pause ein und ließ den flammenden Blick über die Gesichter seiner Schäfchen schweifen. Viele von ihnen nickten zustimmend, nirgends entdeckte er die leichtesten Spuren von Ablehnung oder Widerspruch.

»Das Weib ist dem Manne untertan«, wiederholte er. »So war es immer, und anders kann es gar nicht sein. Ein völliges Chaos wäre die Folge, der Zusammenbruch unserer Gesellschaft. Niemand kann das ernsthaft fordern, sieht man von den Hexen der Visha ab. Aber wer die Allmacht des Göttlichen Vaters infrage stellt und in ketzerischer Verblendung die

Herrin der Verdammnis anbetet, der hat schließlich genau dies zum Ziel: die Zerstörung all dessen, was uns lieb und heilig ist, um dem Bösen zum Sieg über das Gute zu verhelfen! Wer aber hätte jemals für möglich gehalten, dass sie ausgerechnet innerhalb der Kirche Unterstützung für dieses Werk der Vernichtung finden würden? Und doch ist es so geschehen! Aus gutem Grund ist Frauen seit jeher der Dienst innerhalb der Kirche verboten. Und ausgerechnet beim Heiligen Orden der Inquisition soll dies nun anders sein?«

Hart schlug er mit der Faust auf die Brüstung der Kanzel, um die Antwort zu untermauern, die er sich selbst auf seine rhetorische Frage gab: »Ich sage Nein zu einem solchen Frevel, einem solchen Angriff auf alle Regeln des menschlichen Miteinanders. Und jeder aufrichtige Gläubige, der die Göttliche Familie aus vollem Herzen anbetet, sollte – nein, *muss* – in diesen Ruf einstimmen!«

Pater Alorius machte eine auffordernde Geste, und ein vielstimmiges, donnerndes »Nein!« schallte durch das Kirchenschiff. Zufrieden nickte er. Er hatte seine Gemeinde fest im Griff.

Seit Wochen, seit er erstmals von der schon vor Jahren unauffällig, fast heimlich erfolgten Änderung des Kirchenrechts erfahren hatte, thematisierte er in den meisten seiner Predigten die natürliche Unterlegenheit der Frauen, und die Menschen folgten bereitwillig seinen Ansichten. Er hatte stets gut mit Worten umzugehen gewusst, vor allem aber predigte er mit Leidenschaft, und das riss seine Zuhörer mit. Dabei war es keineswegs selbstverständlich, dass sie ihm auch bei diesem Thema zu folgen bereit waren. Kritik an der Kirche war selbst für einen Priester nicht ungefährlich.

Dabei wusste er sich grundsätzlich mit dem Prios, der Kardinalskurie und überhaupt jedem vernünftig denkenden Mann innerhalb der Kirche einig. Umso unverständlicher und abstoßender war für ihn deshalb die Richtungsänderung, die man in diesem einen Punkt vollzogen hatte. Er hatte zahlreiche Briefe an den Bischof, den Erzbischof und sogar an verschiedene Kardinäle in Aurelia geschrieben, aber von allen – wenn überhaupt – nur ausweichende Antworten erhalten. So blieb ihm gar nichts anderes übrig, als diesen Skandal öffentlich anzuprangern.

»Wenn eine Frau niemals Priester werden oder sonst eine verantwortungsvolle Position in der Kirche einnehmen kann«, fuhr er fort, »wie unbegreiflich ist es dann, dass sie nun ausgerechnet im Heiligen Orden der Inquisition Dienst verrichten darf? Eine Frau als Inquisitor? Ein mit allen Rechten der Inquisition ausgestattetes Weib, das über andere Weiber zu Gericht sitzen darf? Schlimmer noch, das sogar über *Männer* Recht sprechen und Todesurteile über sie verhängen soll? Das ist grotesk! Es ist widerlich, eine abscheuliche, groteske Abstrusität, anders kann man es nicht bezeichnen!«

Er wischte sich mit dem Handrücken den Schweiß von der Stirn. Bei diesem Thema drohte er sich stets zu sehr in Rage zu reden. Etwas ruhiger sprach er weiter:

»Dennoch ist diese Absurdität schon vor Jahren zu gültigem Recht geworden. Aber kaum jemand wusste davon, nur einige der reichen Familien, die es sich leisten können, ein Kind zur Ausbildung nach Aurelia zu schicken. Selbst ich als Priester habe erst vor kurzer Zeit davon erfahren, als Herzog Falkenstein im ganzen Land stolz verkünden ließ, dass seine älteste Tochter eine Ausbildung zum Inquisitor …«, er geriet ins Stocken und verbesserte sich dann: »… zur Inquisitorin erhalten würde. Ein wenig *zu viel* Stolz für den Geschmack der Verantwortlichen in Aurelia, möchte ich meinen, denn nur dadurch wurde der Skandal allgemein bekannt.«

Er musste sich räuspern, dann fuhr er fort: »Shirina Falkenstein ist nicht die Erste, die für eine solche Ausbildung in

Aurelia angenommen wurde, wie ich durch Nachforschungen nun erfahren habe, doch wurden die früheren Fälle mit größerer Diskretion gehandhabt. So wurde auch das bisherige gründliche Scheitern dieses Experiments nicht bekannt. Ich habe von vier Fehlschlägen in den vergangenen Jahren erfahren. Zwei weibliche Adepten brachen ihre Ausbildung aus freiem Entschluss ab. Eine kam während einer Waffenübung unter nie ganz geklärten Umständen ums Leben, und eine weitere junge Frau hat sich selbst getötet. Von diesen vier Fällen habe ich Kenntnis erhalten, wobei ich nicht ausschließen kann, dass es noch weitere gegeben hat. Wie man mir versichert hat, befinden sich zumindest derzeit keine Frauen in der Ausbildung zum Inquisitor. Aber wie wir alle wissen, soll sich das ja schon in wenigen Wochen wieder ändern, statt dass man eine Lehre aus diesen Fehlschlägen zieht!«

Er hob die rechte Hand, spreizte vier Finger ab und knickte den Daumen ein: »Vier Versuche, vierfaches Scheitern, die Hälfte der Adeptinnen tot.« Er ließ die Hand schwer auf die Brüstung fallen. »Diese Änderung der Kirchenregeln steht unter keinem guten Stern, sie ist eindeutig gegen den Willen der Göttlichen Familie! Und dennoch schreitet man auf diesem Irrweg fort und wird damit Verderben über uns alle bringen, wenn die Göttliche Familie weiter erzürnt wird!«

»Wir müssen das Mädchen aufhalten!«, rief irgendjemand.

Der Pater betrachtete erneut die Gesichter der Menschen. In vielen stand Angst geschrieben, in anderen Zorn. Bereitwillig griff er den Zwischenruf auf.

»Jawohl, das müssen wir. Obwohl unsere Möglichkeiten begrenzt sind. Shirina Falkenstein kann im Grunde nichts dafür, sie ist noch ein halbes Kind. Aber wenn sie merkt, wie unglücklich die Menschen mit ihrer Entscheidung sind, wird sie ihre Meinung vielleicht ändern. Einen Protestbrief habe ich bereits an den Erzbischof und einige weitere nach Aurelia geschickt. Doch wir sollten auch dem Herzog und seiner Tochter jeweils einen senden und sie bitten, ihren Entschluss noch einmal zu überdenken, ehe sie Unglück über uns alle heraufbeschwören. Ich habe entsprechende Schreiben vorbereitet, und ich erwarte, dass jeder, der meiner Meinung ist, sie nach dem Götterdienst unterzeichnet oder zumindest sein Kreuz darunter macht.«

Kein Widerspruch regte sich. Pater Alorius war sicher, dass sich niemand weigern würde.

»Gut. Stimmen wir nun Psalm dreiundsiebzig an, um die Allmacht des Göttlichen Vaters zu preisen.«

Kaltenbach war nur eine kleine Stadt und das vor mehr als zweihundert Jahren von einem Baumeister namens Jotan errichtete Kirchengebäude eigentlich viel zu groß für den Ort. Dennoch war es bei den Götterdiensten meist gut gefüllt. Pater Alorius war aufgrund der Leidenschaft seiner Predigten äußerst beliebt, und oftmals kamen auch Gläubige aus den umliegenden Ortschaften, um ihm zu lauschen.

Anders als die meisten Priester bekam er deshalb nicht nur stets die vertrauten Gesichter der eigenen Gemeinde zu sehen, sondern es befanden sich oft auch Fremde unter den Besuchern. Selbst wenn ihm die beiden unbekannten Männer in der hintersten Reihe also aufgefallen wären, die die Kirche bereits kurz vor Ende des Götterdienstes verließen, hätte ihn das in keiner Weise misstrauisch gemacht.

Auch die Männer selbst wirkten nicht ungewöhnlich. Ihre Kleidung war derb und unauffällig, deutete weder auf Reichtum noch auf besondere Armut hin. Beide hatten rundliche Gesichter, die sich gerade so sehr ähnelten, dass man eine Verwandtschaft erahnen, sich aber keineswegs sicher sein konnte. Einer von ihnen war blond, der andere hatte dunkle Haare und ein wenig zu dicht beieinanderstehende Augen mit buschigen Brauen.

»Was hältst du von ihm?«, erkundigte sich der Blonde, als sie im Freien standen. »Habe ich dir zu viel versprochen?«

»Ist das dein Ernst?«, brummte der zweite Mann. »Der Kerl ist ein Idealist. Einer, der glaubt, mit Briefchen etwas ändern zu können. Hast du mich wirklich nur deshalb hergeschleppt?«

»Immerhin ist er fanatisch gegen die Ausbildung weiblicher Inquisitoren und will verhindern, dass die Kleine nach Aurelia geht.«

»Schon, aber er ist keiner, der dafür zu unredlichen Mitteln greift.« Der Dunkelhaarige schüttelte den Kopf. »Vergiss es, jemand wie er wird niemals bei unserem Plan mitmachen. Wir können es nicht einmal riskieren, ihn einzuweihen, um herauszufinden, wie er darauf reagiert. Die Aussicht, dass er mitmacht, ist zu gering, die Gefahr, dass er uns verrät, zu groß.«

»Sicher, bei unserem ursprünglichen Plan. Aber uns läuft die Zeit davon. Die Kleine wird sich bald auf den Rückweg machen, und wenn sie erst einmal unterwegs ist, ist es zu spät. Wir müssen improvisieren.« Der Mann blickte zur Kirche hinüber. Der Götterdienst war inzwischen beendet, doch statt ins Freie zu strömen, standen die Besucher in einer langen Schlange vor einem Tisch neben dem Ausgang an, um wie verlangt ihre Kreuze oder Unterschriften unter die Schreiben des Priesters zu setzen. »Du hast recht, er wird sich niemals an einer Entführung beteiligen. Jedenfalls nicht wissentlich. Aber vielleicht können wir ihn vor unseren Karren spannen, ohne dass er es merkt.«

»Wie meinst du das?« Mit neu erwachtem Interesse blickte sein Begleiter ihn an.

Die beiden Männer waren Lord Otan Pryce und sein jüngerer Bruder Orist. Obwohl ihr Haus nicht besonders angesehen war, waren sie doch adeliger Abstammung und damit befugt, den Titel Lord zu tragen.

Bereits seit langem schwelte ein Zwist zwischen dem Fürstentum Pryce und der herzoglichen Familie Falkenstein, den Herrschern Falkenaus. Dabei ging es hauptsächlich um die lukrativen Ontagon-Goldminen, die auf dem den Pryces verliehenen Lehen lagen und von ihnen ausgebeutet wurden, wobei sie sich jedoch schon seit Generationen sträubten, den vertraglich festgelegten Anteil an ihren Lehnsherr abzuführen. Im Laufe der Jahre hatten noch zahlreiche weitere Streitpunkte diesen Zwist immer wieder neu angefacht und schon mehrfach bis hin zu militärischen Strafaktionen gegen das kleine Fürstentum eskalieren lassen.

Die beiden zwanzig und zweiundzwanzig Jahre alten Sprösslinge des Hauses Pryce waren mit diesem schwelenden Zwist aufgewachsen, der sie mit unbändigem Hass gegen alles erfüllt hatte, was den Namen Falkenstein trug.

Die Ausbildung Shirinas zur Inquisitorin war ihnen völlig egal. Sie waren nur aus eigennützigen Gründen an dem Mädchen interessiert, wollten es in ihre Gewalt bringen, um anschließend von Herzog Barrion Falkenstein ein horrendes Lösegeld zu erpressen.

Ihr ursprünglicher Plan sah vor, sich der Mithilfe eines Priesters zu versichern, der entweder so korrupt war, dass er sich ihnen anschloss, oder so fanatisch, dass ihn auch ein Mord nicht schreckte, wenn nur keine Frau Inquisitor wurde. Genau dieses Schicksal nämlich hatten die beiden Pryce-Brüder Shirina Falkenstein zugedacht. Selbst wenn das Lösegeld für sie bezahlt wurde, sollte sie nicht mehr zu ihrer Familie zurückkehren. Genauso sollte es dem Priester ergehen, den sie nur brauchten, um die zukünftige Inquisitorin mit der Bitte um Segenswünsche in seine Kirche zu locken und sie kurzzeitig von ihrer bewaffneten Eskorte zu trennen.

»Nun sag schon, wie soll dieser Trottel uns helfen können?«, drängte Otan.

»Indem er das Mädchen einfach nur hierherlockt«, erwiderte

Orist. »Mehr ist nicht nötig. Wir müssen ihm bewusst machen, dass es viel wirkungsvoller sein wird, Shirina Falkenstein unmittelbar mit seiner Ablehnung und der seiner Gemeinde zu konfrontieren und ihr seine Bedenken persönlich mitzuteilen, als nur ein paar Briefchen zu schreiben. Er soll sie unter einem Vorwand nach Kaltenbach einladen, dann hat er seinen Teil auch schon erledigt. Der einzige Weg hierher führt über das Gebirge, wenn sie keinen großen Umweg in Kauf nehmen will. Na, dämmert's dir?«

*Gebirge* war ein reichlich hochtrabender Begriff für die Hügelkette, an deren Fuß Kaltenbach lag, doch einige der Verwerfungen erreichten immerhin eine Höhe von mehr als tausend Metern. Otan blickte zu ihnen hinüber, und plötzlich glitt ein Grinsen über sein Gesicht. Eines der Hauptprobleme für einen Hinterhalt war die Vielzahl der Wege, die die herzogliche Kolonne einschlagen konnte. Bei einem Zwischenhalt in Kaltenbach hingegen war die Reiseroute für einen Teil der Strecke ohne Alternative.

»Die Dulin-Schlucht, die Furt von Loningat…«, überlegte er laut. »Alles Orte, die sie passieren müssen, und alle ideal für einen Hinterhalt. Zudem liegt Kaltenbach weit genug von Pryce entfernt, dass niemand uns verdächtigen wird, etwas damit zu tun zu haben.«

»Ich sehe, du hast es kapiert. Und den Priester kriegen wir leicht überzeugt. Das ist jemand, der darauf brennt, Andersdenkenden seine Meinung mit der Leidenschaft eines Flammenschwerts entgegenzuschleudern. Wenn er eine Möglichkeit sieht, persönlich mit der Kleinen zu sprechen, statt ihr nur zu schreiben, wird er sie ergreifen.«

Die Schlange am Ausgang der Kirche hatte sich inzwischen aufgelöst. Pater Alorius stand auf und kam auf die beiden Männer zugeschlendert.

»Ich kann mich nicht erinnern, euch beide schon einmal

hier gesehen zu haben«, begrüßte er sie. »Aber ich freue mich, dass auch viele Gläubige aus den umliegenden Ortschaften den Weg zu mir finden.«

»Eure Predigt war sehr ergreifend«, behauptete Otan Pryce und deutete eine Verbeugung an. »Und auch sehr besorgniserregend. Eine Frau als Inquisitor … So weit darf es nicht kommen.«

»Aber ich bezweifle, dass ein paar Briefe ausreichen werden, das zu verhindern«, griff Orist den Faden auf. »Es wäre sicherlich viel wirkungsvoller, wenn sich die Tochter des Herzogs persönlich von der Ablehnung überzeugen könnte, die ihre Entscheidung beim einfachen Volk hervorruft. Wenn die Gefahr, den Göttlichen Vater zu verärgern, wirklich so groß ist, solltet Ihr Euren Kampf noch viel entschlossener führen. Wir hätten da ein paar Ideen, die wir gern mit Euch besprechen würden …«

*Schloss Weißenstein, Nordosten des Herzogtums Falkenau*

»Ich denke nicht daran«, sagte der Junge und schüttelte den Kopf. Gelockte braune Haare fielen ihm in die Stirn. Er strich sie aus dem Gesicht, dann verschränkte er die Arme vor der Brust. Für seine dreizehn Jahre war er bereits recht groß und kräftig.

»Du bist ein Feigling, Cousin Kerin«, spottete das Mädchen, das ihn mit einem hölzernen Übungsschwert in der Hand umtänzelte. Shirina Falkenstein war ein Jahr jünger und gut einen halben Kopf kleiner als er; ein schlankes, fast dürres Mädchen mit langen, ebenfalls braunen Haaren. »Hast du etwa Angst vor mir?«

»Angst? Pah, bestimmt nicht. Aber ich kämpfe nicht gegen Mädchen.«

»Weil du eben ein Feigling bist und Angst hast«, stichelte Shirina weiter.

»Nein, weil ich so erzogen wurde und weil ich dir als Junge zehnmal überlegen bin!«

»Ach ja? Dann zeig es doch, wenn du nicht zu feige dafür bist. Komm schon, ich will nur mal sehen, was du draufhast!«

»Das brauche ich nicht erst zu zeigen, ich weiß es auch so«, behauptete Kerin herablassend. »Ich bin älter als du, größer und stärker, und ich lerne schon seit Jahren den Umgang mit dem Schwert. Ich könnte … He, lass das!«

Shirina hatte ein paar Mal spielerisch mit dem Holzschwert nach ihm gestochen und zwang ihn so, zurückzuweichen. Sie merkte, dass er allmählich zornig wurde, und war fest entschlossen, ihn so lange zu reizen, bis er sich auf einen Kampf mit ihr einließ. Noch aber weigerte er sich beharrlich, sein eigenes Schwert aus dem Gürtel zu ziehen.

Seit fast einer Woche befand sie sich nun schon auf Schloss Weißenstein, mehrere Tagesritte von Falkenhorst entfernt, dem an der Küste im äußersten Westen des Landes liegenden Stammsitz ihrer Familie. Es trug seinen Namen, weil seine Außenmauern komplett aus weißem Marmor bestanden, der bei Sonnenschein unvorstellbar gleißte und funkelte.

Dort residierte Lord Tyron Falkenstein, der Bruder ihres Vaters, mit seiner Gemahlin, Lady Velina. Shirina hatte sie zu einem Abschiedsbesuch aufgesucht. Bald würde sie nach Aurelia aufbrechen, um dort ihre Ausbildung zur Inquisitorin zu beginnen, und sie würde für viele Jahre nicht mehr nach Falkenau zurückkehren. Vorher aber hatte sie ihren Onkel und ihre Tante unbedingt noch einmal sehen wollen, da sie beide sehr mochte.

Es war eine schöne Woche gewesen, die viel zu schnell vergangen war. Nur über ihren Cousin hatte sie sich immer wieder geärgert. Nie hatte er sie bei seinen Unternehmungen mit seinen Freunden mitmachen lassen, hatte stattdessen ständig verächtlich auf sie herabgeblickt, sie gehänselt und sie aufgefordert, lieber mit ihren Puppen zu spielen oder an einer Stickerei zu arbeiten, wie sich das seiner Meinung nach für ein Mädchen gehörte.

Puppen, von wegen! Shirina war fest entschlossen, ihm sein Verhalten zurückzuzahlen und ihm eine Lektion zu erteilen. Das letzte Mal hatte sie mit vier Jahren mit Puppen gespielt, und Kerin wusste genau, dass sie mit solchem Mädchenkram nichts anfangen konnte.

Dies war ihr letzter Tag auf Weißenstein, morgen würde die Rückreise beginnen. Als sie ihren Cousin mit einem Freund auf der Wiese hinter dem Schloss bei Kampfübungen entdeckt hatte, hatte sie die Gelegenheit genutzt. Es war kein Problem gewesen, seinem Begleiter das Schwert unter dem Vorwand abzunehmen, es sich einmal ansehen zu wollen. Seither versuchte sie Kerin so weit zu treiben, sich ihr zu einem Probekampf zu stellen.

»Was ist nun? Trau dich endlich, oder soll ich überall herumerzählen, dass du ein Feigling bist?«

»Weil ich nicht gegen ein Mädchen gekämpft habe? Mach dich nicht lächerlich. Jeder andere würde genauso handeln, deshalb würde mich jeder verstehen.«

»Feigling, Feigling, Feigling!«

Bei jedem Ruf stach sie erneut mit dem Schwert nach ihm. Diesmal schlug er es mit den Armen zur Seite, statt zurückzuweichen. Er wechselte einen hilflosen Blick mit seinem abseits stehenden Begleiter, doch der zuckte nur mit den Schultern.

»Hau endlich ab und lass uns in Ruhe. Ich will nichts von dir! Und vor allem nicht mit dir kämpfen, begreifst du das nicht? Komm noch mal wieder, wenn du deine Ausbildung hinter dir hast und wirklich Inquisitorin bist. Dann werde ich dir beweisen, dass ich dir als Mann selbst dann noch überlegen bin. Aber so weit wirst du es sowieso nicht schaffen.«

Hatte Shirina ihm bislang nur eine Lektion erteilen wollen, so spürte sie nun, wie auch in ihr der Zorn hochkochte.

»Ach, und warum nicht?«

»Weil es schon mehrere weibliche Adepten gegeben hat, sagt Vater. Und keine von ihnen hat die Ausbildung je abgeschlossen.«

»Dann werde ich eben die Erste sein! Aber um mit dir fertigzuwerden, brauche ich nicht erst die Ausbildung in Aurelia. Ich trainiere fast jeden Tag, und ich bin besser als du. Ich habe dich beobachtet, und wenn einer von uns wie ein Mädchen kämpft, dann bist du es. Und das werde ich dir beweisen.«

Für einen Moment blitzte es in Kerins Augen auf, und sie hoffte schon, sie hätte seinen Stolz genug gekränkt. Dann aber entspannte er sich wieder und machte eine wegwerfende Handbewegung.

»Das Ganze wird mir jetzt zu blöd«, brummte er. »Mach doch, was du willst. Ich bin froh, wenn du morgen endlich wieder weg bist. Komm, Baldon, lass uns abhauen. Die blöde Pute geht mir auf die Nerven.«

Shirina schlug zu. Es war eine blitzschnelle Bewegung aus dem Handgelenk, die Kerin vermutlich nicht einmal kommen sah. Mit der flachen Seite ihres Schwertes traf sie ihn an seinem nackten Oberarm. Es war nur aus Holz, doch der Schlag war so hart geführt, dass sich sofort ein roter Streifen bildete.

»Au, bist du verrückt geworden?«, brüllte er und rieb sich die schmerzende Stelle.

Die ganze Woche hindurch hatte Shirina sein herablassendes Verhalten und seine Kränkungen ertragen, doch mit seiner letzten Beleidigung hatte er den Bogen endgültig überspannt.

»Das war für die *blöde Pute*«, zischte sie. »Und davon wird es noch ein paar geben, ob du dich wehrst oder nicht. Was ist peinlicher für dich, gegen ein Mädchen zu kämpfen oder zugeben zu müssen, dass dich ein Mädchen verprügelt hat? Also zieh lieber endlich dein Schwert!«

Sie schlug noch einmal zu, wieder direkt auf die gleiche Stelle, und auch diesmal gelang es Kerin nicht, ihrem Hieb auszuweichen. Hätte sie noch fester zugeschlagen oder die Waffe nur in etwas anderem Winkel gehalten, hätte sie ihm selbst mit dem Übungsschwert leicht den Arm brechen können. Aber es genügte ihr, ihm Schmerzen zuzufügen. Erneut schrie er auf, und im nächsten Moment hielt er sein Schwert in der Hand.

»Du bist ja verrückt! Völlig verrückt!«, keuchte er. »Man sollte dir …«

»Dann tu es doch endlich, statt nur zu reden!«

Ungestüm griff Shirina an, ohne eine Antwort abzuwarten. Schon mit ihren ersten Attacken drängte sie Kerin in die Defensive. Nur mit Mühe gelang es ihm, ihre Hiebe abzuwehren, während er zurücktaumelte. Überraschung und Schrecken zeichneten sich auf seinem Gesicht ab. Damit hatte er wohl nicht gerechnet, obwohl er Shirina von Kindheit an kannte und wusste, dass sie sich schon seit Jahren mehr wie ein Junge als wie ein Mädchen verhielt. Dazu gehörte auch, dass sie ihre Zeit lieber mit Reiten oder Bogenschießen verbrachte und ganz allgemein eine wesentlich größere Vorliebe für Waffen als für Puppen zeigte. Allerdings hatte er dies bis zu diesem Moment wohl nur für versponnene Spielerei gehalten.

Auch Shirinas Vater war es zunächst nicht anders ergangen. Der Herzog hatte sie gewähren lassen, in der Hoffnung, dass sich ihre Ansichten mit der Zeit ändern würden, wenn sie erst einmal älter wurde. Als dies jedoch nicht geschehen war, hatte er ihre Vorlieben akzeptiert und zu ihrer eigenen Überraschung sogar gefördert, hatte sie ebenso wie ihre jüngeren Brüder vom

Waffenmeister Falkenhorsts ausbilden lassen. Vielleicht hatte er geglaubt, spätestens das harte Training würde ihr Interesse schwinden lassen, doch als auch das nicht geschehen war, hatte er ihr vor knapp einem Jahr eröffnet, dass er sich eine Ausbildung als Inquisitorin für sie vorstellen könnte.

Im ersten Moment war das für Shirina ein Schock gewesen. Sie hatte niemals eine Ausbildung im kirchlichen Dienst in Erwägung gezogen, zumal es für eine Frau dort kaum Möglichkeiten gab. Je mehr sie sich jedoch damit beschäftigte, desto mehr hatte sie sich mit dem Gedanken anfreunden können.

All das wusste Kerin, und wenn er es nur ein bisschen ernst genommen hätte, wäre er im höchsten Maße vorgewarnt gewesen. Offenbar war er es allerdings nicht, und die Quittung dafür bekam er nun präsentiert.

Shirina trieb ihn mit kraftvollen, vor allem aber präzisen Hieben vor sich her, dass ihm Hören und Sehen verging. Dabei genoss sie es, seine immer verzweifeltere Miene zu sehen.

Auch Kerin wurde im Schwertkampf ausgebildet, wie es sich bei seiner vornehmen Herkunft geziemte, das merkte man. Einem Laien wäre es erst gar nicht gelungen, ihre Angriffe abzuwehren. Aber auf ihn traf genau das zu, was er von ihr angenommen hatte. Für ihn war das Training nie mehr als ein Spiel gewesen, vielleicht sogar nur eine lästige Pflicht. Er hatte gelernt, mit der Waffe umzugehen, aber es war ohne wirkliches Interesse, ohne Herzblut geschehen. Wie bei allem, was man ohne echte Anteilnahme tat, war er in dieser Disziplin entsprechend nicht gut.

Für Shirina hingegen war der Umgang mit der Waffe eine Leidenschaft, und mit dieser Leidenschaft kämpfte sie auch.

Rasch erkannte sie, dass der Junge ihr nicht im Entferntesten gewachsen war. Sie konnte ihn fast nach Belieben vor sich hertreiben, und er war weder flink noch geschickt genug, alle ihre Angriffe abzublocken. Wieder und wieder ließ sie die

Breitseite ihrer Holzklinge auf seine Arme und Beine niedersausen.

»Na, glaubst du immer noch, ein Mädchen kann nicht mit Waffen umgehen?«, höhnte sie. »Denkst du immer noch, ich sollte lieber mit Puppen spielen?«

Kerin kam nicht dazu zu antworten. Er schrie, fluchte und wehklagte nur noch. Seine Paraden wurden immer ungenauer. Er fuchtelte beinahe nur noch blindlings mit seinem Schwert hin und her, ohne ihre Schläge abwehren zu können.

»Aua, hör endlich auf, lass mich in Ruhe!«, jammerte er. »Bist du völlig verrückt geworden? Das tut weh, aua! Das werde ich Vater sagen, hör auf!«

»Eine echte Zierde aller männlichen Falkensteins«, stieß Shirina verächtlich hervor. Sie versetzte ihm einen Streich auf den Unterarm, dass er sein Schwert fallen ließ. Zitternd und mit schützend vor das Gesicht erhobenen Armen wich er zurück. »Ein Feigling, ein Jammerlappen, ein Versager beim Kämpfen und eine Petze. Vielleicht guckst du dir einen Gegner demnächst ein bisschen genauer an, ehe du deine große Klappe riskierst, selbst wenn es sich *nur* um ein Mädchen handelt. Sonst könnte es sein, dass du wieder Prügel beziehst.« Sie versetzte ihm einen Stoß, dass er über einen Stein stolperte und auf seinem Hintern landete. »So, und jetzt kannst du zu Onkel Tyron laufen und ihm erzählen, dass ich dich verhauen habe!«

Sie ließ das Holzschwert fallen. Ohne ihn oder seinen noch immer völlig verdattert dastehenden Freund eines weiteren Blickes zu würdigen, schritt sie hoch erhobenen Hauptes davon.

# 5

*Herzogtum Talarien, Kloster des heiligen Bernardeus bei Assani*

Furchtsam musterte Torin das große graue Tier. Das Pferd, eine sanftmütige Stute, wie Balosta ihm erklärt hatte, war bei Weitem nicht so groß wie sein oder Burks Hengst, gegen den er sie eingetauscht hatte, doch sie kam ihm trotzdem immer noch riesig vor. Das Tier stand ganz still, bewegte nur den Kopf ein wenig und schnaubte leise.

»Ich soll … da hinaufsteigen? *Das* ist mein Pferd?«

»Allerdings, das ist es.« Der Inquisitor konnte ein Lächeln nicht völlig verbergen.

Er war am späten Nachmittag zum Kloster zurückgekehrt, hatte Torin zu sich rufen lassen und ihm erklärt, er hätte einem Trupp Soldaten ein geeignetes Tier abgehandelt. Nach einer kurzen Pause hatte er zu Torins Schrecken hinzugefügt, dass sie früh am nächsten Morgen aufbrechen und einen Teil des Weges in Begleitung ebenjener Soldaten zurücklegen würden. Dann hatte er ihm das Pferd präsentiert.

Nach Torins Ansicht war es keineswegs geeignet.

Er trat einen Schritt vor, wich jedoch gleich darauf wieder zurück, als das Tier den Kopf in seine Richtung drehte. Selbst sein Maul kam ihm plötzlich riesig vor.

»Aber … es ist so groß. Ich dachte, Ihr wolltet ein Pony für mich besorgen.« Er hob die Arme. »Und was ist mit meinen Händen? Sie sind verletzt. Wie soll ich mich damit festhalten?«

Blitzartig griff Balosta zu, packte ihn an den Schultern und schüttelte ihn. Das Lächeln war von seinem Gesicht verschwunden. Stattdessen blickte er ihn grimmig an. Seine buschigen Augenbrauen schienen zu einer einzigen dunklen Linie zusammenzuwachsen, als er die Stirn runzelte.

»Jetzt hör mir mal gut zu, Kleiner«, stieß er in einem Tonfall hervor, den Torin noch nie zuvor von ihm gehört hatte. Balosta beugte sich zu ihm hinunter, bis sich ihre Gesichter fast berührten. »Wenn du so töricht bist, dich zu verletzen, weil du meinst, irgendwem irgendwas beweisen zu müssen, dann ist das dein Problem. Dir werden die Hände und spätestens übermorgen noch viel mehr wehtun, nicht mir. Ich werde auf jeden Fall morgen aufbrechen, ob mit oder ohne dich. Ist das klar?«

Eingeschüchtert nickte Torin. Angesichts des Blicks des Inquisitors, seines Tonfalls und der Drohung, ihn zurückzulassen, verblasste sogar die Angst vor dem Pferd.

»Gut.« Balosta ließ ihn wieder los. Mit milderer Stimme fuhr er fort: »Ich weiß, dass so ein Tier furchteinflößend wirkt, wenn man zum ersten Mal davorsteht und aufgefordert wird, auf seinen Rücken zu klettern. Auch mir ging es einst nicht anders. Aber Furcht lässt sich überwinden. Unzählige Menschen haben es bereits geschafft und das Reiten erlernt. Du möchtest dem edelsten Orden beitreten, den es gibt. Nun, dann sieh das hier als eine Prüfung. Als Inquisitor wirst du dich immer wieder selbst überwinden müssen: deine Ängste, deine Abscheu, dein eigenes Ich. Beweise mir jetzt und hier, dass du würdig bist und es kannst.«

Erneut nickte Torin und bemühte sich, all seinen Mut zusammenzunehmen. »Was muss ich tun?«

»Das klingt schon besser. Zunächst einmal musst du deine Angst verlieren. Das Pferd spürt sie. Du musst sein Herr werden, es muss dir gehorchen. Aber das gelingt dir niemals, wenn du nicht deine Angst ablegst. Dann wird es mit dir durchgehen. Streichle ihm zunächst einmal den Kopf.«

Zögernd streckte Torin die Hand aus. Er wollte das Tier zwischen den Augen berühren, doch die Stute hob den Kopf und stieß seine Finger mit den Nüstern an. Obwohl es ihn alle Überwindung kostete, gelang es Torin, die Hand nicht zurückzuziehen.

»Gut so, lass sie schnuppern. Sie soll sich an dich gewöhnen. Versuch jetzt noch einmal, sie zu streicheln.«

Langsam bewegte Torin die Hand, strich der Stute ein paar Mal über den Kopf. Er mochte, wie sich ihr Fell anfühlte, seidig, wenn er in die eine, struppig, wenn er in die andere Richtung strich.

»So, und nun steig auf!«, befahl Balosta. »Ich würde dir gern mehr Zeit geben, aber die haben wir nicht.«

Er half Torin, in den Sattel zu klettern. Das Pferd wurde unruhig und scharrte mit den Hufen. Mit beiden Händen klammerte sich Torin an der Mähne fest, so gut es ihm mit den Verbänden möglich war, dennoch schwankte er vor und zurück und von einer Seite zur anderen. Balosta hielt das Tier am Zaumzeug fest und tätschelte ihm den Hals.

»Press deine Beine fest an ihren Leib«, sagte er. »Bald wirst du lernen, sie mit dem leichtesten Druck deiner Schenkel zu dirigieren. Denk immer daran, du bist der Herr; sie muss dir gehorchen.«

Er führte das Tier einmal im Kreis herum. Es schnaubte und versuchte zu tänzeln. Die Schaukelbewegungen verstärkten sich so sehr, dass Torin das Gefühl hatte, jeden Moment zu fallen, obwohl er sich festklammerte.

»Das klappt doch schon ganz gut.« Balostas Worte kamen ihm wie Hohn vor. Das sollte *gut* klappen?

Der Inquisitor ließ das Zaumzeug los. Erschrocken klammerte sich Torin noch fester an die Mähne. Wiehernd bäumte sich das Pferd auf, und im gleichen Moment nutzte alles Festhalten nichts mehr. Torin fühlte sich von einer unsichtbaren Hand gepackt und durch die Luft gewirbelt. Himmel und Erde führten einen wirbelnden Tanz um ihn auf, dann erfolgte der Aufprall. Der weiche Sand, in den er stürzte, schien plötzlich Balken bekommen zu haben, und für einen Moment blieb er benommen liegen.

Balosta beugte sich grinsend über ihn und half ihm auf die Beine. Hinter ihm stand das nun wieder lammfromme Pferd und schien ihn ebenfalls anzugrinsen.

Wenig später saß Torin trotz seines Protestes wieder im Sattel, und kurz darauf landete er erneut im Sand. Wieder hatte er das Gefühl, die Stute würde ihn auslachen.

»Na, warte!«, stieß er hervor und sprang auf. »Wir werden ja sehen, wer zuletzt lacht!«

Diesmal verzichtete er auf Balostas Hilfe und kletterte schimpfend aus eigener Kraft in den Sattel. Zumindest versuchte er es. Im gleichen Augenblick, in dem er sich mit einem Fuß im Steigbügel hinaufschwingen wollte, vollführte die Stute einen leichten Bocksprung, sodass er auf der anderen Seite wieder hinabstürzte.

Gelächter klang hinter ihm auf. Einige der anderen Waisen hatten sich an den Fenstern des Klosters versammelt und beobachteten feixend seine Bemühungen. Ihr schadenfrohes Lachen stachelte seine Wut und Entschlossenheit noch weiter an.

*Du musst ihr Herr sein,* dröhnten Balostas Worte in seinem Kopf.

Diesmal gelang es ihm, aus eigener Kraft in den Sattel zu steigen und sich auch eine Weile lang dort zu halten, bis er wieder in den Sand stürzte.

Erneut erklang Gelächter.

Torin blickte zum Kloster hinüber. Er war hier aufgewachsen, hatte sein gesamtes bisheriges Leben hier verbracht. Es war sein Zuhause, aber würde es ihm fehlen, wenn er von hier wegging? Nein, beantwortete er seine eigene Frage gleich darauf selbst. Nicht für einen Augenblick. Die hier verbrachten Jahre hatten ihn geprägt und zu dem gemacht, was er heute war.

Zweifelsohne hatte es auch glückliche Momente gegeben, doch wenn er zurückdachte, fiel ihm so gut wie keiner ein; sie lagen verborgen unter einem großen Berg ständiger Ablehnung, Zurechtweisungen, Demütigungen sowohl seelischer als auch körperlicher Art bis hin zu Züchtigungen mit dem Rohrstock. Alle hatten ihn als andersartig angesehen, und man hatte versucht, ihn davon zu »heilen«, indem man das, was ihn von allen anderen unterschied, ausmerzte, aus ihm herausprügelte und indem man versuchte, seine Wünsche und Träume zu ersticken. Das gesamte Gewicht des wuchtigen Gebäudes schien auf ihm zu lasten.

Nein, dachte er noch einmal, er würde das Leben hier und die anderen nicht einen Augenblick lang vermissen. Höchstens vielleicht Ila, aber selbst mit ihr verband ihn kein so festes Band, als dass es ihm schwergefallen wäre, es zu durchtrennen.

Er *musste* weg von hier. Das Hohngelächter der anderen zeigte ihm, wie weit er sich geistig gerade in den letzten Tagen von ihnen entfernt hatte. Er würde nie wieder so wie früher mit ihnen zusammenleben können.

Aber den Weg fort von hier würde er nur auf dem Rücken der Stute bewältigen können, und deshalb würde er sich von dem Tier nicht unterkriegen lassen.

Obwohl er immer wieder abgeworfen wurde, begann er nach und nach ein Gefühl für die Bewegungen des Pferdes zu entwickeln. Er begriff, dass er sich ihnen anpassen, dass die Stute und er eine Einheit bilden mussten, nur dann würde es ihm überhaupt möglich sein, ihr Befehle zu geben und sie zu lenken. Aber das zu erkennen und es umzusetzen waren zwei völlig verschiedene Dinge.

Seine Angst war inzwischen verflogen. Er war nun schon so oft im Sand gelandet, dass es auf ein paar Mal mehr oder weniger nicht mehr ankam. Er war entschlossen, sich auf dem Pferd zu halten, und es würde ihm auch gelingen! Seine Zukunft hing davon ab, das hatte Balosta ihm deutlich vor Augen geführt. Schon deshalb kam ein Aufgeben nicht infrage. Und das Gelächter und die höhnischen Bemerkungen der anderen Waisen entmutigten ihn keineswegs, sondern spornten ihn nur noch mehr an.

Erneut schwang er sich in den Sattel.

In dieser Nacht fand Torin wenig Schlaf. Er fühlte sich am ganzen Körper wie zerschlagen, aber vor allem hielt ihn die Aufregung wach. Dies würde seine letzte Nacht im Kloster sein. Eine lange und bestimmt abenteuerliche Reise lag vor ihm, und an ihrem Ende …

Aurelia. Die Heilige Stadt.

Das Zentrum der Welt.

Dort würde seine Ausbildung zum Inquisitor ihren Anfang nehmen.

Nachdem sie den Reitunterricht am vergangenen Abend bei Anbruch der Dämmerung abgebrochen hatten, hatte er noch geraume Zeit mit Balosta zusammengesessen. Der Inquisitor hatte über verschiedenen Landkarten gebrütet und ihm schließlich darauf ihren Reiseweg aufzuzeigen versucht, doch Torin hatte kaum ein Wort davon verstanden. Die bunten Linien auf den Karten sagten ihm gar nichts, und wenn Balosta von Entfernungen sprach, so ergaben sie keinerlei Sinn für ihn. Er wusste ungefähr, wie weit es bis nach Assani oder Lokath war, doch Distanzen von Dutzenden oder gar Hunderten Meilen vermochte er sich nicht einmal vorzustellen.

Aber Balosta hatte mit ihm nicht nur über die Reise gesprochen, sondern auch darüber, was ihn an ihrem Ende erwartete. Er hatte noch einmal nachdrücklich darauf hingewiesen, dass er ihn nur den richtigen Leuten vorstellen und eine Empfehlung für ihn abgeben konnte, dass es aber keinerlei Garantie gab, dass man ihn wirklich in die Akademie aufnehmen und ihm eine Ausbildung ermöglichen würde. Die Aussichten dafür wären nach wie vor sogar äußerst gering, da die Kirche nur in extrem seltenen Fällen eine Patenschaft und damit die Kosten übernehmen würde. Und wenn, dann müssten schon gewichtige Gründe dafür vorliegen. Er dürfe sich deshalb keine zu großen Hoffnungen machen.

Torin hatte die Ermahnungen stillschweigend über sich ergehen lassen, aber seine Vorfreude hatten sie nicht trüben können. Für ihn stand fest, dass er Inquisitor werden würde, wenn er Aurelia erst einmal erreicht hatte. Er spürte es tief in seinem Inneren, etwas anderes war für ihn einfach nicht vorstellbar.

Wahrscheinlich *wollte* er sich gar nichts anderes vorstellen.

Erst spät in der Nacht sank er in einen unruhigen Schlaf, und als er beim ersten Schein der Morgendämmerung geweckt wurde – deutlich früher als normal –, hatte er das Gefühl, die Augen gerade erst zugemacht zu haben. Wie so oft war er von Albträumen gequält worden, an die er sich beim Aufwachen nicht mehr erinnerte. Ganz besonders nicht an diesem Morgen.

Die Freude darauf, was vor ihm lag, ließ ihn augenblicklich hellwach werden und jeden Gedanken an Albträume vergessen. Die anderen Waisen in seinem Zimmer schliefen noch. Er wusch sich in aller Eile, kleidete sich an und eilte in den Speisesaal hinunter, wo ihn Balosta und Pater Berlinus bereits erwarteten.

»Nun, aufgeregt?«, begrüßte ihn der Inquisitor lächelnd.

Torin nickte. *Aufgeregt?* Er war so nervös, dass er kaum einen Löffel von seiner Grütze herunterbekam, die es wie jeden Morgen zum Frühstück gab. Auch bekam er kaum etwas von dem mit, worüber sich Balosta mit dem Abt unterhielt.

Endlich war das Frühstück beendet und die Zeit zum Aufbruch gekommen. Die beiden Pferde standen bereits gesattelt im Hof des Klosters, doch nur Balostas Hengst trug zusätzliche Satteltaschen mit dem wenigen, was sie an Gepäck mit sich führten; hauptsächlich handelte es sich um Verpflegung für die Reise.

»Mach uns in Aurelia keine Schande«, sagte der Abt zu Torin. »Ich hoffe, du wirst dich unseres Klosters würdig erweisen und eines Tages Großes im Namen unserer geliebten Kirche leisten.« Berlinus reichte ihm zum Abschied sogar die Hand. Allerdings machte er nicht den Anschein, als würde er an seine eigenen Worte glauben. Ein spöttischer Ausdruck lag auf seinem Gesicht.

*Euch werde ich's noch zeigen!*, dachte Torin. *Dann wird Euch der Spott vergehen!* Natürlich ließ er sich seine Gedanken und Gefühle nicht anmerken, sondern bedankte sich artig und ergriff die dargebotene Hand.

Er wollte eben auf sein Pferd steigen, als er hörte, wie jemand seinen Namen rief. Ila kam auf den Hof gestürmt und rannte auf ihn zu.

»Du kannst doch nicht einfach fortreiten, ohne mir Lebwohl zu sagen«, rief sie. »Ich habe mir extra vorgenommen, heute ganz früh aufzuwachen, aber trotzdem hätte ich um ein Haar verschlafen.«

Sie schlang die Arme um ihn. Torin erstarrte. Trotz aller Nächstenliebe, die von der Kirche gepredigt wurde, waren körperliche Berührungen oder gar Umarmungen im Kloster verpönt. Einen Moment lang wusste er nicht, was er tun sollte, dann erst wurde ihm bewusst, dass er sich keinerlei Zurückhaltung mehr auferlegen musste, und so schloss er ebenfalls die Arme um sie.

In der ganzen Aufregung hatte er überhaupt nicht mehr an Ila gedacht, aber es rührte ihn, dass sie erschienen war, um sich von ihm zu verabschieden.

»Ich wünsche dir alles, alles Glück der Welt«, stieß sie hervor. »Ich weiß, du wirst es schaffen und dir deinen Traum erfüllen. Es wäre schön, wenn du manchmal an mich denken würdest, denn ich werde dich nie vergessen. Niemals, hörst du?«

Sie küsste ihn auf beide Wangen, und Torin sah Tränen in ihren Augen, als sie sich abrupt abwandte und wieder ins Gebäude zurücklief. Er blickte ihr ein paar Sekunden lang beklommen nach. Während für ihn ein neues Leben begann, würde das ihre in den gewohnten Bahnen weiterverlaufen, ohne ihn vermutlich noch trostloser als bisher. Liebe, süße Ila, die ihn so oft zum Lachen gebracht und ihm das Leben im Kloster ein wenig erträglicher gemacht hatte.

In diesem Moment wünschte er von ganzem Herzen, dass er sie mit sich nehmen könnte, aber natürlich war das völlig unmöglich.

Gleich darauf aber verdrängte er sie aus seinen Gedanken und stieg auf sein Pferd. Diesmal gelang es ihm auf Anhieb. Obwohl er eine Zeit lang kaum noch daran geglaubt hatte, hatte das Üben am Vortag schließlich doch einigen Erfolg gezeigt. Nach ungezählten Abwürfen war es ihm gelungen, seine Angst vor der Stute vollständig zu überwinden, sich nicht länger zu verkrampfen, sondern ein Gefühl für ihre Bewegungen zu bekommen und sich ihnen anzupassen. Eine weitere Überwindung war es gewesen, sich nicht länger an ihrer Mähne festzuklammern, sondern die Zügel zu halten. Doch schließlich hatte er das Tier so lenken können, wie er es wollte. Auch wenn er noch weit davon entfernt war, richtig reiten zu können, war Balosta recht zufrieden mit ihm gewesen.

Sie ritten nebeneinander durch das Tor des Klosters und wandten sich nach Nordwesten, in Richtung Lokath.

Torin blickte kein einziges Mal zurück.

*Frei,* hämmerte es in Torins Kopf. Immer wieder nur dieser eine Gedanke. *Endlich frei!*

Das war alles, was er im Augenblick denken und empfinden konnte. Unzählige Male hatte er diesen Moment in den vergangenen Tagen herbeigesehnt und ihn sich vorzustellen versucht, aber das Gefühl, das ihn jetzt erfüllte, war noch viel intensiver und schöner, als er es sich ausgemalt hatte.

In anderer Hinsicht hingegen hatte er mit seinen Erwartungen recht behalten: Der Abschied fiel ihm kein bisschen schwer, er fühlte nicht das geringste Bedauern.

Natürlich war er im Kloster kein Gefangener gewesen. Er hätte jederzeit davonlaufen können. Aber wohin? So jung und schmächtig, wie er war, hätte ihn wohl niemand eingestellt, und selbst wenn, wäre seine Zukunft damit in eine Richtung entschieden worden, die er keinesfalls wollte. Jede noch so geringe Hoffnung auf einen Dienst innerhalb der Kirche wäre damit für ihn unwiderruflich dahin gewesen.

Nein, den Wunsch, einfach blindlings wegzulaufen, hatte er niemals verspürt. Warum auch?

Zumindest für sein körperliches Wohl war im Kloster stets gesorgt worden, vermutlich sogar besser, als es anderenorts der Fall gewesen wäre. Zudem hatte er eine Ausbildung erhalten, die zwar keineswegs umfassend war, aber mit Abstand die beste, die er in weitem Umkreis hätte bekommen können, und nur durch die hatte er die Möglichkeit gehabt, eines Tages mehr als nur der Knecht eines Bauern oder der Gehilfe eines Handwerkers zu werden. Allein lesen und schreiben zu können unterschied ihn bereits von den allermeisten anderen Menschen. Dafür würde er der Kirche stets dankbar sein.

Und doch fühlte er sich befreit, als hätte er eine schwere Last abgeworfen. Er hatte sein bisheriges Heim verloren, aber eine Welt dazugewonnen. Eine Welt, die ihm mit einem Mal größer erschien, als er sie sich bislang vorgestellt hatte. Dennoch empfand er keinerlei Angst vor dem Unbekannten, das ihn erwartete, sondern nur Neugierde.

Sie ritten langsam, nicht sehr viel schneller, als sie zu Fuß unterwegs gewesen wären, denn obwohl es Torin mehr oder weniger gut gelang, sich im Sattel zu halten, fühlte er sich doch nicht gerade wohl. Die blauen Flecke, die er sich am Vortag zugezogen hatte, taten weh. Sein Hintern und die Innenseite seiner Oberschenkel fühlten sich wund an, und mit jedem kleinen Hopser im Sattel wurde es schlimmer. Auch seine Hände waren noch nicht richtig verheilt, und er ärgerte sich über sich selbst, dass er überflüssigerweise den anderen Waisen etwas zu beweisen versucht hatte. Dazu kam ein nicht unerheblicher Muskelkater, der seinen Höhepunkt noch längst nicht erreicht hatte, das spürte er.

Zweimal trieb Balosta sein Pferd zu einer etwas schnelleren Gangart an. Als Torin versuchte, sich ihm anzupassen, konnte er sich einmal nur mit knapper Not im Sattel halten, beim zweiten Mal stürzte er tatsächlich, sodass der Inquisitor auf weitere Versuche verzichtete.

»Du wirst in den nächsten Tagen und Wochen noch eine Menge lernen müssen«, kommentierte er nur, doch es klang kein Vorwurf in seinen Worten mit.

Sie benötigten deutlich mehr als eine Stunde bis nach Lokath, einen Ort, der nur unwesentlich größer als Assani war. Ein Stück außerhalb davon war ein Heerlager aufgeschlagen, auf das Balosta zuhielt. Soldaten waren damit beschäftigt, die Zelte abzubauen und ihr Gepäck auf die Pferde und einige Holzkarren zu laden.

Erst einmal zuvor hatte Torin Soldaten gesehen, einen kleinen Trupp, der die Orientierung verloren und vor einigen Jahren in den Mauern des Klosters Schutz vor der hereinbrechenden Nacht gesucht hatte. Aber die damaligen Männer waren verdreckt und heruntergekommen gewesen.

Bewundernd musterte er die bunten, tadellos gepflegt aussehenden Uniformen und beobachtete die Geschäftigkeit im Lager, während sie im langsamen Schritttempo zwischen den Zelten hindurchritten.

Ein schnauzbärtiger, grauhaariger Mann mit korpulenter Figur und ausgeprägten O-Beinen trat ihnen in den Weg, wartete, bis sie ihn erreicht und ihre Pferde vor ihm zum Stehen gebracht hatten, und verbeugte sich.

»Ihr kommt gerade rechtzeitig, Euer Gnaden, wir wollen möglichst bald aufbrechen. Ein langer Weg liegt noch vor uns.« Er wandte sich Torin zu. »Und Ihr müsst der junge Adept sein, von dem der Inquisitor erzählt hat.«

Torin starrte ihn mit weit aufgerissenen Augen an, viel zu verdattert, um irgendetwas sagen zu können. Es war das erste Mal in seinem Leben, dass jemand ihm gegenüber die ehrenvolle Anrede verwendete, noch dazu ein offenbar hochrangiger Offizier. Es dauerte sogar einen Moment, bis er überhaupt begriff, dass er gemeint war. Adept? So weit war es noch lange nicht, und nach wie vor war höchst unsicher, ob er es jemals so weit bringen würde.

»So ist es. Dies ist Torin, und das ist Hauptmann Sagon«, machte Balosta sie miteinander bekannt. »Torin begleitet mich nach Aurelia, um dort eine Ausbildung zum Inquisitor zu beginnen. Ich danke Euch nochmals dafür, dass Ihr uns auf der Reise Schutz gewähren wollt.« Er reichte dem Hauptmann einen schwarzen Wimpel mit einem roten, auf dem Kopf stehenden Dreieck darauf. »Hier, befestigt ihn an Eurer Standarte, dann sieht jeder schon von Weitem, dass Ihr einen kirchlichen Würdenträger eskortiert.«

Sie stiegen ab, und Torin genoss es, zumindest für ein paar Minuten wieder festen Boden anstelle des schwankenden Pferderückens unter sich zu spüren. Während sich Balosta mit dem Offizier unterhielt, streifte er ein wenig in dem Feldlager umher und beobachtete die Soldaten bei ihren Tätigkeiten. Das Vergnügen war jedoch nur von kurzer Dauer, denn auch die letzten noch stehenden Zelte wurden in atemberaubendem Tempo abgebaut und die letzten Sachen verstaut.

Ein kleiner Soldatentrupp saß bereits auf und ritt davon, nachdem der Hauptmann ein paar letzte Befehle erteilt hatte. Zwei weitere Trupps folgten kurz darauf. Nur etwa dreißig Mann blieben zurück, doch auch sie saßen auf. Torin entging nicht, dass Sagon auf dem Hengst ritt, der zuvor Burk gehört hatte.

Der Junge wurde von Balosta aufgefordert, ebenfalls wieder auf sein Pferd zu steigen, und kurz darauf brachen sie zusammen mit den Soldaten in westlicher Richtung auf. Dorthin, wo irgendwo in weiter Ferne die Heilige Stadt auf Torin wartete.

# 6

*Schloss Weißenstein, Nordosten des Herzogtums Falkenau*

Natürlich hatte Kerin Falkenstein nicht gepetzt, dass er von seiner Cousine, einem Mädchen, verhauen worden war. Und wenn er es getan hätte, hätte es Shirina auch nichts ausgemacht. Wahrscheinlich hätte ihr Onkel sie nicht einmal gescholten, sondern nur schallend gelacht und vielleicht sogar seinem Sohn als Strafe für die Blamage und das Petzen obendrein noch eine Backpfeife verpasst.

Nun stand ihr Aufbruch dicht bevor, und zum Abschied schlenderte sie mit ihrem Onkel nach dem Frühstück noch einmal durch die Gartenanlagen des Schlosses. Um sie herum erstreckte sich ein Meer verschiedenartiger bunter Blumen, vor allem aber Rosen, die in voller Blüte standen. Die Rosenzucht war die große Leidenschaft Lord Tyrons, und seine Züchtungen waren weithin berühmt. Derzeit jedoch hatte Shirina kaum einen Blick dafür.

Sie war zwischen ihren Gefühlen hin- und hergerissen. Ungeachtet Kerins Versuchen, sie von allem auszuschließen, hatte sie sich in der letzten Woche hier so wohlgefühlt, dass sie gern noch länger geblieben wäre. In erster Linie lag das natürlich an ihrem Onkel und ihrer Tante, aber auch die Umgebung trug dazu bei. Schloss Weißenstein mit seinen Gärten, den saftigen Auen und seinem milden Klima war überhaupt nicht mit Falkenhorst zu vergleichen. Auch der direkt am Meer liegende Stammsitz ihrer Familie hatte seine schönen

Seiten, etwa die riesigen Wälder und die Klippen, an denen sich die Brandung brach. In erster Linie aber war Falkenhorst eine Trutzburg, deren wuchtige Mauern noch nie bezwungen worden waren. Fast ständig wehte ein kühler, nach Salz und Tang riechender Meereswind, sodass es im Inneren trotz der zahlreichen Kamine außer im Hochsommer kaum jemals richtig warm wurde.

Aber Shirinas Gedanken galten nicht Falkenhorst, sondern Aurelia. Sie liebte die Abwechslung und aufregende, neue Herausforderungen. Nichts war ihr so verhasst wie eintönige Routine. Dementsprechend konnte sie es kaum erwarten, endlich dorthin zu gelangen und mit ihrer Ausbildung zu beginnen. Zuvor aber stand ihr noch eine lange Reise bevor. Sie würde gut eine Woche bis nach Falkenhorst unterwegs sein, und nach ein paar Tagen Rast würde sie anschließend direkt die noch sehr viel längere Reise in die Heilige Stadt antreten.

Normalerweise reiste sie gern, aber diesmal war das Ziel so verlockend, dass sie sich mit aller Inbrunst wünschte, bereits dort zu sein, sodass jeder Tag zur Qual wurde. Zwar würde sie immer neue Städte und Landschaften sehen, aber schon bald würde sicher auch das langweilig werden. Dann würde das Reisen zu genau der Routine werden, die sie so hasste. Tage, die einer wie der andere ohne Abwechslung und Überraschungen verliefen, würden sich aneinanderreihen, ihr Ablauf vom Aufwachen bis zum Einschlafen stets gleich.

Und nun auch noch dieser Umweg …

»Muss ich wirklich in dieses blöde Kaff, dieses Kaltendingsda?«, erkundigte sie sich.

»Kaltenbach«, verbesserte sie ihr Onkel.

»Von mir aus auch Kaltenarsch. Ich weiß nicht, was ich dort überhaupt soll.«

»Und wie sich eine junge Dame zu benehmen hat, weißt du offenbar auch nicht mehr. Du brauchst nur ein paar Hände zu schütteln und einen Segensspruch über die dortige Kirche zu sprechen. Das ist doch wirklich nicht zu viel verlangt.«

»Aber es ist albern. Albern, dämlich und völlig unangemessen. Ich stehe noch nicht im Dienst der Kirche, habe meine Ausbildung noch nicht einmal begonnen. Wie soll ich da Segen spenden? Und der Umweg kostet mich mindestens einen weiteren Tag.«

»Höchstens einen halben. Und es bedeutet dem Pater und den Menschen in Kaltenbach sehr viel. Du bist eine kleine Berühmtheit, das erste Mädchen aus Falkenau, das in den Schwarzen Orden aufgenommen wird, zudem noch die Tochter des Herzogs. Du kannst dich nicht vor allen Repräsentationsaufgaben drücken.«

Shirina schnitt eine Grimasse. Ein Bote hatte die Bitte aus Kaltenbach nach Falkenhorst gebracht, und ihr Vater hatte ihr entsprochen. Mittels eines Falken hatte er sie dann hier darüber informiert. Hätte sie doch bloß den verflixten Vogel mit ihrer Gabe abgefangen und sonst wo hingeschickt, ehe er hatte landen können! Sie hatte das Tier mit der Nachricht aus Falkenhorst am Vortag sogar heranfliegen sehen, aber natürlich nicht ahnen können, dass die Botschaft eine für sie so lästige Aufgabe bedeuten würde.

»Es ist müßig, darüber zu diskutieren«, fuhr Lord Tyron fort. »Dein Vater hat dein Kommen zugesagt, und ich schätze, Barrion wäre sehr ungehalten, würdest du deiner Pflicht aus purer Bequemlichkeit nicht nachkommen.«

»Also gut«, sagte Shirina seufzend. »Wenn es unbedingt sein muss, dann lege ich eben einen Halt in diesem dämlichen Kaltenarsch ein.«

Ihr Onkel versetzte ihr einen Klaps auf den Hinterkopf. »Ich glaube, aus dir wird wirklich nie eine Dame. Aber vermutlich ist das für eine angehende Inquisitorin auch nicht so wichtig.« Er seufzte ebenfalls. »Ich fürchte, es wird allmählich Zeit für den Aufbruch. Aber vorher möchte ich dir noch sagen, dass ich dich sehr, sehr lieb habe und dir für Aurelia alles nur erdenkliche Gute wünsche.«

»Aber Onkel, das weiß ich doch. Ich habe dich auch sehr lieb.« Shirina blieb stehen und umarmte ihn heftig.

»Komm, gehen wir zurück«, sagte er. »Du willst dich sicher auch noch von deiner Tante verabschieden, und deine Eskorte dürfte inzwischen zum Aufbruch bereit sein und auf dich warten.«

»Wo bleiben sie nur?« Nervös schirmte Orist Pryce seine Augen zum Schutz vor dem Sonnenlicht mit der Hand ab und starrte nach Norden, doch weit und breit war nichts von einem sich nähernden Reitertrupp zu entdecken. »Sie müssten längst hier sein. Hoffentlich ist nicht im letzten Moment noch etwas dazwischengekommen.«

»Beruhige dich«, sagte sein Bruder. »Was soll denn dazwischenkommen? Sie haben in Braunfeld übernachtet, da können sie nur noch die Route über Kaltenbach nehmen. Alles andere wäre ein Riesenumweg. Sie werden schon kommen.«

Bislang war alles so gelaufen, wie von ihnen geplant. Ohne große Mühe hatten sie den Pater von Kaltenbach überzeugen können, dass es viel mehr bringen würde, persönlich mit Shirina Falkenstein zu sprechen, um sie davon abzubringen, Inquisitorin zu werden, als irgendwelche Briefe zu versenden, und er hatte die Zusicherung des Herzogs erhalten, dass seine Tochter während der Rückreise von Weißenstein seine Kirche aufsuchen würde.

Ein Versprechen, das sich nicht erfüllen würde, dafür würden die beiden Pryce-Brüder sorgen. Zusammen mit zwölf anderen Männern hatten sie sich in den Hügeln auf die Lauer gelegt. Es waren gedungene Halsabschneider, die nicht einmal wussten, für wen sie arbeiteten. Keine noch so vage Spur durfte zum Haus Pryce zurückzuverfolgen sein. Sollte der Herzog jemals herausfinden, wer für die Entführung und Ermordung seiner Tochter verantwortlich war, würde er furchtbare Rache üben.

Nicht einmal innerhalb ihrer eigenen Familie wusste jemand von dem Vorhaben der beiden Brüder, sonst wäre es ihnen zweifelsohne verboten worden. Nicht aus moralischen Erwägungen heraus, nein, sondern ausschließlich aus Angst.

Etwa ein Dutzend Meter unterhalb der Felsen, hinter denen sie in Deckung gegangen waren, zog sich die Straße hin. Die Schlucht war an dieser Stelle kaum vier Meter breit, ein idealer Ort für einen Hinterhalt. Trotz zahlenmäßiger Überlegenheit wäre es zu gefährlich, die Eskorte offen anzugreifen. Sie bestand aus immerhin acht bestens ausgebildeten Soldaten aus der persönlichen Leibwache der herzoglichen Familie. Tödliche Gegner im offenen Kampf, aber leichte Opfer in der Schlucht, wo sie ihre Stärke nicht würden ausspielen können.

Um die Falle zuschnappen zu lassen, hatten die angeheuerten Wegelagerer mehrere fast mannsgroße Felsen bis unmittelbar an den Abgrund gerollt. Ein Stoß würde genügen, damit sie hinabstürzten, um einige Reiter zu erschlagen und im Idealfall die anderen von der Kutsche mit dem Mädchen abzuschneiden.

Leider waren die Soldaten durch Kettenhemden und Helme geschützt, sonst hätten ein paar Pfeile ausgereicht, das Problem vollends zu beseitigen. Aber auch so würden die wenigen, die den Felsbrocken entkamen, überrascht und demoralisiert sein, kaum noch in der Lage, besonders entschiedenen Widerstand zu leisten. Alles war bis ins kleinste Detail geplant, ihr Vorhaben konnte nicht scheitern.

Als Otan mit seinem Bruder am frühen Morgen aus Kaltenbach aufgebrochen war, wo sie die Nacht in einem Gasthaus verbracht hatten, waren dort bereits alle Vorbereitungen für den Protest gegen die Pläne des Mädchens getroffen worden. Über dem Portal der Kirche hatte man sogar ein großes Tuch mit der Aufschrift »Kein Verstoß gegen die göttliche Ordnung. Keine Frauen in der Inquisition« gespannt.

Das Mädchen hatte keine Ahnung, was es in dem Ort erwarten würde. Otan hatte Pater Alorius ausdrücklich davor gewarnt, in der Bitte um Shirinas Besuch auch nur den leisesten Hinweis auf den geplanten Protest anklingen zu lassen, da sie sonst sicherlich nicht käme.

Nun, das würde sie auch so nicht, was allerdings niemand in Kaltenbach ahnte. Fast bedauerte Otan es schon, nicht ihr fassungsloses Gesicht sehen zu können, wenn sie erkannte, dass sie keinesfalls eingeladen worden war, um die Kirche zu segnen, sondern ihr offene Feindseligkeit entgegenschlug. Es wäre ihm eine grimmige Genugtuung gewesen, eine der verhassten Falkensteins auf diese Art gedemütigt zu sehen.

Darauf konnte er es jedoch nicht ankommen lassen. Hatte sie den Ort erst einmal durchquert, gab es keinen annähernd so günstigen Ort mehr für einen Überfall. Und leiden würde Shirina auch, wenn er und sein Bruder sie erst einmal in ihrer Gewalt hatten.

»Da!«, rief Orist. In der Ferne war eine sich nähernde Staubwolke auszumachen. »Endlich! Das müssen sie sein.«

»Wie weit ist es denn noch bis zu diesem Kaltenarsch?«, fragte Shirina Falkenstein mürrisch. »Als ich dich zuletzt gefragt habe, hast du gesagt, noch eine Stunde. Mittlerweile sind mindestens zwei vergangen.«

»Es ist gerade mal zehn Minuten her, und der Ort liegt immer noch hinter der Hügelkette dort vorn«, antwortete Milan, der Anführer ihrer Eskorte. Er war ein kräftiger, großer Mann mit dunklen Haaren, die ihm bis über die Schultern fielen. »Außerdem sollt Ihr nicht ständig Kaltenarsch sagen. Sonst vergesse ich eventuell Eure herzogliche Abstammung und verpasse Euch eigenhändig eine Tracht Prügel.«

»Mach nur«, entgegnete Shirina leichthin.« Ich werde es dann genießen, wenn mein Vater dich auspeitschen lässt. Mir gefällt der Name Kaltenarsch.«

»Ihr benehmt Euch wie ein Kind. Und was Euren Vater betrifft: Ich glaube, er würde mir eher eine Auszeichnung verleihen. »

Natürlich würde nichts davon geschehen. Shirina kannte und mochte Milan, seit sie ein kleines Mädchen war. Er hatte ihr vor Jahren als Erster gezeigt, wie sie ein Schwert richtig halten musste, und an ihn wandte sie sich oft, wenn sie Probleme hatte und ihr Vater auf Reisen oder wegen Regierungsgeschäften zu beschäftigt war. Sie betrachtete Milan fast als eine Art Ersatzvater, zumindest aber als guten Freund. Wären sie nicht so vertraut miteinander gewesen, hätte sie als Tochter des Herzogs niemals so mit ihm herumgeflachst. Mit jedem anderen Soldaten der Eskorte wäre dies undenkbar gewesen.

Das Wetter an diesem Tag war schön, nicht zu heiß und nicht zu kalt, und vor allem war es trocken, nachdem es in den vergangenen Tagen immer wieder Regenschauer gegeben hatte. Shirina war froh darüber. Sie fuhr nicht gern in der Kutsche, sondern ritt lieber zusammen mit Milan an der Spitze des kleinen Trupps.

Der Weg wand sich zwischen den Hügeln hindurch, die allmählich höher wurden und aufeinander zuzurücken schienen. Teilweise verengte er sich bis auf wenige Meter, und die Felsen stiegen beiderseits meterhoch steil an. Milan zügelte sein Pferd und hob die Hand, damit auch die Soldaten hinter ihm anhielten.

»Das gefällt mir nicht«, murmelte er und starrte angestrengt nach vorn, wo sich zwischen zwei besonders hohen Hügeln, fast schon kleinen Bergen, ein schmaler Einschnitt erstreckte.

Nur das erste Stück war einsehbar, dann beschrieb die Schlucht eine Biegung. »Das Gelände ist wie geschaffen für einen Hinterhalt.«

»Ach was«, sagte Shirina lachend. »Wer sollte uns überfallen? Dies ist das Land meines Vaters.«

»Er hat Euch nicht umsonst eine Eskorte mitgegeben«, entgegnete Milan. »Auch in Falkenau ist es nicht überall friedlich. Wer Euch in seine Gewalt bekäme, könnte für einen Austausch eine Menge Gold verlangen. Und jeder, der weiß, dass Ihr Kaltenbach aufsucht, weiß auch, dass wir diesen Weg nehmen müssen. Es wäre mir lieber, wenn Ihr in die Kutsche steigen würdet, bis wir Kaltenbach erreichen.«

Shirina zögerte. Milans Befürchtungen waren nicht ganz von der Hand zu weisen. Sie hatte sich bislang nicht sonderlich für Politik interessiert. Sie wusste, dass Barrion Falkenstein ein gerechter und allgemein beliebter Herrscher war, allerdings gab es auch innerhalb Falkenaus Unruheherde, und angesichts der vielfältigen Verstecke in den riesigen Wäldern war es nicht gelungen, das Problem umherstreifender Räuberbanden völlig zu lösen.

Trotzdem glaubte sie nicht wirklich, dass ihr irgendeine Gefahr drohte. Nicht bei ihrer Eskorte, die aus den besten Kämpfern ihres Vaters bestand. Zudem hätte die Kutsche ihr höchstens gegen Pfeile Schutz geboten, da sie im Gegensatz zu den Soldaten keine gepanzerte Kleidung trug. Wenn jemand sie entführen wollte, würde er jedoch kaum auf sie schießen. Auch Milan schien das einzusehen.

»Also gut«, gab er nach. »Allerdings werden wir nicht länger an der Spitze, sondern in der Mitte des Trupps reiten.« Er wandte sich im Sattel um. »Yorgen, Wigolat, ihr beide reitet voraus und erkundet die Schlucht. Wir anderen warten hier so lange.«

Wortlos preschten die beiden los, und gleich darauf waren

sie hinter der Biegung verschwunden. Es dauerte nur wenige Minuten, bis sie zurückkehrten.

»Die Schlucht ist halbmondförmig gebogen«, berichtete einer der beiden. »Hohe, ziemlich steile Felswände. Dahinter werden die Hügel wieder niedriger.«

»Wir haben nichts Verdächtiges entdecken können, aber um sicherzugehen, müssten wir ausschwärmen und auch die Kämme oberhalb der Schlucht durchsuchen«, ergänzte der andere. »Das ganze Gelände ist felsig und zerklüftet, dort könnte sich eine kleine Armee verstecken.«

»Das wird wohl nicht nötig sein«, entschied Milan nach kurzem Zögern. »Wahrscheinlich könnten wir stundenlang suchen, ohne jemanden zu entdecken, der nicht entdeckt werden will. Sollte man uns dort auflauern, werden wir uns auf die Schärfe unserer Schwerter verlassen müssen.«

Er gruppierte den Trupp um. Sie ritten auch weiterhin zu zweit nebeneinander, allerdings nahmen er und Shirina einen Platz in der Mitte ein, nach vorne von vier Soldaten abgeschirmt. Ihnen folgten zwei weitere Soldaten, dann kam die leere Kutsche und zuletzt noch ein Soldat.

Langsam tauchten sie in die Schlucht ein. Die Wände ragten nicht senkrecht, aber doch ziemlich steil in die Höhe, und an ihrem Fuß wurde es dunkler. Shirina glaubte, Bewegungen hinter einigen der Felsen wahrzunehmen, doch wenn sie genauer hinsah, war nichts mehr zu entdecken. Offenbar hatte Milan sie mit seinen Bedenken angesteckt. Hätte er nichts gesagt und sie wären einfach weitergeritten, hätte sie wahrscheinlich keinen Gedanken an einen Überfall verschwendet und sich noch immer genauso sicher wie auf der bisherigen Reise gefühlt.

Sie wollte ihm gerade einen ärgerlichen Seitenblick zuwerfen, als plötzlich aus der Höhe ein lautes Poltern ertönte. Erschrocken schaute sie nach oben und sah einen gewaltigen

Felsbrocken ein Stück vor sich herabstürzen. Mehrfach krachte er gegen die Felswand und riss dabei kleinere Brocken mit sich in die Tiefe, ehe er dicht vor den beiden vorderen Reitern mitten auf dem Weg liegen blieb und ihn versperrte. Gleich darauf traf einer der kleineren, aber immerhin noch mehr als doppelt kopfgroßen Felsbrocken einen der Soldaten und zerschmetterte ihm trotz Rüstung die Rippen, trieb ihm, während der Mann vom Pferd gerissen wurde, die spitzen Bruchkanten der Knochen in die Lunge, die vom Aufprall noch zusätzlich zusammengepresst wurde. Der junge Soldat erstickte am eigenen Blut, im qualvollen Todeskampf am Boden liegend, mit den Armen um sich schlagend und mit den Beinen hilflos strampelnd.

Der zweite Soldat entging dem Steinschlag, doch bäumte sich sein Pferd so wild auf, dass er aus dem Sattel geschleudert wurde.

»Zurück!«, brüllte Milan, doch im gleichen Moment ertönte auch hinter ihnen ohrenbetäubendes Poltern. Auch dort stürzten mehrere große Felsbrocken in die Tiefe. Einige von ihnen trafen den hinteren Teil der Kutsche und zermalmten ihn. Was mit dem dahinter reitenden Soldaten war, konnte Shirina nicht sehen.

Damit war ihnen der Weg in beide Richtungen versperrt. Sie saßen in der Falle.

Genau wie einige andere bäumte sich Shirinas Pferd auf, und sie musste ihre ganze Geschicklichkeit aufbieten, um nicht ebenfalls abgeworfen zu werden.

Aus kleinen Höhlungen und hinter Vorsprüngen in den Wänden tauchten plötzlich schäbig gekleidete, mit Schwertern und Äxten bewaffnete Männer auf und stürmten laut brüllend auf sie zu. Einige weitere Männer erschienen auf den Wänden oberhalb der Schlucht, vermutlich diejenigen, die zuvor die Felsen über die Kante gerollt hatten. Zwei von ihnen schleuderten kleine Brocken auf die Soldaten, die anderen schossen mit Pfeil und Bogen auf sie. Die meisten Pfeile prallten von den Rüstungen ab, stifteten jedoch zusätzliche Verwirrung. Gewissenhaft achteten die Angreifer darauf, dass weder Steine noch Pfeile in Shirinas Nähe niedergingen, um sie keinesfalls versehentlich zu treffen.

»Runter von den Pferden!«, befahl Milan und stieg selbst ab. »Bildet einen Schutzwall um Shirina! Verteidigt die Tochter des Herzogs!«

Rasch kamen die Soldaten dem Befehl nach. In der Enge der Schlucht boten die Pferde keinen Vorteil, sondern schränkten sie nur in ihrer Beweglichkeit ein. Der Soldat, der von seinem Pferd abgeworfen worden war und auf der Erde liegend ein leichtes Ziel geboten hatte, war von einem Pfeil im Gesicht getroffen, wie Shirina mit Schrecken sah. Er versuchte sich den Pfeil verzweifelt aus dem Wangenknochen unterhalb des rechten Auges zu ziehen, das völlig zugeschwollen war, doch der Schaft brach ab.

Im nächsten Moment bohrte sich ein weiterer Pfeil unterhalb seines Kinns durch seinen Adamsapfel.

Ein weiterer Soldat stürzte zu Boden. Ein Pfeil steckte in seinem ungeschützten rechten Bein, und als er auf den Boden schlug, bohrte sich ein weiterer in seine Genitalien.

Die drei noch kampfbereiten Soldaten scharten sich zusammen mit Milan um sie. Der Beschuss durch Pfeile hörte auf, zu nahe standen die Soldaten bei ihr.

Gleich darauf waren die Angreifer heran. Ungestüm griffen sie an, sich ihrer deutlichen zahlenmäßigen Überlegenheit nur allzu bewusst. Stahl klirrte auf Stahl. Durch die bloße Wildheit des Ansturms wurden die Soldaten zurückgedrängt, doch zumindest vorläufig hielt ihre Schutzlinie vor Shirina. Sie wünschte, sie hätte ein Schwert gehabt und hätte ebenfalls kämpfen können.

Die Angreifer verstanden mit ihren Waffen umzugehen, doch waren sie längst nicht so gut ausgebildet wie die Soldaten ihres Vaters. Wäre es ein zahlenmäßig ausgeglichener Kampf gewesen, hätten sie den Sieg niemals erringen können. Zwei von ihnen fielen, der eine mit aufgeschlitzten Gedärmen, der andere mit durchtrennter Kehle, aber den Übrigen gelang es, die Reihe der Soldaten aufzubrechen und diese immer weiter voneinander zu entfernen.

Shirina erkannte eine Lücke zwischen den Kämpfenden. Sie sprang vor, und es gelang ihr, das Schwert eines der getöteten Wegelagerer an sich zu nehmen. Doch gleich darauf drang einer der Angreifer durch dieselbe Lücke zu ihr durch. Er hieb nach ihr, aber sie merkte sofort, dass sein Angriff allein ihrem Schwert und nicht ihr selbst galt, anderenfalls hätte er sie vermutlich binnen weniger Sekunden töten können, obwohl er bereits aus einer tiefen Wunde in der Seite heftig blutete. Es war eben doch ein Unterschied, ob sie gegen ihren halbwüchsigen Cousin oder gegen einen kräftigen, erwachsenen Mann kämpfte.

Krampfhaft hielt sie den Griff ihres Schwertes mit beiden Händen umklammert, nur darum bemüht, es sich nicht aus den Händen schlagen zu lassen. Es war nur ein Kurzschwert, sonst hätte sie es wahrscheinlich gar nicht heben können, aber auch so schien es mit jedem Herzschlag schwerer zu werden.

Plötzlich jedoch lenkte etwas die Aufmerksamkeit ihres Gegners ab. Er erstarrte und blickte mit weit aufgerissenen Augen an ihr vorbei. Ohne zu überlegen, stieß Shirina ihr Schwert vor. Ihre Klinge bohrte sich tief in seine Hüfte. Mit einem schmerzhaften Keuchen ließ er seine eigene Waffe fallen, presste die Hände auf seinen Leib und brach in sich zusammen.

Es dauerte einen Moment, bis ihr bewusst wurde, was sie getan hatte. Bislang war der Schwertkampf für sie stets eine Art Spiel gewesen. Natürlich hatte sie gewusst, dass man jemanden auf diese Art töten konnte, doch dieses Wissen war irgendwie fern und ungreifbar gewesen, nichts, was sie tatsächlich tun würde. Nun aber hatte sie die Waffe wirklich jemandem in den Leib gestoßen, und es klebte echtes Blut an der Klinge.

Das Schwert entglitt ihren Händen, aus denen plötzlich jegliche Kraft gewichen zu sein schien. Ihr Magen krampfte sich zusammen. Sie würgte und hatte das Gefühl, sich übergeben zu müssen.

Hinter ihr ertönte ein lautes, urwelthaftes Fauchen. Erst da erinnerte sie sich wieder an die vor Schrecken weit aufgerissenen Augen des Banditen und seine Erstarrung, die es ihr überhaupt erst ermöglicht hatte, ihn zu verwunden.

Shirina fuhr herum und sah mit eigenen Augen, was den Mann so erschreckt hatte. Aber das konnte nicht sein, das war unmöglich!

Riesige Tatzen mit gut unterarmlangen Krallen lagen auf dem Felsbrocken, der den Ausgang der Schlucht versperrte. Ein albtraumhafter, ganz mit Schuppen bedeckter Schädel, der vage an den eines Krokodils erinnerte, ragte darüber auf. Er saß auf einem geschuppten, mindestens genauso albtraumhaften Leib mit gewaltigen Schwingen. Mühelos schwang sich das Monstrum auf den Felsbrocken hinauf. Sein langer Schwanz peitschte durch die Luft, während sich der Blick seiner flammenden Augen auf die Menschen richtete. Erneut drang ein lautes Fauchen aus seinem mit dolchartigen Zähnen bestückten Maul.

Ein Drache.

Es musste ein Drache sein, eine Kreatur wie in den Märchen, die Shirina als Kind gehört hatte. Aber Drachen existierten nur in Geschichten, nicht in der Wirklichkeit!

Und doch sah sie sich hier einem gegenüber. Wenn es kein Drache war, dann ein Ungeheuer, das für die alten Sagen Pate gestanden hatte.

Shirina schrie gellend auf.

Um sie herum ertönten weitere Schreie, während das Waffengeklirr verstummte. Soldat oder Bandit, angesichts dieser Gefahr spielte das keine Rolle mehr.

Und der Drache war nicht allein. Weitere Monster tauchten plötzlich an den Felswänden auf, als wären sie direkt aus dem Gestein gewachsen. Alle sahen sie unterschiedlich aus. Eines erinnerte an einen mannsgroßen Schleimklumpen, andere hatten zumindest vage Ähnlichkeit mit bekannten Tieren. Da war eine Bestie, deren Körper einem Löwen ähnelte, doch entwuchsen ihm drei lange, biegsame Hälse mit unheilvoll zischenden Schlangenköpfen an ihrem Ende. Ein anderes Ungetüm erinnerte an eine ins Riesige vergrößerte Mischung aus einer Ameise und einer Heuschrecke. Wieder andere waren einfach nur Scheußlichkeiten aus mit Dornen bewehrten Panzerschuppen, Krallen und Mäulern voller Reißzähne.

Genau wie der Drache rückten sie langsam von allen Seiten auf das vor Entsetzen wie gelähmt dastehende Grüppchen Menschen zu. Einzig die Bogenschützen schossen Pfeile ab, doch prallten diese wirkungslos von den Ungeheuern ab.

Immer mehr fühlte sich Shirina wie in einem Albtraum gefangen, doch es war keiner. Das bewiesen die Schmerzen in ihren Händen und Armen, die von den heftigen Hieben gegen ihr Schwert herrührten. Panik ergriff sie, und obwohl sie umzingelt waren und es keinen Ausweg gab, wäre sie am liebsten einfach blindlings davongerannt, doch sie war unfähig, sich zu bewegen. Sie konnte nicht einmal mehr schreien.

»Shirina!«, brüllte Milan und blickte sich gehetzt um. »Shirina, wo seid Ihr?«

Obwohl sie kaum zwei Schritte von ihm entfernt stand, glitt sein Blick über sie hinweg, als wäre sie nicht vorhanden.

»Hier bin ich!«, rief sie zurück und wollte auf ihn zulaufen. Aber plötzlich ergriff sie jemand am Arm und hielt sie fest. Als sie den Kopf wandte, sah sie eine alte Frau, die wie aus dem Boden gewachsen hinter ihr stand.

Es war eine Greisin, bestimmt über sechzig Jahre alt, mit langen grauen Haaren und einem mit Falten und Runzeln übersäten Gesicht. Gekleidet war sie in ein unauffälliges graues Gewand, das bis zum Boden reichte. Ihre Augen blickten Shirina klar und freundlich an.

»Er kann dich nicht hören«, sagte sie mit krächzender Stimme. »Niemand kann das. Wenn du leben willst, dann komm mit mir.«

Das Auftauchen der Alten und ihre Worte erschreckten Shirina beinahe noch mehr als die Ungeheuer. Sie wollte sich losreißen, doch ihr schien plötzlich jegliche Kraft zu fehlen.

»Milan!«, schrie sie, doch wie zuvor reagierte er nicht auf ihren Ruf. Sein Blick irrte noch immer suchend umher; Panik stand in seinem Gesicht geschrieben.

Beinahe willenlos folgte Shirina der Greisin, die sie auf eine der Felswände zuzerrte, während hinter ihr die ersten Ungeheuer die Soldaten und Banditen erreicht hatten und der Kampf begann. Von ihr oder der Alten hingegen nahmen die Monster keinerlei Notiz, konnten sie offenbar ebenso wenig sehen wie Milan.

»Sei unbesorgt. Deinen Begleitern wird nichts geschehen«, versicherte die Unbekannte, als Shirina ein weiteres Mal zurückblickte. »Es sind nur Trugbilder, sie stellen keine Gefahr dar.«

Zwar vernahm Shirina ihre Stimme, doch sie begriff nicht, was hier vorging, setzte einfach nur einen Fuß vor den anderen.

Sie erreichten das blockierte Ende der Schlucht und kletterten über die Felsbrocken und die Trümmer der Kutsche hinweg, wobei die Greisin für ihr Alter eine erstaunliche Behändigkeit zeigte.

Hinter der zerschmetterten Kutsche lag der Soldat, der die

Nachhut gebildet hatte. Von dem jungen Mann, nicht viel älter als Shirina, war kaum mehr als ein Haufen blutiges Fleisch über geblieben, aus dem geborstene Knochen ragten, eingequetscht in verbeulte Rüstungsteile.

Durch den Schock gewann Shirina ihre Sprache zurück. »Was hat das alles zu bedeuten?«, keuchte sie. »Wer bist du? Und wohin bringst du mich?«

»Ich habe dich gerettet, reicht das nicht für den Moment? Hätten meine Schwestern und ich nicht eingegriffen, hätten die Angreifer deine Eskorte bereits getötet und dich etwas später auch. Sie wollten Lösegeld für dich fordern, dich aber trotzdem nicht am Leben lassen.«

»Woher weißt du das? Und wohin bringst du mich?«

»In Sicherheit. Eine … Freundin von mir hat aufgeschnappt, wie zwei Männer den Priester von Kaltenbach überredet haben, dich hierherzulocken. Als wir sie belauschten, erfuhren wir von dem geplanten Hinterhalt und beschlossen einzugreifen. Ich werde dir später alles erklären. Jetzt müssen wir erst einmal weg von hier. Wir sind nur wenige und können die Trugbilder nicht mehr lange aufrechterhalten.«

Tausend Gedanken schossen Shirina durch den Kopf. Sie verstand kaum etwas von dem, was die Alte da von sich gab. Sie und ihre angeblichen Freundinnen sollten die Monster als Trugbilder erschaffen haben? Das war doch alles verrückt!

Woher sollte Shirina wissen, ob die Greisin nicht selbst an dem Komplott beteiligt war oder möglicherweise selbst finstere Pläne mit ihr hatte?

Sie waren inzwischen über die Überreste der Kutsche hinweggestiegen und auf den Felsblock hinaufgeklettert, der sie und den jungen Soldaten zermalmt hatte. Shirina begriff nicht, was das alles zu bedeuten hatte, aber ihr war sehr wohl klar, dass sie sich völlig in der Hand der Alten befinden würde, wenn sie die Schlucht erst einmal verlassen hatten.

Sie hörte Milan ihren Namen brüllen und blickte zurück. Die Ungeheuer waren so plötzlich verschwunden, wie sie aufgetaucht waren. Die Soldaten schienen sich schneller von ihrem Schrecken zu erholen als die Banditen, von denen viele bereits blutüberströmt am Boden lagen, entweder reglos oder sich im Todeskampf windend. Einem fehlte der Unterarm; Blut spritzte ihm Rhythmus seines Herzschlags aus dem Stumpf hervor.

»Lass mich los!«, schrie Shirina, doch die Alte hielt ihren Arm mit erstaunlicher Kraft fest. »Lass mich los, ich muss zurück zu Milan!«

»Nein, mein Kind, komm mit mir. Du wirst es nicht bereuen. Du wirst Dinge erfahren, und ich werde dich Fähigkeiten lehren, von denen du nicht einmal zu träumen wagst. Du wirst …«

»Nein!«, keuchte Shirina und zerrte noch fester. Es gelang ihr, ihren Arm freizubekommen, doch ritzte sie sich die Haut an einem Ring, den die Greisin am Finger trug. Mit einem Mal wurde ihr schwindlig. Die Umgebung begann um sie herum zu verschwimmen, und alles drehte sich vor ihren Augen. Sie fühlte sich plötzlich matt und kraftlos.

Ihre Beine waren nicht mehr in der Lage, das Gewicht ihres Körpers zu tragen. Sie sank zu Boden und verlor gleich darauf das Bewusstsein.

»Dummes Kind«, krächzte die Alte. »Du ahnst ja gar nicht, was dich erwartet. Schade nur, dass du dich an nichts davon wirst erinnern können. Jedenfalls nicht, bis die richtige Zeit gekommen ist.«

# 7

*Herzogtum Talarien, unterwegs in westlicher Richtung*

So aufregend sich Torin die Reise vorgestellt hatte, so wenig spektakulär verlief sie in Wahrheit zumindest während der ersten Tage. Der Weg führte sie durch karges Land, wie er es aus der Umgebung des Klosters zur Genüge kannte. Gelblich-braunes verbranntes Gras, Kakteen und ein paar trockene Büsche. Gelegentlich ein Dorf oder ein paar Gehöfte am Horizont bildeten die einzige Abwechslung.

Allerdings dauerte es nicht lange, bis Torin kaum noch auf seine Umgebung achtete. Immer schlimmer wurde der Schmerz in seinem Hintern und den Oberschenkeln, zog sich allmählich bis in seinen Rücken und seine Schultern hinauf. Auch sein Nacken war so verkrampft, dass jede Bewegung des Kopfes wehtat.

Um die Mittagsstunde legten sie eine Rast ein. Als er von seinem Pferd rutschte, hatte er das Gefühl, sich kaum noch auf den Beinen halten zu können, und als sie gegen Abend ein Nachtlager aufschlugen, fühlte er sich wie gerädert. Sein Hinterteil schmerzte, als hätte ihm ein Riese stundenlang einen Tritt nach dem anderen versetzt, die Haut schien eine einzige offene Wunde zu sein. Er aß irgendetwas, das Balosta ihm reichte, ohne dass er hätte sagen können, was es eigentlich war, und schlief anschließend fast augenblicklich ein.

*Richtig* schlimm wurde es am nächsten Tag. Hatte er geglaubt, dass es keine Steigerung der Qual mehr geben könnte, so wurde er eines Besseren belehrt. Jeder einzelne Muskel schien ihm wehzutun, sein ganzer Körper nur noch aus Schmerz zu bestehen.

»Du siehst nicht gut aus«, sagte Balosta.

»Stellt Euch vor, ich *fühle* mich auch nicht gut«, gab Torin bissig zurück.

Der Inquisitor seufzte. »Ich weiß, dass ich viel von dir verlange. So eine Gewaltkur ist sicherlich äußerst schmerzhaft. Aber genau das ist es, nur Schmerz. Nur ein im Grunde harmloser Muskelkater und ein bisschen wund gescheuerte Haut. Wenn du zur Ausbildung zugelassen wirst, wirst du noch ganz anderes ertragen müssen.«

»Ich kämpfe ja dagegen an, aber noch so einen Tag wie gestern stehe ich nicht mehr durch«, stieß Torin hervor. »Selbst wenn das bedeutet, dass Ihr mich zurücklasst.«

»Du hast dich gestern sehr gut gehalten, sogar besser, als ich erwartet habe. Den ganzen Nachmittag über bist du kein einziges Mal vom Pferd gestürzt. Allmählich bekommst du ein Gefühl für das Reiten. Aber dein Körper, deine Muskeln müssen sich erst daran gewöhnen. Nur noch ein Tag, dann ist das Schlimmste überstanden. Schon morgen wird der Schmerz nachlassen, und in spätestens zwei Tagen wirst du nichts mehr davon spüren.«

Torin blickte ihn skeptisch an. Er zweifelte, einen weiteren langen Tag auf dem Rücken des Pferdes durchzuhalten. Wollte der Inquisitor ihn nur aufmuntern? Es erschien ihm kaum vorstellbar, dass der Schmerz jemals vergehen würde, wenn er weiterhin ständig im Sattel saß. Warum nur war der Allmächtige Vater bei der Erschaffung all der zahllosen Tierarten auch auf solche Bestien wie Pferde verfallen?

Hastig verdrängte Torin den blasphemischen Gedanken. Es stand ihm nicht zu, die Weisheit des Vaters bei der Schöpfung der Welt infrage zu stellen.

»Ich habe mit Hauptmann Sagon gesprochen«, fuhr Balosta fort. »Er ist in Eile, aber mit Rücksicht auf dich werden wir auch heute langsam reiten und mehr Pausen als gestern einlegen. Dafür werden wir morgen das Tempo anziehen, aber ich bin überzeugt, dass du bis dahin gut mit uns mithalten kannst. Du musst nur den heutigen Tag durchhalten.«

Torin wusste selbst nicht, wie es ihm gelang, aber irgendwie schaffte er es. Die meiste Zeit saß er zusammengesunken im Sattel und versuchte den Schmerz zu ignorieren. Manchmal hatte er das Gefühl, seine überanstrengten Muskeln würden ihm vollends den Dienst versagen, und ohne etwas dagegen tun zu können, würde er vom Rücken des Pferdes rutschen, doch irgendwie gelang es ihm immer wieder, sich zu halten.

Auch an diesem Abend schlief er fast augenblicklich ein, kaum dass er eine Kleinigkeit gegessen hatte, und wie Balosta ihm vorausgesagt hatte, hatten die Schmerzen am nächsten Tag tatsächlich nachgelassen. Nicht viel, aber es gab ihm einen zusätzlichen Ansporn durchzuhalten. Vor allem aber nahm der Muskelkater im Laufe des Tages nicht wieder zu. Im Gegenteil, je mehr er sich bewegte, desto mehr lockerten sich seine verkrampften Muskeln.

Von nun an änderte sich für Torin alles. Es war eine Wandlung, die nicht schlagartig stattfand, sondern sich über die nächsten zwei, drei Tage erstreckte, während denen seine Schmerzen immer rascher schwanden. Statt nur über dem Hals seines Pferdes zu hängen, besah sich Torin wieder seine Umgebung und sog alles in sich auf wie ein Verdurstender einen Schluck Wasser.

Die Landschaft, durch die sie ritten, war noch immer karg und trocken, doch er nahm sie nun mit ganz anderen Augen wahr. Jede Kleinigkeit erschien ihm interessant, und er konnte sich kaum satt daran sehen. Immer wieder erkundigte er sich bei Balosta nach dem Namen einer in der Ferne sichtbaren

Ortschaft oder stellte ihm Fragen über Aurelia und das Leben dort oder den Orden und die Ausbildung. Eine Zeit lang bemühte sich der Inquisitor, seine Fragen zu beantworten, doch mit der Zeit wurde er immer wortkarger und sichtlich genervt.

Ein paar Mal versuchte Torin, mit ihm über die Hexe zu sprechen und welche finstere Macht sie davor bewahrt hatte, Schmerzen zu empfinden, doch in diesem Punkt wich Balosta seinen Fragen aus oder antwortete gar nicht. Das Geschehen schien ihn weit mehr zu beunruhigen, als er nach außen zeigte.

Auch beobachtete Torin aufmerksam die Soldaten bei ihren verschiedenen Verrichtungen während der Pausen. Vor allem ihre Waffenübungen, die sie häufig durchführten, beeindruckten ihn. Ein paar Stöcke hatten ihm und den anderen Waisen beim Spielen in ihrer Fantasie als Schwerter gedient, doch mit echten Waffen hatte er im Kloster niemals zu tun gehabt und nur in seltenen Fällen überhaupt welche zu Gesicht bekommen. Dementsprechend stark beeindruckte ihn die blitzende, tödliche Präzision, mit der die Soldaten die Klingen zu führen vermochten.

Ein Junge fiel Torin auf, von dem er zunächst glaubte, er wäre höchstens ein, zwei Jahre älter als er selbst. Er war schmächtig und kaum einen halben Kopf größer als er. Sein weichliches Gesicht und seine langen blonden Haare verliehen ihm zudem ein etwas mädchenhaftes Aussehen.

Die für Torin interessantere Beobachtung aber war, dass der Junge nur wenig Kontakt mit den übrigen Soldaten hatte. Sie behandelten ihn nicht schlecht und schnitten ihn auch nicht, jedenfalls konnte er nichts Derartiges bemerken. Dennoch war er ein Außenseiter, mit dem sie sich deutlich weniger beschäftigten.

Nach einigen Tagen ergab sich für Torin eine günstige Gelegenheit, mit ihm ins Gespräch zu kommen. Mit dem Rücken an einen sandigen Hang gelehnt, beobachtete er die Kampfübungen. Auch der Junge nahm daran teil, kämpfte gegen einen wesentlich älteren, fast doppelt so großen und breiten Soldaten. Seine Wendigkeit verschaffte dem Jungen ein paar Vorteile, aber selbst für einen Laien wie Torin war offensichtlich, dass er gegen seinen Gegner nicht bestehen konnte. Er war nicht nur deutlich schwächer, sondern auch erkennbar weniger gut ausgebildet.

Nach einer Weile war es dann so weit. Der ältere Soldat vollführte einen komplizierten Angriff, bis er seinem jüngeren Gegenüber mit zwei besonders harten Hieben das Schwert aus der Hand prellte und ihn so entwaffnete. Gleich darauf trat er ihm die Beine unter dem Leib weg, und nachdem der Junge zu Boden gestürzt war, setzte der Soldat ihm die Spitze des eigenen Schwertes an den Hals. Ein paar Sekunden später nahm er die Waffe fort und half dem Besiegten lachend auf die Beine.

»Das war unfair«, kommentierte Torin, als der Junge an ihm vorbeiging. »Du hattest keine Chance gegen diesen bulligen Kerl.«

Schulterzuckend blieb der Bursche vor ihm stehen. »Es war doch nur eine Übung. Da geht es nicht ums Gewinnen, sondern darum, in Form zu bleiben und die eigenen Fähigkeiten zu trainieren.« Er zögerte einen Moment, dann deutete er auf Balosta, der ein Stück abseits wie in einem bizarren Tanz für sich allein übte. »Besser sich mit einem überlegenen Gegner zu messen, als gar keinen zu haben, finde ich. Was ist mit Euch, Euer Gnaden? Warum trainiert Ihr Eure Fertigkeiten nicht mit Eurem Meister?«

Torin musste lachen. Er deutete auf den Platz neben sich. »Setz dich doch ein Weilchen, aber hör auf, mich *Euer Gnaden* zu nennen. Das ist schon fast Ketzerei.«

»Verzeiht, ich wusste nicht … Wie soll ich Euch …?«

»Nenn mich einfach Torin. Ich bin noch längst kein Inquisitor, es steht nicht einmal fest, dass ich zur Ausbildung zugelassen werde.« Torin hasste es, sein Gegenüber in dieser Hinsicht zu korrigieren, musste er sich dadurch doch selbst wieder seine größten Ängste und Bedenken vor Augen führen, die er wesentlich lieber verdrängte. »Es braucht mich also niemand wie etwas Besonderes zu behandeln«, erklärte er weiter. »Ich bin einfach nur Torin, ein Waisenjunge aus dem Kloster bei Assani. Und ein Schwert habe ich noch nie in der Hand gehabt.«

»Ich bin Linton.« Der Junge reichte Torin die Hand und setzte sich. »Und so jung, wie Ihr… wie du anscheinend denkst, bin ich nicht mehr. Auch wenn ich ziemlich klein bin, aber ich bin schon sechzehn. Ab diesem Alter wird man erst bei der Armee genommen. Möchtest du es mal halten?« Er zog sein Schwert aus der Scheide und reichte es Torin.

Der nahm es ehrfürchtig entgegen, betrachtete es von allen Seiten und fühlte die Schärfe der Schneide. Dann ließ er es ein paar Mal durch die Luft sausen und stieß es einige Male vor, als wolle er jemanden aufspießen.

Linton lachte schallend auf.

»Was ist denn?«, fragte Torin und blickte ihn böse an.

»Du scheinst zwar zu wissen, welches Ende in den Feind gehört, aber das ist wohl schon alles. Wenn du so mit einem Schwert herumfuchtelst, verletzt du höchstens dich selbst oder deine Kameraden neben dir.«

»Ach, und du kannst es besser?«, stieß Torin wider besseres Wissen hervor. Er schmollte, fühlte sich gekränkt, weil Linton ihn ausgelacht hatte.

»Anfangs hab ich mich nicht besser angestellt als du«, gab der junge Soldat bereitwillig zu. »Ich musste auch erst alles lernen. Wenn du willst, kann ich dir ein paar der wichtigsten Grundlagen beibringen.«

Und ob Torin wollte!

Von seinem Muskelkater spürte er mittlerweile gar nichts

mehr. Auch hielt er sich inzwischen mühelos über Stunden hinweg im Sattel, und nach diversen zusätzlichen Hinweisen und Erklärungen bereitete ihm selbst das Traben keine Probleme mehr. Er war nicht nur bereit, sondern geradezu begierig, etwas Neues zu lernen, und Lintons Angebot kam ihm gerade recht.

Von nun an nutzte Torin nahezu jede freie Minute, sich von Linton in der Kampfkunst unterrichten zu lassen, auch wenn diese Bezeichnung ganz erheblich zu hoch gegriffen war, wie Balosta spöttisch anmerkte. Es hatte eine Zeit gegeben, da waren die Aufgaben eines Inquisitors sehr viel gefährlicher gewesen, und der Tradition verhaftet, wurden sie während ihrer Ausbildung noch immer im Kampf geschult und gehörten sogar zu den besten Kriegern überhaupt. Aus diesem Grund ermunterte Balosta ihn nicht nur ausdrücklich zu dem Training, sondern beobachtete die beiden Jungen häufig dabei und stand ihnen mit Rat und Tat zur Seite.

Schon nach einem Tag bekam Torin erneut Muskelkater, diesmal hauptsächlich in den Armen und Schultern. Dazu kamen zahlreiche schmerzhafte Prellungen und blaue Flecken, wo Linton ihn mit den hölzernen Stöcken, die sie als Übungswaffen verwendeten, getroffen hatte.

Trotzdem gab Torin nicht auf. Das Training machte ihm Spaß, und er erkannte darüber hinaus auch seine Nützlichkeit. Hätte er schon im Kloster so mit den Stöcken umgehen können, wie er es in den ersten paar Tagen lernte, hätte er sich vermutlich manche Prügel erspart. Was immer ihn auch in Aurelia erwarten mochte, es würde sicherlich nicht schaden, den anderen Schülern ein bisschen überlegen zu sein.

Doch das war es nicht allein. Auch abseits des Waffentrainings verbrachte er viel Zeit mit Linton. Obwohl sie ein paar Jahre auseinanderlagen, verstanden sie sich auf Anhieb gut. Verwundert über sich selbst stellte Torin fest, dass ausgerechnet er, der sein ganzes bisheriges Leben über ein Einzelgänger gewesen war, eine Freundschaft zu dem jungen Soldaten aufzubauen begann, etwas, das er bislang nicht kannte.

Er berichtete von den quälenden Jahren im Kloster und lernte im Gegenzug schon bald Lintons Lebensgeschichte kennen.

Als ehrwürdiger Kürschner hatte dessen Vater für den Unterhalt der Familie gesorgt, zu der außer Linton und seiner Mutter noch drei jüngere Geschwister gehört hatten. Linton hatte in die Fußstapfen des Vaters treten und den Betrieb eines Tages übernehmen sollen, doch dazu war es nicht mehr gekommen. Auf offener Straße war sein Vater eines Abends von Gaunern erstochen worden, die seine Leiche anschließend ausraubten und sogar die Schuhe hatten mitgehen lassen. Das hatte die Familie von einem Tag auf den anderen ins Elend gestürzt und auch das Ende für Lintons Träume von einer Ausbildung als Handwerker bedeutet. Mehr schlecht als recht hatte die Mutter ihn und seine Geschwister mit Handarbeiten über Wasser gehalten. Indem er bei anderen Handwerkern oder den Bauern der umliegenden Höfe jede Gelegenheitsarbeit annahm, hatte Linton etwas zum Unterhalt beigetragen.

»Aber trotz allem hat das Geld einfach vorne und hinten nicht gereicht«, schloss er. »Allzu oft weinten meine Geschwister sich abends hungrig in den Schlaf. Kaum war ich alt genug, habe ich deshalb die Gelegenheit ergriffen und bin Soldat geworden.« Er rang sich ein verkniffenes Lächeln ab und zuckte die Schultern. »Heimlich, denn trotz aller Not hätte Mutter es mir nie erlaubt. Aber der größte Teil meines Solds wird an sie ausbezahlt, und das dürfte ihr und meinen Geschwistern helfen, über die Runden zu kommen.«

Torin dachte über das nach, was er gerade gehört hatte. Eine Weile ritten sie schweigend nebeneinander her.

Er hatte nie am eigenen Leib erfahren, was es hieß, Vater

und Mutter zu haben und in der Geborgenheit einer Familie aufzuwachsen. Allerdings hatte er auch nie Verantwortung für andere übernehmen und zum Überleben einer Familie beitragen müssen, wie Linton es tat und dabei nicht einmal davor zurückschreckte, als Soldat sein Leben zu riskieren. Von ihm erfuhr Torin binnen kurzer Zeit mehr über das Leben ganz normaler Menschen als in all den Jahren, die er abgeschottet im Kloster verbracht hatte. Und es schien wesentlich härter zu sein, als er es sich vorgestellt hatte.

»Du scheinst dich ganz gut mit diesem Jungen zu verstehen«, stellte Balosta eines Abends fest, während sie das Zelt aufbauten und er wie jeden Abend einen Ordenswimpel an seiner Spitze befestigte.

»Mit Linton, ja«, bestätigte Torin. »Ich unterhalte mich gern mit ihm, und ich glaube, dass ich dank der Übungen mit ihm schon ganz gut mit dem Schwert umgehen kann.«

Der Inquisitor lachte schallend auf. »Du verletzt dich vielleicht nicht mehr selbst, wenn du damit herumfuchtelst«, sagte er barsch. »Aber das ist auch alles. Die Kunst des Schwertkampfes *wirklich* zu erlernen erfordert jahrelanges Training mit einem wirklichen Könner als Lehrer. Das wirst du während der Ausbildung noch erkennen. Was ihr beide macht, ist nur Spielerei.«

»Ach ja?«, schnappte Torin ein bisschen beleidigt. Gleich darauf kam ihm ein Gedanke, der ihn erschreckte. »Ihr wollt es mir doch nicht verbieten, oder?«, fragte er beklommen.

»Nein, nein, keine Sorge«, zerstreute Balosta seine Befürchtung. »Ich habe es schon mal gesagt: Jedes bisschen ist besser als nichts. Die meisten anderen Adepten stammen aus reichen Familien. Einige sind auf Burgen oder Schlössern aufgewachsen und schon als Kinder von erfahrenen Waffenmeistern im Umgang mit dem Schwert ausgebildet worden. Du wirst es höllisch schwer haben, zu ihnen aufzuschließen, da kann dir jede Winzigkeit helfen. Außerdem bin ich ganz froh, dass du nicht ständig an meiner Kutte hängst und mich mit Fragen löcherst.«

»Um was geht es denn sonst?«

»Ich möchte dich nur davor warnen, dich allzu sehr mit dem Jungen anzufreunden.«

»Aber … warum?« Jäher Zorn packte Torin. »Weil sich ein solcher Umgang für einen künftigen Inquisitor nicht geziemt? Ist es das? Ihr selbst werdet doch nicht müde, mich immer wieder daran zu erinnern, dass ich bislang nur ein Waisenjunge bin und meine Zukunft in Aurelia höchst unsicher ist.«

Balosta trat einige Schritte auf ihn zu, und Torin wich unwillkürlich zurück. Der Inquisitor runzelte die Stirn, sodass seine buschigen Augenbrauen zu einem einzigen Strich zusammenzuwachsen schienen, und seine Augen blickten finster. »Wenn du so etwas von mir denkst, dann werde *ich* allmählich zornig«, sagte er. »Habe ich dir jemals den Eindruck vermittelt, dass ich mich für etwas Besseres hielte und mir zu fein wäre, mich mit gemeinen Menschen abzugeben?«

»Nein«, gab Torin zu.

»Dann rede nicht solchen Unsinn. Ich will dich nur vor einer allzu tiefen Freundschaft warnen, um dir Schmerz zu ersparen. Sobald wir Salina erreichen, werden sich unser Weg und der der Soldaten trennen, und es ist unwahrscheinlich, dass du diesem Linton jemals wieder begegnen wirst. Ob du dich an meinen Rat hältst, ist allein deine Sache.«

Mit diesen Worten wandte er sich abrupt um und verschwand im Inneren des Zeltes.

Jäh erklingender Tumult riss Torin aus dem Schlaf. Benommen richtete er sich auf, wusste im ersten Moment nicht, wo er sich befand und woher der Lärm stammte. Dann erst erkannte er, dass es sich um Waffengeklirr handelte, das allerdings von

Schreien und lauten Rufen fast übertönt wurde. Fackelschein huschte von außen über den Stoff des Zeltes und schuf eine gespenstische Stimmung.

Auch Naron Balosta war bereits auf den Beinen. Er schlief stets in seiner Kutte. Angespannt lauschend zog er sein Schwert, hielt sich aber vom Eingang fern. Obwohl es sich zu einem schmalen Bündel verschnüren ließ, durchmaß das Zelt aufgebaut rund ein halbes Dutzend Schritte, und man konnte aufrecht darin stehen.

»Ein Überfall. Wir werden angegriffen«, stieß er leise hervor.

»Aber… uns kann doch nichts passieren, nicht wahr?«, keuchte Torin. »Niemand wird es wagen, einen Inquisitor anzugreifen, oder?«

»Hoffen wir es. Was auch immer geschieht, bleib dicht hinter mir!«

Die Schreie und das Waffengeklirr wurden lauter, und das Licht von Flammen tanzte größer und heller über den Stoff des Zeltes. Das war nicht mehr nur der Widerschein der Lagerfeuer, das waren größere Brände.

Eine Gestalt erschien im Eingang des Zeltes. Flüchtig waren ein blaues Wams und ein gleichfalls blauer Umhang zu erkennen, dann blitzte Stahl auf.

»Zurück!«, befahl Balosta. »Wir stehen in kirchlichem Dienst. Ich bin Naron Balosta, Inquisitor achten…«

Der Eindringling ließ ihn nicht aussprechen, stürmte vor, während ein weiterer Mann ins Innere drang und ebenfalls sofort angriff.

Balosta stellte sich den beiden Angreifern entgegen. Er bewegte sich plötzlich blitzschnell, verschwamm mit den beiden Eindringlingen zu einem wirbelnden Schemen. Stahl prallte klirrend auf Stahl, dann zog der Inquisitor einem seiner Gegner blitzschnell die Klinge über den Bauch, und noch bevor dem die Gedärme aus dem Leib quollen, hackte er dem anderen die Schwerthand ab, stieß ihm die Klinge in den Hals, und während der nun Einhändige zu Boden sackte und Blut aus seiner Kehle spritzte, schlug Naron Balosta dem Angreifer, der gerade versuchte, sich die Eingeweide zurück in den Leib zu schieben, den Kopf ab.

Das alles hatte nicht länger als ein paar wenige Herzschläge gedauert und war Torin wie eine einzige fließende Bewegung vorgekommen. Balosta drehte sich zu ihm um, noch bevor die beiden Gegner am Boden lagen.

Im nächsten Moment aber flog eine brennende Fackel auf das Dach des Zeltes und setzte den Stoff in Brand.

»Raus hier!«

Torin hastete hinter Balosta auf den Ausgang des Zeltes zu. Er hatte ihn fast erreicht, als er mit dem Fuß an einem der Toten hängen blieb, aus dem Gleichgewicht geriet und stürzte. Er landete auf dem Leichnam. Unter seinen Händen spürte er etwas Warmes, Feuchtes und konnte nur mit Mühe einen Schrei unterdrücken.

Als er sich wieder aufrappelte, sah er im Lichtschein des mittlerweile brennenden Zeltdaches das Schwert eines der Toten direkt vor sich liegen. Ohne lange zu überlegen, ergriff Torin es. Er erschrak, als er die abgetrennte Hand ertastete, die den Schwertgriff noch immer umklammerte, doch sie löste sich und fiel zu Boden, und Torin stürmte ins Freie, ohne das Schwert losgelassen zu haben.

Ein Bild des Schreckens bot sich ihm.

Zahlreiche Zelte standen in Flammen oder waren bereits niedergebrannt. Dazwischen lagen Tote und Verletzte. Trotz aufgestellter Wachen war es den Angreifern gelungen, sich dem Lager unbemerkt zu nähern. Die meisten Soldaten waren von dem Überfall im Schlaf überrascht worden.

Nun aber regte sich Widerstand. Diejenigen, die es geschafft hatten, aus ihren zu Todesfallen gewordenen Zelten zu entkommen, rotteten sich um Hauptmann Sagon zusammen. Die meisten von ihnen waren nicht einmal richtig bekleidet, doch es gelang ihnen, die Angreifer von den Pferden fernzuhalten, die sie offenbar als Nächstes hatten losbinden und davonjagen wollen.

Auch Balosta griff in den Kampf ein. Torin hatte ihn ein paar Mal beim Training beobachtet, und er hatte gesehen, mit welcher Mühelosigkeit der Inquisitor vor wenigen Momenten die beiden Eindringlinge im Zelt niedergestreckt hatte. Doch das war nichts gegen das Bild, das sich ihm nun bot. Er konnte kaum glauben, dass es sich wirklich um Balosta handelte, dass ein zum Übergewicht neigender Mann überhaupt in der Lage war, sich so schnell zu bewegen. Der Inquisitor wirbelte wie ein schwarzer Sturmwind umher. Er schien geradezu schwerelos geworden zu sein, seine Füße schienen den Boden kaum noch zu berühren. Es sah beinahe aus, als würde er nicht kämpfen, sondern einen bizarren Tanz aufführen, aber wenn, dann war es ein todbringender Tanz. Mit ungeheurer Präzision zuckte sein Schwert immer wieder vor und lichtete die Reihen der Angreifer. Zerhackt, verstümmelt oder aufgeschlitzt gingen sie in einem Schauer aus Blut zu Boden. Wenn sich einer seiner Gegner zu gut mit der eigenen Klinge deckte, ging Balosta blitzschnell in die Hocke und durchschlug mit seinem Schwert die Knie oder Fesseln des Feindes. Um die derart Verstümmelten musste er sich nicht mehr kümmern; Schock und Schmerz lähmten sie, bis sie innerhalb weniger Herzschläge verblutet waren.

Durch seinen Sturz war Torin hinter dem Inquisitor zurückgeblieben, und er blieb instinktiv stehen, um Naron Balosta beim Kämpfen zu beobachten. Er vergaß für einen Moment völlig, dass die Gefahr noch längst nicht gebannt und auch sein Leben bedroht war.

Ohne dass er sie kommen sah, tauchte plötzlich eine Gestalt

neben ihm auf. Im letzten Moment nahm Torin aus den Augenwinkeln eine Bewegung wahr. Er stieß einen Schrei aus und riss instinktiv das Schwert, das er noch immer in der Hand hielt, in die Höhe.

Die beiden Klingen prallten aufeinander. Der Aufprall schien sich durch seinen gesamten Arm bis in seine Schulter fortzusetzen und ihm fast alle Kraft zu entziehen.

Sofort schlug sein Gegenüber erneut zu. Torin versuchte sich an alles zu erinnern, was er während der Übungen mit Linton gelernt hatte, wie man einen Angriff abwehrte und seinerseits den Gegner attackierte, aber allzu deutlich musste er jetzt den Unterschied zwischen dem Training mit Holzschwertern und einem echten Kampf erkennen. Die Kraft in seinem schmerzenden Arm reichte kaum aus, sein Schwert noch einmal zu heben. Ungeschickt bekam er es irgendwie bis über seinen Kopf gewuchtet.

Im nächsten Moment traf ihn der Hieb des Angreifers. Das Schwert wurde ihm aus der Hand geprellt. Fast gleichzeitig explodierte etwas an seinem Schädel, und ein greller Schmerz zuckte durch seine Schulter, löschte alle anderen Empfindungen aus.

Finsternis verschlang Torin.

Schmerz war auch Torins erste Empfindung, als er wieder erwachte, ein hämmernder, heftiger Kopfschmerz. Er war noch nie zuvor bewusstlos geschlagen worden, und wenn es nach ihm gegangen wäre, hätte er auf so eine Erfahrung auch in Zukunft bereitwillig verzichten können. Es pochte und dröhnte in seinen Schläfen, als hätte sich dort ein ganzes Hammerwerk angesiedelt.

Seine zweite Empfindung war, dass er nicht von selbst erwacht war. Irgendjemand rüttelte ihn, was den Schmerz noch verstärkte. Wie aus weiter Ferne drang sein Name an seine

Ohren, doch Torin kämpfte gegen das Erwachen an. Er wollte wieder zurücksinken in die schmerzlose Dunkelheit der Ohnmacht.

Seine dritte Empfindung schließlich war Verwunderung, dass er überhaupt noch lebte. Das war unmittelbar, nachdem sein Gedächtnis wieder zu arbeiten begann und er sich daran erinnerte, was geschehen war. Der nächtliche Überfall, seine Unvorsichtigkeit, allein zu weit hinter Balosta zurückzubleiben, der Angriff auf ihn, das Schwert, das auf ihn niedergesaust und ihn am Kopf getroffen hatte …

Wie war es möglich, dass er noch lebte?

Der Gedanke riss Torin vollends aus seiner Benommenheit. Er schlug die Augen auf. Naron Balosta beugte sich über ihn, doch Torin erschrak bei seinem Anblick. Das Gesicht des Inquisitors war über und über mit Blut beschmiert.

»Torin, mein Junge, du bist wach. Wie fühlst du dich?«

»Euer Gnaden, Ihr …«

»Was denn? Ach, du meinst das Blut? Sei unbesorgt, das meiste stammt nicht von mir.« Wie zur Bestätigung seiner Worte fuhr sich Balosta mit einem Handrücken über die Stirn, doch statt das Blut abzuwischen, verteilte er noch mehr darauf. »Aber was ist mit dir? Ich hatte dir doch befohlen, dicht hinter mir zu bleiben, dummer Junge. Ich dachte schon, du wärest tot.«

»Das hab ich selbst auch gedacht.« Torin richtete sich auf die Ellbogen auf und musste gegen den Schmerz ankämpfen, der bei der Bewegung sofort wieder stärker wurde. Vorsichtig tastete er mit einer Hand über seine Haare und spürte an der rechten Seite eine dicke Beule. Als er sie berührte, zuckte sofort eine neue Schmerzwelle durch seinen Kopf. »Was … ist überhaupt passiert?«

»Da du ja schon ein paar Tage lang mit Stöcken zu kämpfen geübt hast, hast du dir anscheinend eingebildet, es auch mit einem richtigen Schwert und mit einem ausgebildeten Soldaten aufnehmen zu können, Dummkopf. Der Göttersohn muss seine schützende Hand über dich gehalten haben, denn so viel Glück, wie du hattest, gibt es normalerweise nicht. Nicht das Schwert deines Gegners, sondern deine eigene Waffe hat dich am Kopf getroffen, nachdem er sie dir aus der Hand geschlagen hat. Vorher aber hast du es irgendwie geschafft, seine Klinge abzulenken, denn statt dich zu töten, hat sie dir nur eine nicht weiter schlimme Wunde an der Schulter zugefügt.«

Unwillkürlich griff Torin nach seiner rechten Schulter und fühlte einen Verband, der sich bis fast zum Ellbogen den Arm hinabzog.

»Aber … wie konnte das überhaupt passieren?« Torin merkte, wie die Schmerzen und auch das Gefühl des Schwindels allmählich aus seinem Kopf wichen, und stand vorsichtig auf. »Dieser Überfall … Ihr seid ein Inquisitor, und das Banner des Ordens wehte über dem Lager. Wie kann es jemand wagen, uns anzugreifen? *Wer* würde so etwas wagen?«

Er blickte sich um. Die meisten Zelte waren zerstört oder zumindest beschädigt. Noch immer wüteten an mehreren Stellen Brände; offenbar war er nicht lange bewusstlos gewesen. Männer versuchten, die noch nicht völlig zerstörten Zelte zu retten, andere eilten umher, die Verwundete versorgten und die Toten in einer Reihe aufbahrten.

»*Wer* ist nicht die Frage«, erwiderte Balosta. »Sie haben nicht einmal versucht, ihre Herkunft zu verbergen, sondern ganz offen ihre Uniform getragen. Sie wollten wohl niemanden überleben lassen.« Er ging zu einem der gegnerischen Toten hinüber, die in einer eigenen Reihe lagen. Mit dem Fuß berührte er den hellblauen Umhang und das gleichermaßen gefärbte Lederwams mit einem stilisierten Schiff auf der Brust. »Das sind Scyllas. Aber ich hätte nicht geglaubt, dass sie bereits so weit nach Südwesten vorgedrungen sind.«

»Sie wollten verhindern, dass wir nach Salina gelangen und Bericht erstatten«, ergriff Hauptmann Sagon das Wort. Auch er hatte mehrere Blessuren davongetragen, und er trug den linken Arm in einer Schlinge. »Dafür haben sie sogar Eure Begleitung ignoriert. Sie waren uns zahlenmäßig überlegen und haben wohl gehofft, uns im Schlaf überwältigen zu können, nachdem sie sich an die Wachen herangeschlichen und sie niedergemacht hatten.«

»Ihr meint… es war kein Versehen, dass sie den Inquisitor und mich ebenfalls angegriffen haben?«, fragte Torin ungläubig.

»Selbst in der Dunkelheit waren die kirchlichen Insignien keinesfalls zu übersehen, weder die an unserer Standarte noch die an Eurem Zelt«, behauptete Sagon. »Wäre der Angriff nicht durch Zufall frühzeitig bemerkt worden, hätten sie uns alle getötet. Niemand hätte überlebt, um Anklage erheben zu können.«

»Das ist ungeheuerlich!« Torin konnte kaum glauben, was er da hörte. Wer Hand an einen Diener der Kirche legte, vor allem einen so bedeutenden wie einen Inquisitor, dem drohte nicht nur die ewige Verdammnis seiner Seele im Jenseits, sondern er wurde auch im Diesseits unerbittlich verfolgt und bestraft. »Ich begreife nicht, dass die scyllischen Soldaten diesem Befehl überhaupt gefolgt sind und so ihr Seelenheil in Gefahr gebracht haben.«

Balosta zuckte mit den Schultern. »Vielleicht hat man ihnen erzählt, die kirchlichen Insignien wären nur eine blasphemische Tarnung. Wer weiß. Aber für die verdammten Fischfresser gelten ohnehin andere Maßstäbe. Natürlich ist die Kirche der Göttlichen Familie auch auf den Inseln die einzige Religion, aber es heißt, dass insgeheim viele der Eingeborenen dort anderen, dunkleren Kulten huldigen. Nicht einmal die Inquisition hat dem bislang ein Ende bereiten können. Wenn wir über diesen Zwischenfall in Aurelia Bericht erstatten, wird dies vielleicht dazu beitragen …«

Torin hörte seine weiteren Worte nicht mehr. Ein weiterer Leichnam wurde in die Reihe zu den anderen gelegt. Mit Entsetzen erkannte er, dass es sich um Linton handelte.

In den vergangenen Minuten seit seinem Erwachen war so vieles auf Torin eingestürmt, dass er an den Jungen überhaupt nicht mehr gedacht hatte. Nun quälten ihn heftige Gewissensbisse deswegen. Wie hatte er nur seinen einzigen Freund einfach vergessen können? Er stürzte zu ihm hin, hoffte, dass er es vielleicht nicht wäre oder dass er doch noch lebte – vergeblich.

Der Tote *war* Linton, und eine Schwertklinge hatte sein Herz durchbohrt; eine schreckliche Wunde klaffte in seiner Brust. Seine Augen waren zugekniffen, sein Gesicht bleich und noch im Tod von Schmerz verzerrt.

Heiße Tränen schossen Torin in die Augen, obwohl er dagegen anzukämpfen versuchte. Warum ausgerechnet Linton? Er erinnerte sich an das, was dieser ihm erzählt hatte, vom Tod seines Vaters, seiner Kindheit in Armut, seinen immer noch Hunger leidenden Geschwistern und dass er sie und seine Mutter mit seinem Sold unterstützen wollte. Wegen seiner Familie war er Soldat geworden, und nun war er tot, und seine Familie würde wieder im Elend darben.

Balosta legte ihm die Hand auf die Schulter. »Es tut mir leid«, sagte er. »Als ich dich gewarnt habe, diese Freundschaft weiter zu vertiefen, habe auch ich nicht im Traum daran gedacht, dass so etwas passieren könnte und ihr so schnell und auf so grausame Art getrennt würdet.«

»Es ist schon gut«, presste Torin hervor. Eine eisige Kälte breitete sich immer mehr in seinem Inneren aus und verdrängte Schmerz und Trauer. »Ich habe nur eine Bitte an Euch. Versprecht mir, dass diejenigen, die für dieses Blutvergießen verantwortlich sind, zur Rechenschaft gezogen werden.«

»Das werden sie, das verspreche ich«, erwiderte Balosta nicht weniger kalt. »Die Angreifer haben einen großen Fehler gemacht, als sie auch nur einen von uns am Leben ließen. Es wird nicht leicht werden, gegen eine so mächtige Familie anzukämpfen, aber sobald wir Aurelia erreicht haben, werde ich Anklage gegen das Haus Scylla erheben, und ich werde nicht eher ruhen, bis es für diesen Überfall auf uns verurteilt wird. Das schwöre ich, so wahr ich Naron Balosta heiße!«

# 8

*Falkenhorst, Herzogtum Falkenau*

Ein Bote ritt auf dem Weg nach Falkenhorst zwei Pferde fast zu Schanden, um Herzog Barrion Falkenstein so schnell wie möglich die Nachricht von der Entführung seiner Tochter zu überbringen. Er erzählte eine äußerst verworrene Geschichte von einer Schlucht, einem Hinterhalt, Banditen, Drachen und anderen Ungeheuern, aus der der Herzog auch nach mehrmaligem Nachfragen nicht recht schlau wurde. Immerhin aber begriff er, dass Shirina verschwunden war, allem Anschein nach entführt, und das genügte ihm.

Kaum eine Stunde später brach er mit einer großen Zahl berittener Soldaten in Richtung Kaltenbach auf. In seiner Begleitung befanden sich auf seinen ausdrücklichen Wunsch der Erzbischof des Herzogtums Falkenau sowie eine Falknerin, damit er in der Lage war, rasch Nachrichten zu verschicken.

Barrion Falkenstein war ein großer, kräftiger Mann mit stahlgrauen Augen und kantigem Gesicht, dessen Härte gemindert wurde, wenn er sein von Frauen oftmals als charmant bezeichnetes Lächeln zeigte, was er oft und gerne tat. Er war erst Anfang der Dreißiger, und viele, die ihm zum ersten Mal begegneten, waren überrascht, wie jung er noch war. Viele hatten ihn sogar für *zu* jung gehalten, als er vor sieben Jahren den Thron bestieg, nachdem sein Vater im Krieg gegen das aufständische Haus Pryce auf dem Schlachtfeld den Tod gefunden hatte. Obwohl das Haus Falkenstein den Westen bereits seit der Besiedlung des Kontinents beherrschte, hatten die Unkenrufer prophezeit, dass es einem Jungspund wie Barrion niemals gelingen würde, all die stolzen und oftmals aufsässigen Fürsten Falkenaus an sich zu binden, dass es weitere Aufstände und Revolten geben und die Provinz in Blut und Chaos versinken würde.

Sie hatten sich geirrt.

Zwar hatten tatsächlich einige Fürstenhäuser eine Gelegenheit gesehen, selber die Herrschaft zu übernehmen, und sich gegen ihn erhoben, aber Barrion war keineswegs so grün hinter den Ohren, wie sie vermutet hatten. Mit einigen gewagten militärischen Manövern hatte er zunächst das Haus Pryce besiegt und den Tod seines Vaters gerächt und dann verhindert, dass die anderen aufständischen Fürsten ihre Truppen vereinten, sodass er sie einzeln bezwingen konnte.

Aber er war nicht nur in Kriegstaktiken bewandert, sondern wusste auch, dass er die Fürsten brauchte, um Ruhe und Ordnung in Falkenau wiederherzustellen und auf Dauer zu erhalten. So unerbittlich er im Kampf gewesen war, so großzügig zeigte er sich nach dem Sieg. Er bot den Fürsten die Hand zur Versöhnung und handelte mit diplomatischem Geschick neue Verträge mit ihnen aus, die dem Land zu Frieden und neuem Wohlstand verhalfen.

Seither war seine Herrschaft unumstritten. Lediglich mit dem Haus Pryce gab es noch gelegentliche Reibereien, doch selbst dieses hatte es in den vergangenen Jahren nicht noch einmal gewagt, sich gegen ihn zu erheben.

Und nun war seine älteste Tochter entführt worden, vielleicht sogar getötet. Welcher Narr konnte sich zu einer solchen Tat hinreißen lassen? Ein paar Wegelagerer, denen nicht klar war, an wem sie sich vergriffen? Nein, das war ausgeschlossen. Shirinas Kutsche trug das herzogliche Wappen, außerdem scheuten Halsabschneider das Risiko und würden keinen

Überfall auf eine schwer bewaffnete Eskorte wagen. Es musste mehr dahinterstecken.

Hinzu kam, dass Shirina in wenigen Wochen ihre Ausbildung zur Inquisitorin beginnen würde, wie allgemein bekannt war. Zwar stand sie noch nicht im kirchlichen Dienst, bis sie die graue Kutte einer Adeptin anlegen würde, aber wer immer ihr etwas antat, würde sich dennoch den Zorn der Kirche zuziehen, was möglicherweise eine noch größere Abschreckung hätte sein müssen als die Furcht vor seiner Rache. Da dies somit auch eine Angelegenheit der Kirche war, hatte er verlangt, dass Nerios Olorion, der Erzbischof Falkenaus, sie in seiner Kutsche begleitete.

Barrion trieb seine Männer an. Sie ritten bei Tag und Nacht, legten nur so viel Rast ein, wie unbedingt nötig. So schafften sie es, den Weg nach Kaltenbach, für den man normalerweise gut fünf Tage brauchte, in knapp zwei zurückzulegen, allerdings nur, weil Barrion schon nach wenigen Stunden einsah, dass der Erzbischof mit seiner Kutsche sie nur aufhielt. So bat er ihn, ihnen so schnell wie möglich zu folgen, ließ einige Männer zu seinem Schutz zurück und ritt mit den anderen voraus.

Als sie in Kaltenbach eintrafen, bot sich ihnen ein deprimierender Anblick. Es war ein im Grunde hübscher, kleiner Ort mit einer prachtvollen, aber viel zu großen Kirche. Dennoch schien etwas wie ein Schatten über dem Dorf zu liegen. Die Einwohner, die sich auf den Straßen aufhielten, warfen den Reitern und vor allem ihrem Herzog zwar neugierige Blicke zu, senkten dann jedoch sofort die Köpfe. Ihre Hochrufe klangen gedämpft und wenige begeistert.

Barrion Falkenstein fragte sich, was das zu bedeuten hatte. Sie mochten ein schlechtes Gewissen haben, weil seine Tochter auf dem Weg zu ihnen in unmittelbarer Nähe Kaltenbachs überfallen worden war, doch das allein erklärte es nicht. Sie wirkten schuldbewusst.

Auf dem Marktplatz, an dem nicht nur die Kirche, sondern auch das einzige Rasthaus des Dorfes lag, zügelten sie ihre Pferde. Angelockt von dem Klappern der Hufe kam gleich darauf Milan aus der Herberge gestürmt. Um seine Stirn war ein Verband geschlungen.

»Euer Hoheit!«, grüßte er und verbeugte sich, als Barrion auf ihn zutrat.

»Was ist mit meiner Tochter? Wurde sie gefunden, oder haben sich wenigstens die Entführer in der Zwischenzeit gemeldet?«

»Nein, Euer Hoheit«, antwortete Milan. »Wir suchen die ganze Gegend nach ihr ab, aber bisher haben wir noch keine Spur von ihr entdecken können. Und es hat sich auch niemand gemeldet, der einen Preis für ihre Freiheit verlangte.«

Damit waren Barrions entsprechende Hoffnungen zunichtegemacht. Auch auf Falkenhorst war noch keine entsprechende Forderung eingegangen, sonst hätte man wie befohlen sofort einen Falken mit einer Nachricht nach Kaltenbach entsendet. Seine Sorge wuchs noch mehr. Wenn jemand Shirina in seine Gewalt gebracht hatte, um Forderungen für ihre Freilassung zu stellen, dann hätte er bereits genügend Zeit dafür gehabt. Da dies aber nicht geschehen war, begann Herzog Falkenstein das Schlimmste zu befürchten.

»Erzähl mir, was genau geschehen ist«, verlangte er. »Ich will jede Kleinigkeit erfahren. Der Bericht des Boten war so verworren, dass ich aus vielem nicht schlau geworden bin.«

Während die Soldaten damit begannen, ihre erschöpften Pferde zu versorgen, folgte er Milan in das Gasthaus, wo sie an einem Tisch Platz nahmen. Ein Dienstmädchen kam und erkundigte sich nach seinen Wünschen. Barrion verlangte nach Wein. Obwohl er in den vergangenen Tagen nur karge Kost zu sich genommen hatte, verspürte er keinen Appetit.

Milan berichtete, wie sie sich der Schlucht genähert und

angegriffen worden waren, bis hin zum Auftauchen des Drachen und der anderen Ungeheuer.

»Ein Drache!«, schnaubte Barrion. »Monster mit zwei Köpfen und was nicht sonst noch alles. Als ob ich solchen Unfug glauben würde!«

»Wir wissen mittlerweile, dass sie nicht real waren, sondern Trugbilder, aber außerordentlich realistische. Es muss Hexerei im Spiel gewesen sein. Auch der Priester Kaltenbachs ist dieser Meinung. Zu seiner Rolle bei dem allen komme ich später noch. Jedenfalls wurden wir von den Trugbildern angegriffen, und nicht nur wir, sondern auch die Banditen. Sie waren genauso geschockt wie wir. Und in dem Durcheinander ist Shirina plötzlich wie vom Erdboden verschwunden. Ein paar Sekunden vorher sah ich sie noch hinter mir, aber dann …«

»Wie kann sie so plötzlich mitten aus einer kampferprobten Eskorte verschwinden?«

Milan senkte den Kopf.

»Ich weiß es nicht, Euer Hoheit. Vielleicht war auch dabei Hexerei im Spiel. Kurz darauf verschwanden auch die Trugbilder wieder, lösten sich von einem Augenblick auf den anderen in nichts auf. Mehrere meiner Männer waren tot oder schwer verwundet, aber mit den übrigen gelang es mir, die restlichen Banditen zu überwältigen. Sie waren starr vor Schrecken, leisteten kaum noch Widerstand. Dann machten wir uns sofort auf die Suche nach Shirina, doch ohne Erfolg.«

»Ich will die Gefangenen sprechen. Notfalls werde ich ihnen unter der Folter entreißen, wer hinter dieser ganzen Sache steckt und wo sich meine Tochter befindet.«

»Ich habe sie mir bereits vorgenommen. Ich ließ sie verprügeln, ihren Anführer blenden, und einem anderen ließ ich alle Finger brechen. Was sie wissen, haben sie verraten. Sie wurden von zwei Männern für den Überfall angeheuert, aber das Auftauchen der Ungeheuer können auch sie sich nicht erklären. Es hat sie mindestens ebenso schockiert wie uns, und ich glaube ihnen.«

Barrion schlug mit der Faust auf den Tisch. »Das wird ja immer verrückter!«

»Und doch hat sich alles so zugetragen, ich schwöre es, Euer Hoheit. Die beiden Unbekannten, die sie angeheuert haben, müssen auch eine Hexe oder einen Hexenmeister angeworben haben. Ich vermute, dass die Banditen nur Verwirrung stiften sollten und von ihnen skrupellos geopfert wurden, während die beiden sich mitsamt der Hexe und vermutlich auch mit Shirina aus dem Staub gemacht haben. Nach Aussagen des Priesters waren es Fremde, die er noch nie zuvor in dieser Gegend gesehen hat.«

»Was, im Namen der Götter, hat denn nun wieder der Priester mit ihnen zu tun?«

»Wie er mittlerweile gestanden hat, hat er Shirina nicht hierher eingeladen, damit sie seine Kirche und die Einwohner Kaltenbachs segnet. Stattdessen ist er offenbar ein eingeschworener Gegner davon, dass Frauen in den Orden der Inquisition aufgenommen werden. Er hat deshalb bereits eine Reihe von Protestbriefen geschrieben, und seiner eigenen Aussage zufolge wollte er ursprünglich auch einen nach Falkenhorst schicken. Dann jedoch tauchten zwei Fremde bei ihm auf, die ihn überzeugten, dass es mit Sicherheit wirksamer wäre, Shirina unmittelbar mit der Ablehnung der Menschen seiner Gemeinde für ihre entsprechenden Pläne zu konfrontieren und ihr eigenhändig den von den meisten Bewohnern unterzeichneten Protestbrief zu überreichen. Er hat sie also unter einem falschen Vorwand nach Kaltenbach gelockt.«

»Demnach ist er an dem Komplott beteiligt?«

»Nur indirekt. Er macht auf mich den Eindruck eines aufrichtigen, prinzipientreuen Mannes, der sich niemals an einem Verbrechen beteiligen würde. Jedenfalls nicht wissentlich. Er wurde von den wahren Drahtziehern einfach nur ausgenutzt. Deshalb fand der Angriff auch nicht in Kaltenbach, sondern schon vor unserer Ankunft hier statt.«

Barrion ballte die Hände zu Fäusten, dann seufzte er und lehnte sich mit hinter dem Kopf verschränkten Händen zurück. Er begriff nun, warum die Menschen auf der Straße so ängstlich und schuldbewusst gewirkt hatten.

»Also haben wir nichts als zwei Unbekannte und eine gleichfalls unbekannte Hexe, die ihnen anscheinend geholfen hat«, fasste er zusammen. »Und wir wissen nicht einmal, was sie mit Shirina vorhaben.«

»Sie werden Lösegeld fordern, dessen bin ich mir ganz sicher«, tat Milan seine Überzeugung kund. »Welchem Zweck sollte die Entführung sonst dienen? Schließlich ist Shirina noch ein Mädchen. Wichtige Geheimnisse sind ihr nicht zu entreißen.«

Barrion leerte seinen Becher, dann stand er abrupt auf. »Ich will mit dem Priester sprechen und dann mit den Gefangenen.«

Zwei Tage nach dem Herzog traf auch der Erzbischof in Kaltenbach ein, ein greiser Mann, den der Ansatz eines Buckels zu einem gebeugten Gang und einem Stock als Stütze zwang. Auf seinem mit Leberflecken übersäten Kopf wuchs nur noch ein kaum wahrnehmbarer kranzförmiger Flaum weißen Haares. Unzählige Falten verliehen seiner Haut das Aussehen zerknitterten Papiers, doch seine Augen blickten hellwach und verrieten seinen noch immer wachen und scharfen Verstand.

Barrion empfing ihn mit der Nachricht, dass es noch immer keine Spur von Shirina gab.

Er hatte mit Pater Alorius gesprochen und ihm schwere Vorwürfe gemacht, dass er Shirina nach Kaltenbach gelockt und sich damit zum Handlanger der Entführer gemacht hatte. Allerdings kam er zu dem gleichen Schluss wie Milan, dass der

Priester von diesen nur ausgenutzt worden und nicht an dem Komplott selbst beteiligt war. Zwar hielt er an seiner Überzeugung fest, dass es gegen die göttliche Ordnung verstieße, Frauen in die Heilige Inquisition aufzunehmen, doch schien er sein Handeln zu bereuen und bat vielfach um Vergebung. Doch Barrion wollte und konnte sie ihm nicht gewähren, das war Aufgabe der Kirche.

Auch bei den gefangenen Halsabschneidern bestätigte sich Milans Einschätzung. Als Barrion sie verhörte, flehten sie um Gnade und beantworteten bereitwillig jede seiner Fragen, ohne dass es nötig gewesen wäre, ihnen weitere Schmerzen zuzufügen. Sie beschrieben ihm auch die beiden Männer, die sie angeworben hatten. Ihre Angaben deckten sich mit denen von Pater Alorius, waren aber zu allgemein, als dass sich wirklich etwas damit anfangen ließ.

Der Herzog kam zu dem Schluss, dass sie tatsächlich nicht mehr wussten, als sie schon ausgesagt hatten. Sie blieben in Gefangenschaft und würden später von einem Gericht abgeurteilt werden. Das Urteil würde mit Sicherheit auf Tod oder lebenslängliche Schufterei in den Steinbrüchen oder Minen lauten, wobei Letzteres ihr Leben nur um einige qualvolle Jahre verlängern würde. Ihren geblendeten Anführer würde man jedoch mit Sicherheit hängen, denn für ein Arbeitslager taugte er nicht mehr.

Noch einmal wurde die gesamte Umgebung durchkämmt und die Suche immer weiter ausgedehnt. Nicht nur die Einwohner Kaltenbachs und der umliegenden Ortschaften beteiligten sich daran, auch die Soldaten von Barrion Falkensteins Eskorte. Aber Shirina schien wie vom Erdboden verschluckt.

Mit jedem verstreichenden Tag wuchs Herzog Barrions Verzweiflung. Warum meldeten sich die Entführer nicht endlich? Wollten sie ihn schmoren lassen, um so ein höheres Lösegeld herauszuschlagen? Oder – und dieser schreckliche Gedanke kam ihm mit jedem weiteren Tag wahrscheinlicher vor – ging es ihnen um etwas ganz anderes? Hatten die Entführer womöglich gar nicht vor, Forderungen zu stellen, sondern wollten sich nur an ihm rächen, und Shirina war bereits nicht mehr am Leben? Es gab noch immer einige Fürstenhäuser, die ihn hassten und sich nur widerwillig seiner Herrschaft beugten, allen voran das Haus Pryce. Aber welche Unmenschen würden ein unschuldiges junges Mädchen töten, nur um ihn damit zu treffen? Loran Pryce war ein rebellischer alter Sturkopf, der nur auf seinen eigenen Vorteil bedacht war, aber nicht einmal er würde zu solchen Methoden greifen.

Inzwischen glaubte Barrion nicht mehr, dass die Suche noch etwas bringen würde. Fast eine Woche war seit der Entführung verstrichen, und die Täter konnten bereits hunderte Meilen entfernt sein. Seine Hoffnungen stützten sich inzwischen immer mehr auf die Kirche, deren Dienerin Shirina immerhin hatte werden wollen. Olorion sollte eine Nachricht nach Aurelia senden, damit sich die Kardinalskurie an der Suche beteiligte. Immerhin reisten Inquisitoren durch das gesamte Reich, und in jedem noch so abgelegenen Dorf gab es mindestens einen Priester. Falls Shirina noch lebte – und er betete täglich mehrfach zur Göttlichen Familie, dass dem so wäre –, würde einer von ihnen sie doch sicherlich über kurz oder lang entdecken. Vielleicht würden die Entführer sogar aufgeben und sie freilassen, wenn sie erfuhren, dass ihnen die gesamte Kirche im Nacken saß.

Unmittelbar nach der Ankunft des Erzbischofs begab er sich mit ihm, Milan und Pater Alorius in eine vom normalen Schankraum der Herberge abgetrennte Gaststube, die besonderen Gästen vorbehalten war und den Vorteil der Abgeschiedenheit bot. In den vergangenen Tagen nutzte er sie als eine Art Hauptquartier, von wo aus er die Suche und alle weiteren Aktivitäten leitete.

Gemeinsam setzten sie den Erzbischof über alles in Kenntnis, was in der vergangenen Woche geschehen war und was sie unternommen hatten. Das Gesicht des Greises verfinsterte sich, als der Priester von seiner wenig ruhmreichen Rolle in der ganzen Geschichte und seine wahren Motive für die Einladung Shirinas berichtete.

»Ihr seid ein Narr!«, rief er mit brüchiger Stimme. »Ich habe Euer Protestschreiben erhalten und erfahren, dass Ihr weitere bis nach Aurelia geschickt habt. Meint Ihr, die Kardinalskurie hätte sich diese Entscheidung leicht gemacht und es hätte nicht gute Gründe dafür gegeben? Ich weiß, dass viele so wie Ihr damit nicht einverstanden sind, aber maßt Ihr und die anderen Euch an, weiser als alle Kirchenoberen und sogar der Prios zu sein?«

»Nein, natürlich nicht, Euer Hochwürden«, versicherte Pater Alorius hastig. »Aber die Menschen meiner Gemeinde und ich verstehen diese Entscheidung nicht, da sie gegen alles verstößt, was die Kirche lehrt, sogar gegen die göttliche Ordnung, wie sie in den Heiligen Schrift dargelegt ist. Wenn wir wenigstens ein Wort der Erklärung …«

»So, wie es gute Gründe für die Entscheidung zugunsten von Frauen in der Inquisition gibt, so gibt es auch gute Gründe, diese nicht öffentlich zu verbreiten«, fiel der Erzbischof ihm ins Wort. »Das muss Euch genügen.«

»Aber …«

»Kein Aber, Pater. Was Ihr gesagt und getan habt, würde ausreichen, Euch vor ein Inquisitionstribunal zu zerren. Also schweigt jetzt lieber und seid froh, dass ich keine entsprechenden Pläne hege.«

Der Priester wurde blass und senkte erschrocken den Kopf, wagte keinerlei Widerspruch mehr.

Doch auch das Gesicht des Erzbischofs verlor sichtlich an Farbe, als Milan von den Einzelheiten des Überfalls, den Trugbildern und seinem Verdacht erzählte, dass sich die Entführer finsterer Mächte bedienten. Trotzdem schwieg er, bis Barrion Falkenstein seinen Bericht damit beendete.

»Lasst uns allein!«, befahl er danach Milan und Pater Alorius. »Ich muss mit dem Herzog unter vier Augen sprechen.«

Er wartete, bis die beiden die Gaststube verlassen hatten, dann beugte er sich etwas vor und starrte Barrion eindringlich an.

»Euer Hoheit, was ich Euch jetzt anvertraue, ist ausschließlich für Eure Ohren bestimmt. Nichts davon darf diesen Raum jemals verlassen. Schwört Ihr das bei der Göttlichen Familie?«

»Ich schwöre«, sagte Barrion, verwundert über die plötzliche Geheimniskrämerei. Was Olorion ihm anvertrauen wollte, musste wirklich von großer Bedeutung sein.

»Nach allem, was ich erfahren habe, steht für mich außer Frage, dass bei der Entführung Eurer Tochter wirklich finstere Mächte am Werke waren. Ihr habt sicherlich schon von den Visha gehört. Was wisst Ihr über sie?«

»Nicht viel«, gestand Barrion. »Es sind Hexen, die die Herrin der Verdammnis anbeten.«

»So ist es. Sie verehren die gefallene Tochter des Göttervaters, die gegen ihre Familie aufbegehrt hat und dafür verstoßen wurde. Und die verleiht ihnen dafür Hexenkräfte, über die normale Menschen nicht verfügen. Besonders verstehen sie sich auf das Schaffen täuschend echter Trugbilder und Illusionen. Die Kirche versucht mit aller Macht, gegen diese widerliche Blasphemie vorzugehen, aber trotz aller Bemühungen haben wir es bislang nicht geschafft, sie auszurotten. Die wenigen, die wir im Laufe der Zeit entlarvt haben, gaben ihr Wissen nicht einmal unter der Folter preis. Wir wissen nicht einmal, wie viele Mitglieder ihr Bund hat. Die Visha sind sehr vorsichtig, und es handelt sich ausschließlich um Frauen, deshalb ist es den männlichen Inquisitoren nie gelungen, sie zu unterwandern und so Informationen über sie zu erlangen.«

Barrion kam eine Vermutung, und er sog scharf die Luft ein. »Ist das etwa der Grund, warum der Orden inzwischen auch Frauen aufnimmt?«

Olorion nickte. »Wir hoffen, dass es einem weiblichen Inquisitor irgendwann gelingen wird, das Vertrauen der Visha zu erlangen und bei ihnen aufgenommen zu werden. Wenn wir erst einmal wissen, wer sie sind und wo sie sich verstecken, können wir sie auch vernichten. Aber bis dahin ist es noch ein weiter Weg. Ich hoffe, Ihr versteht nun, weshalb dies alles geheim bleiben muss.«

»Sicher«, bestätigte der Herzog. »Wenn ich Euch recht verstehe, dann haben die Entführer also eine dieser Visha angeheuert, um meine Tochter in ihre Gewalt zu bringen.«

»Nein, Ihr versteht nicht. Eine Visha würde sich nie dafür hergeben, mit gemeinen Verbrechern gemeinsame Sache zu machen. Außerdem müssen es schon mehrere gewesen sein, um so große Trugbilder zu erschaffen. Nein, die Banditen, die die Entführung geplant haben, können wir vernachlässigen; sie dürften geflohen sein, aber Shirina befindet sich nicht bei ihnen. Die Visha müssen von ihren Plänen erfahren haben und haben sie durchkreuzt, um sich selbst des Mädchens zu bemächtigen. Alles deutet darauf hin, dass sich Shirina in ihrer Gewalt befindet, und das lässt viel Schlimmeres vermuten, als wenn sie nur von Banditen entführt worden wäre.«

Ein eiserner Reif schien sich mit einem Mal um Barrions Brust zu spannen und erschwerte ihm das Atmen. »Aber … warum? Was wollen diese verrückten Hexen von meiner Tochter?«

»Sie will Inquisitorin werden, und die Visha haben natürlich ein Interesse daran, das zu verhindern. Ihr hättet nicht überall damit prahlen sollen, dass Eure Tochter in den Schwarzen Orden aufgenommen wird.«

»Was werden sie mit ihr machen?«

»Das ist schwer zu sagen. Vielleicht begnügen sie sich damit, Shirina nur eine Weile festzuhalten, bis das Ausbildungsjahr ohne sie begonnen hat. Aber dann könnte sie sich im nächsten Jahr erneut bewerben. Die meisten Adepten werden mit zwölf oder dreizehn Jahren in den Orden aufgenommen, sie wäre also auch dann nicht zu alt. Es fällt mir schwer, das zu sagen, aber es ist durchaus möglich, dass sie Eure Tochter bei einem ihrer dämonischen Rituale geopfert haben, um diese Gefahr ein für alle Mal zu bannen.«

Der Reif um Barrions Brust schien sich ruckartig fester zusammenzuziehen. Shirina war immer ein fröhliches Kind gewesen, stets zu Schabernack aufgelegt, ein Wildfang, der manchmal schwer zu bändigen war. Die Vorstellung, dass sie tot sein könnte, vielleicht grausam bei einem finsteren Ritual wie ein Stück Vieh geschlachtet, war unerträglich für ihn.

Hätte er ihr doch bloß nie vorgeschlagen, in den Orden einzutreten!

Aber es schien aus gleich mehreren Gründen eine gute Wahl gewesen zu sein. Kein anderer Falkenstein diente zurzeit im kirchlichen Dienst; um das Ansehen und den Einfluss seines Hauses in Aurelia zu stärken, war es dringend nötig gewesen, dies zu ändern.

Darüber hinaus war es ihren Neigungen entgegengekommen. Sie hatte nun einmal mehr Interesse an allem gefunden, was mit Waffen, Kampf, Wettstreit und Abenteuern zu tun hatte als an dem, womit Mädchen sich gewöhnlich beschäftigten. Es war mehr als fraglich, ob aus ihr jemals eine richtige Dame geworden wäre, und Inquisitorin zu werden hatte für sie den einzigen Weg dargestellt, aus diesem Schicksal auszubrechen.

Und zuletzt hatte es noch einen weiteren, ganz pragmatischen Grund gegeben. Sie war sein erstgeborenes Kind, und wenngleich das Erbrecht männliche Nachkommen stets bevorzugte, hätte sie vermutlich nicht ohne Weiteres zugunsten ihres jüngeren Bruders Ayron auf ihr Geburtsrecht verzichtet. Stand Shirina hingegen im kirchlichen Dienst, erledigte sich dieses Problem von selbst.

All diese Gründe jedoch erschienen ihm mit einem Mal unbedeutend. Auf all dies hätte er gern verzichtet, wenn er sie dafür jetzt lebend in den Armen hätte halten können.

Shirina Falkenstein hatte jedes Gefühl für Zeit verloren. Sie wusste nicht, wie lange sie schon eingesperrt war. Waren es Tage oder schon Wochen? Alles war seltsam traumhaft. Das Denken fiel ihr schwer, und sie konnte sich auf nichts konzentrieren. Seit man sie hergebracht hatte, war sie benommen, dämmerte in einem Zustand zwischen Schlafen und Wachen vor sich hin.

Inzwischen war sie sich sicher, dass die alte Frau, die sich ihr als Malisa vorgestellt hatte, ihr Drogen ins Essen mischte, die ihren Verstand betäubten und sie ruhig hielten, damit sie gar nicht erst an eine Flucht dachte, sondern sich in ihr Schicksal ergab. Eine Zeit lang hatte das auch funktioniert, doch dann hatte sich Shirinas Verstand ein wenig zu klären begonnen, gerade genug, dass sie ihre Situation erkennen und darüber nachdenken konnte. Vielleicht hatte ihr Körper sich an die Drogen gewöhnt, sodass diese nicht mehr so gut wirkten.

Malisa hatte sie belogen, so viel stand fest. Sie hatte behauptet, sie retten und ihr zu neuen Erkenntnissen verhelfen zu wollen, ihr wundervolle Dinge zu zeigen. Stattdessen war Shirina in einer kleinen, muffig riechenden Höhle aufgewacht, mit einem Bein an einen Felsvorsprung gefesselt.

In einer benachbarten Höhle, durch einen schmalen Durchgang mit ihrer verbunden, hörte sie die alte Frau manchmal unverständliches Zeug vor sich hin murmeln oder mit irgendetwas hantieren. Sie brachte Shirina zweimal am Tag zu essen und zu trinken, klares Wasser und Suppen oder Eintöpfe aus Kräutern mit ein paar Kartoffeln oder etwas Gemüse darin, manchmal ein Stück Brot.

Aus welchen Gründen auch immer die Drogen bei ihr nicht mehr so stark wirkten, an diesem Tag war Shirina mit deutlich klarerem Verstand aufgewacht, erstmals dazu fähig, ihre Lage in vollem Umfang zu begreifen. Sowohl das Wasser als auch die Kräutersuppe, die Malisa ihr kurz darauf gebracht hatte, hatte sie unbemerkt weggeschüttet, und seither fiel ihr mit jeder verstreichenden Stunde das eigenständige Denken leichter.

Völlig klar war ihr Kopf allerdings noch immer nicht. Vor allem, wenn sie versuchte, sich an die vergangenen Tage zu erinnern, verschwamm alles in einem Wirbel aus wilden, bizarren Träumen, Wahnvorstellungen und Wirklichkeit, ohne dass sie in der Lage war, dazwischen zu unterscheiden.

Einerseits waren da die Erinnerungen an ihre Gefangenschaft hier in dieser Höhle, dann wieder mischten sich Traumbilder in diese realen Erinnerungen, in denen sie weder gefangen noch mit Malisa allein war. Dann saß sie mit ihr und weiteren Frauen, jungen und alten, in zauberhaften Umgebungen zusammen, wo sie freundlich miteinander sprachen und sie in Geheimnisse eingeweiht wurde, von deren Existenz sie nicht einmal geahnt hatte und von denen ihr auch nichts im Gedächtnis haften blieb. Mal befanden sie sich in einem riesigen Garten voller farbenfroh blühender Blumen, wie Shirina sie noch nie zuvor gesehen hatte, dann wieder in einem lichten Gewölbe aus Glas, Kristall und Edelsteinen, am Ufer eines mit Seerosen bedeckten Teichs oder an anderen, ebenso wundervollen Plätzen.

Eine andere Erinnerung war ihr, wenngleich verschwommen, ebenfalls im Gedächtnis geblieben. Darin befand sie sich in ihrer Kerkerhöhle und hörte, wie in der angrenzenden Grotte mehrere Frauen über sie sprachen. Es ging darum, wie lange man sie festhalten solle, um sicherzugehen, dass sie zumindest in diesem Jahr nicht mehr der Inquisition beitreten würde. Eine der Frauen drängte darauf, sie zu töten, um sicherzustellen, dass dieses Problem im nächsten Jahr nicht erneut auftauchte, aber Malisa war anderer Ansicht.

Shirina hörte die alte Frau sagen, dass zwei Monate wohl ausreichen würden. Je nach Lage würden sie im nächsten Jahr erneut entscheiden, was zu unternehmen sei.

Je mehr Shirina darüber nachdachte, desto mehr kam sie zu der Überzeugung, dass dieses Gespräch wirklich stattgefunden hatte. Es ging den Frauen, bei denen es sich nur um Hexen handeln konnte, also darum, zu verhindern, dass sie dem Orden beitrat. Das war immerhin eine Erklärung für ihre Entführung.

Um ihr Ziel zu erreichen, wollten sie das Mädchen mindestens zwei Monate lang gefangen halten. Wie viel von dieser Zeit mochte inzwischen verstrichen sein? Shirina wusste es nicht, aber nachdem sie nun wieder einigermaßen klar denken konnte, stand für sie fest, dass sie nicht einfach abwarten und sich mit ihrer Gefangenschaft abfinden würde. Wenn ihre Entführerinnen wirklich Hexen waren, war ihnen alles nur erdenkliche Böse zuzutrauen. Es gab keinerlei Garantie, dass sie es sich nicht doch noch anders überlegen und sie töten würden. Aber selbst wenn nicht, hatte Shirina keineswegs vor, auf ihre Ausbildung zu verzichten oder ein ganzes Jahr darauf zu warten.

Sie musste fliehen, aber wie?

Als Erstes untersuchte sie den Strick, mit dem sie gefesselt war. Er war faserig und nicht allzu dick, aber viel zu fest, um ihn zu zerreißen. Sie rüttelte an dem Felsvorsprung, an dem er befestigt war, doch dieser war völlig massiv; keine Chance, ihn aus der Wand zu brechen oder das Seil davon abzustreifen. Auch die Knoten waren kunstvoll geschlungen und fest angezogen.

Und doch boten die Knoten die vermutlich einzige Möglichkeit, sich zu befreien. Es musste ihr gelingen, wenigstens einen davon zu lösen, entweder den an ihrem rechten Knöchel oder den an dem Felsvorsprung. Sie entschied sich für den an ihrem Bein.

Verbissen kratzte und zerrte sie mit ihren Fingernägeln daran. Von Zeit zu Zeit rissen ein paar hauchdünne Fasern, doch wenn es in dem Tempo weiterging, würde es Wochen oder gar Monate dauern, bis sie endlich frei war.

Trotzdem gab sie nicht auf, sondern verstärkte ganz im Gegenteil ihre Bemühungen noch. Aber der Knoten war zu fest, keine seiner Windungen und Schlingen ließ sich lockern. Früher hatte Shirina lange spitze Fingernägel gehabt, aber beim Führen eines Schwertes waren diese lästig, deshalb schnitt Shirina sich die Nägel seit einiger Zeit ziemlich kurz, was ihre Arbeit jetzt nicht gerade erleichterte. Auch weiterhin gelang es ihr nur, einige Fasern zu durchtrennen, aber unermüdlich machte sie weiter. Erst als ihre Finger zu schmerzen begannen und schließlich taub und steif wurden, legte sie eine Pause ein.

Irgendwann brachte Malisa ihr erneut Wasser und Suppe, und mit Schrecken wurde Shirina sich bewusst, dass offenbar bereits wieder ein ganzer Tag verstrichen war.

Die Suppe kippte sie auch diesmal weg, doch war sie so durstig, dass sie etwas von dem Wasser trank. Es war klar und rein, ohne irgendwelchen Nebengeschmack. Sie glaubte nicht, dass sich etwas darin befand. Viel leichter wäre es für Malisa, die Drogen in die ohnehin seltsam schmeckende Suppe zu rühren.

Shirina wusste nicht, ob es Morgen oder Abend war, da keinerlei Tageslicht in ihre Höhle fiel. Das einzige bisschen Licht stammte von einer Petroleumlampe in der Höhlenecke ihr gegenüber, unerreichbar für sie. Sonst hätte sie versuchen können, den Strick durchzubrennen oder das Glas zu zerbrechen und ihre Fesseln mit einer Scherbe zu zerschneiden. So aber blieben ihr nur die Finger, und die taten inzwischen so weh, dass sie nicht mehr weitermachen konnte. Stattdessen kauerte sie sich unter der Decke, die Malisa ihr am ersten Tag gegeben hatte, zusammen und gönnte sich ein paar Stunden Schlaf.

Ihr Körper hatte sich an die Drogen gewöhnt und vermisste sie nun, deshalb schlief sie nur unruhig. Der Gedanke an die Flucht verfolgte sie bis in ihre Träume hinein.

In einem davon saß sie vor einem großen Haufen aus Glasscherben, Edelsteinen und kleinen, unregelmäßig geformten Brocken aus buntem Kristall. Sie griff sich ein Stück nach dem anderen und versuchte, damit ihre Fesseln zu zerschneiden, aber sie waren alle stumpf. Einzig die Glasscherben schienen scharf zu sein, doch gelang es ihr nicht, eine davon zu ergreifen. Wie flinke kleine Tierchen wichen sie vor ihren Fingern zurück, schienen sie zu verspotten.

Shirina erwachte und fuhr mit einem Ruck in die Höhe. Einen Moment lang war sie verwirrt, dann fiel ihr alles wieder ein. Möglicherweise hatte der Traum ihr den Weg zu ihrer Rettung gewiesen. An das Glas der Lampe kam sie nicht heran, also musste sie etwas anderes finden, mit dem sie ihre Fesseln zerschneiden konnte. Einen scharfkantigen Steinbrocken, zum Beispiel …

Sie betrachtete die Felswand genauer, suchte nach kleinen Vorsprüngen oder feinen Rissen. Dann bemühte sie sich, wenigstens ein kleines Steinchen zu lösen. Schon ein einziger Splitter mit einer scharfen Kante würde ihr genügen.

Zwar fand sie einige Risse und Unebenheiten, doch ihre Finger hatten nicht genügend Kraft, um etwas von dem Gestein zu lösen. Ihr Blick fiel auf den hölzernen Suppenteller mit dem gleichfalls hölzernen Löffel darin. Vorsichtig hämmerte sie mit dem Ende des Stiels auf einige der Vorsprünge ein. Natürlich ging das nicht ohne Geräusche vor sich, deshalb legte sie immer wieder kurze Pausen ein und lauschte, aber aus der anderen Höhle war nichts zu hören. Offenbar schlief Malisa und wähnte ihre Gefangene im Drogenrausch, zu benebelt, um überhaupt nur den Gedanken an eine Flucht zu fassen.

Aber Shirinas Bemühungen blieben ohne Erfolg. Die Felswand war zu massiv, und wenn tatsächlich einmal etwas davon absplitterte, dann ein so winziges Stückchen, dass sie es kaum ergreifen konnte und es von keinerlei Nutzen für sie war. Erst als sie das flache Ende des Löffels als Hebel in den Rissen verwendete, gelang es ihr nach einer halben Ewigkeit, einen flachen Steinsplitter zu lösen, der etwas größer als ein Fingernagel war. Sie verharrte ein paar Sekunden und lauschte erneut, doch noch immer blieb alles ruhig.

Mit neu erwachter Hoffnung rieb sie mit den Kanten des Splitters über den Strick. Sie waren nicht übermäßig scharf, trotzdem gelang es ihr nun leichter, einige der Fasern zu durchtrennen.

Gut eine Stunde lang säbelte sie verbissen, dann waren die Kanten völlig abgestumpft, und als sie mehr Druck ausübte, zerbrach das dünne Plättchen kurz darauf zwischen ihren Fingern, und in dem Strick klaffte nur eine winzige, mit dem Auge kaum zu erkennende Kerbe.

Shirina hätte vor Enttäuschung heulen können, doch weiterhin kam Aufgeben für sie nicht infrage. Erneut machte sie sich mit dem Löffel an der Felswand zu schaffen, bis es ihr schließlich gelang, einen weiteren Splitter herauszubrechen.

Viermal wiederholte sie diese Prozedur. Außer Schmerz schien schließlich kaum noch ein Gefühl in ihren Fingern zu sein. Als sie mit dem fünften Gesteinssplitter an dem Strick herumsäbelte, nahm sie aus den Augenwinkeln plötzlich eine Bewegung wahr.

Malisa stand im Durchgang zwischen den beiden Höhlen und starrte sie an.

»Was machst du da?«, stieß sie erschrocken hervor. »Du solltest betäubt sein und schlafen. Was du auch tust, hör sofort auf damit!«

Shirina begriff, dass ihre Flucht gescheitert war, wenn sie nicht sofort handelte. Wegen der Drogen hatte sich Malisa bislang kaum um sie gekümmert, aber jetzt würde sie ihre Fesseln kontrollieren und sofort bemerken, dass der Strick gut zur Hälfte durchtrennt war.

Shirina beschloss, alles auf eine Karte zu setzen. Sie packte das Seil und zerrte mit aller Kraft daran. Das leise Reißen von Fasern war zu hören, und es klang wie Musik in ihren Ohren. Noch einmal zerrte sie so fest sie nur konnte.

Der Strick zerriss.

Im gleichen Moment stürmte Malisa vor, versuchte sie zu packen, aber Shirina war schneller als sie. Geschickt wälzte sie sich zur Seite, entging den zupackenden Händen der alten Frau. Blitzschnell sprang sie auf die Beine und hastete zum Ausgang. Hinter ihr stieß Malisa irgendwelche fremdartig klingenden Worte hervor.

Unmittelbar am Durchgang zu der zweiten Höhle prallte Shirina plötzlich gegen ein unsichtbares Hindernis.

Malisa begann zu lachen. »Hast du wirklich geglaubt, dass es so leicht wäre, mir zu entkommen? Hast deine Suppe weggeschüttet, statt sie zu essen, wie? Aber das wird dir nichts nützen.«

Sie kam auf Shirina zu. Ohne nachzudenken bückte diese

sich, packte die Lampe und schleuderte sie der Hexe entgegen. Die riss die Arme hoch, um sich zu schützen, das Glas zerplatzte, und brennendes Petroleum spritzte umher, traf ihr Gesicht, ihre Haare, ihr Kleid.

Die Hexe kreischte auf, schlug mit brennenden Händen in ihr ebenfalls brennendes Gesicht, in dem verzweifelten Bemühen, die Flammen zu ersticken, die ihr das Fleisch von den Knochen fraßen. Ihre Haare verwandelten sich in eine knisternde, zischende Feuerlohe, ihr Kleid brannte immer mehr, und bald war Malisa eine kreischende, tobende Flammensäule, die schreiend durch die Höhle taumelte.

Shirina wich so weit sie konnte zurück und presste die Hände auf die Ohren. Das hatte sie nicht gewollt.

Immer noch lichterloh brennend brach Malisa zusammen, wälzte sich auf dem Boden umher. Ihre Schreie waren schrill und klangen kaum noch wie die eines menschlichen Wesens. Sie musste unsägliche Schmerzen erleiden, während das Feuer ihren Leib gierig fraß.

Schließlich verklangen die Schreie, und Malisa lag still, während die Flammen immer noch an ihr zehrten. Rauch und Hitze füllten die Höhle. Und der Geruch von verbranntem Fleisch. Shirina wich noch weiter zurück. Erst als sie bereits in dem Durchgang zwischen den Höhlen stand, bemerkte sie, dass das unsichtbare Hindernis nicht mehr vorhanden war.

Mit einem Mal begriff sie, dass sie frei war, wirklich frei. Alles war so schnell gegangen, dass sie gar nicht dazu gekommen war, über ihr Tun und die schreckliche Gefahr, in der sie geschwebt hatte, nachzudenken. Erst jetzt, da alles vorbei war, begann sie plötzlich am ganzen Körper zu zittern. Tränen traten ihr in die Augen, und sie musste sich für einen Moment gegen die Wand lehnen. Aber sie kämpfte gegen die Schwäche an, statt sich ihr hinzugeben. Entschlossen straffte sie sich und wischte sich die Tränen aus dem Gesicht.

Malisa war tot, und so schrecklich ihr Tod auch gewesen war, empfand Shirina doch kein Mitleid. Die Frau hatte sie vor den Pryce-Brüdern und ihren Schergen gerettet, aber nur, um sie selbst gefangen zu halten. Darüber hinaus war sie eine Hexe, und Shirina stand im Begriff, der Inquisition beizutreten, deren Aufgabe es war, Hexen aufzuspüren und hinzurichten, und dazu gehörte es auch, diesen teuflischen Weibern Schmerzen zuzufügen, sie zu foltern, bis sie ihre Untaten gestanden, und sie dann auf dem Scheiterhaufen zu verbrennen.

Nein, Shirina hatte kein Mitleid. Der Feuertod war eine gerechte Strafe für das Treiben dieses Weibes.

Auch in der zweiten Höhle brannte eine Lampe. Ansonsten gab es dort nur eine Schlafstatt aus zwei Decken und eine Kochstelle. Shirina warf einen Blick zum Ausgang, sah, dass es dahinter dunkel war, deshalb ergriff sie die Lampe, ehe sie dorthin eilte und ins Freie trat. Gierig sog sie die frische Luft ein, dann erst blickte sie sich um.

Sie befand sich im Wald. Der Wind rauschte in den Kronen der Bäume, und gelegentlich war zwischen ihnen ein Stück dunkelgrauen Himmels auszumachen. Es würde noch eine Weile dauern, bis es hell wurde, ein, vielleicht zwei Stunden.

Bis dahin wollte sie möglichst weit weg von hier sein.

Shirina hielt die Laterne am ausgestreckten Arm vor sich und begann zu laufen.

Außer sich vor Freude, Glück und Erleichterung presste Herzog Barrion Falkenstein seine Tochter an sich. Tränen rannen ihm über die Wangen.

»Mein Kind, ich kann kaum glauben, dass ich dich wiederhabe«, stieß er hervor. »Ich hatte die Hoffnung schon fast aufgegeben.«

Am frühen Vormittag war sie entdeckt worden, als sie aus einem Waldstück herauskam, und man hatte sie unverzüglich nach Kaltenbach zu ihrem Vater gebracht. Wie sie inzwischen wusste, war sie mehr als zwei Wochen lang fort gewesen. Nun genoss sie für eine Weile die Sicherheit, die seine starken Arme und die zahllosen Soldaten, die sie umgaben, ihr vermittelten, doch schließlich löste sie sich aus seinem Griff.

»Ich habe dir viel zu erzählen«, sagte sie.

»Und ich will alles hören.«

»Aber erst einmal muss ich dringend etwas essen. Ich sterbe vor Hunger.«

»Na, so weit dürfen wir es natürlich nicht kommen lassen«, sagte der Herzog schmunzelnd. »Ich werde dir sofort etwas bringen lassen.«

Sie begaben sich in die Gaststube der Herberge, von der aus er die Suche geleitet hatte. Milan und der Erzbischof erwarteten sie dort bereits. Shirina umarmte auch den Leiter ihrer Eskorte, froh darüber, dass er noch am Leben war, und nickte Nerios Olorion zu. Ein großes Tablett mit Brot, Honig, kaltem Braten und Obst wurde ihr gebracht.

»Weißt du schon, wer die Männer waren, die mich entführen und umbringen wollten?«, fragte sie ihren Vater, während sie sich heißhungrig darüber hermachte.

»Umbringen? Sie wollten Lösegeld für dich verlangen.«

»Nein, sie wollten mich töten. Aus Rache. Malisa hat mir alles erzählt.«

»Wer ist Malisa?«

»Das erzähle ich dir später. Die beiden Männer, die alles ausgeheckt haben, waren Otan und Orist Pryce.«

Barrions Augen verengten sich, und er ballte die Hände zu Fäusten. »Otan und Orist, die Neffen des alten Loran also. Zwei Tunichtgute, wie sie im Buche stehen. Ich hätte ihnen nicht einmal zugetraut, so etwas zu organisieren.«

»Malisa sagte, sie hätten ein Lösegeld einstecken und mich trotzdem umbringen wollen. Aber beweisen kann ich es nicht.«

»Da sei unbesorgt. Wir halten einige ihrer Handlanger gefangen. Sie werden die Männer wiedererkennen, die sie angeheuert haben. Ich werde noch heute alles Nötige veranlassen. Aber jetzt erzähl weiter, was war mit den Hexen, die dich stattdessen geraubt haben?«

»Das war Malisa, zusammen mit einigen anderen, die ich aber nie zu Gesicht bekommen habe. Anfangs hat sie so getan, als wollte sie mich nur retten, aber dann ...«

Shirina berichtete ausführlich, wie die Hexe sie aus der Schlucht weggelockt hatte, wie sie gefesselt in der Höhle aufgewacht war und sich schließlich befreit hatte. Als sie erzählte, wie sie die Lampe auf Malisa geschleudert hatte und diese verbrannt war, sog der Erzbischof scharf die Luft ein und zeichnete den Heiligen Dreistern.

»Das war äußerst mutig von Euch«, sagte er. »Eine Hexe mit Feuer zu bekämpfen, das war genau richtig. Offenbar seid Ihr für den Schwarzen Orden wie geschaffen. Eines Tages werdet Ihr eine berühmte Inquisitorin sein, da bin ich mir jetzt sicher. Denn es dürfte das erste Mal sein, dass ein angehender Adept bereits vor der Aufnahme in den Orden seine erste Hexe tötet. Und noch dazu eine Visha! Sie sind die abscheulichsten Kreaturen des Bösen, die wir kennen, und ich bin überzeugt davon, dass sie Euch niemals lebend freigelassen hätten.«

»Oh, hört mir damit auf!«, seufzte Barrion Falkenstein. »Erst jetzt ist mir bewusst geworden, mit welchen Gefahren ein Beitritt zum Orden verbunden ist. Nicht nur später, nach Abschluss der Ausbildung, sondern schon jetzt. Seht sie Euch doch an! Sie ist völlig verstört nach all dem Schrecklichen, was sie durchgemacht hat. Sie hat einen Menschen getötet! Könnt Ihr Euch überhaupt vorstellen, was das für ein Mädchen in ihrem Alter bedeutet?«

Shirina starrte ihn erschrocken an. »Aber ich *will* Inquisitor werden, jetzt noch mehr als zuvor! Ich weiß jetzt, wie wichtig die Aufgabe ist, die der Schwarze Orden erfüllt, denn ich habe dem Bösen ins Gesicht gesehen. Es existiert und muss bekämpft werden.« Mit einem verunglückten Lächeln fügte sie hinzu: »Wie es aussieht, habe ich eine natürliche Begabung dafür.«

»Aber, Kind!« Barrion klang bestürzt. »Du gehörst jetzt in den Kreis deiner Familie, musst dich erst einmal von allem erholen. Wir können nächstes Jahr noch einmal darüber reden.«

»Ich will aber kein Jahr mehr warten! Es geht mir gut, und ich weiß jetzt ganz fest, wo ich hingehöre. Wenn du mir verbietest, dem Orden beizutreten, dann haben die Hexen ihr Ziel doch noch erreicht, und das darf auf keinen Fall geschehen! Bitte, du hast es mir versprochen!«

»Das ist ...« Der Herzog schüttelte den Kopf. »Das ... Ich war sicher, dieses schlimme Erlebnis hätte dir einen solchen Schrecken versetzt, dass du froh wärst, nach Falkenhorst zurückzukehren und gar nicht mehr nach Aurelia willst.«

»Ich bin eine Falkenstein!«, sagte Shirina stolz. »Ich lasse mich nicht unterkriegen, das hast du mich gelehrt. Sag, wie würdest du dich an meiner Stelle verhalten?«

Der Herzog gab keine Antwort, und von diesem Moment an wusste Shirina, dass sie gewonnen hatte.

# ZWEITES BUCH

## Aurelia

*Der Göttliche Vater hat die Menschen und alles Leben, das auf der Welt kreucht und fleucht, erschaffen. Deshalb ist die Göttliche Familie in ihrer Dreifaltigkeit die einzige Macht, die Menschen anbeten sollen. Es gibt keine anderen Götter neben ihr, nur heidnische Götzen. Die wichtigste Aufgabe der einzig wahren Kirche ist es, dies überall zu verbreiten. Jeder, der sich der Erkenntnis dieser Wahrheit versagt, ist ein Ungläubiger, eine verlorene Seele. Wer sich dem Wort des Vaters gar widersetzt und heidnischen Götzen das Wort redet, ist nichts als ein falscher Prophet, ein Ketzer, auf ewig dazu verdammt, in Finsternis zu wandeln.*

*Im Kampf um die Seelen der Menschen müssen die Diener der wahren Kirche nicht nur glaubensfester sein, sondern allen falschen Propheten auch in sonstiger Hinsicht überlegen. Die stärksten und mutigsten Kämpfer für den Glauben sollen sich deshalb in einem Orden versammeln, um mit Feuer und Schwert gegen alle Ketzer und Ungläubigen zu Felde zu ziehen und sie dem Flammentod zu überantworten, auf dass die Welt von diesem Geschwür befreit werde. So spricht der Göttliche Vater, und Seinem Willen müssen die Menschen sich unterwerfen.*

(Aus den Heiligen Schriften der Kirche der Göttlichen Familie)

# 9

*Aurelia, die Heilige Stadt*

Torin würde nie erfahren, ob es einfach nur Glück gewesen war, dass ihn lediglich die flache Seite der Klinge getroffen hatte, oder ob sein Angreifer im letzten Moment gesehen hatte, dass er nur einem Kind gegenüberstand und die Waffe deshalb gedreht hatte. Auch so hatte er eine noch tagelang schmerzende Platzwunde erlitten, doch verglichen mit einem gespaltenen Schädel war dies das eindeutig geringere Übel. Inzwischen war sie ebenso verheilt wie die Wunden, die Balosta während des Kampfes erlitten hatte.

Am Morgen nach dem Angriff hatten sie sich von den Soldaten getrennt, denn die kamen aufgrund der teils schwer Verletzten nur noch langsam voran, und Balostas Plan, sich gegenseitig zu schützen, war ohnehin gescheitert. Stattdessen hatte der Inquisitor auf Schnelligkeit gesetzt.

Hatte Torin nach den ersten Tagen ihrer Reise geglaubt, nun gut genug reiten zu können, so musste er sich eines Besseren belehren lassen. Stunde um Stunde waren sie im Galopp unterwegs, hatten nur gerade so viele und so lange Pausen eingelegt, wie die Pferde unbedingt benötigt hatten, und Torin tat bald wieder jeder Muskel im Leib weh.

»Es war unglaublich, wie Ihr gegen die Angreifer gekämpft habt«, sagte Torin, als sie einige Abende später vor ihrem Zelt saßen und ein karges Mahl zu sich nahmen. Allmählich hatte er sich an den Galopp gewöhnt, und es ging ihm wieder besser. »Könnt Ihr mir das auch beibringen?«

»Nein!«, lehnte Balosta entschieden ab. »Diese Kampftechniken werden nur innerhalb des Ordens gelehrt. Es gilt als schweres Verbrechen, Außenstehende in ihnen zu unterrichten, und noch bist du nicht in den Schwarzen Orden aufgenommen. Würdest du sie beherrschen, wäre unschwer zu erraten, von wem du sie kennst. Aber wenn du dich kräftig genug dafür fühlst, kann ich dir ein paar allgemeine Techniken beibringen.«

Damit musste sich Torin begnügen, und so übten sie fortan jeden Abend noch eine Weile. Sie führten keine Holzschwerter mehr mit sich, sodass sie auf einfache Stöcke zurückgreifen mussten, aber es ging auch so.

Aufgrund des höheren Tempos, mit dem sie ritten, gelangten sie bald in fruchtbareres und dichter besiedeltes Gebiet, mieden aber weiterhin alle menschlichen Siedlungen, so gut es ging. Schließlich überquerten sie die Grenze zur Königsmark, und wenige Wochen später erreichten sie endlich das Ziel ihrer Reise.

Aurelia, die Heilige Stadt.

Die Stadt, in der man der Göttlichen Familie näher war als an jedem anderen Ort der Welt. Das Ziel unzähliger Wallfahrten. Der Ort, an dem der Prios lebte, an dem der Heiligendom stand, an dem das Heilige Feuer brannte, an dem hinter dicken, hohen Mauern die Kardinalskurie tagte und wo auch der Orden der Inquisition beheimatet war. Hier schlug das Herz allen kirchlichen Lebens, hier lag das religiöse Zentrum der bekannten Welt. Hier wurden Entscheidungen gefällt, die oftmals von weitreichenderer Bedeutung waren als die des Königs.

Und zweifellos war Aurelia die prachtvollste Stadt Antasias.

Niemand, der sie jemals betreten hatte, würde dies ernsthaft bestreiten.

Erst recht wirkte sie auf jemanden wie Torin beeindruckend, einen Jungen aus der hintersten Provinz, der noch niemals seinen Fuß in eine richtige Stadt gesetzt hatte. Jemanden, für den bis vor wenigen Wochen Assani die größte Ortschaft gewesen war, die er jemals gesehen hatte. Auch während der Reise hatte sich daran nichts geändert, da sie keine einzige größere Stadt besucht hatten. Zuletzt hatte es Balosta so wenig erwarten können, endlich ihr Ziel zu erreichen, dass sie am vergangenen Tag nicht einmal in Centos Halt gemacht hatten, sondern die Hauptstadt des Reiches in einigen Meilen Entfernung passiert hatten.

Immerhin hatte Torin das gewaltige Schloss mit seinen zahlreichen Flügeln und Türmen, in dem das Königshaus Moliari residierte, von Weitem auf den Zwillingshügeln im Zentrum der Stadt liegen sehen, aber der Anblick war nichts gegen den, der sich ihm nun bot.

Die Straße zwischen den beiden Städten, die kaum einen Tagesritt voneinander entfernt lagen, bestand aus geglätteten, aneinandergefügten Felsblöcken. Schon das war in Torins Augen ein kleines Wunder, denn dergleichen hatte er noch niemals gesehen. Auch in Aurelia selbst waren die Straßen und Wege gepflastert, allerdings mit ungleich feineren Steinen. Selbst wenn es regnete, konnte man so trockenen Fußes dahinschreiten, statt durch Pfützen und aufgeweichten Morast zu waten.

Unmittelbar hinter dem Tor, durch das sie nach Aurelia gelangten, hatten sie ihre Pferde in einem der großen öffentlichen Ställe zur Pflege gegeben, die es in der Stadt zahlreich gab. Pferde und Kutschen waren im Inneren der Stadt nur wenigen hohen Würdenträgern vorbehalten. Anderenfalls, so erklärte Balosta, hätten sie die ohnehin oft dicht bevölkerten

Straßen ständig verstopft und zudem die filigranen Pflastermosaiken innerhalb kurzer Zeit zerstört.

Torin störte es nicht, dass sie zu Fuß gehen mussten. So konnte er sich besser umsehen, und es gab wahrlich genug zu bestaunen.

Jedes einzelne Haus wirkte wie ein Palast, errichtet in kühner Architektur, die sich stets aufs Neue zu übertreffen suchte. Sie hatten Kuppeldächer, wie er sie nie zuvor gesehen hatte, und die Zahl der Fresken, Heiligen- und Märtyrerstatuen, Denkmäler, Arkaden und mit kunstvollen Kapitellen geschmückten Pfeiler und Säulen war Legion. Filigrane Türme ragten so hoch auf, als wollten sie sich mit ihren Spitzdächern in die Wolken bohren, und der Turm des Himmels im Zentrum der Stadt schien stark und mächtig genug, tatsächlich das gesamte Firmament zu tragen. Unermüdlich floss Wasser aus unzähligen kleinen Öffnungen in seiner vollen Höhe rundum in die Tiefe, was ihn wie eine Säule aus Wasser aussehen ließ, wie einen Fluss, der sich vom Himmel zur Erde ergoss. Von dem großen Becken rund um den Turm aus teilte er sich in zahlreiche kleine Arme auf; die schlängelten sich durch die wundervollen Parks, die sich wiederum zwischen den Gebäuden erstreckten.

Sie bewässerten die Rasenflächen, die zu Skulpturen geformten Büsche und Hecken und die üppigen Blumenbeete. Brücken führten über sie hinweg; manche, die zu großen Alleen gehörten, breit und mächtig, andere halb versteckt und romantisch.

Die Kirche der Göttlichen Familie duldete keine anderen Religionen neben sich. Dieser Alleinanspruch hatte ihr Macht verliehen. Aus der Macht wiederum war Reichtum erwachsen, und diesen stellte sie so offen sie nur konnte zur Schau, um ihre eigene Herrlichkeit zu demonstrieren. Es gab eine Art inoffiziellen Wettstreit zwischen Centos und Aurelia, aber gegenüber der Pracht der Bauwerke hier verblasste selbst das königliche Schloss in der Hauptstadt, das war die einhellige Meinung aller, die beide Städte kannten.

Während der letzten Hälfte der Reise hatte Torin mehrere Flüsse, Teiche und Seen zu Gesicht bekommen. Er hatte sich nicht vorstellen können, dass es so viel Wasser überhaupt auf der Welt gab. Jemandem, der gelernt hatte, jeden Tropfen als eine Kostbarkeit zu betrachten, erschien der Turm des Himmels zwangsläufig als eines der größten Wunder überhaupt. Wurde das Wasser wirklich immer wieder nur dort hinaufgepumpt, oder ließ die Göttliche Familie es nicht doch auf diesem Weg direkt aus dem Himmel auf die Erde fließen?

Zu seinem Leidwesen jedoch kam Torin zumindest bei ihrer Ankunft weder dem Turm noch den sonstigen Prachtbauten im Zentrum nahe. Den Turm des Himmels und die Türme des Doms erblickte er nur aus der Ferne, da Balosta schon bald von der dorthin führenden Prachtallee in eine kleinere Straße abbog.

»Sei unbesorgt, du wirst die berühmten Prachtbauten noch heute aus der Nähe bestaunen können«, sagte er, als er Torins enttäuschtes Gesicht bemerkte. »Ich werde nachher um eine Audienz bei der Kardinalskurie ersuchen, um dort über die Hexe Bericht zu erstatten. Außerdem werde ich ein Inquisitionstribunal einberufen und Anklage gegen die Scyllas erheben. Diese Angelegenheiten dulden keinen Aufschub.«

»Warum gehen wir dann nicht direkt dorthin?«, drängte Torin. »Wohin sind wir überhaupt unterwegs?«

Der Inquisitor lachte. »Zu mir nach Hause. Denkst du, ich wage mich so, wie wir aussehen, auch nur in die Nähe des Kurienhauses? Nein, erst werden wir uns den Schmutz der Reise abwaschen und uns etwas Präsentableres anziehen. Außerdem werden wir uns stärken, ich habe Hunger. Envina, meine Frau, wird uns eine leckere Mahlzeit und ein Bad zubereiten.«

Torin schwieg verblüfft. Natürlich hatte er gewusst, dass jeder, der in den kirchlichen Dienst eintrat, also auch ein Inquisitor, verheiratet sein musste. Es ging nicht an, dass ausgerechnet diejenigen, die die Lehren der Göttlichen Familie verkündeten, selbst nicht dem Vorbild des Göttlichen Vaters folgten.

Dennoch hatte er zuvor keinen Gedanken daran verschwendet, dass demnach auch Balosta verheiratet sein musste, zumal dieser seine Frau noch nie mit einem Wort erwähnt hatte. Außerdem begann sein Magen zu knurren, kaum dass der Inquisitor vom Essen gesprochen hatte, und er merkte erst jetzt, wie hungrig er war. Die Sonne hatte ihren Zenit bereits überschritten, und sie hatten an diesem Tage außer etwas trockenem Brot, dem letzten Rest ihres Reiseproviants, noch nichts zu sich genommen. Eine Bekanntschaft mit Balostas Frau und ein frisch zubereitetes Mahl, das hier sicherlich wesentlich üppiger ausfallen würde als im kargen Osten Talariens, wäre es sicherlich wert, die Besichtigung der großen Heiligtümer etwas zu verschieben.

»Was ist mit Kindern?«, fragte er und sprach damit eine plötzliche Eingebung aus.

»Eine Tochter, Salia. Sie hat in irgendeinen kleinen, unbedeutenden Fürstenhof hoch im Norden Borains eingeheiratet. Seither höre und sehe ich so gut wie nichts mehr von ihr.«

Torin merkte, dass er einen wunden Punkt getroffen hatte und Balosta nicht gern über seine Tochter oder zumindest nicht über deren Werdegang sprach, deshalb ging auch er nicht weiter darauf ein. Dafür war er äußerst gespannt darauf, Balostas Frau kennenzulernen.

Sie gelangten in ein Gebiet, in dem die Häuser weniger prachtvoll und verziert waren. Keine Prunkbauten, die dazu bestimmt waren, bewundert zu werden, sondern solide, praktische Wohnhäuser. Trotzdem waren sie noch immer schöner als alle, die Torin je zuvor gesehen hatte. Kein Vergleich mit den völlig schmucklosen Hütten in Assani, die sich aus Angst vor Sandstürmen wie Tiere Schutz suchend aneinanderkauerten. Auch gefielen Torin die gepflegten, mit Blumen bepflanzten kleinen Vorgärten, wie es sie im wasserarmen Osten überhaupt nicht gab.

»Ursprünglich war Aurelia einmal streng in verschiedene Viertel unterteilt«, berichtete Balosta. »Im Zentrum der Stadt befanden sich schon immer die gigantischen, weithin berühmten Prachtbauten, dann gab es die Verwaltungsbezirke, die Einkaufsviertel, in denen sich auch die unzähligen Andenkenläden befanden, die Bezirke, in denen die Herbergen für die zahlreichen Besucher lagen, die Wohngebiete für die Menschen, die in der Stadt lebten, und dergleichen mehr. Aber das hat sich als unzweckmäßig erwiesen, je mehr Aurelia wuchs. Vieles ist noch wie ursprünglich geblieben. Beispielsweise erstrecken sich die Wohngebiete noch immer am Stadtrand. Aber die hier lebenden Einwohner waren wenig glücklich darüber, zum Einkaufen teilweise bis ans andere Ende der Stadt laufen zu müssen. Deshalb wurde die Einteilung gelockert, und in den Wohnvierteln finden sich nun auch viele Händler, die Waren des täglichen Bedarfs anbieten.« Er deutete auf eine Bäckerei an einer Straßenkreuzung vor ihnen. »Seither haben die Frauen die Möglichkeit, fast alles in direkter Nachbarschaft einzukaufen.«

*Frauen* war ein gutes Stichwort. Schon vorher war Torin aufgefallen, dass fast nur Frauen auf den Straßen zu sehen waren. Zunächst befremdete ihn dies, und er hatte Balosta bereits danach fragen wollen, fand jedoch selber eine Erklärung dafür. Jeder Mitarbeiter der Kirche hatte eine Ehefrau. Da diese selbst nicht im kirchlichen Dienst arbeiten durften, hüteten sie das Haus und kümmerten sich auch um die Einkäufe. Deshalb waren nur sie zu dieser Zeit auf den Straßen unterwegs.

Vor einem der Häuser blieb der Inquisitor schließlich stehen. Es unterschied sich in nichts von den anderen, war genauso gepflegt, und der kleine Vorgarten war ebenso mit bunten Blumen bepflanzt wie die anderen. Torin hätte Schwierigkeiten gehabt, es wiederzuerkennen, vor allem nach längerer Abwesenheit.

»Mein kleines Heim«, sagte Balosta. »Oder zumindest meine Schlafstätte, wenn ich mal in Aurelia bin, was selten genug vorkommt.« Er schritt auf einem aus Steinplatten gelegten Weg durch den Garten und öffnete die Haustür. »Tritt ein.«

Sie gelangten in eine gemütlich eingerichtete Wohnstube. Eine Frau im mittleren Alter, die gerade damit beschäftigt war, einige Gegenstände abzustauben, drehte sich zu ihnen herum. Ihre blonden, von ersten grauen Strähnen durchzogenen Haare waren im Nacken zu einem Knoten gebunden. Falten, die ihre Mundwinkel aussehen ließen, als wären sie nach unten gezogen, verliehen ihr ein verhärmtes Aussehen. Sie war schlank und trug ein hübsches braunes Kleid, das mit Spitze abgesetzt war.

»Da bin ich wieder«, sagte Balosta mit gespielter Fröhlichkeit.

»Wurde auch allmählich Zeit«, entgegnete die Frau wenig begeistert. »War es wenigstens eine erfolgreiche Reise? Während du durch die Gegend ziehst, sinkt dein Stern in Aurelia immer mehr. Es heißt, du wärst alt und behäbig geworden und solltest aus dem aktiven Dienst abgezogen werden. Den Ansehensverlust bekomme ich bereits täglich zu spüren.« Sie musterte ihn von Kopf bis Fuß. »Nun, wenigstens bist du nicht wieder so fett geworden wie beim letzten Mal.«

»Das war ich auch diesmal, aber die Reise war lang und anstrengend und hat an meinem Gewicht gezehrt. Aber dank deiner hervorragenden Küche wird sich das sicherlich bald wieder ändern.«

»Ganz gewiss nicht! Ich werde dich sorgsam im Auge behalten und dich auf Wasser und Brot setzen, wenn du wieder zum Mastschwein wirst.«

»Ist sie nicht bezaubernd?«, wandte sich Balosta augenzwinkernd an Torin. »Stets um mein Wohl und Ansehen bemüht. Und natürlich ihr eigenes, das damit verknüpft ist. Meine reizende Frau Envina«, machte er bekannt. »Und das ist Torin, ein Junge, den ich aus Talarien mitgebracht habe. Er wird für eine Weile bei uns wohnen.«

»Es freut mich, Euch kennenzulernen.« Höflich verneigte sich Torin.

Envina Balosta betrachtete ihn einen Moment lang, dann verzog sie das Gesicht. »Ganz wunderbar, so habe ich mir das erträumt«, sagte sie unfreundlich. »Monatelang bleibst du fort, und dann bringst du noch einen Esser mit, dessen hungriges Maul ich stopfen und hinter dem ich herputzen soll. Du gefällst mir nicht, Junge. Deine Augen sind zu dunkel, und ich mag es nicht, so angestarrt zu werden. Also lass das gefälligst!« Sie wandte sich wieder ihrem Mann zu. »Verrätst du mir auch, warum du diesen Balg angeschleppt hast?«

Torin konnte kaum glauben, was sich hier vor seinen Augen und Ohren abspielte. War das wirklich eine Ehefrau, die ihren Mann nach Monaten der Abwesenheit in seinem Heim begrüßte, oder handelte es sich um einen Drachen, der durch einen Zauber menschliches Aussehen angenommen und sprechen gelernt hatte? Dass sie ihn so unhöflich ignorierte, machte ihm nichts aus, obwohl er sich eine freundliche Aufnahme gewünscht hätte. Was aber fiel ihr als Frau ein, so mit Naron zu sprechen, immerhin einem Inquisitor achten Ranges, auch wenn sie mit ihm verheiratet war?

Und warum ließ er sich das gefallen, wirkte sogar fast fröhlich, während sie ihn anfuhr?

»Der Balg, wie du ihn nennst, ist ein Zeuge bei mehreren bedeutsamen Vorfällen während meiner Reise. Eine Menge wichtige Persönlichkeiten werden in nächster Zeit unbedingt mit uns sprechen wollen. Und jetzt richte ein Mahl für uns, wir sind hungrig. Während wir essen, kannst du Wasser für ein heißes Bad vorbereiten.«

Envina Balosta murmelte etwas vor sich hin, das nicht gerade frohgemut klang, dann verließ sie die Stube.

»Das also … ist Eure Frau«, sagte Torin, als sie die Tür hinter sich geschlossen hatte. »Ihr steht Euch wohl nicht besonders nahe, nicht wahr?«

»Du meinst, weil wir uns nicht um den Hals fallen, uns stürmisch küssen und Liebesschwüre hervorstoßen?« Der Inquisitor schüttelte lachend den Kopf. »Schlag dir das aus dem Kopf. Envina und ich sind eine von der Kirche arrangierte Zweckehe eingegangen, um der Form Genüge zu tun.«

»Aber ich dachte …«

»Man erwartet, dass wir dem Beispiel des Göttlichen Vaters folgen, indem wir uns eine Frau nehmen und ein, zwei Kinder mit ihr in die Welt setzen. Ein glückliches Familienleben, wie man es sich allgemein vorstellt, ist für einen Inquisitor allerdings kaum möglich. Ich bin meist nur wenige Wochen im Jahr zu Hause. Envina wusste das, als wir heirateten. Sie lebt ihr eigenes Leben, und sie ist auch nicht so bärbeißig, wie sie sich gibt. Es ist einfach unsere Art des Umgangs miteinander, ein Spiel, wenn du so willst. Auch dir wird es später einmal so ergehen.«

Torin erschrak. Obwohl er wusste, dass er mit dem Abschluss seiner Ausbildung ebenfalls heiraten musste, hatte er diesen Gedanken bislang stets verdrängt. Wenn alle Frauen nach der Ehe so wurden wie Envina, konnte er gut darauf verzichten. Wenn er schon heiraten musste, dann lieber eine Frau wie Ila, auch wenn er nicht wissen konnte, wie sie sich entwickeln würde, und er es wohl auch nie herausfinden würde.

Immerhin beruhigte es ihn, dass es nur darauf ankam, die

formellen Vorgaben zu erfüllen. Die einzigen Frauen, die er kannte, waren die Waisenmädchen im Kloster, und abgesehen von Ila hatte er sich mit ihnen so wenig verstanden wie mit den Jungen. Wenn alle Mädchen so waren, erschien es ihm unvorstellbar, sich jemals in eine zu verlieben.

Aber vielleicht war dies nur eine Sache des Alters, wie einer der Mönche ihm einmal auf eine entsprechende Frage geantwortet hatte, und zum Glück würde es noch viele Jahre dauern, bis sich ihm dieses Problem stellte.

Naron Balosta beschwerte sich über das nur karge Essen. Seine Frau erklärte, etwas Besseres hätte sie nicht vorrätig und könne sie in der Kürze der Zeit nicht zubereiten, schließlich hätte sie nicht mit seiner Rückkehr gerechnet und schon gar nicht damit, dass er noch einen weiteren Esser mitbringen würde.

Torin war das Gezanke völlig egal. Für ihn war es das beste Mahl, das man ihm jemals aufgetischt hatte. Es gab frisches Brot mit goldgelber Butter und Honig, Schinken, Käse und gedörrten Fisch, etwas kalten Braten und eine Fleischpastete vom Vortag, dazu süße, kleine Küchlein und verschiedenes Obst. Das meiste waren Köstlichkeiten, von denen er zwar gehört, die er aber noch nie zuvor genossen hatte.

Zaghaft probierte er, wollte nicht als unverschämt gelten, indem er sich seinen Teller volllud. Erst als ihn der Inquisitor aufforderte, sich richtig satt zu essen, griff er beherzt zu. Alles schmeckte ihm unglaublich gut, und selbst als er bereits satt war, hätte er am liebsten immer noch mehr in sich hineingestopft, bis er geplatzt wäre.

Im Kloster hatte er sich genau wie die anderen mit Sand gereinigt, weil Wasser viel zu kostbar dafür gewesen war. Hier jedoch gab es zum Baden einen eigenen Raum mit einer Wanne darin und einer Feuerstelle, über der in einem riesigen Kessel das Badewasser erhitzt wurde. Es erschien Torin als unglaublicher Gipfel an Luxus, eine ganze Wanne nur für ein Bad zu füllen, dieses Wasser wegzuschütten, nachdem Balosta gebadet hatte, und anschließend für ihn noch einmal neues Wasser einzufüllen. Immer wieder musste er sich vor Augen halten, dass Wasser hier keine Kostbarkeit war, sondern etwas, das es im Überfluss gab. Vermutlich würde er lange brauchen, um sich daran zu gewöhnen.

Während er in der Wanne saß, kam Envina mit einigen Kleidungsstücken über dem Arm herein. »Auf keinen Fall wirst du deine alten Lumpen wieder anziehen, sonst könntest du dir das Bad sparen«, sagte sie. »Die stinken und starren nur so vor Dreck. Hier sind ein paar Sachen, die ich von den Nachbarn geliehen habe, bis wir dir eigene gekauft haben.«

Torin entging nicht, dass sie *wir* gesagt hatte, statt diese Aufgabe allein ihrem Mann zuzuschieben. Offenbar fühlte auch sie sich mittlerweile für ihn verantwortlich.

Er verließ die Wanne, trocknete sich ab und betrachtete die bereitgelegte Kleidung. Sie war schon getragen, aber vornehmer und in besserem Zustand als alle Fetzen, die er im Kloster erhalten hatte.

»Unsere Ankunft hat sich bereits herumgesprochen«, teilte Balosta ihm mit, als er aus dem Baderaum kam. Der Inquisitor trug eine neue, saubere Kutte, und seine Stiefel waren geputzt. »Ein Bote war hier. Man erwartet mich vor dem Hohen Tribunal der Inquisition. Offenbar ist Sagon nach Salina gelangt, und Herzog Verrell hat einen Falken mit einem Bericht über die Geschehnisse nach Aurelia geschickt, wie ich es dem Hauptmann aufgetragen habe. Komm, wir müssen direkt los.«

Sie verließen das Haus. Balosta ging so schnell, dass Torin Schwierigkeiten hatte, mit ihm Schritt zu halten.

»Ein Falke?«, fragte er.

»Du weißt nicht, was ein Falke ist?«

Torin schüttelte den Kopf. »Ein besonders schneller Reiter?«

»Nein, ein Raubvogel, der vor allem im Westen weit verbreitet ist. Das Herzogtum Falkenau trägt ihn als Wappentier und ist ebenso wie die dort herrschenden Falkensteins nach ihm benannt. Nun kann man einem Vogel natürlich nicht einfach sagen, wohin er fliegen soll, aber im Umkreis des Stammsitzes der Falkensteins werden immer wieder Frauen mit einer besonderen Fähigkeit geboren. Sie können mit ihren Gedanken in den Geist eines Falken eindringen und ihm ihren Willen aufzwingen. Viele der großen Städte und reichen Fürstenhöfe haben eine solche Falknerin in ihrem Dienst. Dank ihrer besonderen Gabe können sie die Tiere dazu bringen, ein bestimmtes Ziel anzufliegen und auf diese Art Nachrichten viel, viel schneller zu überbringen, als jeder Reiter es könnte.«

»Und Ihr glaubt, durch so einen Falken hat man in Aurelia schon von dem Angriff auf uns erfahren?«

»Da bin ich mir sicher. Und nun will man aus erster Hand von mir bestätigt bekommen, was genau sich zugetragen hat. Ich möchte dich dabeihaben, damit du alles bezeugen kannst, und bei dieser Gelegenheit wird dich das Hohe Tribunal direkt kennenlernen.«

Torins Herz begann schneller zu schlagen. Sollte sich direkt schon an diesem ersten Tag in Aurelia seine Zukunft entscheiden? So, wie Balosta bisher gesprochen hatte, war er davon ausgegangen, dass dies einige Wochen, zumindest aber Tage dauern würde. Dass alles *so* schnell gehen würde, damit hatte er nicht gerechnet und fühlte Beklemmung in sich aufsteigen.

»Erwarte aber bloß noch keine Entscheidung, ob man dich in den Orden aufnehmen wird oder nicht«, fügte der Inquisitor rasch hinzu, als er Torins Gesichtsausdruck bemerkte. »Dafür ist das Tribunal nämlich gar nicht zuständig. Es wird nur um den Angriff der Scyllas gehen. Aber bei einer so schwerwiegenden Anklage werden voraussichtlich einige wichtige Großmeister als Richter fungieren, und es wird dir nicht schaden, wenn du bei ihnen einen guten Eindruck machst. Also gib dich zurückhaltend und höflich, rede nur, wenn du dazu aufgefordert wirst, und antworte mit knappen und klaren Worten. Hast du verstanden?«

»Sicher. Hoffentlich bekomme ich vor Aufregung überhaupt ein Wort heraus und verhaspele mich nicht.«

»Da mache ich mir keine Sorgen, wenn ich nur an unsere erste Begegnung zurückdenke. Aber genau diese Art von Aufsässigkeit und mangelndem Respekt solltest du hier keinesfalls an den Tag legen. Nicht nur heute, sondern ganz allgemein. Etwas Beharrlichkeit ist in Ordnung, aber hüte dich vor Aufdringlichkeit. Die Leute, mit denen du es zu tun bekommen wirst, sind wesentlich bedeutender und viele auch sehr viel traditioneller und konservativer als ich. Sie lassen sich zu nichts drängen und verlieren schnell die Geduld. Vergiss nie, dass du als Bittsteller kommst.«

Torin erwiderte nichts darauf, aber er nahm sich fest vor, Balostas Rat zu beherzigen. Er konnte nur hoffen, dass er im verzweifelten Bemühen, die Inquisitoren von sich zu überzeugen, die Grenze zum Drängen nicht überschreiten würde.

Sie näherten sich dem Zentrum der Stadt, bogen dann aber zu seinem Leidwesen wieder in Seitenstraßen ab und näherten sich einem anderen Außenbezirk. Nach einiger Zeit gelangten sie an eine mehrere Meter hohe Mauer, die sich scheinbar endlos dahinzog.

»Alles, was hinter dieser Mauer liegt, ist bereits Gelände der Inquisition«, erklärte Balosta. »Schulungs- und Trainingsgebäude, Gerichts- und Verwaltungshäuser, Übungsplätze und natürlich die Unterkünfte für die Adepten … Du siehst, wir legen viel Wert auf Abgeschiedenheit, selbst innerhalb Aurelias. Dies ist eine eigene kleinere Stadt innerhalb der Stadt. Wenn du angenommen wirst, wirst du das Areal in den nächsten Jahren vermutlich nicht allzu oft verlassen, im ersten Jahr gar nicht.«

Das schreckte Torin nicht, hatte er doch den größten Teil seines bisherigen Lebens innerhalb der einengenden Mauern des Klosters verbracht. Anderseits gab es in Aurelia natürlich viel mehr zu entdecken, und er hoffte, dass er zumindest vor Beginn seiner eventuellen Ausbildung Gelegenheit haben würde, die Sehenswürdigkeiten der Heiligen Stadt zu bewundern.

In unregelmäßigen Abständen waren Gedenktafeln an der Mauer angebracht, außerdem war sie durch Fresken, Ornamente und in Nischen eingelassene Standbilder besonders berühmter Inquisitoren verziert.

Torin hatte das Gefühl, meilenweit an ihr entlangzuschreiten, ehe sie an ein großes, überdachtes Tor gelangten. Zwei junge Männer in den grauen Kutten von Adepten standen davor, mit langen Schwertern und Speeren bewaffnet, gaben aber sofort den Weg frei, als sie Balostas schwarze Kutte sahen.

»Wachdienst«, kommentierte der Inquisitor. »Eine äußerst ungeliebte Aufgabe für Adepten der höheren Jahrgänge. Und man ist der Meinung, dass es eine Menge zu bewachen gibt, dabei ist alles nur symbolisch und dient der Repräsentation. Niemand würde es wagen, ausgerechnet hier unbefugt irgendwo einzudringen und sich den Schwarzen Orden zum Feind zu machen.«

Sie überquerten einen großen, ebenfalls mit Statuen geschmückten Platz. Balosta steuerte eines der riesigen Gebäude an, die ihn säumten. Auch hier standen Adepten kurz vor dem Ende ihrer Ausbildung als Wachen, ließen sie aber ebenfalls unbehelligt passieren.

Im Gegensatz zum prunkvollen Äußeren des Gebäudes wirkte das Innere karg, fast abstoßend. Sie gelangten in eine große, völlig schmucklose Halle, in die nur durch wenige Fenster gedämpftes Licht fiel. Gerade durch die Kargheit strahlte alles eine Aura von Alter und Erhabenheit, aber auch von Macht aus. Torin empfand ein Gefühl von Ehrfurcht, wie er es bislang nicht gekannt hatte, kam sich klein und unbedeutend vor.

Aber, wie er sich ins Gedächtnis rief, war er genau das ja schließlich auch …

Einige wenige Inquisitoren und Männer in den weißen Kutten von Inquisitionsdienern hielten sich in der Halle auf. Ein älterer Inquisitor kam auf sie zugeeilt.

»Naron, endlich. Kaum haben wir erfahren, dass du nach Aurelia zurückgekehrt bist, hat sich das Hohe Tribunal versammelt. Man erwartet dich bereits ungeduldig.« Mit einem flüchtigen Blick auf Torin fügte er hinzu: »Allerdings nur dich. Der Junge sollte besser vor dem Haus warten. Du weißt, dass Kinder hier nichts verloren haben.«

»Das Junge heißt Torin, und obwohl er noch jung ist, ist er ein wichtiger Zeuge, den ich vor dem Tribunal aufzurufen beabsichtige. Er bleibt also bei mir.«

»Du musst es wissen.« Der ältere Inquisitor führte sie tiefer ins Gebäude. »Sag, hat man dich wirklich angegriffen und zu töten versucht?«

»Hat man«, antwortete Balosta einsilbig. Es war offensichtlich, dass er keine Lust hatte, jetzt schon darüber zu sprechen, doch ihr Führer gab nicht so leicht auf.

»Einen Angriff auf einen von uns hat es schon seit sehr langer Zeit nicht mehr gegeben.«

»Und ich hoffe, das Tribunal wird eine so hohe Strafe verhängen, dass es auch sehr lange Zeit nicht mehr vorkommen wird. Aber das werde ich den Richtern in aller Ausführlichkeit darlegen.«

Viel deutlicher konnte er seinen Unwillen, jetzt schon darüber zu sprechen, kaum äußern, ohne unhöflich zu werden.

Ihr Begleiter schien zu verstehen und stellte keine weiteren Fragen mehr.

Der Weg führte sie über mehrere Treppen und durch lange, hohe Gewölbegänge, von denen die meisten keine Fenster hatten und nur von vereinzelten Petroleumfackeln oder Kohlebecken spärlich erleuchtet wurden. Alles wirkte zu groß und bombastisch. Nicht nur wegen des schwachen Lichts herrschte eine düstere Atmosphäre, in der sich Torin mit jedem Schritt unwohler und winziger fühlte. Er begriff, dass genau das geplant war, dass man dieses Gebäude, in dem besonders wichtige Inquisitionsprozesse und -tribunale stattfanden, bewusst so errichtet hatte, dass es eine höchstmögliche Einschüchterung bewirkte. Wer hier als Angeklagter landete, dem wurden Widerstandswille und Hoffnung schon vor Beginn des Verhörs geraubt.

Nur wenige andere Menschen begegneten ihnen, zwei ins Gespräch vertiefte Inquisitoren, die sie gar nicht wahrnahmen, und vereinzelt Diener in ihren weißen Kutten.

Vor einer hohen Tür aus fast schwarzem Holz, deren zwei Flügel mit kunstvollen Ornamenten versehen waren, blieben sie stehen. Der Inquisitor, der sie herbegleitet hatte, klopfte an. Nach wenigen Sekunden wurde die Tür von einem Diener geöffnet.

»Setz dich und warte hier, bis du aufgerufen wirst«, befahl Balosta barsch und deutete auf eine unbequem aussehende Holzbank neben der Tür. Torin nahm darauf Platz. Balosta trat durch das Portal, das hinter ihm wieder geschlossen wurde, während der Inquisitor, der sie hergeführt hatte, sich entfernte, ohne den Jungen noch eines Blickes zu würdigen. Torin fühlte sich verlassen und noch kleiner als zuvor.

Quälend langsam schien die Zeit zu verstreichen. Ganz vereinzelt drangen Stimmen durch die Tür, aber zu undeutlich, um etwas zu verstehen. Torin wünschte, er hätte nicht mitkommen müssen. Seine erste Begegnung mit der Inquisition hatte er sich anders vorgestellt. Er fühlte sich ganz und gar nicht, als wäre er am Ziel seiner Träume angelangt. In dieser Umgebung sollte er nun die nächsten Jahre verbringen? Was, wenn die düsteren Hallen und Gänge, die er bislang gesehen hatte, charakteristisch für die gesamte Inquisition waren?

Auch der Gang, in dem er saß, hatte keine Fenster. Tageslicht schien im ganzen Gebäude unerwünscht zu sein. Ein Stück entfernt brannte lediglich eine Petroleumsfackel und ließ ihren geisterhaften Schein über die kahlen, aus wuchtigen Quadern bestehenden Wände tanzen.

Was sollte er überhaupt hier? Sicherlich würde man Balosta glauben, und wenn nicht, würde wohl kaum die Aussage eines zwölfjährigen Jungen etwas daran ändern.

Wäre er doch bloß weit, weit weg von hier im Kloster des heiligen Bernardeus geblieben, wo ein Tag wie der andere verlief und kaum jemals etwas Ungewöhnliches geschah. Dort gehörte er hin, dies hier war nicht seine Welt.

Nein!, schrie gleich darauf etwas in ihm gequält auf. Auch wenn alles hier fremd war und ihm bedrohlich vorkam, so konnte er sich nicht ernsthaft in die Hölle des Klosters zurückwünschen! Er rief sich all die Demütigungen und unerfüllten Hoffnungen und Träume ins Gedächtnis, die ihn dazu bewogen hatten, von dort fortzugehen.

Er stand auf, weil er das Stillsitzen nicht mehr ertragen konnte, ging ein Stück im Gang auf und ab, setzte sich wieder und stand nach einer Weile abermals auf, bis nach einer scheinbaren Ewigkeit die Tür erneut geöffnet wurde und ihn der Diener aufforderte, hereinzukommen.

Zögernd trat Torin durch das Portal in einen großen Saal. Hier gab es immerhin zwei Fenster, durch die Sonnenschein hereindrang, ohne dass der Saal deshalb hell wirkte. Wände und Decke waren mit dunklem Holz getäfelt, der Boden bestand aus schwarzem Stein. An der Stirnseite des Raums erhob sich aus gleichfalls dunklem Holz eine reichlich mit Schnitzereien und Ornamenten verzierte Empore, auf der in gut drei Meter Höhe fünf Männer saßen. Sie waren allesamt Greise mit grauen oder sogar weißen Haaren, und sie trugen purpurne Kutten, die sie als Großmeister der Inquisition auswiesen.

Damit hatte Torin nicht gerechnet. Er hatte im Kloster gelernt, dass die Großmeister des Schwarzen Ordens Kutten in dieser Farbe trugen, war aber noch nie einem von ihnen begegnet. Rasch zeichnete er mit seinen Fingern den Heiligen Dreistern.

Beiderseits des Mittelgangs stand jeweils eine Bank vor der Empore. Auf der rechten saßen zwei Männer in äußerst vornehmer Kleidung. Beide hatten rote Haare. Ihnen gegenüber auf der linken Seite saß Balosta. In dieser Umgebung wirkte selbst der bullige Inquisitor fast wie ein armer Sünder.

Balosta winkte den Jungen zu sich. Beklommen trat Torin zu ihm und wollte sich neben ihn setzen, doch der Inquisitor schüttelte kaum merklich den Kopf, als er die Absicht des Jungen bemerkte, und Torin blieb stehen.

»Komm näher. Du brauchst keine Angst zu haben«, richtete der mittlere der Großmeister das Wort mit einer unangenehm knarrenden Stimme an ihn, die sogar seine freundlichen Worte wie eine Drohung klingen ließen. Seine Augen standen sehr eng beieinander, und seine Wangen waren eingefallen, was sein Gesicht hager erscheinen ließ. Eine Hakennase ragte wie der Schnabel eines Geiers daraus hervor. Von seinem Haar war nur noch ein weißer Halbkranz geblieben. »Nenne uns deinen Namen!«, verlangte er, als Torin ein paar Schritte näher an die Empore herangetreten war.

»Ich bin Torin aus dem Kloster des heiligen Bernardeus bei Assani in Talarien.«

»Der Inquisitor achten Grades Naron Balosta hat vor diesem

Tribunal ausgesagt, dass du ihn aus dem Kloster nach Aurelia begleitet hast. Er hat dich als Zeugen benannt für einen angeblich von Soldaten der scyllischen Armee ausgeführten Angriff auf euch und zusammen mit euch reisende talarische Soldaten. Schildere uns wahrheitsgetreu und mit deinen eigenen Worten, wie es zu dieser Begleitung kam.«

»Das … das kann ich nicht, Euer Gnaden«, stieß Torin hervor. »Ich war nicht dabei, als der Inquisitor die Soldaten traf und vereinbarte, mit ihnen gemeinsam zu reisen. Er teilte mir nur mit, dass sie uns Schutz bieten würden.«

»Schutz?« Der Großmeister runzelte die Stirn. »Wozu sollte ein Inquisitor gesonderten Schutz benötigen?«

Am liebsten hätte sich Torin zu Balosta umgewandt, um sich irgendwie mit Blicken Rat zu holen. Das waren Fragen, auf die er keine Antwort wusste, und er hatte Angst, etwas zu sagen, was der Aussage des Inquisitors widersprach. Warum bloß hatten sie sich vorher nicht abgestimmt?

Er entschloss sich, streng bei der Wahrheit zu bleiben und seine Unwissenheit auch jetzt zuzugeben.

»Auch das kann ich nicht beantworten«, gestand er. »Der Inquisitor befürchtete wohl, in die Kriegswirren zu geraten, und hielt dieses Vorgehen deshalb für sicherer.«

»Das ist ja dann ungemein gut gelungen«, ergriff einer der anderen Großmeister das Wort. »Schildere uns nun ganz genau, wie sich der Angriff abgespielt hat.«

Mit einer derartigen Forderung hatte Torin gerechnet und sich in Gedanken darauf vorbereitet. So sachlich es nur ging, schilderte er, wie er von dem Kampflärm aufgewacht war, wie man das Zelt in Brand gesteckt und wie die feindlichen Soldaten sie ohne zu zögern angegriffen hatten. Dabei bemühte er sich, nicht nervös von einem Fuß auf den anderen zu hampeln.

»Die Angreifer haben auch, als wir im Freien waren, weiterhin gegen den Inquisitor gekämpft, obwohl seine schwarze Kutte spätestens dort deutlich sichtbar war. Aber die war ihnen offenbar gleichgültig. Sie haben wohl gehofft, wenn sie uns alle töten, könnte niemand mehr von ihrem Überfall berichten und Anklage erheben«, schloss er und konnte seine Gefühle nun nicht mehr ganz unterdrücken. »Viel hat auch nicht mehr gefehlt. Der Inquisitor erlitt zahlreiche kleinere Verwundungen, außerdem eine Wunde an der Hüfte. Ich wurde von einem Schwert niedergestreckt, das mich zum Glück nur mit der flachen Seite traf, sonst wäre ich tot. Aber zahlreiche Soldaten, die für unseren Schutz sorgen sollten, hatten dieses Glück nicht. Auch Linton wurde getötet, der einzige Freund, den ich je hatte. Er war nur ein paar Jahre älter als ich.«

Ohne sichtbare Regung lauschten die Großmeister seinem Bericht.

»Und das Banner der Inquisition war ohne jeden Zweifel die ganze Zeit über deutlich sichtbar gehisst?«, fragte einer von ihnen, als der Junge geendet hatte.

Torin nickte. »Während der ganzen Reise war es an der Standarte aufgezogen und hing nachts zusätzlich an unserem Zelt. Auch in jener Nacht, da bin ich völlig sicher.«

»Gut. Ich denke, das war alles, was wir wissen müssen.« Der in der Mitte sitzende greise Großmeister blickte sich um. »Oder hat jemand noch eine Frage?«

»Die habe ich«, sagte der Mann links von ihm. »Es ist für dieses Tribunal ohne Bedeutung, aber mich interessiert, warum Balosta dich überhaupt mit nach Aurelia gebracht hat.«

Wieder hätte sich Torin liebend gern zu dem Inquisitor umgedreht, um vielleicht an dessen Gesicht erkennen zu können, was er antworten sollte. Anscheinend hatte Balosta diesen Punkt noch nicht angesprochen, und damit lag es nun an Torin selbst, die Großmeister darüber in Kenntnis zu setzen, warum er überhaupt nach Aurelia mitgekommen war.

Angesichts der ehrwürdigen Großmeister, die allein durch ihre bloße Gegenwart Macht verströmten, kam ihm sein Wunsch plötzlich selbst ungeheuer verwegen vor. Es erschien ihm als ein Sakrileg, seine Bitte überhaupt erst zu äußern, und er erinnerte sich daran, wie heftig und ablehnend Balosta bei ihrer ersten Begegnung darauf reagiert hatte. Um wie viel anmaßender musste sie den Großmeistern erst erscheinen?

Für einen Moment war er nahe dran, all seine hochtrabenden Pläne aufzugeben. Aber gleichzeitig sträubte sich etwas in seinem Inneren dagegen. Es wäre nur Feigheit, und ein Inquisitor war nicht feige. Es war ihm gelungen, Balosta von seinem Anliegen zu überzeugen, auch wenn dies allein durch einmalige, für ihn glückliche Umstände gelungen war, auf die er hier nicht hoffen durfte. Aber dafür stand er diesmal immerhin nicht allein.

»Ich … will Inquisitor werden«, stieß er hervor. »Das ist alles, was ich mir jemals erträumt habe. Deshalb bin ich nach Aurelia gekommen.«

Die Großmeister wechselten verblüffte, ungläubige Blicke. Einer von ihnen begann zu lachen, wurde aber rasch wieder ernst. Am liebsten wäre Torin im Boden versunken. Aber jetzt war es zu spät, noch etwas zurückzunehmen, die Worte waren ausgesprochen.

»Inquisitor?«, vergewisserte sich der greise Vorsitzende des Tribunals. »Du? Soweit ich weiß, bist du ein Waisenjunge, gar nur ein Findelkind, das im Kloster aufgezogen wurde. Wie gedenkst du, die hohen Kosten für deine Ausbildung zu erstatten?«

»Euer Gnaden!«, mischte sich einer der beiden vornehm gekleideten Männer ein, was Torin gar nicht so ungelegen kam, denn er wusste auf diese Frage schlicht keine Antwort. »Das hat mit dem Gegenstand dieser Verhandlung nichts zu tun. Dies ist ein recht dürftiger Versuch, aus einem versehentlichen

Angriff auf einen Inquisitor einen gezielten Anschlag auf gleich zwei Diener der Kirche zu machen, obwohl doch der eine erst plant, in ihren Dienst zu treten. Wenn Ihr mir zudem eine persönliche Anmerkung erlaubt, so zeigt dieses unerhörte Ansinnen, in einen den reichsten und angesehensten Familien vorbehaltenen Kreis aufgenommen zu werden, zugleich seine kindliche Weltfremdheit und lässt damit auch seine übrige Aussage in zweifelhaftem Licht erscheinen.«

»Das sehe ich anders«, erwiderte der Großmeister kühl. »Die Ausbildung zum Inquisitor steht theoretisch jedem offen. In besonderen Fällen hat die Kirche bereits früher die Kosten übernommen, auch wenn dies bisher nur selten geschah.« Er wandte sich an Balosta. »Entspricht es der Wahrheit, dass Ihr den Jungen aus diesem Grund bei Euch hattet?«

»So ist es«, bestätigte der Inquisitor. »Er war mit extrem beunruhigenden Vorfällen während eines Hexen-Prozesses in dem Kloster konfrontiert und hat sich dabei bewährt, hat mir sogar das Leben gerettet. Einen entsprechenden Bericht werde ich der Kardinalskurie noch heute vorlegen. Aus diesem Grund halte ich Torin für überaus geeignet, in den Orden aufgenommen zu werden, und unterstütze seine Bewerbung.«

Die Großmeister flüsterten einen Moment miteinander. »Nun, darüber muss an anderer Stelle und zu einem anderen Zeitpunkt entschieden werden«, sagte der Vorsitzende des Tribunals schließlich. »Ich denke, wir haben alles gehört, was es zu diesem Fall zu sagen gibt, und werden nun über das zu fällende Urteil beraten.«

Balosta und die beiden Rothaarigen erhoben sich. Der Inquisitor trat zu Torin, legte ihm die Hand auf die Schulter und führte ihn zum Ausgang. Beflissen öffnete der Diener das Portal und schloss es hinter ihnen und den beiden Fremden wieder.

»Gut gemacht«, lobte Balosta. »Du hast klar und ohne Ausschweifungen gesprochen. Du hast das Tribunal beeindruckt, und deine Aussage wird, wie ich es erhofft habe, bestimmt Einfluss auf das Urteil haben.«

»Ein paar Mal war ich mir sehr unsicher, was ich sagen sollte. Ich dachte, ich wäre bei Eurer Aussage dabei und bräuchte Eure Worte nur zu bestätigen. Wenn Ihr ungefähr wusstet, welche Fragen man mir stellen würde, hätten wir die Antworten besser vorher abgesprochen.«

»Genau das wollte ich nicht. Es hätte dann wie einstudiert geklungen und wäre bei Weitem nicht mehr so überzeugend gewesen. Du solltest alles mit deinen eigenen Worten aus deiner Sicht schildern. Gerade dadurch wirkte deine Aussage authentisch.«

»Und mein Wunsch, Inquisitor zu werden?«, fragte Torin.

»Auch den hast du gut vorgebracht. Zwar werden andere darüber entscheiden, aber zumindest hast du die Großmeister nicht gegen dich eingenommen. Mehr konntest du jetzt nicht erreichen.«

Erleichtert atmete Torin auf. Zumindest eine erste, kleine Hürde hatte er anscheinend genommen.

»Der Großmeister, der dem Tribunal vorsaß … Wer war er? Er hat von sich aus darauf hingewiesen, dass die Kirche manchmal die Kosten für eine Ausbildung übernimmt. Das ist doch ein gutes Zeichen, oder? Er scheint mir wohlgesinnt zu sein.«

»Täusch dich nicht. Das war Großmeister Clavon, der Oberste unseres Ordens. Ein ungeheuer mächtiger Mann, nach dem Prios vermutlich der mächtigste in Aurelia. Zweifellos wird er der Nachfolger von Prios Marichan, wenn dieser einmal stirbt. Was er gesagt hat, war nur ein Seitenhieb gegen die Scyllas, denen er aus verschiedenen Gründen *nicht* sehr wohlgesinnt ist. Für den Fall, dass du noch jemals mit ihm zu tun bekommen solltest: Hüte dich vor ihm und überlege dir jedes Wort, das du mit ihm wechselst! Was immer er sagt oder tut, geschieht aus Berechnung. Man darf seinem äußeren Schein nie trauen.« Ein bitterer Zug erschien um Balostas Mundwinkel. »Es gab vor Jahren einen Fall, bei dem einem Ordensbruder Fehlverhalten zur Last gelegt wurde, der als guter Freund von ihm galt. Ich habe persönlich erlebt, wie Clavon ihn vor der Verhandlung umarmt und seiner Unterstützung versichert hat, um anschließend mit aller Entschlossenheit den unehrenhaften Ausschluss dieses vermeintlichen Freundes aus dem Orden zu betreiben. Es gibt nur einen, dem seine volle Loyalität gilt, und das ist er selbst.«

Fast hätte Torin gefragt, welcher Familie der Großmeister angehörte, dass er die Scyllas nicht mochte. Gerade rechtzeitig erinnerte er sich jedoch noch, dass jeder Diener der Kirche, der in einen der hohen Ränge aufstieg, seinem Haus entsagen und sogar dessen Namen ablegen musste. Es galt als äußerst unfein, die einstige Familienzugehörigkeit später noch einmal zur Sprache zu bringen.

»Und wer sind die beiden Männer?«, fragte Torin stattdessen und deutete auf die Rothaarigen, die ein Stück entfernt leise miteinander tuschelten.

»Norun und Sirion Scylla, zwei sehr bedeutende Mitglieder dieser Familie. Norun ist Abgesandter des Herzogs am Königshof in Centos, Sirion bekleidet die gleiche Position hier in Aurelia. Dass die Scyllas sie hergeschickt haben, zeigt, wie viel Bedeutung sie diesem Tribunal beimessen. Ich habe gefordert, dass ihnen als Konsequenz des Angriffs auf uns befohlen wird, alles in Talarien besetzte Gebiet wieder zu räumen. Ein solches Urteil wird man kaum fällen, doch die Situation ist äußerst brenzlig für sie.«

»Aber der Fall ist doch eigentlich klar, niemand kann den Überfall bestreiten.«

Balosta lachte leise. »Ganz so einfach ist die Sache nicht. Sie behaupten, die kirchlichen Wappen wären entweder gar nicht gehisst oder in der Dunkelheit nicht zu sehen gewesen.«

»Aber das ist ein Lüge! Die bereits brennenden Zelte haben genug Licht gespendet, um …«

»Das wissen wir beide, aber es lässt sich nicht beweisen. Es kommt nur darauf an, welche Darstellung das Tribunal mehr überzeugt hat. Und selbst wenn unser Banner zu sehen gewesen wäre, so stellen sie es so dar, als wäre es nur ein Vergehen einiger weniger Soldaten gewesen, dass sie uns trotzdem persönlich angegriffen haben. Diejenigen, die das Schwert gegen mich erhoben, bezahlten allesamt mit dem Leben dafür und können nun weder zu dem Vorfall befragt noch zur Rechenschaft gezogen werden. Und nun schweig, ich muss über Verschiedenes nachdenken.«

Wieder begann für Torin eine Zeit tatenlosen Wartens. Ungeduldig ging er auf und ab. Balosta hingegen hatte sich auf der Bank niedergelassen, die Hände über seinem Bauch verschränkt und die Augen geschlossen. Es sah aus, als wäre er eingeschlafen.

Nach einer gefühlten Ewigkeit wurde die Tür schließlich erneut geöffnet, und der Diener forderte die Beteiligten auf, einzutreten. Torin warf dem Inquisitor einen fragenden Blick zu.

»Komm ruhig mit«, forderte Balosta ihn auf. »Das Urteil wird ohnehin öffentlich gemacht, niemand wird Anstoß daran nehmen, wenn du bei der Verkündung dabei bist.«

Gemeinsam kehrten sie in den Saal zurück.

»Das Hohe Tribunal hat zu einem einstimmigen Urteil gefunden«, verkündete Großmeister Clavon, sobald sie wie die beiden Abgesandten der Scyllas ihre Plätze eingenommen hatten. »Wir sind zu dem Schluss gekommen, dass es sich bei dem fraglichen Vorfall ohne Zweifel um einen mit tödlicher Absicht geführten Angriff auf einen Inquisitor und seinen Begleiter handelte. Nach Zeugenaussagen war das Wappen der Inquisition über ihrem Zelt gehisst. Die Behauptung, es wäre nicht zu erkennen gewesen, wird als wenig glaubhaft zurückgewiesen und ein bewusster Vorsatz unterstellt, zumal sich der Inquisitor lautstark zu erkennen gab und auch spätestens an seiner Kutte zu erkennen gewesen wäre. Dennoch wurden er und sein Begleiter weiterhin mit Tötungsabsicht attackiert und verletzt. Auch kann sich das Haus Scylla nicht mit dem Verweis auf ein Fehlverhalten Einzelner aus der Verantwortung winden, da es sich bei den Tätern um Soldaten im Dienste und unter dem Befehl dieses Herzogtums handelte.«

Clavon machte eine kurze Pause und wandte sein Gesicht Balosta zu. »Die geforderte Strafe, den Rückzug aller scyllischen Truppen aus den besetzten Gebieten anzuordnen, erscheint dem Tribunal jedoch nicht angemessen. Es würde sich unseres Erachtens um ein zu aktives Eingreifen in den Krieg und damit in weltliche Angelegenheiten handeln, die nicht zu unseren Obliegenheiten gehören.« Sein Blick wanderte zu den Scyllas. »Dennoch haben wir beschlossen, das begangene Verbrechen hart zu bestrafen. Deshalb verurteilen wir das Haus Scylla zur Zahlung einer Strafe von einer Million Talern an die Kirchenkasse.«

Die beiden Scyllas sprangen auf, Entsetzen in den Gesichtern. »Ich protestiere!«, rief einer von ihnen. »Diese Strafe ist dem Vergehen in keiner Form angemessen! Eine so hohe Summe …«

»Wollt Ihr das Urteil und damit etwa auch die Weisheit des Hohen Tribunals infrage stellen?«, unterbrach Großmeister Clavon ihn scharf. Seine Stimme erinnerte plötzlich an das Zischeln einer Schlange. »Dies würde Euch in die Nähe der Ketzerei rücken, Sirion Scylla. Also bedenkt Eure Worte gut!«

»Nein, selbstverständlich erkenne ich die Autorität und Weisheit dieses Tribunals an«, versicherte der Gescholtene eilfertig. Er warf Balosta und Torin einen hasserfüllten Blick zu.

»Dann mäßigt Euch! Das Urteil ist gefällt und verkündet, dieses Tribunal damit beendet.«

# 10

In dieser Nacht schlief Torin erstmals in einem richtigen Bett mit einer richtigen Daunendecke. Beides war mit der harten Pritsche und der kratzigen Decke im Kloster nicht zu vergleichen. Kaum hatte er sich hingelegt, schlief er auch schon ein und wurde erst wach, als Naron Balosta ihn am nächsten Morgen weckte. Am liebsten wäre er gar nicht aufgestanden, sondern hätte sich stattdessen nur noch tiefer in die Kissen und unter die Decke gekuschelt. Er war nicht mehr müde, aber das Bett war einfach zu behaglich, um es zu verlassen. Dann aber dachte er an die zahlreichen Wunder Aurelias, die seiner harrten. Dies und Balostas Drohung, ihm das Wasser aus der Waschschüssel über den Kopf zu schütten, sorgte dafür, dass er sich erhob.

Envina hatte bereits ein Frühstück zubereitet, das ebenso gut und reichhaltig war wie das Mahl, das Torin am vergangenen Nachmittag und am Abend erhalten hatte.

Zu Torins Bedauern war er am vergangenen Abend nicht mehr ins Zentrum der Stadt gekommen. Nach Beendigung des Tribunals hatte es bereits zu dämmern begonnen, und Balosta hatte erklärt, dass er für diesen Tag genug unterwegs gewesen und müde wäre. Er hatte am Sitz der Inquisition den formellen Antrag zur kostenlosen Ausbildung Torins eingereicht und ein Exemplar seines bereits im Kloster angefertigten Berichts über den Prozess und die Verbrennung der Hexe Tarla abgegeben. Eine Abschrift dieses Berichts hatte er allerdings nicht persönlich am Sitz der Kardinalskurie abgeliefert, sondern stattdessen einem der Inquisitionsdiener den Auftrag dazu erteilt, dann war er mit Torin nach Hause zurückgekehrt.

Auch während des Frühstücks stritt er sich bereits wieder mit seiner Frau, was darin gipfelte, dass diese ihn fragte, ob er nicht recht bald zu einer neuen Reise aufbrechen würde, damit sie von seiner Anwesenheit befreit wäre. Was Torin bei seiner Ankunft noch maßlos verstört hatte, sah er mittlerweile jedoch mit anderen Augen. Ihm war inzwischen klar geworden, dass nichts von dem, was die beiden sich gegenseitig an den Kopf warfen, ernst gemeint war. Es war einfach ihre Art, miteinander umzugehen, sich im spielerischen Streit ständig Wortgefechte zu liefern, aber dieser spiegelte nicht ihre wahren Gefühle füreinander wider. Wie diese tatsächlich aussahen, konnte Torin allerdings noch nicht einschätzen.

»Was unternehmen wir heute?«, erkundigte er sich.

»Wir warten«, antwortete Balosta. »Mal sehen, wie lange es dauert, bis irgendjemand meinen Bericht liest und weitermeldet, welche Brisanz darin steckt. Normalerweise würde er nur von einem Archivar flüchtig überflogen und dann bei den Tausenden und Abertausenden anderen Berichten landen, die in den Kellern der Inquisition vor sich hin schimmeln. Es ist nicht üblich, der Kardinalskurie eine Abschrift zukommen zu lassen, so etwas geschieht nur in wenigen außergewöhnlichen Fällen. Deshalb rechne ich damit, dass schon bald jemand einen Blick darauf wirft.«

»Und was geschieht dann?«

»Dann, mein Junge, dürfte die Hölle losbrechen. Na ja, zumindest dürfte es ein mittleres Erdbeben geben. Nur bildlich gesprochen natürlich«, fügte er hinzu, als er Torins erschrockenes Gesicht bemerkte.

Zunächst aber ließ das Erdbeben auf sich warten. Nachdem sie den Tisch abgeräumt hatte, verließ Envina das Haus und kehrte nach einer Weile mit einem Bündel voller Kleidungsstücke über dem Arm zurück.

»Hier, die habe ich für dich gekauft«, sagte sie und drückte Torin das Bündel in die Hände. »Wenn du dich schon in unserem Haus breitmachst, solltest du wenigstens nicht in geliehenen Sachen herumlaufen.«

Ehrfurchtsvoll befühlte er es. Die Kleidungsstücke waren aus Stoff von bester Qualität. Niemals hätte er erwartet, einmal so etwas zu besitzen. Es handelte sich um zwei Hosen, zwei reich mit Rüschen und Stickereien verzierte Oberteile und ein Wams aus samtweichem Leder. Auch ein Paar Stiefel war dabei.

»Danke, tausend Dank!«, rief Torin. »Ich ... ich weiß gar nicht, was ich sagen soll.«

»Du sollst nichts sagen, sondern dich umziehen, damit ich das geliehene Zeug waschen und zurückbringen kann«, erwiderte Envina mit ihrer üblichen Barschheit, doch für einen kurzen Moment huschte ein Lächeln über ihr Gesicht.

Rasch zog Torin die neuen Sachen an. Sogar die Stiefel aus weichem, anschmiegsamem Leder passten wie für ihn gemacht.

»Wenn du dich jetzt noch ein bisschen weniger linkisch bewegen würdest, wärst du ganz vorzeigbar«, kommentierte Envina, als er sich ihr in den neuen Sachen präsentierte. »Zumindest muss man sich jetzt nicht mehr schämen, wenn dich jemand aus unserem Haus kommen sieht.«

Torin war sich nicht sicher, ob das nun ein Lob war, aber es war ihm auch gleich. Er fühlte sich einfach großartig.

Es dauerte noch gut zwei weitere Stunden, bis sich ein erster Ausläufer des angekündigten Erdbebens in Form zweier Boten zeigte. Sie trugen keine Kutten, dafür aber goldfarbene Umhänge, die sie als Diener der Kardinalskurie und des Prios auswiesen. Einer von ihnen teilte Balosta mit, dass die Kurie ihn unverzüglich zu sprechen wünschte.

»Na also«, sagte Balosta und rieb sich vergnügt die Hände, dann zwinkerte er Torin zu. »Habe ich es nicht gesagt? Gemessen daran, wie langsam die Mühlen in Aurelia normalerweise mahlen, war das geradezu blitzschnell. Komm, stürzen wir uns ins Getümmel.«

Er trat an den Boten vorbei ins Freie. Als Torin ihm jedoch folgen wollte, legte ihm einer der beiden Männer die Hand auf die Brust und schob ihn zurück. »Wohin so schnell, Kleiner? Wir haben nur den Auftrag, den Inquisitor zum Sitz der Kurie zu eskortieren. Du wirst schön hierbleiben.«

»Du irrst dich, das wird er nicht«, erklärte Balosta. »Ich habe vor, ihn der Kurie vorzustellen, und deshalb wird er uns begleiten.«

»Aber … unser Auftrag …«

Der Inquisitor seufzte. »Sieht so aus, als wärst du überall unerwünscht«, sagte er zu Torin und wandte sich wieder dem Boten zu. »Ich bin gestern von einer mehrmonatigen Reise zurückgekehrt, wurde bereits vor das Hohe Tribunal geladen, und nachdem ich anschließend meinen Bericht über einen geführten Prozess abgegeben habe, tritt heute schon die Kurie zusammen und wünscht mich zu sprechen. Glaubst du nicht, dass die Angelegenheit dringend ist und wir die Kardinäle nicht warten lassen sollten, weil wir hier sinnlose Diskussionen führen? Nebenbei erwähnt, bevor ich zu meiner Reise aufbrach, war es nicht üblich, dass Kuriendiener einem Inquisitor Vorschriften machten, und ich glaube nicht, dass sich das inzwischen geändert hat.«

»Sicher, Euer Gnaden, selbstverständlich liegt die Entscheidung ganz bei Euch«, versicherte der Diener mit plötzlich aufflackernder Nervosität.

»Gut, dann ist ja wohl alles geklärt.«

Von den beiden Boten eskortiert, schritten sie durch die Straßen, zu Torins Freude diesmal tatsächlich direkt auf das

Stadtzentrum zu. Bald erreichten sie den riesigen Heiligenplatz, das Zentrum nicht nur Aurelias, sondern des Glaubens an die Göttliche Familie. In seiner Mitte ragte der Turm des Himmels mit seinem an allen Seiten herabstürzenden Wasserschleier auf, so hoch, dass Torin den Kopf in den Nacken legen musste, um zu seiner Spitze aufzublicken, die in den Wolken zu verschwinden schien. Der Fuß des Turms hingegen war hinter meterhoch aufstiebender Gischt völlig verborgen.

An einer Seite des Platzes erhob sich der Heiligendom mit seinen beiden fast ebenso hohen Türmen und dem gewaltigen Kuppeldach. Die Vielzahl der Ornamente und direkt aus dem Stein herausgemeißelten Statuen verschlugen Torin schier die Sprache. Pater Berlinus hatte vor langer Zeit eine Pilgerreise in die Heilige Stadt unternommen und ihm und den anderen Kindern im Kloster alles wieder und wieder beschrieben, weshalb Torin die meisten Gebäude sofort erkannte, ohne sie je gesehen zu haben. Sie selbst in all ihrer unvergleichlichen Pracht zu erblicken war jedoch tausendmal beeindruckender.

Nicht weit von dem Dom entfernt stand ein rechteckiges, nahezu schlicht wirkendes zweistöckiges Gebäude, auf dessen Dach aus einer großen Schale Flammen loderten. Es handelte sich um die Residenz des Prios mit dem Ewigen Feuer. Starb ein Prios, so brannte es nur auf niedrigster Flamme und wurde erst wieder richtig entfacht, wenn ein neuer gewählt und in sein Amt eingeführt war. Derzeit schlugen meterhohe Flammen aus der Schale. Prios Marichan war zwar bereits alt, aber höchst lebendig.

Wachen riegelten die Residenz vor den Menschenmassen ab, die sich auf dem Platz tummelten. Noch nie zuvor hatte Torin so viele Menschen auf einmal gesehen. Viele von ihnen waren als Pilger in die Heilige Stadt gekommen, wie an ihren Büßergewändern unschwer zu erkennen war.

Er zupfte den Inquisitor an einem Ärmel seiner Kutte und raunte: »Wenn ich für die Ausbildung zugelassen werde, werde ich zum Dank an die Göttliche Familie eine Kerze im Dom entzünden.«

»Das ist auch das Mindeste, denn wenn du trotz aller Widrigkeiten zugelassen wirst, wäre das nicht nur Glück, sondern ein Zeichen, dass die Göttliche Familie dir wirklich wohlgesinnt ist.«

»Da ist noch etwas… Wenn Euch meine Begleitung in Schwierigkeiten bringt, dann warte ich auch gern hier draußen und streife ein wenig umher. Ich kann doch ohnehin nichts aussagen, was Ihr nicht viel besser erklären könnt.«

»Nichts da, du bleibst schön bei mir. Ich weiß schon, was ich tue. Anders als das Tribunal gestern haben die Kardinäle ein gewichtiges Wort dabei mitzureden, ob du auf Kosten der Kirche ausgebildet wirst oder nicht. Die heutige Tagung könnte bereits eine Vorentscheidung bringen.«

Seine Worte dämpften Torins Nervosität nicht gerade.

Immer wieder mussten sie auf kleinen Brücken Bäche überqueren, die vom Turm des Himmels ausgingen. Meist stauten sich davor die Menschen, wichen jedoch ehrfurchtsvoll beiseite, wenn sie die goldenen Umhänge und Balostas schwarze Kutte erblickten.

Quer über den Platz gingen sie auf ein lang gestrecktes, dreistöckiges Gebäude zu, dessen Dach aus mehreren aneinandergereihten Kuppeln bestand. Der Sitz der Kurie, das Machtzentrum der Kirche. Hier kamen die Kardinäle und der Prios zusammen, um Entscheidungen zu treffen, die Auswirkungen auf das religiöse Leben in ganz Antasia hatten. Es war die einzige Instanz, die selbst dem ansonsten fast allmächtigen Orden der Inquisition übergeordnet war.

Auch hier standen Wachen vor dem Gebäude. Die Kuriendiener, die Torin und Naron Balosta abgeholt hatten, wechselten ein paar Worte mit ihnen, dann durften die beiden eintreten.

Torin hatte im Inneren des Gebäudes eine ähnlich düstere und erdrückende Atmosphäre wie im Gerichtsgebäude der Inquisition erwartet, doch das Gegenteil war der Fall. Die Eingangshalle, in die sie gelangten, war in hellen Farben gehalten und wurde durchflutet von Sonnenlicht, das durch große, bunte Fenster hereinfiel. Einzig die vielen großen Bilder an den Wänden störten die beinahe anheimelnde Stimmung. Es waren ausschließlich Porträts alter, meist grimmig aussehender Männer, vermutlich frühere Kardinäle und die Vorgänger von Prios Marichan. Torin fühlte sich von ihnen geradezu beobachtet.

Sie stiegen eine breite marmorne Treppe hinauf und schritten lange Gänge entlang. Auch diese wurden von Sonnenlicht hell erleuchtet, aber an den Wänden hingen ebenfalls zahlreiche Porträts. Mehr noch als in der Halle kam es Torin aus unmittelbarer Nähe so vor, als würden sie ihn anstarren. Ein paarmal hatte er sogar den Eindruck, sie würden ihm mit ihren Blicken folgen, doch entpuppte sich das stets als Einbildung, wenn er genauer hinsah.

Schließlich gelangten sie an eine große Tür. Einer der Diener klopfte, dann entfernten sich die beiden. Torin wollte auf eine Bank zugehen, um sich zu setzen und wie am Vortag darauf zu warten, dass man ihn aufrief, doch Balosta packte ihn am Kragen und zog ihn zurück.

»Diesmal kommst du direkt mit. Stell dich hinter meinen Stuhl und gib keinen Mucks von dir, bis … Na ja, das kennst du ja schon.«

Die Tür wurde geöffnet. Sie gelangten in einen Saal, in dem ein langer, dunkler Tisch stand. Insgesamt zweiundzwanzig Männer saßen daran. Einundzwanzig von ihnen trugen die roten Soutanen von Kardinälen, einer jedoch eine purpurne

Kutte. Torin erkannte Großmeister Clavon, was ihn zunächst ziemlich überraschte. Dann jedoch erinnerte er sich, dass der Rang des Oberhaupts der Inquisition dem eines Kardinals gleichgeordnet und er deshalb ebenfalls Mitglied der Kurie war, wie Torin im Unterricht im Kloster gelernt hatte.

Nur die beiden Stühle an den Kopfseiten des Tisches waren noch frei. Einer von ihnen war höher als die anderen und mit besonders kunstvollen Schnitzereien versehen. Er war dem Prios für die wenigen Male vorbehalten, an denen er persönlich an einer Sitzung der Kurie teilnahm.

Die Kardinäle waren allesamt bereits in hohem Alter, viele von ihnen kaum jünger, einige anscheinend sogar noch älter als Clavon. Sie hätten geradewegs den Porträts in den Gängen oder der Eingangshalle entstiegen sein können. Dies also waren die Männer, die über alle Geschicke der Kirche entschieden. Ehrfürchtig ließ Torin seinen Blick über ihre Gesichter wandern. Was sie von denen auf den Porträts unterschied, war der erheiterte Ausdruck, den viele von ihnen zeigten.

Balosta und er zeichneten den Heiligen Dreistern. Bei ihrem Eintreten waren die Gespräche verstummt, jetzt jedoch klangen erneut Getuschel und vereinzelt sogar leises Lachen auf.

»Seid gegrüßt, Eminenzen«, sagte der Inquisitor, nachdem er auf einen Wink hin Platz genommen und Torin sich hinter seinen Stuhl gestellt hatte. »Darf man erfahren, was so belustigend ist?«

»Willkommen, Inquisitor Balosta«, erwiderte einer der Kardinäle. »Unsere Heiterkeit ist einer Bemerkung von Großmeister Clavon geschuldet. Er wollte darauf wetten, dass der Junge, den Ihr schon zum Tribunal gestern mitgeschleppt habt, auch heute an Euren Rockschößen hängt. Die meisten von uns waren aufgrund der Brisanz Eures Berichts, wegen dem wir uns zusammengefunden haben, anderer Meinung, zumal die Angelegenheit, wie Ihr Euch denken könnt, der Geheimhaltung unterliegt.«

So höflich er seine Worte auch gewählt hatte, erkannte Torin doch die Missbilligung, die darin enthalten war. Am liebsten wäre er auf der Stelle im Boden versunken. Er hatte Balosta doch angeboten, außerhalb des Kuriengebäudes zu warten. Warum war der Inquisitor bloß nicht darauf eingegangen?

Dieser jedoch ließ sich nicht aus der Ruhe bringen. »Im Prinzip kann ich Euch nur zustimmen, Eminenz«, sagte er. »Was wir hier zu besprechen haben, sollte auf keinen Fall an fremde Ohren dringen. Dennoch gibt es mehrere Gründe, die für Torins Anwesenheit sprechen. Zum einen ist er in dem Kloster bei Assani aufgewachsen und kann das plötzliche Auftreten und die Heftigkeit des Sandsturms, dessen Opfer Meister Burk wurde, besser beurteilen. Zudem hat er, wie es in meinem Bericht steht, sein eigenes Leben riskiert, um meines zu retten. Ich war und bin der Meinung, Ihr solltet den Jungen kennenlernen, der trotz der großen Gefahr an mein Wohlergehen dachte, während alle anderen, eingeschlossen der Abt des Klosters, nur versucht haben, sich selbst zu retten. Zuletzt schließlich, und das steht nicht in meinem Bericht: Torin war bei der Folterung der Hexe anwesend und hat alles hautnah miterlebt.«

Erregtes Getuschel klang auf.

»Inquisitor Balosta, das ist ungeheuerlich!«, rief Großmeister Clavon. »Ich hoffe, Ihr seid Euch im Klaren darüber, dass Ihr Euch gerade selbst eines Vergehens gegen die Regeln unseres Ordens bezichtigt habt. Die hochnotpeinliche Befragung einer Verdächtigen hat ohne die Anwesenheit Außenstehender stattzufinden. Erst recht hat kein Kind etwas dabei verloren.«

»Ich bin mir dessen durchaus bewusst und bereit, eventuelle Konsequenzen zu tragen. Ich habe Torin die Teilnahme erlaubt, weil er zuvor den inbrünstigen Wunsch geäußert hat, selbst Inquisitor zu werden, und sich durch rationale Gründe betreffend seiner Position nicht davon abbringen ließ. Ich habe ihm die Teilnahme erlaubt, weil ich davon ausging, dass ihn dies entweder von seinem Wunsch abbringen oder sich erweisen würde, dass er tatsächlich geeignete Anlagen für eine Mitgliedschaft im Orden besäße. Ein Test gewissermaßen, den er übrigens mit Bravour bestanden hat. Zudem möchte ich nicht unerwähnt lassen, dass ich davon ausgehen musste, es würde nur ein Routineverhör werden, bei dem die schwächlich wirkende Angeklagte schnell gestehen würde. Aber selbst als sie ihre Hexenkräfte offenbarte, geriet Torin nicht in Panik.«

»Dennoch wart Ihr nicht befugt, einen Jungen zum Zeugen des Verhörs zu machen«, sagte einer der Kardinäle. »Aber über dieses Vergehen soll innerhalb des Ordens entschieden werden. Wir haben uns versammelt, um über Wichtigeres zu beraten. Die mutmaßliche Hexe zeigte also keinerlei Anzeichen von Schmerz. Wir wissen, dass manche Menschen sich weitgehend unempfindlich gegen Pein machen können, indem sie sich in einen Zustand geistiger Entrückung versetzen. Vor allem viele Visha sollen diese Kunst beherrschen.«

»Ich habe dergleichen schon erlebt, Kardinal Anthym«, entgegnete Balosta. »Aber diese Unempfindlichkeit reicht nur bis zu einem gewissen Punkt, dann wird der Schmerz übermächtig. Diesen Punkt haben wir während des Verhörs weit überschritten. Burk war ein Meister seines Fachs. In meinem Bericht steht, welche Verhörmethoden er angewendet hat, doch die Angeklagte reagierte absolut nicht darauf. Das ist auf natürlichem Wege nicht zu erklären. Diese Frau stand mit Mächten der Unterwelt im Bunde.«

Eine Tür im Hintergrund des Saales wurde geöffnet. Fassungslos starrte Torin den alten Mann an, der ganz in eine goldfarbene Soutane gekleidet eintrat und auf den freien Stuhl am Kopfende des Tisches zutrat. Er bewegte sich langsam und musste sich auf einen Stock stützen; offenbar bereitete ihm das Gehen Schwierigkeiten.

Für Torin hätte es weder der goldfarbenen Soutane noch des gewählten Platzes bedurft, um ihn zu erkennen. Von klein auf waren ihm die Züge des Mannes von einem Bild her vertraut, das im Speisesaal des Klosters hing, doch hätte er nie erwartet, ihn einmal leibhaftig zu sehen, sich sogar mit ihm im gleichen Raum zu befinden.

Die Kardinäle und die beiden Inquisitoren erhoben sich und zeichneten den Heiligen Dreistern. Torin fühlte sich im ersten Moment wie gelähmt, berührte dann aber rasch ebenfalls mit den Fingerspitzen seine Augen und die Nase.

»Das sehe ich ebenso«, krächzte Prios Marichan, während er mühsam Platz nahm, und bewies damit, dass er zumindest den letzten Teil des Gesprächs mitbekommen hatte. »Und wir alle wissen, was das bedeutet. Der alte Feind regt sich wieder.«

Lähmende Stille herrschte in dem Saal, doch Torin wusste nicht, ob das Schweigen auf das überraschende Erscheinen des Prios zurückzuführen war oder auf seine Worte. Ihm sagten sie nichts, er hatte noch nie von einem »alten Feind« gehört.

Es gelang ihm einfach nicht, den Blick vom Gesicht des Greises abzuwenden, des Mannes, der der Vertreter und das Sprachrohr der Göttlichen Familie auf Erden war. Er hatte eine vage Ähnlichkeit mit Großmeister Clavon, obwohl er noch deutlich älter und sein Gesicht sehr viel faltiger war. Außerdem waren ihm die Haare bereits komplett ausgefallen, sein Schädel war völlig kahl. Aber auch seine Nase war ein wenig hakenförmig gebogen, und der Blick seiner Augen war ähnlich stechend. Ein Schauer durchlief Torin jedes Mal, wenn ihn der Blick des Prios traf.

Erst nach fast einer Minute räusperte sich schließlich einer der Kardinäle, der ungefähr in der Mitte des Tisches saß.

Gemessen an den meisten anderen war er noch recht jung; Torin schätzte ihn auf Mitte fünfzig. Auch wirkte sein rundliches Gesicht etwas weniger grimmig und sein Blick weniger streng. Um seine Mund- und Augenwinkel hatten sich Fältchen gebildet, die verrieten, dass er oft lachte. »Ich kann wohl für uns alle sprechen, dass wir sehr froh sind, Euch und Eure Weisheit bei dieser Beratung an unserer Seite zu haben, Euer Heiligkeit«, sagte er. »Euer Erscheinen zeigt, dass auch Ihr das Geschehen für sehr ernst und bedrohlich haltet, denn das ist es zweifellos. Aber selbst wenn sich alles so ereignet hat, wie es Inquisitor Balosta uns berichtete, handelt es sich bislang doch nur um einen Einzelfall. Ist es da nicht vielleicht verfrüht, direkt vom Schlimmsten auszugehen und auf eine Rückkehr des alten Feindes zu schließen?«

»Wir alle hoffen natürlich, dass es bei diesem Einzelfall bleiben wird«, ergriff Großmeister Clavon das Wort. »Aber es kann auch anders kommen. Denken wir nur einmal etwas mehr als ein Jahrzehnt zurück. Ihr hattet zu dieser Zeit noch einen niedrigeren Rang, Kardinal Lestario, aber die anderen werden sich bestimmt erinnern. Auch da begann es mit Einzelfällen und ebenfalls weit im Osten, aber bald wurden es mehr. Zahlreiche Unschuldige mussten sterben, weil wir nicht schnell und entschlossen genug reagiert haben. Diesen Fehler dürfen wir nicht wiederholen.«

»Und was schlagt Ihr vor, was wir tun sollen?«

»Der Orden muss verstärkte Präsenz im Osten zeigen. Wir dürfen nicht warten, bis uns Berichte über weitere Vorfälle dieser Art erreichen, sondern müssen schon jetzt Inquisitoren dorthin entsenden. Außerdem müssen wir für eine noch bessere Ausbildung unserer Adepten sorgen. All dies erfordert natürlich Geld.«

»Ha!«, rief Kardinal Lestario aus. »Es war klar, dass es darauf hinauslaufen würde. Überrascht es irgendwen, dass der Großmeister die Situation zum Anlass nimmt, direkt zu versuchen, Vorteile für den Schwarzen Orden herauszuschlagen?«

»Als oberster Schatzmeister muss auch ich protestieren«, stimmte einer der anderen Kardinäle ihm zu. »Die Kirchenkasse …«

»… ist zum Bersten gefüllt«, fiel ihm Clavon ins Wort. »Wir wissen, dass Ihr über jeden Taler wacht wie eine Glucke über ihre Kinder, Schatzmeister. Aber hier geht es um eine Gefahr, die uns alle bedroht. Wollt Ihr, dass wir ausgerechnet im Moment der Gefahr zu schwach sind, ihr entschlossen zu begegnen?«

»Der Orden erhält schon jetzt den größten Batzen unserer jährlichen Ausgaben, und als einzige Institution der Kirche ist er von jeder Rechenschaftspflicht über die Verwendung des Geldes entbunden«, behauptete Lestario. »Er dürfte also durchaus gerüstet sein, jeder Bedrohung entgegenzutreten, wie immer sie auch aussehen mag. Andere Bereiche hingegen kommen seit vielen Jahren zu kurz. Gerade in abgelegenen Gegenden verfallen immer mehr Klöster und sind kaum noch in der Lage, den Ärmsten der Armen zu helfen, während gerade erst eine neue Prunkresidenz für die Großmeister des Ordens fertiggestellt wurde.«

»Es ist Aufgabe des Reiches und der Herzogtümer, sich um die Armen zu kümmern. Sie sollen froh sein, dass die Kirche überhaupt einen Beitrag leistet, und der ist sicherlich nicht zu knapp.«

»*Viel* zu knapp in meinen Augen.« Der Kardinal deutete plötzlich auf Torin, den ein heißer Schreck durchfuhr. »Nehmen wir nur den Jungen als Beispiel. Welches Schicksal hätte dir gedroht, wenn man dich nicht im Kloster aufgenommen hätte?«

Es dauerte einen Moment, bis Torin begriff, dass die Frage an ihn gerichtet war und man eine Antwort erwartete. Er räusperte sich, um den mindestens faustgroßen Kloß loszuwerden, der in seinem Hals zu sitzen schien.

»Ich ... ich wäre in einem öffentlichen Waisenhaus gelandet«, brachte er mit brüchiger Stimme heraus.

»Und wie ist es dort?«, fragte der Kardinal. »Wie geht es dort zu? Welches Leben erwartet Kinder, die in einem solchen Waisenhaus aufwachsen?«

Wieder musste Torin schlucken, bevor er antworten konnte. »Viele ... viele der Kinder dort sterben schon in frühen Jahren, und die übrigen ... Sie müssen über viele Jahre Dienst in der talarischen Armee leisten, sobald sie erwachsen sind. Sie werden auch nicht unterrichtet, lernen nicht einmal lesen und schreiben. Im Kloster hingegen schon. Überhaupt habe ich dort eine gute Ausbildung bekommen. Alles, was ich habe und bin, verdanke ich der Kirche, und ich möchte etwas davon zurückgeben. Deshalb möchte ich auch Inquisitor werden.«

Ein wenig ängstlich schaute er sich um. Der letzte Satz war ihm einfach so herausgerutscht, bevor er sich in seiner Nervosität besinnen konnte, dass es hier schließlich nicht um ihn ging. Aber die kirchlichen Würdenträger schienen ihm nicht böse zu sein, einige lächelten ihm sogar flüchtig zu.

»Da habt Ihr es!«, rief Lestario. »Ein Kind, das unter anderen Umständen kaum Möglichkeiten gehabt hätte, ist durch unsere Wohltätigkeit zu einem gebildeten Jugendlichen herangewachsen, der sogar in den kirchlichen Dienst eintreten möchte.«

»Ja, und zwar als Inquisitor!«, warf Clavon ein und erntete damit einige Lacher. »Außerdem zeigt das Beispiel doch nur, dass das System funktioniert.«

»Ja, aber wie viel mehr Jungen wie diesen könnte es geben, würden wir dafür mehr Geld zur Verfügung stellen, statt eine immer größere Armee zu züchten, die auf der Jagd nach angeblichen Ketzern bis in den hintersten Winkel Antasias Angst und Schrecken verbreitet?«

»Aufhören!« Prios Marichan brauchte seine Stimme nicht einmal sonderlich zu erheben, damit augenblicklich Ruhe einkehrte. »Wir alle kennen Eure unterschiedlichen Ansichten zur Genüge, aber wir haben jetzt wahrlich Wichtigeres zu besprechen als die Verteilung unserer Geldmittel. Zunächst einmal gilt es zu ergründen, ob wir es wirklich mit dem Wirken finsterer Kräfte zu tun haben. Natürlich hat Inquisitor Balosta seinem Auftrag gemäß völlig richtig gehandelt, als er die Hexe hinrichten ließ. In diesem speziellen Fall wäre es jedoch von Vorteil gewesen, wenn er sie lebend nach Aurelia gebracht hätte, damit wir uns selbst ein Bild von ihr hätten machen können.«

»Angesichts ihrer mir unbekannten Kräfte wäre mir allein dies nicht möglich gewesen oder nur unter unverhältnismäßig großen Gefahren für mich und andere«, behauptete Balosta.

»Das sollte kein Vorwurf sein. Wie ich schon sagte, Ihr habt völlig richtig gehandelt. Aber wenn wir weitere Inquisitoren in den Osten entsenden und es mehr derartige Fälle gibt, solltet Ihr sie entsprechend instruieren, Großmeister.«

Clavon nickte. »Das werde ich, Euer Heiligkeit.«

In den folgenden zwei Stunden wurde Balosta wieder und wieder zu jedem noch so winzigen Detail beim Verhör der Hexe und den Vorfällen bei ihrer geplanten Verbrennung befragt.

Auch an Torin richteten die Kardinäle mehrfach Fragen, beispielsweise zu der Heftigkeit des Sandsturms und ob ein so plötzlich und mit solcher Gewalt aufziehender Sturm am Rande der Wüste natürlich wäre. Allmählich nahm seine Nervosität ab. Er fühlte sich ein wenig von oben herab behandelt und nicht völlig ernst genommen, so wie Erwachsene sich häufig einem Kind gegenüber verhielten, aber er spürte auch ein vorhandenes Wohlwollen, das ihm half, seine Scheu zu überwinden.

Eines jedoch war bitter für ihn. In der Abgeschiedenheit des Klosters hatte man ihm das Bild einer Welt vermittelt, in der die Menschen ständig von Hexen und anderen Kreaturen der Finsternis bedroht wurden und in der sich mutige Inquisitoren dieser Gefahr entgegenstellten. Schon durch Balosta hatte dieses Bild Risse bekommen, doch spätestens jetzt musste er erkennen, dass dies keineswegs die Hauptaufgabe der Inquisition war, dass sie auf einen solchen Kampf möglicherweise nicht einmal richtig vorbereitet war.

Dennoch – oder vielleicht gerade deswegen – hoffte er inbrünstiger als je zuvor, dass man ihn in den Schwarzen Orden aufnehmen würde.

Als die Sitzung endlich beendet wurde, fühlte sich Naron Balosta wie durch den Fleischwolf gedreht. Er hatte gewusst, dass man seinen Aussagen mit Skepsis begegnen würde, aber er hatte nicht erwartet, dass diese so groß sein würde. Bei einigen der Kardinäle hatte er sie vermutlich selbst jetzt noch nicht völlig ausräumen können.

Er stand auf und wollte den Saal verlassen, doch zu seiner Überraschung wurde er vom Prios persönlich zurückgerufen, der sich als Einziger noch nicht erhoben hatte. »Bleibt noch, Inquisitor Balosta. Ich habe mit Euch und Großmeister Clavon etwas zu bereden.«

Balosta wandte sich zu Torin um. »Geh schon hinaus und warte dort auf mich. Und sei unbesorgt, du hast deine Sache wiederum sehr gut gemacht, besser noch als gestern.«

Er versetzte dem erleichtert aufatmenden Jungen einen leichten Klaps und trat zusammen mit Clavon ans Kopfende des Tisches.

»Narren!«, stieß Marichan hervor, als sich der Saal geleert hatte. »Schon als ich Euren Bericht gelesen hatte, Inquisitor Balosta, war ich sicher, dass wir es mit einer neuen Aktivität des alten Feindes zu tun haben, und Eure Aussagen haben mich in dieser Überzeugung noch bestätigt. Aber diese Dummköpfe wollen es nicht wahrhaben.«

*Der alte Feind.*

Wie schon bei seiner ersten Erwähnung lief Balosta ein eisiger Schauer über den Rücken. Selbst er hatte es bislang kaum gewagt, so weit zu denken, hatte sich einzureden versucht, dass die Hexe vielleicht nur intensiver als andere den gefährlichen Hinterlassenschaften der uralten Rasse, die lange vor der Ankunft der ersten Menschen in Antasia gelebt hatte, ausgesetzt gewesen wäre. Hinterlassenschaften, die es trotz aller Bemühungen der Inquisition immer noch gab, die Menschen den Verstand raubten und sie in wahnsinnige Mordbestien mit manchmal schier unglaublichen Körperkräften verwandelten.

Auch Tarla war Amok gelaufen, als sie in Assani versucht hatte, Pater Auron zu töten. Im Gegensatz zu anderen Fällen, die Balosta bereits erlebt hatte, schien sich ihr Wahnsinn anschließend jedoch verflüchtigt zu haben, und sie hatte über weite Strecken auf ihn einen ganz normalen Eindruck gemacht. Bis sie schließlich ihre übernatürlichen Fähigkeiten offenbart hatte …

»Sie haben Angst«, entgegnete Clavon. »Sie fürchten sich davor, der Wahrheit ins Gesicht zu sehen, deshalb stecken sie den Kopf in den Sand. Sie sitzen in ihren prunkvollen Residenzen und genießen ihr Leben. Die schlimmste Vorstellung für sie ist, dass dieses bequeme Leben durch irgendetwas aus den Fugen geraten könnte. Deshalb sträuben sie sich so gegen die Vorstellung, der alte Feind könnte tatsächlich wieder aktiv sein. Sie wissen noch zu gut, wie es beim letzten Mal war, und da war es nur ein kurzzeitiges Aufbäumen, das schnell wieder verebbte.«

»Dennoch hat es das Leben mehrerer Dutzend Inquisitoren

und zahlreicher Unbeteiligter gekostet«, sagte Marichan. »So weit darf es nicht noch einmal kommen. Der alte Feind denkt in ganz anderen zeitlichen Maßstäben als wir. Für ihn ist ein Jahrzehnt nur ein Wimpernschlag. Was damals geschah, könnte nur ein Vorläufer gewesen sein, ein zaghaftes Vorfühlen, wie stark unsere Verteidigung ist. Diesmal könnte ein weitaus schwererer Angriff drohen, und wir müssen darauf vorbereitet sein. Ich werde dafür sorgen, dass Ihr alle Gelder bekommt, die Ihr benötigt, Großmeister.«

»Ich danke Euch, Euer Heiligkeit.« Clavon verbeugte sich.

»Darüber hinaus wünsche ich, dass Ihr unverzüglich einen größeren Trupp Eurer erfahrensten Inquisitoren in den Osten schickt. Wenn es dort weitere Aktivitäten des alten Feindes gibt, müssen wir so schnell wie möglich davon erfahren und versuchen, sie einzudämmen.«

»Ich werde sogleich alles Nötige veranlassen.«

»Gut. Nachdem das geklärt ist, noch etwas anderes.« Der Prios wandte sich an Balosta. »Dieser Junge hat mich beeindruckt. Er war nervös, aber er hat gut und gebildet gesprochen, ernsthafter, als man es von einem Kind in seinem Alter erwarten kann. Er besitzt eine große innere Stärke, und sein Verhalten im Kloster, soweit Ihr es geschildert habt, war mutig und mustergültig. Es war weise von Euch, ihn mit nach Aurelia zu bringen. Was wisst Ihr noch über ihn?«

»Nicht viel mehr als das, was ich bereits gesagt habe, Euer Heiligkeit.«

»Gibt es keine Hinweise auf seine Herkunft? Ich glaube nicht, dass er nur der Sohn eines Knechts oder Tagelöhners ist. Seine ganze Art deutet eher auf eine vornehmere Abstammung hin.«

»Er wurde vor der Kirche in Assani ausgesetzt. Das Einzige, was er bei sich hatte, war dies hier.« Balosta griff in die Tasche, holte die Kette mit dem Metallplättchen heraus und reichte es dem Prios. »Der Abt des Klosters hatte es an sich genommen und völlig vergessen, bis ich ihn darauf ansprach. Aber ich glaube nicht, dass es irgendwelche Hinweise liefern kann. Es zeigt weder irgendwelche Schriftzeichen noch ein Symbol oder Bild, sondern ist völlig glatt.«

Prios Marichan nahm das Plättchen entgegen und betrachtete es von beiden Seiten. »Ich spüre etwas«, murmelte er, »aber …« Er legte es mitsamt der Kette auf seine Handfläche, breitete die andere Hand darüber und schloss die Augen. Fast eine Minute lang geschah gar nichts, dann öffnete er Augen und Hände wieder.

Balosta sah auf einmal ein Symbol, das sich undeutlich flimmernd auf dem Amulett abzeichnete. Es sah aus wie eine von Flammen umgebene Person.

Marichan hielt es dem Großmeister entgegen.

»Der Flammenengel!«, stieß Clavon erstaunt hervor. »Glaubt Ihr, er könnte der Sohn von …«

»Es ist möglich!«, fiel der Prios ihm ins Wort. »Weiß der Junge von dem Amulett?«

»Nein«, sagte Balosta verwirrt. »Ich wollte es ihm geben, wenn über seine Aufnahme in den Orden entschieden ist, entweder als Belohnung oder als kleinen Trost.«

»Das werdet Ihr nicht tun, und Ihr werdet auch zu niemandem ein Wort darüber verlieren. Vergesst, dass Ihr dieses Amulett jemals gesehen habt, ich werde es behalten.« Marichan machte eine kurze Pause, dann fügte er an Clavon gewandt hinzu: »Lasst den Jungen prüfen, und wenn sich nicht irgendwelche schwerwiegenden Gründe ergeben, die dagegensprechen, möchte ich, dass er in den Orden aufgenommen wird. Und was Euch betrifft, Inquisitor Balosta – ich weiß, dass Ihr gerade erst von einer anstrengenden Reise zurückgekehrt seid. Dennoch möchte ich, dass Ihr wieder nach Talarien reist. Eure Erfahrungen dort können für die anderen Inquisitoren von unschätzbarem Wert sein, deshalb möchte ich, dass Ihr unsere Aktivitäten dort koordiniert. Dafür sollt Ihr in den neunten Rang erhoben werden. Seht zu, dass ihm der neue Stern so schnell wie möglich verliehen wird, Großmeister.« Marichan fuhr sich fahrig mit der Hand über die Stirn. »Und nun werde ich mich zurückziehen. Das alles war sehr anstrengend für mich.«

## 11

Es gab eine kleine, nicht sonderlich pompöse Zeremonie, als Naron Balosta einen Tag nach seiner Aussage vor der Kardinalskurie um einen Rang aufstieg und seinen neunten Stern verliehen bekam. Auch Torin nahm an der Zeremonie teil, und natürlich freute er sich für seinen väterlichen Freund und Mentor. Doch die Nachricht, dass dieser schon in wenigen Tagen Aurelia wieder verlassen würde, erfüllte ihn mit tiefer Sorge.

Ihm war klar gewesen, dass Balosta irgendwann neue Aufträge erhalten und zu neuen Reisen aufbrechen würde. Aber er hatte nicht erwartet, dass dies schon so schnell geschehen würde. Zumindest hatte er gehofft, dass der Inquisitor noch so lange in der Heiligen Stadt bleiben würde, bis über Torins Aufnahme in den Orden endgültig entschieden war, und dass Balosta ihm während der ersten Zeit bei eventuellen Problemen mit Rat und Tat zur Seite stand. Balosta hatte ihm unter dem Mantel der Verschwiegenheit mitgeteilt, dass es gut um seine Bewerbung stünde, aber was würde sein, wenn man Torin dennoch ablehnte? Was sollte er ganz allein auf sich gestellt in einer fremden Stadt wie Aurelia tun? Sicherlich würde ihn Envina Balosta nicht von einem Tag auf den anderen auf die Straße setzen, aber Naron würde monatelang fort sein, und irgendwann würde sie ihn nicht mehr mit durchfüttern wollen. Und dann?

Torin wagte erst gar nicht, weiter darüber nachzudenken.

Allerdings kam er auch kaum noch dazu. In den folgenden Tagen musste er sich bei der Inquisition einer Vielzahl von

Tests unterziehen. Zunächst wurden seine Grundkenntnisse im Lesen, Schreiben und Rechnen geprüft, dann teils schriftlich, teils in mündlichen Befragungen sein Wissen über die Geschichte der Kirche und der weltlichen Belange Antasias. Viele der Fragen, vor allem jene, welche die Kirche betrafen, konnte er beantworten, ohne auch nur einen Moment überlegen zu müssen, andere hingegen stellten ihn vor riesige Probleme. Dinge kamen zur Sprache, von denen er noch nie gehört hatte und zu denen er sich deshalb auch nicht äußern konnte. Er war nun einmal in einer sehr abgelegenen Gegend aufgewachsen, und der Abt und die Mönche hatten sich wenig um weltliche Dinge gekümmert und ihm auch kein Wissen darüber vermitteln können.

Die Prüfungen dauerten zumeist viele Stunden, und anschließend war er derart erschöpft, dass er kaum noch einen klaren Gedanken fassen konnte. Alles musste so schnell erfolgen, weil das neue Ausbildungsjahr schon in wenigen Tagen beginnen würde, erklärte Balosta ihm.

Auch zeigte sich, dass Torins Panik im Hinblick auf dessen Abreise übereilt gewesen war, denn die verzögerte sich zunächst, weil noch Vorbereitungen zu treffen waren und sich einige der Inquisitoren, die ihn begleiten sollten, nicht in Aurelia aufhielten; angesichts der Kriegswirren in Talarien war nämlich geplant, dass sie gemeinsam in einer großen Gruppe reisten.

Aber nicht nur Torins Wissen wurde getestet, auch seine Kraft und allgemeine körperliche Verfassung sowie seine Fähigkeiten beim Reiten und im Kampf mit und ohne Schwert. Gerade hierbei erntete er häufig Kopfschütteln und wenig begeisterte Gesichter. Trotzdem ließ er sich nicht entmutigen. Zu gut erinnerte er sich noch an Balostas Worte, dass die allermeisten, die zur Ausbildung zugelassen wurden, aus reichen Fürstenfamilien stammten und von klein auf im Reiten und Schwertkämpfen ausgebildet worden waren.

Sechs Tage lang dauerte diese Tortur, dann erklärte man ihm, dass die Tests abgeschlossen wären. Nun würde man sich beraten und über seine Aufnahme in den Orden entscheiden. In wenigen Tagen würde er Nachricht erhalten.

Am gleichen Tag teilte Balosta ihm mit, dass alle Vorbereitungen abgeschlossen wären und er am nächsten Morgen nach Talarien aufbrechen würde. Torin hätte vor Enttäuschung heulen mögen. Die Ungewissheit zehrte an ihm, seine Nerven waren bis zum Äußersten angespannt, und kurz bevor die für ihn so ungemein wichtige Entscheidung gefällt wurde, musste ihn Balosta nun doch noch verlassen.

»Ich kann mir vorstellen, wie dir zumute ist«, sagte der Inquisitor, als sie am Nachmittag in dem kleinen Garten hinter seinem Haus zusammensaßen. »Für mich war damals alles leichter. Ich kam aus einer reichen Familie, und es war mir ziemlich egal, ob ich Inquisitor werden würde oder nicht. Mein Vater hatte diese Laufbahn für mich entschieden.«

»Was passiert mit mir, wenn man sich gegen mich entscheidet?«, stieß Torin die Frage hervor, die ihn am meisten beschäftigte. »Ich weiß nicht, ob ich das überhaupt verkraften könnte, aber selbst wenn … was soll dann aus mir werden?«

»Man *wird* dich aufnehmen«, behauptete Balosta. »Ich wollte es dir nicht so offen sagen, aber Prios Marichan hat sich persönlich dafür ausgesprochen, und niemand verstößt ohne gewichtige Gründe gegen seinen Wunsch. Du hättest bei den Prüfungen schon auf ganzer Linie versagen müssen, und das hast du keineswegs, so viel habe ich bereits vernommen.«

»Ihr … Ihr meint das wirklich und sagt es nicht nur, um mir Mut zu machen?«

»Angesichts deiner Herkunft war man von deinen Kenntnissen sogar recht angetan. In manchen Bereichen hängst du etwas hinter den anderen Adepten zurück, aber das wirst du bei deinem Ehrgeiz bald aufholen. Mach dir keine Sorgen, man wird dich aufnehmen. Alles Weitere liegt dann allerdings allein an dir.«

Torin meinte das Poltern des Steins hören zu können, der ihm vom Herzen fiel. Er würde in den Schwarzen Orden aufgenommen, würde Inquisitor werden!

»Wenn Ihr das wusstet, warum habt Ihr es mir nicht schon früher gesagt?«, fragte Torin vorwurfsvoll. »Eigentlich sollte ich Euch böse sein. Ihr hättet mir eine Menge Ängste ersparen können.«

»Vielleicht wollte ich ja genau das nicht. Du hättest dich bei den Prüfungen nicht mehr richtig angestrengt und nicht mehr alles gegeben. Deine Beharrlichkeit hat dich weit gebracht, aber nur das, was man sich mühsam erarbeitet hat, weiß man auch wirklich zu schätzen.«

»Es war schon mühsam genug, es bis hierher zu schaffen, glaubt mir«, versicherte Torin. »Ich will der Kirche als Inquisitor dienen, unbedingt! Egal, wie schwer oder leicht der Weg dorthin auch sein mag!«

»Trotzdem, was einem so einfach in den Schoß fällt, ist längst nicht so wertvoll wie das, wofür man sein Herzblut vergossen hat. Würde ich nicht morgen aufbrechen und vermutlich lange fortbleiben, hätte ich dir gar nichts von der Entscheidung des Prios gesagt. Aber nachdem die Prüfungen ja nun ohnehin abgeschlossen sind, möchte ich dich nicht mit der quälenden Ungewissheit allein in einer dir fremden Umgebung zurücklassen.«

»Ich wünschte dennoch, Ihr würdet nicht gehen«, gestand Torin kleinlaut. »Ich werde mich ohne Euch sehr einsam fühlen.«

»Ich denke, daran bist du gewöhnt, oder?«

»Schon, aber … es ist anders hier als im Kloster. Hier ist alles noch so fremd und neu für mich. Ich weiß nicht, ob ich dem allen allein gewachsen bin.«

»Dann such dir Freunde. Ich weiß, auch das ist neu für dich, aber ich bezweifle, dass du die vor dir liegenden Jahre ganz auf dich allein gestellt überstehen wirst. Den anderen wird es ebenso gehen wie dir. Im ersten Ausbildungsjahr werdet ihr keinen Kontakt zur Außenwelt haben, damit ihr euch ganz auf eure Aufgaben konzentriert. Du würdest also auch mich nicht häufig sehen. Der Orden ist eine Gemeinschaft, und deine Gemeinschaft werden die anderen Adepten sein. Wenn du dich absonderst und den Eindruck erweckst, dich für etwas Besseres zu halten, werden sie sich ganz schnell gegen dich zusammenschließen. Sie werden auf dich herabblicken, weil du der arme Waisenjunge vom Ende der Welt bist.«

»Das ist mir egal«, behauptete Torin. »Wenn die mich nicht wollen, will ich sie auch nicht. Sieht man von den paar Tagen mit Linton ab, habe ich noch nie Freunde gehabt. Ich brauche niemanden.«

Balosta schüttelte den Kopf und verzog den Mund. »Diese Haltung ist arrogant und hochmütig. Außerdem hast du in Bezug auf mich gerade noch das Gegenteil behauptet. Die Adepten sind mit den Kindern im Kloster nicht zu vergleichen. Sie sind trotz ihrer Jugend gebildet und welterfahren. Es sind immer ein paar arrogante Schnösel dabei, die sich auf ihre Herkunft wer weiß was einbilden, aber die meisten sind normalerweise ganz in Ordnung. Sie haben das gleiche Ziel wie du, und ihr könnt es leichter erreichen, wenn ihr euch gegenseitig helft. Such dir diejenigen heraus, mit denen du dich am besten verstehst, und freunde dich mit ihnen an. In jeder Gemeinschaft muss man sich anpassen, und die Adepten werden für viele Jahre deine einzige Gemeinschaft bilden.«

Trotzig, aber auch ein wenig nachdenklich, senkte Torin den Kopf. »Ich weiß nicht, ob ich das kann«, murmelte er. »Ich habe mich noch nie angepasst, weil ich mit den anderen fast nichts gemein hatte.«

»Ich sagte schon, bei den Adepten wird das anders sein. Sie sind dir in vielerlei Hinsicht überlegen, und du kannst von ihnen lernen. Übrigens sind auch zwei Scyllas unter ihnen, Söhne von Herzog Ronan. Sie wissen mit Sicherheit, dass du vor dem Hohen Tribunal gegen ihr Haus ausgesagt hast, und werden dir entsprechend feindselig begegnen. Schon um dich gegen sie zu behaupten, wirst du Freunde brauchen. Und da ist noch etwas, weshalb du auf jeden Fall vermeiden musst, dir die anderen zum Feind zu machen.«

»Und was ist das?«, hakte Torin nach, als der Inquisitor nicht von sich aus weitersprach.

Balosta seufzte. »Gegenüber den normalen Menschen hat ein Inquisitor eine ungeheure Macht«, erklärte er. »Aber innerhalb des Ordens sieht das anders aus. Abgesehen von einigen wenigen, die vermutlich zwischendurch aufgeben, werden alle diese Kinder eines Tages Inquisitoren sein, und manche werden durch ihre Leistungen oder Beziehungen vielleicht schneller aufsteigen als du. Sie könnten dir eines Tages Befehle erteilen, deine Missionen auswählen und über deine Zukunft innerhalb des Ordens entscheiden. Vielleicht ist sogar ein zukünftiger Großmeister unter ihnen. Möchtest du sie dann immer noch zu Feinden haben?«

Von dieser Warte hatte Torin das noch gar nicht betrachtet. Unsicher kaute er auf seiner Unterlippe herum.

»Ich kann nicht versprechen, dass es mir gelingen wird, Freunde zu finden«, sagte er nach einer Weile. »Aber zumindest werde ich mich bemühen, mir keine Feinde zu schaffen.«

»Gut, das ist schon mal ein Anfang. Übrigens gibt es eine alte Redewendung, die besagt, dass man Freunde vor allem dadurch gewinnt, dass man anderen selbst ein Freund ist.«

»Ich werde daran denken. Habt Ihr nicht noch ein paar andere Ratschläge für mich, wie ich vor allem die erste Zeit gut überstehe?«

Bereits in aller Frühe brach Balosta am nächsten Tag auf. Torin hatte gehofft, ihn zumindest noch bis zum Gelände der Inquisition begleiten zu dürfen, wo Balosta sich mit seinen Reisegefährten treffen wollte, doch der Inquisitor hatte dies abgelehnt. Der Aufbruch sollte so unauffällig wie möglich vonstattengehen. Zudem hatte ihm Balosta das Versprechen abgenommen, mit niemandem über den Prozess im Kloster und die Umstände des Todes der Hexe zu sprechen.

Sie verabschiedeten sich in Balostas Haus voneinander, und dann war der Inquisitor fort, für Monate, vielleicht für Jahre. Wie er erwartet hatte, fühlte sich Torin so einsam wie schon lange nicht mehr. Doch ob es ihm gefiel oder nicht, er würde ohne Naron Balosta auskommen müssen.

Den größten Teil des Tages war er unterwegs, nutzte die freie Zeit, um all die Sehenswürdigkeiten aufzusuchen, die er bislang noch nicht hatte besichtigen können, sowie einige, die es wert waren, ein weiteres Mal bestaunt zu werden. Er überlegte, ob er wie versprochen im Heiligendom eine Kerze zum Dank an die Heilige Familie anzünden sollte, aber das hielt er für verfrüht, solange er keine offizielle Bestätigung seiner Aufnahme in den Schwarzen Orden bekommen hatte.

Dies holte er nach, als er einige Tage später das entsprechende Schreiben erhielt, in dem ihm mitgeteilt wurde, dass die Kirche seine Ausbildung zum Inquisitor bezahlen würde und er sich in drei Tagen am Eingang zum Gelände der Inquisition einfinden solle.

Torin hätte jubelnd durchs ganze Haus tanzen können. Zwar hatte Balosta ihm bereits versichert, dass man ihn aufnehmen würde, aber erst nachdem er die schriftliche Bestätigung in der Hand hielt, war er überzeugt davon, dass sein Lebenstraum wirklich in Erfüllung ging, dass nicht im letzten Moment noch irgendwelche unerwarteten widrigen Umstände alles zunichtemachen würden.

Er hatte das Gefühl, dass die Kerze, die er kurz darauf im Dom anzündete, am hellsten von allen brannte.

Mit wild klopfendem Herzen fand sich Torin zur angegebenen Zeit am Eingang zum Gelände der Inquisition ein. Zusätzlich zu den Wachen standen dort noch weitere Adepten der älteren Jahrgänge bereit, von denen ihn einer zu einem Gebäude in einem abgelegenen Teil des Areals führte. Es war ein großer, schlaksig wirkender Junge. Während sie über das Gelände schritten, bekam Torin erstmals einen Eindruck davon, wie riesig dieses tatsächlich war.

Voller Nervosität sprach er seinen Begleiter ein paarmal an und stellte ihm Fragen, doch dieser reagierte in keiner Weise darauf.

Im Inneren des Hauses, in dem es wie scheinbar in allen Gebäuden des Ordens nicht besonders hell war, stiegen sie eine Treppe hinunter und erreichten einen Gang, von dem zahlreiche Türen abzweigten. Einige von ihnen standen offen, andere waren geschlossen. Der Adept führte Torin zu einer der offenen Türen. Eine kleine 11 war mit roter Farbe auf das Holz gepinselt.

»Das ist von nun an deine Unterkunft«, richtete der Adept erstmals das Wort an ihn.

Neugierig blickte Torin sich um. Nahezu alle öffentlich zugängigen oder zumindest sichtbaren Gebäude Aurelias strotzten nur so vor Prunk, doch die Wohnkammern der Adepten bildeten den größten nur vorstellbaren Gegensatz dazu. Sie waren nicht größer als eine Kerkerzelle und kaum weniger karg eingerichtet. Durch ein kleines Fenster hoch unter der Decke fiel Licht auf ein hölzernes Bettgestell mit einer dünnen Decke aus kratziger Wolle darauf. Ein unbequem wirkender Hocker und ein schmaler Tisch, an dem sie ihre Studien betreiben konnten, vervollständigten neben einem Betstuhl und einem weiteren kleinen Tischchen mit einer Waschschüssel darauf die Einrichtung.

Regale, Schränke oder sonstigen Stauraum, um persönliche Habseligkeiten unterzubringen, gab es nicht. Sie benötigten ihn auch nicht. In dem Brief, den Torin erhalten hatte, stand ausdrücklich geschrieben, dass er nichts mitbringen solle außer der Kleidung, die er am Leib trug. Nichts sollte ihn von seiner Ausbildung ablenken und an sein früheres Leben erinnern.

In den Tagen, in denen er im Haus der Balostas gewohnt hatte, hatte er einen ihm bis dahin unbekannten Luxus erlebt und sich ein bisschen daran gewöhnt. Trotzdem war Torin nicht enttäuscht. Deutlich erinnerte er sich noch an den Schlafraum im Kloster, den er sich mit anderen Jungen hatte teilen müssen. Gemessen daran kam ihm die zwar kleine, aber eigene Kammer hier geradezu komfortabel vor.

Andere hingegen schienen keineswegs dieser Meinung zu sein.

»Hier soll ich wohnen?«, vernahm er durch die offene Tür eine etwas näselnde Stimme aus einem der angrenzenden Räume. »Weißt du eigentlich, wer ich bin? Wenn ich meinem Vater erzähle, dass ich hier in so einem Loch hausen soll …«

»Mich interessiert weder, wer du bist, noch was dein Vater von deiner Unterbringung hält«, fiel ihm eine ältere Stimme ins Wort. »In diesen oder ähnlichen Unterkünften hat jedes Mitglied des Ordens einst gewohnt, selbst die Großmeister. Wenn dir das nicht gefällt, steht es dir jederzeit frei, uns wieder zu verlassen.«

Wie der Disput weiterging, konnte Torin nicht mehr hören, denn sein Begleiter schob die Tür mit dem Fuß zu.

»Manchmal sind diese verwöhnten Fürstensöhnchen einfach zum Kotzen«, sagte er. »Hast du vielleicht auch über dein neues Gemach zu meckern?«

»Nein, alles in Ordnung«, versicherte Torin eilig.

»Gut. Du hast noch eine halbe Stunde Zeit, um dich umzuziehen und deine Gedanken ein wenig zu sammeln. Danach beginnt die offizielle Begrüßung im großen Versammlungssaal. Geh einfach die Treppe wieder hinauf, dann wird man dir den Weg weisen.«

Erst da entdeckte Torin die Kleidungsstücke, die zusammengefaltet auf seinem Bett lagen: ein schlichtes knielanges Leibchen und die graue Kutte eines Adepten. Unwillkürlich begann sein Herz schneller zu schlagen. Er bekam kaum mit, wie sein Begleiter die Kammer verließ und die Tür hinter sich schloss. Andächtig ergriff er die Kutte und strich über den Stoff. Er fühlte sich rau und ein bisschen kratzig an, doch hätte Torin ihn nicht gegen das feinste und weichste Gewebe tauschen mögen.

Achtlos streifte er seine alten Sachen ab und schlüpfte zum ersten Mal in das Gewand, das ihn – lediglich farblich wechselnd – voraussichtlich bis zum Ende seines Lebens begleiten würde. Es war ein unglaubliches Gefühl. Erst jetzt fühlte er sich richtig als ein dem Orden zugehöriger Adept. Immer wieder befühlte er den Stoff, und es war ihm völlig egal, wie sehr er kratzte. Er würde sich schon daran gewöhnen.

*Verwöhnte Fürstensöhnchen*, schossen ihm die Worte des Adepten durch den Kopf. Wie er wusste, kamen fast alle Jungen, die dem Orden beitraten, aus einer reichen Familie. Für sie musste die Anpassung schwer sein. Es wäre sicherlich kein Problem, die Kutten aus besserem Stoff zu fertigen, denn Balostas Kutte beispielsweise fühlte sich wesentlich weicher an, aber das war wohl nicht gewollt. Die winzigen Kammern, der raue Stoff – vermutlich diente all das dazu, die neuen Adepten den vertrauten Annehmlichkeiten zu entwöhnen und sie auf das manchmal harte und entbehrungsreiche Leben als Inquisitor vorzubereiten.

Torin breitete die Decke auf dem Bett aus, legte sich darauf und starrte mit hinter dem Kopf verschränkten Händen zur Decke hinauf. Er wünschte, Pater Berlinus und all die anderen im Kloster, die nie an ihn geglaubt hatten, könnten ihn jetzt sehen. Dann aber begriff er, wie albern das war. Sie waren nur noch Schatten der Vergangenheit, denen er nichts mehr beweisen musste. Stattdessen musste er sich endlich von ihnen lösen, auch in Gedanken. Wenn schon, dann sollte er sich wünschen, dass Ila ihn sehen konnte, denn sie wäre die Einzige, die sich aufrichtig für ihn gefreut hätte.

Torin schloss die Augen und erlaubte es sich, ein wenig zu träumen. Seine Gedanken begannen sich zu verwirren, doch gerade rechtzeitig bemerkte er noch, dass er einzudösen drohte, und schreckte hoch. Es wäre der Gipfel an Peinlichkeit gewesen, wenn er die Begrüßung verschlafen hätte.

Oder hatte er bereits gedöst? Er war sich nicht sicher, konnte nur hoffen, dass es nicht oder höchstens kurz der Fall gewesen war. Er wollte kein Risiko mehr eingehen, verließ seine Kammer und eilte die Treppe hinauf.

»Durch die Tür am Ende des Ganges dort«, wies ihm ein älterer Adept den Weg.

Ein weiterer Neuling stand bereits vor der angegebenen Tür. Als er hörte, wie sich Torin näherte, drehte er sich zu ihm um. Er war ziemlich dick und gut einen halben Kopf größer als Torin. Sein Gesicht war pausbäckig und kugelrund, mit wulstigen Lippen und Tränensäcken unter den Augen. Zudem hatte er dünnes blondes Haar, kaum länger als ein Fingernagel.

»Hallo«, grüßte er, als Torin herangekommen war. »Ich bin Berryl Harkolin.«

»Torin«, stellte sich Torin vor. »Worauf wartest du?«

»Ich … trau mich nicht so recht«, gab der Junge sichtlich verlegen zu. »Deshalb hab ich gewartet, bis noch jemand kommt. Zu zweit ist es leichter, wenne verstehst, was ich mein.«

Torin verstand zwar, was er meinte, denn auch er fühlte sich unsicher und nervös, trotzdem konnte er nicht nachvollziehen, dass so ein kräftiger, großer Kerl wie Berryl Angst davor hatte, allein durch die Tür zu gehen. Und so ein Feigling wollte Inquisitor werden?

»Dann eben zusammen«, sagte er. Er atmete noch einmal tief durch, dann öffnete er entschlossen die Tür und trat ein.

Laute Stimmen schlugen ihm entgegen. Etwa zwei Dutzend andere Jungen hielten sich in dem großen Saal auf. Einige wandten bei seinem Eintreten kurz den Kopf und musterten ihn, beachteten ihn dann aber nicht weiter.

Rasch blickte sich Torin um, und dabei entdeckte er etwas, von dem er im ersten Moment kaum glauben konnte, dass es wirklich so war. Er blinzelte, aber der ungeheuerliche Anblick blieb.

Zwei seiner künftigen Mitschüler waren Mädchen.

Mädchen in den grauen Kutten von Adepten!

Eines von ihnen hatte ein grobknochiges Gesicht und strohblondes Haar, das andere war dunkelhaarig. Gemeinsam standen sie in der Mitte des Raums, und ihnen gegenüber standen zwei bullige Jungen mit kupferroten Haaren. Einer von ihnen war ein klein wenig größer als der andere, doch ansonsten sahen sie sich so ähnlich, dass sie nur Brüder sein konnten.

»Ist mir völlig egal, ob der Rat der Großmeister und die Kardinalskurie es so beschlossen haben!«, rief der Größere der beiden gerade; er näselte etwas, und Torin erkannte die Stimme sofort als die des Jungen wieder, der sich über sein Quartier beschwert hatte. »Es ist eine Schande für den Orden. Weiber gehören an den heimischen Herd, aber nicht in die ehrwürdige Inquisition!«

»Dann bin ich nur froh, dass du nicht darüber zu entscheiden hast«, erwiderte das dunkelhaarige Mädchen schnippisch.

»Das kannst du auch, sonst würde ich euch schneller zurück

nach Hause befördern, als ihr gucken könnt. Wie sprichst du überhaupt mit mir? Weißt du eigentlich, wer ich bin?«

»Ein Flegel ohne Manieren, scheint mir, und damit wohl auch nicht gerade eine Zierde des Ordens. Sonst hättest du dich längst vorgestellt, statt hier Rätselspiele zu veranstalten.« Das Mädchen lächelte spöttisch. »Allerdings ist das ein ziemlich leichtes Rätsel. Schlechte Manieren und Haare wie der Hintern eines Rotaffen, also unverkennbar ein Scylla. Und der Kleine neben dir stammt wohl aus demselben Wurf.«

Ein Raunen ging durch den Raum. Torin hielt unwillkürlich den Atem an. Er hegte keinerlei Sympathie für die Scyllas, aber wenn die beiden diejenigen waren, von denen schon Balosta gesprochen hatte, dann waren sie immerhin Söhne eines Herzogs. Schon ein Mann hätte es sich gut überlegt, so zu ihnen zu sprechen. Wie konnte es dann dieses Mädchen wagen?

Gleichzeitig musste er sich aber eingestehen, dass ihm ihr Mut imponierte. Sie befand sich allein mit dem anderen, bislang stumm gebliebenen Mädchen in einem Raum mit rund zwanzig Jungen, doch schien ihr das nicht das Geringste auszumachen.

Drohend trat der Rothaarige einen Schritt auf sie zu. Auch sein Gesicht begann nun rot anzulaufen, und seine Augen funkelten vor Zorn. »Wage es nicht noch einmal, so mit mir zu sprechen!«, stieß er hervor. »Du hast recht, ich bin Solomon Scylla, und das ist mein Bruder Malar. Also überleg dir gut, was du sagst. Ich lasse mich nicht von einem dahergelaufenen Weibsbild beleidigen. Wenn du ein Junge wärst, würde ich dich grün und blau prügeln. Du bist …«

Das Mädchen wich nicht zurück, sondern blickte dem bulligen und sicherlich zehnmal stärkeren Scylla ungerührt entgegen. »Ich bin Shirina Falkenstein und somit von ebenso hoher Herkunft wie du«, fiel es ihm ins Wort und machte einen so übertriebenen Knicks, dass eine groteske Verhöhnung daraus wurde. »Und wenn du dich an mir vergreifen willst, dann komm ruhig. Der Letzte, der das versuchte, hat von mir eine Abreibung bekommen, an die er sich wohl bis an den Rest seines Lebens erinnern wird.«

»Glaub nur nicht, dass ich davor zurückschrecke, dir eine Tracht Prügel zu verabreichen, nur weil du ein Mädchen bist«, knurrte Solomon. »Wenn du dich wie ein Junge benimmst, behandle ich dich auch wie einen!«

»Pass lieber auf, dass dir niemand einen Eimer Wasser über den Kopf schüttet, weil er glaubt, deine Haare würden brennen«, stichelte Shirina weiter.

Solomon brüllte auf und stürmte auf sie zu. Das andere Mädchen wich ängstlich zurück, doch Shirina trat lediglich mit einem raschen Schritt zur Seite und streckte ihr Bein aus. Der Scylla konnte nicht mehr ausweichen und stolperte darüber. Mit rudernden Armen versuchte er, sein Gleichgewicht zu halten, doch es gelang ihm nicht, und er stürzte schwer zu Boden.

Erneut ging ein Raunen durch den Raum. Mit vor Wut verzerrtem Gesicht sprang Solomon wieder auf und stürzte sich erneut auf Shirina. Diesmal gelang es ihm, sie zu packen, aber mit einer schlangengleichen Bewegung befreite sie sich aus seinem Griff, ließ ihn erneut an sich vorbeistolpern und versetzte ihm einen Tritt in den Hintern.

Im gleichen Moment war sein jüngerer Bruder zur Stelle. Unbemerkt hatte er sich ihr von hinten genähert und packte sie nun so an den Armen, dass sie keine Chance mehr hatte, sich zu befreien. Zwar wand sie sich und trat nach hinten aus, doch er hielt sie eisern fest.

Mit triumphierendem Grinsen trat Solomon auf sie zu.

»Jetzt bist du nicht mehr so überheblich, was?«, höhnte er und versetzte ihr eine kräftige Ohrfeige. Der Schlag war durch den ganzen Raum zu hören, und seine Finger zeichneten sich deutlich auf ihrer Wange ab. Doch keiner der Anwesenden rührte sich.

Torin war noch immer entsetzt darüber, dass auch Mädchen in den Schwarzen Orden aufgenommen wurden. Davon hatte man ihm im Kloster nichts gesagt, und auch Balosta hatte kein Wort darüber verloren. Zudem fand er es unmöglich, wie Shirina sich benahm. Statt sich demütig und bescheiden zu geben, schien sie geradezu auf Streit aus zu sein. So wenig er die Scyllas mochte, er konnte Solomon durchaus verstehen. Als Mann durfte man es einfach nicht hinnehmen, von einer Frau beleidigt zu werden. Das verstieß gegen die göttliche Ordnung, die eindeutig besagte, dass das Weib dem Manne untertan war.

Auch er selbst hätte es sich nicht gefallen lassen, dennoch hätte er sicherlich anders reagiert. Wie er schon im Kloster gelernt hatte, war es durchaus angemessen, eine Frau auf den Platz zu verweisen, den der Göttliche Vater für sie bestimmt hatte, und sie auch zu züchtigen, wenn sie allzu aufsässig wurde.

Aber zu zweit über eine Frau herzufallen, wobei einer sie festhielt und der andere offenbar wirklich vorhatte, sie mit seiner ganzen überlegenen Kraft zu verprügeln, das war feige und verstieß gegen sein Gerechtigkeitsempfinden. Das wäre ebenso der Fall gewesen, wäre Shirina ein Junge gewesen.

Schon hob Solomon erneut die Hand. Niemand sonst im Raum machte Anstalten einzugreifen, doch Torin konnte dem unwürdigen Schauspiel nicht tatenlos zusehen.

»Aufhören!«, rief er, ohne noch einen Moment zu überlegen.

Solomon Scylla ließ die Hand sinken und drehte sich langsam um. »Wer wagt es …?«

Einige der Umstehenden rückten von Torin ab, und immer mehr Blicke richteten sich auf ihn, sodass es sinnlos gewesen wäre, den Unbeteiligten zu spielen.

In was für einen Schlamassel hatte er sich bloß wieder hineingeritten? Seit nicht einmal einer Stunde erst trug er die graue Kutte, und schon steckte er mitten in einem Streit mit einem anderen Adepten. Und alles nur, weil dieses verrückte

Mädchen, das seiner Meinung nach hier nichts verloren hatte, nicht den Mund halten konnte!

Er beschloss, sie nicht zu mögen und sich möglichst wenig mit ihr abzugeben.

Zunächst aber musste er sich ihretwegen mit Solomon Scylla auseinandersetzen, der ihm mindestens ebenso zuwider war. Von den anderen schien Torin keine Hilfe erwarten zu können. Er raffte alle Tapferkeit zusammen, die er aufbringen konnte.

»Ich finde es nicht sonderlich mutig, zu zweit ein Mädchen zu verprügeln«, sagte er.

»Ach, findest du?« Der Rothaarige kam ein paar Schritte auf ihn zu. »Und wer bist du?«

»Ich bin Torin.«

»Torin also. Und weiter?«

»Ich gehöre keiner Familie an, sondern wurde im Kloster des heiligen Bernardeus bei Assani aufgezogen.«

»Du also bist der Betteljunge aus dem Osten.« Solomons Augen verengten sich zu Schlitzen. »Aufgrund deiner Lügen musste meine Familie eine völlig überzogene Strafe an die Kirche entrichten. Hat man dich zum Dank dafür in den Orden aufgenommen und bezahlt deine Ausbildung mit unserem Gold?« Wieder kam er einige Schritte näher. »Pass auf die kleine Schlampe auf, Malar, ich kümmere mich erst mal um unseren Lügenbold hier. Mädchen und Betteljungen in der Inquisition! Allmählich muss man sich selbst schämen, zum Schwarzen Orden zu gehören.«

Torin spürte, wie Angst in ihm aufstieg. Der Scylla war nicht nur stärker als Shirina, sondern mit Sicherheit auch stärker als er. Und er hatte einen guten Grund, Zorn und Hass gegen Torin zu empfinden.

»Ich habe nicht gelogen«, verteidigte er sich. »Eure Soldaten haben Inquisitor Naron Balosta und mich auf dem Weg nach Aurelia angegriffen und versucht, uns zu töten.«

»Und selbst wenn, dann ist es nur schade, dass sie dabei gescheitert sind. Zumindest was dich betrifft. Aber das lässt sich ja nachholen.«

Zu Torins Überraschung trat plötzlich Berryl neben ihn. Gegen ihn wirkte selbst der bullige Scylla schmächtig. »Das reicht jetzt«, sagte er. »Wir sind doch nicht hier, um uns zu prügeln.«

»Misch dich da nicht ein, Fettklops, oder willst du auch direkt eine Abreibung?«, blaffte Solomon, aber er klang nicht mehr ganz so selbstsicher wie vorher. »Na gut«, fuhr er nach einer kurzen Pause fort, als Berryl keine Anstalten machte, zur Seite zu treten. »Ich kümmere mich jetzt erst mal um die Schlampe. Aber wir sprechen uns noch, Betteljunge. Und wir auch, Fettklops!«

Torin atmete unmerklich auf. Das war gerade noch einmal gutgegangen, auch wenn es für das Falkenstein-Mädchen wieder brenzlig wurde. Aber Solomon kam nicht mehr dazu, seine Drohung in die Tat umzusetzen.

»Ruhe!«, hallte plötzlich eine wie Donnergrollen klingende Stimme durch den Saal. Unbemerkt war ein Inquisitor in schwarzer Robe eingetreten und auf ein Podest an der Stirnseite des Raumes gestiegen.

Es war ein leicht dicklicher, sehr großer Mann um die fünfzig, mit schwarzem Haar und einem ebenfalls schwarzen Vollbart. Torin hatte ihn während seiner Aufnahmeprüfungen ein paarmal zu Gesicht bekommen.

»Wer als Nächster eine dumme Bemerkung macht, handelt sich eine Extrastunde Latrinendienst heute Abend ein.« Schlagartig wurde es still im Raum. Der Inquisitor nickte zufrieden. »Nun stellt euch in einer Reihe auf. Und du, Malar Scylla, lass sofort Shirina Falkenstein los.«

Torin beeilte sich, zusammen mit den anderen in eine Reihe zu treten.

»Schon besser, wenn auch nicht viel. Merkt euch das: Ihr seid ein undisziplinierter Haufen, eine Schande für diese ehrwürdigen Hallen! Aber das werde ich ändern, das könnt ihr mir glauben. Ich bin Ondur Velat, Inquisitor zehnten Grades und euer oberster Ausbilder im ersten Jahr. Hat irgendjemand noch etwas zu sagen?«

»Ja, ich«, sagte Solomon Scylla. Mit noch immer vor Zorn gerötetem Gesicht trat er einen Schritt vor. »Die Unterkunft, die man mir zugewiesen hat, ist eine Zumutung, ein unbewohnbares finsteres Loch, meiner Abstammung nicht im Geringsten würdig. Ich verlange …«

»Eine Stunde Latrinendienst für Solomon Scylla heute Abend wegen Dummschwätzerei«, fiel ihm der Inquisitor ins Wort. »Ich habe euch gewarnt.«

»Was? Aber …«

»Möchtest du, dass ich zwei Stunden daraus mache? Sonst halt den Mund. Hört mir jetzt gut zu, ihr alle, denn wie man mir berichtet hat, war Solomon bei Weitem nicht der Einzige, der sich beschwert hat. Die meisten von euch sind als Kinder von Fürsten in Wohlstand und Bequemlichkeit aufgewachsen. Diese Zeit ist für euch vorbei. Wenn ihr nicht darauf verzichten könnt, seid ihr hier falsch und solltet besser auf eure Schlösser und in eure Paläste zurückkehren. Das Leben eines Inquisitors besteht nicht darin, in Luxus zu residieren. Es ist oftmals hart und entbehrungsreich. Daran könnt ihr euch gar nicht früh genug gewöhnen. Aber das werdet ihr, wenn ihr hier bleibt, verlasst euch darauf!«

»Mein Vater ist Herzog Ronan Scylla, und ich habe es nicht nötig, mir so etwas sagen und mich so behandeln zu lassen!«, rief Solomon empört. »Ich habe Angehörige, die in einflussreichen Positionen innerhalb der Kirche arbeiten, und werde mich bei ihnen beschweren.«

»Aber erst, nachdem du *zwei* Stunden Latrinendienst verrichtet hast«, entgegnete Velat ungerührt. »Und jetzt tritt zurück in die Reihe. Wenn ich noch ein Wort von dir höre, wird eine ganze Woche daraus.«

Solomon ballte die Hände zu Fäusten, war aber klug genug zu schweigen.

»Möchte sich sonst noch jemand über irgendetwas beschweren?«, fragte der Inquisitor. Niemand meldete sich, ergriff das Wort oder rührte sich. »Gut, ihr scheint zumindest lernfähig zu sein. Jahr für Jahr stehe ich hier vor verwöhnten Rotzgören wie euch, die sich einbilden, sie wären etwas Besonderes und hätten deshalb auch eine Sonderbehandlung verdient. Hier jedoch seid ihr alle gleich. Niemanden interessiert, wie reich euer Vater ist oder was er für einen Titel trägt. Nicht einmal die wenigen Angehörigen der königlichen Familie Moliari, die im Laufe der Zeit dem Schwarzen Orden beigetreten sind, sind anders als alle Übrigen behandelt worden. Sie haben wie ihr hier gestanden, und sie haben in den gleichen Unterkünften wie ihr geschlafen.«

Auf Torin trafen diese Vorwürfe nicht zu, und er wusste, dass er von allen Adepten mit Sicherheit am wenigsten gemeint war. Ein wenig erfüllte ihn die Schelte für die anderen sogar mit Befriedigung. Wenn er nur daran dachte, wie heiß der Wunsch, Inquisitor zu werden, über Jahre in ihm gebrannt hatte, was er alles getan hatte, um heute hier zu stehen, war er fest entschlossen, jedwede weitere Entbehrung auf sich zu nehmen …

Die anderen hingegen hatten sich kein bisschen anstrengen müssen. Ihre reichen Familien hatten die Aufnahmegebühr für sie bezahlt, und kaum waren sie hier, hatten sie nichts Besseres zu tun, als darüber zu jammern, dass sie keine Prunkunterkünfte erhielten. Für dieses Denken hatte er nur Verachtung übrig, deshalb konnte er den Zorn des Inquisitors gut verstehen.

»Glaubt ihr, ihr wäret bereits Inquisitoren, nur weil ihr die graue Kutte anlegen durftet?«, fuhr dieser fort. »Ihr seid nichts, merkt euch das! Ihr habt gerade mal den ersten Schritt auf einem langen, langen Weg getan. Bei manchen von euch bin ich mir nicht einmal sicher, dass sie es überhaupt wert sind, diese Kutte zu tragen, egal, wie viel ihre Familien dafür bezahlt haben. Deshalb möchte ich, dass ihr jetzt sofort in eure Kammern zurückkehrt und die Kleidung holt, in der ihr hergekommen seid. Jetzt sofort. Und beeilt euch! Ich werde hier auf euch warten.«

Ein heißer Schreck durchfuhr Torin, während er mit den anderen eilig zum Ausgang strebte. Wollte Velat, dass sie ihre Kutten wieder ablegten, bis sie sich ihrer als würdig erwiesen? Oder wollte er etwa sogar seine angedeutete Drohung wahr machen und einige von ihnen wieder nach Hause schicken? Aber wenn, so versuchte sich Torin zu beruhigen, so betraf das doch sicher nicht ihn. Er hatte sich über nichts beschwert und sich auch sonst in keiner Form aufsässig gezeigt. Wenn, dann schwebte höchstens Solomon in Gefahr, und ihm würde Torin schon nach der kurzen Zeit, die er ihn kannte, keine Träne nachweinen.

Er beschleunigte seinen Schritt, um zu Berryl aufzuschließen, der ein Stück vor ihm ging. »Danke, dass du mir geholfen hast. Ich habe dich erst für einen Feigling gehalten, aber das war sehr mutig von dir.«

»Ach, das war gar nichts«, wiegelte der dicke Junge ab. »Im Grunde bin ich wirklich feige, aber vor einem wie Solomon hab ich keine Angst. Der vergreift sich nur an Schwächeren, und ich bin ziemlich stark, wenne verstehst, was ich mein. Was glaubst du, warum sollen wir unsere Sachen holen? Die werden uns doch nicht etwa rausschmeißen, oder? Mein Vater würde mich umbringen.«

Torin kam nicht zum Antworten, denn in diesem Moment zupfte Shirina Falkenstein an seinem Ärmel.

»Du bist ja ein richtiger Held«, sagte sie; noch immer war ihre Wange rot von Solomons Schlag. »Danke, dass du versucht hast, mich zu beschützen.«

»Ich mag es nicht, wenn zwei Jungen ein schwaches Mädchen verprügeln«, entgegnete Torin.

Sie war recht hübsch, wie ihm erst jetzt auffiel. Vorher war er viel zu sehr mit anderen Problemen beschäftigt gewesen, um darauf zu achten. Ihr langes dunkles Haar glänzte, und ihre Wangenknochen waren ziemlich stark ausgeprägt, was ihrem Gesicht einen besonderen Zug verlieh. Ihre grauen Augen blitzten vor Aufregung und Lebensfreude. Vielleicht, dachte er bei sich, war sie ja doch ganz nett. Aber schon ihre nächsten Worte zerstörten diesen Eindruck wieder.

»Und da wolltest du dich schützend vor mich armes, schwaches Mädchen stellen«, sagte sie spöttisch. »Aber merk dir eins für die Zukunft: Ich brauche keinen Beschützer, ich kann sehr gut auf mich selbst aufpassen, wahrscheinlich besser als du auf dich. Mit den beiden wäre ich auch allein fertiggeworden.«

»Das habe ich gesehen!«, stieß Torin mit wieder neu erwachendem Ärger hervor, doch sie beachtete ihn gar nicht mehr, sondern eilte leichtfüßig davon. Zornig blickte er ihr hinterher. Was bildete sie sich überhaupt ein? War das der Dank dafür, dass er sie vor weiteren Schlägen bewahrt hatte und beinahe selber verprügelt worden wäre?

Er verdrängte den Gedanken an sie, holte seine Straßenkleidung und kehrte so schnell wie möglich in den großen Saal zurück. Als sie alle eingetroffen waren, jeder mit einem Kleiderbündel über dem Arm, öffnete Velat die Tür, durch die er zuvor eingetreten war.

»Folgt mir!«, befahl er.

Sie gelangten in einen kleineren Raum. Ein großer Schreibtisch, bedeckt mit Papieren, stand darin, außerdem einige weitere Möbel. Hitze von einem hell lodernden Kaminfeuer schlug ihnen entgegen. Es war noch immer Sommer, und obwohl es innerhalb der dicken Steinmauern stets ein wenig kühl war, bestand kein Grund, so kräftig zu heizen. Selbst Torin, der in einer extrem heißen Gegend aufgewachsen war, empfand die Hitze als unangenehm; während der vergangenen Wochen hatte er sich einigermaßen an das kühlere Klima im Herzen des Kontinents gewöhnt.

»Ihr seid noch tief in eurem bisherigen Leben mit allem Reichtum und seinen Annehmlichkeiten verwurzelt«, ergriff Velat wieder das Wort. »Ihr habt noch nicht verinnerlicht, dass diese Zeit vorbei ist. Aus diesem Grund scheint mir ein drastischer Einschnitt vonnöten. Eine Geste, eine symbolische Handlung, die euch von dem Letzten trennt, das ihr aus diesem Leben noch besitzt. Deshalb werdet ihr nun der Reihe nach vortreten und eure bisherige Kleidung ins Feuer werfen.«

Ein überraschtes und erschrockenes Raunen ging durch den Raum.

»Ihr … Ihr seid von Sinnen!«, protestierte Solomon Scylla. *Wer auch sonst,* dachte Torin. »Habt Ihr auch nur die geringste Vorstellung, wie teuer diese Kleidung war? Das ist feinste borainische Seide, abgesetzt mit Goldkanten, bestickt mit Perlen und Juwelen von …«

»Zwei Tage lang jeweils zwei Stunden Latrinendienst für Solomon Scylla!«, verkündete der Inquisitor. »Und das war wirklich das letzte Mal, dass ich dir gegenüber habe Milde walten lassen. Wenn du mir heute noch einmal unangenehm auffällst, kannst du die Kutte ausziehen und zu deiner Familie zurückkehren. Also entscheide dich: das Feuer oder eine Heimreise!«

Einen Moment lang rang der rothaarige Junge mit sich. Man sah ihm an, dass er sich am liebsten auf den Inquisitor gestürzt hätte. Schließlich jedoch gelang es ihm, seinen Zorn zu unterdrücken, und er nickte.

»In meinem Wams stecken noch einige Goldtaler«, bekannte er kleinlaut. »Darf ich wenigstens die herausnehmen?«

»Du darfst«, erwiderte Velat. »Und dann darfst du sie auf meinen Tisch legen. Sie gehen in den Besitz der Kirche über. Ihr wisst, dass es euch im ersten Ausbildungsjahr verboten ist, irgendwelchen persönlichen Besitz zu haben. Das gilt auch für euch andere. Ich werde auf eine Strafe verzichten, wenn ihr eventuelle Wertgegenstände jetzt abliefert. Ansonsten werden sie später in der Asche gefunden werden.«

Solomons Gesicht war nicht mehr rot, sondern fast bleich, als er vortrat, eine gute Hand voll Goldmünzen aus den Taschen seiner alten Sachen klaubte und sie auf den Tisch legte. Nach einem letzten kurzen Zögern schleuderte er die Kleidung ins Feuer.

Einer nach dem anderen folgte seinem Beispiel, wobei die meisten dem kleinen Stapel auf dem Tisch zumindest ein paar Münzen hinzufügten. Torin konnte darauf verzichten. Er besaß kein Geld. Lediglich wegen der Kleidung hatte er ein schlechtes Gewissen, da sie ihm im Grunde nicht gehörte, sondern von den Balostas bezahlt worden war. Aber wenn sie davon erfuhren, würden sie sicherlich einsehen, dass ihm keine Wahl geblieben war.

»Das wäre erledigt«, sagte Velat, als auch das letzte Bündel verbrannt war. »Ich hoffe, ihr begreift, was gerade geschehen ist. Das war keine Strafe, sondern die Gelegenheit zu einem Neuanfang für euch. Ihr seid als Adepten in den edelsten Orden der Kirche der Heiligen Familie aufgenommen worden. Ist euch überhaupt richtig bewusst, was das bedeutet? Manche sagen, uns käme es nur auf das Geld an, das wir für eure Ausbildung erhalten haben, aber das ist nicht wahr. Es gibt viele reiche Familien in Antasia, und viele möchten zumindest eines ihrer Kinder in unserem Dienst sehen. Dennoch lehnen wir die meisten ab, weil sie uns aus den verschiedensten Gründen nicht geeignet scheinen. Von Zeit zu Zeit, wie im letzten Jahr geschehen, kommen trotz zahlreicher Bewerber nicht einmal genug für einen eigenen Jahrgang zusammen. Es geht nicht um Geld, sondern nur darum, ob ihr euch den Prüfungen auf den verschiedensten Gebieten gewachsen zeigt. Deshalb nehmen wir manchmal sogar Adepten auf, die keine reiche Familie hinter sich haben, so wie in diesem Jahr Torin, weil wir überzeugt sind, dass er sich zu einem würdigen Mitglied des Ordens entwickeln wird. Von euch allen glauben wir das, deshalb haben wir euch ausgewählt. Gebt uns keinen Grund, unsere Entscheidung zu bereuen.«

Soweit es ihn betraf, war Torin entschlossen, es niemals dazu kommen zu lassen. Auch auf die anderen hatte die Rede des Inquisitors Eindruck gemacht, wie er mit einem raschen Blick feststellte. Selbst die beiden Scylla-Brüder hielten ihre Köpfe demütig gesenkt.

»Wenn ihr eure Ausbildung abgeschlossen habt, werdet ihr als Inquisitoren vereidigt. Ihr werdet eine ungeheure Macht in Händen halten und überall hohes Ansehen genießen. Für einige von euch, vielleicht auch nur für eure Familien, mag das der Hauptgrund sein, weshalb ihr euch für den Dienst im Orden entschieden habt. Diese Denkweise jedoch werden ich und eure anderen Ausbilder euch gründlich austreiben. Ihr werdet lernen, dass Macht mit Verantwortung einhergeht. Niemals darf euer eigener Vorteil im Vordergrund stehen, sondern stets nur der Dienst für die Göttliche Familie. Überall lauern Gefahren, die unseren Glauben bedrohen. Die Herrin der Verdammnis wartet nur auf Gelegenheiten, Zweifel und Zwietracht zu säen, und noch immer sind überall auf der Welt im Verborgenen Hinterlassenschaften ihrer dämonischen Diener anzutreffen, die einst diesen Kontinent bevölkerten. Wir sind das Schwert, das sich ihnen entgegenstellt. Ohne unseren unermüdlichen Einsatz würden Ketzerei und Blasphemie wie ein Geschwür an den Fundamenten der Kirche nagen. Deshalb dürfen wir in unserem Kampf niemals nachlassen, und wir dürfen niemals scheitern. Wir verteidigen das Licht gegen die Finsternis.«

»Für das Licht, gegen die Finsternis!«, rief einer der Adepten. Torin wusste nicht, wer sie hervorgestoßen hatte, aber es waren genau die Worte, die auch ihm in diesem Moment durch den Kopf gingen.

»Das ist die richtige Einstellung!«, erklärte Velat mit einem zufriedenen Lächeln. »Dieses Feuer muss heiß in euren Herzen lodern und der Antrieb all eures Handelns sein. In den kommenden Jahren werdet ihr alles erlernen, was nötig ist, um diesen Kampf zu führen. Das Wissen, die Handhabung des Schwertes und die moralische Stärke, das Böse in seinen oft vielfältigen Verkleidungen zu erkennen.«

Er räusperte sich. »Allen Besitz, der euch noch mit eurem vorherigen Leben verbunden hat, habt ihr verbrannt. Aber es gibt noch andere Bindungen, die nicht so leicht abzulegen sind. Aus diesem Grund werde ich zu einer ungewöhnlichen Maßnahme greifen. Euch gefallen eure Kammern nicht? Nun, ihr sollt Gelegenheit bekommen, euch mit ihnen anzufreunden, denn schließlich werdet ihr das nächste Jahr in ihnen leben. Aus diesem Grund werdet ihr jetzt in eure Unterkünfte zurückkehren und sie für die Dauer von drei Tagen nicht verlassen. Ihr werdet über das nachdenken, was ich gesagt habe, werdet beten und die Gelegenheit nutzen, in Einklang mit euch selbst und eurer Situation zu kommen. Dies verzögert eure Ausbildung nicht, sondern ist bereits ein Teil davon. Alles Weitere werde ich in drei Tagen entscheiden. Und nun geht!«

# 12

Torin wusste nicht, wie leicht oder schwer den anderen die dreitägige Isolation fiel, denn um eine solche handelte es sich. Es gab keine Möglichkeit, die Türen ihrer Unterkünfte von innen zu verschließen. An der Außenseite hingegen befand sich ein Riegel, der von Adepten der höheren Jahrgänge vorgelegt wurde, sobald sie sich in ihren Kammern befanden. Morgens und abends brachten diese Adepten Torin einen Becher mit Wasser und ein Stück Brot, außerdem leerten sie den Eimer, den er erhalten hatte, um seine Notdurft zu verrichten. Ein paarmal hatte er sie anzusprechen versucht, doch sie hatten nicht darauf reagiert; vermutlich war ihnen befohlen worden, nicht zu reden.

Es machte ihm nichts aus.

Im Kloster war Arrest eine beliebte Strafe gewesen, und sie war auch über ihn öfters verhängt worden. Meist für etwas, das er nicht getan hatte, das andere ihm jedoch in die Schuhe geschoben hatten. Zumeist hatte er genossen, was eigentlich als Strafe gedacht gewesen war. Wenn man etwas ohnehin nicht ändern konnte, sollte man das Beste daraus machen. Er brauchte keine Gesellschaft, um sich wohlzufühlen. Es war ihm nie schwergefallen, allein mit sich und seinen Gedanken und Träumereien zu sein.

Auch jetzt war dies nicht anders. Die meiste Zeit lag er auf dem Bett, leerte so gut es ging seinen Geist und versuchte, an nichts Bestimmtes zu denken. In den letzten Wochen waren täglich unglaublich viele neue Eindrücke auf ihn eingestürmt, und sein Geist hatte kaum Gelegenheit gehabt, diese alle zu verarbeiten und sich davon zu erholen. Nun zwang Torin sich bewusst zur Ruhe und spürte, wie seine innere Anspannung wich.

Mehrmals täglich kniete er auf dem Betstuhl nieder, dankte der Göttlichen Familie, dass er es so weit geschafft hatte, und erbat auch für die Zukunft ihren Beistand.

Und natürlich dachte er auch über seine Situation und die anderen Adepten nach. Mit den beiden Scyllas würde er noch weiteren Ärger bekommen, daran gab es leider kaum einen Zweifel. Sie hassten ihn, weil er vor dem Hohen Tribunal gegen ihre Familie ausgesagt hatte, und außerdem aufgrund seiner Herkunft. Torin wusste nicht, ob es sich um Standesdünkel handelte, den Glauben, dass ein Niemand wie er in diesem Kreis reicher, hochwohlgeborener Adepten nichts zu suchen hatte, oder schlichtweg um Neid, dass ihre Familie für ihre Ausbildung einen hohen Preis bezahlen musste, während für ihn die Kirche alle Kosten übernahm. *Betteljunge*, hallte Solomons Beleidigung noch immer in seinem Geist nach.

Die beiden hatten ein bemerkenswertes Talent darin, sich unbeliebt zu machen. Innerhalb kürzester Zeit hatten sie sich nicht nur mit ihm, mit Berryl und den beiden Mädchen angelegt, sondern auch mit ihrem Ausbilder. Vor allem Solomon würde eine gehörige Portion Wut im Bauch haben. Am frühen Abend der ersten beiden Tage hatte Torin gehört, wie auf dem Gang eine einzelne Tür entriegelt worden war. Solomon war zum Latrinendienst geholt worden; eine Arbeit, die er mit Sicherheit für weit unter seiner Würde hielt. An Velat würde er sich nicht rächen können, also würde er versuchen, seine aufgestaute Wut an denen abzureagieren, die er sonst noch nicht leiden konnte. Torin war nicht gerade glücklich darüber, zu diesem Kreis zu gehören, aber schließlich hatte er es sich nicht ausgesucht.

Dann war da noch Berryl. Torin wusste nicht recht, was er von ihm halten sollte. War er nun feige oder mutig, stark oder nur dick? Einen übermäßig intelligenten Eindruck machte er nicht, schien aber das Herz am rechten Fleck zu haben. Immerhin hatte er sich Solomon entgegengestellt. Wenn er wirklich stark war, würde es von Nutzen sein, ihn zum Freund zu gewinnen. War er jedoch nur dick, würden nicht nur die beiden Scyllas, sondern auch die anderen sich schnell gegen sie wenden.

Und schließlich Shirina Falkenstein. Für Torin stand fest, dass er sich von ihr fernhalten musste, wollte er sich nicht noch zusätzlichen Ärger einhandeln. Schließlich hatte sie ihn ja auch selbst dazu aufgefordert. Er konnte sich nicht vorstellen, dass die anderen ein Mädchen als Adepten wirklich akzeptieren würden. Darüber hinaus besaß sie ein freches Mundwerk, das sie vermutlich immer wieder in Schwierigkeiten bringen würde.

Von den anderen konnte er sich noch kein Bild machen. Sie waren ihm weder positiv noch negativ aufgefallen, allerdings hatten einige von ihnen gegen die Bestimmungen des Ordens verstoßen, indem sie versucht hatten, Gold einzuschmuggeln. Und keiner von ihnen hatte sich auf seine Seite gestellt, als er Shirina hatte schützen wollen. Beides sprach nicht gerade für sie.

In den ersten beiden Tagen genoss Torin die Ruhe und Abgeschiedenheit. Unter anderen Umständen wäre er ihrer erst sehr viel später überdrüssig geworden, aber er war nicht hier, um sich auszuruhen. Es gab so vieles, auf das er gespannt war. Ondur Velat hatte gesagt, diese drei Tage Isolation würden bereits zur Ausbildung gehören, und für viele der anderen mochte die Besinnung auf sich selbst ja auch eine unbekannte Lektion sein. Torin jedoch wollte mit der *richtigen* Ausbildung beginnen, brannte darauf, mehr über das Amt des Inquisitors zu erfahren, als er bislang schon wusste. Dennoch ertrug er auch den dritten Tag mit stoischer Ruhe.

In aller Frühe am vierten Tag wurde er davon wach, dass benachbarte Kammern entriegelt und Türen aufgerissen wurden. Er stand auf und streifte seine Kutte über, wartete jedoch vergeblich darauf, dass man auch ihn herausließ. Stattdessen kehrte nach einigen Minuten wieder Ruhe ein.

Zähflüssig strichen die Minuten dahin. Er fragte sich, was das zu bedeuten hatte, fand aber keine Antwort. Es dauerte bestimmt eine halbe Stunde, bis endlich auch seine Tür entriegelt und geöffnet wurde. Der schlaksige Adept, der ihn zu seiner Unterkunft geführt hatte, trat ein.

»Rauskommen!«, befahl er in barschem Ton.

Torin trat auf den Gang, wo bereits mehrere der anderen warteten. Insgesamt waren sie zu neunt. Zu seiner Erleichterung befand sich keiner der beiden Scyllas unter ihnen. Es herrschte ein ziemlich übler Geruch. Man hatte ihnen in den vergangenen Tagen nicht einmal Wasser zum Waschen gebracht.

»Ihr seid schmutzig und stinkt«, stellte auch der ältere Adept mit einem Naserümpfen fest. »So könnt ihr keinem Inquisitor unter die Augen treten, deshalb werdet ihr jetzt erst einmal baden. Folgt mir!«

Er führte sie den Korridor entlang und in einen anderen, bis er vor einer offenen Tür stehen blieb. Dahinter lag ein Badezimmer mit insgesamt zehn Wannen. Handtücher hingen an Haken an einer Wand. Die neuen Adepten dieses Jahres bestanden aus neunzehn Jungen, die beiden Mädchen hatten wahrscheinlich einen eigenen Baderaum. Torin wunderte sich, wo die anderen zehn Jungen abgeblieben waren.

Es gab eine weitere Tür, die ins Freie führte. Der Adept deutete auf einige Eimer. »Draußen fließt ein Bach vorbei, aus dem ihr euch Wasser holen könnt. Beeilt euch, ihr habt eine halbe Stunde Zeit.« Er drehte eine an der Wand befestigte Sanduhr. »Wenn sie durchgelaufen ist, scheuche ich euch raus, ob ihr fertig seid oder nicht.« Mit diesen Worten drehte er sich um und ging.

Genau wie die anderen schnappte sich Torin hastig einen Eimer, stürmte ins Freie und füllte ihn an dem Bach, dann goss er das Wasser in eine der Wannen. Wieder und wieder eilte er mit dem leeren Eimer hinaus und dem vollen zurück, doch der Wasserstand in der Wanne stieg nur mit unglaublicher Langsamkeit. Schon bald taten ihm die Arme weh, und der Schweiß brach ihm aus. Der Eimer war groß und schwer, voll konnte er ihn kaum noch mit einer Hand tragen. Er warf einen Blick zu der Uhr. Der Sand war bereits zur Hälfte durchgerieselt, aber wenn er sich jetzt in die Wanne setzte, würde das Wasser wahrscheinlich gerade mal seine Beine bedecken.

Auch die anderen stöhnten und fluchten. Einzig Berryl schien die Anstrengung nichts auszumachen. Scheinbar mühelos holte er einen Eimer nach dem anderen und goss ihn in seine Wanne, die bereits fast zur Hälfte gefüllt war.

»Das reicht für mich«, verkündete er, holte aber trotzdem weitere Eimer und goss sie in die Wannen der anderen. »Macht keinen guten Eindruck, wenn wir nicht alle fertig werden. Wir sind doch schließlich jetzt eine Gemeinschaft«, erklärte er.

Er erntete vielfachen Dank und begeistertes Schulterklopfen.

Die Sanduhr war bereits zu zwei Dritteln durchgelaufen, als auch der Letzte von ihnen seine Kleidung abstreifte und in die Wanne stieg. Das Wasser war eiskalt, und es erforderte eine ziemliche Überwindung, sich hineinzusetzen. Auf dem Rand der Wanne stand ein kleines Fläschchen mit einem wohlriechenden Öl, das Torin ins Wasser goss. Auch eine grobe Bürste lag bereit. In aller Eile schrubbte er seinen Körper vom Kopf bis zu den Füßen ab.

Während er sich abtrocknete, warf er einen Blick zu Berryl hinüber. Der Junge war in der Tat ziemlich dick, aber vor allem seine Arme waren trotz seiner Jugend auch bereits ziemlich muskulös. Kein Wunder, dass er die Eimer so scheinbar mühelos hatte schleppen können.

Als der Sand durchgerieselt war, hatte jeder von ihnen wieder seine Kutte übergestreift und war fertig. Gleich darauf wurde die Tür aufgerissen, und der ältere Adept, der sie hergeführt hatte, trat ein. Zufrieden blickte er sich um.

»Sehr gut. Kommt jetzt mit, ich führe euch in den Speisesaal, wo ihr morgens, mittags und abends eure Mahlzeiten einnehmen werdet. Ihr müsst hungrig sein. Da ihr im Gegensatz zu der anderen Jungengruppe rechtzeitig fertig geworden seid, braucht ihr nicht erst das Bad zu säubern.«

Freudig erregt folgten sie dem Adepten. Nicht nur die Aussicht auf ein kräftiges Frühstück trieb sie voran. Die Tage des Alleinseins hatten den meisten von ihnen zu schaffen gemacht, aber nun endlich würde die richtige Ausbildung beginnen.

Der Speisesaal war ein länglicher holzgetäfelter Raum mit einer langen Tafel darin. Die beiden Mädchen hatten bereits an dem Tisch Platz genommen. Hölzerne Teller standen darauf, außerdem zwei große Schüsseln mit Hafergrütze, wie schon der Geruch Torin verriet. Auch er und seine Begleiter setzten sich. Hungrig machten sie sich über die Grütze her. Es war ein karges Mahl, wie er es aus dem Kloster kannte, aber weder er noch einer der anderen, die von zu Hause bestimmt Besseres gewohnt waren, beschwerte sich darüber. Die Schüsseln wurden bis auf den letzten Rest geleert.

Schließlich kam auch die andere Gruppe in den Essenssaal, unter ihnen die beiden Scyllas. Sie waren mit dem Baden nicht rechtzeitig fertig geworden und hatten zur Strafe nicht nur die eigenen Wannen, sondern auch die der anderen Jungen und der beiden Mädchen säubern müssen.

Es blieb ihnen kaum Zeit zum Essen, da trat erneut der Adept ein und forderte sie auf, sich in den großen Saal zu begeben, in dem Ondur Velat sie schon bei ihrer Ankunft begrüßt hatte. Dort erwartete Velat sie bereits. Neben ihm stand ein weiterer Inquisitor, der ihm kaum bis zum Kinn reichte, ein spindeldürres Männlein mit einem wild wuchernden grauen Haarkranz auf einem ansonsten kahlen Schädel. Auf seinem Gesicht lag ein verschmitztes Lächeln, und kleine Fältchen, die verrieten, dass er gern und viel lachte, hatten sich um seine Mund- und Augenwinkel eingegraben.

»Ihr hattet nun genug Gelegenheit, über euch und das, was euch wirklich wichtig ist, nachzudenken«, ergriff Velat das Wort. »Mir bleibt nur zu hoffen, dass ihr dabei zu den richtigen Ergebnissen gekommen seid. Auch hattet ihr Gelegenheit, euch mit euren Unterkünften etwas vertrauter zu machen. Hält jemand unter euch sie immer noch für unbewohnbar oder für unter seiner Würde?«

Während der letzten Worte blickte er hauptsächlich Solomon an, aber niemand meldete sich, auch nicht der Scylla.

»Gut. Dann wäre das damit wohl geklärt. Zu etwas anderem. Wie man mir berichtet hat, herrscht bei einigen von euch Verwunderung, sogar Unverständnis darüber, dass diesem Jahrgang zwei Mädchen angehören. Dazu ist zu sagen, dass der entsprechende Beschluss schon vor rund einem Jahrzehnt gemeinsam von der Kardinalskurie und den Großmeistern unseres Ordens gefasst und vom Prios abgesegnet wurde. Manch einer stößt sich daran, doch glaubt mir, es gab äußerst gewichtige Gründe für diese Entscheidung. Die meisten von euch werden bereits von den Visha gehört haben, einem Hexenorden, der eine besonders abscheuliche Form der Blasphemie betreibt. Genaueres darüber werdet ihr im Laufe eurer Ausbildung lernen. Ich kann jetzt nur so viel sagen, dass wir es für äußerst wichtig halten, im Kampf gegen die Visha auch in den Reihen der Inquisition

Frauen zu haben. Ihr mögt darüber denken, wie ihr wollt, es ist eine Tatsache, und es steht euch nicht zu, darüber zu urteilen. Euch wird nichts anderes übrig bleiben, als sie zu akzeptieren, und ich werde mit aller Härte eingreifen, wenn sich herausstellt, dass Shirina Falkenstein oder Micala Erea nur wegen ihres Geschlechts von euch drangsaliert werden. Sie sind Adepten wie ihr, mit den gleichen Rechten und Pflichten, also verhaltet euch ihnen gegenüber auch entsprechend.«

Leises Murren kam auf, und einige böse Blicke trafen die beiden Mädchen. Besonders die beiden Scyllas sahen alles andere als glücklich aus, begingen aber nicht den Fehler aufzubegehren.

»Gut, ein weiterer Punkt, der damit wohl geklärt ist. Eure Ausbildung wird nach einem strengen Plan ablaufen. Weder Verschlafen noch Verspätungen aus anderen Gründen oder gar unentschuldigtes Fehlen werden toleriert. Eure Ausbildung teilt sich in zwei Bereiche, einen geistigen und einen körperlichen Zweig. Wir werden euch zu den besten Kämpfern der bekannten Welt ausbilden. Ihr werdet Kampftechniken erlernen, wie sie nirgendwo sonst gelehrt werden, nicht am Hofe eines Herzogs und nicht einmal am Hof des Königs. Aber darüber hinaus werdet ihr auch ein ungeheures Wissen erlernen, das einige der größten Gelehrten der Welt zusammengetragen haben und an euch weitergeben werden. Ihr werdet alles über das Reich und seine Provinzen lernen, von der Landung der ersten Pilger an den Küsten Antasias bis zur Gegenwart. Ihr werdet die Heiligen Schriften studieren und alles Wissenswerte über die Geschichte und Entwicklung der Kirche sowie viele herausragende Menschen, die sie geprägt haben, erfahren. In den letzten Jahren eurer Ausbildung schließlich werdet ihr auch das Böse in all seinen zahlreichen Ausprägungen kennenlernen, wie man es in seinen vielfältigen Masken durchschaut und bekämpft und wie man den Gesetzen der Kirche gemäß Prozesse führt.«

Der Inquisitor räusperte sich und ließ seinen Blick über ihre Gesichter wandern. Torin hatte das Gefühl, als würde er ihn ganz besonders lange ansehen, doch das war vermutlich nur Einbildung.

»Ihr habt euch für die wohl härteste alles Ausbildungen entschieden«, fuhr er nach einer Weile fort. »Möglicherweise haben wir uns in dem einen oder anderen von euch getäuscht, und ihr werdet nicht alle den hohen Anforderungen, die wir stellen, gewachsen sein. Ihr werdet härter lernen und arbeiten müssen, als ihr es euch jetzt vorstellen könnt, denn wir erwarten viel von euch. Wem dies nicht gelingt oder wer sich nicht genügend Mühe gibt, den werden wir ohne Ansehen der Person nach Hause schicken. Am Ende eines jeden Ausbildungsjahres werden wir eure Fortschritte beurteilen und über euren weiteren Verbleib im Orden entscheiden. Also strengt euch an, so gut ihr es vermögt. Das ist alles, was es im Moment zu sagen gibt.«

Er legte seinem Begleiter neben sich die Hand auf die Schulter und schob ihn ein Stück nach vorn. »Ich möchte euch Inquisitor Salagon Toganon vorstellen. Er ist die meiste Zeit seines Lebens gereist und kennt das Reich vermutlich besser als jeder andere. Nun hat er sich in Aurelia niedergelassen und gibt sein Wissen an junge Adepten wie euch weiter.«

»Seid gegrüßt«, sagte Toganon mit einem offenen Lächeln und zwinkerte ihnen zu. »Wie Inquisitor Velat bereits berichtet hat, bin ich weit in der Welt herumgekommen. Wenn ich mit euch fertig bin, werdet auch ihr euch in den meisten abgelegenen Winkeln Antasia so gut auskennen, als ob ihr bereits selber dort gewesen wärt. Ihr werdet alles über die Landschaften, die Sitten und Gebräuche und die Mentalität der Menschen in den unterschiedlichsten Regionen erfahren. Zumindest dann, wenn ihr meinem Unterricht aufmerksam folgt. Falls nicht, gilt auch bei mir, was euch gerade schon angedroht wurde. Ich hoffe, ihr nehmt das nicht auf die leichte Schulter.« Er blickte sich im Saal um. Anders als es sein freundliches Aussehen vermuten ließ, war sein Tonfall zuletzt hart und entschlossen gewesen. »Wie ihr euch denken könnt, wird der Unterricht natürlich nicht hier stattfinden. Folgt mir nun!«

Er führte sie über mehrere Korridore bis in einen großen Raum. Rund zwei Dutzend Pulte und Stühle standen dort hinter- und nebeneinander angeordnet. Auf jedem der Pulte stand ein Tintenfass mit einer Feder. Er forderte sie auf, sich zu setzen, und trat selbst hinter einen geräumigen Schreibtisch an der Stirnseite des Raumes.

»In der Schublade eurer Pulte findet ihr Papier und einige weitere nützliche Dinge. Zögert nicht, euch Notizen zu machen, um das Gelernte später noch einmal durchgehen zu können. Ich wünsche nicht, dass jemand von euch unaufgefordert spricht. Wenn ihr eine Frage oder etwas beizutragen habt, dann hebt die Hand und wartet, bis ich euch zu sprechen auffordere. Da ich noch nicht alle eure Namen kenne, werdet ihr sie jeweils nennen, bevor ihr redet. So, wir fangen mit einer grundsätzlichen Übersicht über das Reich und die verschiedenen Provinzen an.«

Der Inquisitor entrollte eine große Karte Antasias an der Wand hinter sich. Jede der Provinzen war in einer unterschiedlichen Farbe dargestellt. Kaum war die Karte vollständig entrollt, hob Solomon seine Hand.

»Was gibt es?«, erkundigte sich Toganon.

»Solomon Scylla. Ich möchte nur darauf hinweisen, dass die Karte veraltet ist«, behauptete der rothaarige Junge. »Meine Familie beherrscht inzwischen einen viele Meilen breiten Streifen im Norden Talariens, entlang der Grenze zu Borain, der bereits fast bis zur Königsmark reicht.«

Toganon blickte ihn scharf an. Seine Augen verengten sich zu schmalen Schlitzen. »Du hast recht«, erwiderte er. »Die

Karte ist bereits viele Jahre alt, und wir werden sicherlich nicht jedes Mal eine neue anfertigen lassen, wenn es dem Haus Scylla oder sonst jemandem gerade einfällt, mal wieder einen Krieg anzuzetteln und seinem Nachbarn Land zu rauben. In den letzten Jahren hat es immer wieder Kriege gegeben, und so manche Grenze hat sich verschoben. In vielen Fällen wurden diese Veränderungen später wieder rückgängig gemacht. Insofern werden wir auch in diesem Fall erst einmal abwarten, ob nicht schon bald alles wieder beim Alten sein wird.«

»Das wird es ganz gewiss nicht!«, ereiferte sich Solomon. »Schon seit langer Zeit versuchen wir vergeblich auf dem Verhandlungsweg, einen Zugang zur Königsmark zu erhalten. Nun haben wir selber Tatsachen geschaffen und werden …«

»Vor allem wirst du nicht noch einmal unaufgefordert das Wort ergreifen«, unterbrach ihn der Inquisitor barsch. »Nun schweig! Wenn sich in einigen Jahren herausstellt, dass die Eroberungen von Dauer sind und sie vom Königshof offiziell anerkannt werden, dann werden wir eventuell unsere Karten ändern.«

Ein anderer Junge meldete sich. Sein Gesicht war länglich, seine Ohren standen zu weit vom Kopf ab, was durch seine sehr kurz geschnittenen blonden Haare noch betont wurde. »Ich bin Herlon Matie«, sagte er, nachdem der Inquisitor ihn zum Sprechen aufgefordert hatte. »Ich komme aus Talarien, und das Fürstentum meines Vaters liegt in unmittelbarer Nähe des nun von den Scyllas besetzten Gebietes. So schweben auch wir ständig in Gefahr. Wenn die Kirche die gewaltsamen Eroberungen nicht anerkennt und nicht glaubt, dass die Scyllas diese Gebiete auf Dauer halten werden, kann sie dann nichts dagegen tun? Ihnen befehlen, sich zurückzuziehen oder sonst irgendetwas?«

»Ich habe nicht gesagt, dass die Kirche die Eroberungen nicht anerkennt, sondern nur, dass wir erst einmal abwarten, ehe wir neues Lehrmaterial anfertigen lassen«, stellte der Inquisitor richtig. »Wir mischen uns nicht in diese weltlichen Dinge ein. Und nun genug mit diesem Thema, damit wir endlich mit dem Unterricht beginnen können.«

Den ganzen Vormittag über sprach er über die Machtstrukturen des Königreichs, über die königliche Familie Moliari, die verschiedenen Provinzen und welche von welcher herzoglichen Familie regiert wurde. Immer wieder flocht er eigene Erfahrungen und kleinere Anekdoten über die bedeutenden Familien ein.

Torin lauschte dem allen fasziniert und machte sich zahlreiche Notizen. Beim Unterricht im Kloster waren diese weltlichen Dinge nur am Rande zur Sprache gekommen, sodass ihn dies alles brennend interessierte. Die anderen Adepten hingegen kannten vieles bereits und begannen rasch, sich zu langweilen. Schon bald saßen die meisten mit mehr oder weniger entrücktem Blick da und waren mit den Gedanken offensichtlich ganz woanders. Manchen fielen sogar immer wieder die Augen zu, und sie drohten einzuschlafen.

Dazu kam es jedoch nicht. Von Zeit zu Zeit, wenn der Inquisitor das Gefühl hatte, dass jemand ihm nicht zuhörte, stellte er Fragen zu dem, worüber er sich gerade ausgelassen hatte, und wenn jemand sie nicht beantworten konnte, notierte er einen Tadel in einem dicken Buch, das vor ihm auf dem Tisch lag. Drei Tadel während einer Unterrichtseinheit bedeuteten für den Betreffenden eine Strafarbeit, wie er zuvor erklärt hatte. Außerdem würden sie in die Bewertung am Ende des Ausbildungsjahres einfließen.

Die Aufmerksamkeit nahm wieder deutlich zu, nachdem mehrere Adepten entsprechende Einträge erhalten hatten.

Nach etwa zwei Stunden gab es eine Pause, die sie in einem kleinen, parkähnlichen Bereich hinter dem Gebäude verbringen durften. Torin ließ sich auf einer Bank unter einem

Schatten spendenden Baum nieder und dachte über all das nach, was er gelernt hatte. Ein Stück von ihm entfernt schlenderte Herlon mit gesenktem Kopf dahin. Torin hatte nicht gewusst, dass der Junge ebenfalls aus Talarien stammte, und überlegte, ob er ihn ansprechen sollte. Stattdessen kam plötzlich Berryl auf ihn zu und setzte sich neben ihn.

»Ganz schön anstrengend, sich das alles zu merken, was?«, meinte er. »Ich wusste zwar auch vorher schon, welche Familie wo regiert, aber all diese Einzelheiten und die vielen Namen … Das ist nicht einfach, wenne verstehst, was ich mein.«

Torin hatte eigentlich keine große Lust, sich mit ihm zu unterhalten. Berryl mochte ein netter und hilfsbereiter Kerl sein, machte aber keinen allzu intelligenten Eindruck. In dieser Hinsicht erinnerte er Torin ein bisschen an die Jungen im Kloster, und er glaubte nicht, dass mit Berryl sonderlich interessante Gespräche möglich waren.

Dazu kam noch seine Art zu sprechen. Es mochte ein Dialekt aus seiner Heimat sein, aber es klang ein bisschen wie das Nuscheln der ungebildeten Bauernburschen aus Assani.

»Du solltest dir ebenfalls Notizen machen«, schlug er vor. »So merkst du dir alles besser und kannst es später noch einmal nachlesen.»

Berryl senkte den Kopf und zeichnete mit dem Absatz seines Stiefels Kreise um ein Grasbüschel auf dem Boden.

»Würd ich gern«, sagte er. »Aber es fällt mir schwer, gleichzeitig zu schreiben und aufzupassen, wenne verstehst …«

»Ich verstehe schon, was du meinst. Sag das doch nicht dauernd«, unterbrach ihn Torin und verdrehte in Gedanken die Augen. Berryls Verstand schien wirklich ziemlich schwerfällig zu arbeiten. Er fragte sich, wie der Junge unter diesen Umständen die Aufnahmeprüfung bestanden hatte. »Warum möchtest du eigentlich Inquisitor werden?«, fragte er.

»Wegen meines Vaters. Ich bin sein drittältester Sohn, und

er meint, im kirchlichen Dienst könnte ich wenigstens zum Ansehen der Familie beitragen.«

»Und warum gerade im Schwarzen Orden?«

»Auch das war seine Idee. Wenn schon in der Kirche, dann wäre ich lieber Priester geworden, aber er sagte, dafür wär ich zu dumm. Das hat er mir schon mein ganzes Leben lang vorgeworfen, dass ich dumm wäre. Im Orden käme mir wenigstens meine Kraft zugute. Ich glaube, ich kann ganz gut mit dem Schwert umgehen. Jedenfalls hat man mir gesagt, dass dies den Ausschlag gegeben hätte, um mich aufzunehmen.«

Dem konnte Torin nicht widersprechen. Ein Inquisitor wurde auch dazu ausgebildet, alle Aufgaben eines Priesters auszuüben, doch als flammenden Prediger konnte er sich Berryl beim besten Willen nicht vorstellen.

»Die hecken doch irgendwas aus«, wechselte dieser das Thema und deutete auf die Scylla-Brüder, die ein Stück entfernt auf einer anderen Bank saßen. Vier andere Jungen hatten sich um sie geschart. Von Zeit zu Zeit blickte einer zu ihnen herüber oder zu den beiden Mädchen.

»Ich habe keine Angst vor ihnen«, behauptete Torin.

»Solltest du aber. Die Scyllas haben sich schon immer für was Besseres gehalten, da kommen die beiden ganz nach dem Rest ihrer Familie. Für sie hat jemand wie du, der keiner reichen und angesehenen Familie angehört, hier nichts zu suchen. Wahrscheinlich wähnen sie sich auch uns anderen weit überlegen, aber dass sie einem Waisenjungen wie dir gleichgestellt sein sollen, das können sie einfach nicht akzeptieren.«

»Es ist nicht nur das. Sie hassen mich vor allem, weil ich vor dem hohen Tribunal gegen ihre Familie ausgesagt habe, was sie eine ungeheure Summe an Geld gekostet hat. Dabei habe ich im Grunde nur die Aussage eines Inquisitors bestätigt.« Mit knappen Worten schilderte Torin, was sich während seiner Reise nach Aurelia zugetragen hatte.

»Das ist arg«, murmelte Berryl. »Damit hast du dir zwei Todfeinde geschaffen. Das werden sie dir niemals verzeihen.«

»Sie sind keine Dummköpfe und werden sich schon wieder beruhigen.«

»Darauf würde ich mich nicht verlassen.«

»Und selbst wenn, was können sie mir schon anhaben?«

»Ihnen wird schon etwas einfallen, da bin ich mir sicher.«

Torin lehnte sich zurück und schloss die Augen. Er hatte keine Lust, sich die Pause mit Diskussionen über die Scyllas zu verderben. Berryl schien zu erkennen, dass er nicht reden wollte, und schwieg ebenfalls.

Torin fragte sich, wo sich Balosta momentan befinden und wie es ihm gehen mochte. Anfangs hatten ihn die Vorgänge um die Hexe nicht sonderlich erschreckt, und er hatte ihnen keine allzu große Bedeutung beigemessen. Was geschehen war, war das, was er von einer Hexe erwartet hatte, nach allem, was man ihm zuvor über diese Dienerinnen des Bösen erzählt hatte.

Mittlerweile wusste er, dass es sich um gewaltige Übertreibungen gehandelt hatte, dass die meisten von der Inquisition verfolgten Hexen über keine übernatürlichen Kräfte verfügten, sondern nur Ketzerinnen waren – oder als Ketzerin beschuldigt wurden. Ereignisse, wie er sie im Kloster miterlebt hatte, waren etwas absolut Ungewöhnliches. Ungewöhnlich und alarmierend. Balosta hatte sich nicht nur während der Reise, sondern auch während seiner letzten Tage in Aurelia geweigert, mit ihm darüber zu sprechen, aber Torin konnte eins und eins zusammenzählen. Wenn man fast unmittelbar nach Balostas Bericht eine große Gruppe Inquisitoren in den Osten Talariens schickte, dann *musste* die Kirche wegen der Ereignisse dort besorgt sein.

*Der alte Feind.*

Während der Sitzung der Kardinalskurie hatte Torin diesen Begriff zum ersten Mal aufgeschnappt, aber er wusste nicht, was sich dahinter verbarg. Auch darüber hatte Balosta nicht sprechen wollen.

»Hast du schon einmal etwas vom alten Feind gehört?«, wandte er sich an Berryl.

»Der alte Feind? Nein, was soll das sein?«

»Ich weiß es eben nicht. Ist auch nicht weiter wichtig.«

Balosta hatte ihm verboten, anderen von dem Verhör der Hexe und dem, was er bei der Tagung der Kardinalskurie erfahren hatte, zu erzählen, und abgesehen davon verspürte er auch keinerlei Lust, mit Berryl darüber zu sprechen.

Aber es war wichtig, daran hatte er keinen Zweifel. Wenn schon die Kardinäle und sogar Prios Marichan so beunruhigt darüber waren, dann musste es sich um eine Gefahr handeln, die möglicherweise sie alle bedrohte, sogar hier, viele hundert Meilen von Assani entfernt…

Nach der Pause wurde der Unterricht bei Inquisitor Toganon fortgesetzt. Zuvor hatte er ihnen einen groben Überblick über die bedeutendsten Fürstenhäuser der Gegenwart vermittelt, nun ging es weit zurück in der Geschichte, was sofort zu neuen Diskussionen führte.

»Wer von euch kann mir sagen, wer die ersten Siedler waren und wann und woher sie nach Antasia kamen?«, wollte er wissen.

Shirina Falkenstein meldete sich und wurde aufgefordert zu antworten. »Da wir jetzt das Jahr fünfhundertsiebzehn schreiben, war es vor genau fünfhundertsiebzehn Jahren, denn damals wurde unsere Zeitrechnung begründet«, erklärte sie. »Und es waren Angehörige des Hauses Moliari, die mit Schiffen vom Südkontinent aus übersetzten und die Herrschaft über diesen Kontinent für sich beanspruchten. Seither stellen sie in ununterbrochener Folge die Könige. Sie waren Angehörige der Kirche der Göttlichen Familie, die auf dem Südkontinent verboten war. Deshalb flohen sie von dort, um hier ein Leben in religiöser Freiheit führen zu können. Bald folgten ihnen weitere Siedler. Zunächst die Balostas, die weiter nach Norden zogen und vom König zu Statthaltern, später Herzögen der Provinz Borain ernannt wurden, diesen Titel aber nicht einmal hundert Jahre lang behielten. Etwa zeitgleich erreichte auch meine Familie Antasia, das Haus Falkenstein, das damals noch Faron hieß und sich im Westen niederließ.«

*Sieh mal an*, dachte Torin. Naron Balosta war also Nachkomme einer ehemals herzoglichen Familie. Davon hatte er nie etwas erwähnt.

Bereits während Shirina sprach, hatten sowohl Solomon als auch Malar ihre Hand erhoben, doch der Inquisitor ignorierte sie zunächst.

»Sehr gut«, sagte er. »Du weißt sicherlich auch, warum deine Familie damals ihren Namen änderte.«

»Natürlich. Die Siedler kamen aus unterschiedlichen Gebieten des Südkontinents, in denen unterschiedliche Sprachen gesprochen wurden. Dies sollte in Antasia nicht der Fall sein, deshalb wurde damals die gemeinsame Sprache geschaffen, die hauptsächlich auf jener der Moliaris beruht. Schon bald diente sie zur Verständigung in ganz Antasia und ersetzte die ursprünglichen Sprachen des Südkontinents nach und nach. Wir Falkensteins waren die Ersten, die ihren alten Namen ablegten und einen in der gemeinsamen Sprache wählten. Wir entschieden uns für Falkenstein aufgrund der zahlreichen Falken, die in den Wäldern des Westens beheimatet sind. Auch viele Städte und Flüsse wurden bei uns von Anfang an mit Begriffen der gemeinsamen Sprache benannt. In den meisten anderen Provinzen hingegen sind viele Eigennamen noch heute Überbleibsel der alten Sprachen.«

»Völlig richtig.« Erst jetzt rief der Inquisitor den jüngeren der Scylla-Brüder auf.

»Was sie gesagt hat, gilt nur für einen Teil der Siedler«, widersprach dieser hitzig. »Wir Scyllas waren die ersten Siedler. Schon lange, bevor andere den Fuß auf antasisches Gebiet setzten, haben wir die Inseln bevölkert. Auch sie gehören zum Kontinent, und es ist demütigend, wie unsere historische Rolle immer wieder unterschlagen wird. Auch stammen wir nicht vom Südkontinent, sondern aus einem Land hoch im Norden oder sogar weit im Osten, noch jenseits der Endlosen Wüste.«

»Einem Land, das nie entdeckt wurde und wahrscheinlich nur in Märchen existiert, wie mein Vater immer sagt«, rief Herlon und erntete damit einige Lacher.

»Ich habe euch gewarnt, einfach dazwischenzurufen«, sagte Toganon und notierte etwas in seinem Buch. »Zur Strafe wirst du bis zu unserer nächsten Stunde eine fünfseitige Abhandlung über die Entwicklung des Hauses Scylla schreiben. Und was den Inhalt deines Zwischenrufs betrifft: Tatsächlich wurde niemals ein weiterer Kontinent im Norden entdeckt, und wir wissen auch nicht, ob es noch Ländereien jenseits der Wüste gibt. Allerdings wurden wegen der gefährlichen Strömungen und Riffe dort auch nur wenige Expeditionen in den Norden entsandt, und es ist noch niemandem gelungen, die Wüste zu durchqueren. Insofern lässt sich die Darstellung der Scyllas weder be- noch widerlegen. Ob diese Länder existieren, wird vielleicht irgendwann die Zukunft zeigen.«

Mit sichtlicher Zufriedenheit blickte Malar in die Runde, während Herlon zornig auf sein Pult starrte.

Der Unterricht setzte sich bis zur Mittagsstunde fort, dann durften sie endlich zu einem gemeinsamen Mahl in den Speisesaal zurückkehren. Daran schloss sich eine Stunde der Besinnung an, die sie allein in ihren Kammern verbringen mussten. Torin richtete ein Gebet an die Göttliche Familie und nutzte die restliche

Zeit, um seine Notizen noch einmal durchzusehen und sich das Gelernte besser einzuprägen.

Für den Nachmittag standen Kampfübungen auf dem Programm. Dazu versammelten sich alle Adepten in einer großen runden Halle mit Holzboden und einem kuppelförmigen Glasdach, durch das Tageslicht hereinströmte. An einer Wand hingen zahlreiche stählerne Waffen: hauptsächlich Schwerter mit Klingen in unterschiedlicher Länge und Form, Dolche, Morgensterne, Lanzen und viele andere Waffenarten, die Torin noch nie zuvor gesehen hatte. An der gegenüberliegenden Wand hing eine ganz ähnliche Sammlung von Waffen, doch bestanden sie hauptsächlich aus Holz.

Kaum hatten sich alle Adepten versammelt, trat als Letzter ihr Ausbilder ein, ein großer und kräftiger Inquisitor mit ausgeprägten Tränensäcken unter den Augen und einer Narbe, die sich von der Schläfe bis zum Kinn über seine rechte Gesichtshälfte zog. Und er hatte rotes Haar.

Torin erinnerte sich, dass er bereits während seiner Aufnahmeprüfungen zugegen gewesen war, als es um seine Ausdauer, Kraft und Geschicklichkeit im Umgang mit dem Schwert gegangen war. Da war der Hüne für ihn nur einer von mehreren Inquisitoren gewesen, doch als er jetzt das triumphierende Grinsen bemerkte, das sich Solomon und Malar zuwarfen, stiegen üble Befürchtungen in ihm auf, die sich gleich darauf bestätigten.

»Mein Name ist Argon Scylla, Inquisitor elften Grades«, stellte er sich vor. Torin stöhnte innerlich auf. »Inquisitoren gelten als die besten Kämpfer der Welt, und genau dazu werde ich euch ausbilden. Wenn ich mit euch fertig bin, werden euch eure heutigen Fähigkeiten im Schwertkampf wie ein blindes Herumgefuchtel vorkommen. Und ihr werdet nicht nur lernen, ein Schwert richtig zu beherrschen, sondern auch jede andere Waffe. Selbst mit bloßen Händen werdet ihr noch jedem mittelmäßigen Kämpfer überlegen sein. Aber um das zu erreichen, sind Übung, Übung und nochmals Übung vonnöten. Ihr müsst wie eine Klinge geschliffen werden, und genau das werde ich tun. Ihr werdet schon bald Muskeln und Nerven in eurem Körper kennenlernen, von deren Existenz ihr bislang nicht einmal wusstet. Sie werden euch so wehtun, dass ihr vor Schmerzen schreien und euch wünschen werdet, ihr hättet mich niemals zu Gesicht bekommen.«

Torin glaubte ihm aufs Wort, aber die Aussicht schreckte ihn nicht. Schließlich hatte er selbst erst vor wenigen Wochen miterlebt, wie leicht man selbst als Inquisitor in Gefahr geraten konnte, und so wusste er, wie wichtig es war, dass man sich dann zu verteidigen wusste. Deshalb war er entschlossen, bei der Kampfausbildung genauso hart zu arbeiten wie in den Wissensbereichen.

Die wichtigste Frage für ihn war, ob Inquisitor Scylla ihm gegenüber unvoreingenommen und gerecht war oder ob er es darauf anlegte, ihn zu schikanieren. Offiziell spielte die Familienzugehörigkeit keine Rolle mehr, wenn jemand in den kirchlichen Dienst eintrat, aber ob dies auch in der Praxis galt, stand auf einem ganz anderen Blatt.

»Wir werden die nächsten Jahre fast täglich zusammenarbeiten, also solltet ihr mich besser als euren Freund und nicht als euren Feind betrachten«, sprach der Inquisitor weiter. »Meine Freundschaft erringt man nur durch unerbittliches hartes Training und ständige Verbesserung der eigenen Leistung, durch stetige Fortschritte. Die meisten von euch habe ich schon kämpfen sehen, als sie für wert befunden wurden, in den Orden aufgenommen zu werden. Jetzt aber werde ich mir erst einmal einen genaueren Überblick über eure Fähigkeiten verschaffen. Ihr werdet jeweils zu zweit gegeneinander antreten. Sieger wird sein, wem es zuerst gelingt, den anderen zu entwaffnen. Natürlich werdet ihr nur mit Übungsschwertern kämpfen.« Er deutete auf die Wand mit den Holzwaffen. »Aber seht euch vor, auch Hiebe damit können äußerst schmerzhaft sein und Verletzungen hervorrufen. Als Erste werden Solomon Scylla und Shirina Falkenstein gegeneinander antreten.«

»Aber gern, Onkel Argon«, sagte Solomon, und seine Augen blitzten auf, während er vortrat und sich eines der Holzschwerter nahm.

»Diese Vertraulichkeiten wirst du dir abgewöhnen«, tadelte ihn der Inquisitor, aber es klang nicht besonders strafend. »Du wirst mich wie jeder andere mit meinem Titel anreden.«

Erneut stöhnte Torin innerlich auf. Seine Hoffnung, dass es sich nur um einen entfernten Verwandten der beiden Brüder handelte, mit dem sie sich möglicherweise nicht einmal besonders gut verstanden, hatte sich soeben in Luft aufgelöst. Es handelte sich nicht nur um einen Onkel der beiden, sondern sie schienen sich auch noch gut zu kennen. Sicherlich war es auch kein Zufall, dass er Solomon ausgerechnet gegen das Mädchen kämpfen ließ, mit dem er sich bereits am ersten Tag in die Haare bekommen hatte.

Shirina und der Scylla nahmen einander gegenüber Aufstellung, und auf ein Zeichen des Inquisitors hin begann der Kampf.

Solomon griff sofort wild und ungestüm an, doch scheinbar mühelos gelang es Shirina, seine Hiebe abzublocken. Sie bewegte sich sehr viel flinker und eleganter als er.

Überrascht beobachtete Torin den Kampf. Er war überzeugt gewesen, dass Shirina nicht die geringste Chance hätte, doch wie sich zeigte, war sie ihrem Gegner fast gleichwertig. Als sie behauptet hatte, sie könne sich ihrer Haut selbst wehren, war das keineswegs nur Aufschneiderei gewesen. Tatsächlich, so musste Torin zugeben, kämpfte sie sehr viel besser als er selbst, und in Gedanken drückte er ihr die Daumen.

Sie ließ Solomon bei einem besonders heftigen Angriff ins

Leere laufen. Für einen Moment geriet er aus dem Gleichgewicht, und sie nutzte die Gelegenheit, um ihrerseits zum Angriff überzugehen. Schläge prasselten auf ihn ein, doch nun zeigte sich, dass auch er eine hervorragende Ausbildung genossen hatte.

Die Finten, Angriffe und Paraden erfolgten so schnell, dass Torins Blicke kaum folgen konnten. Auch alle anderen beobachteten gebannt den Kampf der beiden so ungleich erscheinenden Kontrahenten, der ziemlich ausgeglichen hin- und herwogte.

Mal gelang es Shirina, ihren Gegner in die Defensive zu drängen, dann wieder gewann Solomon die Oberhand. Beide kämpften auf sehr unterschiedliche Art, hatten ihre Schwächen und Stärken. Shirina bewegte sich leichtfüßiger und führte ihre Klinge eleganter, während Solomon ihr an Kraft deutlich überlegen war.

Genau diese Kraft jedoch fehlte ihr und ließ allmählich immer mehr nach. Schon jetzt atmete sie nur noch stoßweise und keuchend, ihre Schläge und Paraden kamen weniger kraftvoll und präzise.

Solomon bemerkte dies und griff noch erbitterter an. Mehr noch als zuvor setzte er nun auf seine körperliche Überlegenheit und drängte Shirina bis fast an eine Wand zurück, wodurch ihre Beweglichkeit noch zusätzlich eingeschränkt wurde.

Genau das wurde ihm jedoch gleich darauf zum Verhängnis. Sie duckte sich, und seine Klinge traf die Wand hinter ihr, prallte von dort mit solcher Wucht zurück, dass sie ihm fast aus den Händen geprellt wurde.

Für einen Moment war sein Leib völlig ungeschützt, und Shirina nutzte dies entschlossen aus. Sie versetzte ihm mit dem Schwert einen heftigen Schlag gegen die Seite. Er krümmte sich zusammen, und sie rammte ihm mit aller Kraft den Knauf ihres Schwertes in den Nacken.

Schwer stürzte er zu Boden.

Triumphierend riss Shirina die Arme in die Höhe, doch ihre Siegesgewissheit war verfrüht. Solomon war zwar benommen, aber mit einem harten Tritt in die Kniekehlen riss er ihr die Beine unter dem Leib weg.

Auch sie stürzte, und gleich darauf presste er mit seinem Knie ihren rechten Arm auf den Boden und entriss ihren Fingern das Schwert.

Er hob das Schwert, wollte es auf die Wehrlose niedersausen lassen, mitten in ihr ungeschütztes Gesicht und …

»Sieger ist Solomon Scylla!«, verkündete der Inquisitor in diesem Moment, und sein Neffe verharrte, das Holzschwert weiterhin zum Schlag erhoben. »Ein guter Kampf von beiden, aus dem ihr alle eine Lektion lernen könnt. Meine Regel besagte, dass erst der verloren hat, der entwaffnet wird. Shirina Falkenstein hatte die Gelegenheit, dies zu tun, aber sie wurde überheblich, was in einem echten Kampf tödlich für sie geendet hätte. Solomon hingegen hat gezeigt, dass man niemals aufgeben darf, dass es selbst aus einer scheinbar hoffnungslosen Situation noch möglich ist, einen Sieg zu erringen. Merkt euch das gut.«

Nach diesen Worten ließ Solomon das Schwert sinken, mit dem er ihr das Gesicht hätte zerschlagen können.

Im Folgenden mussten zwei Jungen gegeneinander kämpfen, die Torin beide vorher nicht sonderlich aufgefallen waren. Zwischen ihrem Kampf und dem davor lagen Welten. Unbeholfen und ohne jede taktische Finesse droschen sie mit ihren Schwertern aufeinander ein. Einem der beiden gelang es schließlich, seinem Gegner einen heftigen Schlag auf den Arm zu versetzen, woraufhin dieser sein Schwert mit einem Schmerzenslaut fallen ließ.

»Unsäglich!«, fuhr Inquisitor Scylla die beiden Kämpfer zornig an, die mit beschämt gesenkten Köpfen vor ihm standen.

»Das war die wohl schlechteste Leistung, die mir jemals untergekommen ist. Ihr werdet beide außerhalb des Unterrichts noch zusätzliche Trainingsstunden absolvieren. Und jetzt geht mir aus den Augen, bevor mir schlecht wird!«

Wie geprügelte Hunde schlichen die beiden davon und reihten sich wieder zwischen den anderen Adepten ein.

Als Nächster musste Berryl gegen Herlon kämpfen.

Der Junge aus Talarien hatte keine Chance. Er führte sein Schwert nicht einmal schlecht und schaffte es, sich durch Ausweichen und geschickte Paraden fast eine Minute lang zu halten. Doch Berryl war einfach zu stark für ihn. Mit ungeheurer Kraft drosch er wieder und wieder auf Herlons Waffe ein, bis dessen Abwehr schließlich zusammenbrach und ihm das Schwert aus der Hand geschlagen wurde.

»Höchst mittelmäßig!«, kommentierte der Inquisitor und wandte sich an die anderen Adepten, um ihnen zu erklären, wie er den Kampf analysierte. »Herlons Technik war nicht ausgereift genug, um gegen Berryls Kraft zu bestehen, und Berryl seinerseits konnte sich fast völlig auf diese Kraft verlassen. Trotzdem, bei beiden war Potenzial für eine Entwicklung zu erkennen. Nun wird Malar Scylla gegen Torin aus Assani antreten, dessen Ausbildung von der Kirche bezahlt wird. Lasst uns sehen, ob er das in ihn investierte Geld wirklich wert ist.«

Torin biss die Zähne zusammen, während er sich eines der Holzschwerter holte. Genau diese Paarung hatte er gefürchtet. Der Inquisitor wusste genau, dass er nur wenig Erfahrung im Schwertkampf hatte, während Malar vermutlich ebenso wie sein Bruder für sein Alter bestens ausgebildet war. Er wollte ihn demütigen und lächerlich machen. Deshalb auch der ausdrückliche Hinweis auf seine Abstammung.

Malar griff sofort an, doch er war vorsichtig, da er Torins Fähigkeiten nicht kannte. Seine ersten Hiebe waren Standardkombinationen, die Torin relativ leicht parieren konnte; er hatte sie zunächst mit Linton und später mit Balosta ausgiebig geübt. Es gelang ihm sogar, einen Gegenangriff zu starten, den Malar jedoch ebenso mühelos konterte.

Allmählich kamen dessen Hiebe schneller und kraftvoller, die Kombinationen wurden ungewöhnlicher. Immer schwerer fiel es Torin, sie rechtzeitig zu erkennen und abzuwehren. Er wich weiter und weiter zurück.

Ein Grinsen glitt über Malars Gesicht. Er hatte erkannt, dass sein Gegner kaum Erfahrung hatte und ihm nicht gefährlich werden konnte.

Nun ließ er jede Vorsicht fahren. Er verzichtete auf Finten, trieb Torin mit blitzschnellen Kombinationen quer durch den Saal vor sich her. Torins Abwehrbewegungen kamen viel zu langsam und unbeholfen, wurden immer mehr zu dem, was der Inquisitor ein planloses Herumgefuchtel genannt hatte.

Wieder und wieder durchdrang Malars Schwert seine Abwehr, fügte ihm schmerzhafte Schläge und Stiche am ganzen Körper zu. Hätte er es darauf angelegt, er hätte Torin das Schwert vermutlich problemlos aus der Hand schlagen können, doch das lag offenbar nicht in seiner Absicht. Ganz im Gegenteil, er bemühte sich sogar, das gegnerische Schwert nicht allzu heftig zu treffen, um Torin nicht versehentlich zu entwaffnen.

Stattdessen versetzte er Torin einen schmerzhaften Treffer nach dem anderen. Er wollte ihn bloßstellen, ihn dazu zwingen, von sich aus aufzugeben.

Erneut traf ein Hieb schmerzhaft Torins Oberschenkel. Das Bein knickte ihm für einen Moment weg, aber es gelang ihm, nicht zu stürzen. Er presste die Zähne zusammen, um einen Schmerzenslaut zu unterdrücken.

»Lass fallen und winsel um Gnade, sonst schlage ich dich grün und blau, dass du dich tagelang nicht mehr bewegen kannst!«, zischte Malar ihm zu.

»Niemals!«, gab Torin keuchend zurück. Er hatte keine

Chance in diesem Kampf, trotzdem würde er nicht einfach aufgeben. Diese Genugtuung würde er seinem Gegner nicht verschaffen.

Sein ganzer Körper schmerzte bereits, aber er biss die Zähne weiterhin zusammen. So fest er nur konnte, umklammerte er den Griff seines Schwertes und bemühte sich, wenigstens einen Teil der Hiebe abzuwehren.

Einige der anderen Adepten tuschelten leise miteinander. Torin hoffte, dass ihnen wenigstens seine Tapferkeit Respekt einflößte, wenn schon seine Kampfkunst versagte. Wie das bei Inquisitor Scylla war, wusste er nicht. Mit unbewegtem Gesicht sah dieser dem ungleichen Kampf zu, ergötzte sich insgeheim vermutlich sogar daran.

Vor Schmerz und Schwäche konnte Torin sich mittlerweile kaum noch bewegen, während Malar noch genauso stark und munter wie am Anfang wirkte. Erst als Torins Schwertarm immer schwerer wurde und es ihm kaum noch gelang, die Waffe zu einer Abwehrbewegung zu erheben, bereitete der Inquisitor dem unwürdigen Treiben ein Ende.

»Aufhören!«, rief er. »Ich glaube, wir haben alle genug gesehen!« Er machte einen Schritt auf Torin zu, der keuchend nach Atem rang und aufgrund der Schmerzen überall an seinem Leib gegen die Tränen ankämpfen musste, baute sich vor ihm auf, stemmte die Fäuste in die Seiten und zog die Mundwinkel verächtlich nach unten. »So also lässt sich der Wunderknabe verprügeln, für dessen Ausbildung die Kirche ein Vermögen ausgibt. Ein wahrhaft großer Held! Es steht mir als kleinem Inquisitor elften Ranges nicht zu, die Entscheidungen der Großmeister und Kardinäle zu kritisieren, aber hier haben wir ein bemerkenswertes Beispiel dafür, was dabei herauskommt, wenn man Betteljungen in den Orden holt, die meinen, sie wären gleichwertig mit Adeligen, deren Häuser die Ausbildung ihrer Sprösslinge selbst bezahlen!«

Erst jetzt öffnete Torin seine verkrampften Finger und ließ das Schwert fallen. Mühsam schleppte er sich zu den anderen und ließ sich zu Boden sinken.

Es gab eine Menge, was er dem Inquisitor hätte erwidern können: dass er im Gegensatz zu den anderen erst vor ein paar Wochen zum ersten Mal ein Schwert in der Hand gehalten hatte, dass er kaum im Kampf unterrichtet worden war, dass er bereit war, mit aller Entschlossenheit zu trainieren, dass es auf die geistigen Fähigkeiten mindestens ebenso sehr ankam wie auf die Beherrschung einer Waffe und noch vieles mehr. Aber selbst wenn er noch die Kraft zum Sprechen gehabt hätte, wäre ein Protest weder klug gewesen, noch hätte er etwas genutzt. Außerdem befürchtete er, dass ihm vor Schmerzen die Tränen übers Gesicht laufen würden, wenn er sich nicht voll und ganz darauf konzentrierte, sie zurückzuhalten. Der Tag würde kommen, an dem er die Behauptungen Argon Scyllas durch Taten statt durch Worte widerlegen würde.

Der Inquisitor rief die nächsten beiden Gegner auf. Torin bekam kaum noch etwas davon mit, was um ihn herum vorging, musste gegen eine Ohnmacht ankämpfen. Wenigstens hatte er keine Brüche oder sonstige ernsthaften Verletzungen davongetragen. Malar hatte genau gewusst, wo und wie er ihn treffen musste, um ihm wehzutun, ihn aber nicht zu verletzen.

Berryl beugte sich zu ihm hinunter und legte ihm mitfühlend die Hand auf die Schulter.

»Geht es einigermaßen?«, erkundigte er sich. Seine Stimme drang wie aus weiter Ferne an Torins Ohren. Er zwang sich zu einem Nicken.

Es ging *nicht*. Malar und der Inquisitor hatten ihn vor den anderen bloßgestellt. Sein ganzer Körper war mit blauen Flecken übersät, und wenn das Kampftraining so weiterging, das wusste er, würde es ihn umbringen.

# 13

Nachdem auch die letzten beiden Kämpfer gegeneinander angetreten waren, war das Training für diesen Tag beendet, und die Adepten hatten den restlichen Nachmittag und den Abend zur freien Verfügung.

Torin wusste nicht, was die anderen machten. Er schleppte sich nur noch mühsam in seine Kammer, ließ sich aufs Bett fallen und versuchte, seinen geschundenen Körper zu entspannen. Ein paarmal schlief er ein, aber die Schmerzen weckten ihn meist nach kurzer Zeit schon wieder. Selbst das Abendessen ließ er ausfallen.

Am nächsten Morgen war es noch schlimmer. Es kostete ihn alle Kraft, sich aus dem Bett zu quälen. Zu den Schmerzen, die die unzähligen Prellungen verursachten, kam noch ein kräftiger Muskelkater.

Er erschrak, als er an sich herabblickte. An zahlreichen Stellen seines Körpers hatte sich seine Haut verfärbt, schimmerte grün, braun, blau und zum Teil sogar gelblich. Aber was immer man ihm auch antun mochte, er war entschlossen, nicht aufzugeben.

Mühsam humpelte er in den Speisesaal. Das Frühstück war diesmal deutlich üppiger als am Vortag. Neben der offenbar auch hier obligatorischen Grütze gab es frisch gebackenes Brot, rahmige Butter und Honig, dazu verschiedenes Obst.

Obwohl er am vergangenen Abend nichts gegessen hatte, verspürte Torin keinen Hunger und konnte die Speisen auch nicht genießen. Aber er wusste, dass es gerade jetzt für ihn besonders wichtig war, bei Kräften zu bleiben, deshalb zwang er sich, etwas von der Grütze, ein Brot sowie einen Apfel zu essen.

Der Unterricht an diesem Vormittag fand bei einem Inquisitor namens Martis Durgan statt, einem kleinen, dicken Mann um die vierzig, der ständig schwitzte und sich fast jede Minute mit einem karierten Tuch die Stirn abwischte. Spärliches blondes Haar klebte feucht an seinem Kopf. Er sprach schnell und etwas undeutlich, als er ihnen die religiösen Grundlagen und die Entwicklung der Kirche in frühester Zeit vermittelte. Er begann bei der Schöpfung der Welt durch den Göttlichen Vater, sprang dann zum Verbot, der Unterdrückung und beinahe Ausrottung der Kirche der Göttlichen Familie auf dem Südkontinent, um dann aus religiöser Sicht noch einmal auf die ersten Siedler in Antasia zu sprechen zu kommen, durch die die Kirche hier zur beherrschenden Religion geworden war.

Die Rebellion der Göttlichen Tochter, die Erschaffung ihrer dämonischen Heerscharen und auch ihre nach wie vor gefährlichen Hinterlassenschaften in Antasia ließ er aus. Einer der Adepten hakte deswegen nach, doch Inquisitor Durgan erklärte lediglich, dass dieses Thema erst in späteren Jahren ihrer Ausbildung behandelt würde.

Es fiel Torin schwer, seinen Worten zu folgen. Er hatte sich eine halbwegs bequeme Haltung auf seinem Stuhl gesucht, dennoch machten ihm die Schmerzen zu schaffen. Glücklicherweise hatte man ihm schon im Kloster viel über die religiösen Grundlagen beigebracht, die an diesem Tag behandelt wurden, sodass er nicht viel verpasste. Er hatte sogar den Eindruck, dass er über dieses Thema besser Bescheid wusste als die meisten anderen Adepten. Die Zeit an diesem Vormittag verstrich quälend langsam, aber am meisten graute ihm vor dem Nachmittag.

Nach dem Mittagessen und der Stunde der Besinnung stand

erneut Kampftraining auf dem Programm. Immerhin ließ Inquisitor Scylla sie nicht erneut gegeneinander antreten. Stattdessen erging er sich zunächst in einer langen Ansprache, wie wichtig die Kampfkunst für einen Inquisitor sei und welche lange Tradition sie hätte, dass das Schwert und überhaupt jede Waffe, die sie führten, zu einem Teil ihres Körpers werden müsste und dass es dabei weniger auf körperliche Kraft ankäme – bei diesen Worten richtete er seinen Blick betont scharf auf Berryl – als auf Übung und die richtige geistige Einstellung. Torin hatte sich gedanklich bereits auf weitere Gehässigkeiten und Quälereien des Inquisitors eingestellt, doch dieser ignorierte ihn zunächst völlig, ging ganz in seiner mit theatralischen Gesten unterstrichenen Rede auf. Gut der halbe Nachmittag verstrich auf diese Art.

Erst anschließend wandten sie sich einem praktischen Teil zu. Sie begannen mit einigen Dehn- und Aufwärmübungen, die allein für Torin schon eine Tortur darstellten. Nach wie vor tat ihm jede Bewegung weh, und er hatte das Gefühl, als ob sein Körper völlig steif geworden wäre. Dementsprechend schlecht fielen seine Bemühungen aus, was ihm prompt mehrere Tadel und herablassende Bemerkungen des Inquisitors einhandelte. Er ertrug sie schweigend, wusste er doch, dass nur Rachsucht und Hochmut dahintersteckten.

Anschließend übten sie einige Schrittfolgen sowie einige einfache Angriffe und Paraden. Auch hierbei fiel es Torin schwer, mit den anderen mitzuhalten, wodurch er sich erneut einen Tadel des Inquisitors einfing, doch er schluckte auch diesen schweigend und bemühte sich, so gut er es vermochte.

Nach dem Ende des Trainings und dem Abendessen verzog er sich erneut direkt in seine Unterkunft und streckte sich auf dem Bett aus.

Ein Teil der Begeisterung, die er bei der Aufnahme in den Orden empfunden hatte, war inzwischen geschwunden. Die düsteren, alten Gemäuer, die auf dem Gelände der Inquisition vorzuherrschen schienen, wirkten bedrückend, und es fiel schwer, hier Freude zu empfinden.

Aber das war es nicht allein. Manches war ungefähr so, wie er es erwartet andere, anderes hingegen ganz und gar nicht. Die anderen Adepten und ihr Verhältnis zueinander, der ganze Orden, ja, sogar die gesamte Kirche entsprach nicht dem Bild, das er sich gemacht hatte. Er hatte sich eine verschworene Gemeinschaft vorgestellt, in der alle am gleichen Strang zogen. Stattdessen schien es Machtkämpfe und Rivalitäten zwischen den Großmeistern und Kardinälen zu geben, als Ausbilder fungierende Inquisitoren verfolgten kleinliche Rachegelüste im Sinne ihrer Familie, und selbst innerhalb der kleinen Gruppe von Adepten gab es Auseinandersetzungen, nicht nur, soweit es die beiden Mädchen oder die Scylla-Brüder betraf.

Waren seine Vorstellungen zu naiv, oder lief innerhalb der Kirche wirklich so manches falsch, fragte er sich, ohne eine Antwort zu finden.

Zu seiner Überraschung klopfte plötzlich jemand an seine Tür.

»Wer ist da?«, rief er.

Berryl öffnete die Tür ein Stück und streckte seinen Kopf zu ihm herein. »Ich hoffe, ich störe dich nicht«, sagte er. »Sonst kann ich auch wieder gehen, aber …«

»Ist schon gut«, unterbrach ihn Torin. »Ich habe mich nur etwas ausgeruht. Komm ruhig rein.«

Aufatmend trat der dicke Junge ganz in seine Kammer und schloss die Tür hinter sich. »Es geht um das, was wir heute Morgen bei Durgan durchgenommen haben, und ich weiß nicht, an wen ich mich sonst wenden soll«, erklärte er. »Ich habe mir ein paar Notizen gemacht, aber so ganz habe ich das alles noch nicht verstanden. Ich dachte, vielleicht könnten wir das noch mal gemeinsam durchgehen. Natürlich nur, wenn es dir recht ist.«

»Können wir gerne machen«, sagte Torin. »Ich habe heute Morgen nicht so besonders gut aufgepasst. Vielleicht haben wir beide etwas davon, wenn wir den Stoff noch einmal zusammen durchgehen.«

»Du hast ziemliche Schmerzen, wie? Ich fand es eine Riesensauerei, was Inquisitor Scylla gestern mit dir gemacht hat.«

»Halb so schlimm«, wiegelte Torin ab, obwohl das ganz und gar nicht stimmte.

»Doch, es ist schlimm. Er steckt mit Solomon und Malar unter einer Decke, schließlich ist er ihr Onkel. Als Ausbilder sollte er aber unvoreingenommen sein und weder bestimmte Adepten bevorzugen oder benachteiligen, wenne verstehst, was ich mein.«

»Ich werde schon damit fertig«, behauptete Torin. Er setzte sich auf und schwang die Beine aus dem Bett. »Lass uns jetzt nicht mehr davon sprechen, sondern lieber unsere Notizen vergleichen.«

»Wie du meinst.«

Berryl rückte den Tisch heran, damit Torin auf dem Bett sitzen bleiben konnte, und nahm selbst auf dem Hocker Platz. Es zeigte sich, dass er in der Tat einiges von dem, was Inquisitor Velat ihnen am Vormittag beigebracht hatte, nicht richtig verstanden oder schon wieder vergessen hatte. Gut eine Stunde lang gingen sie gemeinsam alles noch einmal durch, und anschließend verabredeten sie, dies möglichst jeden Tag zu tun.

Das gemeinsame Lernen machte Torin mehr Spaß, als wenn er es allein tat, und es hatte auch für ihn einen großen Vorteil, denn indem er Berryl den Stoff noch einmal ausführlich erklärte, prägte sich auch ihm selbst alles wesentlich besser ein.

Am nächsten Tag lernten sie Inquisitor Kaldar Giran kennen, einen hageren alten Mann mit einem so bleichen Gesicht, als hätte ihn noch niemals ein Sonnenstrahl getroffen. Er unterrichtete sie in der Wissenschaft der Natur, wie er es nannte. Dazu gehörte der Aufbau des menschlichen Körpers, der Körper von Tieren, die Pflanzenkunde und dergleichen mehr.

Am Ende der Ausbildung, so versprach er ihnen, würden sie genau wissen, wo sie einen Gegner treffen mussten, um welches Organ zu verletzen, würden perfekte Giftmischer sein und es auch mit jedem Heiler aufnehmen können.

Nach der ersten Hälfte des Unterrichts holte er eine kleine Kiste mit fast zwei Dutzend toten Mäusen, die sie anschließend aufschneiden sollten, um ihr Inneres genau zu erkunden.

Torin verspürte zunächst Ekel, wie er auch den meisten anderen ins Gesicht geschrieben stand, überwand ihn jedoch. Einzig Micala weigerte sich standhaft und konnte nur durch die Drohung eines Tadels überredet werden, wenigstens einige Schnitte auszuführen.

Noch während fast alle Blicke auf sie gerichtet waren, klatschte etwas gegen Torins Stirn und fiel dann vor ihm auf das Pult. Es handelte sich um ein blutiges Stück Fleisch, etwa so groß wie sein Fingernagel. Verstohlen blickte er sich um, konnte aber nicht erkennen, wer es geworfen hatte. Statt wütend zu werden, wie es sich der Übeltäter zweifellos erhoffte, legte er das Fleisch zur Seite, wischte sich gelassen die Stirn ab und fuhr mit seiner Arbeit fort.

Während des Kampftrainings am Nachmittag waren sie nicht allein. Einundzwanzig ältere Adepten waren erschienen, um mit ihnen die am Vortag gelernten Angriffe und Paraden sowie einige neue zu üben, scheuten aber auch nicht davor zurück, ihnen mit den Holzschwertern einen Hieb zu verpassen, wenn sie einen Fehler machten.

Torin stieß einen Schmerzenslaut aus, als ihn der Adept,

mit dem er zusammen trainierte, nach einer falschen Abwehrbewegung mit seinem Schwert am immer noch schmerzenden Oberarm traf.

»Stell dich nicht so an, so hart war der Schlag nun auch wieder nicht«, brummte der Adept. Torin kannte nicht einmal seinen Namen.

Er nickte und biss die Zähne zusammen, aber als er ein paar Minuten später erneut einen Treffer einstecken musste, konnte er abermals ein Stöhnen nicht unterdrücken.

»Das ist doch nicht normal. Zeig mal her!«

Der ältere Adept griff nach seinem Arm und streifte den Ärmel der Kutte nach oben. Gleich darauf stieß er einen leisen Pfiff aus, als er die zahlreichen Blutergüsse und Prellungen erblickte.

»Jetzt verstehe ich. Das muss ja höllisch wehtun. Damit solltest du nicht am Training teilnehmen, sondern es erst einmal auskurieren. Ich werde dem Inquisitor …«

»Nein!«, fiel Torin ihm hastig ins Wort. Er wusste, dass der Anblick Scylla nur erfreuen würde und er später darunter leiden müsste, wenn er sich beschwerte. »Es geht schon. Der Inquisitor braucht …«

Er brach ab, als er sah, dass sich ihnen Argon Scylla näherte. »Was ist hier los? Warum setzt ihr das Training nicht fort?«

»Euer Gnaden, der Junge ist verletzt«, entgegnete der ältere Adept. »Sein Arm ist ganz grün und blau, und wahrscheinlich hat er auch am restlichen Körper Prellungen und üble Blutergüsse. In diesem Zustand sollte er nicht am Kampftraining teilnehmen.«

»So, findest du das? Willst du mir vorschreiben, wie ich meine Arbeit zu erledigen habe? Oder habe ich etwa nicht mitbekommen, dass man dir die Ausbildung dieses Jahrgangs übertragen hat?«

»Nein, Euer Gnaden, natürlich nicht.«

»Dann halt deinen Mund und tu, was ich dir aufgetragen habe. Torin hat sich bei einem Probekampf äußerst ungeschickt angestellt. Ein paar blaue Flecken werden ihn schon nicht umbringen. Jetzt macht weiter!«

»Jawohl, Euer Gnaden.« Demütig senkte der Adept den Kopf und wartete, bis der Inquisitor sich wieder entfernt hatte. »Er scheint nicht gerade gut auf dich zu sprechen zu sein. Hast du ihn verärgert?«

»Ich habe vor einem Tribunal gegen seine Familie ausgesagt.«

»Das war nicht sehr klug. Die Scyllas sind sehr mächtig, und sie vergessen es so schnell nicht, wenn sich jemand gegen sie stellt.«

»Mir blieb keine Wahl. Ich musste die Aussage von Inquisitor Balosta bezeugen, dass wir auf dem Weg nach Aurelia von Truppen der Scyllas angegriffen wurden.«

»Oh, diese Sache. Ich habe davon gehört. Dann kann ich dir nur raten, in nächster Zeit sehr auf der Hut zu sein. Und jetzt lass uns weiterüben. Ich werde versuchen, dich nicht mehr zu treffen.«

Torin hatte Glück. Inquisitor Scylla kümmerte sich an diesem Nachmittag nur noch wenig um ihn. Er hatte offenbar nicht nur etwas gegen Waisenjungen, deren Ausbildung von der Kirche bezahlt wurde, sondern auch gegen Mädchen als Mitglieder des Schwarzen Ordens, denn er konzentrierte sich vor allem auf Micala Erea; Shirina Falkenstein führte ihre Klinge zu gut, als dass er an ihr nennenswerte Kritik üben konnte, doch Micala war ein leichtes Opfer für ihn.

Bei den Probekämpfen war sie gegen einen Jungen angetreten, der selbst nicht besonders gut war, nur deshalb hatte sie sich halbwegs gegen ihn behaupten können. Jetzt aber beging sie zahlreiche Fehler und musste in der Folge nicht nur viele schmerzhafte Treffer ihres Trainingspartners einstecken, sondern auch den Hohn und Spott des Inquisitors ertragen, während Torin und einige andere, die ähnlich schlecht wie sie waren, weitgehend davon verschont blieben.

Obwohl Micala sie zurückzuhalten versuchte, flossen nach einiger Zeit Tränen. Torin wusste nicht, ob aus Schmerz oder wegen der Demütigungen, aber er wusste, dass der Inquisitor dies zweifellos als Erfolg betrachtete und sich insgeheim darüber freute. Das Mädchen tat ihm leid, aber es gab nichts, was er tun konnte, und ein Teil von ihm war froh, dass zumindest an diesem Tag nicht er das auserkorene Opfer war.

Sein Zorn auf den Inquisitor wuchs noch mehr an. In seinen Augen war Argon Scylla eine Schande für den Orden, ein mieser Kerl, der sich dran erfreute, andere zu schikanieren. Hatte Torin zunächst gedacht, dass es dem rothaarigen Hünen nur wegen seiner Aussage um Rache an ihm ging, so wusste er es mittlerweile besser. Scylla genoss es, Macht zu haben und sie Schwächere spüren zu lassen. Es bereitete ihm Freude, bei anderen nach Angriffspunkten zu suchen, diese auszunutzen und sie leiden zu lassen.

Es war ein in Torins Augen gänzlich unwürdiges Verhalten für einen Inquisitor, aber was sollte er dagegen tun? Er konnte sich schlecht über ihn beschweren. Niemand würde ihm glauben, nicht einmal, wenn die meisten Adepten seine Behauptungen bestätigten. Scylla würde sich damit rechtfertigen, dass er sie hart rannahm, um Kämpfer aus ihnen zu machen. Das gefiele ihnen nicht, weshalb sie versuchten, ihn loszuwerden. Sein Ergötzen daran, bestimmte Adepten ganz gezielt fertigzumachen, konnte ihm niemand nachweisen.

Anschließend würde er sich wiederum auch dafür rächen, und sie wären ihm noch mehr ausgeliefert. Nein, Torin blieb nichts anderes übrig, als weiterhin die Zähne zusammenzubeißen und seinen ohnmächtigen Zorn zu unterdrücken.

An diesem und auch den folgenden Abenden traf er sich jeweils mit Berryl, um das, was sie am Vormittag im Unterricht gelernt hatten, noch einmal zu vertiefen. Inzwischen waren weitere Wissensgebiete hinzugekommen, darunter kirchliches und weltliches Recht sowie weiterführende Mathematik, wovon Torin bislang absolut nichts verstand. Er hatte im Kloster etwas rechnen gelernt, aber nichts, was über grobe Ansätze hinausging. Es fiel ihm schwer, mit den anderen mitzuhalten, aber das Üben mit Berryl half ihm dabei.

»Ich weiß gar nicht, wie ich dir danken soll«, sagte Berryl am dritten Abend. »Mein Vater hatte wohl recht, als er immer wieder sagte, ich wäre nicht gerade der Hellste. Ohne dich würde ich wahrscheinlich weit hinter allen anderen herhinken.«

»Hör schon auf, du brauchst mir nicht zu danken. Es hilft mir schließlich auch.«

»Nein, nein, sei nicht so bescheiden. Ich hab mir was überlegt. Eine Hand wäscht die andere, wie man so sagt. Du verstehst besser, was man uns in den geistigen Fächern beibringt, dafür hab ich besser mit dem Schwert umzugehen gelernt. Was hältst du davon, wenn wir unsere Übungsstunde etwas erweitern?«

Torin begriff sofort, worauf Berryl hinauswollte, und erkannte die Vorteile dieses Angebots. Er war bereit, nicht nur an die Grenzen seiner geistigen, sondern auch seiner körperlichen Belastbarkeit zu gehen. Die vergangenen Tage hatten ihm gezeigt, wie weit er beim Schwertkampf hinter den anderen zurückhing. Um zu ihnen aufzuschließen und vielleicht irgendwann sogar besser als sie zu werden, musste er ungleich mehr und härter als sie trainieren. Berryl war selbst nicht der beste Kämpfer, sein Können reichte sicherlich nicht an das der Scylla-Brüder oder dieser Shirina Falkenstein heran, dennoch konnte er ihm eine große Hilfe sein.

»Gerne«, sagte er. »Schließen wir einen Pakt. Du bringst

mir das Kämpfen bei, und ich helfe dir dafür in den anderen Fächern.«

»Genau das meinte ich.«

»Aber ich fürchte, wir müssen damit noch ein paar Tage warten. Derzeit bin ich froh, wenn ich das normale Kampftraining nachmittags überstehe. Mir tut von Malars Schlägen immer noch alles weh.«

»Dann fangen wir eben erst nächste Woche mit dem zusätzlichen Training an.«

Aus ihrem Vorhaben wurde jedoch zumindest vorläufig nichts. Am Sonntag fand kein Unterricht statt, stattdessen wurde nach dem Frühstück ein langer Götterdienst abgehalten, der fast den halben Vormittag dauerte. Im Anschluss daran hielt Inquisitor Velat eine Ansprache, in der er erklärte, die erste Woche hätte hauptsächlich dazu gedient, dass sich ihre Ausbilder einen Überblick über ihr Wissen und Können verschafften. In der zweiten Woche würden die Anforderungen deutlich steigen.

Unwilliges Murren der Adepten folgte seinen Worten.

»Wie sich gezeigt hat, gibt es bei eurem Kenntnisstand in den verschiedenen Bereichen deutliche Unterschiede«, erklärte der Inquisitor. »Diese müssen unbedingt ausgeglichen werden, damit der Unterricht von einer gemeinsamen Basis aus geführt werden kann. Einige von euch werden deshalb auch in ihrer freien Zeit lernen müssen. Eure Ausbilder werden zu diesem Zweck für die Betreffenden zusätzliche Unterrichtsstunden einrichten.«

Erneut war Murren zu hören, doch der Inquisitor ignorierte es.

»Wie schnell ihr das euch fehlende Wissen nachholt, wird in eure Beurteilungen einfließen, anhand derer jedes Jahr darüber entschieden wird, ob ihr die Anforderungen des Ordens erfüllt.«

Vermutlich war Torin der Einzige, der nicht überrascht war. Er wusste, dass er einer von denen war, die Velat meinte, vielleicht sogar derjenige, den es am meisten betraf. Nicht nur die Ausbilder hatten sich in der zurückliegenden Woche einen Überblick über seinen Wissensstand und den der anderen Adepten verschafft. Auch Torin hatte dies getan und sich bemüht, sich im Vergleich zu den anderen so unvoreingenommen wie nur möglich zu bewerten.

Das Ergebnis war nicht besonders gut für ihn ausgefallen. In praktisch jedem Bereich mit Ausnahme der Kirchengeschichte hatte er deutliche Schwächen, weil im Kloster nicht viel Wert auf diese Wissensbereiche gelegt worden war. Zwar fiel es ihm nicht besonders schwer, sich das im Unterricht erworbene Wissen einzuprägen, aber den meisten anderen waren die Themen, die sie durchgenommen hatten, längst bekannt, während sie für ihn völliges Neuland darstellten. Oftmals fehlten ihm sogar die Grundlagen, um das Gelernte in einen größeren Zusammenhang einzuordnen, das war ihm besonders beim Wiederholen des Stoffes mit Berryl bewusst geworden.

Er hatte vorgehabt, sich deshalb an zumindest einige seiner Ausbilder zu wenden. Im Obergeschoss des Gebäudes, in dem sie lebten und lernten, gab es eine riesige Bibliothek, wie er bereits herausgefunden hatte, doch als er sie besucht hatte, hatte ihn die pure Masse der Bücher und Folianten geradezu erschlagen. Sicherlich würden die Ausbilder ihm bei der Auswahl von Werken helfen können, die besonders geeignet waren, seine Wissenslücken zu schließen.

Wie es nun aussah, brauchte er sie nicht einmal darum zu bitten.

In den folgenden Tagen händigten sie ihm zahlreiche Bücher und Folianten mit Informationen zu den verschiedensten Themen aus, die er so schnell und gründlich wie möglich durcharbeiten sollte. Genauer gesagt: Sie begruben ihn regelrecht darunter. Nicht nur auf dem Tisch, sondern auch auf dem Boden seiner winzigen Kammer stapelten sich schon bald die Bücher. Manchmal verzweifelte er fast an der Flut, die immer größer zu werden schien, obwohl er nahezu jede freie Minute zum Lernen nutzte und seinen Schlaf auf nur wenige Stunden täglich beschränkte.

Aber die freie Zeit war einfach zu knapp. Nicht nur sein Wissen hinkte hinter dem der meisten anderen her, auch Inquisitor Scylla setzte zahlreiche zusätzliche Übungsstunden für ihn an. Wie nicht anders zu erwarten war, tat sich Argon Scylla dabei sogar besonders hervor. Er verpflichtete Torin nicht nur zu den mit Abstand meisten Stunden, sondern sorgte auch dafür, dass sie die reinste Hölle waren. Seine Prellungen und blauen Flecken fanden erst gar keine Zeit zum Abheilen, ehe schon wieder neue hinzukamen. Nach dem Training konnte sich Torin vor Schmerz und Erschöpfung oftmals nur noch mühsam in seine Kammer schleppen, und an Lernen war kaum noch zu denken. Selbst die schon fast zur Gewohnheit gewordene Lernstunde mit Berryl ließ er inzwischen meistens ausfallen.

Sah man von Spott und sonstigen gehässigen Bemerkungen ab, ließen wenigstens Solomon und Malar ihn in Ruhe. Es schien ihnen zu genügen, dass ihr Onkel ihn nach Kräften schikanierte. Es war ihnen gelungen, einige der Adepten auf ihre Seite zu ziehen, und sie waren hauptsächlich damit beschäftigt, ihr Gefolge zu vergrößern.

Auch ein paar der anderen Adepten hatten sich miteinander angefreundet. So hingen zum Beispiel die beiden Mädchen fast ständig zusammen, aber das war ja auch kein Wunder, da sie beide Außenseiterinnen waren. Torin unterhielt sich gelegentlich mit einigen der anderen Jungen, aber seine Studien ließen ihm so gut wie keine Zeit, engere Kontakte zu knüpfen. Hinzu kam, dass all das neue Wissen, das er sich einzupauken versuchte, ständig in seinem Kopf herumspukte und es ihm schwerfiel, sich auf etwas anderes zu konzentrieren, weshalb er meist schon nach kurzer Zeit nicht mehr wusste, was er sagen sollte. So blieben ihm die meisten anderen Adepten fremd und nahmen wenig Notiz von ihm.

Es dauerte nicht lange, und er hatte sich wie schon im Kloster den Ruf eines Eigenbrötlers erworben, mit dem abzugeben sich nicht lohnte, obwohl er mit dem Vorsatz hergekommen war, genau das zu vermeiden. Berryl bildete die einzige Ausnahme, aber da er immer häufiger für die gemeinsamen Lernstunden zu erschöpft war, nahm auch der Kontakt zu ihm ab.

Am Ende der vierten Woche wusste Torin kaum noch, wo ihm der Kopf stand.

Obwohl er sich zu regelmäßigem Essen zwang, war er noch mehr abgemagert, als er ohnehin schon war. Immer mehr verwandelte er sich in ein hohlwangiges Gespenst mit beständig dunkler und größer werdenden Schatten unter den vom vielen Lesen bei Kerzenlicht geröteten Augen. Manchmal wurde ihm ohne ersichtlichen Anlass schwindlig, und er musste sich erbrechen. Er erschrak über sich selbst, wenn er sich in einem Spiegel erblickte.

Dennoch schuftete er weiterhin wie ein Besessener, las jede Nacht so lange, bis er die Augen nicht mehr aufhalten konnte und sich todmüde ins Bett fallen ließ, wo er sofort einschlief. Aber so hart er auch arbeitete, es fiel ihm immer schwerer, das Gelernte auch zu behalten. Die zahllosen Informationen wirbelten in seinem Kopf durcheinander. Kirchenrecht, die Geschichte der bedeutendsten Familien, die Wissenschaft der Natur und anderes vermengte sich zu einem Brei, der immer häufiger keinen Sinn mehr zu ergeben schien.

»Du siehst erschreckend aus«, sprach Berryl ihn eines Abends auf dem Rückweg vom Kampftraining zu ihren Unterkünften an. »Was ist bloß los mit dir? Willst du dich umbringen?«

»Das verstehst du nicht«, murmelte Torin. »Ich habe gedacht, dass man mir im Kloster bereits eine Menge beigebracht hätte, aber jetzt weiß ich, wie wenig es in Wirklichkeit war. Ich muss mehr Wissen als jeder andere nachholen.«

»Du bist ja regelrecht besessen«, behauptete Berryl. Er war nach wie vor kein guter Schüler und hatte oftmals Schwierigkeiten, dem Unterricht zu folgen, vor allem, seit Torin kaum noch gemeinsam mit ihm lernte. Auch bei ihm gab es erhebliche Wissenslücken, doch schien er es nicht allzu eilig zu haben, diese zu schließen. »Du verlangst einfach zu viel von dir und betreibst Raubbau an deiner Gesundheit. Das wird nicht lange gutgehen.«

Torin antwortete nicht darauf. Was hätte er auch sagen sollen? Wenn Berryl am Ende des Jahres schlecht beurteilt und möglicherweise sogar des Ordens verwiesen wurde, konnte er immer noch in den Schoß seiner Familie zurückkehren. Für ihn hingegen gab es diese Möglichkeit nicht.

Sein ganzes Leben lang war es sein großer Traum gewesen, Mitglied des Schwarzen Ordens zu werden. Nun, da er es geschafft hatte, stellte die Inquisition sein Leben dar. Er hatte alles andere hinter sich zurückgelassen; wenn er ausgeschlossen würde, hätte er buchstäblich nichts mehr. Es *musste* ihm einfach gelingen, so gut wie die anderen zu werden. Dafür war er bereit, alles zu tun. Was bedeutete es schon, wenn er eine Zeit lang Raubbau an seiner Gesundheit betrieb? Das einzig Wichtige für ihn war, dass er gute Beurteilungen bekam und im Orden bleiben durfte.

Aber je verbissener er arbeitete, desto schwerer fiel es ihm, und er vergaß das meiste fast sofort wieder, weshalb er sich zwang, noch härter zu arbeiten. Vor allem beim Kampftraining nahmen seine Leistungen sogar ab statt zu, wie Inquisitor Scylla ihm immer wieder genüsslich verkündete. In den zusätzlichen Übungsstunden ließ er ihn häufig gegen ältere Adepten antreten. Der Adept, mit dem er zu Anfang schon einmal geübt hatte, befand sich nicht darunter, und diese Kampfpartner scheuten sich nicht, ihn für jede Nachlässigkeit mit schmerzhaften Körpertreffern zu bestrafen. Es schien ihnen sogar Vergnügen zu bereiten.

Als er schließlich zum zweiten Mal einen Tadel erhielt, weil er im Unterricht einschlief, sah Torin schließlich ein, dass es so nicht weitergehen konnte. Von nun an gönnte er sich jede Nacht mindestens eine Stunde Schlaf mehr. Statt sich wachzuhalten, bis die Glocken der Kathedrale dreimal schlugen, ging er nun schon zu Bett, wenn sie zweimal geschlagen hatten, manchmal sogar früher, wenn er allzu müde war.

Seine Entscheidung zahlte sich aus.

Obwohl ihm nun noch weniger Zeit zur Verfügung stand, fiel ihm das Lernen leichter, und er behielt das angelesene Wissen besser. In seinem Kopf wirbelte nicht mehr alles durcheinander, und vereinzelt erhielt er von einigen seiner Ausbilder sogar ein Lob für seine Fortschritte. Natürlich nicht von Inquisitor Scylla, aber da sich auch seine Reflexe und seine Körperbeherrschung verbesserten, fand der Inquisitor zumindest seltener etwas an ihm auszusetzen. Vor allem aber musste er weniger Treffer von seinen Übungspartnern einstecken, sodass die Zahl seiner blauen Flecken abnahm. Er nahm sogar wieder etwas zu, und die dunklen Schatten unter seinen Augen verschwanden.

Die Veränderungen blieben nicht unbemerkt. Als er während einer Unterrichtspause wieder einmal im Schatten des Baumes in dem kleinen Park hinter dem Gebäude saß, kam zu seiner Überraschung Shirina Falkenstein auf ihn zu und setzte sich neben ihn. Fast eine Minute saß sie nur schweigend neben ihm, dann ergriff sie endlich das Wort.

»Du hast die letzte Zeit krank gewirkt«, sagte sie. »Geht es dir wieder besser?«

»Ich habe nur ein bisschen zu viel gearbeitet. Woher kommt die plötzliche Sorge?«

»Einfach nur so.«

»Du bist doch bestimmt nicht nur gekommen, um mich das zu fragen.«

Sie bückte sich, hob einen dürren Zweig auf und begann damit, ihn in kleine Stücke zu brechen.

»Nein. Ich wollte mich … bei dir entschuldigen«, sagte sie stockend. »Du warst der Einzige, der sich am ersten Tag unserer Ausbildung gegen die beiden Scyllas gestellt hat, als sie mich schlagen wollten. Dafür wärst du fast selber von ihnen verprügelt worden, und zum Dank bin ich dir gegenüber auch noch patzig geworden.«

»Das war wirklich nicht gerade nett von dir.«

»Nein, es war richtig blöd. Ich bin erst am Abend vorher in Aurelia eingetroffen und war gereizt und übermüdet. Als du dich dann mit Solomon angelegt hast, habe ich das für pures Imponiergehabe gehalten. Du weißt schon, heldenhafter Ritter beschützt armes, hilfloses Mädchen. Und genau das kann ich nicht leiden. Wie du mittlerweile wohl gemerkt hast, kann ich mich ganz gut selber wehren. Aber das war kein Grund, dich so anzufahren. Inzwischen weiß ich, dass du nicht so ein Angeber bist und mir wirklich nur helfen wolltest.«

»Und ich war anfangs ziemlich sauer auf dich, habe dich für eingebildet und überheblich gehalten«, gab er zu. »Ich bin froh, dass du das nun anders siehst. Es gehört Mut dazu, sich für einen Fehler zu entschuldigen.«

»Ich bin niemals feige. Wenn ich Mist baue, dann bekenne ich mich auch dazu. Ich hätte dich schon vorher angesprochen, aber in der letzten Zeit schien es dir so schlecht zu gehen, dass ich schon dachte, du müsstest die Ausbildung aufgeben. Ich bin froh, dass es dir nun wieder besser geht.«

»Und ich bin froh, dass du es Solomon bei eurem Probekampf ordentlich gezeigt hast, auch wenn du am Ende leider verloren hast.«

»Ja, weil ich nicht aufgepasst habe. Das passiert mir nicht noch mal.«

»Wo hast du so gut zu kämpfen gelernt? Ich meine, du als …«

»Du meinst, ich als Mädchen, sprich es ruhig aus. Auf der Burg meines Vaters. Wie du wohl weißt, ist er Herzog von Falkenau. Der Waffenmeister von Falkenhorst hat mich ausgebildet.«

»Und dein Vater hatte nichts dagegen? Es ist ja nun mal nicht gerade üblich, dass ein Mädchen kämpfen lernt.«

»Er liebt mich sehr und hat mich immer in dem unterstützt, was ich tue. Nun kommt es mir zugute. Möglicherweise hat es mir sogar schon das Leben gerettet, dass ich einigermaßen mit dem Schwert umgehen kann.«

Torin riss die Augen weit auf. »Wirklich? Erzähl mir davon.«

»Bevor ich nach Aurelia kam, habe ich meinen Onkel und meine Tante besucht, und auf dem Rückweg …«

In diesem Moment ertönte eine Glocke und verkündete das Ende der Pause.

»Wenn du magst, treffen wir uns nach dem Abendessen hier wieder, dann erzähle ich dir alles«, schlug Shirina vor.

Torin dachte an die unzähligen Bücher, die sich in seiner Kammer stapelten und darauf warteten, von ihm gelesen zu werden. Trotzdem nickte er nach kurzem Zögern. Er war froh, dass die Missverständnisse zwischen ihm und Shirina aus dem Weg geräumt waren. Im Grunde schien sie doch ganz nett zu sein, und er fing sogar an, sie zu mögen.

Die Bücher würden ihm nicht davonlaufen.

Während des Kampftrainings am Nachmittag ertappte sich Torin dabei, dass er immer wieder zu Shirina hinüberblickte.

Sie war jedoch so in ihre Übungen vertieft, dass sie es nicht bemerkte, zumindest reagierte sie nicht darauf. Er war gespannt auf das, was sie ihm zu erzählen hatte, und konnte es kaum erwarten, sich wieder mit ihr zu treffen. Aber handelte es sich wirklich nur um Neugier auf ihre Geschichte?

*Hexerei*, dachte er ironisch, obwohl so etwas bei einem Angehörigen des Schwarzen Ordens freilich ausgeschlossen war. Aber hieß es nicht, dass Frauen eine ganz besondere Macht hätten, Männer in ihren Bann zu schlagen und dazu zu bringen, die dümmsten Dinge zu tun, und war dann nicht die Rede davon, dass sie ihn *verhext* hätten? Wie dem auch sei, über ihn würde sie keine Macht gewinnen, das nahm er sich fest vor.

Warum aber musste er trotzdem dauernd an sie denken?

In aller Eile schlang er sein Abendessen herunter und eilte in den Park, wo er wieder unter dem Baum Platz nahm und auf Shirina wartete. Es dauerte nur ein paar Minuten, bis auch sie erschien und sich wieder neben ihn setzte.

»Schön, dass du gekommen bist«, sagte er. »Ich hatte schon befürchtet, du würdest es dir anders überlegen.«

»Warum hätte ich das tun sollen? Ich stehe immer zu dem, was ich sage.«

»Ich auch, wie du siehst. Nun sind wir also beide hier. Du wolltest mir erzählen, was während der Rückreise von deinem Onkel passiert ist und wieso deine Kampfkunst dir womöglich das Leben gerettet hat«, erinnerte Torin.

»Ich bin überfallen worden, obwohl ich in Begleitung einer schwer bewaffneten Eskorte reiste.«

»Ich auch!«, rief Torin überrascht aus.

»Ja, ich habe davon gehört. Ein seltsamer Zufall, nicht wahr? Du musst mir unbedingt davon erzählen. Vielleicht gibt es ja sogar eine Verbindung zwischen den beiden Ereignissen. Immerhin standen wir beide gerade im Begriff, in den Orden einzutreten.«

»Ich glaube nicht, dass es da einen Zusammenhang gibt. Inquisitor Balosta und ich waren einfach nur zur falschen Zeit am falschen Ort. Außerdem war es noch höchst fraglich, ob man mich überhaupt aufnehmen würde. Aber erzähl du zuerst.«

»Also gut, pass auf. Wir gerieten in einen Hinterhalt.« Sie berichtete von dem Überfall in der Schlucht, wie sie gegen einen der Banditen gekämpft und ihn getötet hatte, von ihrer Gefangenschaft bei der Visha und wie sie der Hexe schließlich hatte entkommen können. »Ich glaube nicht, dass man die anderen Hexen gefunden hat, aber zumindest die beiden Pryces, die mich umbringen wollten, stehen bestimmt schon vor Gericht«, schloss sie. »Vielleicht wurden sie inzwischen sogar hingerichtet. Hoffentlich. Ohne diese Mistkerle wäre ich der Visha erst gar nicht in die Hände gefallen. Außerdem haben sie mehrere meiner Begleiter umgebracht.«

»Wow!«, stieß Torin hervor. »Da hast du aber eine Menge erlebt. Und du hast den Banditen und diese Visha wirklich getötet?«

»Ja, habe ich, aber zumindest bei dem Kerl war es nur Glück, weil er durch die Trugbilder abgelenkt war. Und es war ganz und gar nicht schön, das kannst du mir glauben.«

»Ich weiß nicht, ob ich das könnte.«

»Warum bist du dann hier und lernst kämpfen?«, fragte Shirina spöttisch. »Wenn du es bis zum Inquisitor schaffst, wirst du noch viele Menschen töten. Vielleicht nicht unbedingt im Kampf, aber viele werden deinetwegen auf dem Scheiterhaufen enden. Es ist der Sinn der Inquisition, Hexen und Ketzer aufzuspüren und ihnen den Prozess zu machen, damit sie verbrannt werden.«

»Das sind Kreaturen, die sich mit bösen, dämonischen Mächten eingelassen haben. Sie verdienen den Tod.«

»So wie die Hexe, die ich verbrannt habe«, sagte Shirina.

»Und wer Hand an die Familie eines Herzogs legt, den erwartet laut Gesetz ebenfalls der Tod. Dieser Bandit hatte ihn genauso verdient wie die Hexe. In beiden Fällen war es Notwehr, und bei keinem von beiden hat mir das Töten gefallen. Trotzdem würde ich es jederzeit wieder tun.«

Torin zuckte mit den Schultern. Natürlich beging jemand, der sich gegen die Kirche stellte, ein viel schlimmeres Verbrechen als jeder Bandit, der aus Gier mordete und stahl. Shirina vermischte weltliches und kirchliches Recht, aber es erschien ihm nicht wert, mit ihr darüber zu streiten.

Stattdessen führte er sich noch einmal vor Augen, was sie ihm erzählt hatte. Sie hatte mit ihren zwölf Jahren bereits zweimal getötet. Die Vorstellung war einerseits erschreckend, beeindruckte ihn zugleich aber auch.

Und er?

Was hatte er im Augenblick der Gefahr getan? Er hatte sich hinter Inquisitor Balosta verkrochen und sich bewusstlos schlagen lassen …

»Jedenfalls gibt es zwischen den Überfällen auf uns wohl wirklich keinerlei Zusammenhang«, kehrte er wieder zum ursprünglichen Thema zurück. »Zumindest den Visha ging es bei deiner Entführung nur um deine Aufnahme in den Orden. Sie empfinden weibliche Inquisitoren offenbar als besonders große Bedrohung, genau deshalb nimmt der Orden ja jetzt auch Mädchen auf. Weißt du, ob es bei Micala auch irgendwelche Versuche gegeben hat, sie vom Orden fernzuhalten?«

»Nein, aber sie hatte auch keinen weiten Weg, die Ländereien der Erea liegen hier in der Königsmark, nur ein paar Tagesreisen von Aurelia entfernt. Wahrscheinlich ergab sich keine Gelegenheit, sie ebenfalls zu entführen. Und wie war das bei dir?«

»Die Truppen der Scyllas, die uns angriffen, haben aus militärischen Erwägungen heraus gehandelt. Sie wollten nur verhindern, dass die Soldaten, in deren Begleitung wir reisten, nach Salina gelangten.«

Er berichtete von dem Überfall, von Lintons Tod und seiner Aussage vor dem Hohen Tribunal.

»Kein Wunder, dass die Fischfresser dich hassen«, kommentierte Shirina, als er fertig war. »Ich dachte erst, es läge nur an deiner Herkunft und weil du dich gegen Solomon gestellt hast. Eine Million Goldtaler, das ist selbst für eine reiche Familie wie die Scyllas schwer zu verkraften. Aber ich gönne es ihnen. Sieh dir nur den Inquisitor, Solomon und Malar an. Sie sind nicht etwa aus der Art geschlagen, sondern typisch für diese Familie.«

»Das hat man mir schon mal gesagt. Du scheinst sie gut zu kennen.«

»Ich bin schon vielen von ihnen begegnet. Sie vermehren sich wie die Karnickel. Es ist wegen ihrer Heiratspolitik, weißt du?«

»Nein, was meinst du?«

»Ihre Inseln bilden die kleinste Provinz des Reiches und die mit den wenigsten Einwohnern. Dort gibt es nur wenige Bodenschätze, aber aufgrund des Klimas gedeihen viele seltene Gewürze dort hervorragend, und auf die gründet sich der Reichtum der Scyllas. Ihre Handelsflotte ist riesig, aber das genügt ihnen nicht. Gewürze sind zwar beliebt, aber nicht lebenswichtig. Deshalb bemühen sie sich, in jedes bedeutende Fürstenhaus einzuheiraten, um dadurch an Macht und Einfluss zu gewinnen. Sogar die Königin ist eine gebürtige Scylla, und mindestens drei weitere Familienmitglieder haben in untergeordnetere Ränge der königlichen Familie eingeheiratet.«

»Im Kloster wurde behauptet, dass sie auch Piraterie betreiben.«

»Zumindest unterstützen sie die. Nie werden ihre eigenen Schiffe angegriffen, immer nur die ihrer Konkurrenten.«

»Wirklich eine nette Familie.«

»Und gefährlich. Zumindest ist es gefährlich, sich mit ihnen anzulegen. Du konntest natürlich gar nicht anders, als vor dem Hohen Tribunal wahrheitsgetreu auszusagen, aber dein Mentor hätte dich erst gar nicht in diese Situation bringen sollen.«

»Mein was?«

»Dein Mentor. Der Inquisitor, der dich nach Aurelia gebracht und sich für dich verwendet hat. Ein väterlicher Freund, der einen unterstützt, so jemanden nennt man Mentor. Aber deiner hat dich in den Schlamassel gebracht und dann allein darin sitzen lassen.«

»So war das nicht«, widersprach Torin. Es ärgerte ihn, dass sie so abfällig über Naron Balosta sprach, obwohl sie ihn sehr wahrscheinlich nicht einmal kannte. »Nur durch ihn bin ich überhaupt in den Orden aufgenommen worden. Nicht nur wegen seiner Fürsprache, sondern indem er mich mit vielen wichtigen Leuten bekannt gemacht hat. Und dass man ihn so schnell wieder nach Talarien schicken würde, konnte er schließlich nicht ahnen.«

»Mag sein. Auf jeden Fall steckst du ganz schön in Schwierigkeiten. Die Scyllas hassen dich, und sie vergessen nicht so leicht. Außerdem halten sie zusammen wie Pech und Schwefel, denn die Familienehre geht ihnen über alles. Argon wird dich schikanieren, wo er nur kann, gleichzeitig wird er dafür sorgen, dass du nicht genug lernst, um dich wirklich zu verbessern. Und ganz egal, wie sehr du dich anstrengst, Ende des Jahres wird er eine miserable Bewertung über dich abgeben und empfehlen, dich aus dem Orden auszuschließen.«

»Er ist nur einer von mehreren Ausbildern.«

»Aber einer der wichtigsten. Wenn du in einem der geistigen Fächer zurückhängst, dann ist das nicht weiter schlimm, solange es nur ein einzelnes ist. Aber ein Inquisitor, der nicht kämpfen kann und auch keine nennenswerten Fortschritte in dieser Disziplin erkennen lässt … So etwas ist undenkbar und kann durchaus zum Ausschluss des entsprechenden Adepten führen.«

Torin strich sich mit der Hand über die Stirn. Als so extrem bedrohlich hatte er seine Probleme bislang nicht angesehen. Aber Shirina hatte recht. Für die Scyllas wäre es ein Triumph, würde man ihn des Schwarzen Ordens verweisen, und der Inquisitor würde maßgeblich dazu beitragen können.

Aber darüber wollte er jetzt nicht nachdenken. Ihm blieb noch fast ein Jahr Zeit, eine Lösung für dieses Problem zu finden.

»Du gehörst auch nicht gerade zu Solomons und Malars besten Freunden«, sagte er.

Shirina machte eine gleichgültige Handbewegung. »Sie sind nur dagegen, dass Mädchen dem Orden angehören. Das ist nichts Persönliches.«

»Du hast Solomon in Gegenwart aller anderen im Kampf geschlagen. Nur durch einen Trick konnte er doch gewinnen. Für ihn stellt das zweifellos eine schlimme Demütigung dar, und das nimmt er durchaus persönlich.«

»Und wenn schon. Er wird sich hüten, mir ernsthaften Schaden zuzufügen. Das Haus Falkenstein ist mindestens so mächtig wie seines. Nein, mir können die Scyllas nicht viel anhaben, aber dir. Deshalb mache ich dir einen Vorschlag. Wenn du möchtest, kann ich dir helfen, im Schwertkampf so gut zu werden, dass Inquisitor Scylla sich nur lächerlich machen würde, wenn er behauptet, du könntest es nicht.«

Torin musste lachen.

»Was ist daran so lächerlich?«, fragte Shirina gekränkt. »Wenn du nicht willst, dann sag es einfach, aber du brauchst mich nicht gleich auszulachen.«

»Nein, nein, tut mir leid. Ich musste nur lachen, weil es schon das zweite entsprechende Angebot ist, das ich bekomme«, erklärte Torin noch immer grinsend. »Nur hätte ich es von dir bestimmt nicht erwartet. Du warst bislang ziemlich biestig zu mir. Warum willst du mir jetzt helfen?«

»Sagen wir, ich schulde dir etwas, und ich habe nicht gerne Schulden. Auch wenn ich dich nicht um deine Hilfe gebeten habe, war es ziemlich mutig von dir, dich meinetwegen gegen Solomon zu stellen. Außerdem macht es mir Spaß, die Pläne der Scylla zu durchkreuzen. Von wem kam das zweite Angebot? Berryl?«

»Ja.«

»Er kämpft nicht schlecht, aber er verlässt sich zu sehr auf seine Kraft. Die kann er dir nicht beibringen. Du musst lernen, mit Köpfchen und Geschicklichkeit zu kämpfen, und dafür bin ich genau richtig. Also, willst du meine Hilfe?«

Das alles kam ziemlich überraschend für Torin. Noch bis zum Vortag hatte er Shirina nicht leiden können, hatte eine denkbar schlechte Meinung von ihr gehabt, und nun war sie bereit, ihn zu unterrichten.

Ob er wollte?

Natürlich wollte er, das stand außer Frage. Sie würde ihm mehr beibringen können, und wahrscheinlich würde das Training mit ihr auch mehr Spaß machen als mit Berryl. Dennoch zögerte er. Vielleicht wäre Berryl gekränkt, wenn er sich lieber von ihr als von ihm unterrichten ließe, und das wollte er nicht. Er musste es ihm zumindest behutsam beibringen. Auch war er sich nicht sicher, ob es Shirina wirklich um ihn ging oder nur darum, den Scyllas eins auszuwischen.

»In meiner Kammer stapeln sich die Bücher«, erklärte er ausweichend. »Ich muss erst zusehen, dass ich in den geistigen Fächern den Anschluss schaffe.«

»Unsinn«, behauptete sie. »Das ist nur eine Ausrede. Solange du bei jedem Kampftraining grün und blau geschlagen wirst, kannst du dich gar nicht richtig auf das Lernen konzentrieren.

Also müssen wir das schnellstens ändern. Außerdem brauchst du einen Ausgleich für das viele Lesen, und damit meine ich nicht die Quälerei, zu der Scylla dich zwingt.«

»Ich werde darüber nachdenken.«

»Spar dir die Mühe!«, rief sie zornig und sprang auf. »Ich habe schon verstanden. Du bist nur zu stolz dafür, dir von einem Mädchen das Kämpfen beibringen zu lassen. Ich habe gedacht, du wärst nicht so wie die anderen, aber du bist ganz genau wie sie.« Mit raschen Schritten stapfte sie davon. Ihr langes Haar flatterte im Wind.

Torin sprang ebenfalls auf und eilte ihr nach. Warum reagierte sie bloß ständig so empfindlich?

»Warte doch! Darum geht es mir überhaupt nicht.« Tatsächlich war ihm dieser Gedanke nicht einmal gekommen.

»Ach, und worum dann?«

Wenigstens blieb sie stehen.

»Ich musste nur daran denken, wie ich es Berryl beibringen soll, dass ich mit dir und nicht mit ihm trainiere. Immerhin hat er es mir zuerst angeboten.«

»Oh«, murmelte sie und drehte sich zögerlich zu ihm herum, den Kopf gesenkt. »Ist das wahr?« Sie wagte kaum, ihn anzublicken. »Dann … dann war ich wohl zu vorschnell. Ich dachte, es ginge nur darum, dass … dass ich ein Mädchen bin.«

»Nein, bestimmt nicht. Es wäre toll, wenn du mich trainieren würdest. Ich finde schon einen Weg, es Berryl so beizubringen, dass er nicht gekränkt ist.«

»Gut …« Ein Strahlen huschte über ihr Gesicht, wenn auch nur ganz kurz. »Dann fangen wir gleich morgen an. Die Scyllas werden sich schwarz ärgern.«

# 14

»So ist das also«, sagte Berryl. Sein rundes Gesicht blieb ausdruckslos, aber seine Stimme klang traurig.

»Ich wollte zuerst mit dir darüber sprechen. Du musst es verstehen.«

»Ach, muss ich das? Wir wollten jeden Abend zusammen lernen, aber seit Wochen fällt das schon aus, weil du zu beschäftigt bist. Ich hab dir angeboten, dich zu trainieren, und du warst einverstanden. Aber auch daraus ist bis jetzt nichts geworden. Wir sehen uns kaum noch, weil du keine Zeit hast, und jetzt sagst du mir, dass du dir von dieser Shirina das Kämpfen beibringen lässt. Für sie hast du plötzlich Zeit.«

»Sie ist wahrscheinlich die beste Schwertkämpferin in unserem Jahrgang, und sie kann mir helfen, ebenso gut zu werden wie sie«, rechtfertigte sich Torin. »So eine Chance kann ich mir nicht entgehen lassen.«

Sie saßen in Berryls Zimmer zusammen, Berryl auf seinem Bett, Torin auf dem Hocker, aber er wünschte plötzlich, er wäre weit, weit weg. Sein Gespräch mit Shirina lag kaum eine halbe Stunde zurück. Er hatte möglichst ruhig versucht, die Situation zu erklären, aber wie es aussah, war er nicht besonders erfolgreich dabei.

»Manchmal geht es nicht nur darum, der Beste zu sein, wenne verstehst, was ich mein«, behauptete Berryl. »Ich dachte, wir wären Freunde.«

»Sind wir doch auch, und wir bleiben auch Freunde.«

»Sind wir eben nicht. Freunde verhalten sich nicht so wie du.

Du denkst nur an dich. Als ich dir zur Belastung wurde, weil du dich lieber allein hinter deinen Büchern vergraben hast, um schneller voranzukommen, hast du mich einfach fallen gelassen. So isses doch, brauchst du gar nicht zu leugnen. Und jetzt kommt dieses Weibsbild daher, und schon ist alles andere nicht mehr so wichtig.«

Torin spürte, wie Zorn in ihm aufstieg und das schlechte Gewissen verdrängte. Konnte oder wollte Berryl nicht erkennen, was für eine einmalige Gelegenheit sich ihm hier bot? Er warf *ihm* vor, egoistisch zu sein, dabei war er es selber, dachte nur daran, dass Torin nicht mehr so viel Zeit für ihn hatte. Vielleicht war er sogar einfach nur neidisch!

»Es ist wohl besser, wenn ich jetzt gehe«, sagte Torin und stand auf.

»Ja, geh nur zu deiner Shirina! Dass du dich nicht schämst, dich von einem Mädchen unterrichten zu lassen! Die anderen werden sich darüber totlachen.«

Torin verließ die Kammer und knallte die Tür hinter sich zu. Sein Zorn war bereits wieder verraucht, und er fühlte sich wie ein geprügelter Hund. War es das alles wirklich wert, fragte er sich, oder hatte Berryl womöglich sogar recht, und er war zu ehrgeizig? Nein, gab er sich gleich darauf selbst die Antwort. Es ging ihm nicht nur um Ehrgeiz, sondern um den brennenden Wunsch, im Orden bleiben und seine Ausbildung abschließen zu können. Ob dies ohne Shirinas Hilfe und mit Inquisitor Scylla als eingeschworenem Feind gelingen würde, war ausgesprochen fraglich.

Natürlich konnte er Berryls Enttäuschung verstehen, und wäre er an dessen Stelle gewesen, hätte er alles vielleicht ähnlich gesehen. Aber hier und jetzt konnte er nicht anders handeln, sosehr ihn dies auch schmerzte.

*Einen Freund verloren, vielleicht eine Freundin gewonnen*, dachte er sarkastisch. *Der König ist tot, es lebe die Königin.*

Den restlichen Abend verbrachte er mit Studien in seiner Kammer, aber es gelang ihm nicht, sich voll und ganz auf die Bücher zu konzentrieren. Immer wieder glitten seine Gedanken zu Berryl.

Hatte er sich tatsächlich schäbig benommen? Und waren sie wirklich Freunde gewesen? Im Grunde eigentlich nicht. Sie wussten kaum etwas voneinander, hatten sich nur selten über persönliche Dinge unterhalten. Eher konnte man von einem Zweckbündnis sprechen. Deshalb gab es auch keinen Grund, warum er ein schlechtes Gewissen haben musste.

Trotzdem hoffte er, dass Berryls Zorn am nächsten Tag verflogen wäre und er die Dinge nüchterner betrachten würde. Aber das geschah nicht. Den ganzen Tag über ging Berryl ihm aus dem Weg, wich sogar seinen Blicken aus. Es bedrückte Torin, doch auf keinen Fall würde er ihm nachlaufen.

Wie verabredet traf er sich nach dem Abendessen mit Shirina in der Trainingshalle mit dem Kuppeldach. Es war den Adepten verboten, die stählernen Waffen auch nur anzurühren, doch sie konnten so oft herkommen und mit den Holzwaffen üben, wie sie wollten. Allerdings schien außer ihnen keiner davon Gebrauch zu machen, sie waren allein.

Sie begannen langsam. Erst einmal müsste er ein richtiges Gefühl für das Schwert bekommen, was ihm trotz des Trainings unter Inquisitor Scylla bislang nicht gelungen war, wie Shirina ihm erklärte. Seine Hiebe und Stiche kämen viel zu unpräzise. Um dies zu verbessern, müssten sie zunächst einmal an seiner Körperbeherrschung arbeiten.

Minutenlang ließ sie ihn mit ausgestreckten Armen mal auf dem einen, mal auf dem anderen Bein stehen. Zu Beginn schaffte Torin es meist kaum eine Minute, bis er das Gleichgewicht verlor, doch nach und nach gelang es ihm besser.

»Das solltest du bei jeder sich bietenden Gelegenheit üben«, sagte sie. »Ein Gegner wird im Kampf immer versuchen, dich aus dem Gleichgewicht zu bringen, weil du dann ein leichtes Opfer bist. Ob du fällst oder nicht und wie schnell du wieder auf die Beine kommst, kann dann über Leben und Tod entscheiden.«

Anschließend ließ sie ihn mal auf dem rechten, mal auf dem linken Bein kreuz und quer durch die Halle hüpfen und ähnliche Übungen mehr. Torin kam sich ein bisschen blöd dabei vor. So hatte er sich das Training mit ihr gewiss nicht vorgestellt, dennoch folgte er bereitwillig ihren Anweisungen. Ihre Worte über das Halten des Gleichgewichts leuchteten ihm ein, und er vertraute darauf, dass sie wusste, was sie tat. Schließlich war sie nicht umsonst schon in ihrem Alter zu einer hervorragenden Schwertkämpferin geworden.

Nach einiger Zeit begannen seine Muskeln sich zu verkrampfen, und Shirina gönnte ihm eine kurze Pause.

»Es bringt nichts, das Training bis zur Erschöpfung fortzusetzen«, behauptete sie. »Dann wird es zur reinen Qual, macht keinen Spaß, und man lernt auch nichts mehr.«

»Aber Inquisitor Scylla …«

»Auch Inquisitor Scylla weiß das. Die meisten Adepten lässt er deshalb in ganz gemütlichem Tempo trainieren. Nur die, die er nicht leiden kann, treibt er bis zur Erschöpfung an, damit sie sich völlig verausgaben und beim Training nicht vorankommen, sondern sogar zurückfallen.«

Nach der Pause führten sie schließlich doch noch einige Schwertübungen durch, allerdings auch diese wesentlich entspannter als in den offiziellen Unterrichtsstunden. Als sie schließlich aufhörten, lächelte Torin zufrieden. Er fühlte sich kaum erschöpft.

»Und?«, erkundigte sich Shirina. »Hast du Lust, das Training morgen weiter fortzusetzen?«

»Und ob«, beteuerte Torin »Es war … anders, als ich es erwartet habe. Aber ich glaube, ich kann noch viel von dir lernen.«

»Das hängt zum großen Teil von dir ab. Man ist nur in dem wirklich gut, was man gerne tut, und Inquisitor Scylla bemüht sich nach Kräften, so etwas wie Spaß überhaupt nicht erst aufkommen zu lassen. Wie hat Berryl es denn aufgenommen?«

»Nicht gut. Ich glaube, er ist ziemlich wütend auf mich.«

»Genau wie Micala«, sagte Shirina und seufzte. »In letzter Zeit habe ich hin und wieder mit ihr geübt, aber ich glaube, aus ihr wird nie eine gute Schwertkämpferin. Sie hasst Gewalt, und überhaupt ist ihr körperliche Anstrengung zuwider. Ich glaube nicht, dass sie die Ausbildung durchhält. Aber als ich ihr gesagt habe, dass ich jetzt mit dir trainieren würde, war sie trotzdem ziemlich sauer.«

Eine Idee schoss Torin durch den Kopf. »Wie wäre es denn, wenn wir sie und Berryl einfach fragen, ob sie sich uns anschließen wollen?«, schlug er vor. »Ob wir nun zu zweit oder zu viert trainieren, macht keinen großen Unterschied, und unser beider Probleme wären gelöst.«

Shirina zögerte und knetete ihre Unterlippe zwischen Daumen und Zeigefinger. Schließlich zuckte sie mit den Schultern. »Wir können sie ja wirklich mal fragen«, meinte sie. »Wenn sie dann nicht wollen oder nach kurzer Zeit wieder aufhören, können sie uns zumindest nicht böse sein.«

Noch am gleichen Abend klopfte Torin erneut an Berryls Tür und trat ein.

»Du bist es«, brummte dieser und beugte sich wieder über seine Notizen. »Ich wüsste nicht, was wir noch zu bereden haben.«

»Hör dir doch erst einmal an, was ich zu sagen habe. Ich habe mit Shirina gesprochen und sie dazu überredet, dich ebenfalls zu trainieren.« Ganz so hatte es sich nicht abgespielt, aber das spielte keine Rolle.

Überrascht blickte Berryl auf. »Wirklich?«

»Natürlich nur, wenn du nicht zu stolz bist, dich von einem Mädchen unterrichten zu lassen«, sagte Torin grinsend.

»Das habe ich doch nur so gesagt.« Auch Berryl musste grinsen. »Shirina ist eine Ausnahme. Sie kann absolut meisterhaft mit dem Schwert umgehen, und ich müsste ein Idiot sein, um dieses Angebot abzulehnen.«

»Na, siehst du.« Torin klopfte ihm auf die Schulter. »Alles wieder in Ordnung mit uns?«

Am nächsten Abend trafen sie sich zu viert in der Trainingshalle, und so ging es auch die nächsten Wochen weiter. Natürlich blieb dies nicht unbemerkt. Wie nicht anders zu erwarten, ernteten Torin und Berryl eine Menge Spott und gehässige Bemerkungen, weil sie zusammen mit Mädchen trainierten, aber als sie nicht darauf reagierten, hörten diese nach einiger Zeit auf. Ein paar Tage lang erschienen die Scylla-Brüder mit ihrem Anhang zu ihrem Training, um es durch ihren Spott zu stören, doch verloren auch sie bald die Lust dazu.

Nach und nach kamen schließlich andere Adepten und baten darum, mitmachen zu dürfen, doch Shirina lehnte dies ab. Sie wollte nicht, dass ihr Kreis noch größer wurde.

Da sie sich so häufig trafen, blieb es nicht aus, dass sie sich besser kennenlernten und mehr und mehr auch über persönliche Dinge sprachen. Lediglich Micala hielt sich ziemlich bedeckt und sonderte sich ganz allgemein von ihnen ab. Wenn sie einmal sprach, dann fast nur mit Shirina, aber die meiste Zeit schwieg sie und schien nicht daran interessiert zu sein, zu einem von ihnen ein besseres Verhältnis aufzubauen. Nach einigen Wochen erschien sie nur noch unregelmäßig zum Training, dann immer seltener, und als sie nach rund drei Monaten gar nicht mehr kam, überraschte dies keinen von ihnen. Shirina fragte sie nach den Gründen, erhielt aber nur ausweichende Antworten und gab es schließlich auf.

Fortan waren sie nur noch zu dritt, aber auch weiterhin saßen sie nach dem Training oft noch eine Weile zusammen und redeten über alles Mögliche. Mit Berryl verstand sich Shirina recht gut, und so erzählte sie auch ihm die Geschichte von ihrer Entführung.

»Da ist noch etwas, das ich auch Torin noch nicht gesagt habe«, gestand sie im Anschluss daran. »Aber es ist ein Geheimnis und muss unbedingt unter uns bleiben. Erinnert ihr euch noch, wie wir die ersten drei Tage nach Beginn der Ausbildung eingesperrt wurden? Na ja, ihr zumindest. Für mich galt das nicht. Wegen der Entführung traf ich erst am Abend vorher in Aurelia ein, gerade noch rechtzeitig. Während ihr allein in euren Kammern wart, wurde ich von mehreren Inquisitoren und sogar einigen Großmeistern über meine Gefangenschaft und den Tod der Hexe befragt. Es war schrecklich. Sie stellten mir immer wieder dieselben Fragen, wollten jede noch so unwichtige Kleinigkeit wissen. Am meisten schienen sie zu bedauern, dass ich nicht sagen konnte, wo genau die Höhle liegt. Aber es war dunkel, und ich bin einfach blindlings durch den Wald davongestürmt, wollte nur weg von dort. Aber das war wohl mein Glück. Ich glaube, sie hatten vor, einen oder sogar mehrere Inquisitoren dorthin zu schicken, um nach Spuren zu suchen, und wenn ich ihnen den Weg hätte zeigen können, hätten sie mich wohl trotz des Beginns der Ausbildung mitgeschickt. Aber so glaubten sie mir zum Glück, dass ich ihnen dort nicht von Nutzen sein kann. Ob sie trotzdem jemanden nach Kaltenbach entsandt haben und was dabei herausgekommen ist, davon habe ich nichts mehr gehört.«

Natürlich war alles, das mit dem Überfall auf sie und ihrer Entführung zu tun hatte, besonders spannend, aber auch unabhängig davon wusste sie eine Menge interessanter, zum Teil sogar lustiger Geschichten zu erzählen. Sie war die älteste Tochter eines Herzogs, und trotz ihrer Jugend hatte sie bereits eine

Menge erlebt und viele bedeutende Leute getroffen, über die sie Anekdoten zum Besten gab, spaßige, skurrile und tragische.

Gegenüber ihrem Leben nahm sich das von Torin langweilig und unbedeutend aus, deshalb wunderte es ihn, dass sowohl sie als auch Berryl ihn immer wieder drängten, von seiner Zeit im Kloster zu erzählen. Erst nach und nach kam er darauf, dass sein früheres Leben für sie ebenso fremdartig sein musste wie das ihre für ihn.

Das Training und die sonstigen Treffen mit den beiden kosteten ihn Zeit, aber sie verschafften ihm auch Ablenkung und Entspannung, weshalb er auch bei seinen sonstigen Studien gut vorankam. Im Grunde sogar schneller als vorher, vor allem besser als während der Zeit, in der er nur an seine Bücher gedacht hatte.

Innerhalb von weniger als einem halben Jahr schaffte er es, das gewaltige Pensum, das seine Ausbilder ihm aufgegeben hatten, durchzuarbeiten und seine Wissenslücken zu schließen. Er hätte alles nun etwas langsamer angehen lassen und sich mehr Freizeit gönnen können, doch begnügte er sich nicht damit, nur die Anforderungen erfüllt zu haben. Nachdem er das Grundwissen verinnerlicht hatte, besorgte er sich stattdessen aus freien Stücken weitere Bücher, um dieses Wissen zu vertiefen und zu erweitern. Gleichzeitig studierte er Schriften zu allen aktuell im Unterricht behandelten Themen, und schon bald gehörte er zu den besten Schülern.

Er nahm sogar das gemeinsame Lernen mit Berryl wieder auf, der im Gegensatz zu ihm weiterhin oftmals Schwierigkeiten hatte, dem Unterricht zu folgen. Manchmal gesellte sich auch Shirina dazu. Zwar war sie grundsätzlich eine gute Schülerin, aber vor allem beim Kirchenrecht hatte sie einige Schwierigkeiten.

Torins Arbeitseifer entging den Ausbildern nicht. Immer häufiger stellten sie ihn als Vorbild für die anderen Adepten hin, was ihm ein wenig peinlich war. Aber zu seiner Freude erhielt er auch mehrere Belobigungen, die ebenso wie die Tadel am Ende des Jahres in seine Beurteilung einfließen würden.

Für Inquisitor Scylla galt dies freilich nicht. Aufgrund des Trainings mit Shirina und Berryl verbesserte sich im Laufe der Monate Torins Können im Schwertkampf ganz erheblich, sehr zum Unwillen des Inquisitors. Er fand immer weniger Grund, ihn zu kritisieren, und wenn, dann waren die Gründe dafür meist an den Haaren herbeigezogen.

Es dauerte nicht lange, bis er die Ursache für Torins Verbesserung herausfand, und er bemühte sich nach Kräften, etwas dagegen zu unternehmen. Er setzte immer mehr zusätzliche Trainingsstunden für ihn an, meist genau in der Zeit nach dem Abendessen. Dabei trieb er ihn dermaßen an, dass es Torin anschließend vor Erschöpfung meist unmöglich war, noch ein weiteres Training durchzustehen.

»Du solltest dich über ihn beschweren«, empörte sich Shirina, als diese Schikane nun schon mehrere Wochen andauerte. »Es gibt keinerlei Grund, gerade dir so viele zusätzliche Stunden aufzubrummen.»

»Er behauptet, ich wäre immer noch zu schlecht und würde hinter allen anderen herhinken«, entgegnete Torin. »Deshalb hätte ich das zusätzliche Training nötig. Das lässt sich nur schwer widerlegen.«

»Aber es ist doch offensichtlich, dass es ihm nur darum geht, dich von dem Training mit uns abzuhalten, das dir viel mehr bringt. Ich bin sicher, Inquisitor Velat hätte Verständnis, wenn du ihm deine Lage schildern würdest.«

»Vielleicht«, antwortete Torin ausweichend. »Aber das gäbe nur noch zusätzlichen Ärger. Scylla ist ein angesehener Inquisitor, und Velat würde sich nicht ohne einen absolut zwingenden Grund in seinen Unterricht einmischen. Bestimmt nicht, nur weil er mich ein paar Stunden mehr als die anderen trainieren lässt.«

Natürlich war auch Torin der Grund für das zusätzliche Training klar, vor allem, da es fast nur dazu diente, seine Ausdauer zu verbessern, die eigentlich gar keiner Verbesserung bedurfte. Dennoch setzte der Inquisitor immer wieder ein langes Lauftraining für ihn an, verlangte von ihm Liegestütze und andere kraftraubende Übungen oder ließ ihn eine ganze Stunde lang mit dem Holzschwert so fest er nur konnte auf einen Sandsack eindreschen. Alles nur, damit er anschließend so erschöpft wie möglich war, aber so gut wie keinen Nutzen von dem Training hatte.

»Er sorgt dafür, dass du kaum etwas lernst und am Ende des Jahres noch immer wie ein Anfänger dastehst. Dann kann er dir eine miserable Beurteilung geben und behaupten, du wärest faul und unbegabt«, prophezeite Berryl. »Wenn du ausgerechnet beim Kämpfen versagst, werden dir auch die guten Beurteilungen in den anderen Bereichen nicht helfen, wenne verstehst, was ich mein. Aber ich glaub auch nicht, dass es was nützen würd, wenn du dich bei Velat beschwerst. Scylla treibt sein Spiel äußerst geschickt, und er hat alle Vorteile auf seiner Seite.«

Nach einigem Hin und Her beschlossen sie, ihr Training in die frühen Morgenstunden zu verlegen, noch vor dem Frühstück. Zu dieser Zeit konnte selbst Inquisitor Scylla keine zusätzliche Übungsstunde für Torin ansetzen.

Während der ersten Tage fiel es ihnen schwer, den gewohnten Tagesablauf zu ändern und eine Stunde früher aufzustehen, aber meistens wurde zumindest einer von ihnen wach und weckte die anderen, bis sie sich alle drei daran gewöhnt hatten. Sie stellten fest, dass das morgendliche Training sogar Vorteile bot, da sie zu dieser Zeit frisch und ausgeruht waren und sogar dem anschließenden Unterricht besser folgen konnten. Zudem bekam lange keiner der anderen Adepten etwas davon mit, sodass sie völlig ungestört waren.

Inzwischen neigte sich der Herbst dem Ende entgegen. Nach Aussagen der anderen war es ein äußerst milder Herbst gewesen, doch Torin war aus dem Osten andere Temperaturen gewohnt und fror fast jeden Tag. Nun stand der Winter vor der Tür, und er dachte mit Grausen daran. Sie hatten Handschuhe und der Jahreszeit entsprechend dicke, warme Wäsche erhalten, um sie statt der dünnen Leibchen unter der Kutte zu tragen, doch er fror dennoch.

Die Nächte wurden länger und dunkler, die Tage kürzer. Stürme tobten über das Land, und manchmal wurde es so kalt, dass er seinen Atem als weißes Wölkchen vor dem Mund sehen konnte. Wie konnten Menschen nur freiwillig in einem solchen Klima leben?

Shirina hingegen erging es genau anders herum. Während der vergangenen Monate hatte sie immer wieder auf die Hitze geschimpft und fühlte sich nun sichtlich wohler.

»In Falkenau ist es die meiste Zeit des Jahres kühl und stürmisch«, erklärte sie. »Vor allem an der Küste im äußersten Westen, wo unsere Burg steht. Oft habe ich in letzter Zeit das Heulen des Sturms vermisst, wenn er um die Mauern und Zinnen Falkenaus streicht, als ob Dämonen sie einreißen wollten.«

»Danke, darauf kann ich gut verzichten«, sagte Torin mit säuerlichem Gesicht. »Bei uns im Osten ist es selbst im Winter so warm, dass wir im dünnen Hemd draußen herumlaufen können.« Er rieb sich die Arme und dachte an Naron Balosta, der wohl immer noch dort weilte. Seit Beginn der Ausbildung hatte er nichts mehr von dem Inquisitor gehört.

Eines Morgens schließlich stellte er bei einem Blick aus dem Fenster fest, dass im Freien alles mit einer dünnen weißen Schicht bedeckt war. Weitere Flocken wirbelten vom Himmel herab.

Schnee.

Er hatte davon gehört, aber noch nie welchen gesehen. Der Anblick, wie sich ein nach und nach immer dicker werdendes weißes Tuch über das Land breitete, war prächtig. Wenn es nur nicht so kalt gewesen wäre! Fassungslos beobachtete er, wie einige Adepten während der vormittäglichen Unterrichtspause faustgroße Kugeln daraus formten und sich gegenseitig damit bewarfen. Andere türmten den Schnee zu grob menschenähnlichen Gebilden auf.

Torin blieb in der Nähe des Eingangs, um vor den kalten Flocken einigermaßen geschützt zu sein, die noch immer vom Himmel fielen und wie mit Nadeln stachen, wenn sie sein Gesicht trafen und dort schmolzen. Er bückte sich und hob etwas von dem Schnee auf, um ihn ebenfalls zu einem kleinen Ball zusammenzupressen, aber die Kälte drang binnen kürzester Zeit durch seine Handschuhe, und so hörte er rasch damit auf.

Völlig unerwartet traf ihn ein Schneeball direkt ins Gesicht. Der Treffer selbst tat nicht weh, aber die Kälte war wie ein Schock für ihn, und er schrie erschrocken auf.

»Volltreffer!«, jubelte Solomon Scylla hämisch. Zusammen mit seinem Bruder und seinem »Gefolge«, wie die mit ihm befreundeten Adepten allgemein nur noch genannt wurden, stand er ein paar Meter entfernt. Auch die anderen warfen nun mit Kugeln aus Schnee nach Torin. Entsetzt versuchte er sie abzuwehren, dann wandte er sich um, sodass die Wurfgeschosse nur seinen Rücken trafen. Es gab nichts, wohin er fliehen konnte. Während der Pause mussten sie sich im Freien aufhalten, die Tür zum Gebäude war verschlossen.

Plötzlich waren Shirina und Berryl an seiner Seite und erwiderten das Bombardement. Ein paar weitere Adepten, die bisher abseitsgestanden hatten, schlossen sich an.

»Komm schon, mach mit!«, forderte Shirina ihn auf. »So

eine Schneeballschlacht tut nicht weh, das ist nur ein harmloser Spaß!«

Torin beging den Fehler, sich zu ihr umzudrehen. Ein weiterer Klumpen zerplatzte an seinem Kopf, gut die Hälfte davon traf sein ungeschütztes Gesicht. Diese eisige Kälte, die seine Haut zu zerfressen schien, sollte *nicht wehtun*?

Aber der Treffer weckte auch seinen Zorn. Es war ihm plötzlich egal, ob seine Hände zu Eisklumpen wurden. Fast ohne nachzudenken, formte er sich ebenfalls einen Schneeball und schleuderte ihn auf Solomon. Er hatte auf dessen Gesicht gezielt, traf ihn jedoch nur an der Brust, aber immerhin. Er ignorierte die Kälte, warf genau wie die anderen nun einen Schneeball nach dem anderen und verzeichnete mehrere Treffer bei den Scyllas. Die Sache begann tatsächlich Spaß zu machen, und genau wie die anderen bedauerte er es, als die Glocke läutete und das Ende der Pause verkündete.

Die Schneeballschlacht, wie Shirina sie nannte, hatte Spaß gemacht, und trotz der anschließend widerlich kribbelnden Hände gab es in den folgenden Tagen noch manche weitere. Dennoch war und blieb der Winter nicht Torins Jahreszeit. Entsprechend freute er sich, als die Tage wieder länger und die Temperaturen milder zu werden begannen. Krokusse und einige andere Blumen wuchsen aus der Erde und begannen zu blühen, und schon bald darauf zeigte sich auch an den kahlen Zweigen der Bäume und Büsche wieder erstes Grün.

Nicht mehr lange, und es würde erneut Sommer sein. Aber nicht alle Adepten freuten sich darauf. Eine nervöse Stimmung breitete sich aus, wussten sie doch alle, dass mit dem Sommer auch das Ende des ersten Ausbildungsjahres näher rückte und damit auch die Entscheidung, ob sie im Schwarzen Orden verbleiben durften oder nicht.

Auch Torin verspürte diese Nervosität, obwohl ihm nach menschlichem Ermessen eigentlich kaum Gefahr drohen dürfte.

In den meisten Fächern gehörte er zu den Besten des Jahrgangs. Aber da war noch Inquisitor Scylla, der trotz seiner gewaltigen Fortschritte voraussichtlich eine miserable Beurteilung über ihn abliefern und alles daransetzen würde, dass man ihn des Ordens verwies.

Bevor es jedoch so weit war, stand noch ein anderes großes Ereignis an. Gerüchte schwirrten umher. Torin schnappte einige Male den Begriff »Tote Stadt« auf, konnte aber nichts damit anfangen, so wenig wie Shirina, Berryl oder einer der anderen Adepten, mit denen sie sprachen.

Die Spannung bei ihnen wuchs.

Genau eine Woche vor Ende des Ausbildungsjahres war es schließlich so weit. Während des Frühstücks verkündete Inquisitor Velat, dass der Unterricht an diesem Tag ausfallen würde. Stattdessen stünde eine besondere Kampfübung auf dem Programm.

Ohne ihnen Weiteres zu verraten, führte er sie nach dem Essen bis zum abgelegensten Ende des Inquisitionsgeländes. Ein Areal, das von einer hohen Mauer, in die mehrere schlanke Türme eingelassen waren, umgeben wurde, erstreckte sich dort. Auch aus dem Inneren des nach Torins Schätzungen etwa eine halbe Meile durchmessenden Areals ragten Türme auf, die alle durch Stege miteinander verbunden waren. Es gab ein großes Tor, das geschlossen war und vor dem sich etwa dreißig Inquisitoren versammelt hatten, darunter mehrere Großmeister in ihren violetten Kutten. Clavon befand sich nicht bei ihnen, wie Torin mit einem raschen Blick feststellte, dafür jedoch waren alle Ausbilder ihres Jahrgangs anwesend.

Velat trat bis fast zu den anderen Inquisitoren, während die Adepten ein paar Schritte vor ihm verharrten.

»Hinter dieser Mauer«, sagte er laut und machte dabei eine weit ausholende Geste, »liegt etwas, dass wir als die *Tote Stadt* bezeichnen. Wir wissen nicht, ob es wirklich einst eine Stadt war, aber das spielt auch keine Rolle. Es handelt sich um uralte Ruinen, und wenn ich uralt sage, dann meine ich es auch so. Sie stammen noch aus der Zeit, bevor der erste menschliche Siedler den Boden Antasias betrat.«

Er machte eine Pause, um seine Worte wirken zu lassen.

Torin konnte kaum glauben, was er gerade gehört hatte. Obwohl sie dieses Thema während des gesamten Jahres im Unterricht nur am Rande gestreift hatten, wusste er natürlich, dass vor ihnen einst ein anderes Volk diesen Kontinent bewohnt hatte, eine Rasse, die sich dem Bösen verschrieben hatte. Beweise dafür ließen sich an vielen Orten finden. Zahlreiche Menschen waren durch ihre Hinterlassenschaften schon ins Verderben gestürzt worden, vor allem in früheren Zeiten, da in ihnen oftmals noch Reste ihrer finsteren, dämonischen Macht verborgen lagen.

Schon als der Kontinent besiedelt wurde, waren speziell geschulte Priester, gewissermaßen die Vorgänger der Inquisitoren, ausgeschwärmt, um die Gefahr, die von diesem Erbe der alten Rasse ausging, zu bannen. Alle Ruinen, die man entdeckte, waren zerstört und vollständig abgetragen worden.

Und nun teilte Inquisitor Velat ihnen mit, dass es ausgerechnet hier in Aurelia, der Heiligen Stadt, dem Zentrum der Kirche der Göttlichen Familie, noch Ruinen der alten Rasse geben sollte! Schon die bloße Vorstellung war ungeheuerlich.

»Ich kann mir gut vorstellen, was ihr jetzt denkt«, sprach Velat weiter. »Mir erging es nicht anders, als ich vor vielen Jahren so wie ihr heute zum ersten Mal hier stand. Dies sind die einzigen uns bekannten Ruinen der alten Rasse, die es auf Antasia noch gibt. Aber seid unbesorgt, es geht keinerlei Gefahr mehr von ihnen aus. Unsere Vorfahren bannten die ihnen innewohnende böse Macht und entschieden, die Ruinen nicht zu zerstören. Stattdessen umgaben sie diese mit einer Mauer und begannen, sie gründlich zu untersuchen, in der Hoffnung, auf diese Art mehr über die finsteren Kräfte der alten Rasse herauszufinden. Irgendwann wurden diese Versuche erfolglos aufgegeben, und die Tote Stadt geriet beinahe in Vergessenheit, bis man schließlich beschloss, sie in die Ausbildung neuer Adepten zu integrieren. Obwohl keinerlei Macht mehr von den Trümmern ausgeht, ist die Tote Stadt dennoch furchteinflößend und fremdartig. Wer sich darin behaupten will, muss zunächst einmal seine eigene Angst überwinden. Das gehört zu den Lektionen, die ihr noch lernen müsst, deshalb stellen die Ruinen ein ideales Trainingsgelände für Adepten und Inquisitoren gleichermaßen dar. Um was genau es bei diesem Training geht und auch sonst alles Weitere wird euch nun Inquisitor Scylla als euer Kampfausbilder erklären.«

Er trat ein paar Schritte zurück, während Argon Scylla seinen Platz einnahm.

»Seit einem Jahr unterrichte ich euch nunmehr und habe mich in dieser Zeit nach Kräften bemüht, euch die Grundlagen des Kämpfens beizubringen«, begann er; Torin schnitt eine Grimasse. »Bei einigen mit mehr, bei anderen mit weniger Erfolg, aber das ist in jedem Jahr so. Manche sind eben mehr, andere weniger begabt, und manche geben sich mehr Mühe als andere.«

Bei diesen Worten blickte er Torin direkt an, der sofort innerlich erstarrte, aber gleich darauf ließ der Inquisitor seinen Blick weiterwandern.

»Heute, nach fast genau einem Jahr, ist es nun an der Zeit herauszufinden, was ihr wirklich könnt. Bei diesem Test wird es allerdings nicht nur darum gehen, wie gut ihr ein Schwert zu führen versteht, sonst hätte ich euch auch wieder in der Trainingshalle gegeneinander antreten lassen können. In einem realen Kampf in feindlicher Umgebung zählen oftmals auch noch andere Eigenschaften, so wie Geduld, die Fähigkeit, sich nicht ablenken zu lassen, die richtige Strategie, Geschicklichkeit im Anschleichen, die Wahl des richtigen Standorts und List, manchmal sogar ein wenig Hinterlist. Wie gut ihr in all diesen Bereichen seid, werdet ihr gleich beweisen können.«

Er drehte sich herum und deutete auf das Tor. Die beiden Flügel wurden geöffnet. Gebannt starrte Torin genau wie die anderen Adepten durch die sich beständig vergrößernde Öffnung, doch seine Erwartungen wurden enttäuscht. Ein Stück dahinter war lediglich eine dunkle, wie verkohlt aussehende Wand mit mehreren herausgebrochenen Löchern darin zu sehen, die einst zu einem Gebäude gehört haben mochte.

»In wenigen Augenblicken werdet ihr durch dieses Tor schreiten und die Tote Stadt betreten. Verteilt euch darin und sucht euch eine günstige Ausgangsposition. Sobald ein Gong ertönt, beginnt der Kampf jeder gegen jeden. Wer von seinem Gegner an einer Körperstelle wie Brust oder Kopf getroffen wird, wo ein Treffer mit einer echten Waffe eine schwere oder gar tödliche Verletzung verursachen würde, scheidet aus, muss sein Schwert fallen lassen und sich unverzüglich mit erhobenen Händen zum Ausgang begeben. Sieger ist, wer bis zum Schluss ohne einen derartigen Treffer bleibt. Dieser Sieg findet bei der abschließenden Beurteilung dieses Jahres besondere Berücksichtigung. Aber auch die Zahl der von euch besiegten Gegner fließt darin ein. Es ist euch verboten, euch miteinander zu verbünden, jeder Adept, dem ihr begegnet, muss von euch bekämpft werden. Wir Inquisitoren werden von den Türmen und Stegen aus alles überwachen. Wenn ihr einen weiteren Gongschlag hört, ist der Wettkampf beendet oder muss unterbrochen werden, weil jemand wirklich verletzt wurde. In diesem Fall kehrt ihr alle sofort hierher zurück. Gibt es noch Fragen?«

Niemand meldete sich.

»Gut, dann geht jetzt. Und macht mir keine Schande. Möge der Beste gewinnen!«

Zögernd traten die Adepten vor. Am Tor wurde jedem von ihnen ein hölzernes Schwert ausgehändigt, dann waren sie auf sich allein gestellt.

»Viel Glück«, raunte Shirina Torin zu. »Ich hoffe, dass nicht gerade wir beide uns begegnen und ich gegen dich kämpfen muss.«

»Viel Glück«, wünschte auch Torin ihr. Er hoffte ebenfalls, dass sie nicht aufeinandertreffen würden, denn das hätte für ihn mit Sicherheit das Ende des Wettkampfes bedeutet. So gut wie sie war er noch lange nicht.

Sie traten durch eine gezackte, gewaltsam geschaffene Öffnung in der geschwärzten Wand, dann wandten sie sich in verschiedene Richtungen, und gleich darauf war Shirina verschwunden.

Torin blieb für einen Moment stehen und ließ den Blick über die Ruinen vor sich schweifen. Es musste sich entweder um ein sehr großes einzelnes Bauwerk oder um mehrere, ineinander verschachtelte gehandelt haben. Nun waren tatsächlich nur noch Ruinen davon übrig, nicht einmal ihr Grundriss ließ sich mehr erkennen. Überall lagen Trümmer verstreut, die meisten davon mehr als mannsgroß. Dazwischen ragten Wände auf, und es gab überall Wege und Durchgänge, die ein regelrechtes Labyrinth bildeten. Obwohl Inquisitor Velat versichert hatte, dass es hier keinerlei finstere Magie mehr gäbe, schien dieser Ort etwas Düsteres auszustrahlen.

»Geh endlich weiter!«, blaffte Malar und versetzte Torin von hinten einen Stoß. »Oder willst du einfach hier stehen bleiben, damit dir möglichst schnell jemand den Gnadenstoß verpasst?«

Torin hastete los. Seine Strategie stand fest. Dank des Trainings mit Shirina und Berryl hatte er sich in den letzten Monaten erheblich verbessert, aber die anderen Adepten waren von Argon Scylla nicht nur sinnlos schikaniert worden, sondern hatten in dessen Übungsstunden tatsächlich etwas gelernt. Er gehörte nicht mehr zu den schlechtesten Kämpfern, doch auch nicht zu den wirklich guten, sondern lag irgendwo im Mittelfeld, vermutlich sogar nur im unteren Bereich des Mittelfelds. Das bedeutete, dass er sich nicht auf viele Kämpfe einlassen durfte. Die Chancen, dass er auf einen überlegenen Gegner traf, waren hoch.

Die Scylla-Brüder hingegen würden vermutlich blindlings auf der Suche nach Gegnern voranstürmen und versuchen, so viele Adepten wie nur möglich auszuschalten. Zusammen mit Shirina waren sie eindeutig die Favoriten. Ein vorzeitiges Aus drohte einem von ihnen lediglich, wenn sie selbst schon früh aufeinandertrafen. Zu gern hätte Torin ihre Gesichter gesehen, wenn sie sich begegneten und ihnen keine Wahl blieb, als gegeneinander zu kämpfen, bis einer von ihnen ausschied. Er vermutete, dass Malar dabei den Kürzeren ziehen würde, aber mit ein wenig Glück verausgabte sich Solomon bei dem Kampf so sehr, dass Shirina anschließend leichtes Spiel mit ihm hatte. Da er sich selber keinerlei Chancen ausrechnete, hoffte er inbrünstig, dass sie den Sieg erringen würde.

Eine ähnliche Taktik hatte sich Torin auch für sich selbst zurechtgelegt. Er vermutete, dass die meisten anderen weit ins Herz des Labyrinths vordringen würden, in der Hoffnung, dort möglichst lange ungeschoren zu bleiben und später gegen bereits geschwächte Gegner antreten zu können. Es war ein naheliegender Gedanke, und aus einem ersten Impuls heraus hatte er sich ebenso verhalten wollen. Genau deshalb entschloss er sich jetzt jedoch, das genaue Gegenteil zu tun, nämlich möglichst nahe beim Tor zu bleiben. Sollten sich die anderen erst einmal müde kämpfen, umso eher würde es ihm gelingen, später vielleicht einige von ihnen zu besiegen.

Außerdem war ihm ein Trick eingefallen, der ihm hoffentlich einige Vorteile verschaffen würde. Inquisitor Scylla hatte schließlich selbst die List und sogar die Hinterlist als eine Tugend des Kampfes bezeichnet.

Es dauerte nicht lange, bis er einen geeigneten Platz für seinen Plan gefunden hatte: einen länglichen, gut zweieinhalb Meter hohen Felsbrocken, der an einer Seite so unregelmäßig geformt war, dass es Torin nicht schwerfiel, auf ihn hinaufzuklettern. Auf der Oberseite streckte er sich flach aus, damit er von unten nicht entdeckt werden konnte, und harrte der Dinge, die kommen mochten.

Die Inquisitoren hatten sich inzwischen auf den Stegen zwischen den Türmen verteilt, von wo aus sie den besten Überblick hatten. Für sie war er auf dem Trümmerstück gut sichtbar, aber darüber brauchte er sich keine Sorgen zu machen. Nicht einmal Argon Scylla würde es in Gegenwart der anderen wagen, jemandem sein Versteck durch Handzeichen oder dergleichen zu verraten.

Kurz darauf ertönte von einem der Türme ein lauter Gongschlag. Der Wettkampf begann.

Torin verhielt sich völlig still und regungslos, lauschte und beobachtete die beiderseits des Steins verlaufenden Wege. Es fiel ihm nicht leicht. Die Tote Stadt mochte tatsächlich tot und bar jeder hier früher vorhandenen Magie sein, dennoch flößte ihm seine Umgebung Unbehagen ein. Was mochten das für Wesen gewesen sein, die diese Bauwerke vor undenkbar langer Zeit errichtet und hier gelebt hatten? Noch immer atmete alles hier eine Aura des Fremdartigen aus, die ihn nervös machte und an seinen Nerven zehrte.

Er sollte nicht hier sein.

Nichts und niemand sollte hier sein, nicht einmal die Ruinen selbst. Etwas in ihm spürte, dass es besser gewesen wäre, wenn man sie wie alle anderen geschleift und vollständig abgetragen, die Steine irgendwo tief unter der Erde vergraben oder im Meer versenkt hätte.

Nach einer Weile drangen Kampfgeräusche an seine Ohren und lenkten ihn von seinen grüblerischen Gedanken ab: Holz, das auf anderes Holz prallte. Die ersten Gegner hatten sich gefunden, und einige von ihnen würden bereits ausscheiden. Die Geräusche klangen ein gutes Stück entfernt auf, tiefer im Inneren des Labyrinths. Anscheinend hatte er mit seiner Vermutung, dass sich die meisten anderen dorthin begeben würden, recht behalten.

Mehrere Minuten verstrichen, bis er in seiner unmittelbaren Nähe das Kullern eines Steins vernahm, außerdem das leise Knirschen von Schritten.

Gleich darauf entdeckte er einen der Adepten, der hinter einem Trümmerstück hervortrat und genau auf sein Versteck zukam. Er bewegte sich leise und vorsichtig, das Schwert kampfbereit erhoben, doch er blickte nicht ein einziges Mal nach oben.

Es handelte sich um Nyrin Onoris, einen recht guten Schwertkämpfer aus dem Gefolge der Scyllas, gegen den Torin im offenen Kampf vermutlich kaum eine Chance gehabt hätte.

Aber genau deshalb hatte er schließlich nicht vor, sich auf einen offenen Kampf einzulassen.

Er wartete, bis sich Nyrin fast zum Greifen nahe schräg unter ihm befand, dann brauchte er nur den Arm auszustrecken, um ihm mit der hölzernen Klinge einen leichten Schlag gegen den Hals zu versetzen. Der Adept zuckte erschrocken zusammen und stieß einen Fluch aus, als er erkannte, auf welche Art er überlistet worden war.

Hastig blickte er sich um und entdeckte Inquisitor Toganon auf einem Steg in unmittelbarer Nähe, der das Geschehen aufmerksam beobachtete, sodass ihm nichts anderes übrig blieb, als sich geschlagen zu geben. Mit einem weiteren Fluch ließ er sein Schwert fallen und ging mit erhobenen Händen in Richtung Ausgang.

Wieder begann für Torin das Warten. Er wusste, dass er ein Risiko einging, wenn er Nyrins Holzschwert auf dem Boden liegen ließ, doch es wäre ebenso ein Risiko gewesen, von seiner günstigen Position hinunterzuklettern, um es zu verstecken.

Sein zweiter Gegner, den er schließlich erblickte, verhielt sich wesentlich geschickter als der erste. Er näherte sich von der anderen Seite des Felsblocks, auf dem Torin lag, und bewegte sich völlig lautlos. Nervosität, aber auch eine erwartungsvolle Vorfreude stiegen in Torin auf, als er erkannte, dass es sich um niemand anderen als Solomon Scylla handelte.

Unter normalen Umständen hätte diese Begegnung für ihn das sofortige Aus bedeutet, aber so war er im Vorteil, da sein Gegner ihn noch nicht entdeckt hatte. Wenn es ihm gelang, ausgerechnet Solomon durch seine List zu besiegen …

Langsam verlagerte er sein Körpergewicht ein wenig und wechselte das Schwert von der rechten in die linke Hand, aber so vorsichtig er sich auch bewegte, musste er doch ein verräterisches Geräusch verursacht haben. Vielleicht warnte Solomon auch nur ein Instinkt, jedenfalls hob er plötzlich den Kopf.

Er entdeckte Torin, und seine Augen weiteten sich vor Überraschung, doch überwand er seinen Schrecken blitzartig und riss schützend sein Schwert in die Höhe.

Torin hatte nicht vorgehabt, seinem ahnungslosen Gegner ohne Notwendigkeit einen harten Hieb zu versetzen, sondern hatte ihm genau wie Nyrin nur einen leichten Schlag gegen den Hals versetzen wollen. Nachdem Solomon ihn entdeckt hatte, gelang es ihm jedoch mühelos, Torins Angriff abzuwehren.

Mit der freien Hand packte er Torin am Arm und zerrte mit einem heftigen Ruck daran. Torin bekam Übergewicht, rutschte über die Kante und stürzte in die Tiefe. Sein Schwert streifte Solomons Kopf, dann fiel er direkt auf ihn und begrub ihn unter sich, als sie gemeinsam zu Boden gingen. Sein

Gegner dämpfte Torins Aufprall und bewahrte ihn vermutlich vor einer Verletzung.

Wütend stieß ihn Solomon von sich herunter, kam wieder auf die Beine und hob sein Schwert.

»Aufhören!«, ertönte aus der Höhe die Stimme von Inquisitor Velat, der sich zu Toganon gesellt hatte. »Du hast einen Treffer am Kopf erhalten, der bei einem echten Schwert eine schwerwiegende oder sogar tödliche Wunde verursacht hätte. Solomon Scylla, damit bist du aus dem Wettbewerb ausgeschieden!«

Solomon starrte fassungslos zu den beiden Inquisitoren hinauf und ließ sein Schwert sinken. Er öffnete den Mund zu einem Protest, doch Velat kam ihm zuvor.

»Keine Diskussion!«, sagte er scharf. »Die Entscheidung ist gefällt. Begibt dich sofort zum Ausgang!«

Wütend schleuderte Solomon sein Schwert von sich und bedachte Torin mit einem hasserfüllten Blick, hob jedoch nach kurzem Zögern die Arme und stapfte davon.

Auch Torin erhob sich. Obwohl der Scylla seinen Sturz abgefangen hatte, war er dennoch hart gelandet. Seine Rippen und sein rechtes Knie taten ihm weh, aber er unterdrückte den Schmerz. Wilder Triumph erfüllte ihn.

Er, Torin aus Assani, der vor knapp einem Jahr zum ersten Mal in seinem Leben ein Schwert in der Hand gehalten hatte, hatte es geschafft, Solomon Scylla, den großen Favoriten dieses Wettstreits, zu bezwingen! Dass er den Sieg nur durch einen Trick errungen hatte, war bedeutungslos, Sieg war Sieg!

Aber er wusste auch, dass er einen Preis dafür würde bezahlen müssen. In letzter Zeit hatte ihn Solomon weitgehend in Ruhe gelassen, aber jetzt war sein Hass auf ihn wieder aufgeflammt. Er würde keine sich bietende Gelegenheit auslassen, um sich für diese demütigende Niederlage zu rächen.

Noch während Torin darüber nachdachte, bog plötzlich Berryl kaum drei Meter von ihm entfernt um ein Mauerstück und erstarrte für einen Moment, als er ihn erblickte. Dann kam er langsam auf ihn zu.

»Tut mir leid«, sagte er. »Ich hatte gehofft, gerade dich nicht zu treffen, aber du kennst ja die Regeln.«

Ein paar Sekunden lang standen sie sich mit vorgestreckten Schwertern gegenüber, dann griff Berryl an. Mit wenigen ungemein kraftvollen Hieben zerschlug er Torins Verteidigung und setzte ihm die Spitze seines Schwertes auf die Brust.

»Tut mir leid«, murmelte er noch einmal.

»Ist schon gut«, entgegnete Torin lächelnd. »Ich habe Solomon geschlagen, darauf habe ich nicht im Entferntesten zu hoffen gewagt. Jetzt macht mir auch das Ausscheiden nichts mehr aus, und es ist mir lieber, von dir besiegt zu werden als von einem der anderen.«

»Du hast… *was*?«, fragte Berryl ungläubig, aber Torin hatte sich bereits umgedreht und sich auf den Weg zum Ausgang gemacht, erleichtert darüber, die tote Stadt verlassen zu können…

# 15

Shirina gewann das Turnier, indem sie Malar Scylla als letzten verbliebenen Widersacher besiegte. Aber die eigentliche Sensation war Torins Sieg über Solomon. Shirina und Berryl waren nicht die Einzigen, die ihm dazu gratulierten und ihm begeistert auf die Schultern klopften. Weitere schlossen sich ihnen an, während die beiden Scyllas mit ihrem Gefolge abseitsstanden und wütend aufeinander einredeten.

Als das Tor zur Toten Stadt wieder geschlossen war und sie sich auf den Rückweg machten, drängte sich Solomon an Torins Seite.

»Dafür wirst du mir büßen!«, stieß er hervor. »Bilde dir bloß nicht ein, dass du mich wirklich besiegt hast. Du hast mich mit einem Trick überrumpelt, und dass dein Schwert meinen Kopf gestreift hat, war pures Glück, und ich habe es kaum gespürt. Inquisitor Velat stand viel zu weit entfernt und konnte das nicht einmal richtig sehen. Er hätte mich wegen einer solchen Kleinigkeit niemals herausrufen dürfen.«

Torin zuckte mit den Schultern, doch er nahm sich vor, in nächster Zeit besonders auf der Hut zu sein.

Seine Rippen taten ihm noch weh, aber gegen Abend ließ der Schmerz nach und war am nächsten Tag verschwunden. Sein rechtes Knie hingegen bereitete ihm länger Probleme. Es war aufgeschürft und blutete ein wenig, aber darüber hinaus schwoll es im Laufe der nächsten Stunden auch an. Wenn er es belastete, schmerzte es so stark, dass er leicht humpelte.

Drei Tage nach dem Wettkampf in der Toten Stadt suchte

er wieder einmal die Bibliothek im Obergeschoss des Gebäudes auf, um mehrere Bücher zurückzubringen. Auf dem Rückweg wurde ihm plötzlich an einer Ecke von hinten ein Sack oder etwas Ähnliches über den Kopf gestülpt. Gleichzeitig wurden ihm die Arme so hart auf den Rücken gedreht, dass sie fast aus den Schultergelenken sprangen. Jemand presste ihm über dem Sack die Hand auf den Mund und erstickte seinen Schmerzensschrei.

Grob wurde er ein Stück weit vorwärtsgestoßen, dann hörte er, wie eine Tür geöffnet und hinter ihm wieder geschlossen wurde. Torin war völlig überrascht worden. Alles hatte nicht länger als ein paar Herzschläge gedauert. Weder hatte er die geringste Chance gehabt, sich zur Wehr zu setzen, noch sonst irgendetwas zu tun.

Ein Tritt in die Kniekehlen brachte ihn zu Fall. Gleich darauf prasselten harte Faustschläge auf ihn nieder, trafen ihn überall am Körper. Es mussten mindestens drei oder vier Angreifer sein. Die Fäuste trommelten gegen seine Rippen, trafen seinen Kopf.

Torin begann zu schreien. Nicht einmal so sehr wegen des Schmerzes, den hätte er stumm ertragen können, sondern in der Hoffnung, Hilfe herbeizurufen. Gleichzeitig wusste er jedoch, wie gering die Chancen waren, dass ihn jemand hörte. Die Wände und Türen in diesem Haus waren dick, und nur selten kam jemand ins Obergeschoss. Der Sack über seinem Kopf wurde ein wenig angehoben, allerdings nicht so weit, dass er seine Peiniger sehen konnte. Jemand stopfte ihm einen Lappen in den Mund und brachte ihn so zum Verstummen. Gleich darauf trafen ihn weitere brutale Schläge und auch Fußtritte. Es fühlte sich an, als würde mit Hämmern auf ihn eingeschlagen. Verzweifelt versuchte er, mit den Händen an den Kopf zu gelangen, um den Sack abzustreifen, doch jemand hielt ihm die Arme weiterhin schmerzhaft auf den Rücken verdreht.

Instinktiv rollte er sich so gut es ging zusammen, um sein Gesicht und seinen Unterleib zu schützen. Dabei hatte er erneut das Gefühl, dass ihm die Schultern ausgekugelt wurden.

Ihm fiel auf, dass die Kerle, die ihn verprügelten, darauf achteten, ihm nicht das Gesicht zu treffen. Sie wollten nicht, dass man ihm später allzu deutlich ansah, dass er zusammengeschlagen worden war. Wahrscheinlich bauten sie darauf, dass er den Vorfall nicht melden würde. Sie konzentrierten sich auf den Rest seines Körpers, doch dabei gingen sie brutal und rücksichtslos vor, und einige gemeinte Tritte zielten auch nach seinen Genitalien.

Ein heftiger Tritt traf sein ohnehin verletztes Knie, und er bäumte sich vor Schmerz auf. Der Knebel dämpfte seinen Schrei zu einem Stöhnen.

Beinahe noch schlimmer als der Schmerz aber war das Gefühl zu ersticken. Der Sack roch muffig und war nicht gerade sauber. Bei jedem Atemzug drang etwas von dem Schmutz in Torins Nase und setzte sie allmählich zu. Er bekam kaum noch Luft. Immer wieder versuchte er, mit den Händen an den Kopf zu gelangen, um den Sack abzustreifen, doch sie wurden gepackt und festgehalten. Daraufhin bemühte er sich, mit der Zunge den Knebel aus dem Mund zu stoßen, aber vergeblich.

Wollte man ihn totschlagen? Er konnte es sich nicht vorstellen, bestimmt ging es nur darum, ihm einen Denkzettel zu verpassen. Trotzdem würde er sterben, wenn er nicht bald atmen konnte!

Verzweifelt schnappte er nach Luft. Ihm wurde schwindelig, und er bäumte sich in beinahe spastischen Zuckungen auf.

Endlich, nach einer gefühlten Ewigkeit, hörten die Schläge und Tritte auf.

»Lasst ihn, der hat genug«, sagte jemand. Das Blut rauschte in Torins Ohren, und er konnte die Stimme nicht erkennen, aber es war auch so nicht schwer zu erraten, wer hinter dem heimtückischen Überfall steckte. Eine Tür wurde geöffnet und zugeschlagen.

Torin war so benommen, dass es ein paar Sekunden dauerte, ehe er begriff, dass ihn niemand mehr festhielt. Hastig zerrte er sich den Sack vom Kopf und den Knebel aus dem Mund, dann schnappte er wieder und wieder gierig nach Luft. Allmählich klärte sich sein Kopf.

Mühsam kam er auf die Beine. Ein heftiger Schmerz schoss durch sein malträtiertes Knie, sobald er es belastete. Er hob die Kutte an und betrachtete es. Es war erneut deutlich angeschwollen, so stark, dass der Schorf an einigen Stellen eingerissen war und die Schürfwunde wieder leicht zu bluten begonnen hatte.

Erst jetzt betrachtete er seine Umgebung. Er befand sich in einem Raum, in dem er noch nie zuvor gewesen war. Eine Seite war mit allerlei Gerümpel vollgestopft. Mit schmerzverzerrtem Gesicht humpelte Torin zur Tür und auf den Gang hinaus. Der Raum, in den ihn die Übeltäter gezerrt hatten, lag nicht weit von der Bibliothek entfernt, aber das hatte er ohnehin gewusst.

Er humpelte zu der breiten Steintreppe, die hinunter ins Erdgeschoss führte. Die Stufen stellten für sein verletztes Knie ein kaum zu bewältigendes Hindernis dar; als er den rechten Fuß zum ersten Mal eine Stufe tiefer aufsetzte, knickte ihm das Bein weg, und er wäre um ein Haar gestürzt. Mit einer Hand auf das Geländer gestützt, musste er die Treppe vorsichtig auf dem linken Bein hinunterhüpfen, ebenso die, die zu den Schlafkammern hinabführte. Einige andere Adepten, die ihm begegneten, erkundigten sich, was mit ihm passiert sei. Er antwortete, er hätte das Knie, das er sich während des Wettkampfs verletzt hatte, falsch belastet, und lehnte ihr Angebot, ihm zu helfen, ab. Es ging nicht nur um das Knie. Er war am ganzen Körper zerschunden, und wenn sie ihn gestützt hätten, hätte ihm das nur zusätzliche Schmerzen verursacht.

In seiner Unterkunft angekommen, streifte er die Kutte ab und betrachtete seinen Körper. Überall entwickelten sich blaue Flecken, die bis zum nächsten Tag wohl zu schlimmen Blutergüssen heranwachsen würden, schlimmer noch als während der ersten Zeit des Kampftrainings. Immerhin war wenigstens sein Gesicht unversehrt geblieben.

Es klopfte an seiner Tür. Torin hatte keine Lust, jemanden zu sprechen, und wollte den Besucher fortschicken, als die Tür auch schon aufgerissen wurde und Shirina hereingestürmt kam.

»Was… Ach du heilige Göttliche Mutter!«, stieß sie hervor, als sie ihn erblickte. »Was ist denn mit dir passiert?«

Torin trug noch immer nur ein Leibchen, sodass sie die unzähligen Blutergüsse gut sehen konnte, aber im Moment schämte er sich vor allem, dass sie ihn so dürftig bekleidet erblickte.

»Kannst du nicht wenigstens eine Antwort abwarten, ehe du hereinkommst?«, schnappte er und streifte sich hastig seine Kutte wieder über.

Shirina schien seine Worte gar nicht gehört zu haben.

»Was ist passiert?«, fragte sie noch einmal. »Herlon hat erzählt, dass er dich den Gang entlanghumpeln gesehen hat und dass du…« Sie schloss die Tür hinter sich und streckte die Hand aus, um nach seinem Arm zu greifen, ließ es dann aber bleiben.

»Ich bin gefallen«, log Torin. Er wollte ihr nicht erzählen, was wirklich passiert war, weil er genau wusste, wie sie reagieren würde. Aber er wusste auch, dass er sie nicht so einfach würde abwimmeln können, zumal seine Lüge absolut durchschaubar war.

»Gefallen«, wiederholte sie. »Erzähl doch keinen Mist. Du bist am ganzen Körper grün und blau.«

»Die Treppe heruntergefallen«, fügte er hinzu.

Shirina starrte ihn an und wartete darauf, dass er weitersprach. Torin log nur selten und wusste, dass er nicht gut darin war. Nach ein paar Sekunden senkte er den Blick und berichtete ihr, was wirklich geschehen war.

»Solomon und Malar!«, rief sie. »Nur die beiden können dahinterstecken. Allerdings hätte ich nicht einmal ihnen zugetraut, dass sie so feige und hinterhältig sind! Du musst den Vorfall melden. Damit dürfen sie auf keinen Fall durchkommen.«

Dies war genau die Reaktion, die Torin befürchtet hatte. »Und was soll ich sagen? Dass ein paar Unbekannte mich verprügelt haben?«

»Wir wissen doch, dass Solomon und Malar dafür verantwortlich sind.«

»Ja, du und ich wissen das, aber es gibt keinerlei Beweis dafür. Ich habe keinen der Täter gesehen. Möglicherweise waren die beiden nicht einmal dabei, sondern haben andere die Drecksarbeit für sich erledigen lassen.«

»Dann musst du eben lügen und behaupten, du hättest sie erkannt, bevor man dir den Sack übergestülpt hat.«

»Nein«, entgegnete Torin. »Wenn ich das tue, bin ich auch nicht besser als sie.«

»Aber … wir können sie doch nicht einfach so davonkommen lassen! Sie würden das nur als Bestätigung werten und dich bei nächster Gelegenheit erneut angreifen. Wenn sie ungeschoren bleiben, dann werden sie in Zukunft noch weniger Hemmungen haben.«

»Das Risiko muss ich eingehen. Aber ich werde Ondur Velat nicht ihretwegen anlügen. Sie und ihr Gefolge werden sich bestimmt gegenseitig decken. Dann steht mein Wort gegen ihres, und da sie in der Mehrheit sind, wird man ihnen glauben. Dann stünde ich als genau das da, was ich wäre, wenn ich tue, was du von mir verlangst, nämlich als Lügner. Nein, Shirina, ich würde mir damit nur selbst schaden.«

Shirina ballte die Hände zu Fäusten. »Na gut, dann mach doch, was du willst, und lass die Scyllas gewinnen. Aber beschwer dich nicht bei mir, wenn sie dich noch einmal zusammenschlagen!«

»Meinst du denn etwa, mir gefällt das, so einfach stillzuhalten und diese Mistkerle ungeschoren davonkommen zu lassen?«, ereiferte sich auch Torin. »Bestimmt nicht! Ich könnte vor Wut und Verzweiflung gegen die Wände schlagen. Ich *hasse* es, jemandem so ausgeliefert zu sein und *nichts* dagegen tun zu können. Meinst du, ich wüsste nicht, dass sie sich eins ins Fäustchen lachen? Aber ich kann einfach nichts gegen sie ausrichten!«

»Blödsinn! Dieses Pack schlägt dich heimtückisch zusammen, und du spielst den Ehrenhaften und willst nicht einmal zu einer Notlüge greifen, um sie dranzukriegen. Du bist einfach nur feige und hast Angst!«

Sie riss die Tür auf, stürmte ebenso schwungvoll, wie sie hereingekommen war, wieder hinaus und knallte die Tür hinter sich zu.

Torin seufzte. Ihre Worte taten beinahe mehr weh, als es die Schläge getan hatten. Glaubte sie wirklich, dass er feige war? Er kannte Shirinas aufbrausende Art inzwischen und war davon überzeugt, dass es nicht lange dauern würde, bis sich ihr Temperament beruhigen und sie ihr Verhalten bedauern würde.

Aber diesmal überraschte sie sogar ihn. Es dauerte kaum drei Sekunden, bis sie die Tür erneut öffnete.

»Tut mir leid, was ich gesagt habe«, murmelte sie. »Komm erst mal zur Ruhe und denk über alles nach. Und wenn du irgendwas brauchen solltest, sag mir Bescheid.«

»Mach ich«, versprach er und lächelte.

Torin hatte noch nie zum Jammern geneigt, und vor allem im Laufe des letzten Jahres hatte er gelernt, Schmerzen stillschweigend zu ertragen. Dennoch schaffte er es am nächsten Morgen nur mit Mühe, aus dem Bett aufzustehen. Jede Bewegung tat ihm weh, und es war ihm fast unmöglich, das verletzte Knie zu beugen. Es war noch weiter angeschwollen, bildete eine regelrechte Kuppel.

Vorsichtig belastete er es und humpelte einige Minuten lang mit durchgedrücktem Knie durch den Raum, dann ging es besser. Das größte Problem stellte auch jetzt die Treppe dar, die er wieder nur hüpfend bewältigen konnte.

Beim Frühstück bemerkte er, dass Solomon und Malar immer wieder hämische Blicke in seine Richtung warfen, während andere aus ihrem Gefolge nur verschämt auf ihre Teller starrten; das schlechte Gewissen stand ihnen ins Gesicht geschrieben. Wenn er den Vorfall meldete, würde vielleicht einer von ihnen mit der Wahrheit herausrücken, aber das war ihm zu ungewiss.

Den vormittäglichen Unterricht bewältigte er ohne Mühe. Das Kampftraining am Nachmittag würde aber sicherlich schwierig werden.

»Du musst zu Inquisitor Scylla gehen und ihm sagen, dass du heute nicht teilnehmen kannst«, beschwor ihn Shirina. »Du brauchst nur zu sagen, dass die Verletzung, die du dir beim Wettkampf geholt hast, wieder schlimmer geworden ist und du kaum laufen kannst.«

»Werde ich machen«, entgegnete Torin und brachte sie auf diese Art dazu, überrascht nach Luft zu schnappen.

»Es muss dir wirklich schlecht gehen«, stellte sie nach einigen Sekunden fest. »Ich habe schon befürchtet, das gäbe wieder eine unserer Diskussionen, und du wärst erneut viel zu dickköpfig, um Vernunft zu zeigen.«

»Im Gegenteil. Ich glaube allerdings nicht, dass der Inquisitor mir wirklich erlauben wird, dem Training fernzubleiben. Aber wenn mir dann etwas passiert, trägt er die Verantwortung dafür. So wird möglicherweise zumindest ein Scylla zur Rechenschaft gezogen.«

»Ein echt toller Plan«, sagte Shirina kopfschüttelnd. »Warum lässt du dich nicht gleich umbringen, nur um ihm eins auszuwischen? Du bist wirklich verrückt!«

Es kam genau so, wie Torin erwartet hatte. Bewusst so laut, dass alle anderen seine Worte hören konnten, erklärte Torin gegenüber Inquisitor Scylla, dass seine Knieverletzung schlimmer geworden war und er vor Schmerzen kaum laufen konnte. Er hob seine Kutte etwas an und zeigte das geschwollene Knie. Solomon und Malar grinsten erneut.

Der Inquisitor schnaubte verächtlich. »Selbst schuld«, höhnte er, und mit einem Mal war Torin völlig davon überzeugt, dass er genau wusste, was passiert war. »Du hättest beim Turnier eben weniger hinterhältig kämpfen sollen. Bei einem offenen, ehrlichen Duell hättest du dich nicht auf diese Weise verletzt. Also beiß gefälligst die Zähne zusammen und trag es wie ein Mann.«

»Aber …«

»Kein Aber. Wegen so einer Kleinigkeit erlasse ich dir ganz bestimmt nicht das Training.« Seine Augen verengten sich. »Du kannst natürlich auf eigene Faust darauf verzichten mitzumachen, wenn du willst. Doch dir ist hoffentlich klar, dass das einen besonders schwerwiegenden Tadel gäbe.«

Das also hatte Scylla vor. Er hoffte darauf, dass Torin wegen seiner Schmerzen nicht in der Lage war, an dem Training teilzunehmen, um ihm einen schweren Tadel zu verpassen.

»Ich werde mitmachen, so gut ich kann«, murmelte Torin.

»Was ja bekanntlich ohnehin nicht besonders gut ist. Und jetzt halte das Training nicht länger auf.«

Wie er schon am Vortag angekündigt hatte, übten sie zunächst, wie man im Kampf richtig fintete, indem man einen bestimmten Angriff vorgaukelte, um dann, wenn der Gegner darauf reagierte und seine Verteidigung öffnete, einen anderen durchzuführen. Dafür war nicht viel Beinarbeit nötig, weshalb Torin recht gut mithalten konnte. In einer Reihe stehend, finteten sie nach rechts und links, oben und unten.

»Das sieht schon ganz gut aus«, sagte der Inquisitor. »Ihr müsst diese Bewegungen üben, bis sie euch völlig in Fleisch und Blut übergegangen sind. Aber Luft ist geduldig und hat keine Balken, sie reagiert nicht auf Finten und schlägt auch nicht zurück. Deshalb möchte ich jetzt sehen, wie ihr das Gelernte einem echten Gegner gegenüber anwendet.«

Ein weiteres Mal bestimmte er Zweiergruppen. Solomon schnitt eine enttäuschte Grimasse, als er gegen Shirina und nicht gegen Torin eingeteilt wurde. Aber als diesem Nyrin Onoris als Partner zugewiesen wurde, hellte sich sein Gesicht wieder auf. Torin hingegen begann Übles zu schwanen. Wahrscheinlich hätte der Inquisitor ihm gern Solomon als Kampfpartner gegenübergestellt, aber die meisten Paarungen bestanden aus zwei ungefähr gleich starken Adepten. Trotz seines Sieges während des Wettkampfes über Solomon würde niemand ihr Können auch nur im Entferntesten als ausgeglichen bezeichnen. Bei Nyrin hingegen sah das anders aus, obwohl auch er wesentlich besser war als Torin.

»Stellt euch einander gegenüber auf«, befahl Inquisitor Scylla. »Denkt daran, dies ist kein Kampf. Ihr werdet abwechselnd einen Schlag antäuschen und dann einen anderen ausführen. Natürlich ist euer Gegner im Vorteil, da er weiß, dass ihr fintet, doch er muss auch erkennen, welchen Angriff ihr stattdessen ausführt, um ihn abzuwehren.«

Torin begann. Er täuschte einen Hieb gegen den rechten Arm an, führte den Angriff aber gegen den linken. Mühelos wehrte Nyrin ihn ab.

Gleich darauf täuschte dieser einen Angriff gegen Torins Beine vor, stach aber stattdessen nach seiner Brust. Obwohl die Holzschwerter vorn abgerundet waren, tat der Treffer weh und ließ Torin einen Schritt zurücktaumeln. Auch seine Rippen schmerzten wieder seit der Prügel, die ihm die Scyllas verpasst hatten.

Mehrfach griff jeder von ihnen an. Torin bemühte sich, seine Schmerzen zu unterdrücken. Stattdessen konzentrierte er sich voll auf seinen Gegner, versuchte aus jedem Muskelzucken und jeder Bewegung seiner Augen Rückschlüsse auf das wahre Ziel seines Angriffs zu ziehen. Immer häufiger gelang ihm dies auch. Allerdings war auch Nyrin recht geschickt und wehrte die meisten seiner Angriffe ab.

Inquisitor Scylla ging von einem Paar zum nächsten, sah kurz zu und gab einige Hinweise. Als er Torin erreichte, sagte er nur: »Na also, es geht doch. Eigentlich sollte ich einen Tadel für dich notieren, weil du versucht hast, dich unter einem Vorwand vor dem Training zu drücken.«

Als der Inquisitor weitergegangen war, täuschte Nyrin einen Angriff gegen Torins rechten Arm an. Torin versuchte zu erkennen, wohin der echte Angriff zielen würde, aber es gelang ihm nicht. Er konnte nur raten und führte eine Parade durch, die seine Beine schützen sollte, doch im gleichen Moment traf ihn Nyrins Schwert schmerzhaft am rechten Arm, genau dort, wohin auch die Finte gezielt gewesen war.

»He!«, protestierte Torin keuchend und presste seine Hand auf die getroffene Stelle, die wie Feuer brannte. »Wir sollen antäuschen und dann einen anderen Angriff durchführen.«

»Dann war das eben eine doppelte Täuschung«, erwiderte Nyrin grinsend.

Argon Scylla drehte sich zu ihnen herum.

»Was ist hier los?«, fragte er scharf.

»Nichts«, antwortete Torin. Er wusste, dass es keinen Sinn

hatte, sich zu beschweren. Wieder erfasste ihn ein Gefühl ohnmächtigen Zorns. Warum nur musste Inquisitor Scylla ausgerechnet das Kampftraining leiten, das Fach, in dem sie ihrem Ausbilder am meisten ausgeliefert waren? Und in dem er sie am leichtesten schikanieren konnte! Die geistigen Fächer lagen Torin wesentlich mehr. Dort gehörte er zu den besten Schülern, und wie viel er wusste, war dort durch ein paar Fragen leicht festzustellen. Dort hätte ihm Argon Scylla nichts anhaben können.

Aber er hatte keine Möglichkeit, etwas daran zu ändern, sondern musste sich irgendwie mit den Gegebenheiten arrangieren.

Von nun an konnte er sich nicht einmal mehr darauf verlassen, dass Nyrin einen anderen als den angetäuschten Angriff durchführen würde, was die Abwehr für ihn noch zusätzlich erschwerte. Zudem griff der dunkelhaarige Junge immer wilder an, schlug und stach immer kräftiger zu. Es gab keinen Zweifel daran, dass es ihm kein bisschen um das Üben von Finten ging, sondern nur um Rache für seine Niederlage in dem Wettkampf.

Torin musste einige schmerzhafte Treffer einstecken und konnte ein paarmal nur mit Mühe einen Schmerzensschrei unterdrücken. Er schlug nun selbst ebenfalls viel fester zu, als nötig gewesen wäre, hoffte darauf, dass Nyrin die Heftigkeit seiner Angriffe mildern würde, um seinerseits nicht so hart getroffen zu werden. Aber vergeblich. Wahrscheinlich hatte Nyrin mit zu denen gehört, die über ihn hergefallen waren, und wusste genau, dass er Torin sehr viel größere Schmerzen zufügte, als er selbst erlitt. Immer überheblicher und hämischer wurde sein Grinsen.

Gut eine Viertelstunde währten die gegenseitigen Angriffe schon, doch hatte Torin das Gefühl, bereits seit Stunden Schläge auszuteilen und selbst einstecken zu müssen. Er wusste nicht, wie lange er dies noch durchstehen konnte. Die Schmerzen waren kaum noch zu ertragen. In Gedanken verfluchte er Nyrin und vor allem sämtliche Scyllas, denen er den ganzen Ärger überhaupt erst zu verdanken hatte.

Torin merkte, dass er tiefer und tiefer in einen Teufelskreis geriet. Durch den Schmerz wurden seine Bewegungen unsicherer, und es fiel ihm schwerer, Nyrins Angriffe vorauszuahnen. Entsprechend wurde er immer häufiger getroffen, wodurch der Schmerz noch wuchs.

Schließlich sah er einen tief angesetzten Hieb nicht mehr rechtzeitig kommen. Das Holzschwert traf genauso sein verletztes Knie.

Glühende Lava schien darin zu explodieren. Torin warf den Kopf in den Nacken und heulte und schrie vor Schmerz. Das Bein knickte unter ihm weg, aber das merkte er kaum. Umso heftiger spürte er dafür eine zweite Schmerzexplosion, als sein Knie auf den Boden schlug. Noch immer schrie er, während die feurige Woge aus Schmerz durch seinen Körper raste und ihn endlich in eine tiefe Schwärze stürzen ließ.

Es gab Heiler, die sich um die Gesundheit der Einwohner Aurelias kümmerten, doch wie nahezu alle Außenstehenden waren sie auf dem Gelände der Inquisition nicht willkommen. Bereits während der Ausbildung lernten auch angehende Inquisitoren, Wunden und Krankheiten zu behandeln. An das Wissen eines erfahrenen Heilers reichte ihr Können gewöhnlich nicht heran, doch gab es einige unter ihnen, die sich auf dieses Gebiet spezialisierten, ihr Können weiterentwickelten und innerhalb des Areals ein eigenes Haus der Heilung unterhielten.

Hier schlug Torin schließlich die Augen wieder auf und wunderte sich im ersten Moment über die fremde Umgebung. Er lag in einem Bett in einem hell gestrichenen Raum mit großen Fenstern, durch die das Licht der sich bereits rötlich färbenden Abendsonne hereindrang. Ein ihm unbekannter Inquisitor in einer dunkelgrünen Kutte saß auf einem Stuhl neben seinem Bett und musterte ihn besorgt.

Erst da fiel Torin alles wieder ein: der Überfall auf ihn, das Kampftraining und wie Nyrins Schwert sein Knie getroffen hatte. Im Moment spürte er keinen Schmerz, wagte aber auch nicht, sein rechtes Bein zu bewegen.

»Was ist passiert?«, fragte er.

»Ich hatte gehofft, du würdest mir das sagen. Kannst du dich nicht mehr erinnern?« Die Sorgenfalten auf dem Gesicht des Inquisitors vertieften sich. Es war ein sympathisches, etwas rundliches Gesicht, eingerahmt von schulterlangem braunen Haar. Auch seine Augen waren braun. Er mochte um die vierzig Jahre alt sein.

»Ich weiß alles bis zu dem Moment, als ich ohnmächtig wurde. Ich wollte wissen, was danach geschehen ist. Wo bin ich hier?«

»Im Haus der Heilung«, erklärte der Inquisitor und deutete auf seine grüne Kutte. »Ich bin Tailon Magario, Inquisitor vierten Grades. Und du bist Torin, wie man mir berichtet hat.«

Torin nickte. »Vierten Grades?«

Der Inquisitor verzog halb schmerzlich, halb belustigt das Gesicht. »Wir Heiler erhalten selten Auszeichnungen und steigen auf. Aber lass uns über dich sprechen. Dein Knie sieht ziemlich übel aus. Es hätte nicht viel gefehlt, und es würde für immer steif bleiben.«

Torin erschrak bis ins Mark. Ein steifes Knie hätte unwiderruflich das Ende seiner Ausbildung bedeutet. »Aber … Ich werde doch wieder gesund, oder?«

»Höchstwahrscheinlich. Du hast noch einmal großes Glück gehabt. Und jetzt erzähl mir, was passiert ist.«

Torin berichtete von dem Wettkampf und dass er sich das

Knie bei einem Sturz verletzt hatte, dass er in den folgenden Tagen aber kaum noch Schmerzen verspürt hatte, dass diese am heutigen Tag jedoch plötzlich wieder stärker geworden waren, bis hin zu dem Schlag, den er beim Kampftraining auf das Knie erhalten hatte. Von dem Überfall auf sich erzählte er nichts.

»Mit einer solchen Verletzung hättest du keinesfalls am Training teilnehmen dürfen. Hast du deinem Ausbilder nichts davon gesagt?«

»Doch, aber es war ihm egal. Ich habe ihm das geschwollene Knie sogar gezeigt, doch er sagte nur, ich solle die Zähne zusammenbeißen und mich nicht so anstellen. Er meinte, ich würde das verletzte Knie nur als Vorwand benutzen, um dem Training fernzubleiben, und er drohte mir deswegen mit einem besonders schweren Tadel.«

»Das … das ist unverantwortlich!« Der Heiler schüttelte den Kopf. »Wer ist dein Ausbilder im Kampf?«

»Inquisitor Scylla.«

»Scylla, wer auch sonst«, ertönte eine krächzende Stimme hinter ihm. Torin drehte den Kopf zur anderen Seite des Bettes und sah Großmeister Clavon zusammen mit Inquisitor Velat in der offenen Tür stehen. Er hatte ihre Anwesenheit vorher nicht bemerkt, wusste nicht, wie lange sie schon dort standen. »Ich bin schon lange der Meinung, dass er als Ausbilder nicht geeignet ist.«

Torin zeichnete rasch den Heiligen Dreistern, als er sich so unvermittelt dem Großmeister gegenübersah. Er erinnerte sich jedoch auch an Balostas Worte, dass Clavon nicht gut auf die Scyllas zu sprechen wäre.

»Er ist ein hervorragender Kämpfer«, sagte Velat. »Ein bisschen hart, aber eine harte Ausbildung erschien uns angebracht, um gerade den jungen Adepten die Flausen auszutreiben. Doch sollten wir das nicht jetzt und hier besprechen, Großmeister.«

Clavon trat neben Torins Bett und legte ihm die Hand auf die Schulter. »Wie man mir berichtet hat, bist du in allen Fächern ein hervorragender Schüler, nur nicht im Kampftraining. Dort hast du zahlreiche Tadel, und Inquisitor Scylla bezeichnet dich als faul, unbegabt und lernunwillig. Hast du eine Erklärung dafür?«

»Im Gegensatz zu den anderen Adepten bin ich zuvor nie richtig im Schwertkampf unterrichtet worden«, antwortete Torin. »Aber ich finde, dass ich durchaus Fortschritte gemacht habe.«

»Mir ist bewusst, dass du Rückstände aufzuholen hast, aber in allen anderen Bereichen ist dir das gelungen. Dein Arbeitseifer wird von allen Ausbildern gelobt, nur nicht von Inquisitor Scylla. Wir sind hier unter uns, also sag die Wahrheit. Gibt es irgendwelche Spannungen zwischen euch?«

Torin überlegte blitzschnell. Dies war eine Gelegenheit, sich für all die Schmerzen und Demütigungen zu rächen, aber er durfte nicht zu dick auftragen, sondern musste sich möglichst zurückhaltend geben.

»Ich glaube, Inquisitor Scylla ist kein Freund von Adepten, für deren Ausbildung die Kirche die Kosten übernimmt«, äußerte er. »Möglicherweise stellt er deshalb besonders hohe Anforderungen an mich.«

»Es ist wohlbekannt, dass die Scyllas die Meinung vertreten, es sollten nur Adepten aus reichen Familien zur Ausbildung zugelassen werden, die auch die Kosten tragen. Allerdings sollte ein Ausbilder diese persönlichen Ansichten nicht in die Beurteilung einfließen lassen. Ich frage mich jedoch, ob dies wirklich der einzige Grund ist, aus dem er gegen dich eingenommen ist.«

Torin runzelte die Stirn. Natürlich war dies nicht der einzige Grund, das musste der Großmeister wissen. Schließlich hatte er selbst das Tribunal geleitet, bei dem er als Zeuge ausgesagt hatte. Aber anscheinend wollte er ihn dazu bringen, dies laut auszusprechen.

»Ich will dem Inquisitor keine persönlichen Motive unterstellen, aber … vielleicht trägt auch meine Aussage im Tribunal gegen seine Familie dazu bei, dass er mich nicht sonderlich schätzt«, sagte er vorsichtig. »Zumindest Solomon und Malar Scylla haben mehrfach deutlich gemacht, dass sie mir deswegen zürnen, aber ich kann mir nicht vorstellen, dass ein Inquisitor …«

»Das reicht schon. Wir werden der Sache nachgehen«, unterbrach ihn Clavon. Als er weitersprach, war seine Stimme ein bisschen weicher. »Wir haben dich nicht ohne Grund trotz deiner Herkunft in den Orden aufgenommen, Junge. Du hast Fürsprecher in hohen Positionen. Wir verfolgen deine Entwicklung sehr genau, und dein Arbeitseifer hat uns in unserer Entscheidung bestätigt. Nur weiter so. Und mach dir wegen Inquisitor Scylla keine Sorgen mehr. Nun muss ich gehen, da mich noch wichtige Aufgaben erwarten.«

»Wenn du Schwierigkeiten mit einem Ausbilder oder einem der anderen Adepten hast, dann wende dich künftig an mich«, ergänzte Inquisitor Velat, während der Großmeister das Zimmer verließ. »Dafür bin ich als oberster Ausbilder deines Jahrganges da. Ich werde jedem Vorfall gewissenhaft auf den Grund gehen.«

Einen Moment lang überlegte Torin, von dem Überfall auf sich zu berichten, doch noch bevor er zu einer Entscheidung gelangte, ergriff der Heiler das Wort.

»Da ist noch etwas, das Ihr wissen solltet. Der Junge wurde zweifellos misshandelt«, sagte er und schlug die Bettdecke zurück. Man hatte Torin die Kutte ausgezogen, und die zahllosen Blutergüsse an seinem Körper waren offen sichtbar.

Velat sog scharf die Luft ein. »Wie ist es dazu gekommen? Das hat doch nichts mit den normalen Blessuren zu tun, die man beim Training davonträgt.« Er bemerkte Torins Zögern und sagte streng: »Ich befehle dir, mir alles zu erzählen!«

Nun blieb Torin keine Wahl mehr. Er berichtete, wie man ihn am Vortag überfallen und brutal auf ihn eingeschlagen hatte.

»Bei der Göttlichen Familie!« Zorn überschattete das Gesicht des Inquisitors, und er knirschte mit den Zähnen. »So etwas innerhalb der Kirche, innerhalb des Ordens. Inquisitoren müssen sich blind aufeinander verlassen können, das beginnt bereits, wenn sie noch Adepten sind. Natürlich gibt es immer mal Streit, aber solche Überfälle werde ich nicht hinnehmen, das ist einfach unglaublich! Und du hast wirklich keinen von denen erkannt, die dir das angetan haben?«

»Nein, sie kamen von hinten und haben mir den Sack übergestülpt, bevor ich reagieren konnte.«

»Ich brauche dich wohl gar nicht erst zu fragen, ob du irgendjemanden verdächtigst, da du niemanden ohne einen konkreten Beweis beschuldigen wirst. Aber sollte noch einmal etwas in dieser Art vorfallen, erwarte ich von dir, dass du mich sofort darüber in Kenntnis setzt. Versprichst du mir das?«

Torin nickte.

»Der Junge hat von mir etwas gegen die Schmerzen bekommen, das ihn müde macht«, wandte sich Tailon Magario an Velat. »Er braucht jetzt dringend Ruhe.«

»Wie Ihr meint.« Velat lächelte Torin zu. »Ich hoffe, du wirst schnell gesund und kannst wieder an der Ausbildung teilnehmen.« Mit diesen Worten verließ er das Zimmer.

»Was passiert nun mit mir?«, erkundigte sich Torin. »Ich meine, wie lange muss ich hierbleiben?«

»Wir haben dein Bein geschient, damit du das Knie nicht bewegst. Außerdem haben wir eine Salbe aufgetragen, die alle paar Stunden erneuert werden muss, und es verbunden. Versuch möglichst ruhig zu liegen, dann kannst du in ein paar

Tagen in deine Unterkunft zurückkehren und auch wieder den Unterricht am Vormittag aufsuchen. Am Kampftraining allerdings wirst du noch mehrere Wochen lang nicht teilnehmen können.« Er erhob sich. »Auch ich lasse dich jetzt in Ruhe. Versuch etwas zu schlafen.«

*Mehrere Wochen*, dachte Torin, als er allein war. Mehrere Wochen würde er nicht am Kampftraining teilnehmen können. Und damit auch nicht an den Übungen mit Shirina und Berryl.

Das würde ihn noch weiter zurückwerfen.

Verzweiflung griff nach ihm …

# 16

Anlässlich des Endes des ersten Ausbildungsjahres gab es eine Feier mit einem Festessen. Keiner der Adepten wurde von der weiteren Ausbildung ausgeschlossen. Torin konnte zu seinem Leidwesen nicht an dem Fest teilnehmen, doch Inquisitor Velat überbrachte ihm bereits am frühen Morgen die gute Nachricht, dass er im Orden verbleiben würde. Weitere Einzelheiten erfuhr er am Nachmittag, als Shirina und Berryl ihn besuchten.

»Nachdem er bekannt gegeben hatte, dass keiner von uns wegen schlechter Leistungen den Orden verlassen muss, kam Velat auf dich zu sprechen«, berichtete Shirina. »Du hättest die Gesichter von Solomon und Malar sehen sollen, als er von dem Überfall auf dich sprach und verkündete, dass er ein solches Verhalten auf keinen Fall dulden würde. Die beiden wären mit ihrem Gefolge am liebsten im Erdboden versunken.«

»Das hätte ich wirklich gern gesehen.«

»Sie atmeten erst wieder auf, als klar wurde, dass es keine Beweise gegen die Übeltäter gibt und ihnen diesmal keine Strafe droht. Allerdings hat Velat auch verkündet, wenn so etwas noch einmal geschähe, würde er nicht eher ruhen, bis die Schuldigen entlarvt wären, und sie würden unverzüglich mit Schimpf und Schande aus dem Orden gejagt. Und das Schönste war, dass er dabei die beiden Scyllas die ganze Zeit über angesehen hat, als wüsste er genau, wer hinter dem Überfall steckte.«

»Die werden es nicht noch einmal wagen, dir auch nur ein Haar zu krümmen«, prophezeite Berryl.

»Dafür wird das wahrscheinlich ihr Onkel übernehmen«, entgegnete Torin. »Obwohl Inquisitor Velat wohl auch mit ihm ein paar wenig freundliche Worte gewechselt haben dürfte. Vielleicht hat ihn sogar Großmeister Clavon persönlich zurechtgewiesen.«

»Viel besser noch«, platzte Shirina heraus. »Scylla wird uns nicht länger ausbilden!«

»Was?« Torin richtete sich ruckartig auf, doch der Schmerz zwang ihn sofort wieder zurück.

»Ja. Inquisitor Velat hat es sich bis ganz zum Schluss seiner Ansprache aufgehoben. Er sagte, Inquisitor Scylla würde dringend für andere Aufgaben benötigt, weshalb wir einen neuen Ausbilder für das Kampftraining bekommen würden, was mit lautem Jubel aufgenommen wurde. Das hat Solomon und Malar den Rest gegeben. Sie wurden kreidebleich und haben anschließend sofort den Saal verlassen.«

Torin lachte erleichtert auf. Abgesehen davon, dass er genau wie alle anderen seine Ausbildung fortsetzen durfte, war dies die beste Nachricht seit langer Zeit. Kein Inquisitor Scylla mehr, der ihn nach Kräften schikanierte und alles daransetzte, ihn aus dem Orden zu entfernen. Auch wenn er noch nicht wusste, wer an seiner Stelle nun die Kampfausbildung übernehmen würde, schlimmer als unter Argon Scylla konnte es nicht kommen.

»Stimmt das wirklich?«, hakte er nach. »Ihr macht euch doch nicht nur einen Spaß mit mir, oder?«

»Nein, es stimmt wirklich«, beteuerte Shirina.

Torin konnte es noch immer kaum glauben. Auch konnte er sich schlecht vorstellen, dass Inquisitor Velat, der immerhin nur den zehnten Grad besaß, einfach so die Ablösung eines anderen Inquisitors von höherem Rang anordnen konnte. Er vermutete, dass eher Großmeister Clavon dahintersteckte, dem dies sicherlich großes Vergnügen bereitet hatte.

Mit Abschluss des ersten Jahres erlosch für die Adepten auch das Verbot, das Gelände der Inquisition zu verlassen. Alle anderen nutzten diese Möglichkeit, erkundeten die Stadt oder trafen sich mit Angehörigen ihrer Familie, die extra dafür nach Aurelia gereist waren. Zwar hatte Torin weder Familie noch Geld, um sich in der Stadt herumzutreiben und sich dort etwas zu kaufen, doch nach all den Monaten, die er nur innerhalb des Geländes verbracht hatte, sehnte auch er sich danach, wieder etwas anderes zu sehen und neue Eindrücke zu sammeln.

Seit einem Jahr hörte er täglich das Glockengeläut, das vom Heiligendom herüberdrang, aber er hatte den Dom in dieser Zeit nicht ein einziges Mal aufsuchen können, so wie auch nicht den Turm des Himmels und all die anderen Wunder Aurelias, sondern war hier eingesperrt gewesen. Zu gern wäre er wieder einmal umhergestreift, ohne auf Mauern zu treffen, die ihn von der Außenwelt aussperrten.

Außerdem hätte er gern Envina Balosta besucht, den einzigen Menschen, den er außerhalb der Kirche in Aurelia kannte. Vielleicht hatte sie eine Nachricht von Naron erhalten und konnte ihm sagen, wie es ihm ging. Nun, das würde er nachholen, sobald sein Knie geheilt war.

Vier Tage später wurde er wie versprochen aus dem Haus der Heilung entlassen, allerdings mit der strengen Auflage, sich weiterhin zu schonen und zweimal täglich den Verband wechseln zu lassen. Außerdem händigte man ihm hölzerne Krücken aus, damit er zumindest kurze Strecken allein zurücklegen konnte, ohne dabei das Bein zu sehr zu belasten.

Torin hielt sich gewissenhaft an die Auflagen der Heiler. Er verbrachte die nächsten Tage fast ausschließlich in seiner Kammer, sogar das Essen wurde ihm gebracht. Morgens und abends kam Inquisitor Magario oder ein anderer Heiler, um sich sein Knie anzusehen und den Verband zu wechseln. Auch Shirina und Berryl schauten mindestens einmal täglich bei ihm herein, doch ansonsten nutzten sie ihre Freiheit aus und verbrachten den größten Teil der Zeit in Aurelia. Er konnte es ihnen nicht verdenken, hätte es am liebsten genauso gemacht.

Dennoch war ihm nicht langweilig. Die meisten Adepten verurteilten den feigen Überfall auf ihn und waren froh, dass Inquisitor Scylla sie nicht länger unterrichten würde. Ihnen war auch bewusst, dass er den Ausschlag dafür gegeben hatte, was sein Ansehen deutlich gesteigert hatte. Manche von ihnen besuchten ihn ebenfalls.

Die meiste Zeit aber lag er nur auf seinem Bett und las sich zusätzliches Wissen an. Andere mochten sich dabei langweilen oder das Lernen gar als Quälerei empfinden, aber bei Torin war das ganz und gar nicht der Fall, im Gegenteil. Wenn er über ferne Provinzen las, war ihm, als ob er durch ein Fenster in fremde Welten schaute. Die Geschichte von der Besiedlung des Kontinents und die Kriege und Intrigen zwischen den Fürstenhäusern waren für ihn eine ungemein spannende Lektüre. Und je tieferen Einblick er in die Feinheiten der Mathematik gewann, desto mehr kam sie ihm wie eine faszinierende Form von Magie vor.

Nein, er langweilte sich bei seinen Studien nicht. Je mehr er lernte, desto sicherer war er sich, dass er seine Ausbildung abschließen durfte. Darüber hinaus wusste er, dass ihm sein Wissen auch später noch gute Dienste leisten würde.

Zwischendurch stand Torin gelegentlich von seinem Bett auf und humpelte durch die Kammer, um sich an die Krücken zu gewöhnen. Als wenige Tage später die Ausbildung fortgesetzt wurde, vermochte er sich auf ihnen so gut zu bewegen, dass er es mühelos allein bis in den Unterrichtsraum schaffte.

Zwar durfte er vorläufig noch nicht am Kampftraining teilnehmen, aber genau wie die anderen war er so gespannt auf den neuen Ausbilder, dass er am Nachmittag freiwillig die Trainingshalle aufsuchte, nur um ihn kennenzulernen.

Als sich alle Adepten versammelt hatten, trat zu seinem Schrecken Inquisitor Scylla ein!

Panik schoss in Torin hoch. Es war alles nur eine Täuschung gewesen, Großmeister Clavon hatte es sich anders überlegt und …

Dann sah er den zweiten Inquisitor, der ein paar Schritte hinter Scylla den Saal betrat, und Torin atmete erleichtert auf. Der Mann war ebenso groß und kräftig wie Argon Scylla, allerdings mit einem wild wuchernden dunklen Bart, wohingegen sein Schädel völlig kahl war. Auch seine Augenbrauen waren dunkel und buschig.

»Wie man euch bereits berichtet hat, erwarten mich dringende Aufgaben im Osten«, ergriff Argon Scylla das Wort. »Ich werde in den nächsten Tagen dorthin aufbrechen, was bedeutet, dass ich euch nicht länger im Kampf werde ausbilden können. Ich möchte diese Gelegenheit nur nutzen, um mich von euch zu verabschieden und euch meinen Nachfolger vorzustellen, Inquisitor Trent. Er war ohnehin vorgesehen, euch ab diesem Jahr Reitunterricht zu erteilen. Nun wird er zusätzlich eure Kampfausbildung übernehmen. Lebt wohl und strengt euch weiterhin an, damit aus euch tapfere, aufrichtige Inquisitoren werden.«

Er wich in den Hintergrund zurück, während sein Begleiter vortrat.

»Seid gegrüßt«, sagte er. »Wie ihr schon gehört habt, lautet mein Name Trent, Boragon Trent, und ich bin Inquisitor zehnten Grades. Zunächst einmal möchte ich Argon Scylla für seine bisherige Arbeit danken und ihm für seine weiteren Aufgaben viel Erfolg wünschen. Nun liegt es also an mir, euch in der Kunst des Kampfes zu unterweisen. Dafür will ich mir zunächst einmal einen Überblick über euer Können verschaffen.«

Er überließ es Inquisitor Scylla, die Adepten in Zweiergruppen einzuteilen, die jedoch nicht nacheinander, sondern alle gleichzeitig gegeneinander kämpfen sollten. Nachdem er ihnen eine Weile lang zugesehen hatte, kam Trent zusammen mit Argon Scylla zu Torin herüber.

»Es ehrt dich, dass du trotz deiner Verletzung heute hergekommen bist«, sagte er. »Ich hoffe, du bist bald wieder gesund und kannst am Training teilnehmen.«

Während er sich wieder den anderen Adepten zuwandte, trat Inquisitor Scylla dicht an Torin heran. »Es ist dir also gelungen, Großmeister Clavon mit deinen Lügen gegen mich aufzubringen und mich loszuwerden, was vermutlich nicht besonders schwer war«, zischte er so leise, dass nur Torin die Worte hören konnte. »Clavon war noch nie ein Freund unseres Hauses. Aber glaub nicht, dass du deshalb gewonnen hast. Das ist nun bereits das zweite Mal, dass du dem Haus Scylla Schwierigkeiten bereitest. Hüte dich, auch wenn ich Aurelia nun erst einmal verlassen werde. Eines Tages werde ich zurückkehren und dich für alles zur Rechenschaft ziehen. Und wenn nicht ich, dann ein anderer unseres Hauses. Wir sind eine reiche und mächtige Familie, und niemand stellt sich ungestraft gegen uns!«

Nach dieser Drohung wandte er sich um und verließ die Trainingshalle …

Eine Woche später hatte sich die Schwellung an Torins Knie fast vollständig zurückgebildet, und er brauchte auch die Krücken nicht mehr. Lediglich am Kampftraining durfte er zu seiner eigenen Sicherheit auch weiterhin noch nicht teilnehmen. Tatsächlich humpelte er noch ein wenig, und es fiel ihm schwer, das Knie anzuwinkeln, aber auch das würde sich bald geben, versicherte ihm Tailon Magario.

Torin nutzte die freien Nachmittage, um auch endlich das Inquisitionsgelände für einige Stunden zu verlassen. Wie schon vor rund einem Jahr zündete er im Heiligendom eine Kerze an, diesmal zum Dank für die Befreiung von Inquisitor Scylla.

Auch setzte er sein Vorhaben in die Tat um, Envina Balosta zu besuchen. In ihrer barschen Art fragte sie ihn zur Begrüßung, was er denn schon wieder hier wolle, drückte ihn dann aber an sich und bewirtete ihn fürstlich, doch auf seine Fragen nach Naron Balosta konnte sie ihm wenig antworten. Sie hatte lediglich ein kurzes Schreiben von ihm bekommen, dass es ihm gutginge, er jedoch noch nicht absehen könne, wann er nach Aurelia zurückkehren würde, und das lag schon mehrere Monate zurück.

Als Torin ihr sagte, dass er die neue Kleidung hatte verbrennen müssen, schüttelte sie verärgert den Kopf.

»Was für eine Verschwendung!«, rief sie aus. »Nein, keine Angst, ich bin dir nicht böse, du konntest nicht anders handeln. Außerdem wirst du ja vermutlich ohnehin bis an dein Lebensende die Kutte tragen. Arme Familien jedoch hätten sich über die Sachen gefreut. Aber so ist die Kirche nun mal, Symbolik ist ihr wichtiger als Nächstenhilfe.«

Von dieser Seite hatte Torin das noch gar nicht betrachtet. Obwohl er schon damals gehofft hatte, solche Kleidung niemals wieder tragen zu müssen, hatte er ihren Verlust bedauert, weil sie ihm nicht gehörte. Bei einigen der anderen Adepten hingegen hatte er sich regelrecht gefreut, dass sie diesen Bruch mit ihrem früheren Leben in Reichtum und Luxus hatten vollziehen müssen. Dabei war ihre Kleidung tausendmal besser gewesen als die Lumpen, in denen die Waisenkinder im Kloster bei Assani und wahrscheinlich auch jedem anderen Kloster herumlaufen mussten. Sie hätten sich unbändig über Kleidung aus so feinen Stoffen gefreut.

Er erinnerte sich daran, was Kardinal Lestario während der Versammlung der Kurie über die Verschwendungssucht der Kirche und insbesondere die horrenden Kosten, die die Inquisition verschlang, gesagt hatte, und wie viel Gutes man stattdessen mit dem Geld bewirken könnte. Das galt nicht nur im Großen, sondern auch bei vielen Kleinigkeiten, doch schien diese Art des Denkens in der Kirche kaum verbreitet zu sein.

Nachdenklich verabschiedete sich Torin nach einiger Zeit von Envina Balosta, musste ihr aber versprechen, sie bald noch einmal zu besuchen. Envina wollte ihm ein paar Münzen in die Hand drücken, doch er lehnte das entschieden ab, dabei hätte er etwas Geld gut gebrauchen können.

In Aurelia lauerten unzählige Verlockungen. Aus den Backstuben drang stets ein appetitlicher Duft, ebenso von zahlreichen Verkaufsständen mit Zuckerwerk, kandierten Äpfeln, gebrannten Mandeln und anderem Naschwerk. Dennoch war Torin zu stolz, sich von Envina Balosta Geld geben zu lassen. Lieber verdiente er es sich, und dafür gab es einige Möglichkeiten. Der Latrinendienst, den sie im ersten Jahr nur manchmal als Strafe hatten verrichten müssen, wurde mit Beginn des neuen Jahres einmal wöchentlich zur Pflicht. Torin kannte diese Arbeit bereits vom Kloster her, und obwohl auch er sie nur äußerst ungern verrichtete, machte sie ihm weniger aus als den anderen. Viele Adepten waren jederzeit bereit, ein paar Münzen springen zu lassen, wenn er ihnen diese Pflicht heimlich abnahm, doch hielt er sich dabei stets an die höheren Jahrgänge, nie an seinen eigenen. Er wusste genau, welch eine Welle von Spott das wieder gegen den »Betteljungen« ausgelöst hätte. Die eher mitleidigen Blicke der Älteren hingegen waren ihm egal.

Wenn es ihre Zeit zuließ, suchte er die Stadt zusammen mit Shirina und Berryl und manchmal auch einigen der anderen Adepten auf. Dann bezahlte Shirina gewöhnlich für sie alle, wenn sie sich an einem der Stände etwas kauften. Sie hatte zwischen den Jahren Besuch von ihrem Vater bekommen und genügend Geld von ihm erhalten, um sich das leisten zu können. Dennoch hatte Torin meist ein schlechtes Gewissen dabei.

Nach zwei weiteren Wochen und einer gründlichen abschließenden Untersuchung durch Inquisitor Magario durfte er schließlich auch wieder am Kampftraining teilnehmen, sollte es aber zunächst noch vorsichtig angehen lassen. Von Shirina und Berryl hatte er bereits erfahren, dass Trent ein ziemlich guter Ausbilder war und das Training unter ihm völlig anders verlief als unter Inquisitor Scylla.

Nun konnte er sich selbst ein Bild davon machen und schloss sich rasch ihrer Meinung an. Weder bevorzugte noch benachteiligte Trent jemanden, sondern förderte jeden seinem individuellen Können entsprechend. Das viele Liegen und das langsame Gehen der letzten Wochen hatten Torin geschwächt, weshalb er zunächst mit einem leichten Training zur Stärkung seiner Ausdauer und Muskeln anfing. Anders als Scylla forderte Boragon Trent dabei keine Höchstleistungen, sondern nur gerade so viel, dass Torin die Anforderungen gut erfüllen konnte, ohne sich zu sehr zu verausgaben.

Erst als Torin wieder seine alte Form erreicht hatte, setzte Boragon Trent zusätzliche Trainingsstunden für ihn an, damit er nachholen konnte, was er in den vergangenen Wochen versäumt hatte. Auch hierbei achtete Trent darauf, ihn nicht zu überfordern, und schon bald hatte Torin das Gefühl, bei ihm mehr gelernt zu haben als in dem ganzen Jahr unter Scylla.

Dabei ließ sich der Inquisitor keineswegs auf der Nase herumtanzen. Auch er verlangte Einsatz und Leistung. Wenn sich ein Adept seiner Meinung nach zu wenig Mühe gab, verhängte er unbarmherzig Tadel. Im Gegenzug war er allerdings auch beim Verteilen von Belobigungen nicht geizig.

Größere Probleme hatte Torin zunächst beim Reitunterricht, der an einem Nachmittag in der Woche stattfand. Er hatte sich eingebildet, es seit der Reise nach Aurelia recht gut zu können, aber er wurde rasch eines Besseren belehrt. Alle anderen Adepten hatten bereits von Kindheit an im Sattel gesessen, und er hatte einen gewaltigen Rückstand aufzuholen.

Natürlich waren Solomon und Malar erpicht darauf, möglichst abfällig über den neuen Ausbilder zu sprechen, doch selbst sie fanden kaum etwas, was sie gegen ihn vorbringen konnten. Dadurch waren ihre Tiraden wenig stichhaltig und der wahre Grund dafür allzu offensichtlich. Seit ihr Onkel nicht mehr unterrichtete und nach Gutdünken strafen oder belohnen konnte, waren die beiden Scyllas nicht mehr so gefürchtet, und ihr Einfluss war gesunken. Zwei Jungen aus ihrem Gefolge, der schlaksige Hanko und der ein wenig zur Pummeligkeit neigende Sorkan, hatten sich sogar von ihnen abgewandt.

Nach einer Weile nahm Torin sogar das zusätzliche Kampftraining mit Shirina und Berryl wieder auf, und binnen eines halben Jahres schaffte er es, sich ins obere Mittelfeld vorzukämpfen. Gelegentlich gelang es ihm mittlerweile sogar, Berryl im freundschaftlichen Kampf zu besiegen, der zwar wesentlich stärker, aber weniger beweglich war.

Die Fortschritte spornten ihn an und zeigten ihm, dass er sich auf dem richtigen Weg befand.

So verstrich der Herbst, und erneut hielt der Winter Einzug in Aurelia. Als Torin eines Abends in seine Kammer zurückkehrte, brannten dort zu seiner Überraschung mehrere Kerzen, und das Feuer im Kamin war bereits angefacht. Ein Mann saß mit dem Rücken zu ihm auf seinem Hocker, an der schwarzen Kutte unschwer als Inquisitor zu erkennen, doch hatte er die Kapuze hochgeschlagen, sodass sein Gesicht nicht zu sehen war. Nun stand er auf und drehte sich langsam herum.

»Balosta!«, stieß Torin fassungslos hervor und verbesserte sich gleich darauf selbst: »Inquisitor Balosta! Euer Gnaden. Aber wie …?«

Am liebsten wäre er auf seinen väterlichen Freund zugestürmt und hätte ihn umarmt, aber ihm war bewusst, wie unpassend das gewesen wäre. Schließlich war er kein Kind mehr und Balosta nicht wirklich sein Vater, sondern nur sein Mentor, wie Shirina es genannt hatte. Also reichten sie sich nur die Hände.

Gesicht und Hände des Inquisitors waren sonnengebräunt, und er war schlanker als bei ihrer letzten Begegnung. Zum Teil lag dies sicherlich an der weiten Reise, zum Teil aber wohl auch an seinem langen Aufenthalt im Osten. Nahrungsmittel waren dort knapp und die Speisen angesichts der ständigen Hitze weniger schwer und üppig.

»Ich wurde nach Aurelia zurückbeordert, um vor der Kardinalskurie und der Loge der Großmeister über die Geschehnisse im Osten Bericht zu erstatten.«

»Und danach werdet Ihr direkt wieder nach Talarien reisen?«

»Recht bald, ja. Aber ein, zwei Wochen wird man mir schon zugestehen, um mich von der Reise zu erholen. Wir werden also etwas Zeit miteinander verbringen können.« Balosta räusperte sich. »Ich habe bereits kurz mit Inquisitor Velat gesprochen. Er war voll des Lobes für dich. Du sollst sehr hart arbeiten und gehörst in vielen Fächern zu den Besten. Ich bin stolz auf dich. Offenbar war es richtig, dich nach Aurelia mitzunehmen.«

Torin senkte bescheiden den Kopf, musste aber lächeln. »Ich gebe mir Mühe. Nur mit unserem ersten Ausbilder im Kämpfen hatte ich ziemliche Probleme. Er war ein Scylla.«

»Argon Scylla, ich weiß. Er befindet sich nun ebenfalls im Osten Talariens. Auf mich ist er wegen des Hohen Tribunals gegen seine Familie auch nicht gut zu sprechen, aber ich habe in den letzten Monaten ein paarmal mit ihm geredet. Er hatte nicht viel Gutes über dich zu sagen. Du wärst faul und unbegabt, ein Versager, und du hättest falsche Anschuldigungen gegen ihn erhoben, weshalb er nicht länger Ausbilder wäre.«

»So war das überhaupt nicht!«, protestierte Torin, doch Balosta winkte nur lachend ab.

»Glaub mir, ich weiß, was ich von Argon Scylla zu halten habe. Außerdem hat mir Inquisitor Velat geschildert, was sich wirklich zugetragen hat. Du brauchst dich also nicht zu rechtfertigen. Wie geht es deinem Knie?«

»Ist wieder völlig geheilt.«

»Gut.« Balosta nahm wieder auf dem Hocker Platz und rieb sich die Arme. »Ich hatte ganz vergessen, wie karg und ungemütlich und kalt diese Unterkünfte sind. Die Sommer im Osten sind zwar unerträglich, aber dafür sind die Winter dort wesentlich angenehmer.«

»Sie sind das Einzige, was ich hier vermisse.« Torin ging zu seinem schmalen Bett und setzte sich ebenfalls. »Wart Ihr noch einmal im Kloster?«

»Das war ich, sogar mehrmals. Pater Berlinus konnte es kaum fassen, dass du tatsächlich in den Schwarzen Orden aufgenommen wurdest, und wäre vor Scham darüber, wie falsch er dich eingeschätzt hat, am liebsten im Boden versunken. Schließlich hat er sich eingeredet, dass du es nur wegen seiner guten Erziehung und Ausbildung so weit geschafft hättest, das hat ihn wieder aufgebaut. Ansonsten nimmt dort alles seinen gewohnten Gang. Dieses Mädchen, mit dem du dort befreundet warst und das sich bei unserem Aufbruch von dir verabschiedet hat – es hat mich gebeten, dich zu grüßen.«

»Ila.«

»Mag sein, dass sie so hieß, ich kann mich an ihren Namen nicht mehr erinnern.«

Torin lächelte. Es freute ihn, dass Ila auch nach der langen Zeit noch an ihn dachte. »Wenn Ihr sie noch einmal seht, dann grüßt sie bitte auch. Sagt ihr, es geht mir gut, und ich bin hier sehr glücklich.«

Für einen Moment trat ein unbehagliches Schweigen ein. Torin musterte sein Gegenüber genauer. Trotz der Sonnenbräune und der schlankeren Figur sah Balosta schlechter aus, als er ihn in Erinnerung hatte. Es war erst eineinhalb Jahre her, seit sie sich zuletzt gesehen hatten, doch schien der Inquisitor in der Zeit um gut zehn Jahre gealtert zu sein. Sein Haar war sichtlich grauer geworden, die Falten in seinem Gesicht tiefer. Er wirkte ausgezehrt und erschöpft, was zum Teil der Reise geschuldet sein mochte, aber sicherlich nicht nur.

»Was ist mit Euch, Euer Gnaden? Es steht mir vielleicht nicht zu, das zu fragen, aber es geht Euch nicht gut, das sehe ich. Was geht dort im Osten vor?«

»Du hast recht, es steht dir nicht zu«, entgegnete Balosta, doch er sagte es nicht grob. »Aber wann hast du dich je darum geschert, was dir zusteht? Gerade das ist vielleicht sogar deine bemerkenswerteste Eigenschaft, und ich weiß deine Sorge zu schätzen.« Er machte eine fahrige Handbewegung. »Ich brauche nur ein paar Tage Ruhe, um mich von all dem zu erholen, was ich gesehen und erlebt habe. Es herrscht Krieg im Osten.«

»Die Scylla?«

»Nein, von denen spreche ich nicht. Sie haben noch mehr Land entlang der Grenze zu Borain besetzt und so einen Korridor bis zur Königsmark geschaffen. Nun sind sie bemüht, diese Gebiete zu halten und durch Befestigungsanlagen zu sichern. Die talarischen Truppen hingegen versuchen immer wieder, einzelne Teile davon zurückzuerobern, doch das sind eher harmlose Geplänkel. Beide Seiten scheuen davor zurück, die Kämpfe eskalieren zu lassen.«

»Aber …«

»Ich spreche von einem anderen Krieg. Einem Krieg um die Seelen der Menschen. Er findet nicht auf einem abgegrenzten Schlachtfeld statt, sondern jederzeit und überall, an jedem Ort, zu jeder Zeit. Und manchmal wird das Böse …« Balosta unterbrach sich und schüttelte den Kopf. »Ich rede zu viel. Das unterliegt strenger Geheimhaltung, ich darf nicht darüber sprechen.«

»Aber es geht um meine Heimat«, drängte Torin. »Ich habe nicht viele angenehme Erinnerungen daran, aber ich bin trotzdem dort geboren und aufgewachsen. Ich habe ein Recht zu erfahren, was dort passiert.«

Der Inquisitor runzelte die Stirn, sodass seine Augenbrauen fast zusammenzuwachsen schienen. »Das Recht?«, polterte er grimmig. »Was bildest du dir ein? Mir scheint, du bist noch anmaßender als früher geworden!«

»Bitte verzeiht, Euer Gnaden«, sagte Torin hastig. »So habe ich es nicht gemeint.«

Balosta atmete ein paarmal tief durch und beruhigte sich. »Schon gut«, sagte er und wischte sich mit dem Handrücken über die Augen. »Ich bin gereizt, dabei kann ich dich ja verstehen. Ich mache dir einen Vorschlag. Als Belohnung dafür, dass du so fleißig warst, werde ich dir ein bisschen was erzählen, freilich ohne in die Einzelheiten zu gehen. Nicht mehr lange, und du wirst die Wahrheit ohnehin erfahren. Habt ihr im Unterricht schon den Sturz der Göttlichen Tochter und die Hinterlassenschaften der alten Rasse behandelt?«

»Nein, das soll erst in späteren Jahren kommen. Aber ich habe in Büchern ein bisschen darüber gefunden. Die Tochter rebellierte einst mithilfe einer von ihr geschaffenen Dämonenrasse gegen den Göttlichen Vater, doch sie verlor den Kampf. Ihr Heer wurde vernichtet, sie selbst in die Unterwelt verbannt, wo sie seither als Asiel, die Herrin der Verdammnis, die Seelen der Ketzer und Sünder knechtet.«

»So ist es. Die Kirche hat die Vergangenheit lange erforscht, und wir sind nun sicher, dass es sich bei dieser Dämonenrasse, den Shai-Thilith, um das alte Volk handelt, das einst in Antasia lebte. Das erklärt auch, warum seine Hinterlassenschaften so gefährlich sind. Und es gibt Gerüchte und Vermutungen.«

»Gerüchte und Vermutungen?«, hakte Torin nach, als Balosta nicht von sich aus weitersprach.

»Befürchtungen sollte ich eher sagen. Die Befürchtung, dass damals nicht alle Shai-Thilith getötet wurden. Die Befürchtung, dass einige der Vernichtung entkamen und sich in die undurchdringliche Weite der Endlosen Wüste flüchten konnten. Die Befürchtung, dass sie eines Tages zurückkehren und wieder Besitz von diesem Kontinent ergreifen. Es hat in den vergangenen Jahrhunderten immer wieder Perioden mit einem Anstieg finsterer Magie gegeben, meist im Osten nahe der Wüste, die auf das Wirken der Shai-Thilith zurückgeführt werden.«

Torin begriff plötzlich. Mosaikteilchen, die für sich allein bislang keinen Sinn ergeben hatten, fügten sich mit einem Mal zum Ausschnitt eines Bildes zusammen. Die Erkenntnis ließ ihn schaudern.

»Der alte Feind«, hauchte er. »Prios Marichan meinte die Shai-Thilith, als er vor der Kardinalskurie vom alten Feind sprach! Wollt Ihr damit sagen, dass immer noch welche dieser… dieser Dämonen existieren und uns angreifen könnten?«

Balosta nickte. »Ja, aber dieses Wissen ist zu schrecklich, als dass es jemals öffentlich bekannt werden dürfte. Außerhalb der Inquisition wissen nur die höchsten Würdenträger der Kirche davon. Der alte Feind existiert, und er rührt sich wieder im Osten, bislang allerdings zum Glück nur im Verborgenen.«

»Aber wie? Ich meine, wie zeigt er sich? Was tut er? Und woher wisst Ihr, dass es sich um den alten Feind handelt?«

Balosta seufzte, und ein flüchtiges Lächeln glitt über sein Gesicht.

»Das habe ich befürchtet, kaum beantworte ich dir eine Frage, kommst du mit drei neuen. Es ist nicht so, dass wir dort gegen Horden von Dämonen kämpfen, falls du das glaubst. Die Hinterlassenschaften der Shai-Thilith bestehen nicht nur aus großen Ruinen. Schon jedem einzelnen kleinen Stein davon kann die gleiche gefährliche Magie innewohnen. Oder einem Stück Metall. Zumeist ist das magische Erbe in so kleinen Fundstücken jedoch so schwach, dass es harmlos für einen Menschen ist. Im letzten Jahr aber hat sich diese Magie verstärkt, als würde sie von irgendwoher neue Nahrung beziehen. Verstehst du, was ich meine?«

Torin nickte und knetete nervös seine Finger. Mit einem Mal wünschte er, er hätte Balosta erst gar nicht gefragt, was im Osten vorging. »Was passiert mit den Menschen, die in ihren Bann geraten?«

»Das Gleiche wie überall. Sie verlieren den Verstand, und das Böse ergreift Besitz von ihnen. Von einigen schneller, von anderen langsamer. Dann laufen sie Amok, sind nur noch von dem Gedanken besessen, andere zu töten. In manchen Fällen gelingt es einigen besonders geschulten Inquisitoren, sie wieder davon zu heilen, aber das ist selten. Zumeist bleibt uns nur das Feuer als der letzte Weg, wenigstens ihre unsterbliche Seele zu retten.«

Er senkte den Kopf und starrte zu Boden. »In den letzten eineinhalb Jahren habe ich mehr Hexen verbrannt als in meinem ganzen Leben zuvor«, murmelte er mit fast brechender Stimme. »Unschuldige Opfer, durch deren Hand zahlreiche weitere Unschuldige starben. Wir tun, was wir können, kämpfen gegen die Besessenen und versuchen, die Artefakte der alten Rasse aufzuspüren und unschädlich zu machen, aber wir können nicht überall sein.«

Einen Moment lang saß er in sich zusammengesunken da, dann erhob er sich.

»Ich will jetzt nicht mehr darüber reden, will nicht einmal mehr daran denken. Es gibt wahrlich angenehmere Themen, aber darüber werden wir morgen sprechen. Du wirst morgen nicht hier zu Abend essen, sondern Envina wird für uns kochen. Dann musst du mir alles erzählen, was du seit unserer letzten Begegnung erlebt hast. Alles andere habe ich bereits mit Inquisitor Velat abgeklärt.«

Er nickte Torin noch einmal zu, dann verließ er mit schleppenden Schritten die Kammer.

Torins Freude über den Besuch seines Mentors war verflogen. Was immer Balosta im Osten erlebt hatte, es musste schrecklich gewesen sein und hatte ihn verändert, als wäre etwas von der Dunkelheit, die er bekämpfte, wie ein Spinnennetz an ihm haften geblieben.

Und was er erzählt hatte…

Torin fröstelte. Er schlang sich die Decke um die Schultern. Es nutzte nichts, die Kälte kam aus seinem Inneren.

Obwohl alle Magie aus den Ruinen der Toten Stadt verbannt worden war, hatte er die Fremdartigkeit der alten Rasse dort gespürt. Schon ihre Hinterlassenschaften konnten töten oder einen Menschen in den Wahnsinn treiben. Wenn der alte Feind wirklich noch lebte und zurückkehrte, welche Hoffnung gab es dann, ihn aufzuhalten? Mochte der Göttliche Vater ihnen allen beistehen!

An diesem Abend war ihm nicht nach Lernen zumute. Er legte sich früh ins Bett, doch lag er noch lange wach, bis er schließlich in einen von grässlichen Albträumen erfüllten Schlaf sank.

Am nächsten Abend besuchte Torin wie vereinbart die Balostas. Es gab ein köstliches Festmahl, und er berichtete ausführlich, wie sich seine Ausbildung bislang entwickelt hatte.

Über die Ereignisse im Osten wurde nicht mehr gesprochen. Der Inquisitor erwähnte Talarien mit keinem Wort, und auch Torin schnitt dieses Thema von sich aus nicht an. Was er am vergangenen Abend erfahren hatte, reichte ihm, und er würde eine Weile brauchen, um alles zu verdauen.

Auch in den folgenden Tagen traf er sich noch mehrmals mit Naron Balosta, ehe dieser nach knapp zwei Wochen erneut in den Osten aufbrach. Der Alltag holte Torin wieder ein.

In der Folgezeit dachte er häufig an den Inquisitor Balosta, hoffte, dass ihm nichts zustoßen würde, und betete für ihn. Auch Ila schloss er in seine Gebete ein und sogar die anderen im Kloster, obwohl sie ihm nichts bedeuteten.

Derweil ergriff mehr und mehr eine ihm bislang unbekannte Krankheit Besitz von ihm. Erste Symptome hatte er schon geraume Zeit vor Balostas Besuch verspürt, doch nun brach sie immer heftiger aus.

Die Krankheit hieß Shirina Falkenstein.

Als er ihr zu Beginn der Ausbildung erstmals begegnet war, war ihm bereits aufgefallen, dass sie ein hübsches Gesicht hatte, doch das hatte zu dieser Zeit für ihn keine Rolle gespielt. Inzwischen reifte ihr kindlicher Körper zu dem einer Frau heran, auch ihr Gesicht wurde fraulicher, und bei bestimmten Bewegungen zeichneten sich selbst unter der unförmigen Kutte ihre festen Brüste ab. Immer häufiger ertappte sich Torin bei dem Gedanken, wie es wohl wäre, diese zu berühren.

Er erinnerte sich daran, wie ihn Naron Balosta zum Verhör der Hexe mitgenommen hatte, damals im Kloster. Es war das erste und bisher einzige Mal gewesen, dass er eine nackte Frau gesehen hatte, aber er war überzeugt davon, dass Shirinas Brüste ebenso aussahen. Er entsann sich auch noch an seine körperliche Reaktion auf den Anblick der unbekleideten, gefesselten Hexe, und sein Körper reagierte auf dieselbe Weise, wenn er sich Shirina nackt vorstellte.

Auch er hatte sich verändert. Er war größer geworden, und an seinem Kinn spross ein erster feiner Bartflaum. Die größte Veränderung aber hatte im Inneren seines Kopfes stattgefunden. Was immer er auch tat, seine Gedanken irrten immer wieder zu Shirina. Er stellte sich vor, wie sie unter ihrer Kutte aussehen und wie sich ihre Haut anfühlen mochte, bis er sich selbst befahl, damit aufzuhören und sich auf etwas anderes zu konzentrieren, ehe seine Gedanken nach kurzer Zeit doch wieder zu ihr zurückkehrten.

Natürlich blieb die veränderte Art, wie er sie sah und an sie dachte, nicht ohne Auswirkungen darauf, wie er sich ihr gegenüber verhielt.

Es gelang ihm kaum, seinen Blick von ihr abzuwenden. Er bewunderte die Eleganz, mit der sie sich bewegte, wie sie sich das Haar aus dem Gesicht strich, wie sie lächelte und Hunderte Kleinigkeiten mehr. Wenn sie miteinander sprachen, hing er wie gebannt an ihren Lippen, dabei hätte er am liebsten nur einen Arm um sie gelegt, sie an sich gepresst und niemals wieder losgelassen.

Stattdessen bemühte er sich, stets möglichst geistvolle Dinge zu ihr zu sagen, doch wenn die Worte erst einmal aus seinem Mund heraus waren, kamen sie ihm meistens banal und ungeschickt vor. Schließlich war er so damit beschäftigt, sich etwas Kluges einfallen zu lassen, dass er kaum noch etwas sagte.

Sie waren bei Weitem nicht immer einer Meinung. Früher hatten sie häufig über ihre unterschiedlichen Standpunkte diskutiert, manchmal sogar gestritten. Inzwischen kam das so gut wie gar nicht mehr vor. Es fiel Torin schwer, ihr bei irgendetwas zu widersprechen, da er sie auf keinen Fall verärgern wollte. Deshalb stimmte er ihr meistens zu, selbst wenn er insgeheim ganz anders über etwas dachte.

Und er war nicht der Einzige, dem es so erging.

Auffallend viele der anderen Jungen, die sie vorher kaum beachtet hatten, nahmen mittlerweile jede Gelegenheit wahr, sich in ihrer Nähe aufzuhalten und mit ihr zu sprechen. Es versetzte Torin jedes Mal einen Stich, wenn er sah, wie sich die anderen Adepten um ihre Gunst bemühten.

Er war verliebt, wie er sich schließlich widerstrebend eingestand.

Bis über beide Ohren in Shirina verliebt.

Sogar das Kampftraining mit ihr und Berryl wurde immer unergiebiger. Zwar bemühte er sich verzweifelt, alles zu beachten und in die Tat umzusetzen, was sie ihm sagte, doch fiel es ihm schwer, mit aller Kraft und Entschlossenheit gegen sie zu kämpfen, aus Angst, ihr wehzutun.

Hinzu kam, dass sie inzwischen nur noch selten unter sich waren. Fast immer erschienen irgendwelche anderen Adepten, um ihnen zuzusehen. Um *Shirina* zuzusehen, sie anzugaffen.

»Was ist bloß mit dir los?«, fragte sie eines Abends und ließ ihr Schwert sinken, nachdem sie einige Angriffe von ihm abgewehrt hatte, die er schon vor einem Jahr härter und präziser hätte ausführen können.

Torin zuckte mit den Schultern und senkte den Blick. »Ich bin irgendwie nicht bei der Sache.«

»Das merke ich. Aber es geht nicht nur darum. Du benimmst dich schon die ganze letzte Zeit mir gegenüber komisch. Wir reden kaum noch miteinander, weil du den Mund nicht aufbekommst, und wenn doch, dann kommt meistens nur irgendwelcher Mist heraus.«

»Mist?«, wiederholte Torin fassungslos.

»Ich weiß nicht mal so genau, ob es Mist ist, weil du dich seit einiger Zeit so hochgestochen ausdrückst, dass ich gar keine Lust mehr habe, darüber nachzudenken, was du eigentlich meinst. Das ist schlimmer, als Inquisitor Durgan bei einem seiner umständlichen Vorträge zuzuhören. Was soll das? Du warst doch früher nicht so. Ich glaube, deine vielen Belobigungen steigen dir allmählich zu Kopf.«

Ihre Worte schmerzten Torin. Da gab er sich Mühe, sie nicht mit irgendwelchem hirnlosen Unsinn zu langweilen, und sie fand, er rede *nur irgendwelchen Mist*, über den sie nicht einmal nachdenken wolle. Trotzdem wollte er deswegen keinen Streit anfangen.

»Tut mir leid«, murmelte er.

Shirina verdrehte die Augen. »Das ist auch so etwas. In letzter Zeit entschuldigst du dich dauernd, wenn mir irgendwas nicht gefällt, statt deine Meinung zu vertreten. Du benimmst dich wie ein Idiot.«

Was sie sagte, kränkte ihn, aber es weckte zugleich auch seinen Zorn. Konnte man ihr denn gar nichts recht machen?

»Ach, das bin ich also für dich, nur ein Idiot?«, platzte er heraus.

»Nein, natürlich nicht. Ich habe nur gesagt, dass du dich in letzter Zeit immer häufiger wie einer benimmst.«

»Das ist doch das Gleiche. Ich spreche zu wenig mit dir, und wenn, dann rede ich nur Mist. Und für diesen Mist, mit dem ich dich überhäufe, entschuldige ich mich zu oft. Meine Belobigungen sind mir zu Kopf gestiegen, und ich benehme mich wie ein Idiot. Ist das alles, was dir an mir nicht passt, oder gibt es noch mehr?«

Blitze des Zorns schienen plötzlich aus ihren Augen zu schießen. »Mach doch, was du willst!«, zischte sie. »Du bist wirklich ein Idiot! Warum habe ich das bloß nicht schon früher gemerkt?« Schwungvoll drehte sie sich herum und eilte davon.

Einem instinktiven Verlangen folgend wollte Torin ihr nachlaufen, wollte sich für sein Verhalten entschuldigen und sie bitten, ihm nicht mehr böse zu sein. Aber was hätte das genutzt? Es wäre höchstens zu einem weiteren Streit gekommen. Wenn sie erst einmal in dieser Stimmung war, konnte man nicht mehr vernünftig mit ihr reden, sondern musste warten, bis sie sich wieder beruhigte, was normalerweise nicht lange dauerte. Sich zu entschuldigen, nachdem sie ihm genau das gerade erst vorgeworfen hatte, wäre vermutlich das Dümmste gewesen, was er hätte tun können.

Und es widerstrebte auch seinem Stolz. Was sie ihm vorgeworfen hatte, war einfach absurd, eine völlige Verdrehung von allem, was er empfand. Er hatte mehr Zeit als früher mit ihr verbracht, doch vielleicht war er tatsächlich auch schweigsamer gewesen. Aber das lag daran, dass er ihre Gegenwart genoss und nicht nur wie die anderen Dummköpfe mit ihr über Unwichtigkeiten plappern oder gar streiten wollte.

Hätte irgendjemand sonst diese Vorwürfe gegen ihn erhoben, wäre es ihm völlig egal gewesen. Dass sie gerade von Shirina gekommen waren, schmerzte ihn hingegen zutiefst. Er hatte geglaubt, sie zu kennen, aber vielleicht hatte er sich doch in ihr getäuscht, und dieser Gedanke betrübte ihn noch mehr.

Torin ging in seine Kammer. An Lernen war nicht zu denken, so innerlich aufgewühlt, wie er war. Allerdings hatte er schon vor einiger Zeit eine Beschäftigung entdeckt, die ihm Spaß machte und ihm half, wenn er sich ablenken wollte. Es hatte damit begonnen, auf dem Papier zu kritzeln, während er sich beim abendlichen Lernen angestrengt zu konzentrieren versuchte. Kleine, flüchtige Skizzen von allem Möglichen, das ihm gerade in den Kopf gekommen war. Anschließend hatte er sie meist zerknüllt und weggeworfen, bis Shirina und Berryl durch Zufall einige davon zu sehen bekommen hatten. Sie gefielen ihnen, und deshalb hatten sie Torin aufgefordert, damit weiterzumachen.

In der Folgezeit hatte er angefangen, bewusster zu zeichnen und mehr Wert auf Details zu legen. Er hatte sich gezielt Motive ausgesucht, beispielsweise den Turm des Himmels und den Heiligendom, und es schien, als ob er tatsächlich so etwas wie Talent hatte. Nach mehreren Anläufen gefielen die Zeichnungen auch ihm selbst, und er hatte einige sogar in seiner Kammer aufgehängt.

In der letzten Zeit allerdings hatte es für ihn nur noch ein Motiv gegeben, ohne dass er mit einem seiner Versuche, Shirina auf Papier zu bannen, bislang zufrieden gewesen wäre. An diesem Abend versuchte er sich an diversen anderen Bildern, aber was er auch zu zeichnen versuchte, irgendwann stahl sich gegen seinen Willen doch immer wieder Shirinas Gesicht in das Bild, sodass er es zerknüllte und wegwarf.

Er war sich sicher gewesen, dass sie wie in den anderen Fällen, wenn sie aufbrausend davongestürmt war, auch diesmal nach kurzer Zeit mit einem Friedensangebot zu ihm kommen würde, doch er wartete vergebens. Sie kam weder an diesem Abend noch im Laufe des nächsten Tages, und so schwer es Torin auch fiel, nicht seinerseits den ersten Schritt zu machen, blieb auch er hart.

Er hatte sich nichts vorzuwerfen.

# 17

Kurz vor Ende des zweiten Ausbildungsjahres brach sich Torin beim Reitunterricht den Arm, als sein Pferd scheute und er sich nicht im Sattel halten konnte. Es war ein glatter Bruch, der rasch heilen würde, nur war es ihm dadurch unmöglich, an dem Wettkampf in der Toten Stadt teilzunehmen. Solomon Scylla gewann das Turnier in diesem Jahr, nachdem sich Shirina im Kampf gegen seinen Bruder so verausgabt hatte, dass er anschließend leichtes Spiel mit ihr hatte.

Es war Torin gleichgültig.

Sein Verhältnis zu Shirina war auch nach Monaten noch immer angespannt. Es hatte sich insofern normalisiert, dass sie sich nicht mehr aus dem Weg gingen, und sie sprachen wieder miteinander, allerdings so wie mit jedem anderen auch. Aber es war nicht mehr so wie vor dem Streit, und Torin glaubte auch nicht, dass es jemals wieder so werden würde. Ihre Freundschaft hatte einen Riss bekommen, der sich nicht flicken ließ, und im Grunde existierte sie nicht mehr.

Nicht nur sie beide waren davon betroffen, gerade in der ersten Zeit hatte auch Berryl unter ihrem Zerwürfnis gelitten. Er stand genau zwischen ihnen, war mit ihnen beiden befreundet, und es war eine schwierige Situation für ihn gewesen. Erst seit sich ihr Verhältnis zueinander ein wenig entspannt hatte, war es auch für ihn leichter geworden.

Mittlerweile hatte Torin erkannt, dass dies alles nicht allein Shirinas Schuld war, sondern er mit dafür verantwortlich war. Nur hatte es nicht in seiner Absicht gelegen, es lag an den über eine Freundschaft hinausgehenden Gefühlen, die er für sie entwickelt hatte. Sie hatten alles verändert und ihn dazu gebracht, sich ihr gegenüber tatsächlich oftmals wie ein Idiot zu verhalten. Shirina hatte falsche Schlussfolgerungen daraus gezogen, doch das gab ihr in seinen Augen noch lange nicht das Recht, ihn so zu behandeln, wie sie es getan hatte.

Trotz des in ihm wallenden Gefühlssturms hatte ihn das in den folgenden Tagen davon abgehalten, mit ihr zu sprechen. Er wusste nicht, ob und wie sehr sie ihr Verhalten und den Bruch ihrer Freundschaft bedauerte, gezeigt hatte sie es ihm jedenfalls nicht und auch keinerlei Versuch unternommen, etwas an der Situation zu ändern.

Es hätte auch nichts genutzt, weil das eigentliche Problem fortdauerte. Verbissen hatte er versucht, dagegen anzukämpfen, doch was er empfand, ließ sich nicht einfach verdrängen. Er war immer noch in Shirina verliebt, und solange das der Fall war, würde er sie auch weiterhin anhimmeln und sich in ihren Augen wie ein Idiot verhalten.

Ein paarmal, wenn er sich besonders nach ihr sehnte, hatte er sogar mit dem Gedanken gespielt, ihr seine Gefühle zu gestehen, doch er hatte rasch wieder davon Abstand genommen. Er hatte bewiesen, dass es selbst für jemanden wie ihn, ohne Reichtum und eine mächtige Familie hinter sich, möglich war, in den Orden der Inquisition aufgenommen zu werden. Der Gedanke an eine Verbindung mit Shirina aber wäre ein Griff nach noch höher hängenden Sternen. Innerhalb des Schwarzen Ordens mochten Standesunterschiede keine große Rolle mehr spielen, aber das änderte nichts daran, dass sie eine Falkenstein war, die Tochter eines Herzogs. Wenn die Zeit gekommen war, dass sie die graue Kutte eines Adepten gegen die schwarze eines Inquisitors eintauschte, würde ihr Vater sie standesgemäß verheiraten und sie bestimmt nicht einem Niemand wie ihm geben.

Nein, es war aussichtslos. Er konnte nur versuchen, weiterhin gegen seine Gefühle anzukämpfen und zu hoffen, dass sie irgendwann erlöschen würden. Dann, und nur dann, bestand vielleicht die Möglichkeit, dass sie erneut Freunde wurden.

Anders als am Ende des ersten Ausbildungsjahres wurden diesmal nicht alle Adepten zur weiteren Ausbildung übernommen. Es traf Hanko Carillan, jenen verschlossenen, in sich gekehrten Jungen, der ursprünglich zum Gefolge der Scylla-Brüder gehört, sich aber zu Beginn des Jahres von ihnen getrennt hatte. Seither war es mit ihm bergab gegangen. Er war zu einem Eigenbrötler geworden, mit dem sich niemand mehr gerne abgab. Dem Unterricht war er kaum noch gefolgt und hatte sich lieber in der Stadt vergnügt, statt zu lernen. Er hatte zahlreiche Tadel erhalten, doch das schien ihn nicht weiter gestört zu haben, und so wunderte sich keiner über seinen Ausschluss aus dem Schwarzen Orden.

Es löste lediglich Verwunderung aus, dass Micala bleiben durfte. Nach Hanko war sie in fast allen Bereichen die schlechteste Schülerin, besonders beim Kampftraining. Es war offensichtlich, dass die Ausbildung ihr keinerlei Vergnügen bereitete und sie auch nicht dafür geeignet war. Aber anscheinend war der Wunsch nach weiblichen Inquisitoren so groß, dass man darüber hinwegsah und auf eine Änderung ihrer Einstellung hoffte.

Das dritte Ausbildungsjahr brachte einige Änderungen gegenüber den ersten beiden. Zunächst einmal zogen sie in ein anderes Gebäude um. Es unterschied sich kaum von dem, in dem sie bislang gelebt und gelernt hatten, doch waren ihre Unterkünfte hier größer und komfortabler eingerichtet. Dazu gehörten ein bequemeres Bett, ein Schrank, ein größerer Tisch und gleich zwei Stühle.

Der Reitunterricht fand nicht länger nur auf einem speziellen Trainingsgelände statt, sondern sie unternahmen nun häufig Ausritte in die nähere Umgebung. Auch auf diesem Gebiet hatte Torin erhebliche Fortschritte gemacht, wenngleich er immer noch zu den schlechtesten Reitern gehörte und ihm vor allem das Überspringen von Hindernissen Probleme bereitete.

Beim Kampftraining hielt Inquisitor Trent sie nun für gut genug, um sie nicht länger nur mit Holzschwertern, sondern mit Waffen aus Stahl trainieren zu lassen. Allerdings waren die Klingen nicht scharf, was das Verletzungsrisiko abschwächte. Obwohl das Schwert stets ihre Hauptwaffe bleiben würde, wurden sie auch im Umgang mit anderen Waffen unterrichtet. Dies war auch für die anderen Adepten Neuland, sodass Torin hier keinen Rückstand aufholen musste, was ihm beim Schwerttraining inzwischen geglückt war. Auch ohne Shirinas Hilfe verbesserte er sich beständig und gehörte auch hier mittlerweile zu den besten Schülern.

Manchmal wurden einige von ihnen dazu eingeteilt, beim Kampftraining der beiden jüngeren Jahrgänge zu helfen. Für Torin waren die zwei Jahre, die er nun schon in Aurelia weilte, wie im Flug vergangen. Die Begegnung mit den neuen Adepten, die er im Schnitt um mehr als einen Kopf überragte, führte ihm erst wieder vor Augen, wie viel Zeit tatsächlich inzwischen verstrichen war. Er war älter geworden und hatte bereits ein Drittel seiner Ausbildung hinter sich gebracht.

Mit Berryl war er nach wie vor befreundet, und noch immer lernten sie abends häufig gemeinsam. Da Berryl jedoch auch immer noch viel Zeit mit Shirina verbrachte und Torin sich ihnen nicht anschließen wollte, freundete er sich ein wenig mit Herlon an, der wie er selbst aus Talarien stammte. Er erhielt gelegentlich Informationen darüber, was im Osten vorging, doch betrafen diese zu Torins Leidwesen fast nur die Ereignisse im Norden der Provinz, wo es noch immer Kämpfe gegen die Scyllas gab. Über die Aktivitäten der Inquisitoren nahe der Endlosen Wüste wusste er so gut wie nichts.

In noch einem Bereich änderte sich der Unterricht, und zwar in eine Richtung, die Torin sehr faszinierte. Bei der Kirchengeschichte waren sie mittlerweile in der Gegenwart angekommen. Sie hatten alles über die Entwicklung der Kirche von einer wenig bedeutenden Bewegung auf dem Südkontinent bis hin zur einzigen erlaubten Religion Antasias gelernt und ebenso die Geschichte jedes Prios oder sonstigen bedeutenden Angehörigen der Kirche.

Nun wandelte sich der Inhalt dessen, was Inquisitor Durgan sie lehrte, wandte sich dem Bösen in all seinen verschiedenen Erscheinungsformen zu. Sie erfuhren alles über die Rebellion der Göttlichen Tochter, die sich dem Göttlichen Vater nicht länger hatte unterordnen wollen und mithilfe der Shai-Thilith gegen ihn zu Felde gezogen war, ehe sie besiegt und in die Unterwelt verbannt wurde.

Die Eröffnung, dass es sich bei den Shai-Thilith um das Volk handelte, das lange vor den Menschen in Antasia gelebt hatte, löste einige Unruhe unter den Adepten aus. Lediglich für Torin war dies nichts Neues mehr, aber er konnte die Aufregung der anderen gut nachvollziehen, war es ihm doch nicht anders ergangen, als Balosta ihm dies mitgeteilt hatte.

Natürlich glaubte jeder von ihnen an die Lehren der Kirche. Dennoch war es eine Sache, wenn man in den Heiligen Schriften, die manchmal gleichnishaft und auslegungsbedürftig waren, über diesen Krieg las, und eine ganz andere, wenn man konkrete Beweise vorgelegt bekam, dass tatsächlich alles so stattgefunden hatte, wie es dort geschrieben stand. Und diese Beweise gab es. Die Hinterlassenschaften der alten Rasse waren kein Gleichnis, sondern Tatsachen. Sie selbst waren bereits in der Toten Stadt gewesen.

*Wenn ihr wüsstet*, dachte Torin.

Das Wissen um die Identität der alten Rasse war bei ihm rasch von der noch schrecklicheren Erkenntnis überlagert worden, dass einige der Shai-Thilith möglicherweise der Vernichtung entgangen waren. Diese Information sparte sich der Inquisitor jedoch erst einmal auf.

Nachdem sich die Aufregung gelegt hatte, erwachte mit einem Mal ein großes Interesse an den Details dieses Krieges. Er war nicht mehr nur Teil ihres Glaubens, sondern eine unbezweifelbare Tatsache. Bestand dann aber nicht die Möglichkeit, dass die Kirche in den vergangenen Jahrhunderten mehr darüber herausgefunden hatte als das wenige, was in den Heiligen Schriften darüber zu finden war?

»Wie genau besiegte der Göttliche Vater die Dämonen?«, wollte Nyrin Onoris wissen. »Ist er ihnen selbst entgegengetreten, um sie mit Feuer und Schwert zu töten?«

Inquisitor Durgan blickte ihn missbilligend an. »Mir scheint, du hast die Heiligen Schriften nicht besonders gründlich gelesen«, schalt er. »Kann jemand von euch diese Frage beantworten?«

Torin und einige andere hoben die Hand. Der Inquisitor entschied sich für Shirina.

»In den Schriften steht, dass der Göttliche Vater einen Stern nahm, ihn in einen Feuerball verwandelte und ihn auf Antasia schleuderte, der die Shai-Thilith vernichtete.«

»Das weiß ich durchaus«, verteidigte sich Nyrin. »Ich kann mir nur schwer vorstellen, wie ein einzelner Feuerball den ganzen Kontinent verwüsten und alle Dämonen töten konnte.«

»Es war ein magischer Feuerball, geschaffen vom Göttlichen Vater«, erwiderte Inquisitor Durgan, als wäre dies eine Erklärung für alles, fügte dann jedoch hinzu: »Er explodierte in der Luft, sodass sein vernichtendes Feuer bis in den letzten Winkel Antasias züngelte. Anschließend erhob sich außerdem noch das Meer, um das Feuer wieder zu löschen, und überflutete ganz Antasia. Davon künden noch heute Funde von Muscheln tief im Landesinneren.« Er räusperte sich. »Sowohl der herabstürzende Feuerball als auch die Explosion waren sogar noch aus weiter Ferne zu sehen. Die Menschen waren damals noch ein primitives Volk, das hauptsächlich in Höhlen hauste. Doch auf dem Südkontinent wurden zahlreiche Malereien an den Wänden von Höhlen entdeckt, in denen sie dieses Ereignis festgehalten haben.«

»Woher weiß die Kirche davon, da doch jeder Kontakt mit dem Südkontinent seit langer Zeit verboten ist?«, erkundigte sich Berryl.

Torin verzog das Gesicht. Das war eine äußerst unüberlegte, dumme Frage. Auch der Inquisitor schien dieser Meinung zu sein, denn er lächelte spöttisch.

»Sollte es dir entgangen sein, dass dieses Ereignis schon vor langer Zeit stattfand, als unsere fernsten Vorfahren noch selbst auf dem Südkontinent gelebt haben? Natürlich besteht das Verbot des Handels und sonstiger Kontakte, um zu verhindern, dass ketzerische Ideen von dort nach Antasia gelangen und womöglich die Herzen der Menschen hier vergiften. Aber wenn du aufgepasst hättest, wüsstest du auch, dass die Kirche noch bis vor wenigen Jahrzehnten immer wieder Missionare dort hingeschickt hat. Nur wenig, was dort vorgeht, bleibt uns verborgen.«

Beschämt senkte Berryl den Kopf, als er erkannte, dass er, wie es bei ihm öfter vorkam, wieder einmal zu früh gefragt hatte, statt erst selbst zu überlegen.

Es gab zahlreiche weitere Fragen, vor allem über die Shai-Thilith, doch viele davon konnte auch Inquisitor Durgan nicht beantworten.

»Wir wissen leider kaum etwas über sie«, gestand er. »Weder wie sie aussahen, noch welche Macht sie besaßen. Aber ihre Kräfte waren finster und verderblich, so viel steht aufgrund ihrer Hinterlassenschaften fest.«

Ab dem nächsten Tag gab es eine weitere Veränderung: Martis Durgan hielt den Unterricht nicht mehr allein ab. Ein weiterer, deutlich älterer Inquisitor war dabei anwesend, saß aber zunächst nur stumm ein paar Schritte von Durgan entfernt auf einem Stuhl am Fenster, ohne dass dieser ihn vorgestellt oder ihnen den Grund für seine Anwesenheit genannt hatte. Immer wieder trafen unsichere Blicke den unbekannten Gast, während Inquisitor Durgan über die Gefährlichkeit der alten Artefakte und ihre Wirkung auf den Menschen sprach.

»Aber es gibt auch Hoffnung«, erklärte er schließlich nach knapp einer Stunde. »Man kann gegen die verderbliche Wirkung der Hinterlassenschaften der alten Rasse ankämpfen. Schon vor der Besiedelung Antasias wurden die Priester der Kirche der Göttlichen Familie zu besonderer Willensstärke geschult. Dies war nötig, weil sie auf dem Südkontinent verfolgt wurden, und manche Anhänger ketzerischer Kulte konnten den Willen eines Menschen beeinflussen und ihm auf diese Art Geheimnisse entreißen. Dagegen mussten unsere Priester gewappnet sein, und als sie später nach Antasia kamen, erwies sich diese Fähigkeit, sich gegen eine fremde Beeinflussung zu schützen, als ihre größte Stärke. Durch sie waren sie immun gegen die böse Kraft, die den Hinterlassenschaften der Shai-Thilith innewohnte, und sie ermöglichte es ihnen auch, diese zu brechen. Auch ihr werdet von heute an diese Fähigkeit erlernen. Aus diesem Grund wird Inquisitor Virtul Ondario künftig den Unterricht zusammen mit mir gestalten.«

Der Angesprochene erhob sich. »Ein ungeschützter Geist kann beeinflusst werden«, sagte er. »Ich werde es euch demonstrieren.«

Ohne dass er einen hörbaren Befehl gegeben hatte, erhoben sich mit einem Mal alle Adepten gleichzeitig. Auch Torin verspürte plötzlich das unwiderstehliche Bedürfnis aufzustehen und erhob sich ohne sein bewusstes Zutun wie alle anderen von seinem Stuhl. Die Adepten drehten sich einmal um sich selbst, und ohne zu zögern tat Torin es ihnen gleich. Unmittelbar darauf setzte er sich gleichzeitig mit allen anderen wieder hin.

»Das war nur eine kleine Kostprobe«, erklärte Inquisitor Ondario. »Nun seid ihr dran. Konzentriert euch mit aller Kraft und versucht mich dazu zu bringen, dass ich mich ebenfalls wieder setze.«

Die Vorstellung, jemanden durch pure Gedankenkraft dazu bringen zu können, etwas gegen seinen Willen zu tun, faszinierte Torin. Er konzentrierte sich auf Ondario, blendete alles andere aus seinen Gedanken aus.

*Setzt Euch!*, dachte er angestrengt und stellte sich dieses Bild so eindringlich vor, dass es die Wirklichkeit fast überlagerte.

*Setzt Euch!*

*Setzt Euch!*

*Setzt Euch!*

Er schleuderte den Befehl wie Peitschenhiebe wieder und wieder in Richtung des Inquisitors und stellte sich vor, wie dieser auf dem Stuhl Platz nahm. Nichts anderes fand mehr Platz in seinem Kopf.

*Setzt Euch!*

*Setzt Euch!*

*Setzt Euch!*

Inquisitor Ondario dachte gar nicht daran, dem Befehl zu gehorchen. Stattdessen begann er nach einer Weile zu lächeln. »Ganz so einfach, wie ihr es euch vielleicht vorgestellt habt, ist es wohl nicht«, sagte er. »Ihr seid zwanzig, die nur einen zu manipulieren versuchen, während ich euch allen meinen Willen aufgezwungen habe, was wesentlich schwerer ist. Allerdings hatte ich auch bereits eine Stunde Zeit, um meine Vorkehrungen zu treffen, als ihr noch nicht einmal geahnt habt, dass ich bereits damit begann, euren Willen zu beeinflussen. Es wäre schrecklich, wenn jemand die Macht besäße, andere einfach so geistig zu versklaven. Ein sehr, sehr langes und intensives Training ist dafür nötig, und auch ihr werdet diese Fähigkeit während eurer Ausbildung nur in Ansätzen erlernen. Wichtiger für euch ist, dass ihr erlernt, wie ihr jede Art von fremder Beeinflussung abwehren könnt. Dies werde ich euch in den nächsten Jahren lehren. Wenn ihr in der Lage seid, meine geistigen Befehle abzublocken, dann können euch auch die Hinterlassenschaften der alten Rasse nichts anhaben, wenn ihr mit ihnen konfrontiert werdet.«

Torin war ein wenig enttäuscht, aber je länger er darüber nachdachte, desto mehr kam er zu dem Schluss, dass der Inquisitor recht hatte. Es war besser, wenn niemand diese Macht besaß. Oder zumindest nur einige wenige, die verantwortungsbewusst damit umgingen. Er schauderte, als er sich vorstellte, Inquisitor Scylla hätte diese Macht im ersten Jahr seiner Ausbildung besessen oder dass Solomon und Malar sie erlernten.

Fortan lernten sie jeweils in der ersten Stunde des Unterrichts bei Inquisitor Durgan alles Wissenswerte über die verschiedenen Erscheinungsformen des Bösen. Nicht nur über die Hinterlassenschaften der alten Rasse, sondern auch über die verschiedensten ketzerischen Kulte, die es im Laufe der Zeit gegeben hatte und die zum Teil noch immer im Verborgenen existierten.

Den größten und zweifellos bedeutendsten davon bildeten die Visha, die das Böse in Gestalt der Herrin der Verdammnis anbeteten. Trotz noch so erbitterter Versuche der Inquisition über die Jahrhunderte hinweg war es bislang nicht gelungen, diesen Hexenzirkel zu zerschlagen. Wie Torin mittlerweile wusste, lag dies vor allem daran, dass die Visha fast nur aus Frauen bestanden, weshalb es nie gelungen war, einen männlichen Inquisitor dort einzuschmuggeln. Ohne einen Spitzel im Inneren des Hexenkults hatte man bisher nur einzelne Visha entlarven und ihrer gerechten Strafe zuführen können. Genau aus diesem Grund wurden mittlerweile ja auch Frauen in den Orden aufgenommen.

Zur Verdeutlichung der Gefahr, die von den Visha ausging, ließ Inquisitor Durgan Shirina von ihrer Entführung und Gefangenschaft vor ihrem Eintritt in den Orden berichten. Danach lobte er sie für ihr tapferes Handeln, das zum Tod der Hexe geführt hatte.

Auf diesen theoretischen Teil des Unterrichts folgten eher praktische Lehrstunden. Zunächst zeigte ihnen Inquisitor Ondario, wie man richtig meditierte, um seinen Geist von allen störenden Einflüssen zu befreien und sich nur auf das Wesentliche zu konzentrieren. Torin empfand diese Stunden als sehr angenehm, und er nutzte das Erlernte häufig auch in seiner Freizeit, um sich während des Lernens zu entspannen und anschließend wieder mit weitaus höherer Konzentration weiterzuarbeiten.

Im weiteren Verlauf des Jahres lehrte Ondario sie, wie sie eine geistige Beeinflussung frühzeitig erkennen und einfache Schutzmechanismen in ihrem Verstand dagegen errichten konnten. Nach und nach vermochte Torin tatsächlich, die Versuche des Inquisitors, in seinen Geist einzudringen, wahrzunehmen. Diese äußerten sich auf verschiedene Art. Mal hatte er das Gefühl, unsichtbare Finger würden in seinem Gehirn umhertasten, dann wieder schien ein Wasserrinnsal in seinen Verstand zu sickern. Je nach der Art des Eindringens gab es verschiedene Methoden, sich dagegen zu wehren.

Im Frühjahr war Torin so weit, dass er während einer der Konzentrations- und Abwehrübungen erstmals den Spieß umdrehte. Ein weiteres Mal versuchte Inquisitor Ondario in seinen Geist vorzudringen, indem er seine eigenen geistigen Fühler wie Wasser einsickern ließ. Wie er es gelernt hatte, errichtete Torin Sperren, stellte sich in seinem Kopf Mauern vor, die das Wasser nicht zu durchdringen vermochte.

»Sehr gut«, lobte ihn der Inquisitor und zog sich geistig zurück, doch diesmal ließ Torin sich gedanklich auf dem Wasser treiben und mitschwemmen. So unversehens, dass er selbst davon überrascht war, befand er sich in Ondarios Kopf. Er hatte es nur einmal ausprobieren wollen, doch er hatte sicherlich nicht mit einem Erfolg gerechnet, nun aber reagierte er rasch.

*Hebt den rechten Arm!,* befahl er lautlos.

Der Arm des Inquisitors ruckte bis in Höhe seines Kopfes, dann erst erkannte Ondario, was geschah, und wehrte sich instinktiv.

Es war wie eine Explosion. Glühende Lava schien Torins geistige Finger zu verbrennen, raste an ihnen entlang bis in seinen Kopf. Sein Verstand schien in sengende Flammen gehüllt zu sein, die sich weiter und weiter vorfraßen, jeden Nerv seines Körpers in Brand steckten und ihn verzehrten. Er schrie gellend auf, presste die Hände auf Schläfen und Stirn und stürzte von seinem Stuhl. In blinder Agonie wand er sich weiterhin schreiend auf dem Boden.

Die brennende Lava verschwand so plötzlich, wie sie gekommen war. Keuchend schnappte Torin nach Luft. Der Schmerz war schier unerträglich gewesen, und obwohl er erloschen war, meinte er ihn noch immer zu spüren.

Erschrocken kniete Inquisitor Ondario neben ihm nieder und legte ihm die Hand auf den Kopf. Kühle, beruhigende Impulse drangen in Torins Geist. Selbst wenn er gewollt hätte, hätte er sich nicht dagegen wehren können.

»Dummer Junge!«, schimpfte der Inquisitor erschrocken. Sein Gesicht war blass geworden. »Wie konntest du nur so etwas tun? Ohne vorherige Absprache und ohne entsprechende Anleitung in meinen Geist einzudringen! So ein bodenloser Leichtsinn! Es war doch klar, dass ich dich abwehren würde. Ich war erschrocken und habe instinktiv zurückgeschlagen! Zum Glück konnte ich mich noch zügeln. Du hättest innerlich ausbrennen, zu einem sabbernden, hirnlosen Idioten werden können, der nichts um sich herum mehr wahrnimmt!«

Stöhnend richtete sich Torin auf die Ellbogen auf. Sein Kopf dröhnte noch immer, als würde ein bösartiger Zwerg mit einem Hammer darin wüten, doch das Schlimmste schien überstanden.

»Ich … Verzeiht, Euer Gnaden. Es war nur … ein Spaß«, stammelte er. »Ich habe … eine Lücke in … Eurer Abwehr erkannt und mich … einfach mittreiben lassen, als … Ihr Euch zurückgezogen habt.«

»Und dich dabei fast umgebracht!« Zusammen mit Inquisitor Durgan half er Torin, sich wieder auf seinen Stuhl zu setzen, und scheuchte die anderen Adepten, die sich um sie drängten, auf ihre Plätze zurück. »Geht es wieder?«

Torin nickte. Seine Kopfschmerzen waren auf ein halbwegs erträgliches Maß gesunken. Wie es aussah, hatte er noch einmal Glück im Unglück gehabt. Trotzdem machte er sich bittere Vorwürfe, dass er so unüberlegt gehandelt hatte.

»Einen solch gefährlichen Leichtsinn kann ich nicht ungestraft durchgehen lassen«, erklärte Inquisitor Ondario. »Aus diesem Grund bleibt mir nichts anderes übrig, als einen Tadel für dich zu notieren.«

Torin nahm die Strafe mit einem teilnahmslosen Kopfnicken hin. Angesicht dessen, was den Ausführungen des Inquisitors nach mit ihm hätte geschehen können, fiel dieser Tadel kaum ins Gewicht.

»Anderseits allerdings hast du dich als überaus begabt erwiesen, indem du von selbst eine grundlegende Schwäche jeder geistigen Beeinflussung entdeckt hast«, fuhr Ondario zu seiner Überraschung fort. »Wenn man einen eigenen Angriff abbricht, muss man für einen Moment seine Abwehr öffnen und ist während dieser wenn auch kurzen Zeitspanne verwundbar. Das hast du dir zunutze gemacht und es geschafft, in meinen

Geist einzudringen, was schon lange niemandem mehr gelungen ist. Für diese außerordentliche Leistung werde ich zusätzlich eine Belobigung notieren.«

Torin rang sich ein schwaches Lächeln ab. Im Moment war ihm die Belobigung ebenso egal wie der Tadel.

In den folgenden Wochen war er besonders vorsichtig, wenn es um das Abblocken fremder Gedanken ging, vor allem aber verzichtete er auf alle weiteren Versuche, seinerseits den Geist eines anderen zu beeinflussen.

Der Frühling schritt voran, und der Sommer stand vor der Tür. Torin wurde von seinen Ausbildern weiterhin als überaus fleißiger Schüler geschätzt, und mittlerweile befürchtete er keine Gefahr mehr, bei den jährlichen Beurteilungen aus dem Orden ausgeschlossen zu werden. Er hatte nun fast die Hälfte seiner Ausbildung hinter sich gebracht und träumte bereits davon, sie abzuschließen und die schwarze Kutte eines Inquisitors anlegen zu dürfen.

Dann kehrte Naron Balosta aus dem Osten zurück, und alles wurde anders.

Immer stärker hatte sich Kirchenrecht zu Torins Lieblingsunterricht entwickelt, dabei war diese Bezeichnung für das, was sie hier lernten, kaum noch angemessen. Im ersten Ausbildungsjahr war es tatsächlich hauptsächlich um Verstöße gegen die Gesetze der Kirche gegangen, außerdem um die Unterschiede zwischen kirchlichem und weltlichem Recht und die Trennlinien, wann welches zum Tragen kam.

Mittlerweile hingegen lernten sie hauptsächlich, wie ein Inquisitionsprozess zu führen war, wie man Widersprüche in den Verteidigungslügen eines Ketzers aufdeckte und diesem durch geschickte Fragen weitere Informationen entlockte.

An diesem Vormittag brütete Torin genau wie die anderen über der Vorbereitung eines solchen Prozesses, als ein Inquisitionsdiener in weißer Kutte eintrat und mitteilte, dass man Torin an höherer Stelle zu sprechen wünsche. Wer diese höhere Stelle war, sagte er nicht.

Ein gewaltiger Schreck durchfuhr Torin. Was konnte man von ihm wollen? Es musste etwas Wichtiges sein, wenn man deswegen extra einen Inquisitionsdiener schickte, und es war wohl kaum etwas Angenehmes. Hatte er sich etwas zuschulden kommen lassen? Ihm fiel nichts ein. Oder hatte man sich trotz seiner guten Beurteilungen etwa gar entschlossen, seine Ausbildung nicht länger zu bezahlen?

Solche und ähnliche bange Gedanken quälten ihn, während er dem Diener folgte. Nicht einmal auf seine Frage, wohin er ihn brächte, gab der Mann eine Antwort. Allerdings brauchte Torin nicht lange, um das selbst zu erkennen. Sie steuerten genau auf das große, klobige Gebäude zu, in dem das Hohe Tribunal tagte. Der Anblick verstärkte Torins Furcht vor dem, was ihn erwarten mochte, noch.

Der Diener führte ihn ins Innere des Gebäudes und über mehrere Flure, bis er vor einer Tür stehen blieb, klopfte und sie öffnete.

»Ich bringe den Jungen«, sagte er und zeichnete den Heiligen Dreistern.

»Es ist gut, du kannst nun gehen«, entgegnete Großmeister Clavon. Er saß hinter einem mit Papieren und Büchern bedeckten Schreibtisch. Kunstvolle Teppiche bedeckten den Boden, aber auch die Wände, die sie sich mit Gemälden großer Meister teilten. Mit einer Handbewegung bedeutete der Großmeister Torin, näher zu treten.

Dieser war nicht sonderlich überrascht. Er hatte sich bereits beim Betreten des Gebäudes gedacht, dass es höchstwahrscheinlich Clavon war, der ihn zu sprechen wünschte. Doch aus welchem Grund, war ihm ein Rätsel.

Auch Torin zeichnete hastig den Dreistern und verneigte

sich. Durch ein großes, mit Buntglas ausgekleidetes Fenster fiel Tageslicht herein und tauchte den Raum in helles Licht, ganz im Gegensatz zu der sonst in diesem Haus herrschenden Düsternis. Es blendete Torin zunächst sogar, sodass er erst, nachdem er ein paar Schritte vorgetreten war, sah, dass der Großmeister nicht allein war. Ein weiterer Inquisitor saß in einem der ledernen Sessel vor dem Schreibtisch.

Aufregung ergriff Torin, und ein freudiges Lächeln glitt über sein Gesicht, als er Naron Balosta erkannte. Er wollte auf den Inquisitor zueilen, doch Clavons Gegenwart und der ernste Ausdruck auf Balostas Gesicht hielten ihn davon ab. Was war geschehen? Balostas Rückkehr war an sich ein erfreuliches Ereignis, doch die beiden Männer blickten keineswegs fröhlich oder zumindest entspannt. Und wenn man ihn extra hierherholte, musste etwas passiert sein, das auch ihn betraf.

»Setz dich«, forderte der Großmeister ihn auf und deutete auf einen weiteren Sessel. »Wie du siehst, ist Inquisitor Balosta nach Aurelia zurückgekehrt, und er hat Nachrichten mitgebracht, die auch du hören solltest.«

»Das Kloster?«, fragte Torin beklommen. Er spürte einen Kloß im Hals.

»So ist es«, erwiderte der Inquisitor und senkte den Blick. »Es hat einen … Vorfall dort gegeben. Zwei der Waisenjungen sind tot, außerdem ein Mönch. Ein weiterer Mönch wurde so schwer verletzt, dass bis zu meiner Abreise nicht feststand, ob er durchkommen würde.« Er nannte die Namen, die Torin zwar noch bekannt waren, mit denen sich aber kaum Erinnerungen an Gesichter verbanden. Die Jungen waren jünger als er gewesen. Die meisten in seinem Alter hatten das Kloster inzwischen sicherlich verlassen, um irgendwo zu arbeiten.

»Sie waren nicht die einzigen Opfer«, fügte Balosta nach einer kurzen Pause hinzu. »Auch ein Inquisitor hat sein Leben verloren … Argon Scylla.«

Bangend hatte Torin darauf gewartet, dass auch Ilas Name fiel, doch Naron Balosta hatte nur von Waisenjungen gesprochen. Natürlich war auch ihr Tod furchtbar, ebenso wie der des Mönchs und die schwere Verletzung des anderen, aber zu ihnen hatte Torin kaum eine Bindung gehabt.

Etwas anders verhielt es sich mit Inquisitor Scylla. Während des ersten Ausbildungsjahres hatte Torin ihn wegen dessen Voreingenommenheit und der zahlreichen Schikanen gehasst. Er war sogar stolz darauf gewesen, dass er der Hauptanlass dafür gewesen war, dass Scylla nicht länger hatte unterrichten dürfen, sondern in den Osten geschickt worden war. Aber natürlich hatte er keinesfalls gewollt, dass er dort starb! Trotz seines niederträchtigen Verhaltens war auch Argon Scylla ein Teil des Schwarzen Ordens, dem er selbst mit so großem Stolz angehörte, und er fühlte sich fast ein wenig schuldig am Tod seines früheren Peinigers.

»Wie … ist es passiert?«, fragte er mit belegter Stimme.

»Eines der Kinder geriet unter den Einfluss des Bösen und ist mit einem Messer auf alle losgegangen, denen es begegnete. Inquisitor Scylla weilte zu dieser Zeit im Kloster. Er kam dem bereits verletzten Mönch zu Hilfe und wurde selbst tödlich verwundet. Aber er konnte vor seinem Tod noch enthüllen, wer ihn angegriffen hatte. Ihm ist es zu verdanken, dass es nicht noch mehr Tote gegeben hat. Er starb als Held.«

Es fiel Torin schwer, sich Argon Scylla als Helden vorzustellen, aber wenn er selbstlos sein Leben im Kampf gegen das Böse geopfert hatte, war er das wohl. Vieles im Leben war so, wie er mittlerweile gelernt hatte, nichts war nur schwarz oder nur weiß, jede Münze hatte zwei Seiten. Da war es auch durchaus möglich, dass Scylla, der in Torins Augen als Ausbilder völlig versagt hatte, ansonsten ein hervorragender Inquisitor gewesen war.

»Wer hat ihn und die anderen getötet?«, fragte Torin. »War es jemand, den ich kenne?«

Balosta nickte.

»Es war Ila«, sagte er. »Und wir haben sie hergebracht, damit ihr hier der Prozess gemacht wird.«

Unheilvoll hingen die Worte des Inquisitors und der Name des Mädchens im Raum. Obwohl er saß, hatte Torin das Gefühl, der Boden würde ihm unter den Füßen weggezogen. Sein Herz begann zu rasen, und ihm wurde schwindelig.

»Nein«, keuchte er. »Nein, das kann nicht sein! Nicht Ila.«

Es war für ihn einfach unvorstellbar, dass ausgerechnet die sanftmütige Ila so etwas Schreckliches getan haben sollte.

»Das alles tut mir schrecklich leid für dich«, sagte Balosta. Noch immer hielt er den Kopf gesenkt, konnte Torin nicht in die Augen sehen. »Ich kann mir gut vorstellen, wie du dich jetzt fühlst. Aber es gibt keinen Zweifel an ihrer Schuld. Inquisitor Scylla konnte uns vor seinem Tod noch mitteilen, wer ihn angegriffen hat, und kurz darauf wurde das Mädchen überwältigt, als es mit dem blutigen Messer in der Hand auf einen weiteren Waisenjungen losging.«

Torin merkte, wie ihm Tränen in die Augen stiegen, doch er kämpfte dagegen an. Ausgerechnet Ila, der einzige Mensch, der ihm außerhalb des Ordens etwas bedeutete.

In letzter Zeit hatte er öfters an sie gedacht und sich vorzustellen versucht, wie sie mittlerweile wohl aussehen mochte. Er hatte sogar einige Gedankenspielereien sie betreffend gehegt. Zum Abschluss seiner Ausbildung musste er heiraten. Shirina Falkenstein war für ihn unerreichbar, und außerhalb des Schwarzen Ordens kannte er keine Frau, die dafür infrage käme. Ila jedoch war wie er von der Kirche aufgezogen worden, und er hatte sie immer gemocht. Er liebte sie nicht so, wie er Shirina liebte, doch darauf kam es anscheinend nicht an, da offenbar die meisten Ehen nur aus Zweckgründen geschlossen wurden. Was also hätte dagegen gesprochen, hätte er sie geehelicht?

Zumeist hatte er diese Gedanken rasch wieder verdrängt, da diese Entscheidung noch in weiter Ferne lag. Aber losgelassen hatten sie ihn nicht mehr. Und nun sollte Ila in den Bann des Bösen geraten sein und mehrere Menschen getötet haben? Wenn das zutraf, bedeutete es, dass man sie zweifelsohne als Hexe anklagen und verbrennen würde. Er schluckte schwer.

»Ihr sagtet, dass Ihr sie hergebracht habt«, brachte er mit bebenden Lippen heraus. »Darf ich … sie sehen?«

»Das war der Grund, weshalb ich dich holen ließ«, erklärte Großmeister Clavon. »Die Hexe, bei deren Verhör du damals im Kloster anwesend warst, starb leider, sodass wir keine Möglichkeit hatten, sie mit den uns hier zur Verfügung stehenden Mitteln zu untersuchen. Vor allem hätten wir mit ihr die Größe der Gefahr den Zweiflern innerhalb der Kardinalskurie vor Augen führen können. Aus diesem Grund setzte Inquisitor Balosta alles daran, das Mädchen lebend herzuschaffen. Du kennst diese Ila, und vielleicht kannst du ihr mehr Informationen entlocken, als es uns unter der Folter möglich wäre.«

Er machte eine kurze Pause und zupfte ein paar Staubflöckchen von seiner violetten Kutte. Dann rieb er mit Daumen und Zeigefinger seinen Nasenrücken, ehe er mit seiner krächzenden Stimme fortfuhr:

»Normalerweise würden wir keinem Adepten eine solche Aufgabe zumuten, aber dies ist ein besonderer Fall. Und da du selbst darum gebeten hast, gibt es von meiner Seite aus keine Einwände.«

Offenbar hatte der Großmeister ihn falsch verstanden, warum er Ila sehen wollte. Oder er hatte ihn falsch verstehen *wollen*.

»Aber zunächst musst du noch einiges wissen. Ila hat nicht einfach nur, wie es manchmal geschieht, unter dem Einfluss von Hinterlassenschaften der alten Rasse den Verstand verloren und blindwütig getötet«, berichtete Balosta. »Nein, bei ihr ist es wie bei der Hexe damals. Sie ist nicht wahnsinnig geworden, und sie ist auch nicht Amok gelaufen, sondern das Böse hat vollständig Besitz von ihr ergriffen. Sie hat nichts mehr mit dem Mädchen gemein, das du einmal kanntest, das musst du dir ständig vor Augen halten.«

»Woher wollt Ihr das wissen?«, fragte Torin. »Vielleicht …«

»Nein!«, fiel Balosta ihm barsch ins Wort. »Etwas Böses hat die Kontrolle über sie übernommen. Ihr Geist ist in keiner Form verwirrt, sie ist mit kalter, bösartiger Berechnung und Verstellung vorgegangen. So ist es ihr auch gelungen, Inquisitor Scylla zu überlisten. Er fand sie weinend über den verletzten Mönch gebeugt, und sie stammelte, sie hätte ihn so vorgefunden. Er beging den Fehler, sich von ihrem Liebreiz und ihre Verstellungskunst täuschen zu lassen. Als er nach dem Mönch sehen wollte, stach sie mit dem Messer auch auf ihn ein. Mit der gleichen Kaltblütigkeit verübte sie auch die anderen Morde. Und sie hätte zweifellos weiter getötet, wenn Inquisitor Scylla nicht lange genug gelebt hätte, um sie als Mörderin zu entlarven.«

Obwohl er bereits viel über die Skrupellosigkeit des Bösen gelernt hatte und wusste, dass es sich hinter jeder noch so unschuldig anmutenden Maske verstecken konnte, fiel es Torin schwer, sich Ila als kaltblütige Mörderin vorzustellen. Vielleicht *wollte* er auch einfach nicht daran glauben, klammerte sich an Strohhalme der Hoffnung, dass alles nur ein Fehler und sie unschuldig wäre.

»Da ist noch etwas, das dich vielleicht überzeugen wird«, sagte Balosta, dem die Verzweiflung in seinen Augen nicht entging. »Sie trägt das gleiche Mal wie die Hexe, bei deren hochnotpeinlicher Befragung du anwesend warst. Und sie verfügt auch über ihre Fähigkeit, Schmerz gleichgültig hinzunehmen.«

»Ihr … habt sie gefoltert?«, fragte Torin entsetzt.

»Nur in Ansätzen«, behauptete der Inquisitor. »Als ich das Mal an ihr entdeckte, habe ich bereits vermutet, dass sie auf zugefügten Schmerz nicht reagieren würde. Und so war es auch.«

»Was … was habt Ihr mit ihr gemacht?«

»Nur ausprobiert, wie … und *ob* sie auf Schmerzen reagiert.«

»Werdet genauer!«, verlangte Torin, darum bemüht, nicht allzu fordernd zu klingen und sich seine Angst um Ila nicht anmerken zu lassen.

»Nun, ich begann damit, indem ich ihren Leib nach einem Hexenmal absuchte«, erklärte Naron Balosta. »Ich ließ sie entkleiden und mit über dem Kopf gefesselten Armen an einem Balken aufhängen. Dann besah ich mir ihren nackten Körper in aller Gründlichkeit und entdeckte das Mal.« Er schüttelte sichtlich angewidert den Kopf. »Jedes andere Mädchen in ihrem Alter hätte deutliche Anzeichen von Scham gezeigt, hätte sicherlich geweint und vielleicht auch geschrien. Sie aber war völlig reglos, wirkte absolut unbeteiligt, selbst noch, als ich sie vorgeblich forschend berührte. Sie reagierte auch nicht, als ich sie anschließend mit einem Stock züchtigte und ihr danach drei Fußnägel …« Er stockte, sah Torin an, der ihn erschrocken angestarrt hatte und Balostas Blick nun hastig auswich. »Doch das gehört nicht hierher«, brummte Balosta.

»Wir müssen unter allen Umständen herausfinden, was mit ihr geschehen ist«, ergriff Großmeister Clavon wieder das Wort. »Nur so können wir andere vielleicht davor bewahren, ihr Schicksal zu teilen. Und ich will auch nicht verhehlen, dass wir eine große Gefahr in diesem Vorfall sehen. Es ist schrecklich, wenn jemand durch Artefakte der alten Rasse den Verstand verliert und blindlings mordet. Aber wenn die Shai-Thilith Besitz von Menschen ergreifen und diese dazu bringen können, überlegt und kaltblütig in ihrem Sinn zu handeln … Nicht auszudenken! Dies ist erst der zweite derartige Fall in den letzten Jahren, von dem wir erfahren, aber was, wenn es

Dutzende werden, Hunderte? Womöglich gar eine Armee aus Tausenden von Menschen, die unter dem Bann der Shai-Thilith stehen?«

Im Raum schien es plötzlich deutlich kälter zu werden, und Torin fröstelte. Diese Vorstellung war in der Tat apokalyptisch, sie würde das Ende der menschlichen Zivilisation bedeuten.

»Und Ihr glaubt, ich könnte dazu beitragen, das zu verhindern?«, fragte er. »Aber … wie?«

»Wir glauben, sie wird versuchen, ihr wahres Ich vor dir zu verbergen und dir etwas vorzuspielen«, entgegnete der Großmeister. »Sie wird sich als unschuldiges Opfer darstellen, um Zweifel in dir zu wecken, vielleicht wird sie sogar versuchen, dich dazu zu bringen, sie zu befreien. Du musst auf ihr Spiel eingehen und sie dazu bringen, dir möglichst viel darüber zu verraten, was mit ihr passiert ist. Wissen könnte unsere wichtigste, vielleicht sogar unsere einzige Waffe in dem Kampf sein, der uns bevorsteht.«

»Es tut mir entsetzlich leid, dass wir dir so etwas zumuten müssen«, erklärte Balosta, und seinem Gesichtsausdruck nach meinte er dies in aller Aufrichtigkeit. »Ich wünschte, ich könnte dir das ersparen, aber die Gefahr für uns alle ist so immens, dass wir nichts auslassen dürfen, was uns möglicherweise helfen könnte, Licht in diese mysteriöse Angelegenheit zu bringen.«

Torin nickte langsam, fast widerwillig. Gerade hatte er noch selbst darum gebeten, Ila besuchen zu dürfen, aber die Situation hatte sich grundlegend verändert. Jetzt sollte er versuchen, sich ihr Vertrauen zu erschleichen und sie auszuspionieren. Er war sich nicht sicher, ob er dieser Aufgabe gewachsen sein würde.

Wenn es nur nicht ausgerechnet Ila gewesen wäre! Warum nur bürdete der Göttliche Vater ihm eine so schwere Aufgabe auf? Hätte er erfahren, dass Ila tot wäre, gestorben durch ein Unglück, eine Krankheit oder sogar von einem Wahnsinnigen ermordet, dann hätte er sicherlich um sie getrauert, wäre aber rasch darüber hinweggekommen. Schließlich hatte er sie seit Jahren nicht mehr gesehen; sie war nicht mehr als eine Spielgefährtin aus seiner Kindheit.

Stattdessen aber würde er ihr erneut begegnen, würde sogar gezwungen sein, sich neu mit ihr anzufreunden, um seine Rolle überzeugend zu spielen. Das war wirklich grausam!

»Seit Anfang dieses Ausbildungsjahres lernen wir, wie man verhindert, dass jemand in unseren Geist eindringt«, sagte er in einem Versuch, sein Schicksal abzuwenden. »Inquisitor Ondario und sicherlich auch andere beherrschen diese Kunst. Könnten sie nicht Ila auf diesem Weg ihr Wissen entreißen?«

Bedauernd schüttelte Balosta den Kopf. »Leider nein. Wir haben es versucht, aber das Böse in ihr ist zu stark. Einige unserer erfahrensten Inquisitoren haben all ihre Macht aufgeboten, doch sie sind gescheitert.«

Auch diese Hoffnung also war dahin.

»Ich werde es tun«, rang sich Torin zu einer Entscheidung durch. »Aber ich kann nichts versprechen.«

»Das wissen wir. Es ist nur ein Versuch, und keiner von uns kann sagen, ob sie wirklich wie erhofft auf dich reagieren wird.«

»Seid Ihr denn sicher, dass sie sich an mich erinnert?«

»Das wird sie«, versicherte ihm Balosta. »Sie ist immer noch dieselbe Person und scheint alles aus ihrem früheren Leben zu wissen. Nur ihre Art zu denken hat sich unter dem Einfluss des Bösen verändert. Sprich einfach mit ihr, dann werden wir ja sehen, wie sie reagiert und ob du etwas bei ihr erreichen kannst. Ich werde dich bei deinem ersten Besuch begleiten und dir helfen, ihr Vertrauen zu erringen, indem ich so tue, als wäre ich dagegen, dass du überhaupt mit dir sprichst.«

»Wo ist sie?«, erkundigte sich Torin.

»Sie befindet sich in den Kerkern hier im Gebäude«, erklärte Balosta. »Wenn du willst, bringe ich dich direkt zu ihr.«

# 18

Torin hatte gewusst, dass in diesem Gebäude Inquisitionsprozesse und -tribunale stattfanden, deshalb war zu vermuten gewesen, dass es auch Kerker gab. Zu Gesicht bekommen hatte er sie allerdings bislang nicht.

Mit einem beklommenen Gefühl und wild pochendem Herzen folgte er Balosta eine enge, steile Steintreppe hinab. Der größte Teil des Gebäudes wirkte düster und einschüchternd, aber für die Kellergewölbe galt dies in besonderem Maße. Fenster gab es hier überhaupt keine mehr. Nur je eine Laterne am oberen und unteren Ende beleuchtete die Treppe. An ihrem Fuß erreichten sie einen langen Gang mit gewölbter Steindecke, von dem in unregelmäßigen Abständen nach rechts und links weitere Gänge abzweigten. Außerdem gab es zahlreiche eiserne Türen. Auch hier spendeten nur wenige Laternen dämmriges Zwielicht.

Torin versuchte sich auszumalen, wie es sein mochte, als Gefangener hierhergebracht und in diesen Katakomben ewiger Nacht eingesperrt zu werden. Er gab es aber bald wieder auf. Zu schrecklich war die Vorstellung. Wen dieses Schicksal ereilte, dem blieb keinerlei Hoffnung mehr. Es erschien ihm unmöglich, dass jemand selbst ohne Folter dies über einen längeren Zeitraum hinweg ertrug, ohne den Verstand zu verlieren oder alles zu gestehen, was man von ihm verlangte.

Balosta führte ihn ein Stück den Gang entlang und in einen weiteren, bis er vor einer der Kerkertüren stehen blieb.

»Bist du wirklich bereit?«, fragte er. »Wir können das problemlos auf morgen verschieben, wenn dir das lieber ist und du etwas Zeit brauchst, um dich darauf vorzubereiten.«

»Nein, es geht schon«, behauptete Torin. Obwohl er sich vor der Begegnung mit Ila fürchtete und sie am liebsten so weit es nur ging hinausgezögert hätte, wusste er doch, dass er keinen Moment Ruhe finden würde, bis er sie gesehen und gesprochen hatte. Wie es ihm danach gehen würde, konnte er nicht abschätzen. Wahrscheinlich würde ihn die Begegnung noch zusätzlich aufwühlen, aber das war ihm egal.

»Also gut.« Balosta zog den schweren Riegel an der Tür zurück und öffnete sie.

Dahinter kam eine nur von einer blakenden Fackel erhellte Kerkerzelle zum Vorschein. In einer Ecke stand eine erloschene Kohlenpfanne, auf einem Tisch daneben lagen verschiedene Folterwerkzeuge: Zangen, Eisenhaken, Messer in verschiedenen Größen und Formen, ein Hammer, Zwicken, Daumenschrauben, Instrumente zum Quetschen anderer Körperteile, Schlaginstrumente aus Holz und aus Leder.

Dafür hatte Torin jedoch nur einen flüchtigen Blick. Sein einziges Interesse galt der Gestalt an der Wand auf der linken Seite. Ila war mit gespreizten Armen und Beinen an vier eiserne, in die Wand eingelassene Ringe gefesselt. Zu seiner Erleichterung war sie allerdings nicht nackt, sondern trug ein graues, vom Hals bis zu den Füßen reichendes Büßergewand. Das Kinn war ihr auf die Brust gesunken, doch bei ihrem Eintreten hob sie den Kopf und blickte sie an.

Es handelte sich um Ila, ohne jeden Zweifel. Ihre so vertrauten kindlichen Züge von einst waren immer noch zu erkennen, doch auch an ihr waren die Jahre nicht spurlos vorübergegangen. Ganz im Gegenteil, sie hatten es sogar sehr gut mit ihr gemeint. Sie war fast so groß wie er geworden, und ihr Körper war von dem eines Kindes zu dem einer jungen Frau herangereift, wie trotz des unförmigen Gewandes gut zu erkennen war. Auch ihr Gesicht war zu unerwarteter Schönheit erblüht, obwohl es halb von den strähnig herabhängenden Haaren verdeckt wurde und mit Dreck verschmiert war. Auch das Büßergewand starrte vor Dreck.

»Torin?«, fragte sie mit ungläubiger, gequält klingender Stimme. »Torin, bist du es wirklich?«

Torin hatte das Gefühl, als säße ihm nicht länger nur ein Kloß im Hals, sondern als wäre seine Kehle zugeschnürt. Er schluckte ein paarmal, ehe er nickte und zwei weitere Schritte auf sie zutrat.

»Ich bin es«, sagte er.

Ein hoffnungsvoller Ausdruck breitete sich über ihr Gesicht, und ihre Augen begannen wieder wie früher zu strahlen.

»O Torin, ich habe dich so vermisst, als du uns verlassen hast, und ich habe immer gehofft, dich irgendwann wiederzusehen. Und nun stehen wir uns wieder gegenüber, aber unter welchen Umständen! Man behauptet, ich wäre eine Mörderin, deshalb hat man mich geschlagen und misshandelt.« Sie senkte den Blick, und als auch Torin dies tat, sah er, dass man ihren rechten Fuß notdürftig verbunden hatte. Der Verband war schmutzig und blutdurchtränkt. »Man hat mich in einen Käfig gesteckt und hierhergeschafft. Stell dir nur vor, während der ganzen Reise hierher war ich in einem Käfig eingesperrt, der so winzig war, dass ich mich kaum rühren konnte.«

»Er war groß genug, dass du dich lang ausstrecken konntest, und das ist mehr, als du für deine scheußlichen Taten verdienst, Hexe!«, behauptete Balosta. »Also erzähle keine Lügen, sie werden dir nicht helfen.«

Doch Torin sah an den dunklen Flecken in ihrem Büßergewand und roch es auch, dass man ihr offenbar während der Fahrt hierher und auch während ihrer Gefangenschaft im Kerker nicht mal die Ketten abgenommen hatte, damit sie ihre Notdurft verrichten konnte. Es stank erbärmlich.

»Glaub ihm nicht, Torin, er ist es, der lügt«, flehte sie. »Ich habe niemanden umgebracht! Du kennst mich doch, Torin. Du weißt, dass ich zu so etwas niemals fähig wäre.«

»Hör nicht auf sie. Sie versucht, dir etwas vorzumachen.« Balosta trat neben ihn und legte ihm die Hand auf den Arm. »Genau wie ich es erwartet habe. Du hättest auf mich hören und gar nicht erst herkommen sollen. Das da ist nicht mehr das Mädchen, das du früher gekannt hast. Es ist nur eine vom Bösen besessene Hülle.«

»Das stimmt nicht, ich bin immer noch Ila. Du kennst mich doch, Torin, du musst mir glauben.«

Balosta trat noch weiter auf sie zu, zog ihr das Gewand hoch. Ein ebensolches Mal aus sinnverwirrend ineinander verschlungenen Linien prangte dicht unter ihrer linken Brust, wie Torin es schon bei Tarla gesehen hatte.

»Und was ist das?«, fragte der Inquisitor scharf. »Hast du auch eine Erklärung dafür, wie du an dieses Mal des Bösen gekommen bist, wenn du angeblich nicht von ihm besessen bist, Hexe?«

Er ließ das Gewand fallen, sodass es wieder ihren fraulichen, aber mit Schmutz und Fäkalien besudelten Körper bedeckte, und schlug ihr mit dem Handrücken über den Mund.

Ila stieß einen erstickten Schmerzenslaut aus.

»Du sollst nicht lügen und nicht falsch Zeugnis ablegen, spricht der Göttliche Vater.«

»Euer Gnaden, nein!«, rief Torin und fiel ihm in den Arm, als er die Hand zu einem weiteren Schlag hob. »Es gibt keinen Grund, ihr weitere Schmerzen zuzufügen.«

Er hatte die Striemen und Blutergüsse auf ihrem Körper gesehen. Naron Balosta hatte ja schon gesagt, er habe sie »gezüchtigt«. Doch offenbar waren ihr weitere Qualen zugefügt worden. Die Foltermeister im Dienst der Inquisition waren in ihrem Fach wahre Künstler, so wie auch der tote Burk einer gewesen war. Sie wussten einen mutmaßlichen Delinquenten zugleich noch auf perverse Weise zu demütigen, um ihn auf diese Weise noch effektiver zu brechen. Torin hatte Ilas Verletzungen nur kurz gesehen, aber was er erkannt hatte, sprach dafür, dass auch bei ihr diese erniedrigenden Methoden angewandt worden waren.

»Sie spürt doch überhaupt keinen Schmerz, das ist alles nur Theater«, brummte Naron Balosta. »Komm, lass uns gehen, ich ertrage ihre Gegenwart nicht länger.«

»Nein«, sagte Torin erneut. »Man hat mir zugestanden, sie zu besuchen und mit ihr zu sprechen. Aber vielleicht wäre es besser, wenn Ihr ginget. Ich möchte allein mit ihr sein.«

Balosta zögerte. »Sie wird nur versuchen, dich mit noch mehr Lügen zu verwirren, Junge. Sie wird versuchen, Zweifel in dir zu wecken, und wenn wir sie dann ihrer gerechten Strafe zuführen, wird es dich umso mehr schmerzen. Ich verstehe ja, dass das alles schwer für dich ist, aber du darfst ihr nicht trauen. Sie hat kaltblütig vier Menschen umgebracht, vielleicht sogar fünf. Ich halte es für keine gute Idee, dich mit ihr allein zu lassen.«

»Bitte, Euer Gnaden.«

»Also gut, du bist alt genug, um selbst zu wissen, was du tust«, stimmte Balosta nach neuerlichem Zögern zu. »Ich gebe dir zehn Minuten, dann komme ich zurück. Aber denk an das, was ich dir gesagt habe.«

Nach einem letzten finsteren Blick auf Ila verließ er den Kerker und schloss die Tür hinter sich.

»Hat er dir wehgetan?«, fragte Torin, zog ein Tuch aus seiner Tasche und tupfte ihr vorsichtig das Blut von ihrer aufgeplatzten Lippe.

Ila nickte. »Erst im Kloster und dann während der ganzen Reise nach Aurelia. Und hier setzte dann ein Folterknecht sein Werk fort. Seit ich hergekommen bin, quält man mich. Sie schlagen mich, und ich bekomme kaum etwas zu essen und zu trinken. Häufig bindet man mich nackt irgendwo fest, und mehrere Inquisitoren schauen zu, wie ein Folterknecht mich quält. Ich glaube, das gefällt ihnen, und sie ergötzen sich daran. Ich hätte nicht geglaubt, dass Menschen zu so etwas fähig sind, vor allem, wenn sie im Dienst der Kirche stehen.«

»Man legt dir schreckliche Taten zur Last, darunter den besonders abscheulichen Mord an einem Inquisitor«, sagte Torin. »Und Balosta behauptet, man hätte dich auf frischer Tat ertappt, als du mit dem Messer, noch blutverschmiert von den vorherigen Morden, einen weiteren Waisenjungen töten wolltest. Wie kannst du da behaupten, du wärst unschuldig? Oder willst du mir weismachen, dass sie alle lügen, nur um dich eines Verbrechens zu bezichtigen, das du nicht begangen hast?«

Das Mädchen ließ den Kopf sinken. »Ich weiß nicht, warum sie so schlimme Dinge über mich behaupten. Die letzten Tage, die ich im Kloster verbracht habe ... Es liegt alles wie unter einem Nebelschleier. Erst seit dem Moment, an dem man mich eingesperrt hat, ist alles wieder klar.«

»Du kannst dich nicht erinnern?«, fragte Torin zweifelnd; zu sehr klang das nach einer Schutzbehauptung.

»An das meiste schon, doch manches bleibt verschwommen. Ein bisschen wie nach heftigem Fieber, wenn man nicht mehr weiß, was man geträumt hat und was Wirklichkeit war. Aber ... es kann doch nicht sein, dass ich so schreckliche Dinge getan habe und mich einfach nicht mehr daran erinnere, oder?«

»Das klingt jedenfalls nicht sehr glaubwürdig«, sagte Torin. Balosta hatte ihn gewarnt, dass sie vermutlich auf alle nur erdenklichen Arten versuchen würde, sich herauszureden, und für genau so eine Ausrede hielt er ihre Behauptung.

Anderseits – sie wirkte so völlig normal. In ihrem Blick waren nur Angst und Verzweiflung zu lesen, absolut nichts deutete auf das Böse hin, das angeblich von ihr Besitz ergriffen hatte. Konnte sie sich wirklich so gut verstellen?

»Ich weiß nicht, was das alles zu bedeuten hat«, schluchzte Ila. »Ich weiß nicht, wie es dazu gekommen ist, dass man mich dieser schrecklichen Verbrechen bezichtigt, und was passiert ist, dass man mich für eine Mörderin hält. Aber du kennst mich und weißt, dass ich niemals in der Lage wäre, einen Menschen zu ermorden, erst recht keine Mönche, die mich aufgezogen haben, und keine anderen Waisen, mit denen ich zusammen aufgewachsen bin.«

»Und was ist mit Inquisitor Scylla, dessen Ermordung man dir auch vorwirft?«

Ila zögerte einen Moment. »Als er zum ersten Mal ins Kloster kam, habe ich ihn gefragt, ob er dich kennt. Er ist ziemlich außer sich geraten, hat dich als weinerlichen Faulpelz und verschlagenen Lügner bezeichnet. Anscheinend mochte er dich nicht, und wenn ich ihm anschließend begegnet bin, hat er mich wie Dreck behandelt, nur weil er wusste, dass wir befreundet waren.«

Torin schnitt eine grimmige Grimasse. Ja, das passte zu Argon Scylla. Vermutlich hatte er das Kloster hauptsächlich in der Hoffnung aufgesucht, dort irgendetwas in Erfahrung zu bringen, das er später gegen ihn hätte verwenden können. Aber natürlich rechtfertigte das nicht seine Ermordung.

»Trotzdem hätte ich ihm natürlich niemals etwas angetan«, beteuerte Ila gleich darauf. »Allerdings …« Sie brach ab und kaute auf ihrer Lippe, verzog aber gleich darauf schmerzerfüllt das Gesicht, weil sie noch immer Naron Balostas Schlag spürte.

»Allerdings was?«, hakte Torin nach.

»Der Inquisitor war es, der mich als Mörderin bezeichnet hat. Vielleicht …« Sie schluckte. »Vielleicht hat er es genau deshalb getan.«

Nun musste auch Torin schlucken. Er traute Argon Scylla

nahezu jede Boshaftigkeit zu, um sich an jemandem zu rächen, der sich ihm in den Weg gestellt hatte. Nach seiner Art zu denken hatte Torin dies gleich mehrfach getan. Dennoch war die Vorstellung, dass er Ila unschuldig bezichtigte, nur weil sie vor Jahren mit ihm befreundet gewesen war, ziemlich weit hergeholt, vor allem, da Scylla zu diesem Zeitpunkt bereits im Sterben gelegen hatte.

»Nachdem er deinen Namen nannte, hat man das Kloster nach dir abgesucht und konnte gerade noch verhindert, dass du einen weiteren Jungen umgebracht hast. Du hattest das Messer in der Hand, an dem noch das Blut der anderen klebte.«

Ila begann erneut zu schluchzen, dann rannen Tränen über ihre Wangen, zogen helle Spuren in das schmutzige Gesicht.

»Ich kann mir das doch auch nicht erklären«, stieß sie hervor. »Vielleicht hat der wahre Täter es nach dem Mord an dem Inquisitor mit der Angst zu tun bekommen und es weggeworfen. Ich habe es dann aufgehoben und bin in Panik davongerannt, wollte dem Jungen gar nichts tun … Es ist alles so verschwommen. Ich weiß es einfach nicht.«

Torin lauschte ihr mit unbewegtem Gesicht. Ihr Leid – wenn es denn echt war – rührte ihn, aber noch immer klangen ihre Worte alles andere als überzeugend. Doch sie behauptete ja auch nicht, dass es so gewesen war, sondern suchte selbst nach Erklärungen, weil sie sich angeblich nicht erinnern könnte.

War es eventuell möglich, dass sie zwar wirklich unter den Bann des Bösen geraten war, die Morde aber unter seinem Einfluss in geistiger Umnachtung verübt hatte und sich deshalb nicht mehr daran erinnern konnte? Dass das Böse wieder von ihr gewichen und sie tatsächlich wieder nur noch das unschuldige Mädchen war, das sie vorgab zu sein?

»Selbst wenn es so gewesen wäre«, sagte er nachdenklich und deutete auf ihre Schulter, »wie erklärst du dir dann das Mal, das du trägst?«

Ila schüttelte nur stumm den Kopf.

»Du kannst dich auch daran nicht erinnern? Du weißt nicht, wann und wie du es bekommen hast? Du machst es mir wirklich schwer, dir zu glauben.«

»Ich weiß«, stieß sie kläglich hervor. »Wie kann ich darauf hoffen, dass du an meine Unschuld glaubst, wenn ich selbst nicht weiß, was passiert ist, weil ich mich an nichts richtig erinnern kann?«

»Es fällt mir zumindest sehr, sehr schwer.«

Sie seufzte, und erneut rannen Tränen über ihre Wangen. »Wer hätte damals, als wir zusammen gespielt haben, geahnt, dass es einmal so weit kommen würde, dass wir uns unter solchen Umständen wiederbegegnen würden. Du als Mitglied des Schwarzen Ordens, wie du es dir immer gewünscht hast, und ich als angeklagte Hexe. Das Leben ist so grausam.«

»Ich weiß nicht, was ich glauben soll«, sagte er. »Es spricht einfach alles für deine Schuld. Vielleicht spielst du mir nur etwas vor, vielleicht spreche ich aber wirklich mit dem Mädchen, das ich damals gekannt habe. Für diesen Fall will ich dir etwas sagen, vielleicht bedeutet es dir etwas. Auch ich habe in den vergangenen Jahren oft an dich denken müssen. Sehr oft sogar.«

»Das bedeutet mir sogar sehr viel.« Ein tapferes Lächeln glitt über ihre Züge.

Torin rang einen Moment mit sich, ob er ihr sagen sollte, dass er sogar mit dem Gedanken gespielt hatte, sie zur Frau zu nehmen, aber damit hätte er sie in ihrer Lage sicherlich nur unnötig gequält.

Er hörte, wie der Riegel der Tür zurückgezogen wurde. Balosta trat in den Kerker.

»Bist du nun zufrieden?«, erkundigte er sich. »Hast du Antworten auf deine Fragen bekommen und bist nun ebenfalls überzeugt, dass sie schuldig ist? Oder hat sie dich mit ihren Tränen und ihren Lügen eingewickelt?«

»Weder noch«, entgegnete Torin zornig. Er wusste, dass der Inquisitor nur wie vorher vereinbart eine Rolle spielte, dennoch war sein Zorn echt. Er wusste nur nicht, wem dieser galt, ob Balosta, sich selbst oder dem Schicksal, das ihn in diese Lage gebracht hatte.

»Nun, es ist egal. Komm jetzt.«

»Warte!«, rief Ila. »Wirst du wiederkommen? Bitte, komm mich wieder besuchen. Auch wenn du ebenfalls an meine Schuld glaubst, bist du doch der einzige Lichtblick, seit man mich hier lebendig eingemauert hat, der einzige Mensch, der ein freundliches Wort für mich hat, statt mich nur zu quälen. Bitte, du musst einfach wiederkommen.«

»Ich werde es versuchen«, antwortete Torin ausweichend. »Aber ob man es mir erlaubt, kann ich nicht versprechen.«

Kaum hatte Balosta die Tür hinter ihnen wieder geschlossen, lehnte Torin sich gegen eine Wand des Ganges und atmete ein paarmal tief durch. Die Luft hier unten war feucht und roch muffig, doch das war ihm egal. Selten war ihm etwas so schwergefallen wie das Gespräch mit Ila. Die ganze Zeit über hatte er sich verstellen müssen, hatte seine Gefühle und das Mitleid, das ihr erbarmungswürdiger Anblick in ihm ausgelöst hatte, unterdrückt. Jetzt war er am Ende seiner geistigen Kräfte angelangt. Er zitterte am ganzen Körper.

Obwohl Balosta wahrscheinlich vor Neugier brannte, ließ er ihm ein paar Minuten Zeit, sich wieder zu sammeln, was Torin ihm hoch anrechnete.

»Wie ist es?«, fragte er dann. »Geht es wieder?«

Torin nickte. »Es war genau, wie Ihr vorhergesagt habt. Sie hat versucht, mich von ihrer Unschuld zu überzeugen und …«

»Warte«, unterbrach Balosta ihn. »Wenn du mir jetzt davon erzählst, musst du es gleich noch einmal wiederholen. Großmeister Clavon und einige andere werden bereits ungeduldig warten.«

Sie verließen die Katakomben, und sofort hatte Torin das Gefühl, trotz der düsteren Korridore und Wandelgänge wieder freier atmen zu können. Zu seiner Überraschung schlugen sie nicht den Weg zu dem Zimmer ein, in dem sie zuvor mit dem Großmeister gesprochen hatten, sondern stiegen über eine weitere Treppe noch ein Stockwerk höher.

Ihr Ziel war ein großer Saal, ähnlich dem, in dem die Kardinalskurie getagt hatte. Auch hier stand ein langer Tisch. Außer Clavon saßen sieben oder acht weitere Großmeister in ihren violetten Kutten daran, von denen Torin die meisten nicht einmal kannte, sowie etwa die gleiche Anzahl Inquisitoren. Auch von ihnen waren ihm die meisten unbekannt.

Und am Kopfende des Tisches saß in sich zusammengesunken Prios Marichan. In den wenigen Jahren, seit Torin ihn zuletzt gesehen hatte, schien er noch gebrechlicher geworden zu sein, doch seine Augen blickten nach wie vor stechend und hellwach. Seine Anwesenheit verstörte Torin, zeigte sie doch, wie viel Bedeutung man seiner Begegnung mit Ila beimaß. Er musste daran denken, dass selbst von denen, die innerhalb der Kirche Dienst leisteten, die meisten den Prios nur höchstens einmal im Jahr von Weitem zu sehen bekamen, wenn er vom Balkon seiner Residenz aus am ersten Tag eines neuen Jahres seinen Segen für ganz Antasia spendete. Er hingegen begegnete dem wohl mächtigsten Mann der Welt nun schon zum zweiten Mal von Angesicht zu Angesicht.

»Setz dich!«, sagte Balosta und deutete auf den Platz am diesseitigen Ende des Tisches. Nachdem er den Heiligen Dreistern gezeichnet hatte, kam Torin der Aufforderung nach, während Balosta sich auf einen anderen Stuhl setzte.

»Nun«, begann Großmeister Clavon, »du hast also mit der Hexe gesprochen und sie mit dir. Damit hat sich ein Teil unserer Hoffnungen schon einmal erfüllt. Nun müssen wir wissen, was sie gesagt und wie sie sich verhalten hat.«

»Es war, wie Ihr und Inquisitor Balosta vorausgesehen habt«, berichtete Torin. Er war zwar auch jetzt nervös, aber anders als vor Jahren bei seiner Aussage vor der Kardinalskurie und dem Hohen Tribunal brachte ihn die Anwesenheit des Prios und der zahlreichen sonstigen Würdenträger nicht mehr in Verlegenheit. »Ila hat immer wieder ihre Unschuld beschworen und beteuert, sich nicht an die Morde erinnern zu können. Nichts an ihrem Verhalten deutete darauf hin, dass sie vom Bösen besessen ist.«

»Das wundert mich nicht«, warf Clavon ein. »Die Herrscherin der Verdammnis ist auch die Mutter aller Täuschungen und Lügen, und das gilt auch für ihre Dienerinnen. Was hat sie noch gesagt? Versuch dich an alles zu erinnern, jede Kleinigkeit kann wichtig sein.«

So ausführlich, wie er es vermochte, gab Torin das Gespräch mit Ila wieder. Als er berichtete, dass sie sogar die Möglichkeit zur Sprache gebracht hatte, Inquisitor Scylla hätte sie wissentlich falsch beschuldigt, weil sie mit Torin befreundet gewesen war, glitt ein grimmiges Lächeln über Clavons Gesicht.

»Zuzutrauen wäre es ihm gewesen«, murmelte er, und Torin schöpfte bereits leichte Hoffnung, doch die nächsten Worte des Großmeisters machten diese bereits wieder zunichte. »Aber natürlich nur unter anderen Umständen und nicht bei einer so ernsten Sache.«

»Großmeister!«, ermahnte Prios Marichan ihn. »Euer persönlicher Zwist mit Inquisitor Scylla ist wohlbekannt, sollte nach seinem Tod nun aber ruhen.«

Bangend blickte Torin in die Runde, als er seinen Bericht beendet hatte. Es ging ihm nicht darum, ob er seine Aufgabe in den Augen der kirchlichen Würdenträger gut erledigt hatte, sondern was sie über Ila dachten. Er selbst war unsicher, konnte sich zu keinem Urteil über sie durchringen, doch er wäre überglücklich gewesen, wäre die Inquisition in ihrer Weisheit zu dem Schluss gekommen, dass sie unschuldig war.

»Sehr gut«, lobte ihn Clavon. »Zwar hat dieses erste Gespräch noch nicht viel Neues ergeben, doch spricht sie immerhin mit dir und versucht, Zweifel in dir zu säen. Das ist ein Hoffnungsschimmer, vor allem, da sie dich angefleht hat wiederzukommen.«

»Es ist mehr, als all unsere sonstigen Untersuchungen bislang ergeben haben«, ergänzte Prios Marichan mit seiner krächzenden Stimme. »Ich habe persönlich den beschwerlichen Weg in die Kerker auf mich genommen, um mir ein Bild von ihr zu machen, doch alles, was sie über die Lippen brachte, waren wüste Flüche. Ebenso verhielt es sich bei allen anderen Inquisitoren, die sie aufsuchten. Aber du musst sie dazu bringen, mehr Informationen preiszugeben. Drohe ihr, dass du sonst nicht wiederkämst, aber tue dies nicht zu offen.«

»Ich werde mein Bestes geben«, versprach Torin demütig. »Aber ich begreife das alles nicht. Wenn sie nur noch eine Marionette des Bösen ist, warum spricht sie dann überhaupt mit mir und versucht, mich von ihrer Unschuld zu überzeugen?«

Ein paar Sekunden lang herrschte Schweigen.

»Es gibt gleich zwei mögliche Erklärungen dafür«, erwiderte Clavon schließlich. »Mit Sicherheit ist es für sie ein Weg, vor ihrem Tod noch ein letztes Mal Böses anzurichten. Die Seelen gestandener Inquisitoren kann sie nicht verwirren, also versucht sie es gar nicht erst. Stattdessen klammert sie sich an einen Adepten, einen Jungen, der ihr ohnehin freundschaftliche Gefühle entgegenbringt und gerade in einer der schwierigsten Phasen seines Lebens steckt, dem Übergang vom Kind zum Mann. Es wäre für sie ein letzter großer Triumph, wenn sie in dir Zweifel an deiner Bestimmung und an der Weisheit und Gerechtigkeit der Inquisition wecken und dich womöglich zum Schaden unseres Ordens von deinem Weg abbringen könnte. Das ist ihr Ziel, und deshalb darfst du ihren Einflüsterungen keinerlei Glauben schenken.«

Torin nickte. Von dieser Seite hatte er die Sache noch nicht betrachtet.

»Es gibt noch eine zweite Erklärung, die selbst innerhalb dieses Kreises jedoch umstritten ist«, griff Balosta den Faden auf. »Das Böse ist zwar sehr stark in ihr und bestimmt ihr Handeln, aber sie ist trotz allem ein junges Mädchen. Es ist denkbar, dass ein Teil von ihr, etwas, das noch von der Ila, die du kanntest, übrig ist, sich wirklich über deine Besuche freut.«

Es dauerte einen Moment, bis Torin vollständig begriff, was Balostas Worte zu bedeuten hatten, und dann musste er sich bemühen, sich seine Aufregung nicht zu deutlich anmerken zu lassen. Womöglich log Ila ihn also gar nicht an und spielte ihm auch nichts vor, sondern er sprach mit der wahren Ila, die sich wirklich nicht daran erinnerte, was sie unter dem Einfluss des Bösen getan hatte.

»Wann soll ich wieder zu ihr gehen?«, fragte er so ruhig wie möglich und verlieh seinem Gesicht einen Ausdruck, als wäre dies eine schwere Bürde für ihn.

»Morgen«, antwortete Großmeister Clavon. »Heute Nachmittag werden wir sie selbst noch einmal verhören.« Mit etwas sanfterer Stimme fügte er hinzu: »Wir wissen, wie schwer das für dich sein muss. Selbstverständlich wird die Hilfe, die du uns leistest, in deine Beurteilungen einfließen. Allerdings müssen wir verlangen, dass du über das alles strenges Stillschweigen bewahrst. Kein Wort zu niemandem außerhalb dieses Raumes. Wenn du dich jetzt lieber ausruhen und mit deinen Gedanken allein sein möchtest, bist du selbstverständlich vom Unterricht und auch allen sonstigen Aufgaben befreit. Das gilt so lange, bis diese Angelegenheit geklärt ist.«

Da er wusste, dass er sich an diesem Tag nicht auf das Kampftraining würde konzentrieren können, nahm Torin das Angebot an. Er hatte gehofft, noch allein mit Naron Balosta sprechen zu können, doch der Inquisitor war anderweitig beschäftigt. So nutzte er die freie Zeit zu einem Spaziergang, um seinen von den zahlreichen Eindrücken brummenden Kopf wieder einigermaßen frei zu bekommen, und verbrachte die restliche Zeit in seiner Kammer.

Er kniete auf dem Betstuhl nieder und richtete ein langes Gebet an die Göttliche Familie, in dem er die Mutter um Erleuchtung und den Vater um Kraft bat, aber die meiste Zeit lag er nur auf seinem Bett, starrte zur Decke hinauf und dachte nach.

Der Gong zum Abendbrot ertönte, doch Torin wollte niemanden sehen und sprechen, sondern lieber allein sein. Auch nach Stunden war es ihm nicht gelungen, das Durcheinander in seinem Kopf zu klären. Immer wieder sah er Ilas verzweifeltes Gesicht vor sich, hörte ihr Flehen und dachte an die schrecklichen Taten, die sie begangen hatte. Denn dass sie zumindest zeitweilig unter dem Bann des Bösen gestanden hatte, daran gab es für ihn nach allem, was er gehört hatte, keinen Zweifel.

Aber hatte es nur zeitweilig von ihr Besitz ergriffen, oder war sie ihm völlig verfallen? Das war die entscheidende Frage, und nur er schien daran interessiert zu sein, eine Antwort darauf zu finden. Für Balosta, Clavon und sogar Prios Marichan stand fest, dass sie mit dem Bösen in Berührung gekommen und deshalb eine Hexe war. Sie wollten nur wissen, wie es dazu gekommen war, alles andere war ihnen offenbar gleichgültig.

Ein Klopfen an der Tür riss Torin aus seinen Gedanken. Gleich darauf trat Berryl ein.

»Weißt du eigentlich, warum man anklopft?«, fragte Torin.

»Warum? Aus Höflichkeit, denke ich«, gab Berryl verdutzt zurück.

»Ja, aber dann wartet man auch auf eine Antwort, ehe man eintritt. Es kann ja sein, dass derjenige, den man besuchen möchte, gerade nicht gestört werden will.«

»Seit man dich heute Morgen aus dem Unterricht geholt hat, habe ich dich nicht mehr gesehen, und beim Abendessen warst du auch nicht. Da wollte ich nur mal nachschauen, was mit dir ist. Aber wenn es dir nicht passt, kann ich ja auch wieder gehen.«

»Nein, nein, schon gut. Ich hatte einen schweren Tag und bin etwas gereizt. Aber frag mich nicht, was geschehen ist. Man hat mir verboten, mit jemandem darüber zu sprechen.«

»Scheint ja eine wichtige Sache zu sein. Jetzt hast du mich erst recht neugierig gemacht. Wie wäre es wenigstens mit ein paar Andeutungen?«

Torin schüttelte stumm den Kopf.

»Na gut, dann eben nicht.« Berryl zog zwei Äpfel aus der Tasche. »Hast du Hunger? Die habe ich beim Essen für dich eingesteckt.«

»Danke.« Lächelnd nahm Torin die Äpfel. Das war mal wieder typisch für Berryl. Er konnte manchmal eine furchtbare Nervensäge sein, aber er dachte nicht nur an sich, sondern stets auch an andere. Auch wenn er nicht der Intelligenteste war, hatte er auf jeden Fall das Herz auf dem richtigen Fleck.

Und er hatte sich im Lauf der letzten Jahre deutlich zu seinem Vorteil verändert. Zu Beginn der Ausbildung hatte er kaum Selbstbewusstsein gehabt und sich nichts zugetraut, weil man ihm von Kindheit an eingeredet hatte, dass er dumm wäre und zu nichts tauge. Inzwischen hatte er dies überwunden. Das Lernen fiel ihm wesentlich leichter, seit er nicht mehr selbst glaubte, er wäre zu dumm dafür, und er schätzte sogar immer neue Herausforderungen.

Auch war das anstrengende Training nicht spurlos an ihm vorübergegangen. Er hatte deutlich abgenommen, wo vorher Fett gewesen war, saßen nun eisenharte Muskeln. An Kraft reicht niemand an ihn heran. Trotzdem war er auch weiterhin mitfühlend und meist gut gelaunt und freundlich.

Torin wollte gerade ein weiteres Mal genussvoll in seinen Apfel beißen, als die Tür erneut aufgerissen wurde.

»Klopft denn keiner mehr an oder wartet auf Antwort?«, brummte er.

Die beiden Scylla-Brüder kamen hereingestürmt. Zornbebend deutete Solomon mit dem Finger auf Torin.

»Du!«, brüllte er. »Du bist schuld! Wir haben gerade die Nachricht erhalten, dass Onkel Argon tot ist. Nur wegen deiner Lügen wurde er in den Osten geschickt und ist dort verreckt! Ermordet von irgend so einem Flittchen aus dem Dreckskloster, wo du herkommst. Aber dafür wirst du mir büßen, ich schlage dich tot wie einen tollwütigen Köter!«

Torin sprang auf und ging in Abwehrstellung, als Solomon auf ihn zustürmte. Mit dem Schwert war er Scylla nach wie vor deutlich unterlegen, doch im waffenlosen Kampf waren sie beide gleich gut ausgebildet, und Torin traute sich zu, es notfalls mit diesem Gegner aufnehmen zu können.

Dazu kam es jedoch gar nicht erst.

Berryl trat einen Schritt vor, packte Solomon und hielt ihn an seiner zurückgeschlagenen Kapuze fest. Der Rothaarige wurde mitten im Lauf abrupt zurückgerissen.

»Nun mal langsam«, sagte Berryl ruhig. »Hier wird ganz bestimmt niemand totgeschlagen.«

»Lass mich los, du blöder Fettwanst!«, brüllte Solomon außer sich. »Das hier geht dich nichts an. Lass mich los, oder ich erschlage dich gleich mit!« Er fuhr herum und versetzte Berryl einige schlecht gezielte Fausthiebe.

Das hätte er besser nicht getan. Mit der flachen linken Hand verpasste Berryl ihm eine Ohrfeige, dass ihm der Kopf in den Nacken geschleudert wurde. Solomons wütendes Gezeter brach ab. Er erschlaffte und starrte Berryl einen Moment lang fassungslos mit hervorquellenden Augen an, während sich seine Wange passend zu seinem Haar feuerrot färbte. Dann aber fing er sich rasch wieder.

»Du«, keuchte er. »Das wirst du mir büßen! Lass mich sofort los, du verdammtes Riesenbaby! Malar, tu doch etwas! Hilf mir endlich!«

Sein Bruder war auf der Türschwelle stehen geblieben. Auch in seinen Augen glomm Hass, aber auch Furcht. Zwar hatte er die Hände zu Fäusten geballt, aber er traute sich nicht, etwas zu unternehmen. Hinter ihm versammelten sich mittlerweile vom Lärm angelockt einige weitere Adepten.

Erneut begann Solomon vor Wut zu toben und schlug blindlings um sich, traf Berryl ein paarmal in den Magen. Der fackelte nicht lange. Er wechselte seinen Griff und verpasste dem Scylla eine noch härtere Ohrfeige auf die andere Wange.

Solomon begann zu schreien. Berryl schleuderte ihn in Richtung der Tür, wo er von seinem Bruder aufgefangen wurde.

»Raus hier, verschwindet!«, rief er, nun ebenfalls zornig. »Torin hat nichts mit dem Tod eures Onkels zu tun. Die Großmeister haben den Entschluss gefasst, ihn als Ausbilder abzuberufen, und haben ihm einen anderen Auftrag erteilt. Es ist bedauerlich, dass er dabei sein Leben verloren hat, aber das könnt ihr wohl kaum Torin anlasten. Und jetzt verschwindet, ihr anderen auch. Hier gibt es nichts zu glotzen!«

»Ihr seid tot, alle beide!«, kreischte Solomon mit sich überschlagender Stimme. Erneut wollte er vorstürmen, doch sein Bruder und die anderen Adepten hielten ihn fest. »Ich bringe euch um, ihr …«

Berryl trat zwei Schritte vor und versetzte der Tür einen Tritt, dass sie krachend ins Schloss fiel.

»Idioten«, brummte er. »Sie werden sich schon wieder beruhigen, aber du solltest in nächster Zeit möglichst oft einen Blick hinter dich werfen, wenne verstehst, was ich mein. Denen ist alles zuzutrauen.«

# 19

Am nächsten Morgen nahm Torin wieder am gemeinsamen Essen teil. In aller Eile schlang er sein Frühstück herunter, darum bemüht, die hasserfüllten Blicke der Scylla-Brüder zu ignorieren. Das bevorstehende Wiedersehen mit Ila beschäftigte ihn ungleich mehr als die beiden. Er stopfte sich einen Kanten Brot, einen Wurstzipfel und außerdem etwas Käse und Obst in seine Taschen, dann verließ er als Erster den Speisesaal und eilte zum Tribunalgebäude hinüber.

Dort wies man ihn an zu warten. Ungeduldig schritt Torin in der Eingangshalle auf und ab, bis Balosta endlich erschien.

»Darf ich direkt zu ihr?«, fragte er nach einer kurzen Begrüßung.

Der Inquisitor zögerte und musterte ihn scharf.

»Der Eifer, den du an den Tag legst, gefällt mir nicht«, sagte er. »Du solltest dich nicht auf die Begegnung mit ihr freuen. Denk an das, was gestern besprochen wurde. Dieses Wesen im Kerker ist nicht das Mädchen, das du einmal gekannt hast, auch wenn es so tut. Es ist eine vom absoluten Bösen besessene Kreatur, ein Werkzeug der Shai-Thilith.«

»Aber gestern habt Ihr noch gesagt, es ist möglich, dass noch immer etwas von der echten Ila in ihr steckt«, erinnerte Torin.«

»Ja, und ich fürchte, es war ein Fehler, das in deiner Gegenwart zu äußern.« Balosta seufzte. »Selbst wenn dem so wäre, dann benutzt das Böse in ihr dies nur, um dich umso überzeugender zu täuschen. Vergiss nicht, der Orden ist der eingeschworene Feind des Bösen. Nichts wäre ihm lieber, als ihn zu zerstören. Einen Inquisitor hat diese Hexe bereits getötet. Lass nicht zu, dass sie Zweifel in dir sät und dich von deinem Weg abbringt, den du bislang mit so viel Begeisterung und Erfolg gegangen bist.«

Torin nickte und senkte den Kopf.

»Wenn es dir hilft, dann denk daran, was die Ila, die du gekannt hast, sich wünschen würde. Sie hat sich aufrichtig gefreut, als du in den Schwarzen Orden aufgenommen wurdest, und sie wollte, dass du Inquisitor wirst, um das Böse zu bekämpfen, wo immer du es antriffst. Es ist ein übler Streich des Schicksals, dass es nun ausgerechnet von ihr Besitz ergriffen hat, aber ich bin sicher, du wirst diese Prüfung deines Glaubens bestehen.«

»Ich werde dem Orden keine Schande bereiten«, versprach Torin. »Es ist nur … Obwohl ich weiß, dass sie mir nur etwas vorspielt, ist es trotzdem so, als würde ich Ila selbst wiedersehen, und das ist schön.«

»Dagegen ist nichts einzuwenden, wenn du keinen Moment vergisst, was sie in Wahrheit ist. Spiel ihr ruhig auch etwas vor, wenn es dir hilft, Informationen von ihr zu bekommen. Aber sei auf der Hut, dass du nicht zu sehr in deinem eigenen Täuschungsgespinst aufgehst und dich darin verlierst. Wir müssen erfahren, wie das Böse von ihr Besitz ergriffen hat, nur so können wir verhindern, dass so etwas in Zukunft wieder geschieht.«

Bereits während sie miteinander sprachen, stiegen sie die Treppe in die Katakomben hinab. Vor der gleichen Zelle wie am Vortag blieben sie stehen.

»Nimm dir so viel Zeit, wie du brauchst«, sagte Balosta. »Ich werde dafür sorgen, dass sich stets ein Wächter in der Nähe aufhält, der dich herauslässt, wenn du es wünschst.«

Er öffnete die Tür, und erneut trat Torin in die stinkende Kerkerzelle. Hinter ihm wurde die Tür wieder geschlossen und der Riegel vorgeschoben.

Ila schien zu schlafen. Der Kopf war ihr auf die Brust gesunken, und sie hing schlaff in ihren Ketten, sodass Torin gut die blutigen Stellen sehen konnte, wo diese ihre Handgelenke wundgescheuert hatten.

Auch sie aufrecht stehend an die Wand zu ketten, und das über Tage hinweg, war Teil der Folter, das wusste Torin. Der Herzschlag stieg mehr und mehr an, die Körperflüssigkeit sammelte sich in den Beinen und den Füßen, die schmerzhaft anschwollen, und die Haut wurde extrem empfindlich. Irgendwann versagten die Nieren, das Blut wurde nicht mehr gereinigt, es kam zu Wahnvorstellungen. Außerdem litt das Opfer unter extremem Durst, doch jede Flüssigkeit, die es zu sich nahm, steigerte noch die Qual.

Die Folterknechte nannten diese Methode »Zu Tode stehen«.

Erst als er ihren Namen rief, hob sie den Kopf.

»Torin«, murmelte sie. »Du bist zurückgekommen. Ich habe es so gehofft und sogar dafür gebetet, dass man dich wieder zu mir lässt.«

»Gebetet? Zur Göttlichen Familie oder zur gefallenen Tochter und ihren dämonischen Dienern?«

»Zur Göttlichen Familie natürlich«, beteuerte sie. »So glaub mir doch. Was immer mich dazu gebracht hat, diese schrecklichen Dinge zu tun, war nicht ich. Wenn ich diese Menschen wirklich getötet habe, dann hatte zu dieser Zeit etwas anderes, etwas Böses die Kontrolle über mein Handeln übernommen. Deshalb weiß ich auch nichts mehr davon.«

»Und woher soll ich wissen, dass du jetzt wieder du selber bist und nicht mehr unter dem Bann des Bösen stehst?«, fragte Torin. »Man hat mich gewarnt, dass das Böse tückisch ist und du versuchen würdest, mir etwas vorzumachen.«

»Spürst du denn nicht, dass ich es bin?«, stieß Ila verzweifelt hervor. »Wie soll ich es denn bloß beweisen, wenn nicht einmal du mir glaubst?«

»Ich wünschte so sehr, dass es so wäre«, behauptete Torin. »Und ich wünschte, ich könnte auch die anderen davon überzeugen. Aber dafür brauche ich mehr als nur Beteuerungen von dir. Du musst dich anstrengen und dich erinnern, wie alles gekommen ist. Nur wenn du mir alles erzählst, was du weißt, wird man dein Leben vielleicht verschonen.«

»Aber ich habe doch schon gesagt, dass alles verschwommen ist, ich weiß es einfach nicht mehr. Wenn das Böse von mir Besitz ergriffen hat, so hat es die Erinnerung daran aus meinem Geist gelöscht.«

Torin schüttelte den Kopf. »Das werden dir die Großmeister nicht glauben. Du musst mir wenigstens ein bisschen was bieten, das sie als Zeichen deines guten Willens und deiner Abkehr von dem Bösen anerkennen. Versuch dich zu erinnern, mit aller Kraft. Nur dann besteht noch eine ganz geringe Hoffnung.«

»Ich wünschte, ich könnte es«, stieß Ila hervor, und wieder liefen ihr Tränen über das schmutzige Gesicht. »Aber es fällt mir so unglaublich schwer, mich zu konzentrieren. Alles tut so weh. Sie haben mich gestern wieder gefoltert, aber wie soll ich ihnen etwas sagen, was ich nicht weiß? Schau dir nur meine Beine an.«

Torin bückte sich und hob den Saum ihres Gewandes etwas an. An beiden Waden waren frische Brandwunden zu erkennen, die ihr zweifellos mit einem glühenden Eisen zugefügt worden waren. Da sie gezwungen war, ihre Notdurft im Stehen zu verrichten, lief der Urin über die Wunden, was den Schmerz noch erhöhte.

»Es tut so entsetzlich weh«, jammerte Ila. »Deshalb sprich nicht von Hoffnung zu mir. Sie werden mich zu Tode quälen, sofern sie mich nicht vorher verbrennen. Für sie bin ich nur eine Hexe, nur eine Dienerin des Bösen, und sie werden mich nicht am Leben lassen. Ich kann nicht mehr an Rettung glauben. Ich wünschte nur, dass alles schon vorbei wäre, damit die Schmerzen endlich aufhören.«

»Sie werden erst aufhören, dich zu quälen, wenn sie alles erfahren haben, was sie wissen wollen.«

»Aber ich weiß doch nichts!«

»Und das glaubt man dir eben nicht. So kommen wir nicht weiter. Wir drehen uns im Kreis.« Torin seufzte. »Hast du immer noch Hunger?«

»Aber ja!« Ein gieriger Ausdruck erschien in ihren Augen. »Ich bekomme hier fast nichts. Hast du etwa was für mich?«

»Habe ich, aber verrate es niemandem. Leider konnte ich schlecht etwas zu trinken mitbringen, aber das Obst wird auch deinen Durst löschen.«

Da sie angekettet war, musste er sie füttern. Er hielt ihr einen Apfel hin, und sie biss so gierig davon ab, dass sie ihm fast in den Finger gebissen hätte. Sie vertilgte ihn einschließlich des Kerngehäuses, nahm sich kaum Zeit zum Kauen.

»Danke, tausendmal danke. Das war gut. Hast du noch mehr?«

»Später, sonst wird dir nur schlecht, und du erbrichst alles wieder.«

Torin begann mit ihr scheinbar belanglos über die gemeinsam im Kloster verbrachten Jahre zu sprechen, doch es ging ihm keineswegs um eine Auffrischung alter Erinnerungen. Er war höchst aufmerksam, achtete auf jedes Wort, das sie sagte, beobachtete genau ihre Mimik. Unauffällig flocht er Fragen nach Namen oder dergleichen ein, tat so, als könnte er sich nicht mehr daran erinnern, und gab einige Ereignisse bewusst falsch wieder.

Doch sie ging in keine seiner Fallen. Sie verbesserte ihn, wenn er einen Fehler machte, und wusste auf alle Fragen eine Antwort. Wenn sie vom Bösen beherrscht wurde, dann wusste es absolut alles, was sie wusste. Oder aber, es hatte sich aus ihr zurückgezogen, und er sprach tatsächlich mit der echten Ila; diese Frage blieb weiterhin ungeklärt.

»Was ist das Letzte, woran du dich erinnerst, ehe alles in diesem Nebel verschwimmt, von dem du gesprochen hast?«, lenkte er das Gespräch wieder in die Richtung zurück, deretwegen er hier war.

»Da war nichts Besonderes«, behauptete Ila. »Ein Tag war wie der andere. Ich habe gebetet und in die Küche oder bei anderen Arbeiten geholfen, alles ganz normal. Mir fällt nichts irgendwie Ungewöhnliches ein.«

»Denk nach«, drängte Torin. »Vielleicht erinnerst du dich nicht mehr, was du unter dem Einfluss des Bösen getan hast, aber ich will von dir wissen, was vorher war. Hast du vielleicht irgendetwas gefunden und an dich genommen?«

»Nein, wie hätte auch etwas ins Kloster gelangen sollen, was dort nicht hingehört?«

»Aber du kannst nicht von einem Moment auf den anderen einfach so vom Bösen besessen gewesen sein und das Mal gehabt haben. Irgendetwas *muss* vorher passiert sein, irgendwie musst du mit ihm in Berührung gekommen sein.«

»Aber da war nichts, wenn ich es dir doch sage. Der eine Tag war noch ganz normal, dann habe ich mich schlafen gelegt, und an den nächsten Tag kann ich mich fast gar nicht mehr erinnern. Das war der Tag, an dem ich angeblich gemordet habe. Es ist alles verschwommen, als würden die Albträume der Nacht beim Erwachen nicht verblassen, sondern sich in den Tag hinein fortsetzen.«

Torin nickte. Auch er litt häufig unter Albträumen, schon solange er denken konnte. Manchmal wachte er schweißgebadet auf, konnte sich aber nur an verworrene Bruchstücke der schrecklichen Träume erinnern, die ihn geplagt hatten.

Plötzlich jedoch stutzte er. Lag hier vielleicht der Schlüssel zu dem, was mit Ila passiert war?

»Hast du auch in der Nacht vor den Morden einen Albtraum gehabt?«, hakte er nach.

»Ich glaube ja«, antwortete Ila nach kurzem Zögern. »Ich weiß es nicht mehr genau, aber es ist gut möglich. Ich habe schon mehrere Nächte vorher dauernd schlecht geträumt. Warum?«

»Ich weiß nicht«, murmelte Torin nachdenklich. »Vielleicht war es ja mehr als nur ein Traum. Kannst du dich wenigstens daran erinnern?«

»Auch nicht. Ich vergesse fast immer direkt beim Aufwachen, was ich geträumt habe.«

»Versuch es! Vielleicht ist es wichtig. Auch die Träume in den Nächten davor. Kannst du dich an irgendetwas davon erinnern?«

Ila runzelte die Stirn und schien angestrengt nachzudenken. Torin war froh, dass ihr Gesicht keine Spuren der Folter zeigte. Er wollte gar nicht sehen, was man ihr angetan hatte, möglichst auch nicht daran denken. Sie würde niemals die feurige, atemberaubende Schönheit werden, zu der Shirina sich entwickelte, doch auch sie war hübsch, auf eine eigene stille Art. Mit ordentlich zurechtgemachten Haaren und in einem hübschen Kleid hätte sie sicherlich die Blicke vieler Männer auf sich gezogen.

Torin erinnerte sich an seine Idee, sich mit ihr zu vermählen, wenn die Zeit dafür gekommen war. Es hätte für sie ein wesentlich besseres Leben bedeutet, als sie es sonst hätte erwarten können, und er hätte eine Frau gefunden, die er mochte und zu der er sich hingezogen fühlte, die er vielleicht sogar aufrichtig hätte lieben können.

All dies war unmöglich geworden. Höchstwahrscheinlich würde man sie töten, und selbst wenn man sie verschonte, würde die Kirche wohl niemals ihre Einwilligung zu einer solchen Verbindung geben. Die finstere Macht, die sie zum Morden getrieben hatte, hatte nicht nur ihr Leben zerstört, sondern auch ihn dieses Traumes beraubt, und dafür hasste er sie mit aller Inbrunst.

»Da ist einfach nichts Greifbares«, murmelte Ila schließlich. »Nur ein paar ungeordnete Bruchstücke und Bilder, die keinen Sinn ergeben. Träume eben.«

»Beschreibe mir trotzdem alles, woran du dich erinnerst.«

»In einem der Träume bin ich in einer Art Moor. Es ist Nacht, und der Mond steht hell am Himmel. Bei jedem Schritt sinke ich ein bisschen tiefer in den Sumpf ein, aber ich kann nicht stehen bleiben. Da ist etwas wie ein Locken, das mich zu sich ruft. Ich habe entsetzliche Angst, aber trotzdem muss ich immer weitergehen und versinke immer tiefer.«

»Und weiter?«

»An mehr erinnere ich mich nicht, ich glaube, ich bin dann aufgewacht. Warum interessierst du dich so dafür? Es war doch nur ein Albtraum, das hier ist viel schlimmer!«

»In Träumen taucht manchmal verfremdet etwas von dem wieder auf, was wir am Tag erlebt haben«, erklärte Torin. »Oder vielleicht erscheint dir etwas, das du wirklich erlebt hast, nur wie ein Traum. Deshalb kann das wichtig sein. Woran erinnerst du dich noch?«

»Da war noch ein anderer Traum, vielleicht war es aber auch nur ein anderer Teil von demselben. In dem bin ich nachts durch ein großes, leeres Haus mit unzähligen Korridoren geirrt, ohne einen Ausgang zu finden. Außerdem lauerten da irgendwelche Ungeheuer, und ich hatte panische Angst, von ihnen entdeckt zu werden. Und ich glaube, da war auch wieder dieses seltsame Locken, das mich dazu bringen wollte, das Haus zu verlassen.«

Torin rieb sich das Kinn. Dieses Locken, wie sie es nannte, machte ihn stutzig, da es in beiden Träumen, die sie ihm geschildert hatte, auftauchte.

»Erzähl mir mehr davon«, verlangte er. »Was ist das für ein Locken? In welcher Form macht es sich bemerkbar?«

»Das kann ich schwer beschreiben. Es ist, als würde ich unbedingt zu einem bestimmten Ort hinwollen, aber ich weiß nicht, was für ein Ort das ist.«

»Dabei könnte gerade das wichtig sein.«

Torin fütterte Ila mit dem Brot, der Wurst und dem Käse, die er mitgebracht hatte. Wenig später verabschiedete er sich mit dem Versprechen, am Nachmittag wiederzukommen, falls er die Erlaubnis dazu erhielte, und verlangte von ihr im Gegenzug, dass sie bis dahin mit aller Kraft versuchte, sich an weitere Einzelheiten aus ihren Träumen zu erinnern.

Torin hämmerte gegen die Tür, und der Wächter ließ ihn heraus.

Im Erdgeschoss erkundigte sich Torin nach Balosta, doch niemand konnte ihm sagen, wo sich dieser gegenwärtig aufhielt. Zu Torins Überraschung war der Vormittag bereits fast herum; in der Kerkerzelle hatte er das Gefühl für die Zeit verloren. Nicht mehr lange, dann würde das Mittagsmahl aufgetragen werden. Die Zeit bis dahin würde er in seiner Unterkunft verbringen.

Dort angekommen holte er einen Stapel mit seinen Bildern und Skizzen, die er in letzter Zeit angefertigt hatte, aus dem Schrank. Er hatte längst aufgehört, Shirina zu zeichnen, und es reizte ihn auch nicht mehr, Gebäude oder sonst etwas, das er real vor sich sah, auf Papier zu bannen.

Stattdessen hatte er damit begonnen, Sachen aus seiner Fantasie zu zeichnen, alles, was ihm gerade so in den Sinn kam. Vieles davon war von seinen Träumen, vor allem seinen Albträumen beeinflusst. Szenen und teilweise abscheuliche Kreaturen, an die er sich bewusst gar nicht mehr erinnerte. Ließ er seinem Stift aber freien Lauf und versuchte an nichts bewusst zu denken, nahmen sie auf dem Papier wieder Gestalt an.

Ob sich diese Methode vielleicht auch bei Ila anwenden ließ? Nein, entschied er gleich darauf. Es war äußerst unwahrscheinlich, dass sie genau wie er eine entsprechende Begabung hatte, und ohne dieses Talent würden die Bilder nicht ohne bewusstes Zutun aus ihrem Inneren hervorsprudeln. Außerdem glaubte er nicht, dass die Großmeister zustimmen würden, Ila von ihren Ketten zu befreien.

Da sie das gleiche Mal trug wie Tarla, die im Kloster zum Tode verurteilte Hexe, befürchtete man, dass sie auch über ähnlich starke Kräfte verfügte, zumal sie anfangs ebenso wie Tarla kein Schmerzempfinden gezeigt hatte. Nur so war zu erklären, dass man sie nicht nur hinter dicken Wänden und Türen eingesperrt, sondern zusätzlich noch angekettet hatte.

Balosta hatte ihm erzählt, dass sie inzwischen sehr wohl auf die Schmerzen reagierte, die man ihr während der Befragungen zufügte. Allerdings bestand die Vermutung, dass ihr Schreien, Kreischen und Weinen nur vorgetäuscht waren, um ihren Peinigern vorzugaukeln, die böse Macht hätte sie inzwischen verlassen. Balosta machte das stutzig, weil sie im Kloster nicht auf die Demütigung, die Schläge und das Ausreißen der Fußnägel reagiert hatte. Darum waren die Inquisitoren bemüht, bei ihren Befragungen zu erkennen, ob sie ihnen nur etwas vorspielte.

Torin blätterte seine Zeichnungen durch. Einige davon waren ziemlich verschwommen und unklar, teilweise wusste er selber nicht, was sie darstellen sollten. Andere zeigten typische Szenen aus vielen seiner Träume. Er sah sich vor etwas davonlaufen oder tief fallen; auf einigen der Bilder versteckte er sich auch vor irgendeiner Bedrohung.

Und dann gab es ein paar Zeichnungen, die ausgesprochene Scheußlichkeiten zeigten, einige davon so abscheulich, dass er schon mehrfach überlegt hatte, sie wegzuwerfen, weil sogar ihm selbst bei ihrem Anblick immer wieder ein Schauer über den Rücken rann.

Viele davon zeigten Gruppen von Bauwerken, möglicherweise Tempelanlagen oder gar ganze Städte, doch waren sie von einer Architektur, die direkt dem Geist eines Wahnsinnigen entsprungen zu sein schien. Teile der Gebäude waren ineinandergestaucht, als würden sie sich gegenseitig verschlingen, Türme waren auf bizarre Art verdreht, und Brücken oder Treppen endeten im Nichts. Es schien kaum eine gerade Linie zu geben, und der bloße Anblick dieses unmenschlichen Irrsinns schmerzte schon nach kurzer Zeit in den Augen.

Auf einigen der Bilder waren zwergenhaft klein auch die Bewohner dieser Bauwerke zu sehen, grotesk missgestaltete Kreaturen, die nur noch entfernte Ähnlichkeit mit Menschen aufwiesen. Da waren Wesen mit ungleich langen Armen, der eine mehr als doppelt so lang wie der andere. Bei einigen wiederum war der Hals absurd lang oder gar nicht vorhanden, manche hatten Beine wie Stelzen, allerdings mit viel zu vielen Gelenken, und bei wieder anderen schleiften die Leiber fast über den Boden. Sie alle waren bucklig und verwachsen, ihre Gesichter schief und verquollen.

Einige erinnerten sogar an abstoßende Mischungen zwischen Mensch und Tier. So gab es Gestalten mit geschuppter Echsenhaut, Krötenwesen mit entfernt menschlichen Gesichtern oder vage menschenähnliche Gestalten mit grässlichen Papageienschnäbeln, die aus ihren Gesichtern vorstanden.

Weitere Zeichnungen zeigten einige dieser deformierten, abstoßenden Kreaturen in Großansicht mit allen widerlichen Details. Diese und weitere Ungeheuer bevölkerten immer wieder Torins Träume, doch waren das noch nicht einmal die schlimmsten Bilder.

Die *wirklich* schlimmen befanden sich ganz am Ende des Packens. Es waren Darstellungen von Monstern, die nicht einmal die entfernteste Ähnlichkeit mit Menschen oder sonst irgendwelchen bekannten Wesen hatten.

Da waren gallertartige Scheußlichkeiten, aus deren schwabbeligem Leib ein ganzer Wald langer, kräftiger Fangarme entspross. Bei anderen wucherten Tentakel wie Haar aus einem Schädel, dessen Gesicht fast nur aus einem riesigen Facettenauge bestand. Wieder andere hatten düstere Schwingen, die jedoch kaum dazu geeignet schienen, ihren monströs aufgeblähten, mit Panzerschuppen und langen, spitzen Dornen bewehrten Balg in die Luft zu heben.

Diese und noch weitere Abscheulichkeiten suchten Torin immer wieder in seinen Träumen heim. Längst hatte er aufgehört, sich zu fragen, warum dies so war.

In diesem Moment ertönte der Gong zum Essen. Ohne ihn ganz durchgeblättert zu haben, schob er den Packen wieder zusammen und legte ihn in den Schrank zurück. Er kannte jede der Zeichnungen, hatte sie schließlich selbst angefertigt, und doch ließen sie ihn jedes Mal wieder frösteln. Obwohl es ein heißer Sommertag war, schien es im Raum um mehrere Grad kühler geworden zu sein. Dennoch brachte er es nicht fertig, die Bilder wegzuwerfen.

Er verließ seine Kammer und machte sich auf den Weg zum Speisesaal. Andere Adepten, die ihm unterwegs begegneten, bestürmten ihn mit Fragen, wo er gewesen sei und warum er nicht mehr am Unterricht teilnehme. Torin erwiderte ihnen nur, die Inquisition hätte ihm eine besondere Aufgabe übertragen, über die er nicht sprechen dürfe.

Im Speisesaal fiel ihm auf, dass die Plätze von Berryl und Solomon leer waren. Hoffentlich waren die beiden Hitzköpfe nach dem Vorfall am Vortag nicht erneut aneinandergeraten. Er erkundigte sich nach ihnen und erfuhr, dass sie am frühen Vormittag beide aus dem Unterricht gerufen worden wären.

Bevor er weiter nachfragen konnte, betrat Inquisitor Velat den Speisesaal und verlangte nach Ruhe, die augenblicklich einkehrte.

»Bereits vor geraumer Zeit«, begann er, »habe ich erklärt, dass ich keine tätlichen Angriffe unter Adepten dulden werde. Durch Zeugen ist mir jedoch zu Ohren gekommen, dass sich ein solcher gestern Abend dennoch ereignet hat. Aus diesem Grund sah ich mich gezwungen, beide Beteiligten zu bestrafen. Solomon Scylla steht bis zum Beginn des nächsten Ausbildungsjahres unter Arrest. Er wurde bereits inhaftiert und wird seine Strafe ohne das Recht auf Besuch isoliert in einer Einzelzelle verbringen. Dieses hohe Strafmaß resultiert vor allem aus den ausgestoßenen Morddrohungen. Gleichgültig, ob sie ernst gemeint waren oder nur einer momentanen Erregung entsprangen, ein solches Verhalten ist eines Adepten absolut unwürdig. Die zweite Strafe betrifft Berryl Harkolin.«

Sofort streckte Torin seine Hand in die Höhe, doch der Inquisitor schüttelte den Kopf.

»Ich kann mir vorstellen, was du sagen willst, doch es ist nicht nötig. Berryl selbst hat mir die Situation erklärt, und ich weiß, dass er dich nur schützen wollte. Aber er hat Solomon mehrmals hart geschlagen, und auch das kann ich nicht straflos durchgehen lassen. Aus diesem Grund erhält Berryl Harkolin ebenfalls Arrest, wegen der deutlich geringeren Schwere seines Vergehens allerdings nur für einen Tag.«

Damit gab sich Torin zufrieden und nahm die Hand herunter. Er begriff, dass die Strafe für Berryl nur symbolisch war.

An seiner Stelle hob nun Malar Scylla die Hand. Sein Gesicht war blass geworden, zeigte aber einen trotzigen Ausdruck, und es war nicht zu übersehen, dass er innerlich vor Zorn kochte.

»Auch du kannst dir den Atem sparen«, sagte Inquisitor Velat. »Es tut mir sehr leid, dass du und dein Bruder euren Onkel verloren habt. Argon Scylla war ein tapferer Mann und ein guter Inquisitor. Aber sein Tod rechtfertigt bei aller verständlichen Trauer nicht, dass Solomon so völlig die Kontrolle über sich verloren hat. Und es ist absurd, Torin die Schuld am Tod eures Onkels zu geben. Die Großmeister kamen gemeinsam mit mir und euren anderen Ausbildern schon vor dem Vorfall mit Torins verletztem Knie zu dem Schluss, dass Argon dem Orden an anderer Stelle und in einer anderen Position besser dienen könnte. Völlig unabhängig von Torin wäre er nach Talarien geschickt worden. Die Entscheidung war nur noch nicht offiziell verkündet worden.«

Verunsichert, aber immer noch mit einem trotzigen Ausdruck im Gesicht, senkte Malar den Arm. Das Ausbildungsjahr würde in etwas mehr als einer Woche enden, der Arrest für seinen Bruder also nicht übermäßig lange dauern. Aber er würde sich über die freie Woche zwischen den Jahren hinweg erstrecken, was eine besondere Härte darstellte. Außerdem würde Solomon nicht an dem diesjährigen Turnier in der Toten Stadt teilnehmen können. Angesichts von Solomons geradezu tollwütigem Verhalten am vergangenen Abend erschien die Strafe Torin dennoch gerecht. Er zweifelte nicht daran, dass der Scylla ihn wirklich umzubringen oder zumindest schwer zu verletzen versucht hätte, wäre Berryl nicht dazwischengetreten. Dass dieser dafür ebenfalls bestraft wurde, kam ihm wesentlich ungerechter vor, doch der eine Tag würde Berryl nichts ausmachen.

»Ich hoffe, ihr lasst euch das eine Lehre sein. Sollte es weitere derartige Vorfälle geben, egal aus welchem Grund, werde ich noch härter durchgreifen. Das war es, was ich zu sagen hatte. Nur eines noch: Torin, Großmeister Clavon erwartet dich nach dem Essen, also beeil dich besser!«

An diesem Tag gab es zu Torins Leidwesen einen deftigen Eintopf. Dieser schmeckte zwar sehr gut, aber es war unmöglich, Ila heimlich etwas davon mitzubringen. In aller Eile schlang er eine Portion davon herunter und verließ den Speisesaal, während die anderen noch aßen.

Ihm war während des Essens eine Idee gekommen, deshalb eilte er nicht direkt zu Clavon, sondern kehrte zunächst in seine Kammer zurück, holte erneut den Packen mit Zeichnungen aus dem Schrank, klemmte sie sich unter den Arm und machte sich erst dann auf den Weg zu dem Großmeister. Er fand ihn im gleichen Raum vor, in dem er am vergangenen Morgen schon mit ihm und Balosta gesprochen hatte.

»Was hast du da?«, erkundigte sich Clavon, nachdem er Torin aufgefordert hatte, Platz zu nehmen, und deutete auf den Papierpacken.

»Nur ein paar Zeichnungen, mit denen ich Ila konfrontieren möchte. Vielleicht lösen sie eine Reaktion bei ihr aus.«

»Zeig mal her.« Der Großmeister betrachtete einige der Blätter und verzog angewidert das Gesicht. »Hast du sie gezeichnet?«

Torin nickte.

»Handwerklich tadellos, du hast unbestreitbar Talent. Aber was sind das für schreckliche Motive? Was soll das darstellen?«

»Ich leide häufig an Albträumen«, berichtete Torin wahrheitsgemäß. »Das sind Szenen daraus. Ich habe sie gezeichnet, weil ich gehofft habe, sie auf diese Art vielleicht vertreiben zu können, aber es hat nicht geholfen.«

»Und was haben sie mit der Befragung der Hexe zu tun?«

»Ila hatte zu der Zeit, als das Böse Besitz von ihr ergriff, ebenfalls Albträume, kann sich aber auch an diese kaum erinnern. Ich glaube, dass sie etwas mit dem zu tun haben, was mit ihr passiert ist, dass nicht alles davon wirklich nur Träume waren. Möglicherweise wecken diese Zeichnungen Erinnerungen an ihre eigenen Albträume. Ich weiß, es ist nur eine vage Hoffnung …«

Clavon seufzte und kratzte sich an seiner Hakennase. »Mehr als vage Hoffnungen bleiben uns wohl nicht. Ich habe dich rufen lassen, um zu hören, ob dein Verhör heute Vormittag etwas ergeben hat, aber das scheint nicht der Fall zu sein, wenn du es jetzt schon mit Traumdeutung versuchst.« Er seufzte erneut. »Ich fürchte, es hat wenig Sinn, dich weiterhin damit zu quälen. Wenn du glaubst, dass du etwas erreichst, dann versuche es heute Nachmittag noch einmal, aber falls du auch diesmal keine konkreten Ergebnisse erzielst, erlöse ich dich von diesem Auftrag.«

Genau das war es, was Torin *nicht* wollte, aber das durfte er nicht sagen, deshalb nickte er nur.

»Ich bin froh, wenn das alles vorbei ist«, behauptete er, was immerhin keine Lüge war. Wenn er in Erfahrung bringen konnte, wie Ila in die Gewalt des Bösen geraten war, konnte er vielleicht auch beweisen, dass diese Macht sie nicht mehr kontrollierte, oder einen Weg finden, sie davon zu befreien.

»Dann geh jetzt, und sieh zu, was du erreichst«, sagte der Großmeister. »Es soll nicht vergessen werden, mit welchem vorbildlichen Eifer du in dieser schlimmen Angelegenheit deine Pflicht erfüllst.«

Torin zwang sich zu einem Lächeln und nahm seine Zeichnungen an sich, froh darüber, den Raum verlassen zu dürfen. Clavon schien ihm wohlgesinnt, dennoch fühlte er sich in seiner Gegenwart stets unwohl. Er hatte nicht vergessen, was Balosta ihm schon vor Jahren über den Großmeister erzählt hatte.

Kurz darauf befand er sich wieder in Ilas Kerker.

Schon bevor man ihm die Kerkertür öffnete, hörte er das Mädchen kreischen und um Hilfe rufen. Er stürzte förmlich in die Zelle und sah Ila, die sich verzweifelt in den Ketten wand.

»Die Ratte! Die Ratte!«, schrie sie, als sie Torin sah.

Er erblickte den scheußlichen Nager. Er hatte sich an dem schmutzigen Verband an ihrem Fuß zu schaffen gemacht, angelockt vom Geruch des alten Blutes. Ila konnte sich kaum bewegen in ihren Ketten, und die berechtigte Angst, dass die

Ratte ihr die verletzten Zehen annagen würde, trieb sie schier in den Wahnsinn.

Torin trat nach der Ratte und traf sie. Sie flog quer durch den Raum, prallte gegen die Wand, fiel zu Boden und blieb dort reglos liegen.

Erleichtert atmete Ila auf. »Danke, danke«, keuchte sie, dann war die Ratte vergessen, und sie stieß hastig hervor: »Ich habe solchen Hunger. Hast du mir etwas zu essen mitgebracht?«

»Ging diesmal leider nicht. Und wie es aussieht, wird dies mein letzter Besuch bei dir sein, wenn es uns nicht gelingt herauszufinden, wie sich das Böse deiner bemächtigt hat. Sind dir weitere Einzelheiten aus deinen Träumen eingefallen?«

»Dann ist also alles vorbei. Man wird mich noch mehr foltern und schließlich verbrennen.« Wieder traten ihr Tränen in die Augen.

Er sah, dass ihr eine Schabe durchs verfilzte Haar krabbelte, griff danach und schleuderte das widerliche Tier weg, dann sagte er: »Das steht noch nicht fest. Was ist mit deinen Erinnerungen? Ist dir nicht etwas eingefallen, oder kannst du dich wenigstens an deine Träume besser erinnern?«

»Nicht viel«, gab sie mit tränenerstickter Stimme zu. »Aber ich glaube inzwischen, was ich dir bisher erzählt habe, waren alles Teile von ein und demselben Traum. Darin versuche ich mich in den Korridoren dieses riesigen Hauses zu verstecken und einen Ausgang zu finden, ohne den dort lauernden Ungeheuern in die Hände zu fallen. Doch außerhalb des Hauses erstreckt sich das Moor, das mich zu verschlingen versucht, sobald ich stehen bleibe.«

»Ich habe ebenfalls darüber nachgedacht«, sagte Torin. »Dieses Hause … könnte es eventuell das Kloster gewesen sein, und du bist nicht irgendwelchen Ungeheuern ausgewichen, sondern den Mönchen, weil du angezogen von diesem seltsamen Lockruf heimlich ins Freie gelangen wolltest?«

Ila blickte ihn überrascht an, der Strom ihrer Tränen versiegte. »Das Kloster? Nein, dort kenne ich jeden Korridor und jeden Raum. Das hier war ein völlig fremdes Haus. Alt und verfallen, und es waren keine Menschen darin.«

Davon war Torin nicht so überzeugt, wie sie es anscheinend war. Er hatte von Menschen gehört, die im Schlaf aus ihrem Bett aufstanden und umherwanderten, ohne sich dessen bewusst zu sein. Möglicherweise vermischte sich in dieser Art auch bei Ila Traum und Wirklichkeit, und sie glaubte nur, im Traum durch ein fremdes Gebäude gelaufen zu sein, während sie in Wahrheit im Kloster umhergewandert war.

»Machen wir weiter. Wie bist du in dieses Moor geraten?«

So weit es die Ketten zuließen, zuckte Ila mit den Schultern. »Das weiß ich nicht mehr. Mag sein, dass ich einen Ausgang aus dem Haus gefunden habe, aber vielleicht war es auch nur ein Wechsel, wie er in Träumen manchmal vorkommt, und ich war plötzlich da.«

»Und dann? Was ist in diesem Moor passiert?«

»Ich bin gelaufen und immer weiter gelaufen. Sobald ich langsamer wurde oder gar stehen blieb, fing ich an einzusinken, also musste ich immer weiter. Dazu kam dieses Locken, das mich immer stärker anzog.«

Torin setzte sich auf eine Kante des Tisches mit den Folterwerkzeugen. »Dann erzähl mir mehr darüber. Was war das für ein Locken? Hat dich jemand gerufen, oder wie soll ich es mir sonst vorstellen?«

»Das ist … schwer zu beschreiben. Es war einfach ein extrem starkes Gefühl in mir, dass ich an den Ursprungsort dieses Lockens gelangen müsste. Es war wie der Gesang einer unglaublich lieblichen Stimme. Nein, eher so, als ob ein Verdurstender in der Wüste eine Oase in der Ferne entdecken und nichts anderes mehr spüren würde als das Verlangen, sie zu erreichen.«

»Und was war das für eine Oase? Ich meine, was hat dich am Ende deines Weges durch das Moor erwartet?«

»Ich weiß es nicht«, beteuerte Ila, und wieder liefen ihr Tränen über das Gesicht. »Ich habe die ganze Zeit versucht, mich daran zu erinnern, aber ich kann es nicht. Ich weiß nicht mal, ob ich es in diesem Traum erreicht habe oder ob ich vorher aufgewacht bin.«

Torin schwieg ein paar Sekunden und starrte sie nur eindringlich an. Sie erwiderte seinen Blick offen. Es war keine Falschheit darin zu erkennen. Er konnte sich nur schwer vorstellen, dass sie wirklich unter dem finsteren Bann der Shai-Thilith stehen sollte. Alles, was er sah, war eine gepeinigte und verzweifelte junge Frau, und er wollte sie auf keinen Fall noch weiter quälen.

Und doch musste er genau das tun, oder man würde ihm nicht mehr erlauben, sie zu besuchen, und wie es aussah, war er derzeit der Einzige, der ihr tatsächlich helfen wollte. Er stieß sich von dem Tisch ab und trat auf sie zu.

»Ich habe hier etwas, von dem ich möchte, dass du es dir ansiehst«, sagte er. »Es sind nur ein paar Zeichnungen, die ich angefertigt habe. Wenn irgendetwas davon Ähnlichkeit mit deinen Träumen hat, dann sag es mir.«

Er hielt ihr die einzelnen Bilder jeweils für ein paar Augenblicke vors Gesicht. Wie schon bei Clavon zeigte sich auch auf ihren Zügen Abscheu.

»Die sind furchtbar!«, rief sie aus. »So etwas zeichnest du?«

»Es sind Motive aus meinen eigenen Albträumen«, erklärte Torin. »Ich zeichnete sie, um mit meinen Albträumen fertigzuwerden und zu erfahren, ob sie vielleicht etwas zu bedeuten haben oder warum sie mich peinigen. Hast du von ähnlichen Scheußlichkeiten geträumt? Löst der Anblick dieser Kreaturen etwas in dir aus?«

»So verrückte Gebäude und Städte gibt es nicht mal in meinen Träumen. Und dann diese schauerlichen Gestalten. Sollen das Menschen sein?«

»Ehrlich gesagt, ich weiß es nicht. Ich habe nur gezeichnet, was ich geträumt habe. Was es bedeutet, kann ich nicht sagen. Wahrscheinlich gar nichts.«

Er hielt Ila ein Blatt nach dem anderen hin, und je kleiner der Stapel wurde, desto geringer wurde auch seine Hoffnung, auf diese Art etwas herauszufinden. Anscheinend war es wirklich eine dumme Idee gewesen.

Bei einem der letzten Bilder jedoch weiteten sich plötzlich ihre Augen. Wie gebannt starrte sie auf die Zeichnung.

»Nein!«, keuchte sie. »Nein! Nimm es weg, nimm es weg, schnell!« Sie begann am ganzen Leib zu zittern. »Das Ungeheuer … Das Ungeheuer aus meinem Traum. Sein Rüssel … er kommt auf mich zu, berührt mich … Es brennt so furchtbar!« Sie wand sich in ihren Ketten. Ihre Augen waren so sehr verdreht, dass nur noch das Weiße zu sehen war, und Schaum quoll über ihre Lippen. »Es brennt so … Es dringt in mich ein …«

Ila stieß einen gellenden Schrei aus und bäumte sich noch einmal auf, dann erschlaffte sie. Sie hatte das Bewusstsein verloren.

»Ich glaube, was Ila als Locken bezeichnet hat, war so etwas wie ein magischer Ruf. Er ereilte sie im Schlaf. Halb wach und halb träumend stand sie auf und irrte durch das Kloster, dabei bemüht, den Mönchen, die zu dieser Zeit noch auf waren, aus dem Weg zu gehen. In ihrem Halbschlaf erschienen sie ihr als Monster, die sie einfangen wollten. Irgendwie gelang es ihr, das Kloster unbemerkt zu verlassen, und sie lief ein Stück weit durch die Wüste, die ihr im Traum wie ein Moor vorkam. Dann traf sie auf eine Kreatur der Shai-Thilith, die der auf meiner Zeichnung offenbar ziemlich ähnlich sah. Das

Wesen berührte sie mit seinem rüsselartigen Fühler. So ergriff es Besitz von ihr und hinterließ dabei das Mal. Jedenfalls bin ich mir ziemlich sicher, dass es sich so verhalten hat«, beendete Torin seine Erklärung.

Er hatte versucht, die ohnmächtige Ila wieder aufzuwecken, doch es war ihm nicht gelungen. Auch hatte ihr Schrei keinen Wächter angelockt, so wie auch niemand auf ihre Hilferufe reagiert hatte, als die Ratte ihre verwundeten Zehen hatte anknabbern wollen. Vermutlich waren Schreie in den Kerkern etwas ganz Normales.

Schließlich hatte Torin gegen die Tür gehämmert, bis man ihn herausließ, und er war direkt zu Großmeister Clavon geeilt und hatte diesen im Gespräch mit Naron Balosta vorgefunden.

»Wenn sie die Wahrheit gesprochen hat, wissen wir nun immerhin, wie das Böse von ihr und dieser Hexe damals Besitz ergriffen hat, und wir wissen, wie die Kreatur ungefähr aussieht, die ihr das antat«, sagte Clavon. »Dieses Mal entsteht also bei der Übertragung, das ist eine sehr wichtige Information. Du hast unsere in dich gesetzten Erwartungen voll und ganz erfüllt, Torin. Als du mir vorhin deine Zeichnungen gezeigt und von Träumen gesprochen hast, konnte ich mir nicht vorstellen, dass das etwas bringen würde. So kann man sich täuschen.«

Nachdenklich warf Torin einen Blick auf die Zeichnung, die vor dem Großmeister auf dem Tisch lag. Sie zeigte eine grob menschenähnliche Kreatur, doch statt Armen wuchsen ihr auf jeder Seite zwei lange, biegsame Tentakel aus den Schultern. Weitere, allerdings nur knapp unterarmlange Tentakel wucherten statt Haar auf ihrem Kopf. Sie hatte große Augen mit schlangenartig geschlitzten Pupillen. Unter den Augen und über dem mit fürchterlichen Reißzähnen bewehrten Mund ragte anstelle einer Nase etwas wie ein Fühler oder Rüssel hervor, mit dem sie Ila wohl das Mal zugefügt hatte.

Dieses grässliche Wesen tauchte immer wieder in Torins Träumen auf, und offenbar existierte es wirklich. Es fiel Torin schwer, dabei an einen bloßen Zufall zu glauben.

Wie hatte er von dieser scheußlichen Kreatur träumen können? Solange er sie nur für eine Ausgeburt seiner eigenen Fantasie gehalten hatte, hatte er darüber nicht nachgedacht, aber offenbar existierte sie wirklich. Torin war sicher, dass er sie noch nie zuvor gesehen hatte, aber wie hatte er dann von ihr träumen können?

Glücklicherweise glaubte Großmeister Clavon, dass es sich nur um eine zufällige Ähnlichkeit handelte, und vielleicht war es ja auch tatsächlich so. Anderenfalls, das war Torin klar, würde er selber unter einen schlimmen Verdacht und in arge Erklärungsnot geraten.

»Ich werde das alles mit den anderen Mitgliedern der Loge besprechen«, sagte Clavon. »Doch zuvor möchte ich dich noch einmal meines tiefempfundenen Dankes versichern. Diese Zeichnung behalte ich erst einmal. Im Moment benötigen wir deine Hilfe nicht weiter. Versuch, dich erst einmal von dem Schrecklichen, das du durchgemacht hast, zu erholen.«

Torin stand auf und verneigte sich. Auch Balosta erhob sich. »Ich denke, ich werde wohl ebenfalls nicht mehr gebraucht, Euer Gnaden.«

»Nein, geht ruhig. Wie ich schon sagte, war es weise von Euch, die Hexe nach Aurelia zu bringen. Ich werde der Loge vorschlagen, Euch dafür und für Eure Leistungen im Osten eine Auszeichnung zukommen zu lassen.«

»Habt vielen Dank, Euer Gnaden.« Auch Balosta verneigte sich.

Torin verließ gemeinsam mit ihm den Raum.

»Sie werden sie töten, nicht wahr?«, murmelte Torin, während sie durch die Korridore schritten.

»Das werden sie.«

»Aber was, wenn das Böse nur zeitweilig von ihr Besitz ergriffen hat, um zu morden? Was, wenn es gar nicht mehr in ihr steckt?«

Balosta blieb stehen, ergriff ihn an den Schultern und blickte ihn eindringlich an. »Also hat sie es doch geschafft, Zweifel in dir zu säen. Ich habe es befürchtet und auch Clavon davor gewarnt. Aber da du der Einzige warst, der einen Zugang zu ihr fand, wollte er nicht auf mich hören.«

»Aber wenn ich recht habe …«, begann Torin, doch Naron Balosta unterbrach ihn.

»Selbst *wenn* du recht hättest und das Böse hätte sich aus ihr zurückgezogen, wäre ihre unsterbliche Seele davon befleckt und könnte nur durch die reinigende Kraft des Feuers geläutert werden. Aber es hat sich nicht zurückgezogen, sondern nistet noch immer in ihr. Ich habe in deiner Gegenwart mehrfach zur Sprache gebracht, wie sie sich während der Reise hierher verhalten hat, aber du hast nur das gehört, was du hören wolltest.«

»Aber …«

»Kein Aber. Ich werde es dir beweisen. Dein Auftrag ist beendet, und ich möchte, dass du dich selbst von der Wahrheit überzeugst, damit du diese Zweifel nicht für den Rest deines Lebens mit dir herumschleppst.«

Er führte Torin ein weiteres Mal in die Kerker hinab, doch diesmal blieb er ein paar Schritte vor der Tür zu Ilas Zelle stehen. »Du wartest hier. Ich werde versuchen, sie aus der Reserve zu locken, damit sie ihr wahres Gesicht zeigt.«

Erst dann öffnete er die Tür und trat ein, ließ sie hinter sich jedoch einen Spalt weit geöffnet, sodass Torin hören konnte, was im Inneren vorging.

»Sieh an, der große Inquisitor Naron Balosta«, hörte er Ilas Stimme. Sie klang anders als sonst, höhnisch und überheblich. Schon diese wenigen Worte zeigten ihm, dass es nicht die Ila war, die er kannte, die da sprach. »Was willst du? Habt ihr immer noch nicht eingesehen, dass es sinnlos ist, mich zu foltern?«

»Nein. Ich bin gekommen, um herauszufinden, wie viel von dem wahr ist, was du Torin erzählt hast.«

»Ah, Torin, der kleine Dummkopf, der mich unbedingt retten will!«, spottete sie.

Torin hörte ihre Worte mit ohnmächtigem Zorn, aber da war auch Verzweiflung, die er empfand. Er hatte so gehofft, mit der wahren Ila gesprochen zu haben, doch nun musste er erkennen, dass sie ihm tatsächlich nur etwas vorgespielt hatte. Was für ein Narr war er gewesen, dass er darauf hereingefallen war! Er musste sich an der Wand abstützen.

»Du hast nicht nur ihm etwas vorgespielt, sondern auch uns«, fuhr Naron Balosta sie an. »Als wir dich folterten, hast du geschrien und geweint und so getan, als würdest du furchtbare Schmerzen leiden. Auch uns wolltest du etwas vormachen.«

»Ja«, gestand die Kreatur, die einst Ila gewesen war, »aber es hat nicht funktioniert, weil das Kreischen und Heulen eines gequälten Mädchens dein steinernes Herz nicht erweichen kann, Inquisitor. Also habe ich mich auf Torin konzentriert, und es wäre mir fast gelungen, den Dummkopf völlig in meinen Bann zu schlagen.« Sie stieß ein wütendes Fauchen aus. »Ich habe gedacht, ich hätte die Überreste des Mädchens, das einst in diesem Körper lebte, vollständig unterdrückt, aber als er mich so unversehens mit dem Bild des Meisters konfrontierte, verlieh das Entsetzen ihnen eine solche Kraft, dass sie für einen Moment an die Oberfläche drangen.« Auf einmal lachte sie schrill auf. »Doch das macht nichts. Die Zeit ist ohnehin reif, dass die Welt von dem Meister und seiner Macht erfährt.«

»Der Meister? Wer ist das? Die Kreatur, die dich mit dem Bösen infiziert hat?«

»Von mir erfährst du nichts mehr. Du bist längst dem Tod

geweiht, und Tote benötigen kein Wissen mehr. Du wirst ebenso sterben wie alle anderen.«

»Schweig! Wenn hier jemand dem Tod geweiht ist, dann du. Wir werden dich der Macht des Feuers übergeben.«

Sie stieß ein schrilles Gelächter aus. »Du Narr!«, kreischte sie. »Dieser Körper ist nur ein Werkzeug, er bedeutet nichts. Schon lange bereitet der Meister die Rückkehr der wahren Herrscher vor. Eure Kirchen und Kathedralen werden unter dem Tritt der Shai-Thilith zu Staub zerfallen, ihr Menschen werdet versklavt, und euer lächerlicher Orden hat nicht die Macht, dies aufzuhalten. Du bist verflucht, Naron Balosta! Ich verfluche dich und alle deine Nachkommen! Mögen Fäulnis und Pestilenz dich und jeden anderen auffressen, der es wagt, sich den Shai-Thilith in den Weg zu stellen!«

Während Ila weiterhin wilde Flüche ausstieß, verließ Balosta ihre Zelle, schlug die Tür hinter sich zu und verriegelte sie.

»Nun kennst du die Wahrheit, obwohl ich dir das gern erspart hätte«, sagte er zu Torin. »So verhält sie sich jedem gegenüber außer dir.«

»Ja, nun kenne ich die Wahrheit«, echote Torin dumpf. »Sie hat mich getäuscht, und ich war tatsächlich nahe daran, ihr zu glauben. Was geschieht nun weiter?«

»Du weißt, dass es nur einen Weg gibt, ihre Seele zu retten. Wir müssen sie verbrennen.«

Also verbrannte man sie.

# 20

Zu Torins Überraschung entschieden die Großmeister, dass Ila schon am nächsten Tag sterben sollte. Nachdem sie nun erfahren hatten, was sie wissen wollten, schienen sie es nicht mehr erwarten zu können, sie möglichst schnell loszuwerden und die von ihr ausgehende Gefahr zu bannen.

Seit Torin in Aurelia weilte, hatte es bereits eine ganze Reihe von Hinrichtungen mutmaßlicher Ketzer und Hexen gegeben. Diese waren in aller Öffentlichkeit auf dem Heiligenplatz durchgeführt worden, doch war es den Adepten nicht erlaubt gewesen, der Ausbildung fernzubleiben, um daran teilzunehmen.

Diesmal jedoch war alles völlig anders. Ketzer oder diejenigen, denen Artefakte der alten Rasse den Verstand geraubt hatten, verfügten über keine besonderen geistigen Kräfte. Selbst die einer entlarvten Visha beschränkten sich auf leichte geistige Manipulationen wie das Erschaffen von Trugbildern und konnten von Inquisitoren unterbunden werden. Bei Ila hingegen war man sich nicht sicher, welche Mächte sie im Angesicht des Todes zu entfesseln vermochte, deshalb fand ihre Verbrennung nicht in der Öffentlichkeit, sondern auf dem Gelände der Inquisition statt.

Hinter dem Tribunalgebäude gab es einen speziellen Platz für nicht öffentliche Hinrichtungen. In seiner Mitte erhob sich ein stählernes Podest, aus dem ein dicker, gleichfalls stählerner Pfahl aufragte. Das Podest war groß, und das musste es auch sein, denn während das gemeine Volk ausgesperrt blieb, sollten nicht nur alle Inquisitoren, die sich zurzeit in Aurelia aufhielten, der Verbrennung beiwohnen, sondern auch die Adepten sämtlicher Jahrgänge. Es sollte eine Demonstration des Sieges über die Mächte des Bösen sein.

»Nach allem, was geschehen ist, und aufgrund deiner besonderen Beziehung zu dem Mädchen stellt man dir frei, ob du ebenfalls bei der Hinrichtung dabei sein willst«, hatte ihm Balosta mitgeteilt.

Die Entscheidung war Torin leichtgefallen. Diese Kreatur hatte ihn belogen, ihn zum Narren gehalten und mit seinen Gefühlen gespielt. Er wollte dabei sein, wenn sie verbrannt wurde. Und wenn sich immer noch etwas von der echten Ila in ihr befand, wollte er ebenfalls dabei sein, wenn ihre Seele durch das Feuer aus der Knechtschaft des Bösen befreit und geläutert wurde.

Niemand wusste Genaueres über Ila. Man hatte nur verkündet, dass es sich bei der Verurteilten um eine vom Bösen besessene Hexe handele, aber das Gerücht hatte sich rasch verbreitet, dass sie Inquisitor Scylla ermordet hatte und eine frühere Freundin Torins war. Er selbst hatte mit niemandem über Ila gesprochen. Selbst Berryl gegenüber bewahrte er immer noch Schweigen. Aber vermutlich hatte Malar von seiner Familie Einzelheiten über den Mord erfahren und dafür gesorgt, dass möglichst viele davon erfuhren.

Die Adepten standen nach ihren Jahrgängen geordnet in Gruppen beieinander, die Inquisitoren und Großmeister etwas abseits von ihnen. Es herrschte eine angespannte, nervöse Stimmung, vor allem bei den Inquisitoren und Großmeistern, und sie übertrug sich allmählich auch auf die Adepten. Jedem aus Torins Jahrgang war klar, dass er mehr darüber wusste, und immer wieder trafen ihn fragende Blicke, aber wenigstens hatte man es aufgegeben, ihn mit Fragen zu löchern.

Schließlich wurde eine Tür in dem Gebäude geöffnet und

die in Ketten gelegte Ila von vier Folterknechten ins Freie geführt. Diese waren in schwarzes Leder gekleidet und trugen Kapuzen über dem Kopf, die nur zwei Löcher für die Augen hatten. Hinter ihnen schritt Großmeister Clavon.

Alle Blicke richteten sich auf das Mädchen. Ila leistete keinerlei Gegenwehr, sondern wirkte völlig teilnahmslos, wie geistesabwesend, schien gar nicht mitzubekommen, was um sie herum vorging.

»Verbrennt sie! Verbrennt die Hexe!«, rief Malar, aber niemand fiel in seinen Ruf ein, sodass auch er rasch wieder verstummte. Sein Bruder stand immer noch unter Arrest und war nicht anwesend. Sicherlich empfand er es als einen besonders harten Teil der Strafe, nicht dabei sein zu dürfen, wenn die Mörderin seines Onkels zur Rechenschaft gezogen wurde.

Ila wehrte sich auch nicht, als sie an den Pfahl gebunden wurde und man die bereitgelegten Reisigbündel zu ihren Füßen aufschichtete. Torin lauschte in sich hinein und versuchte zu ergründen, was er fühlte, doch da war nichts, nur Kälte.

Clavon verlas die Ila zur Last gelegten Verbrechen und verkündete das Urteil. »Aus diesem Grund wurde dir, Ila aus dem Kloster des heiligen Bernardeus bei Assani, vor einem rechtmäßigen Tribunal der Inquisition der Kirche der Göttlichen Familie der Prozess gemacht. Das Tribunal hat dich der Hexerei schuldig gesprochen und dich zum Tod auf dem Scheiterhaufen verurteilt, damit deine Seele durch die Flammen geläutert werde. Das Urteil wird jetzt vollstreckt.«

Er trat zurück und gab einem der maskierten Henker ein Zeichen. Dieser hielt eine brennende Fackel an das Reisig, das sofort aufflammte. Die Flammen loderten höher, leckten über Ilas nackte Füße und Beine, doch sie zeigte keinerlei Anzeichen von Schmerz.

Ein verwundertes Raunen ging durch die Menge der Zuschauer, einige überraschte und auch entsetzte Rufe klangen auf. Berryl, der nach dem einen Tag Arrest wieder frei war, packte Torins Arm so fest, dass es wehtat.

»Was hat das zu bedeuten?«, keuchte er.

»Du hast es doch gehört«, erwiderte Torin und riss sich los. »Sie ist eine Hexe. Sie spürt keinen Schmerz.«

Die Flammen erfassten Ilas Gewand und loderten daran empor, aber noch immer schrie sie nicht. Stattdessen legte sie den Kopf in den Nacken und begann plötzlich laut und schrill zu lachen. Das Feuer erfasste ihr Haar und ließ es zu Ruß zerfallen, die Haut in ihrem Gesicht warf Blasen, platzte auf und verbrannte, und das blutige Fleisch darunter dampfte und verkohlte nach und nach. Schließlich war ihr ganzer Körper von Flammen eingehüllt, doch noch immer lachte sie.

Einige der Adepten wandten sich ab, während der Gestank brennenden Fleisches über den Platz zog. Ein Stück von Torin entfernt krümmte sich Micala Erea zusammen, erbrach sich würgend und brach dann ohnmächtig zusammen. Torin bekam es nur aus den Augenwinkeln mit. Er hielt den Blick auf den Scheiterhaufen gerichtet.

Das Böse, das von den Shai-Thilith ausging, hatte ihm Ila genommen und verbrannte dafür dort vor seinen Augen. In diesem Moment erneuerte er sich selbst gegenüber seinen Schwur, die finsteren Mächte mit aller Entschlossenheit überall zu bekämpfen, wo er sie antraf.

Es schien eine Ewigkeit zu dauern, bis das Lachen endlich verstummte und nur noch das Prasseln der Flammen zu hören war.

Großmeister Clavon hatte bei ihrem letzten Gespräch gesagt, Torin solle sich ausruhen, und so kehrte er nach Ilas Hinrichtung in seine Kammer zurück.

Er betete lange zum Göttlichen Vater und anschließend zur Göttlichen Mutter und bat sie, Ilas Seele in Gnade aufzunehmen. Anschließend legte er sich auf sein Bett, um nachzudenken.

Bei den Ereignissen um die Hexe Tarla damals im Kloster hatte er geglaubt, die hässliche Fratze des Bösen gesehen zu haben, doch wie hässlich sie wirklich sein konnte, hatte er erst jetzt erlebt. Er war noch nicht abgeklärt und unvoreingenommen genug, hatte seinen Gefühlen erlaubt, zu viel Einfluss auf sein Denken und Handeln auszuüben. Nur deshalb hatte das Böse ihn täuschen können.

Dieser Fehler würde ihm niemals wieder unterlaufen, nahm er sich vor. Gefühle bedeuteten Schwäche, also musste es ihm gelingen, sie vollständig zu unterdrücken. Das war die wichtigste Lektion, die er aus den Ereignissen gelernt hatte.

Er verspürte eine innere Unruhe, den Drang, sich zu bewegen. Wie er es im Unterricht gelernt hatte, versuchte er, sich in eine leichte Trance zu versetzen, um sich zu beruhigen und zu entspannen, aber diesmal gelang es ihm nicht. Er sprang auf und ging in der Kammer auf und ab, doch schon nach kurzer Zeit hatte er das Gefühl, die Wände würden auf ihn zurücken.

Vielleicht fehlte ihm wirklich Bewegung. Die letzten Tage hatte er fast nur im Kerker oder in seiner Kammer verbracht. Vor allem die Anstrengungen des Kampftrainings fehlten ihm nun. Er beschloss, einen Spaziergang zu machen und dabei ein wenig zu laufen, um seine Kondition zu verbessern.

Entschlossen verließ er seine Unterkunft und eilte die Treppe in die Eingangshalle hinauf. Dort wurde ihm plötzlich schwindelig. Alles begann sich um ihn zu drehen, und die Kraft wich aus seinen Beinen.

Ohnmächtig stürzte er zu Boden …

Als Torin die Augen aufschlug, sah er das Gesicht von Tailon Magario über sich. Besorgt blickte der Heiler auf ihn herab.

»Was ist passiert?«, fragte Torin. Das Sprechen fiel ihm schwer, sein Mund war extrem trocken.

»Ich hatte gehofft, das könntest du mir sagen. Man hat dich bewusstlos aufgefunden.«

»Das war wohl nur ein leichter Schwächeanfall.« Er blickte sich um und erkannte, dass er sich wieder im Haus der Heiler befand. »Es war übertrieben, mich deswegen extra herzubringen.«

»Das denke ich nicht. Wie fühlst du dich jetzt?«, wollte Magario wissen.

»Noch ein bisschen schwach, aber sonst ganz gut. Und durstig.«

Aus einem Krug auf dem kleinen Tischchen neben dem Bett goss der Heiler etwas Wasser in einen Becher und reichte ihn Torin. Der leerte ihn gierig.

»Kannst du dich an alles erinnern, was vor deiner Ohnmacht war?«

»Natürlich. Ich war zusammen mit den anderen Adepten Zeuge bei einer Hexenverbrennung.«

»Man hat mir berichtet, dass du die Hexe von früher kanntest und mitgeholfen hast, sie zu verhören. War das sehr schlimm für dich?«

»Schlimm war, als ich erkennen musste, dass sie mich die ganze Zeit belogen und mit mir gespielt hat. Bitte, Euer Gnaden, warum stellt Ihr mir diese Fragen? Ich hatte nur einen Schwächeanfall und fühle mich jetzt schon wieder ganz gut.«

»Wenn es nur so einfach wäre. Du warst fünf Tage lang ohne Bewusstsein.«

»Was?« Erschrocken fuhr Torin mit dem Oberkörper in die Höhe. Sofort wurde ihm schwindelig, und er ließ sich wieder zurücksinken. »Aber das … das kann nicht sein! Ich fühle mich, als hätte ich nur kurz geschlafen.«

»Und doch ist es so. Du hast so tief geschlafen, dass es uns nicht gelungen ist, dich zu wecken. Nach einem Tag kam noch ein heftiges Fieber hinzu, das erst gestern wieder geschwunden ist. Wir konnten dir nur mühsam etwas Suppe mit Heilkräutern darin einflößen.«

»Kein Wunder, dass ich so hungrig und durstig bin.« Torin schüttelte den Kopf. Fünf Tage! Er konnte es kaum glauben.

»Du bekommst gleich noch etwas. Aber du darfst nicht zu viel auf einmal trinken, sonst wird dir schlecht. Ich vermute, dass es gar keine körperliche Ursache für deine Ohnmacht gab, sondern nur die Nervenanspannung für dich zu viel war. Dein Verstand hat einfach nicht mehr mitgemacht und sich für eine Weile in eine Art Schneckenhaus zurückgezogen. Jetzt scheint alles wieder in Ordnung zu sein, trotzdem werde ich dich zur Beobachtung noch einen Tag hierbehalten. Dein Körper ist vom langen Liegen ziemlich geschwächt. Glaubst du, dass du aufstehen kannst?«

Anstelle einer Antwort setzte sich Torin erneut auf, langsamer und vorsichtiger diesmal, dann schwang er die Beine aus dem Bett. Als er sie jedoch mit dem Gewicht seines Körpers zu belasten versuchte, gelang es ihm nicht. Fast wäre er gestürzt.

»Das macht nichts, das war zu erwarten«, tröstete ihn der Heiler. »Ruh dich noch etwas aus. Ich werde später wiederkommen, dann gelingt es dir bestimmt. Aber unternimm keine weiteren Versuche, solange du allein bist, sonst fällst du womöglich und kommst aus eigener Kraft nicht mehr hoch.«

Kaum hatte er das Zimmer verlassen, setzte sich Torin bereits wieder auf. Er hatte fünf Tage lang geschlafen, da brauchte er sich sicherlich nicht noch mehr auszuruhen. Er fühlte Tatendrang in sich und wollte das Haus der Heiler so schnell wie möglich wieder verlassen.

Das Ausbildungsjahr war bereits vorbei. Es ärgerte ihn, dass er wie schon im letzten Jahr die Abschlussfeier verpasst hatte.

Wenn er richtig rechnete, hatte die Zeremonie am vergangenen Tag stattgefunden.

Auch am Turnier in der Toten Stadt hatte er erneut nicht teilgenommen, was ihn aber nicht sonderlich betrübte. Nach dem, was er mit Ila erlebt hatte, konnte er im Moment auf alles, das in irgendeiner Form mit den Shai-Thilith in Zusammenhang stand, gut verzichten. Der Bewegungsmangel, die Angst um Ila und die emotional so anstrengenden Gespräche mit ihr, die ihn dazu gebracht hatten, mit ihr mitzuleiden, schließlich die Enttäuschung über ihre Lügen und dann ihre Verbrennung – möglich, dass das alles etwas viel für ihn gewesen und er deshalb zusammengebrochen war.

Torin blieb einige Minuten lang mit herabbaumelnden Beinen auf der Bettkante sitzen. Als er gerade versuchen wollte aufzustehen, klopfte es an der Tür, und Naron Balosta trat ein.

»Sieh an, dir scheint es ja wieder besser zu gehen.«

»Ja, nur mit dem Stehen will es noch nicht recht klappen. Woher habt Ihr so schnell erfahren, dass ich aufgewacht bin?«

»Das habe ich gerade erst gehört. Aber ich war jeden Tag mindestens einmal hier, um mich nach dir zu erkundigen, und das hatte ich auch diesmal vor, als man mir mitteilte, du wärest gerade aufgewacht. Und jetzt willst du es anscheinend wie üblich direkt übertreiben.«

»Ich will nur so schnell wie möglich wieder normal aufstehen können, nachdem ich fünf Tage gelegen habe. Ich habe einiges verpasst. Außerdem sind das meine freien Tage, und die möchte ich nicht im Bett verbringen.«

»Es dürfte dich nicht überraschen, dass du dem Orden auch weiterhin erhalten bleibst. Deine Beurteilungen lassen nichts zu wünschen übrig. Auch was deine Fähigkeiten beim Kämpfen und Reiten betrifft, hast du die meisten anderen Adepten inzwischen überholt. Nur ein Mädchen wurde nach Hause geschickt, Miralla oder so ähnlich.«

»Micala. Es ist gut, wenn sie jetzt weg ist. Sie wäre nie eine gute Inquisitorin geworden und wollte es auch gar nicht. Ihren Leistungen nach hätte sie schon letztes Jahr gehen müssen, aber anscheinend will man so dringend Frauen im Orden haben, dass man sie weiter durchgeschleppt hat.«

»Nun, jetzt nicht mehr.« Balosta zog sich einen Stuhl heran und setzte sich Torin gegenüber. »Ich mache mir Vorwürfe, dass ich nicht entschiedener protestiert habe, als dich die Großmeister für das Verhör dieser Ila eingesetzt haben.«

»Glaubt Ihr, das hätte etwas geändert? Außerdem wollte ich es selbst. Nach der ersten Begegnung mit ihr war ich regelrecht davon besessen, ihre Unschuld zu beweisen.«

»Die Großmeister, allen voran Clavon, wussten das. Sie wussten, dass du dich in ihrem Netz verfangen würdest, zumindest haben sie es billigend in Kauf genommen, nur um an Informationen zu gelangen. Ich aber habe die Gefahr unterschätzt, weil man mich mit dem ganzen Lob darüber, dass ich Ila lebend nach Aurelia gebracht habe, und der Aussicht auf eine Auszeichnung eingewickelt hat.« Er deutete auf einen zehnten Stern an seiner Kutte.

»Ich gratuliere. Ihr habt ihn zweifellos verdient. Und Ihr solltet Euch keine Vorwürfe machen. Als Ihr mich im Kerker habt lauschen lassen, sodass ich die Wahrheit akzeptieren musste, hat mir das ungemein geholfen.«

»Ja, so sehr, dass du unter der Last von alldem zusammengebrochen bist.«

»Das macht nichts«, behauptete Torin. »Nur ein kleiner Schwächeanfall. Jetzt fühle ich mich sogar besser als zuvor. Hätte es sich nicht gerade um Ila gehandelt, wäre ich sogar froh, dass es passiert ist. Ich kenne nun die Fratze des Bösen in all ihrer Verschlagenheit und weiß, wozu es imstande ist. Und mehr noch als zuvor weiß ich, wie wichtig es ist, das Böse überall und mit allen Mitteln zu bekämpfen. Käme ich heute noch einmal in die gleiche Lage, würde es dem Bösen nicht mehr gelingen, mich zu täuschen. Ich würde *ihm* etwas vorspielen und währenddessen nur an seine Vernichtung denken.«

Balosta musterte ihn forschend. »Du hast dich verändert. Und ich weiß nicht, ob mir diese Veränderung gefällt. Du hattest stets eine jugendliche Begeisterung und eine Hingabe an die Kirche, die dich zu etwas Besonderem gemacht hat.«

»Vielleicht bin ich einfach erwachsen geworden.«

»Nein, so einfach ist es nicht.« Balosta schüttelte den Kopf. »Begeisterung ist eine gute Sache, aber sie darf nicht in Fanatismus umschlagen, und genau das befürchte ich bei dir. Begeisterung gibt Kraft und lässt auch Platz für die schönen Dinge des Lebens, aber Fanatismus verdrängt und tötet alles andere. Du musst dem Bösen etwas Gutes entgegenstellen und darfst es nicht nur aus Hass bekämpfen. Sonst wird deine Seele Schaden nehmen, und ohne dass du es merkst, wird sie immer finsterer werden, bis du dich kaum noch von dem Bösen unterscheidest, das du bekämpfst.«

Torin senkte den Kopf. Worte, nichts als Worte. Er hatte die Wahrheit erkannt, und auch Clavon kannte sie und wahrscheinlich auch die anderen Großmeister. Aber ausgerechnet bei seinem Mentor war er sich dessen nicht mehr sicher. Vielleicht war Balosta zu idealistisch. Es ging nicht um Begeisterung oder feingeistige Unterscheidungen und dergleichen mehr. Das Böse existierte, es mordete und versuchte Menschen zu verderben. Es musste vernichtet werden.

Das war die einfache, klare Wahrheit.

Und die einzige, die zählte.

Balosta blieb nicht der Einzige, der in der Folgezeit eine Veränderung an Torin bemerkte, auch seinen Ausbildern fiel auf, dass sich Torin innerlich gewandelt hatte. Dabei ging es weniger um sein Verhalten, als um die Ansichten, die er vertrat.

Das betraf vor allem den Bereich Kirchenrecht und Prozessführung. Bislang hatte er hier stets eine sehr objektive Position vertreten und sich in den gespielten Schauprozessen bemüht, einen Angeklagten in Widersprüche zu verwickeln, erlogene Schutzbehauptungen als solche zu entlarven und auch die letzten Zweifel an seiner Schuld auszuräumen. Nun jedoch reichte ihm bereits ein erforderliches Mindestmaß an Beweisen, um zu einem Schuldspruch zu gelangen.

Zu dem Unterricht im Bereich Prozessführung gehörten auch die Funktionsweise von Folterwerkzeugen und ihre Anwendungsbereiche. In der Regel stand einem Inquisitor während der hochnotpeinlichen Befragung ein Foltermeister zur Seite, der genau wusste, welches Instrument welchen körperlichen Schaden verursachte und wie weit er gehen konnte, ohne dass der Befragte noch vor dem Eingeständnis seiner Schuld verstarb. Doch auch ein Inquisitor musste sich mit diesen Gerätschaften auskennen, musste dem Folterer präzise Anweisungen geben können und wissen, was der Einsatz welches Instruments bei dem Befragten anrichtete. Die Verbrennungen, Knochenbrüche, ausgerenkten Gelenke und Verstümmelungen waren bleibende körperliche Schäden, die man einem Befragten nur dann zufügen sollte, wenn man bereits felsenfest von seiner Schuld überzeugt und sein Tod beschlossene Sache war.

Auch in dieser Hinsicht zeigte Torin während des Unterrichts wenig Zurückhaltung. Schon sehr bald nach Beginn des gespielten Prozesses entschied er sich für den Einsatz der Folter, um schnellstmöglich ein Geständnis zu erhalten, und die Foltermethoden, die er anordnete, waren sehr drastisch. Auch hier musste ihn sein Lehrer ermahnen, nicht übereilt vorzugehen, sondern zunächst abzuwarten, ob sich ein Beschuldigter nicht schon durch geschickte Fragen als Ketzer verriet. Ansonsten genügten häufig schon das Vorzeigen der Folterinstrumente und die Erläuterung ihrer Funktionsweise gegenüber dem Befragten, um ein Geständnis zu erhalten. Auch »mildere« Folterarten wie schmerzhafte Fesselungen, Aufhängen oder vorgetäuschtes Ertränken führten oft schon zum erwünschten Ziel, ohne dass man »rabiatere« Methoden einsetzen musste.

Aber nicht nur während des Unterrichts machte sich ein Wandel in seiner Persönlichkeit bemerkbar. Hatte er sich den anderen Adepten gegenüber in der Zeit zuvor geöffnet, viel mit ihnen gesprochen und mit ihnen zusammen unternommen, so wurde er nun wieder wortkarg und kapselte sich ab. Lediglich mit Berryl verstand er sich nach wie vor gut, allerdings beschränkte sich das hauptsächlich auf das gemeinsame Lernen. Über persönliche Dinge oder Sorgen sprachen sie kaum noch.

Ganz allgemein vergrub sich Torin noch verbissener als zuvor in die Arbeit. Einen Ausgleich dazu suchte er hauptsächlich im Kampftraining oder in langen Läufen über das Gelände der Inquisition und durch ein angrenzendes Waldstück. In die Stadt ging er so gut wie nicht mehr, lieber widmete er sich seinen Studien, ging mit Berryl den aktuellen Lehrstoff noch einmal durch oder übte sich mit ihm im Kampf und in der Kunst, geistige Manipulationen durchzuführen und abzuwehren. Eine über diese Zweckgemeinschaft hinaus tiefer gehende Freundschaft ließ Torin nicht zu.

Auch Balosta sah er nur noch selten. Immerhin hatte er von ihm erfahren, dass die Kirche eine Falknerin in den Osten von Talarien geschickt hatte, durch die man in Aurelia innerhalb kurzer Zeit über alle besonderen Vorkommnisse dort unterrichtet wurde. Derzeit allerdings war es dort ziemlich ruhig, seit Ilas Morden hatte es keine besonderen Vorfälle in der Gegend mehr gegeben. Aus diesem Grund war Balosta auch nicht erneut dorthin gereist, sondern erledigte andere Aufträge für die Inquisition.

Knapp drei Monate war das neue Ausbildungsjahr schon

alt, als Torin eines Abends überraschend von Shirina in seiner Unterkunft aufgesucht wurde.

»Darf ich hereinkommen?«, fragte sie.

»Natürlich«, sagte Torin verwundert, schließlich hatten sie schon seit geraumer Zeit nur noch wenig miteinander gesprochen. Sein Herz schlug auf einmal schneller, und er ärgerte sich darüber. Shirina war noch immer wunderschön, schien sogar mit jedem verstreichenden Monat noch an Schönheit zu gewinnen, doch er rief sich ins Gedächtnis, dass gerade dies ihre Freundschaft zerstört hatte. Vor allem aber hatte er durch Ila erkannt, dass Gefühle den Verstand nur vom Wesentlichen ablenkten oder gar verwirrten.

»Ich bin gekommen, weil ich mir Sorgen um dich mache«, sagte sie und nahm unaufgefordert auf einem der beiden Stühle Platz. »Wir waren immerhin mal gut befreundet, und auch wenn wir nicht mehr viel miteinander reden, heißt das nicht, dass du mir gleichgültig bist. Du hast dich ziemlich verändert in letzter Zeit.«

»Das sagt man mir dauernd.«

»Wenn es auch anderen auffällt, zeigt das nur, dass du dich wirklich verändert hast und ich mir nicht nur etwas einbilde.«

»Ja, ich weiß schon, ich bin entschlossener und härter geworden«, sagte er gereizt. Anders als früher verspürte er nicht mehr den Drang, Shirina in die Arme zu nehmen und an sich zu drücken und auch sonst keinerlei Verlangen ihr gegenüber. Das immerhin erfüllte ihn mit einem Gefühl der Erleichterung. »Aber ich sehe keinen Grund, warum andere sich deswegen Sorgen machen sollten.«

»Weil du dir selbst auch keine Sorgen mehr um andere machst?«, hakte sie mit ihrer gewohnt scharfen Zunge nach und brachte die Sache damit auf den Punkt. »Weil andere Menschen dich nicht mehr interessieren? Du bist nicht härter geworden, sondern kälter.«

»Alle Arten von Gefühlen sind trügerisch und können vom Bösen für sich genutzt werden«, sprach er aus, was er als Wahrheit erkannt hatte und sich seit mittlerweile mehreren Monaten ständig einhämmerte. »Sie machen uns schwach und anfällig.«

»Ja, das tun sie«, sagte Shirina mit großem Ernst. »Und sie machen uns auch verletzlich. Ich glaube, genau das ist mit dir passiert. Man hat dich verletzt und dir sehr wehgetan. Du hast dieses Mädchen gemocht, das als Hexe verbrannt wurde, nicht wahr?«

Torin stand so abrupt auf, dass sein Stuhl ein Stück weit über den Steinboden rutschte, dann ging er im Zimmer auf und ab.

»Ich möchte nicht darüber sprechen«, sagte er.

»Nein, du möchtest nur unter allen Umständen verhindern, dass dir noch einmal jemand wehtut. Deshalb unterdrückst du alle Gefühle außer einem blindwütigen Verlangen nach Rache. Gefühle machen uns verletzlich, das ist richtig, aber durch sie unterscheiden wir uns auch vom Bösen, denn es kennt nur Tod und Vernichtung. Je mehr du deine Gefühle verdrängst, desto mehr wirst du wie das, was du bekämpfen willst.«

»Nein!«, stieß Torin heftig hervor, packte die Rückenlehne seines Stuhls und umklammert sie so heftig, als wollte er sie zerbrechen. Balosta hatte ihm das Gleiche gesagt, aber auch durch Wiederholung wurde es nicht richtiger. »Das sind doch alles nur leere Worte, nichts als abgedroschene Phrasen. Es gibt nichts, was mich mit dem Bösen verbindet! Ich kämpfe für die Göttliche Familie!«

»Das tust du nicht, sondern du verrätst das, wofür sie steht. Sie weist uns an, das Böse zu bekämpfen, das stimmt, aber sie lehrt uns auch etwas anderes: Liebe. Nicht einmal der Göttliche Vater ertrug die Einsamkeit, deshalb schuf er ein Weib. Und der Liebe zu seinem Weib entsprossen seine ebenfalls geliebten Kinder.«

»Von denen eins ihn verraten hat. So viel zum Thema Liebe. Außerdem, was verstehst du schon davon?«

Shirina ließ sich nicht aus der Ruhe bringen. »Vermutlich nicht mehr oder weniger als du. Ich weiß zum Beispiel, dass du dich in mich verliebt hast und dich mir gegenüber aus diesem Grund anders als früher verhalten hast, weshalb wir uns zerstritten haben. Es hat etwas gedauert, bis ich das erkannt habe. Danach hätte ich dich gern für die hässlichen Sachen, die ich zu dir gesagt habe, um Verzeihung gebeten, aber wahrscheinlich hätte ich dir damit nur noch mehr wehgetan. Deshalb habe ich mich von dir ferngehalten, um dir Zeit zu geben, darüber hinwegzukommen.«

Noch vor einem Vierteljahr hätte Torin beinahe alles dafür gegeben, diese Worte von ihr zu hören. Inzwischen aber hatte sich alles verändert. Dies war seine erste Bewährungsprobe. Tief in sich spürte er, wie seine Gefühle gegen seinen Verstand aufbegehrten, doch er war stark genug, sie zu unterdrücken.

»Du weißt, dass zwischen uns niemals mehr als Freundschaft sein kann«, fuhr Shirina fort. »Zum Abschluss der Ausbildung wird man mich mit einem Würdenträger der Kirche verheiraten. Aber deshalb können wir trotzdem Freunde sein.«

»Ich brauche keine Freunde!«, stieß Torin hervor. »Wenn man sich auf niemanden verlässt, kann man auch von niemandem enttäuscht werden!«

Zu seiner Überraschung blieb Shirina immer noch ruhig. Früher wäre sie aufgebraust und zornig aus dem Raum gestürmt. »Wie du meinst«, sagte sie und stand auf. »Du hast dich wirklich verändert, und zwar auf eine Art, dass du mir fast leidtust.«

Nachdem sie gegangen war, setzte sich Torin wieder, stützte die Ellbogen auf den Tisch und das Kinn in die Handflächen und starrte dumpf brütend vor sich hin.

Monat reihte sich an Monat, auf einen milden Herbst folgte ein umso härterer Winter mit viel Frost und Schnee, der schließlich in den Frühling überging.

Torins abweisende Haltung den anderen gegenüber war mit der Zeit wieder aufgeweicht. Er hatte sich zum mit Abstand besten Schüler seines Jahrgangs entwickelt, während es manchen anderen schwerfiel, den ständig steigenden Anforderungen der Ausbilder gerecht zu werden. Immer häufiger wandten sie sich mit der Bitte um Hilfe an Torin, und er gab ihrem Drängen schließlich nach.

Mit Berryl gemeinsam lernte er nach wie vor fast jeden Abend, doch ein- oder zweimal in der Woche setzte er sich auch mit anderen Adepten zusammen und wiederholte mit ihnen, was sie zuvor nicht verstanden hatten.

Allerdings geschah dies keineswegs aus Mitleid oder reiner Nächstenliebe. Seine hauptsächliche Antriebsfeder bei allem war und blieb der Hass auf das Böse in Gestalt der Shai-Thilith, ihrer Helfer und alles, was mit ihnen in Verbindung stand. Doch wusste er, dass er diesen Kampf nicht allein führen konnte. Eine starke Inquisition war dafür erforderlich, und indem er den Adepten half, die Ausbildung erfolgreich abzuschließen, stärkte er den Orden.

Als sich der Sommer und damit das Ende des Ausbildungsjahres näherte, wuchs eine unbestimmte Nervosität in Torin, die er sich zunächst nicht erklären konnte. Dann wurde ihm bewusst, dass in den beiden vorangegangenen Jahren zu dieser Zeit etwas vorgefallen war, dessentwegen er ins Haus der Heiler gemusst hatte. Würde sich das auch in diesem Jahr wiederholen?

Zumindest bis zum Turnier in der Toten Stadt ereignete sich zu seiner Erleichterung nichts Besonderes. Er wollte endlich wieder daran teilnehmen, rechnete sich mit ein wenig Glück sogar Chancen auf einen der vorderen Plätze aus. Er war nicht nur der Beste in den geistigen Ausbildungsbereichen, sondern hatte auch beim Kampftraining deutliche Fortschritte erzielt. Wenn er nicht gleich zu Beginn an einen der wenigen ihm überlegenen Gegner geriet, war ein Platz weit vorne durchaus zu schaffen.

»Na, traust du dich auch mal wieder?«, fragte Solomon Scylla und grinste ihn gehässig an. »Diesmal erwische ich dich, verlass dich darauf! Ich habe nicht vergessen, was bei unserem ersten Turnier passiert ist und dass ich deinetwegen im letzten Jahr nicht daran teilnehmen durfte.«

Torin zuckte mit den Schultern und kümmerte sich nicht weiter um ihn. Er hatte auch vor Solomon keine Angst mehr. Zweifellos war dieser noch immer der bessere Schwertkämpfer, aber der Abstand zwischen ihnen war längst nicht mehr so groß, wie er einmal gewesen war. Die Kampfkunst der Inquisitoren, die Boragon Trent ihnen beigebracht hatte, unterschied sich in vielerlei Hinsicht von der Art zu kämpfen, wie sie auf Burgen und beim Heer gelehrt wurde. Sie war eher wie ein Tanz als wie ein brutales Schlagen und Stechen.

Da keiner der Adepten diese Art zu kämpfen schon vorher beherrscht hatte, mussten sie diese alle von Grund auf neu erlernen, weshalb es keine so großen Unterschiede zwischen ihnen mehr gab. Das gereichte gerade Torin und den anderen ehemals schwachen Adepten zum Vorteil, während diejenigen wie Shirina oder die Scylla-Brüder, die vor ihrer Ankunft bereits ein ausgiebiges Training auf diesem Gebiet genossen hatten, sich umstellen mussten und ihr Vorsprung dahin war.

Als er das Areal jedoch zusammen mit den anderen Adepten betrat, wich Torins Vorfreude beinahe augenblicklich. Er hatte ganz vergessen, dass die Tote Stadt ihren Namen zu Recht trug. In seiner Erinnerung war sie nur eine Ansammlung von Ruinen und Felsen gewesen, nun aber spürte er wieder mit all seinen Sinnen ihre Fremdartigkeit und die bedrückende Atmosphäre, die hier herrschte.

Bei seinem ersten Aufenthalt an dieser Stätte des Bösen war Torin hauptsächlich auf den Wettkampf konzentriert gewesen und hatte seine Umgebung darum nur nach taktischen Gesichtspunkten betrachtet. Jetzt aber fiel ihm wieder ein, dass diese Anlage von den verhassten Shai-Thilith errichtet worden war. Ihre finstere Macht hatte hier einst alles durchdrungen, und immer noch war etwas vom Geist der alten Rasse hier verblieben. Leben aber gab es hier nicht, weder Pflanze noch Tier, wie ihm erst jetzt richtig bewusst wurde. Keiner der Felsen war mit Moos bewachsen, nicht ein einziger Grashalm oder sonst ein Spross wuchs aus dem Boden. Das Zwitschern von Vögeln war nur aus der Ferne zu hören, hier ließ sich keiner nieder.

Torin bückte sich und betrachtete den Boden genauer, aber nicht einmal eine Ameise, ein Käfer oder sonst ein Insekt war zu entdecken.

Die Tote Stadt *war* tot.

Erst das Ertönen eines Gongs riss ihn aus seinen Gedanken. Der Wettbewerb hatte begonnen, und er hatte sich weder eine günstige Position gesucht noch eine Taktik zurechtgelegt, sondern stand immer noch nur wenige Schritte vom Tor entfernt auf freier Fläche. Vereinzelt war bereits das Aufeinanderklirren von Stahl zu hören. Auch das war anders als bei seinem einzigen früheren Turnier. So, wie sie im Training nur noch selten mit Holzschwertern übten, waren sie auch hier mit echten Schwertern bewaffnet.

Torin hastete auf die Felsbrocken und Mauerreste zu, um dazwischen unterzutauchen und sich eine günstige Verteidigungsposition zu suchen. Doch bevor er sie erreichte, trat ein paar Meter vor ihm Solomon zwischen ihnen hervor.

»Ich habe dir ja versprochen, dass ich es dir diesmal heimzahle!«, rief er grinsend. »Ich wollte dir heimlich folgen, um zu sehen, wo du dich versteckst, aber dass du nicht einmal den Versuch unternommen hast, ist besonders nett von dir!«

Mit wiegenden Schritten kam er näher, ließ die flache Seite der Schwertklinge immer wieder in seine linke Handfläche klatschen. Zornig auf sich selbst zog auch Torin sein Schwert. Er hatte sich auf das Turnier gefreut, aber durch eigene Schuld würde er nun vermutlich als einer der Ersten ausscheiden.

Solomon griff an. Er führte mehrere Hiebe in Kopfhöhe, die Torin geschickt abblockte. Anders als mit den vergleichsweise harmlosen Holzschwertern ging es nicht mehr darum, den Gegner zu treffen, sondern darum, ihn zu entwaffnen oder kampfunfähig zu machen. Der Wettkampf wurde von noch mehr Inquisitoren als früher überwacht, und man erwartete von den Adepten, dass sie ihre Waffen mittlerweile so gut beherrschten, dass sie ihrem Gegenüber keine Verletzungen zufügten, jedenfalls keine schweren. Ein paar kleine Prellungen oder Schnitte hatten sich in den letzten beiden Jahren nicht vermeiden lassen, wie Torin wusste, aber kein Adept war ernsthaft verwundet worden.

Bei dem Ungestüm, mit dem Solomon angriff, war sich Torin nicht sicher, ob dieser sein Schwert wirklich noch perfekt kontrollierte. Noch aber bereitete es ihm keine Mühe, die Angriffe zu parieren. Mit fließenden, geschmeidigen Bewegungen versuchte er, seinen Körper im optimalen Gleichgewicht zu halten, während er die einstudierten Abwehrbewegungen ausführte.

Sie tänzelten umeinander herum, führten blitzschnelle Angriffe und Paraden aus. Nachdem Solomon mehrfach hintereinander Hiebe in Kopfhöhe geführt hatte, täuschte er einen weiteren derartigen Schlag an. Stattdessen jedoch riss er die Klinge plötzlich in einem Bogen herum und führte einen Streich gegen Torins Beine, doch dieser durchschaute die Finte gerade noch rechtzeitig. Als eine perfekte Verlängerung seines Armes sauste sein Schwert herab, fuhr zweimal Funken sprühend um die Klinge des Scylla herum und riss sie ihm fast aus der Hand.

Solomon musste für einen kurzen Moment um sein Gleichgewicht ringen. Torin nutzte die sich bietende Gelegenheit für einen Gegenangriff. Klirrend prallten die Klingen immer wieder aufeinander, so schnell, dass Blicke ihnen kaum zu folgen vermochten, verschmolzen zu flirrenden Schemen.

Nun wurde Torin immer mehr zurückgedrängt. Er wusste, dass er diesen Kampf nicht gewinnen konnte, wenn kein Wunder geschah. Obwohl sich der Abstand zwischen ihnen deutlich verringert hatte, war Solomon immer noch der deutlich bessere Kämpfer.

Dennoch wollte Torin nicht einfach aufgeben. Vermutlich hätte er es auch gar nicht gekonnt. Solomon schlug so schnell und hart zu, dass es ihm kaum noch möglich gewesen wäre, einen Hieb rechtzeitig zu stoppen, falls es Torin nicht gelang, ihn zu parieren. Der Hass war mit ihm durchgegangen, hatte die Kontrolle über sein Handeln übernommen.

Und dann ereignete sich tatsächlich das Wunder, das Torin brauchte, um das Ruder noch einmal herumzureißen. Auf dem unebenen, mit Geröll übersäten Boden wackelte ein Stein unter Solomons Fuß und kippte zur Seite weg. Der Scylla geriet ins Straucheln. Torin ließ sein Schwert sinken, sprang auf ihn zu und versetzte ihm einen Tritt gegen die Brust, der Solomon vollends aus dem Gleichgewicht und zu Fall brachte.

Torin trat auf ihn zu, um ihm die Spitze seines Schwertes an die Kehle zu setzen und ihn so zum Aufgeben zu zwingen, als ihm plötzlich eine Wolke aus Sand und kleinen Steinchen entgegengeschleudert wurde. Die Steine trafen ihn schmerzhaft im Gesicht, etwas von dem Sand drang in seine Augen und nahm ihm sekundenlang die Sicht.

Ein Tritt gegen die Beine ließ auch ihn rücklings zu Boden stürzen. Das Schwert entglitt seiner Hand.

Als sich sein Blick wieder klärte, sah er Solomon mit zum Hieb erhobenem Schwert über sich stehen. Hass funkelte in den Augen des Scyllas. Es war ihm anzusehen, dass er nur zu gerne zugeschlagen hätte, doch ihm war bewusst, dass er von zahlreichen Inquisitoren beobachtet wurde.

»Solomon Scylla ist Sieger des Kampfes, Torin aus Assani scheidet aus!«, rief einer von ihnen.

Widerwillig ließ Solomon das Schwert sinken.

»Scher dich weg!«, stieß er hervor und verschwand zwischen den Mauerresten.

Torin rappelte sich auf und verließ geschlagen und gedemütigt als Erster die Tote Stadt, wohingegen Solomon ihm erst geraume Zeit später als diesjähriger Sieger folgte.

## 21

Auch wenn Torins allzu schnelles Ausscheiden aus dem Wettkampf eine Demütigung war, waren seine sonstigen Leistungen doch so gut, dass ihm keinerlei Gefahr drohte, aus dem Schwarzen Orden ausgeschlossen zu werden.

Das wurde ihm auch wenige Tage später auf der Feier zum Abschluss des Jahres bestätigt. In jedem Bereich waren seine Beurteilungen hervorragend. Und auch einige Adepten, deren Weiterkommen eine Zeit lang fraglich gewesen war, hatten durch seine Hilfe so weit aufgeholt, dass von ihnen keiner gehen musste.

Nach einer entsprechenden Ansprache Inquisitor Velats gab es ein Festmahl. Auch Torin aß etwas, verließ die Feier anschließend jedoch früh. Sie hatten nun wieder eine Woche frei, und einige der Adepten, die aus der Nähe stammten, würden für ein paar Tage nach Hause reisen, andere Besuch von Familienangehörigen erhalten und mit ihnen zusammen in den vornehmsten Herbergen Aurelias wohnen.

Torin würde auf dem Inquisitionsgelände zurückbleiben, aber die freien Tage diesmal wenigstens nicht im Haus der Heiler verbringen müssen. Er würde auch in dieser Zeit lernen und die Woche dazu nutzen, sich auf das neue Ausbildungsjahr vorzubereiten.

Bücher mit einer unglaublichen Fülle von Wissen waren mittlerweile seine einzigen echten Freunde, und wenn er las, war es, als würde er in fremde Welten eintauchen. Er reiste in die Vergangenheit und nahm an bedeutenden historischen

Ereignissen teil, besuchte Ländereien, die er – wenn überhaupt – bis dahin nur dem Namen nach gekannt hatte, verfolgte den Aufstieg und Fall bedeutender Fürstenfamilien, und die Geschichte der Kirche enthüllte sich ihm in immer neuen Details. Im Gegensatz zu anderen empfand er das Lernen nicht als anstrengende Pflicht, sondern als eine überaus spannende Beschäftigung, der er gerne nachging.

Eine Besonderheit dabei stellte die Mathematik dar. Von vielen der anderen Adepten hörte er immer wieder Murren, weil sie nicht einsahen, warum sie als Inquisitoren mehr als die grundlegenden Rechenarten beherrschen sollten. Torin sah das anders, er liebte ihre Symmetrie, die Art, wie alle Formeln ineinandergriffen und zu einem unumstößlichen Ergebnis führten. Sie war von wahrhaft göttlicher Natur, ein Instrument, um zumindest auf theoretischer Ebene die Grundlagen alles Seins erfassen und berechnen zu können.

Seine Bücher waren oftmals unterhaltsamer als die Gespräche mit anderen Adepten. Torin glaubte daher nicht, dass es ihm etwas ausmachen würde, die kommende Woche nur in Gesellschaft seiner Bücher zu verbringen. Er freute sich sogar darauf, sich ihnen ganz ohne Ablenkung widmen zu können.

Lediglich Berryl und zwei weitere Adepten blieben noch auf dem Inquisitionsgelände zurück, doch auch sie verbrachten den größten Teil ihrer Zeit in Aurelia, was Torin nur recht war. Berryl bekam gelegentlich Geld geschickt, doch ansonsten kümmerte sich seine Familie nicht um ihn. Er lud Torin mehrmals ein, mit in die Stadt zu kommen, doch meistens lehnte dieser ab.

Nach einer Woche ging die Ausbildung wie gewohnt weiter. Solomon sonnte sich nicht nur im Glanz seines Turniersieges; der von seiner Familie eroberte Landstrich zwischen Malé und der Königsmark war inzwischen über weite Strecken befestigt und nun auch vom König offiziell als scyllaisches Territorium anerkannt worden. Mit ihrem Überraschungsangriff war es den Scyllas gelungen, Fakten zu schaffen.

Es fiel Torin schwer zu glauben, dass er sich seit mittlerweile über vier Jahren in Aurelia befand und somit schon zwei Drittel seiner Ausbildung hinter sich gebracht hatte. Die Zeit war wie im Flug vergangen. Nur noch zwei Jahre, dann würde er die schwarze Kutte anlegen dürfen und ein vollwertiger Inquisitor sein.

In den folgenden Monaten versuchte er weiterhin, Nachrichten aus Talarien aufzuschnappen, doch dort schien sich die Lage wieder beruhigt zu haben. Nach und nach kehrten die meisten der dorthin entsandten Inquisitoren zurück. Das Böse in Gestalt von Ketzerei und Hexerei lauerte überall und musste an vielen Fronten bekämpft werden.

Die meisten zurückgekehrten Inquisitoren, die Torin, wenn es ihm möglich war, nach der Situation im fernen Osten befragte, gaben sich wortkarg und wollten weder über ihren Auftrag noch über ihre dortigen Erlebnisse etwas verlauten lassen. Dennoch konnte Torin aus dem wenigen, was sie ihm sagten, heraushören, dass sie nur von einer vorübergehenden Ruhepause ausgingen und damit rechneten, dass sich das Böse dort in einigen Monate wieder regen würde, vielleicht aber auch erst in ein paar Jahrzehnten. Irgendwann jedoch, davon waren sie überzeugt, würde es sich erneut erheben. Torin hoffte, dass er bis dahin so weit war, an dem Kampf teilzunehmen.

Es gab zwei grundlegende Änderungen in diesem fünften Ausbildungsjahr. Einen Teil ihrer Zeit mussten alle Adepten für formelle Aufgaben aufwenden, beispielsweise die Bewachung des Tores oder einzelner Gebäude, wobei dies in erster Linie zeremoniellen Charakter hatte. Zudem wurden sie von den Inquisitoren als Botenjungen eingesetzt, um Nachrichten zu überbringen.

Die zweite Änderung betraf die Kampfausbildung, bei der

man ihnen nun den Umgang mit anderen Waffen als dem Schwert beibrachte. Einige davon lagen Torin, andere weniger. Er konnte mit leichten, handlichen Waffen sehr gut umgehen, vor allem mit dem Kampfstab, während er Waffen wie Äxten und Morgensternen wenig abgewinnen konnte.

Das lag nicht daran, dass es ihm an Kraft gemangelt hätte. Torin war mittlerweile fast siebzehn Jahre alt und zu einem stattlichen jungen Mann herangewachsen. Er war keineswegs ein Muskelprotz, sondern auch weiterhin eher drahtig, dabei aber durchaus kräftig.

Sein besonderes Interesse aber galt dem Unterricht von Inquisitor Ondario. Er ahnte, dass er die dort gelehrten Fähigkeiten dringender als alle anderen irgendwann benötigen würde. Ila war dem Bösen zum Opfer gefallen, weil sie niemals gelernt hatte, wie man sich einem fremden Einfluss widersetzte. Durch sie wusste Torin, welche Macht die Diener der alten Rasse beherrschten. Wenn er sie erfolgreich bekämpfen wollte, musste er in der Lage sein, jedem Versuch einer Beeinflussung zu widerstehen, sonst würde es ihm wie Ila ergehen. Aus diesem Grund trainierte er auch diese Kunst fast täglich mit Berryl.

Nach und nach gab er auch seine selbst gewählte Isolation zum Teil wieder auf. Er würde niemals jemand sein, der sich in Gesellschaft anderer am wohlsten fühlte. Das lag einfach nicht in seiner Natur, und es hatte auch keinen Sinn, dagegen anzukämpfen. Auch brannte der Hass gegen die finsteren Mächte unvermindert heiß in ihm, aber es gab derzeit für ihn keine Möglichkeit, ihn in Taten umzuwandeln. Es nutzte weder ihm noch seiner Sache, wenn er diesem Hass gestattete, sein gesamtes Denken, Fühlen und Handeln zu bestimmen.

Balosta und auch Shirina hatten zumindest in einer Hinsicht recht: Es gab auch genügend Schönes in der Welt. Das durfte er nicht ausgrenzen, sondern musste es dem Bösen entgegensetzen, musste wissen, *wofür* er kämpfte, nicht nur wogegen.

Obwohl weiterhin von den beiden Scyllas und ihren Schergen, die ihnen immer noch folgten, verhöhnt und verspottet, half er nicht nur Berryl, sondern auch anderen Adepten beim Lernen und verwendete sogar mehr Zeit als noch im vergangenen Jahr darauf. Gleichzeitig kapselte er sich nicht mehr ganz so stark von ihnen ab, unternahm gelegentlich auch etwas mit ihnen zusammen, ließ sich als Dank für seine Hilfe von ihnen in die Stadt einladen und dergleichen mehr.

Auch führte er mehr allgemeine Gespräche mit ihnen, die nicht direkt mit der Ausbildung zu tun hatten. Durch ihre persönlichen Berichte erfuhr er oftmals mehr über die Gegenden, aus denen sie stammten, die Situation und die Gebräuche dort als aus den Büchern. Wie ein Schwamm sog er jedes bisschen an Information, das er bekommen konnte, in sich hinein. Dabei ging es ihm längst schon nicht mehr nur um das, was ihm bei der Ausbildung nutzte, sondern darum, seine Neugier zu befriedigen.

Die meisten Adepten ihrerseits waren froh, diesbezüglich seinen Wissensdurst als Dank für seine Hilfe stillen zu können.

Er war nicht wirklich einer von ihnen, aber er lebte auch nicht mehr nur zurückgezogen in seiner eigenen Welt.

Des Öfteren veranstalteten einige der Adepten nach dem Abendessen irgendwelche Ballspiele oder sonstigen Wettkämpfe. Von Zeit zu Zeit nahm Torin daran teil. Sie bereiteten ihm kein allzu großes Vergnügen, trainierten aber seine Geschicklichkeit und Ausdauer. Selbst in dem ihm nach wie vor wegen seiner Kälte verhassten Winter beteiligte er sich an Schneeballschlachten oder sonstigen Aktivitäten, war aber dennoch froh, als die Temperaturen schließlich wieder anstiegen.

Das Frühjahr bedeutete nicht nur, dass es wieder wärmer wurde, sondern auch, dass sich das fünfte Ausbildungsjahr bereits dem Ende näherte. Die Anforderungen waren in diesem Jahr erneut gestiegen, doch nicht zuletzt dank Torins Hilfe erreichten viele der Adepten gute Beurteilungen.

Aber auch bei den beiden Scyllas und ihrem Anhang sah es nicht anders aus. Torin vermutete, dass sie ebenfalls gemeinsam lernten, um sich keine Blöße zu geben, wusste es jedoch nicht sicher. Wichtig war nur, dass ihr Jahrgang insgesamt zu den besten seit vielen Jahren zählte, wie Inquisitor Velat ihnen bereits mehrfach mitgeteilt hatte.

Nachdem nach ihrem letzten Gespräch eine Weile lang eisiges Schweigen zwischen ihnen geherrscht hatte, hatte sich auch Torins und Shirinas Verhältnis zueinander wieder weitgehend normalisiert. Sie waren weder Freunde noch Feinde, sprachen miteinander wie mit allen anderen, doch es blieb eine spürbare Distanz zwischen ihnen.

Inzwischen hätte sich Torin ohrfeigen können, dass er sich ihr gegenüber so barsch und abweisend verhalten hatte. Sie hatte freundlich zu ihm sein wollen, aber zu dieser Zeit war er dafür nicht empfänglich gewesen, sondern verbittert und voller Hass. Es war eine vorübergehende Stufe seiner Entwicklung gewesen, vermutlich sogar eine wichtige, um zu der Abgeklärtheit zu gelangen, die er nun besaß.

Völlig normalisieren würde sich ihr Verhältnis vor Ende der Ausbildung nicht mehr. Danach würden sie sich nicht mehr jeden Tag sehen, sondern sich nur noch von Zeit zu Zeit begegnen, und außerdem wäre Shirina dann die Frau eines anderen und somit für ihn gänzlich unerreichbar.

Das war ein Punkt, den Torin noch immer nach Möglichkeit verdrängte. Nicht nur Shirina würde dann verheiratet sein, sondern auch er, und das konnte er sich nach wie vor nicht wirklich vorstellen, zumal er nicht einmal wusste, mit wem man ihn verheiraten würde.

So viel immerhin stand fest: Es würde ganz sicher keine

Heirat aus Liebe werden; die Kirche würde die Sache für ihn einfädeln. Natürlich würde man seine Meinung berücksichtigen und nicht darauf bestehen, dass er sich an eine Frau band, die absolut nicht seinen Vorstellungen entsprach. Aber er würde in jedem Fall nur zwischen den Frauen auswählen können, die ihm von der Kirche vorgeschlagen wurden. Hatte das wirklich noch viel mit dem geheiligten Bund der Ehe im Sinne der Göttlichen Familie zu tun?

Was Torins Vorstellungen von seiner künftigen Ehefrau betraf, so hatte er keine. Noch immer fühlte er sich zu Shirina hingezogen, und sie war in seinen Augen die schönste Frau, die er je gesehen hatte. Kein Weib, das die Kirche für ihn auswählte, konnte neben ihr Bestand haben.

Wie hatte Balosta ihm schon bei seiner Ankunft in Aurelia gesagt: Ein Inquisitor war die meiste Zeit des Jahres auf Reisen und bekam sein Eheweib deshalb ohnehin nicht oft zu Gesicht. Daher konnte er nur hoffen, dass er sich mit der Frau, die er ehelichen würde, einigermaßen gut verstand.

Torin glaubte inbrünstig an die Göttliche Familie und war bereit, das Licht ihrer Lehre mit Wort und Schwert und Feuer überall zu verbreiten. Die Gründung einer eigenen Familie allerdings würde ihm am schwersten fallen von all dem, was man als Inquisitor von ihm erwartete.

Aber noch war bis dahin mehr als ein Jahr Zeit, und wie schon in den vergangenen Jahren bemühte er sich, nicht allzu oft daran zu denken.

Woran er hingegen immer häufiger dachte, war das Turnier, das bald wieder in der Toten Stadt ausgetragen werden würde. Zwar hatte Torin seine schmähliche Niederlage im vergangenen Jahr rasch verwunden, aber vergessen hatte er sie nicht. Noch einmal sollte ihm so etwas nicht passieren.

Im Laufe des letzten Jahres hatte er weitere Fortschritte gemacht und traute sich zu, es im Schwertkampf mittlerweile sogar mit Solomon und Shirina aufzunehmen. Der Ausgang eines Kampfes würde nicht mehr nur allein von überlegenem Können bestimmt werden, sondern stark von den Umständen und vom Glück abhängen. Umso entschlossener war Torin, sich nicht erneut übertölpeln zu lassen.

Auf keinen Fall würde er wieder am Anfang des Areals einfach stehen bleiben. Beim ersten Turnier hatte sein Trick hervorragend funktioniert, aber noch einmal würde ihm dies nicht gelingen. Daher entschied er sich, im Labyrinth der Ruinen unterzutauchen. Einen weiteren Plan konnte er sich allerdings nicht zurechtlegen, da er sich dort nicht auskannte. In der Hinsicht hatten die anderen einen Vorteil ihm gegenüber.

Gerade das aber gab den Ausschlag für seine Entscheidung. Er war neugierig darauf, wie es tiefer im Inneren der Toten Stadt aussah. Im vergangenen Jahr hatte ihn die Ausstrahlung der Ruinen, gepaart mit dem Wissen, dass es sich um Bauwerke der alten Rasse handelte, überwältigt und aus dem Konzept gebracht. Diesmal wollte er sich diesem Eindruck ganz bewusst stellen.

Irgendwann, das stand für ihn außer Frage, würde er nach Talarien zurückkehren und sich dem alten Feind im Kampf stellen. Die direkte Begegnung mit seinen Hinterlassenschaften würde ihm helfen, sich darauf vorzubereiten, auch wenn ihnen keine finstere Magie mehr innewohnte; auch so waren die Ruinen fremdartig genug, ganz besonders für ihn.

Er kannte sie nicht nur in zerstörtem Zustand, sondern war in seinen Träumen oft genug von Ungeheuern durch diese Stadt gehetzt worden, hatte sie sogar gezeichnet. Natürlich war auf seinen Bildern nicht genau diese Tote Stadt zu sehen, allerdings Gebäude, die denen ähnelten, die hier einst gestanden hatten. Selbst in den zerfallenden Ruinen war noch die verdrehte und verzerrte Bauweise zu erkennen, die jedem menschlichen Sinn für klare Linien widersprach. Diese Bauweise genauer zu erkunden war für Torin mindestens genauso wichtig wie das Erringen eines guten Platzes beim diesjährigen Turnier.

Je näher der Wettbewerb rückte, desto großspuriger verkündeten Solomon und Malar, dass einer von ihnen auf jeden Fall auch in diesem Jahr gewinnen würde. In besonderem Maße richteten sich ihre Gehässigkeiten gegen Torin, und vor allem Solomon tat sich dabei hervor. Nahezu jedes Mal, wenn sie sich begegneten, erklärte er Torin, dass er ihn auch in diesem Jahr fertigmachen und als einen der Ersten aus dem Turnier werfen würde.

Torin versuchte die Scyllas nach Kräften zu ignorieren, doch auf Dauer zehrten ihre Bemerkungen und Drohungen an seiner Geduld. Immer häufiger musste er sich in Gedanken zur Ruhe ermahnen, um auf ihre Herausforderungen nicht mit der Faust zu antworten. Das Wissen, dass sie genau das erreichen wollten, half ihm dabei. Wenn er die Beherrschung verlor und ihnen gegenüber handgreiflich wurde, würde er bestraft werden, und sie würden triumphieren. Diese Genugtuung wollte er ihnen auf keinen Fall gönnen.

Sollten sie ruhig prahlen. Je mehr sich jemand selbst erhöhte, desto tiefer stürzte er irgendwann. Torin hoffte, dass es ihm gelingen würde, wenigstens einem der beiden ein Beinchen zu stellen.

Je näher der Tag des Wettkampfs rückte, desto größer wurde wie in jedem Jahr die Nervosität unter den Adepten. Keiner von ihnen musste befürchten, wegen zu schlechter Leistungen ein Jahr vor Ende der Ausbildung nach Hause geschickt zu werden, insofern war auch niemand dringend auf die zusätzliche Auszeichnung angewiesen. Dennoch war der Gewinn eines Turniers natürlich eine besondere Ehre, die jeder gern für sich verbucht hätte. Umgekehrt fürchtete sich jeder vor der Schmach, als einer der Ersten auszuscheiden.

Zu Torins Freude kehrte Inquisitor Balosta drei Tage vor dem Turnier von einem Auftrag in die Heilige Stadt zurück und würde einer der offiziellen Beobachter sein.

»Man ist froh über jeden Dummen, der sich dazu freiwillig meldet«, erklärte er, während sie durch eine der kleinen Parkanlagen auf dem Ordensareal schlenderten. Torin hielt es zunächst für einen Scherz und lächelte, doch Balosta schüttelte nur den Kopf. »Das war ernst gemeint. Eure Ausbilder sind zur Teilnahme verpflichtet, aber ansonsten opfert kein Inquisitor gern etwas von seiner knappen Zeit in Aurelia, um zuzusehen, wie ein paar ihm wildfremde Adepten gegeneinander kämpfen. Und derzeit halten sich nur wenige in der Stadt auf, wie man mir berichtet hat.«

Seine Worte ernüchterten Torin. Von dieser Warte hatte er die Angelegenheit noch gar nicht betrachtet. Für ihn und die anderen Adepten war das Turnier einer der Höhepunkte des Ausbildungsjahres. Es schmerzte ihn, dass die Überwachung für die Inquisitoren nur eine lästige Pflicht darstellte, kaum interessanter, als müssten sie bei einer normalen Trainingsstunde zusehen. So wie Balosta die Sache geschildert hatte, konnte er ihre Einstellung jedoch durchaus verstehen. Es gab sechs Jahrgänge, also auch sechs Turniere, und die beteiligten Adepten waren ihnen fremd, nur irgendwelche Kinder in unterschiedlichem Alter, die sich im Wettkampf maßen.

Er beschloss, nicht näher auf das Thema einzugehen.

»Wie war Euer Auftrag?«, erkundigte er sich stattdessen.

»Ich war im Süden Falkenaus«, berichtete der Inquisitor. »Eine Frau war als Hexe angeklagt und wurde verdächtigt, eine Visha zu sein. Doch beim Verhör stellte sich rasch heraus, dass das nicht zutraf. Aber sie lästerte wider die Göttliche Familie. Ein einfacher Prozess, ein schnelles Urteil.«

»Tod?«

»Tod. Ich ließ sie in einen Eisenkäfig sperren und diesen mittels einer Seilwinde langsam in einen Fluss hinab. Der Käfig wurde mehrmals wieder hochgezogen, um ihr Ertrinken und ihr Leiden zu verlängern. Das Schauspiel wirkte wie beabsichtigt recht abschreckend. Das schadenfreudige Gelächter der Zuschauer verstummte recht bald und wandelte sich zu entsetztem Geraune und leisen Gebeten.«

»Wie es sich für eine Ketzerin gebührt. Ich begreife nicht, wieso es immer wieder Menschen gibt, die ihre Stimme wider die Heilige Kirche erheben. Sie müssen doch wissen, welches Schicksal sie erwartet.«

»Darüber habe auch ich schon oft nachgedacht«, sagte Balosta. »Das Leben dort draußen ist in vielerlei Hinsicht anders als das, was du bisher kennengelernt hast. Du bist im Kloster behütet aufgewachsen, und hier ist es nicht anders. Du weißt nicht, welche Grausamkeiten und Versuchungen jenseits dieser Mauern vielerorts lauern. Erinnerst du dich noch an den Jungen, mit dem du dich während der Reise nach Aurelia angefreundet hast?«

»Linton?«

»Den meine ich. Was glaubst du, was seine Mutter gedacht und empfunden hat, als sie von seinem Tod erfuhr? In solchen Momenten tiefsten Leids fällt es schwer, an die Gerechtigkeit der Göttlichen Familie zu glauben. Schon ein einzelnes unbedachtes Wort in einer solchen Situation kann aber ausreichen, als Ketzerin angeklagt zu werden. Ich frage mich manchmal, ob man es wirklich gerecht nennen kann, eine Frau, die aus Leid für einen Moment zweifelt, ebenso hart zu bestrafen wie eine, die im Dienste des Bösen über Jahre hinweg falsche Götzen anbetet und eine ketzerische Lehre verbreitet.«

»Von diesem Standpunkt aus habe ich es noch nie betrachtet«, gab Torin zu. »Aber … die kirchlichen Gesetze sind auch in einem solchen Fall eindeutig, und es steht uns nicht zu, sie zu kritisieren.«

Balosta nickte sinnierend. »Das sind die Antworten, zu denen auch ich meistens gelange, aber … Lassen wir das. Du bist bereits weit auf deinem Weg gekommen, und damit meine ich nicht die Ausbildung, sondern deine geistige Entwicklung. Wie wohl jeder junge Mensch hast du dich manchmal verrannt, und du wirst noch die Erfahrung machen müssen, wie sehr sich das wahre Leben von dem unterscheidet, was in Büchern steht. Aber ich bin mit deiner Entwicklung sehr zufrieden. Und deshalb habe ich eine Überraschung für dich.«

»Eine Überraschung?«

»Ich kann mir vorstellen, wie schwer es für dich ist, in den freien Tagen zwischen den Ausbildungsjahren niemanden zu haben, der dich besucht, oder mal irgendwo anders hinzukommen.«

»Ich habe meine Bücher. Mit ihnen reise ich bis in die entferntesten Winkel Antasias«, erwiderte Torin, doch es klang nicht halb so scherzhaft, wie er es geplant hatte.

»In den letzten Jahren war ich entweder nicht da, oder du warst verletzt. In diesem Jahr aber ist das anders. Für deinen Fleiß und deine Leistungen hast du eine Belohnung verdient. Deshalb werde ich mit dir für ein paar Tage nach Centos reisen. Es gehört sich einfach nicht, dass ein angehender Inquisitor noch niemals die Hauptstadt des Reiches besucht und den Königspalast gesehen hat.«

Torins Augen leuchteten auf. Es gab eine Menge Orte, die er gerne einmal besucht hätte, doch Centos stand ganz oben auf der Liste, galt sie doch neben Aurelia als die prunkvollste Stadt des Reiches. Vor allem aber lag Centos kaum mehr als einen halben Tagesritt entfernt.

»Das wäre … einfach wundervoll!«, stieß er hervor. Gleich darauf aber legte sich ein Schatten auf sein Gesicht.

»Was ist los?«

»Es geht um einen anderen Jungen«, sagte Torin zögernd. »Berryl Harkolin. Wir haben uns schon vor Jahren angefreundet und lernen zusammen. Im Grunde der einzige Freund, den ich habe. Seine Familie kümmert sich nicht um ihn. Wenn ich nun ebenfalls weg bin, wird er während der freien Tage ganz allein zurückbleiben. Er tut mir ein bisschen leid.«

»Dann nehmen wir ihn einfach mit.«

»Wirklich?« Erneut glitt ein freudiges Strahlen über Torins Gesicht. »Er besitzt eigenes Geld, kann also für Essen und Unterkunft selbst aufkommen, und ich weiß, dass er sich wahnsinnig freuen würde, wenn er mit uns kommen dürfte.«

»Dann ist es also beschlossen, wir reisen zu dritt. Ich freue mich schon darauf, diesen Berryl kennenzulernen. Was die anderen Adepten betrifft: Wie kommst du mit den Scyllas zurecht? Inquisitor Velat berichtete, dass es wohl immer noch Spannungen zwischen euch gibt.«

Torin seufzte. »So könnte man es nennen, ja. Sie haben mir meine Aussage vor dem Tribunal nie verziehen. Dann ist Solomon im ersten Turnier gegen mich ganz früh ausgeschieden, und auch für die Versetzung und den Tod ihres Onkels geben sie mir die Schuld. Sie trauen sich nicht, offen etwas gegen mich zu unternehmen, aber sie hassen mich.«

»Und es gibt keine Möglichkeit, sich mit ihnen auszusöhnen? Durch die Beziehungen ihrer Familie steht zu befürchten, dass sie innerhalb des Ordens schneller aufsteigen werden als du, und das wird ihnen Macht über dich verleihen.«

»Ich weiß.« Torin trat einen kleinen Stein auf dem Weg zur Seite. »Und das macht mir große Sorgen. Die beiden sind unberechenbar, vor allem Solomon. Die meisten mögen sie nicht, und ich fürchte, sie werden niemals gute Diener der Kirche werden, denn sie stellen ihr eigenes Wohl und das ihrer Familie über das Wohl des Ordens. Deshalb kommt eine Aussöhnung für sie auch niemals in Frage. Für sie bin ich ein Feind und werde es auch immer bleiben.«

»Das ist in der Tat ein Problem.« Nachdenklich massierte sich Balosta das Kinn.

»Ihnen mögen die Beziehungen ihrer Familie helfen, aber ich werde eben versuchen müssen, durch Leistungen ebenso schnell wie sie in der Hierarchie des Ordens aufzusteigen.«

Der Inquisitor blieb stehen und begann schallend zu lachen. »Du schaffst es immer noch, mich zu überraschen. Dabei hätte ich eine solche Antwort eigentlich von dir erwarten müssen. Das ist die richtige Einstellung. Aber … manchmal macht mir dein Ehrgeiz fast Angst.«

Am Tag des Turniers wachte Torin bereits früher auf als sonst, und er war nicht der Einzige. Aus dem Korridor vor den Unterkünften waren bereits das Öffnen und Schließen von Türen und gedämpfte Stimmen zu hören. Er überlegte, ob er liegen bleiben und noch etwas lesen sollte, doch er war zu unruhig dafür. Also stand er auf, wusch sich rasch und zog seine Kutte an.

Auf dem Weg zum Speisesaal trat ihm Solomon entgegen. Torin wollte ihm ausweichen, doch der Scylla machte einen Schritt zur Seite, sodass er Torin erneut den Weg versperrte.

»Heute bist du dran!«, zischte er. »Du wirst untergehen. Ich werde dich wie schon im letzten Jahr fertigmachen, und dann kannst du weinend zu deinen Büchern zurückkrabbeln.«

»Spar dir deine Kraft für das Turnier«, erwiderte Torin ruhig. Er war entschlossen, sich von seinen Einschüchterungsversuchen nicht beeinflussen zu lassen. »Falls es dir entgangen sein sollte, es hat noch nicht angefangen, deshalb geh mir aus dem Weg!«

Widerstrebend trat Solomon zur Seite und ließ ihn passieren.

Beim Frühstück herrschte eine nervöse, gereizte Stimmung. Die meisten rührten ihr Essen kaum an. Es wurde auch nur wenig gesprochen, und wenn doch, dann fast nur in aggressivem Tonfall. Auch Berryl antwortete nur einsilbig, wenn Torin ihn ansprach.

Die Nervosität und Gereiztheit hielt auch noch an, als sie sich auf den Weg zur Toten Stadt machten. Inzwischen kam es Torin fast nur noch darauf an, sich möglichst lange darin aufhalten und sie ein wenig erforschen zu können, das Turnier bedeutete ihm kaum noch etwas. Bislang hatte ihm die Idee eines Wettkampfs, in dem sie einmal jährlich ihre Kräfte messen konnten, gefallen, doch mittlerweile sah er es anders. Diese Veranstaltung machte sie zu Einzelkämpfern, die gegeneinander kämpften, dabei waren sie doch alle Mitglieder im selben Orden und hätten lieber lernen sollen, einer Bedrohung gemeinsam zu begegnen.

Vor allem aber nahmen viele der Adepten das Turnier in seinen Augen zu ernst. Es war zweifellos schön, aus einem Wettstreit als Sieger hervorzugehen, doch dies hier war weit über einen spielerischen Wettkampf hinausgewachsen und entzweite sie, statt den Zusammenhalt ihrer Gemeinschaft zu fördern. Selbst Freunde wurden dadurch zu Gegnern.

Inquisitor Velat sah dies natürlich anders. Er hielt eine kurze, aber emotionale Ansprache, in der er die Entschlossenheit, den Kampfgeist und den Siegeswillen aller Teilnehmer noch einmal anzustacheln versuchte. Dann wurde das Tor geöffnet, und die Adepten strömten in die Tote Stadt.

Auch Torin eilte durch das Tor. Anders als im vorigen Jahr ließ er die Fremdartigkeit der Umgebung nicht auf sich wirken, versuchte sie sogar ganz bewusst zu ignorieren. Erst wollte er tiefer ins Innere der Anlage gelangen. Willkürlich schlug er Haken zwischen den Mauerresten und blickte sich immer wieder um, konnte aber keinen Verfolger entdecken. Entweder versuchte Solomon erst gar nicht, ihm nachzuschleichen, oder Torin hatte ihn abgehängt.

Erst da begann er, bewusster auf seine Umgebung zu achten. Das Gefühl des Fremdartigen, Finsteren war hier wesentlich stärker als im Eingangsbereich, und auch hier war alles tot. Kein Moos, kein Grashalm, keine Insekten oder sonstigen Tiere. Aber Torin hatte auch nichts anderes erwartet. Das Gestein war auch hier pockennarbig und verkratert, vom Feuer geschwärzt.

Die verbliebenen Mauern waren höher als im Bereich des Tores, und die Grundmauern der Gebäude standen noch, sodass man ihre Grundrisse erkennen konnte. Zugleich gab es hier deutlich mehr Schutt, doch lag er nicht willkürlich verteilt, sondern war zumeist zu großen Haufen aufgetürmt. Es gab Treppen, die in die Höhe führten und nach wenigen Metern im Nichts endeten, sogar Teile der Zwischendecken waren noch vorhanden. Alles war genau so, wie Berryl es ihm geschildert hatte.

Ein Gongschlag ertönte und verkündete den Beginn des Turniers. Torin blickte nach oben. Durch die höheren Mauern war das Gebiet hier auch von den Laufstegen und Türmen aus schlechter einsehbar. Umgekehrt konnte auch er nur einen kleinen Teil der Laufstege sehen. Naron Balosta konnte er nicht ausmachen, dabei hatte Torin gehofft, dass dieser besonders ihn beobachten würde.

Mit dem Schwert in der Hand ging er vorsichtig weiter, darauf bedacht, kein Geräusch zu verursachen, während er gleichzeitig auf fremde Schritte lauschte.

Stellenweise waren die Mauern so verkrümmt, als wären sie nicht errichtet worden, sondern organisch gewachsen, als wären sie versteinerte Überreste eines gigantischen Tiers. Auch darin ähnelten sie den albtraumhaften Gebilden, in die es Torin in seinen Träumen immer wieder verschlug. Wie aber konnte er von etwas träumen, das schon Jahrtausende vor seiner Geburt zerstört worden war? Auch hatte er vor seinem ersten Besuch in der Toten Stadt niemals irgendwelche Ruinen der Shai-Thilith gesehen, da man sie mit Ausnahme der in Aurelia in ganz Antasia zerstört hatte. Und doch hatte er es hier zweifellos mit Überresten ebensolcher Gebäude zu tun, wie er sie aus seinen Träumen kannte. Wenn er noch irgendwelche Zweifel daran gehabt hatte, so waren sie spätestens jetzt verflogen.

Wie aber konnte das sein? Torin fand keine Antwort darauf.

Als er um eine Ecke bog, wurde er jäh aus seinen Grübeleien gerissen, als er aus dem linken Augenwinkel eine Bewegung wahrnahm. Er war wieder tief in Gedanken versunken gewesen und hatte deshalb nicht gebührend auf seine Umgebung geachtet. Instinktiv riss er sein Schwert hoch und fing damit einen gegen ihn geführten Hieb ab.

Erst dann erkannte er, dass es sich bei seinem Gegner um Carlin Sedoron handelte, einen ziemlich unauffälligen Adepten mit braunem Haar und einem flachen, rundlichen Gesicht, dessen Leistungen in allen Bereichen weder schlecht noch überragend waren. In der ersten Hälfte des Jahres hatte er sich Torins Lerngruppe für eine Weile angeschlossen, weil er in Kirchenrecht Schwierigkeiten gehabt hatte.

Unter normalen Umständen hätte Torin ihn im Kampf nicht übermäßig fürchten müssen, doch Carlin hatte ihn überrascht. Den ersten Hieb hatte Torin mit viel Glück abgewehrt, doch sofort folgten weitere, noch ehe er sein Gleichgewicht wiedererlangte. Er taumelte und wurde zurückgedrängt, parierte die Angriffe nur mit knapper Not. Es gelang ihm nicht, den richtigen Schwerpunkt seines Körpers wiederzufinden, sodass er nur reagieren konnte. Spätestens nach zwei, drei weiteren Hieben würde er vollends stürzen.

Doch ehe es dazu kam, beging Carlin einen Fehler. Er ließ

zu, dass Torin an eine Wand gelangte, an der er sich mit der Schulter abstützen konnte. Sofort fand er sein Gleichgewicht wieder und griff seinerseits an. Er wusste, dass er den Kampf möglichst schnell beenden musste. Das Klirren der Klingen würde andere Adepten anlocken.

Torin sah, wie sein Gegner zu einem Gegenangriff ansetzte, doch statt diesen gar nicht erst dazu kommen zu lassen, ließ er ihn diesen ausführen. Mühelos duckte er sich darunter hindurch, glitt mit einer geschmeidigen Bewegung herum und versetzte Carlin einen Tritt gegen den Oberschenkel. Einem echten Feind hätte er die Kniescheibe zerschmettert, doch der Tritt gegen den Schenkel reichte, damit Carlin zu Boden stürzte. Sofort richtete Torin die Schwertspitze auf die Brust seines Widersachers.

»Gib auf!«, verlangte er.

»Du hast gewonnen, ich ergebe mich.« Carlin ließ sein Schwert los.

Torin half ihm auf die Beine und sah einen Moment lang zu, wie Carlin mit erhobenen Händen in Richtung Ausgang ging, dann hob er den Kopf.

Balosta stand mit einem anderen Inquisitor nicht weit entfernt auf einem der Laufstege und nickte ihm zu. Torin nickte zurück, dann rannte er in die entgegengesetzte Richtung. Noch war kein weiterer Adept aufgetaucht, aber das konnte nicht mehr lange dauern. Von verschiedenen Seiten war Waffengeklirr zu hören.

Beinahe wäre er mit Malar Scylla zusammengeprallt, der unmittelbar vor ihm plötzlich hinter einer geschwärzten, pockennarbigen Mauer hervorgestürmt kam und mindestens ebenso erschrocken zurückprallte wie er. Es hätte nicht einmal viel gefehlt, und Torin wäre ihm geradewegs ins Schwert gelaufen. Obwohl die Klingen stumpf und vorne abgerundet waren, spürte er einen kurzen, brennenden Schmerz am linken

Unterarm. Vermutlich hatte er sich an einer Unebenheit des Stahls die Haut geritzt.

Ein breites, gehässiges Grinsen glitt über Malars Gesicht, als er erkannte, wen er da vor sich hatte.

»Eigentlich hat Solomon gehofft, dich auch heute wieder rauswerfen zu können«, sagte er. »Aber es sieht so aus, als wäre mir das Glück in diesem Jahr hold.«

»Red nicht so viel«, entgegnete Torin und hob sein Schwert. »Bringen wir es hinter …«

Er kam nicht dazu weiterzusprechen, sondern krümmte sich, als plötzlich ein greller Schmerz in seinem Kopf explodierte. Jemand schien einen glühenden Draht in sein Gehirn zu bohren.

Torin sah, dass sich auch Malar zusammenkrümmte, konnte sich jedoch nicht um ihn kümmern. Jäh verwandelte sich die flammende Glut in seinem Inneren zu eisigem Frost.

*TÖTE!*, schnitt eine fremde, unmenschliche Stimme durch seine Gedanken.

*TÖTE!*

*TÖTE!*

*TÖTE!*

Torin stöhnte gequält auf, taumelte gegen eine geschwärzte Mauer und rutschte daran entlang zu Boden.

*MENSCHEN SIND MINDERWERTIGES UNGEZIEFER!*, erklang die Stimme erneut direkt in seinem Geist, scharf wie ein Messer, kalt wie Eis. *MENSCHEN SIND VON HEISSEM BLUT, EINE VERHÖHNUNG WAHREN LEBENS. MENSCHEN HABEN KEIN RECHT ZU LEBEN. MENSCHEN MÜSSEN VERNICHTET WERDEN!*

»Nein!«, brachte Torin wimmernd über die Lippen und kämpfte gegen die Stimme in seinem Geist an.

*SCHLAGE SIE!*

*SCHNEIDE SIE!*

*STICH SIE!*

*ZERSTAMPFE SIE!*

*TÖTE SIE!*, donnerte die Stimme, und sie war scharf wie Stahl, klirrend wie Frost und heiß wie glühende Kohlen. *TÖTE, TÖTE, TÖTE …*

»Nein …!«, wimmerte Torin noch einmal. Rasender Wahnsinn griff nach ihm, sein Verstand verwandelte sich in einen wirbelnden Schlund, der jeden klaren Gedanken zu verschlingen drohte.

Dennoch kämpfte er weiter gegen die Stimme an, erinnerte sich an alles, was er während der Ausbildung bei Inquisitor Ondario gelernt hatte. Sein ständiges Training mit Berryl zahlte sich jetzt aus. Unter unsäglichen Mühen errichtete er eine unsichtbare Mauer in seinem Kopf, drängte die eisige Stimme zurück.

Langsam klärten sich seine Gedanken, und er nahm auch wieder wahr, was um ihn herum vor sich ging. Der hämmernde Befehl zu töten war immer noch da, wurde aber schwächer und hatte keine Macht mehr über ihn. An die Wand gestützt, stemmte sich Torin in die Höhe.

Auch Malar war wieder auf die Füße gekommen, aber wie hatte er sich verändert! Sein Gesicht war zu einer Fratze verzerrt, seine Augen blutunterlaufen und unnatürlich weit aufgerissen. Sein Blick war wild und fiebrig wie der eines tollwütigen Tieres.

Er stieß einen grellen, animalischen Schrei aus und stürzte sich auf Torin. Sein Schwert pfiff durch die Luft und hätte Torin den Schädel zerschmettert, wäre es diesem nicht noch gerade rechtzeitig gelungen, seine Überraschung zu überwinden und seine eigene Waffe zur Abwehr hochzureißen.

Dies war kein Wettkampf mehr, begriff er entsetzt. Malar war unter den Einfluss der fremden Macht geraten! Wahnsinn flackerte in seinem Blick, und er versuchte nicht mehr,

Torin im Kampf einfach nur zu besiegen, sondern wollte ihn töten!

Wieder schlug er zu, und erneut wäre der Hieb tödlich gewesen, wäre es Torin nicht gelungen, ihn abzuwehren. Schreie klangen aus nicht allzu weiter Ferne auf, und Torin hörte, wie ein Gong mehrmals laut geschlagen wurde, das Zeichen zum Abbruch des Wettkampfs.

Malar reagierte nicht darauf, sondern trieb ihn mit kraftvollen Hieben zurück.

Nur mit Mühe gelang es Torin, die Angriffe zu parieren. Dies war etwas völlig anderes als die Kämpfe, die er bislang bestritten hatte. Diesmal ging es um Leben und Tod.

Der Scylla kannte keine Zurückhaltung mehr, sondern schlug mit aller Kraft zu, die er aufbieten konnte. Dabei kämpfte er ohne jede Rücksicht auf seine eigene Sicherheit, war nur von dem Gedanken zu töten besessen.

Was konnte Torin ihm entgegensetzen? Sein Gegenüber war in den Bann des Bösen geraten, war für sein Handeln nicht mehr verantwortlich. Aber er war immer noch Malar Scylla, wie Torin ein Adept und Mitglied des Ordens!

*TÖTE!*, dröhnte es noch immer in seinem Kopf, doch nun, nachdem er seine geistige Abwehr errichtet hatte, nur noch wesentlich schwächer, und es bereitete ihm keine Probleme, der Stimme zu widerstehen.

»Malar!«, brüllte er. »Komm zu dir!«

Es nutzte nichts. Ohne Unterlass griff der Rotschopf ihn an.

Ein paarmal gelang es Torin, zum Gegenangriff überzugehen und sich so ein bisschen Luft zu verschaffen, aber Malar wehrte seine halbherzigen Angriffe mühelos ab, um seinerseits sofort wieder auf ihn einzuschlagen und einzustechen. Klirrend und Funken sprühend prallten ihre Klingen immer wieder aufeinander.

»Komm zur Vernunft, Malar! Wehr dich dagegen!«

Kam ihm denn niemand zu Hilfe? Mehr als ein Dutzend Inquisitoren beobachteten das Turnier, aber die Laufstege waren zu hoch, als dass man von dort einfach herunterspringen könnte. Sie würden in einem der Türme die Treppe hinuntersteigen und durch das Labyrinth bis hierher vordringen müssen. Falls ihnen das überhaupt gelang. Die Schreie und das anhaltende Schwerterklirren verrieten, dass auch andere Adepten, möglicherweise sogar alle, von dem fremden Einfluss betroffen waren und nun Amok liefen.

Die Inquisitoren hatten geglaubt, alles Böse aus diesen Mauern vertrieben zu haben, aber das war ein Irrtum gewesen, der sich nun grauenvoll rächte.

Gehetzt blickte Torin sich um, verwarf den Gedanken an Flucht aber sofort. Auf diese Art würde es ihm nicht gelingen, Malar zu entkommen. Wahrscheinlich wäre er schon im gleichen Moment tot, in dem er sich umdrehte.

Der Scylla kämpfte wie ein Berserker. Schlag um Schlag prasselte auf Torin nieder, teilweise so schnell, dass er die Hiebe kaum sah, aber sein Schwert schien fast von allein zu wissen, wie es sie abwehren musste. In seinem geistig verwirrten Zustand verzichtete Malar auf alle taktische Finesse, dafür kämpfte er mit einer kaum fassbaren Kraft. Zwar gelang es Torin, die Hiebe zu parieren, doch jeder sandte Schmerzwellen durch seinen Arm.

Noch immer kämpfte er nicht mit tödlicher Entschlossenheit. Er wollte Malar keinesfalls umbringen, deshalb beschränkte er sich weitgehend darauf, die Angriffe nur zu parieren, obwohl ihn seine Hemmungen in der Wahl seiner Möglichkeiten einschränkten. Malar hingegen kannte diese Skrupel nicht. Er *wollte* töten.

Torin hatte bisher Zeit schinden und so lange durchhalten wollen, bis jemand ihm zu Hilfe kam, doch jetzt begriff er, dass die Zeit gegen ihn arbeitete. Sein Arm und seine Schulter schmerzten, sein Herz raste, und jeder Atemzug brannte wie Feuer in seiner Lunge. Schon ließen seine Kräfte nach, während bei Malar keinerlei Anzeichen von Ermüdung zu erkennen waren.

Torin parierte einen weiteren Schlag, erkannte für einen Moment eine Lücke und trat nach Malars Bein, traf ihn am Oberschenkel, doch der Scylla schien den Tritt nicht einmal zu spüren. Instinktiv wälzte sich Torin zur Seite, und kaum eine Hand breit neben ihm, wo sein Kopf gerade noch gewesen war, traf die Klinge seines Gegners den Boden.

Erneut versetzte Torin ihm einen harten Tritt gegen den Oberschenkel, und diesmal taumelte Malar einen halben Schritt zurück. Blitzschnell sprang Torin auf und beugte sich noch in der Bewegung zur Seite. Die wie ein Spieß vorgestoßene Klinge seines Gegners verfehlte ihn um Haaresbreite. Gleich darauf drehte sich Torin in Malars nachfolgenden Angriff hinein. Er blockte dessen Schwert zur Seite ab, drehte sich einmal um die eigene Achse und hämmerte Malar aus dem Schwung der Bewegung heraus den Ellbogen gegen die Brust.

Jeder normale Gegner wäre daraufhin zusammengebrochen, doch der Scylla reagierte nicht einmal. Sein Gesicht war immer noch zur Fratze verzerrt, und Wahnsinn flackerte unvermindert in seinen Augen. Er versetzte Torin einen kräftigen Faustschlag ins Gesicht und stürzte sich sofort wieder auf ihn.

Selbst wenn Torin die Gefahr frühzeitig erkannt hätte und nicht noch von dem Faustschlag benommen gewesen wäre, hätte er das Folgende nicht verhindern können.

Er prallte mit dem Rücken gegen eine Mauer, der Griff seines Schwertes verkantete sich zwischen zwei Steinen, und als Malar auf ihn zusprang, stürmte er direkt in die auf ihn gerichtete Klinge.

Die Wucht seines Anpralls war so groß, dass ihn auch die

abgerundete Klinge nicht mehr retten konnte, er spießte sich selbst darauf auf. Tief drang sie in seinen Körper, grub sich dabei stumpf durch Haut und Muskeln und fuhr mit einem knirschenden Schaben zwischen zwei Rippen und durch die Lunge, schrammte am Rückgrat vorbei und stieß zwischen den Schulterblättern des Jungen wieder ins Freie.

Malar öffnete den Mund zu einem Schrei, doch nur ein Blutschwall quoll über seine Lippen. Der Wahnsinn wich aus seinen Augen, und einen Moment lang starrte er Torin fassungslos an, dann richtete er den Blick auf das Schwert in seiner Brust, versuchte noch röchelnd einen Atemzug, was ein grausiges Gurgeln erzeugte, und sackte leblos zusammen.

Torins Hände begannen zu zittern, als er erst mit Verspätung begriff, was geschehen war. Entsetzt ließ er den Schwertgriff los, als Malar an ihm entlang zu Boden sank. Nur Sekunden später jedoch überwand sich Torin und riss das Schwert mit einem Ruck aus dem Leichnam. Noch immer waren Kampfgeräusche und Schreie zu hören. Die Gefahr war noch nicht vorbei. Er warf Malar einen letzten Blick zu, dann fuhr er herum und lief in Richtung des Ausgangs.

Er war erst wenige Meter weit gekommen, als ganz in der Nähe ein schriller, verzerrter Schrei aufklang, der voller Wut, Hass und Vernichtungswillen war. Gleich darauf war das Klirren von Schwertern zu hören.

Torin blieb stehen, um sich zu orientieren. Der Ursprung der Geräusche war nicht leicht auszumachen, da sie von den zahlreichen zerklüfteten Mauern und anderen Hindernissen widerhallten.

Langsam, mit kampfbereit vor sich gestrecktem Schwert ging er weiter. Alles in ihm drängte danach zu laufen, so schnell er nur konnte, um das Tor zu erreichen, aber er brachte sich nur selbst in größte Gefahr, wenn er seine Vorsicht vernachlässigte.

Nach wie vor hallten die Tötungsbefehle in seinem Kopf.

Inzwischen bereitete es ihm keinerlei Schwierigkeiten mehr, sie abzublocken, aber anderen war dies offenbar nicht gelungen. Weitere Amokläufer wie Malar waren in der Toten Stadt unterwegs, nur von dem Gedanken besessen, jeden zu vernichten, dem sie begegneten.

Ein Stück vor sich sah Torin eine reglose Gestalt in grauer Kutte am Boden liegen. Als er sich näherte, sah er die große Blutlache, die sich unter ihr ausgebreitet hatte. Dennoch blieb er weiterhin vorsichtig, als er auf sie zutrat und sie schließlich mit dem Fuß herumdrehte.

Er blickte in die gebrochenen Augen von Carlin Sedoron, des Adepten, den er besiegt hatte, ehe der Wahnsinn ausgebrochen war. Sein Körper wies zahlreiche schreckliche Wunden auf. Wer immer ihn getötet hatte, hatte vor unbändiger Wut auch nach seinem Tod noch weiter auf ihn eingeschlagen und ihn verstümmelt.

Entsetzt prallte Torin zurück.

Wo, um alles in der Welt, blieben Balosta und die anderen Inquisitoren?

Sie mussten längst in das Labyrinth eingedrungen sein, konnten aber wohl ebenfalls nur langsam vordringen, da sie jeden Moment befürchten mussten, von einem der Amokläufer angegriffen zu werden.

Und dann?

Zweifellos waren sie jedem Adepten im Kampf überlegen, aber würden sie in der Lage sein, die Wahnsinnigen zu überwältigen, ohne sie zu töten? Wie viele Tote hatte dieses Massaker bereits gefordert, und wie viele würden noch sterben, bis dieser Wahnsinn beendet war?

Und selbst wenn es gelang, die Amokläufer lebend zu überwältigen, gab es eine Möglichkeit, sie von dem Wahnsinn zu heilen, der sie in seinen Krallen hielt?

Torin bog um eine Ecke, und sofort wurde das Klirren der

Schwerter lauter. Kaum zwei Dutzend Schritte vor ihm schlugen zwei Adepten mit ihren Waffen aufeinander ein.

Shirina und Berryl.

*Nein!*, stöhnte er voller Grauen innerlich auf. Nicht ausgerechnet diese beiden!

Im gleichen Moment entdeckte ihn Berryl.

»Torin!«, brüllte er. »Verschwinde, bring dich in Sicherheit!«

Sein Blick flackerte, aber das rührte wohl nur von der Angst und der Anstrengung des Kampfes her. Seine Worte bewiesen, dass auch er der finsteren Macht zu trotzen verstand, mit Sicherheit eine Folge der unzähligen Stunden, in denen sie dies trainiert hatten. Auch seine Selbstlosigkeit war typisch für ihn. Nichts an ihm erinnerte mehr an den Feigling, der sich bei ihrer ersten Begegnung nicht einmal getraut hatte, den anderen Adepten allein gegenüberzutreten.

Shirina sprang zurück, um aus der Reichweite seines Schwertes zu kommen, wandte den Kopf und warf Torin aus ihren blutunterlaufenen Augen einen irren, wilden Blick zu. Mordlust hatte ihr Gesicht zu einer Fratze verzerrt. Sie stieß ein zorniges Fauchen aus, schien sich einen Moment lang nicht entscheiden zu können, wen von ihnen sie angreifen sollte, dann hieb sie wieder nach Berryl.

Seine Kutte war an mehreren Stellen zerfetzt, und stellenweise hatte Blut den Stoff dunkel gefärbt, doch schien keine der Wunden allzu schlimm zu sein. Er war ein guter Kämpfer, doch schränkte seine Masse ihn in seiner Schnelligkeit und Wendigkeit etwas ein. Unter normalen Umständen hätte er sich gegen Shirina nicht behaupten können, doch der Wahnsinn hielt sie genau wie Malar davon ab, mit Überlegung und Finesse zu kämpfen. Stattdessen griff sie wild und ungestüm an, nur deshalb hatte Berryl sich bislang gegen sie behaupten können.

»Verschwinde endlich!«, rief er keuchend, während er sich ihrer schnellen, kraftvollen Schwerthiebe zu erwehren versuchte.

Torin dachte nicht daran. Er würde Berryl nicht einfach im Stich lassen. Und auch nicht Shirina. Entschlossen eilte er auf sie zu.

»Nein!«, keuchte Berryl. »Was machst du denn? Verschwinde, du …«

Für einen kurzen Moment war er abgelenkt, aber gegen eine Kämpferin wie Shirina rächte sich das sofort. Ihr Schwert wirbelte um seine Klinge herum, durchbrach seine Deckung und sauste mit vernichtender Wucht auf seine rechte Schulter nieder. Torin meinte selbst aus der Entfernung noch zu hören, wie der Knochen brach. Das Schwert entglitt Berryls Hand, und er brach mit einem Schmerzensschrei in die Knie, dann verlor er das Bewusstsein.

Erneut hob sie ihr Schwert zu einem Hieb, der ihm zweifellos den Schädel zerschmettert hätte, doch Torin war gerade noch rechtzeitig heran. Mit seinem eigenen Schwert fing er ihre Klinge ab, obwohl der Aufprall einen vibrierenden Schmerz durch seinen Arm bis in seine Schulter schickte.

Er musste zurückweichen, weil es einen Moment dauerte, bis er wieder einigermaßen Gefühl in seiner Hand bekam, doch wenigstens ließ Shirina von Berryl ab und fuhr zu ihm herum. Wieder stieß sie ein animalisches Fauchen aus.

»Shirina!«, rief Torin. »Das bist nicht du. Kämpf dagegen an! Denk an das, was Inquisitor Ondario uns beigebracht hat. Du kannst es, ich weiß es!«

Sie reagierte so wenig wie Malar auf seine Worte. Entweder drangen sie gar nicht bis in ihr Inneres vor, oder die fremde Macht, die ihr zu töten befahl, war einfach zu stark, als dass sie sich dagegen behaupten konnte.

Wild und unbeherrscht griff sie an, mit einer schier übermenschlichen Kraft, die ihr die Besessenheit verlieh. Ihre wuchtigen Schläge trieben Torin zurück. Anders als der bärenstarke Berryl konnte er ihre Hiebe nicht einfach wegstecken, sondern musste versuchen, sie auszubalancieren und ihnen durch geschickte Führung seines Schwertes die ärgste Aufprallwucht zu nehmen.

So geschmeidig, wie er es vermochte, tänzelte er hin und her, ließ möglichst viele ihrer Hiebe ins Leere gehen und die übrigen an seiner Klinge abgleiten, statt sie abzublocken, was wesentlich mehr Kraft erfordert hätte.

Dennoch geriet er immer mehr ins Hintertreffen, zumal er schon beim Kampf gegen Malar viel seiner Kraft aufgebraucht hatte. Shirina allerdings zeigte keinerlei Anzeichen von Schwäche. Vermutlich würde sie unter der Wirkung des fremden Banns so lange mit unverminderter Wildheit weiterkämpfen, bis ihre Kräfte vollständig aufgezehrt wären.

Torin entschloss sich zu einer verzweifelten Aktion und versuchte, nach ihrem Geist zu greifen. Es war eine verrückte Idee, die überhaupt nicht gelingen konnte. Sein Vorhaben erforderte Ruhe, Ausgeglichenheit und höchste Konzentration; alles, was er hier nicht hatte. Selbst beim Training mit Berryl benötigte er meist mindestens eine halbe Stunde, bis dieser seine gedanklichen Befehle überhaupt vernahm, und selbst dann waren sie so schwach, dass sie keinerlei Wirkung auf ihn hatten.

Entsprechend wunderte sich Torin nicht, dass es ihm nicht gelang, in Shirinas Geist einzudringen. Wohl aber erschreckte ihn die eisige Kälte, die er während des Versuchs verspürte, die Präsenz von etwas ungeheuer Altem und Bösem.

Für einen Augenblick war er abgelenkt, und das nutzte sie sofort aus. Zwar gelang es ihm, einen Angriff Shirinas zu parieren, doch kam sie ihm dabei bedrohlich nah, und in seiner Abwehr öffnete sich eine Lücke, die ausreichte, dass sie ihm den Griff ihres Schwertes ins Gesicht rammen konnte. Ein heftiger Schmerz explodierte in seiner Nase, und Blut schoss daraus hervor.

Er wich zurück und musste noch einen Tritt in den Magen hinnehmen, der ihn gegen einen Felsbrocken schleuderte. Er konzentrierte sich darauf, den Schmerz in seinem Gesicht und seinem Rücken zu unterdrücken, wie er es während der Ausbildung gelernt hatte.

Ihr Schwert raste auf seinen Kopf zu, und er ließ sich fallen. Um Haaresbreite verfehlte ihn die Klinge und hämmerte gegen den Fels. Normalerweise hätte der Rückprall ihren Arm sekundenlang betäuben müssen, doch in ihrem Zustand schien Shirina nichts zu spüren.

Noch während des Fallens streckte Torin seine Beine vor, schloss sie zangenartig um ihre Waden und riss sie mit sich zu Boden. Er landete hart auf dem Rücken und schlug mit dem rechten Handrücken auf einem spitzen Stein auf, der sich tief in seine Haut bohrte. Es war ein Gefühl, als würde ihm jemand einen Nagel durch die Hand schlagen. Er stieß einen Schmerzensschrei aus, instinktiv öffnete er die Faust, sodass das Schwert seinen Fingern entglitt.

Ihm blieb keine Zeit, erneut danach zu greifen. Stattdessen warf er sich auf Shirina, doch sie schaffte es, ein Bein anzuwinkeln und ihn über sich hinwegzuhebeln. Im nächsten Moment war sie ihrerseits über ihm und presste seine Arme mit ihren Knien auf den Boden. Torin bäumte sich auf und versuchte, sich herumzuwälzen, um sie abzuschütteln, aber es gelang ihm nicht.

Sie hob ihr Schwert mit beiden Armen, um es ihm durch den Schädel zu rammen, was ihr trotz der abgerundeten Spitze zweifellos gelingen würde.

»Shirina!«, brüllte Torin.

Etwas in ihm zerbrach im unmittelbaren Angesicht des Todes. Es war wie eine Explosion in seinem Kopf. Ohne nachzudenken griff er erneut nach ihrem Geist, zerschmetterte die geistige Wand aus Schwärze und Kälte, sandte seine eigenen Gedanken wie einen Speer aus Licht in die Dunkelheit und zerfetzte sie.

Dann erlosch sein Bewusstsein.

# Epilog

»Elf Tote«, murmelte Shirina zum wiederholten Male erschüttert. »Ich kann es noch immer nicht glauben. Mehr als die Hälfte derjenigen, die von unserem Jahrgang noch übrig waren. Die wenigsten waren meine Freunde, aber sie waren in den letzten Jahren meine Kameraden und Wegbegleiter. Elf Leben binnen weniger Minuten einfach so ausgelöscht. Es ist einfach unfassbar.«

Sie saß mit ihrem Vater auf einer steinernen Bank am Rande des Heiligenplatzes, auf dem das Leben wie eh und je pulsierte, als ob nichts geschehen wäre. Und für die allermeisten war es auch so. Abgesehen von den Familien der Opfer, die man natürlich hatte benachrichtigen müssen, hatte der Orden dafür gesorgt, dass so gut wie keine Nachrichten über die Katastrophe nach draußen drangen.

Fünf Tage waren seit dem Vorfall verstrichen. Obwohl ihr körperlich nichts fehlte, hatte man darauf bestanden, dass sich Shirina genau wie die anderen überlebenden Adepten im Haus der Heilung ausruhte und untersuchen ließ. Außer Torin und Berryl hatte es keiner der Adepten geschafft, dem fremden Einfluss zu widerstehen. Genau wie sie selbst waren die anderen zu wahnsinnigen Amokläufern geworden, und dass es nicht noch mehr Tote gegeben hatte, war allein dem schnellen Eingreifen der beobachtenden Inquisitoren zu verdanken. Sie hatten die Besessenen überwältigt, und Inquisitor Ondario und andere, die wie er auf diesem Gebiet besonders große Fähigkeiten besaßen, hatten sie von dem Bann befreit. Hätten sie längere Zeit unter dem fremden Einfluss gestanden, so hatte Ondario erklärt, wären sie unrettbar verloren gewesen.

Auch Shirina war von ihm in den vergangenen Tagen immer wieder untersucht worden, doch sonst hatte er bei ihr nichts mehr tun müssen. Torin hatte es geschafft, die böse Macht in ihr so vollständig zu zerstören, dass nichts davon zurückgeblieben war. Allerdings hatte er einen hohen Preis dafür bezahlen müssen. Bislang hatte er das Bewusstsein nicht wiedererlangt, und niemand wusste zu sagen, in welchem Zustand er sich befinden würde, wenn das geschah. Inquisitor Ondario hatte angedeutet, dass sein Verstand bei der direkten Konfrontation mit dem Bösen in Shirina möglicherweise unheilbar zerrüttet worden war. Es stand nicht einmal fest, ob er überhaupt wieder aufwachen würde.

»Es ist wirklich unfassbar, dass so etwas passieren konnte, noch dazu hier, mitten in Aurelia, am heiligsten Ort der Welt«, murmelte Herzog Barrion Falkenstein finster. »Wenn es nicht einmal hier sicher ist, wo dann? Wir werden morgen in aller Frühe abreisen, zurück nach Falkenhorst.«

Shirina zuckte zusammen. »*Wir?*«, hakte sie nach. »Aber … ich kann jetzt nicht von hier weg.«

»Natürlich kannst du, und du wirst. Nach diesem Vorfall wirst du auf keinen Fall länger hierbleiben.«

»Doch, das werde ich«, widersprach Shirina entschieden. »Ich werde nicht einfach fortlaufen. Mein Platz ist hier, jetzt noch mehr als vorher.«

»Unsinn. Das kommt nicht infrage. Das werde ich nicht zulassen. Ich bin immer noch dein Vater, und ich habe meine Entscheidung getroffen.«

»Ja, du bist mein Vater, und ich liebe dich«, sagte Shirina ruhig, aber bestimmt. »Doch ich bin kein Kind mehr, und ich gehöre auch nicht zu deinen Untertanen, über die du befehlen kannst. Als ich in den Orden eintrat, habe ich mich einer

Macht unterworfen, die größer ist als jede weltliche. Was geschehen ist, war grauenvoll, aber es war ein Unglück. Niemand konnte so etwas vorhersehen, die Tote Stadt galt als sicher.«

»Du bist ein Sturkopf«, ereiferte sich der Herzog. »Wie kannst du bloß nach diesem schrecklichen Erlebnis freiwillig noch bleiben wollen? Ich dachte, du wärest froh, nach Hause zurückzukehren und die Erinnerungen daran hinter dir zu lassen.«

Shirina legte ihm die Hand auf den Arm. »Vor Erinnerungen kann man nicht weglaufen, so wenig wie vor der Verantwortung«, sagte sie und seufzte. »Sieh mal, wir wussten doch beide, dass man als Inquisitor gefährlich lebt, als ich mich entschlossen habe, in den Orden einzutreten. Das habe ich schon vor meiner Ankunft hier erfahren müssen, als Malisa mich entführte. Auch da wolltest du schon, dass ich nach Hause komme, aber ich habe mich davon nicht beirren lassen. Die Gefahr hat mich früher eingeholt, als ich erwartet habe, aber das ändert nichts. Das Böse existiert, und wenn es selbst hier zuschlagen kann, ist das erst recht ein Grund, nicht von meinem Weg abzuweichen. Nur die Inquisition kann es bekämpfen, deshalb wird jeder von uns dringender denn je gebraucht.«

»Aber das ist …«

»Du hast mir als Kind oft erzählt, wie du direkt in den Krieg gegen die rebellischen Fürsten ziehen musstest, als du in jungen Jahren Herzog geworden bist«, unterbrach Shirina ihn. »Auch das war gefährlich, aber hast du damals auch nur einen Moment lang daran gedacht, deshalb das Zepter niederzulegen?«

Barrion zögerte mit der Antwort, doch schließlich schüttelte er den Kopf. »Du schaffst es immer wieder, die eigenen Worte gegen einen zu wenden. Es heißt, Inquisitoren wären die besten Kämpfer der Welt, aber bei dir bin ich mir nicht sicher, welches die gefährlichere deiner Waffen ist, dein Schwert oder dein Mundwerk.« Wieder schwieg er für ein paar Augenblicke. »Wie soll es jetzt weitergehen? Es sind so wenige von deinem Jahrgang am Leben geblieben, wird die Ausbildung überhaupt fortgesetzt?«

»Ich habe bereits mit Inquisitor Velat darüber gesprochen«, berichtete Shirina. »Gerade weil nur noch so wenige übrig sind, wird das letzte Ausbildungsjahr verkürzt, voraussichtlich auf etwa drei Monate besonders intensiver Schulung. Die reinen Lernfächer hätten im letzten Jahr ohnehin kaum noch eine Rolle gespielt, und für das Kampftraining wird jeder von uns einen eigenen Ausbilder erhalten, der uns in dieser Zeit den letzten Schliff verleiht.«

»Demnach wirst du schon in drei Monaten die schwarze Kutte anlegen?« Herzog Barrion schluckte. »Das heißt, du wirst dann auch …«

»Ich werde dann auch heiraten, ja.«

»Weiß Raban schon davon? Es wird wohl Zeit, ihn von nun an öfter zu treffen.«

Shirina schnaubte. »Ich liebe ihn nicht und will nicht mehr mit ihm zu tun haben als nötig. Es ist eine reine Zweckehe. Das Haus Hohenfels soll durch die Eheschließung enger an das Haus Falkenstein gebunden werden, nur darum geht es. Da trifft es sich doch gut, dass Raban seine Ausbildung zum Priester bald abschließen wird und sich genau wie ich vermählen muss, um vollends in den kirchlichen Dienst eintreten zu …«

Shirina brach mitten im Satz ab. Sie hatte das Gefühl, etwas hätte sie mit der Macht eines Blitzes getroffen. Fassungslos riss sie die Augen auf.

»Da … dort vorn!«, keuchte sie. »Die Frau … Siehst du die Alte dort?«

»Welche Frau? Wen meinst du?«

Shirina blinzelte und sprang auf. Die Greisin war verschwunden, untergetaucht in der Menge der Menschen. Die angehende

Inquisitorin hatte ihr Gesicht nur einen Augenblick lang gesehen, aber die Alte hatte direkt zu ihr herübergeblickt, und es war ein Gesicht, das Shirina bis an ihr Lebensende niemals vergessen und jederzeit unter Tausenden wiedererkennen würde.

Aber es war unmöglich, völlig unmöglich!

Die Frau war Malisa gewesen.

Die Visha, die Shirina vor nunmehr sechs Jahren getötet hatte!

# Nachwort

Dies ist ein Fantasy-Roman, kein historisches Werk.

Eigentlich sagt dieser Satz bereits alles. Aufgrund der Nachfragen von Freunden, die die Entstehung des Romans mit Lob und Kritik begleitet und mich immer wieder auf Unklarheiten oder Fehler hingewiesen haben, halte ich dennoch einige Erklärungen für nötig.

Anders als in meinen beiden Zwergen-Trilogien wird der Leser hier vergeblich eine bunte Versammlung bekannter Fantasy-Gestalten wie Zwerge, Elben, Trolle usw. suchen. Obwohl Übernatürliches auch hier eine – wenngleich deutlich kleinere – Rolle spielt, ist doch alles eng an unser Mittelalter angelehnt, ohne deshalb Anspruch auf historische Genauigkeit zu erheben, da es sich schließlich um eine erfundene Welt handelt.

Erfunden ist ebenfalls die Kirche der Göttlichen Familie, obwohl es auch hier in der Struktur und hinsichtlich vieler Begriffe Anleihen bei der christlichen, vor allem der katholischen Kirche gibt. Anderes ist frei erdacht.

Ich habe lange überlegt, ob ich diese existierenden Begriffe verwenden oder mir neue ausdenken soll, habe mich schließlich aber für Ersteres entschieden. Ansonsten wäre eine Flut neuer Bezeichnungen und Titel die Folge gewesen, die nur die Orientierung und das Verständnis erschwert hätten. Begriffe wie Bischof, Kardinal, Inquisition usw. sind dem Leser hingegen vertraut. Mehr noch, sie schaffen direkt eine bestimmte Atmosphäre und erzeugen Vorstellungen.

Nichtsdestotrotz handelt es sich aber um eine erfundene Religion, die von einer erfundenen Kirche repräsentiert wird. Wenn bestimmte Bezeichnungen oder Strukturen geringfügig von der realen abweichen (als Beispiel sei hier die Kurie angeführt), so handelt es sich nicht um Fehler bei der Recherche, sondern um erzählerische Freiheiten, die meist der fiktiven Organisation »meiner« Kirche geschuldet sind.